소년을
위로해줘

소년을
위로해줘

은희경
장편소설

문학동네

감동적인 첫만남 이후 한순간도 사랑하지 않은 적이 없었던
김새남과 김이롭에게 이 책을 드립니다.

INTRO, 겨울

곧 눈이 내릴 것 같다. 그애는 병실 창문을 통해 첫눈을 보겠지.

침대에서 내려와 슬리퍼를 신고 천천히 창가로 다가가는 그애를 상상할 수 있다. 찬 유리에 이마를 갖다대는 그애의 작고 창백한 얼굴, 무표정함. 여윈 두 팔목은 헐렁한 환자복 윗도리의 주머니에 찔러넣었을 테고. 그리고 물에 젖은 듯 윤기가 나는 긴 속눈썹을 조금씩 깜박이며 창 쪽으로 고개를 내밀 때에, 그리핀 메달이 달린 가느다란 은색 목걸이 줄이 그애의 쇄골을 가볍게 스칠 것이다. 그애의 등 뒤로 보이는 병실은 청결하고, 가습기에서 뿜어져나와 일정한 지점에 이르러서 흩어져 사라지는 희뿌연 물방울의 띠가 실내의 정적을 강조한다. 잔뜩 흐린 날. 천장에서 반사되는 백색 형광등 불빛 때문에 그애가 있는 3층 병실은 허공에 떠 있는 차가운 온실처럼 보일 것이다.

창밖을 내다보고 있지만 그애가 내 모습을 볼 수는 없다. 나는 병원 뜰의 소나무숲까지만 달려갔다가 그냥 돌아올 생각이다. 멀리서 그애 병실의 창문을 바라보며 서 있다가, 소나무숲에 흰 눈이 사선으로 떨어지면서 마치 스크린이 내려오듯 우리 둘 사이를 갈라놓기 시작하면, 그애로 짐작되는 흐릿한 기척에게 눈짓으로만 짧은 작별인사를 보낼 것이다. 그러고는 운동화 끈을 풀어 다시 단단히 조여매고, 갈 때의 두 배쯤으로 속력을 높여 그애로부터 떠나오려고 한다.

그것 말고는 이제 내가 할 수 있는 일은 아무것도 없다.

그애에게로 가고 있지만 그래서 조금도 기쁘지 않다.

후드티 위에 얇은 윈드브레이커만 걸쳐입고 MP3를 챙겨 집을 나선다. 대기는 축축하고 거리는 온통 회색으로 뒤덮인 채 묵묵히 눈을 기다리고 있다. 아파트 단지를 벗어나 한적한 뒷길에 이르자 이어폰을 귀에 꽂는다. 그리고 달리기 시작한다. 팽팽하게 당겨지는 허공의 한가운데를 녹이며 하얗게 퍼져나가는 입김.

가로수는 모두 은행나무들이다. 가지가 직선으로만 이어져 뻗어 있어, 나뭇잎이 다 떨어진 겨울에도 내가 유일하게 이름을 맞힐 수 있는 나무. 잎을 모두 털어버린 헐벗은 맨몸이 가족을 잃은 가난한 가장처럼 무기력해 보인다. 저 은행나무들이 무성한 초록으로 덮여 있을 때, 그때 처음 이 거리를 달렸었다.

몇 번이나 될까. 여러 새벽과 밤을 기억한다. 가을이 되면서부터는 아름답게 굽이치는 황금빛 그늘 아래를 뛰어 지났고, 빛이 바래 지저분해진 잎들이 하나둘 거리로 팽개쳐지기 시작할 무렵엔 발밑에 뒹구는 그 잎들을 밟고 달렸다. 그때의 시간들, 지금은 흔적조차 남아 있지 않다. 조금씩 땀이 나기 시작한 내 얼굴을 차가운 바람이 툭툭 치며 지나갈 뿐이다.

여름에서 가을로, 그리고 겨울. 시간은 언제나 일정한 방향으로 흘러간다. 녹화된 테이프를 리와인드하면, 도망쳤던 사람은 헐레벌떡 처음의 자리로 뒷걸음질쳐 돌아오고 옷을 벗었던 사람은 주섬거리며 다시 그것을 주워입는다. 하지만 저 헐벗은 은행나무들에게 지난여름의 초록을 달아주고 그때로 되돌아가 모든 걸 다시 시작하는 일, 그런 일은 절대로 일어나지 않는다. 그것이 가장 마음 아프다.

되돌릴 수만 있다면…… 그렇다면 나는 모든 걸 새로 시작하고 싶다. 그래, 그애가 곁에 있었던 나의 지난 세 계절을 조금도 다르지 않게, 그대로 반복할 것이다. 내가 앞으로 살아갈 날들, 그 시간의 길고긴 선을 뒤따라가는 게 아니라 지금 다시 지난여름으로 돌아가서 짧았던 세 계절을 언제까지나 반복하여 살고 싶다. 그애라는 너무나 중요한 필수 단어 아래 수없이 덧그어서 굵어진 짧은 밑줄처럼.

기억난다. 그애와 나란히 공원 벤치에 앉아, 나뭇가지 사이로 카메라 스트로보 같은 섬광을 터뜨리며 천천히 스러지는 해를 바라보던 때. 자동차 소리가 멀어지면서 어쩐지 사방이 조용하고 슬퍼지던 그때에, 불현듯 나를 불안하게 만들던 낯선 느낌들. 지금 이 순간에도 세계의 모든 것은 변해가고 있으며, 나 역시 조금 전의 나는 아닐 테고, 그리고 흘러가버린 시간들은 모두 어느 블랙홀로 빨려들어가버린 건지……

그때에 짧은 한순간 나는 시간이 휘청, 하고 깊게 휘어지며 흘러가는 듯한 느낌을 받았었지. 해질 무렵 혼자 터덜터덜 집으로 돌아가다가 무심코 보도블록이 움푹 팬 자리를 잘못 딛고, 다음 순간 이내 균형을 잡았을 때의 가벼운 어지러움 같은 것이랄까. 달라진 건 아무것도 없었다. 그런데도 어쩐지 그전의 세계와는 다른 세계에 온 것처럼 주변의 공기가 낯설고 어색하고 귀가 멍한 느낌.

그래서 생각했었다. 세계라는 공간은 시간의 파이프가 물샐틈없이 친친 감긴 기계장치로 둘러싸여 있고, 어딘가 알 수 없는 곳에서 그 파이프로 시간이 공급되고 있는 게 아닐까. 그런데 어느 찰나에 그 시간의 파이프가 아주 잠깐 이탈했었고, 그 짧은 순간 히말라야의 크레바스 같은 끝없이 깊고 좁은 틈 같은 게 생겨났으며, 거기로 소중한 무언가가 빨려들어가서 어딘가 알 수 없는 곳으로 영원히 사라져버린다면. 선로를 이탈한 시간은 문득 휘어졌다가 다음 순간 곧바로 다시 궤도로 들어섰지만, 분명 그전과 같은 시간은 절대로 아닌 것이다.

그애와 내가 각기 다른 시간에 들어서서 점점 멀어지고 있는 것도 그 때문인지 모른다. 발밑의 땅이 갈라지며 우리를 떼어놓았을 때 나는 결국, 그애의 손을 놓아버렸다. 그렇다. 놓친 것은 아니었다. 뭐랄까, 내 운명에조차 서먹해져버렸달까. 어쨌든 나는 그것이 옳다고 생각했다.

며칠 사이에 꽤나 늙어버린 기분이 든다. 과연. 방향은 일정하지만, 시간이란, 밀도와 속도에서는 절대로 균일하지 않은 것.

십 분쯤 달리자 몸이 풀리면서 두 다리의 움직임이 훨씬 가벼워진다. 이어폰을 타고 들려오던 G-그리핀의 목소리, 왜 갑자기 와락 커지는 걸까.

이럴 줄 알았다. 하지만 눈물을 흘리면 안 돼. 그야말로 나는, 미스터 심드렁 아니냐구.

나는 잘 울지 않는다. 적어도 남들이 있는 데서는. '남이 보는 데서 울면 그들이 너를 달래주려 할 거야. 하지만 마음속으로는 깔보기 시작하지.' 이것은 엄마가 내게 들려준 몇 안 되는 쓸모 있는 충고 중 하나이다. 어렸을 때 나는 유난히 잘 우는 아이였고, 스스로 고백했듯 그런 내가 귀찮고 난처했던 엄마는 겨우 여섯 살짜리에게 눈물이란 방귀와 그리고 돈과 마찬가지로 숨기는 물건이라고 가르쳤다. 언젠가 총이나 칼이 생기면 그것 역시 감추라면서.

게다가 지금은 대낮에 길거리를 달리는 중이다. 달리는 사람은 눈에 잘 띈다. 이런 추운 날, 눈물까지 줄줄 흘리면서 달리는 녀석이 있다면 많은 사람들에게 깊은 인상을 남기고 말겠지. 주목받는 것도 질색이지만 보이기 싫은 모습으로 인상을 남기는 것은 더 끔찍하다. 딱 한 번 달리면서 운 적이 있는데, 비오는 날이었다. 그날은 눈에 좀 띄더라도, 흐르는 눈물을 빗물로 보아주기를 바랄 수라도 있었다. 지금은 아니다.

그나저나 이제 곧 눈이 올 텐데, 영락없이 눈이 오나 비가 오나 울며 달리는 인간이 되게 생겼다. 하긴 이런 식은…… 태수의 입에서나 나올 법한 썰렁한 농담.

잘되지 않고 있다는 뜻이다. 내 머릿속과 마음에서 태수를 깡그리 지워버리는 일.

너, 대체 왜 그랬냐. 지난 몇 주 동안 이 말이 끊임없이 입안을 맴돌았다. 내가 그 마음을 모를 거라고? 그건 아니다. 그래도 그러지 말았어야 했다. 막다른 길이란 걸 깨달았을 때는 이를 악물고 네 몸 속의 온 힘을 다해, 멈췄어야지. 언젠가 한밤중에 신나게 자전거를 달리다 골목에서 나오는 예쁜 여자애를 발견했을 때처럼. 너도 말했잖아. 결과가 나쁘면 이유 같은 건 절대 안 통해, 라고.

열일곱 살 우리가 폭발물이면서도 그다지 위험하지 않은 것은, 도화선이 없기 때문이다. 생각하는 모든 것을 실천에 옮길 만한 기회와 행동력과 돈과 시간이 없다는 것이야말로, 우리가 분노와 불안을 극한까지 상상할 수 있는 안전장치다. 그런데 어떻게 된 거지? 그냥 주머니 속에서 주먹을 쥐었을 뿐인데 누군가가 너에게 칼을 쥐여준 셈이다. 누구였냐구? 그냥, 모두들.

틀 안에 들어가 있어야 안전하다고 우리에게 잔소리를 잔뜩 늘어놓으면서 정작 세상은 너무나 부주의하다. 우리가 깨지기 쉽다고 보호하다가도 상자 속에 넣은 다음에는 던져버린다.

몇 번인가 태수와 함께 이 거리를 달린 적이 있다. 저기 보이는 상가 모퉁이의 공중전화박스에 기대어 서 있다가 함께 뛰기 시작하곤 했다. 나를 발견하고는 천천히 허리를 굽힌 뒤, 구겨 신었던 운동화 뒤축을 펴고 그 안에 발을 집어넣는 태수의 모습을 나는 생생히 떠올릴 수 있다.

뺨의 여드름 자국과 수염이 듬성듬성 돋은 턱, 입가의 작은 흉터, 왼쪽 귓불에 매달린 두 개의 은귀고리, 여름에도 좀처럼 벗지 않던 줄무늬가 들어간 카키색 비니, 'Fat kids are harder to kidnap'

'I'd kill for a novel peace prize' 따위의 어이없는 문구가 적힌 빛바랜 티셔츠들, 그리고 조기 유학생 시절의 지워지지 않는 흔적인 목덜미의 이집트 십자가 문신……

공중전화박스를 지나쳐갈 때 태수가 곁으로 다가와 나란히 달리기 시작한다. 야자를 끝내고 돌아가는 깊은 밤 트로트를 소리 높여 부를 때처럼 짙은 눈썹이 팔자로 처져 있다. 볼멘소리가 시작된다. 힘들게 달리기 같은 걸 왜 하는데? 제대로 변성기에 들어선 갈라진 목소리. 이죽거린다기보다 잠시라도 말을 하지 않고는 배길 수 없기 때문에 지껄이는 것뿐이다. 그러게. 시큰둥한 내 대답도 언제나 같고.

이것이 시작이다. 이제 달리기를 멈출 때까지 한시도 쉬지 않고 투덜거리겠지. 나는 앞을 향해 제대로 달리고 있고, 태수는 옆으로 몸을 돌려 내 쪽을 바라보며 어정쩡하게 함께 뛴다. 도대체 그런 허술한 자세로, 계속 허튼소리를 지껄여가면서, 어떻게 끝까지 나와 똑같은 속도로 뛸 수 있는 거지? 태수에게는 이따금 그렇게, 이건 뭐지? 하게 만드는 아리송한 구석이 있었다. 그러나 대부분은 역시나 썰렁한 녀석이다. 어처구니없거나 또한, 그런데도 말릴 수 없거나.

조금 빨리 뛰자, 그때처럼. 태수가 말한다.

지난여름 학교에서 돌아오는 길에 갑자기 소나기를 만났었다. 태수는 두 팔로 가방을 높이 쳐들어 머리를 가리고 나는 두 손을 주머니에 집어넣은 채 바로 앞쪽에 보이는 편의점을 향해 뛰었다.

편의점 안은 교복 차림의 아이들로 잔뜩 붐비고 있었다. 좁은 통로 사이사이를 오가는 말소리와 움직임과 스침과 실내에 가득 찬

습기와 차고 비릿한 냄새. 그리고 컵라면에 뜨거운 물을 부어 창가 테이블에 올려놓고 면이 익기를 기다리는 삼 분.

어디서 봤더라? 갑자기 태수가 턱짓으로 누군가를 가리키며 내게 속삭였다. 눈동자는 출입문 쪽으로 한껏 돌아가 있고. 쟤, 전에 본 적 있지 않냐. 나는 아무 대답도 하지 않았다. 태수가 일 분 전에 봤다면 나는 이미 이 분 전에, 뭔가에 이끌리듯 그리로 눈길이 향했고, 그리고 첫눈에 당연히 그애를 알아보았던 것이다.

내가 그애를 본다는 것. 양손으로 백팩의 어깨끈을 잡고 서서 무표정하게 창밖의 빗줄기를 내다보고 있는 그애의 작고 창백한 얼굴을, 그리고 조금씩 젖어 있는 백팩과 손등과 어깨와 머리카락, 추위라도 타듯이 파래진 입술까지.

두 손을 뻗어 컵라면을 끌어당긴 것은 삼 분이 지나서가 아니었다. 뭔가를 감추기 위해 전혀 다른 종류의 동작이 필요했을 뿐.

그애는 회색 줄무늬 우산을 사서는 혼자 빗속으로 걸어나갔다. 우산살을 위로 밀어올릴 때 여윈 손목의 힘줄이 두드러지는 것, 펴진 우산 아래에서 고개를 젖혀 위를 한번 올려다보는 것, 오른손으로 우산을 받쳐들고 왼손으로는 백팩의 끈을 잡은 채 약간 머뭇거리며 먼저 오른발을 내밀어 빗속으로 들어가는 것. 나는 그 움직임 하나하나를 내 것처럼 느끼고 있었다.

그러나 이상한 일이었지. 그애가 사라질 때까지 계속해서 지켜보고 싶은 마음과는 달리, 나는 차마 그쪽을 보지 못하고 한사코 태수만 건너다보고 있었다. 태수는 그애의 줄무늬 우산이 횡단보도를 지나 건너편 아파트 단지로 사라질 때까지 눈을 떼지 않고 있었고.

창밖을 향해 시선을 고정시킨 채 태수가 물었다. 누군지 생각 안나? 나는 결국 대답했다. 별로.

아파트 단지가 끝나는 마지막 모퉁이를 돌면 그애가 있는 병원이 나온다. 이제 곧 그애의 병실 창문이 나타날 것이다. 눈은 아직 내리지 않고 있지만 그래도 괜찮다. 표정쯤은 감출 수 있다. 내 시선이 그애의 기척을 찾아 소나무숲 너머를 더듬을 때에 설령 눈물이 흐르더라도, 이미 얼굴이 온통 짜디짠 땀으로 젖었으니.

땀 같은 건, 닦아버려도 되겠구나. 마침내 눈이 쏟아진다.

소나무숲 가까이 이르렀을 때 조금씩 날리는가 싶더니, 나무 아래서 오래오래 숨을 고르고 있는 내 어깨 위로 벌써부터 쌓일 준비를 하고 있다. 땀이 식으면서 머리카락이 얼어붙기 시작한다. 후드를 덮어썼지만 세찬 눈발이 사정없이 얼굴을 때린다. 이런 눈은 상상하지 못했어. 그애의 병실 창문조차 제대로 보이지 않는다. 맹렬히 쏟아져내려 순식간에 세계의 모든 것을 무심히 덮어버리는 차가운 백색 눈송이들뿐.

난 첫눈에서 연상되는 모든 게 싫어. 약속이라든가 고백이라든가 순수, 그리움, 첫사랑, 눈싸움, 추억 그런 것들. 그렇게 말하던 그애가 올해만은 첫눈을 기다렸다는 걸 나는 안다. 그애와 내가 기다린 첫눈은 바로 이런 폭설이었다. 함께 보낸 여름과 가을과 겨울 중에 겨울이 가장 길 것이라고 늘 우리는 생각했었다. 그리고 그 세 계절이 모두 지난 뒤 마침내 우리가 처음으로 함께 맞이하는 새로운 계절, 봄이 찾아올 거라고.

하지만 폭설 속에 홀로 서 있는 지금, 나는 이 첫눈의 격렬한 춤을 작별인사라고 불러야만 한다.

차갑게 얼어붙은 몸은 뼛속까지 차갑고, 그리고 눈을 뜰 수가 없다.

쏟아지는 눈발을 뚫고 지금 막 천천히 병원 정문을 들어서고 있는 저 은색 소형차에 누가 탔는지 알 수 있다. 엄마다. 운전은 재욱 형이 하고 있을 것이다. 운전면허를 딴 지 두 달밖에 안 된 초보인데다, 태수의 표현을 빌리자면, 길눈에 치명적인 공간감각 장애, 중증 이기심과 말기 게으름까지 골고루 갖췄음에도 불구하고 여기까지 뒤쫓아와 나를 찾아냈다.

미소년처럼 해사한 얼굴이 조금쯤 찡그려져 있을지도 모르겠다. 지금까지 엄마의 애인 중 가장 친절한 건 결코 아니지만 가장 친밀한 건 사실이니까. 엄마와 재욱 형이 이별과 재회를 계속 되풀이하면서도 헤어지지 못하는 걸 보면 그런 생각이 든다. 진짜 가족들도 저런 식으로 문제를 품은 채 시간 속에 얽여서 함께 흘러가는 게 아닐까.

엄마가 나를 발견한 모양이다. 잠깐 차창이 내려갔다가, 달려드는 눈발을 피해 다시 급히 올라간다. 차가 엉금엉금 방향을 틀어 내 쪽으로 다가온다. 조금 뒤 나는 저 차의 뒷자리에 올라탈 것이다. 몸이 녹으면서 내 마음 한가운데 단단히 박혔던 얼음도 녹아, 기어코 눈물로 흘러나오고 말겠지. 뭐 어때. 재욱 형은 신경쓸 필요 없고, 차 안에는 엄마뿐인데.

18

사람들 앞에서 울면 그들은 너를 달래주려 하겠지만 마음속으로는 깔보기 시작하는 거야. 여섯 살 그때, 엄마는 이렇게 덧붙였다. 나와 둘만 있을 때는 얼마든지 울어도 돼, 그건 네가 몇살이 되든 상관없어. 백 살 때도 괜찮아.

초등학교에 들어갈 무렵에는 이런 약속을 하기도 했다. 고독은 학교 숙제처럼 혼자 해결해야 하는 것이지만 슬픔은 함께 견디는 거야. 그러니까 네가 슬플 때에는 반드시 네 곁에 있을게. 그리고 또 말했다. 평상시에는 엄마 자신의 인생이 더 중요하지만 비상시에는 내가 가장 중요하다고. 평상시에 우리는 각기 이기적으로 살 수밖에 없는데, 그건 비상시가 닥치지 않았기 때문에 누릴 수 있는 개인의 권리이고, 그리고 비상이라는 건 전쟁, 천재지변, 교통사고, 심각한 질병, 절망, 빈털터리 상태, 지금과 같은 극진한 슬픔의 발생이라고. 엄마가 나의 슬픔을 비슷하게라도 함께 느낄 수 있는 건 우리 둘이 가족이기 때문인데, 그것은 이 세상에 몇 안 되는, 가정식 백반에는 없는, 가정의 진정한 리얼리티라고.

고독을 학교 숙제와 같은 방식으로 처리하라는 것. 나한테는 몇 대 맞을 각오로 무시해버리라는 뜻이 된다. 조금 아프긴 하겠지만, 쓸데없이 심각해진다거나 쩔쩔매는 것보다는 낫겠지.

지금 나는 주머니에 두 손을 넣고 턱을 덜덜 떨며 나무 밑에 서 있다. 소나무의 바늘잎 사이사이 쌓여가던 눈이 바람이 불 때마다 자욱한 가루가 되어 물보라처럼 한바탕 허공을 휘젓는다. 재욱 형의 차가 엉거주춤 내 앞에 멈춘다. 바퀴가 한 뼘쯤 뒤로 밀리면서.

시간이 되었다. 두 손으로 이마 위에 차양을 만든 뒤 눈을 가늘게 뜨고, 얼굴로 달려드는 눈송이들 너머로 한번 더 그애의 병실 창문을 바라본다.

언제부터였을까. 창문에 커튼이 내려져 있다. 폭설이 퍼붓는 줄도 모르고 그애는 깊이 잠들어 있는 것일까. 우리가 그토록 기다리던 첫눈은 소리없이 내리고, 그애는 잠들어 있고, 친구는 사라지고, 나는 이 자리를 떠나는데.

안녕. 우리의 겨울도 이것으로 끝나버렸다는.

나에게도 온 거야, 멋진 신세계

1

여름 이사는 보통 새벽에 시작된다. 날이 덥고 또 일찍 밝으니까. 하지만 우리 집은 예외다. 활짝 갠 싱그러운 여름아침, 창 너머로 맑은 새소리가 들려오고 냄새 좋은 홑이불 속에서 만끽하는 게으름이야말로 엄마의 사소하고도 사랑스러운 사치이기 때문이다, 라고 말하고 싶지만 그건 말도 안 되고. 엄마는 아직 술이 안 깼다. 고치 속의 애벌레처럼 침대에서 미처 눈도 못 뜬 상태이다. 곧 이삿짐센터 아저씨들이 들이닥칠 시각이라는 건 알고 있다.

이런 경우를 대비해서 약속시간을 열시로 늦춰 잡았는데도. 시간을 늦추면 그만큼 여유를 부릴 테니 별로 달라질 게 없을 거라고, 결국 충고하기 좋아하는 재욱 형 말대로 되고 말았다. 잠이 덜 깬 건 나도 마찬가지.

마침내 엄마가 내 이름을 부르기 시작한다. 연우, 이제 일어나지? 잠꼬대와 다름없는 나른한 목소리이다. 그 소리는 부엌과 마루를 지나 내 방으로 건너오고. 나 역시 이불 속에서 몸을 뒤척이며 간신히 대답한다. 알았어……

그다음부터는 평상시 아침과 비슷하다.

일어났니? 알았다니까. 일어났지? 응. 안 일어났어? 응. 일어났다면서? ……일어나래도. 알았대도……

눈을 감은 채 각자의 침대에 누워 주고받는 원거리 대화가 삼 분이나 오 분쯤 간격을 두고 열 차례 정도 이어지고. 결국 이삿짐센터 아저씨들이 와서 벨을 누른다.

벌떡 일어나 현관문을 열어주는 사람은 엄마가 아니다. 잠옷을 제대로 챙겨입고 자는 나다. 현관문의 도어체인까지 풀고 나서, 그제야 정신을 차린 나는 후닥닥 엄마 방으로 뛰어간다. 활짝 열린 엄마 방 문.

급히 들어가 문을 닫고 방 안을 둘러보니 이건 뭐, 예상대로다. 당장 이사나갈 상태가 전혀 아닌 것이지. 쉰 풀로 도배한 집에서나 날 것 같은 술냄새는 그만두고라도, 들어서자마자 숄더백이 발에 차이더니 그 뒤를 이어서 목걸이, 반팔 카디건, 올리브색 탱크톱, 숏팬츠, 끈 없는 브래지어가 순서대로 바닥에 내던져져 있다. 전날 몸에 걸쳤던 역순일 것이다. 마지막으로 저 목걸이 고리 채우는 걸 내가 도와줬으니 말이다. 취한 엄마가 걸음을 옮기면서 옷을 하나씩 벗어젖히는 기술은 미스터 빈이 승용차 운전석에서 옷 갈아입는 수준과 거의 맞먹는다.

나는 주섬주섬 그것들을 하나씩 집어들며 침대로 다가간다. 잔소리가 목구멍까지 올라오지만 지금은 엄마를 깨우는 게 우선이겠지.

사이드 테이블 위의 스탠드 불이 아직까지 켜져 있다. 그 옆에는 어김없이 얼음과 위스키의 혼합물로 보이는 어중간한 색깔의 액체를 담은 유리잔 하나, 그 옆에 새끼손톱만한 구겨진 플라스틱 같은 저 푸르스름한 조각은. 그럴 줄 알았다. 잠결에 콘택트렌즈를 빼서 테이블 위에 얌전히 올려놓은 것이다. 콘택트렌즈가 무슨 안경도 아니고. 엎드려 자는 버릇 때문에 자꾸 주름살이 생긴다고 투덜대더니 여전히 얼굴을 베개에 푹 파묻고 있다. 뒤통수의 머리카락은 심하게 엉켜 있고, 이불 밖으로 내놓은 한쪽 다리는 저 혼자 힘으로는 도저히 들어올려지지 않을 묵직한 물건처럼 보이고, 이삿짐센터 아저씨들은 신발을 신은 채 들어와서 벌써 바닥에 카드보드를 깔며 왁자지껄 주인을 불러대고 있는데……

엄마의 어깨를 흔드는 내 손길이 점점 거칠어진다.

—신민아씨! 일어나! 이사 좀 가자구!

정작 그녀의 눈을 뜨게 만든 건 휴대전화 벨소리다. 내가 숄더백 안의 전화기를 찾아서 건네주는 사이 엄마는 윗몸을 일으키고 흠, 흠, 목을 가다듬고 있다. 재욱 형에게 이사갈 아파트 동 호수를 알려줄 때는 어느 틈에 잠기운이 거의 느껴지지 않는 하이톤을 되찾고 있었다. 따로 도와줄 건 없으니 저녁 먹을 시간에 맞춰 오면 된다고 상냥하게 덧붙인다.

그것도 그럴 줄 알았다. 여덟 살 아래라는 나이차가 문제가 아니라, 잘생기고 똑똑한 남자는 의심스러운 구석이 많아 자기 취향 아니라더니. 잘생기고 똑똑한 남자가 자기처럼 예쁘고 지적인 여자를 만나면 재색의 충돌인지 뭔지가 일어나서 두 개의 다이아몬드처럼 각자의 광채를 잃는다는 궤변을 믿었던 건 아니지만. 예쁘다는 건 그만두고라도 지적이라니? 나한테 이것저것 지적질을 잘하는 것?

하긴 엄마는 지금까지의 애인들뿐 아니라 누구에게나 다 상냥하다. 좋은 인간으로 보이려는 태도가 아예 프로그래밍되어 있는 사람이랄까. 자기 말로는, 평판 같은 건 상관없지만 누구든 편견 없이 인격적으로 대하려는 교양과 오랜 인기관리 생활이 몸에 배어서라고 하지만, 내가 보기에는 남의 비난을 견딜 수 있을 만큼 강하지 못해서인 것 같다. 나라면 저런 정도 남의 생각 따위 별 상관 없는데 싶은 일까지도 예민하게 받아들이는 신민아씨. 인간들은 어쨌든 서로 조금씩 오해하며 살고 있고, 그런 건 그대로 내버려둘 수밖에 없지 않나. 소심하기는.

때때로 느끼지만, 나는 여러 가지 면에서 엄마를 닮지 않은 것 같다. 그렇다면 아빠 쪽일까. 이런 순간만은 나도 아빠에 대해 조금쯤 궁금해진다. 스스로 유전자를 이것저것 고를 수 있다면 더 좋았겠지만, 그나마 인간이 적어도 두 사람 사이에서 태어난다는 사실은 정말로 다행스럽고 말이다.

내가 방문을 닫고 나온 뒤 십 분쯤 지나 엄마가 마루로 나온다.

면 반바지와 폴로 티셔츠 차림에 손바닥만한 가방을 대각선으로 메고 있다. 하나로 묶은 머리에는 야구모자를 단단히 눌러썼다. 시선은 집 안 구석구석을 살피느라 바삐 움직이고, 뭔가 부딪치는 소리가 들려오면 확인도 하기 전에 조심하세요! 날카롭게 주의를 준다. 이삿짐센터 아저씨가 예에, 공손히 대답하자 나를 흘끗 바라본다. 그 표정이 꽤나 의기양양하다.

엄마가 차가운 음료수를 사러 간 사이 이삿짐센터 아저씨들이 트럭 옆에 내놓은 식탁 의자에 앉아 담배를 피운다. 세 사람 가운데 유일하게 회사의 상호가 찍힌 망사조끼를 입은, 머리 벗어진 아저씨가 말을 건다.

─학생, 엄마 직업이 뭐야?

─왜요?

─우린 짐을 보면 대충 아는데 이 집은 좀 헷갈려서. 책 많은 건 대학교수 뺨치는데 그릇하고 술잔은 왜 또 이렇게 많아. 엄마가 카페 같은 거 했나? 옷박스도 끝없이 나오던데.

옆에 있던 머리를 노랗게 염색한 청년도 거들고 나선다.

─하여튼, 내가 보니까요, 이 집에 없는 게 세 가지예요. 화분하고 액자, 그리고 공구. 망치 하나 안 보이더라구요. 아저씨가 없는 집이니까 공구는 그렇다 치고, 어떻게 화분, 액자가 하나도 없냐. 사진 한 개 안 걸렸어. 주인아줌마가 정서가 좀 메마르셨나봐. 아니면, 쫌, 바쁘신가?

담배를 빨던 망사조끼 아저씨가 한 손을 내젓더니 연기를 뿜어내며 대꾸한다.

─정서가 메마르셨는데 양초가 저렇게 많겠냐?

─그건 또 그렇네. 박스에도 엄청 많아요. 초가 장난 아니게 무겁다는 거 처음 알았잖아. 어떻게 책박스보다 더해.

발끝으로 담배를 비벼끈 뒤 망사조끼 아저씨가 청년의 어깨를 가볍게 친다.

—엄살 아니에요. 그리고 진짜, 의자가 대체 몇개예요. 식탁 의자 책상 의자 빼고도 열 개 훨씬 넘죠? 저거 다 어디다 쓰는 거냐?

마지막 질문은 나에게 하는 것이다. 의자를 어디에 쓰다니. 앉는 물건 아닌가?

—그러니까, 학생 엄마 직업이 뭐냐구. 진짜 궁금해서 그래. 내가 궁금한 건 좀 못 참거든.

내게 담배연기를 내뿜는 망사조끼 아저씨.

궁금한 걸 못 참는 사람은 어디에나 있다. 조금이라도 자신과 다른 점이 있으면 굳이 그 속사정을 캐려는 사람들 말이다. 무슨 사정이 있겠지 혹은 저 사람의 라이프스타일이거니 하면 안 되나. 미리부터 짐작하고 제멋대로 결론내고 또 자기 생각이 맞는지 기어코 확인하려 들고. 이래서 이사가 싫다. 또다시 엄마와 나에 대해 궁금해하는 새로운 사람들을 만나야 하고, 그들과 다른 점들에 대해 설명을 해야만 한다는 것이. 엄마가 반상회에 나가지 않는 건 단순히 새벽에 들어오다가 아는 얼굴과 마주치기 싫어서가 아니다. 스스로는 중요한 원칙이라고 생각해 절대 외박을 하지 않고 새벽에라도 들어오는 건데, 그걸 칭찬해줄 이웃이 있을 리 없기 때문이다.

남과 다른 게 문제가 된다면 어쩔 수 없다. 하지만 왜 그걸 문제 삼는지 솔직히 이해가 안 된다. 아참, 이건 엄마의 논리인데. 엄마와는 안 닮은 걸로 결론을 내려놓았는데도 가끔은 나도 모르게 엄마의 주장을 따를 때가 있다. 엄마에게 불만이 많긴 하지만, 다른 사람들이 엄마를 비난하면 세상에 그것처럼 싫은 게 또 없다.

신민아씨의 직업은 옷 칼럼니스트이다. 한 번에 알아듣는 사람은 거의 없다. 패션 칼럼니스트냐고 되묻는 경우가 그나마 양호한 정도이다. 패션이 아니라 그냥 옷. 엄마는 여러 지면에 옷에 대한 에세이를 기고한다. 옷에 얽힌 추억, 옷의 역사, 옷과 사람들, 옷과 취향, 옷의 개념에 대한 새로운 제안…… 그렇기 때문에 망사조끼 아저씨가 날랐던 몇 박스나 되는 낡은 옷들은, 엄마 표현을 빌리자면 일종의 자료인 셈이다. 물건을 잘 못 버리는 소심한 성격이 새로운 직업을 탄생하게 만들었다고나 할까. 뭐 굳이 내용을 설명해주면 망사조끼 아저씨를 비롯해서 누구나 이해 못 할 것도 없긴 하다. 그러나 선입관까지 바뀌지는 않겠지.

남의 눈에 거스르지 않게 살고 싶어 친절을 익혔다지만, 어쨌거나 남들 눈에 조금은 튀게 살고 있는 엄마. 정말이지 세상일은 뜻대로 되지 않는다니까. 잘 안 되면 안 된 채로 그냥 받아들여. 굳이 처음 정해놓은 방향대로 되돌리려고 애쓸 필요는 없어. 뜻대로 했다고 해서 뭐, 다 잘됐다고 말할 수 있어? 누군가 이렇게 말해주면 엄마는 무척 좋아할 것이다.

한 가지 더. 책은 대부분 아빠가 남긴 것이다. 엄마는 그것들처럼 제목이 딱딱한 책은 물론이고 요즘 잘 팔리는 소설에도 별로 관심이 없다. 그러면서도 책이든 음악이든 고전만 주장한다. 모범생이자 문학소녀 시절을 끝으로 그 분야의 교양 쌓기를 다 끝마쳤기 때문이라고 한다. 어느 날인가 재욱 형이 놓고 간 한 일본 작가의 소설을 읽어보더니 그나마 유일하게 인정해준 적이 있다. 그런데 그 이

유란 것이, 작가가 대부분 등장인물의 옷차림으로 캐릭터를 설명하는 점, 그리고 그 작가의 옷에 대한 감각이 자기와 비슷하다는 점, 그 두 가지만으로 이미 소설의 완성도가 증명되었기 때문이라나.

그런 엄마가, 이사비 견적만 올라갈 뿐 짐짝이나 마찬가지인 저 책들을 무슨 이유로 이사 때마다 끌고 다니는 걸까. 아빠가 언제 불쑥 찾아와서 책을 내놓으라고 할지 몰라서라는데, 말도 안 된다. 그 정도로 아빠의 뜻을 존중하고 배려했으면 이혼은 왜 했는지.

친아빠란 게 뭐가 중요해. 좋은 아빠면 됐지. 내가 좀 찾아볼게. 여섯 살 때였지만 엄마가 했던 그 말은 지금도 기억이 난다. 좋은 아빠를 찾을 마음 따위는 처음부터 없었던 게 뻔하지만. 어쨌든 그때 이후 아빠에 관한 이야기는 거의 들은 적이 없다. 다행이긴 하다. 내 아빠인데, 적어도 나쁜 이야기는 듣고 싶지 않으니까. 기억나는 게 거의 없기 때문에 그리워할 것도 없고 또 미워하고 싶은 감정 따위도 생기지 않는 건지 모르겠다. 나한테 아빠는 그냥 아빠다. 아무 사연도 없다.

바람 한점 없는 날씨에 잔뜩 어질러진 좁은 집. 핸드 카트를 굴리며 거친 걸음으로 들락거리는 이삿짐센터 아저씨들의 서두르는 듯 무뚝뚝한 표정. 뭔가 부딪치고 깨뜨리는 소리에 이어지는 욕지거리들. 밀린 신문구독료와 우윳값을 독촉하러 온 수금원이 나타나 벨을 눌렀고, 도시가스라든가 통신회사 직원이 번갈아 주인을 불러대고, 새 주인과의 약속시간이 어긋나 엄마는 부동산 사무소를 몇 번이나 다녀오고, 전화가 걸려오고 전화를 걸고, 햇볕은 뜨겁고 공기는 후텁지근하고 등 뒤와 이마에서 땀은 줄줄 흘러내리고.

일단계의 여름 이사는 그렇게 끝났다.

이삿짐 트럭을 먼저 보낸 뒤 엄마는 자신의 낡은 소형차에 나를 태우고 새로운 동네로 향했다. 물론 깜빡 잊고 갖고 와버린 여벌의 열쇠뭉치를 돌려주기 위해 차를 한 번 돌려야 했고. 난 또, 이번에는 한 번에 끝나나 했지.

2

아파트 단지가 끝없이 이어진다. 군데군데 공원이 보이고 자전거와 육교, 그리고 주변에 학교도 많다. 상가 건물이 끝나는 곳마다 나타나는 또다른 아파트 단지들. 마치 하나의 풍경을 드래그해서 복사한 뒤 계속 붙여넣기를 해놓은 것 같다. 인간들이 너무 많이 사는 곳이군. 옆눈으로 흘깃 보니, 가뜩이나 길눈이 어두운 엄마는 바짝 긴장하여 두 손으로 운전대를 꼭 붙들고 있다.

우리가 살 아파트는 학원이 밀집해 있는 큰길가에서 약간 들어간 뒷길 쪽.

내 방은 현관을 들어서자마자 오른쪽, 뒷베란다를 터서 확장한 방이다. 그래서인지 전셋값은 더 싸다는데 전에 살던 집보다 공간이 약간 넓다. 남향집의 뒤쪽 방이라서 북쪽으로 창이 있다는 것도 나쁘지 않고. 그러게, 뭘 할지는 몰라도 열일곱 살이나 되는 남자의 방이란 아무래도, 적당히 어두워야 하는 법이지. 창가에 서본다. 방에서 내다보이는 풍경, 찻길 안쪽이고 나무도 제법 많다. 그리고 가로로 길게 뻗은 두 개의 길.

어떤 장소를 완전히 파악하기 위해 나는 머릿속에서 공간을 재구성해보곤 한다. 일단 내 방 창문의 위치를 잡은 뒤 거기에서 내려다보이는 화단을 집어넣는다. 그 너머로 좁은 흙길 하나가 펼쳐지고, 그다음에는 키 큰 메타세쿼이아 나무들이 일렬로 빽빽이 늘어서 담을 이루고 있다. 그리고 그걸 넘으면 또하나의 보행로가 나타난다.

첫번째 길은 약간 어둡고 습하고, 또 그늘이 많이 드리워져 비밀스러운 구석이 있다. 고개를 빼고 내다봤지만 지나가는 사람이 없이 조용하기만 하다. 두번째 길은 보도블록이 깔렸는데, 배드민턴을 치거나 자전거를 타는 작은 광장으로 이어진다. 그쪽 길로는 유모차를 밀고 가는 젊은 엄마와 교회에 다녀오는 듯한 중년 부부가 지나가는 중이다. 내 방은 3층. 그 두 개의 길로 지나다니는 사람들이 모두 내려다보인다. 평행으로 뻗어 있지만 서로 다른 두 개의 세계에 사는 사람을 동시에 보는 느낌이다.

전입신고를 하고 나면 곧 전학수속을 밟는다. 운 좋게도 집에서 가장 가까운 학교를 배정받는다면 나는 저 길을 걸어서 학교에 다닐 테지. 말 그대로 새로운 생활. 기대 같은 건 없지만 조금 궁금하긴 하다. 이거야 원, 망사조끼 아저씨도 아니고 궁금하기는…… 척 봐서 약해 보인다며 다짜고짜 밟으려는 놈들한테 시달리지만 않아도 다행이지. 어쨌든 내가 저 길로 학교에 다니게 되면 두 길 중 하나를 택해 걷게 되겠지. 뭐, 매일 똑같지는 않겠지만.

창가에서 등을 돌리고 방 안을 한번 둘러본다.

벽지 상태가 괜찮다며 엄마는 새로 도배를 하지 않고 이사를 왔다. 셋집이니 도배는 당연히 주인이 해주어야 할 텐데, 전셋값 흥정을 하면서 주인한테 설득당한 게 분명하다. 어디 가겠어, 어리숙한 신민아씨. 그런대로 깨끗한 건 사실이지만 거실 벽에는 액자와 시계를 걸었던 자국이 그대로 남아 있었다. 얼룩진 저 벽을 뭘로 감춰야 하나. 우리 집에 액자 하나 없다던 염색 머리 청년의 말이 새삼 실감났다. 하긴 남의 집 물건이 있던 공간에 우리 물건을 채워넣는데, 말하자면 네모가 있던 자리에 세모를 들여놓는데 맞지 않는 게 정상이겠지.

그렇게 본다면 내 방은 좀 이상한 구석이 있다. 책상과 옷장, 침대가 놓일 자리가 맞춤처럼 딱 맞는다. 신기하게도 거울을 걸어야 할 자리에 못까지 박혀 있고.

엄마와 달리 나는 정리정돈을 잘하는 편이다. 내 물건을 제자리에 두어야 마음이 편해진다. 그러려면 처음부터 '음, 재 자리군. 제자리야' 하고 생각이 들도록 모든 물건에 자리를 잘 잡아줘야만 한다. 맨 먼저 자리를 잡아야 할 중요한 물건은 거울. 그동안 침대와 책상, 옷장은 한두 번 새것으로 바뀌었지만 거울은 아니다. 내가 최초로 갖게 된 거울을 지금까지 계속 갖고 있는 거다. 초등학교 입학날, 그때는 내 키보다 더 컸던 전신거울을 걸어주며 엄마가 진지한 얼굴로 말했다. 연우야, 너는 거울을 보는 남자가 되어야 한다. 왜? 그냥! 어쨌든 그 거울이다. 열일곱 나이에 소유한 십 년된 물건.

잠깐 거울 앞에 서본다. 내 모습을 보려는 게 아니다. 신기하다. 거울 아래쪽을 조금 들어 그 뒤의 벽을 살펴본다. 뭔가 걸려 있었던 자리였기 때문에 벽지가 바래지 않았군. 처음 도배했던 때의 색과 무늬 그대로. 그런데 어떻게 해서 그 도형의 길이와 너비가 내 거울과 딱 들어맞는 것일까. 뭐야, 그럼. 이 방에 살았던 사람도 나와 똑같은 거울을 가지고 있기라도 했단 말야? 나처럼 이 자리에 서서 거울을 보고, 그리고 이처럼 창가로 다가가서 두 개의 길을 내려다보며 거기 펼쳐지는 두 개의 세계에 대해 상상했다고?

그런 생각을 하며 창가로 다가갔을 때, 내 창문을 올려다보고 서 있는 여자애를 발견했다.

줄지어 늘어선 메타세쿼이아 나무 앞, 벤치가 있는 자리이다. 지겹도록 무더위가 계속되는 날씨였지만 그곳에서는 바람이 느껴진다. 열려 있는 창가로 다가서자 언뜻 서늘한 기운이 올라왔고.

그애는 푸른 잎이 무성한 나무 아래에서, 흰색 후드티 앞주머니에 두 손을 집어넣고 우두커니 내 방을 올려다보고 서 있다. 교복으로 보이는 체크무늬 스커트 아래로는 발목에서 접어 신은 흰 양말, 남색의 삼선 슬리퍼. 옷과 신발은 모두 조금쯤 커 보인다. 고개를 뒤로 젖히는 바람에 짧게 자른 앞머리 아래 이마가 하얗게 드러났다. 새처럼 작고 가벼워 보이는.

나는 조용히 옆걸음질을 해서 벽 모서리 쪽에 몸을 붙인다. 엿볼 생각은 아니다. 갑자기 눈이라도 마주치면 놀랄까봐 몸을 숨겨줬을 뿐이다. 그런데, 그게 다는 아니었나? 그냥 방 안쪽으로 들어와버리면 밖에서 보이지 않을 텐데 굳이 그 자세로 한참이나 그애를 보고 있다. 슬리퍼의 앞트임 쪽으로 발가락이 다 나와 있는 그애의 작은 발과 그애의 머리 위로 드리워진 메타세쿼이아 그늘이 조금 흔들리는 것, 그리고 그애의 목덜미를 감싸고 있는 후드의 끈 매듭 따위, 별로 눈길을 끌 만한 것도 아닌데.

이 분, 아니 삼 분쯤? 그애는 움직이지 않고 내 방 창문을 올려다보고, 나는 구석에 몸을 숨긴 채 창 아래 그애를 바라본다. 나도 모르게 숨까지 죽이고. 이런 것도 만남이라고 할 수 있을까. 그애의 얼굴에 특별한 표정은 없다. 하지만 왠지 당황하고 또 슬퍼하고 있다는 걸 느낄 수가 있다. 무슨 일일까.

뭐 봐? 목장갑을 낀 엄마가 지구본을 수박처럼 두 팔에 껴안고 방으로 들어온다. 응, 지금 나가려고. 얼떨결에 나는 열려 있는 방문 쪽으로 황급히 걸음을 옮긴다. 분명 엄마는 지구본을 책장에 올려놓기 전에 먼저 창가로 다가갈 것이다. 창밖으로 고개를 길게 빼고 아래를 내려다보겠지. 엄마는 짐작이 간다는 표정으로 내게 다가와 뭔가 어처구니없는 농담을 던질 게 분명하다.

하지만 엄마의 말은 예상 밖이다.

— 저 방에 남학생 살았었는데, 여자친구라도 되나?

— 남학생?

— 집 보러 왔을 때 봤어. 요 앞 고등학교 2학년이라는데, 굉장히 의젓하더라. 나랑 인사도 텄지.

인사를 튼 게 아니고 인사를 받은 거겠지, 신민아씨.

엄마는 그 남학생이 중학교 때까지 교내 수영선수였고, 고등학생이 되면서부터는 교지편집부에다 또 반장이라는 것까지 기억해낸다.

— 걔 엄마가 심하게 자랑하더라구. 그래봤자 내 타입은 아니지만.

거리에서 마주친 길고양이한테까지도 도도한 눈빛이 내 타입이다, 무늬가 지저분해서 내 타입은 아니다, 이런 식으로 말하는 게 신민아씨 어법. 굳이 대꾸할 필요는 없고.

아휴, 갑갑해. 엄마가 목장갑을 벗어 소파에 던져놓고는 냉장고에서 생수병을 꺼낸다. 찬물을 마시고 나서는 이삿짐센터 아저씨들이 구석에 쌓아놓고 간 물건들 쪽으로 다가간다. 그때까지 멍하니 엄마를 바라보고 서 있던 나는 그제야 탁자 위의 스탠드를 집어들고.

방문턱을 넘어서려는데 뒤에서 엄마의 목소리가 들린다.

ㅡ그냥 지나가다가, 누가 이사왔나, 쳐다본 걸 거야.

대체, 내가 그 여자애 생각을 하고 있다는 걸 어떻게 안 거지? 대부분은 나를 어이없게 만드는 신민아씨지만, 이따금은 나를 놀라게도 만든다. 내가 학교에서 무슨 과목을 배우는지조차 모르는 걸 보면 관심도와 주의력 부족이 확실한데, 내 생각이나 속마음 같은 건 신통하게도 잘 집어내는 거다. 속내를 들킨 게 머쓱해져서, '내가 그렇게 파악하기 쉬운 사람이야? 실망인데'라고 말을 돌리면 잊지 마셔요, 그래봤자 너는 내 뱃속이란 데에서 나오셨거든요, 하며 코웃음을 치곤 한다. 물론 자신의 짐작이 적중한 데 만족한 나머지 나를 '지적질'하려던 일에 대해서는 벌써 잊어버린 뒤이고.

ㅡ근데 걔 말야.

엄마가 뭔가 마음에 들지 않는다는 말투로 한마디 덧붙인다.

ㅡ좀 그렇다.

ㅡ누구?

나는 끝까지 시치미를 떼고 싶은 것이지.

—얼굴은 귀여운데, 옷이 그게 뭐니. 헐렁하니, 무슨 마리오네트
도 아니고.

딱 한 번 갔던 외국 출장에서 엄마가 사 온 선물이 바로 마리오네
트 인형이었다. 돌아오는 길에 공항 면세점에서 대충 아무거나 산
게 분명했다. 끈이 끊어지고 색이 바랜 뒤에도 그걸 쉽게 버리지 못
했던 거, 딱히 좋아서가 아니었다. 손발에 끈을 매단 채 구석에 구
겨져 있는 모습이 늘 슬퍼 보여서였을 것이다. 지난번 이사 때 엄마
가 버려주지 않았으면 아마 지금도 내 잡동사니 박스 안에 들어 있
겠지.

책상 한쪽에 스탠드를 내려놓으며 슬쩍 창밖을 내다본다. 눈에
들어오는 건 푸른 메타세쿼이아 나무뿐. 창가로 다가서봐도 역시
아무도 없다. 나무 아래 벤치가 텅 비어 보인다.

방 안을 둘러본다. 조금 전과는 약간 다른 느낌.

어제까지 이 방은 의젓하고 수영과 인사도 잘하고 또 교지편집부
원이면서 반장이기도 한, 나보다 한 학년 위인 어느 고등학생의 방
이었다. 지금은 내 방이다. 한눈에 보기에도 연약하고 시큰둥하며
운동에는 흥미 없고 책도 별로 안 읽고 성적도 수학을 빼고는 모든
과목이 중간쯤인 그저 그런 열일곱 살.

내 눈길이 거울로 향한다. 거울 속의 나를 본다.

이런 거다. 누군가가 이 자리에 서서 두 손으로 벽에 걸려 있던 거
울을 뗀 뒤 사라진다. 그런 다음 내가 나타난다. 같은 자리에 서서
두 손으로 다시 거울을 건다. 두 개의 거울은 같거나, 적어도 비슷한
거울이다. 하지만 거울 속 두 개의 얼굴은 전혀 다른 얼굴이다.

여덟 살부터 열일곱 살까지. 나는 십 년 동안 매일 이 거울 속에서 나를 보아왔다. 그 속의 나는 매일 조금씩 변해왔고, 그 결과 지금 거울 속의 이 모습이 되었다. 같은 날 내 거울과 함께 공장에서 실려나왔을 수많은 다른 거울들. 그것들도 모두 십 년 동안 끊임없이 누군가의 모습을 담아냈을 것이다. 이 방에 걸려 있던 거울이 그중 하나일 수도 있겠지. 그 거울은 어떤 얼굴을 담고 있었을까. 어쩌면 창밖의 여자애가 간절히 보기를 원했는지도 모를 그 얼굴. 누구일까.

엄마가 부른다. 나가보니 거실과 안방과 부엌을 오가며 목장갑을 찾고 있다. 내가 소파 위에 던져져 있던 목장갑을 집어주고, 엄마가 '이러는 내가 싫어' 하는 표정으로 한숨을 내쉬고, 그리고 동시에 현관 벨이 울리고.

재욱 형이 왔군. 재욱 형이 왔다고 생각하니 배가 좀 고프다.

재욱 형은 검은 뿔테안경이 잘 어울린다. 늘 심플한 티셔츠에 청바지 차림이지만 키가 크고 마른 편이라 뭘 입어도 그런대로 스타일이 산다. 오다기리 조를 좀 닮긴 했지. 하지만 누구보다 본인이 그걸 잘 알고 있다는 게 그를 모조품으로 보이게 만든다. 머리는 왜 저렇게 위로 올려묶었지? 〈도쿄 타워〉의 오다를 흉내내는 건가? 가방도 꽤 취향이 있어 보이는 메신저백. 하지만 그 안에 든 책을 꺼내면서 잘난 체하는 표정이 드러나는 순간 호감지수는 급추락이다.

- 도토리들은?

현관문을 열어주며 엄마가 묻는다.

- 집에 있어. 미팅 갔다가 바로 오는 길이야.

—개들 살쪄서 꽤 무겁지? 귀찮지 않았어?

—나를 죽어라 피해다니는데, 귀찮을 건 없지.

—간식 줘봤어?

—참치보다 연어를 좋아하시더군. 스낵도 빠드득빠드득 잘도 씹어먹고. 먹을 거 줄 때만 옆으로 와. 얄미워.

—그게 왜 얄미워, 솔직한 거지. 깨끗하게 본능만 따르겠다, 얼마나 지조 있는 태도야.

—하긴, 아양을 안 떠니까 부담은 없더라구.

도토리들이란 우리 집의 고양이 남매 '도토'와 '토리'를 말한다. 털이 짧은 브리티시쇼트헤어이다. 검은색 '도토'는 수컷이고, 암컷 '토리'는 회색 고양이. 신민아씨, 한꺼번에 부르기 좋다고 이름을 그렇게 붙여놓고는 막상 부를 때는 꼭 '들'을 붙여서 '도토리들!'이라고 부른다. 이사 때문에 어제 재욱 형 집에 맡겼다.

—연우, 준비해. 나가자.

엄마는 핸드백을 가지러 안방으로 들어가고, 나도 티셔츠를 갈아입는다.

문득 또 창 쪽을 바라본다. 언제부터 이렇게 바깥풍경에 관심이 많았지? 어쨌든 그렇게 길었던 하루가 저물어가는데도 아직 바깥은 환하다.

엄마는 내가 아직도 탕수육을 좋아하는 줄 아는 모양이다. 자장면은 여전히 좋지만, 언젠가부터 새콤달콤한 탕수육보다는 매콤한 깐풍기가 더 좋아졌는데. 연우는 탕수육 먹을 거지? 메뉴판을 집어드는 엄마의 말에 내가 고개를 젓는다. 왜, 이제 안 좋아하게 됐니? 그런 지 꽤 됐을걸. 말을 하지. 안 했을까? 했었어? 한, 이십 번쯤. 그럼 이걸로 이십한번째구나? 아니 참, 지금 한번 더 말했으니 이십 두번째?

무안함과 미안함을 무마하려는 신민아 식 농담이다. 엄마는 길눈 뿐 아니라 숫자에도 무척 어둡다. 그러면서도 반드시 제 힘으로 숫 자에 관한 문제를 해결하려는 곤란한 고집을 갖고 있다. 계산이 빠 른 내가 옆에서 답을 알려주는데도, 실패할 게 뻔한 암산에 집중하 느라 두 손으로 귀를 막는다. 엄마가 숫자에 관한 농담을 시도한다 는 건, 나름 '정신을 차려야 해' 다짐하고 있다는 뜻이다. 말을 하는 중간에 이미 내게서 탕수육이 별로라는 말을 들은 기억이 났다는 증거이기도 하고. 내가 초등학교 때 좋아하던 초코케이크를 더이상 즐기지 않는다는 것까지 덩달아 기억났을지도 모르지. 그래도 아마 한두 번쯤은 더 아무 생각 없이 탕수육을 주문하려 할걸. 나 역시 신민아씨를 알 만큼은 안다구.

—이십두번째가 아니고, 스물두번째.

이런 식으로 참견하는 재욱 형은 알고 말고 할 것도 없다.

엄마가 깐풍기와 해물누룽지탕을 주문한다. 종업원이 묻는다. 식 사 주문도 미리 하시겠습니까? 그러지 뭐. 엄마와 재욱 형이 메뉴판 을 다시 펼치고 머리를 맞댄다. 재욱씨는 뭘로 할래? 민아씨는? 나 는 어쩔 수 없이 종업원의 얼굴을 흘끗 살펴보고.

엄마는 스물네 살에 나를 낳았다. 게다가, 분명 철분 부족이 원인 인 것 같은데, 도무지 마흔 살로는 보이지 않는다. 인정하기는 싫지만 우리를 모자로 보기에는 좀 애매한 부분이 없지 않은 게 사실이다. 재욱 형은 서른세 살이다. 무심코 보면 엄마의 애인으로 보이긴 하지만 당연히 남편으로는 보이지 않는다. 더구나 내가 재욱 형의 아들로? 그건 불가능하다.

'재욱씨'와 '민아씨'가 다정하게 귀엣말을 하고, 내가 '재욱 형!'과 '엄마!'를 연달아 불러서 주의를 주기라도 하는 순간 다른 누군가가 그 자리에 있다면, 그 사람은 자기 귀를 의심할 수밖에 없다. 그다음 반응은 제각각이지만 뭐가 됐든 내게는 다 마찬가지. 엄마와 재욱 형은 짐짓 아무렇지 않은 표정이겠지만 나는 아닌 거다. 굳이 나를 외식 나온 가족들로 가득한 주말의 패밀리 레스토랑으로 끌고 갈 때가 있는데, 그런 데서까지 둘이 스스럼없이 굴면 아무리 성격 좋고 이해심 많은 나라도 짜증이 안 날 수 없다. 설마 우리가 그곳에 온 다른 사람들처럼 가족으로 보일 거라고 착각하는 건 아니겠지. 남과 다른 건 어쩔 수 없다 치더라도, 굳이 티를 내서 시선을 끌 것까지는 없지 않나.

엄마는 무신경한 사람이 아니다. 소심한 성격이라 오히려 신경을 많이 쓰는 편이다. 그러다보니 또 안 좋은 점도 생겨난다. 바로 쉽게 남의 영향을 받는 것. 나를 배려해서 조심하려고 했을 텐데도, 재욱 형이 터프한 척 굴기 때문에 덩달아 대범한 척 따라하는 것이다. 언젠가 엄마가 '여덟 살이나 어리다는 건 심각한 핸디캡이자 감점 요인이야'라고 말한 뒤 재욱 형은 부쩍 더 헛폼을 잡는 것 같다. 걸핏하면 나한테 '남자 녀석이' 어쩌구 하는 것만 해도 그렇고.

무엇다워야 한다는 말, 나는 그게 싫다. 나는 어릴 때부터 계집애 같다는 말을 수없이 들어왔다. 계집애같이 예민하다, 계집애같이 다정다감하다, 에서부터 계집애같이 잘 삐친다, 계집애같이 마음 약하다, 계집애같이 소심하다…… 계집애 같다는 말도 물론 싫지만 남자답다는 말 역시 재미없다.

ㅡ여기서는 기스면이 제일 칼로리가 적겠는데. 살찌면 안 되니까 민아씨는 그걸로 해.

재욱 형의 말에 종업원이 웃음을 참느라 입술 끝을 움찔거린다. 저건 터프한 게 아니라 눈치가 없는 것이지. 그것도 구별 못 하나. 내 참.

나는 무난한 것, 중간, 눈에 안 띄는 게 좋다. 하지만 티 안 나게 남들 틈에 섞여 있으려면 그들과 똑같이 기본적으로 뭔가를 웬만큼 갖춰야 한다는 게 문제이다.

이사 때만 해도 그렇다. 거의 이삼 년에 한 번씩 엄마와 둘이서 수많은 이사를 했는데, 언젠가부터 남자 어른이 없다는 점에 신경이 쓰이기 시작했다. 종이상자 속에 꼬박꼬박 모아온 나의 전 재산 중 지폐만 모조리 없어져버린 일, 이삿짐 트럭이 내 자전거를 그대로 싣고 가버린 일을 말하는 게 아니다. 점심값을 요구하거나 사다리 비용 같은 걸 흥정할 때 으레 엄마한테 반말을 하고 이런저런 트집을 잡아 쩔쩔매게 만드는 짓궂은 아저씨들이 적지 않았다. 짐을 옮기다 말고 욕실에 들어가서 웃통을 벗고 머리를 감는 아저씨도 봤다. 또 엄마와 내가 재활용 쓰레기를 버리러 가면 경비 아저씨들은 유난히 참견하고 잔소리를 하려 들었다. 그럴 때마다 나는 남들이 왜 그렇게 우리에게 무례한가 생각하곤 했다. 부자연스럽게 과장된 친절도 속으로는 크게 다를 것 없었고.

물론 좋은 아저씨들도 많았다. 하지만 누구나 다 부당한 취급을 받았을 때의 기억이 더 안 잊히고 오래가는 거 아닌가.

만약 남자 어른이 있는 집이었다면, 엄마가 열시 넘어까지 침대에서 못 일어나는 싱글맘이 아니고 깐깐한 주부 스타일이었다면, 그리고 우리 집이 오십 평쯤 되는 큰 집이었다면, 이삿짐센터 아저씨들이 화분이나 양초에 대해 이러쿵저러쿵하지 않았을 게 분명하다.

내가 그렇게 말하자 엄마가 피식 웃는다.

—엄마가 불면증 땜에 아로마 초를 박스로 산다고 설명해주지 그랬어.

—초는 처박아놓고, 늘 술 먹고 자잖아.

이것 참, 엄마에게 화살을 돌리려던 건 아니었는데.

엄마 목소리는 차분하다.

—연우 네가 지나치게 예민한 거야. 그 아저씨들, 피곤해서 남 일에 그렇게 관심 없어. 그리고, 피곤한 사람은 무신경할 수밖에 없거든. 배려라는 게 원래 뇌에서 나오는 거라 체력 소모가 엄청 많다구. 그걸 갖고 뭐라고 하면 안 되지.

—내가 아침에 갈걸 그랬는데?

재욱 형이 끼어든다.

또 눈치 없어지는 시간이 됐나. 미남 청년 재욱씨와 사십대 학부모 민아씨가 만나 다정한 모습을 보이면 이삿짐센터 아저씨들이 엄마가 카페 했냐는 말을 안 했을 거라고?

재욱 형이 내 편을 드는 척한다.

─민아씨가 연우 입장이라고 생각해봐. 이삿짐센터 아저씨에 대해서는 이렇게 생각할 수 있지. 세계를 보는 방식이 나와는 다른 사람을 만났을 때 겪는 가장 곤란한 점은 상대가 자신의 해석적 틀을 나에게 강요하는 경우잖아. 그 문제를 해결하려면 상대와 내가 공통적으로 가지고 있는 해석적 틀이 무엇인지 알아내는 것이 중요한데, 아는 만큼 보인다는 식으로 접근하면 오류에 빠지게 돼. 그건 보는 틀에 의해 생각을 강요당하는 거나 마찬가지거든. 자유롭게 있는 그대로의 사물을 받아들이지 못하게 되는 거지. 결국 타인의 고통에 공감하는 윤리적인 감수성을 갖추지 못하고 점점 시각차만 커질 수밖에 없어. 여기에서, 어차피 문제라는 건 해결이 안 되고 해소만 가능한 거라는 명제가 성립되는데……

─그러니까 뭐야, 문제는 그대로 있는 거고 그냥 문제삼지 않으면 된다는 거야?

엄마가 대꾸하자 재욱 형이 고개를 끄덕이며 웃는다.

─비트겐슈타인보다 명쾌하다니까.

다행히 종업원이 음식을 날라왔다. 재욱 형 입에서 프리미어 리그 축구 선수랑 비슷한 이름이 나오기 시작하면 엄마와 나는 지루해서 어쩔 줄 모른다. 그럴 때 보면 진짜 눈치 없어. 언젠가 내가 말했더니 엄마는 무지한 사람들을 보고 안타까워하는 건 똑똑한 사람들 버릇이라며 '남을 의식 안 하는 것도 일종의 자신감이야'라고 재욱 형 편을 들었다. 하도 어처구니가 없어서 일기에 쓸 뻔한 거지.

작은 국자로 누룽지를 앞접시에 옮겨담던 엄마가 말한다.

─근데 저 종업원 말야. 개그맨 누구 닮지 않았니?

─신민아씨.

내가 주의를 줄 수밖에 없다. 조금 낮추긴 했지만 이 정도 목소리라면 옆자리 식탁을 치우고 있던 종업원의 귀에도 충분히 들릴 것이다. 누가 내 이야기 하는 게 싫다면 나도 남의 이야기를 하지 말아야지. 나는 눈치 없고 예의 없는 세상이 싫다구.

3

이삿날 하루 중 가장 기분이 좋아지는 시간. 집은 정리가 끝났고 이제 새로운 환경이 주는 약간의 흥분과 신선함을 느긋하게 즐기면 된다. 저녁이 되자 더위도 한풀 꺾였다. 우리 셋은 거실에 앉아 개그맨들이 시끌벅적 미션에 도전하는 오락 프로그램을 본다. 앞뒤 없이 설치면서 제 몫만 챙기는 캐릭터와 무신경하고 둔한 캐릭터가 티격태격하고 있다. 하여튼 얄미운 놈이야. 재욱 형이 혼잣말을 하고. 어떻게 저렇게 눈치가 없냐. 그러게. 엄마와 나는 서로 맞장구를 친다.

문이 반쯤 열려 있는 내 방.

어제까지는 저 방에서 내가 모르는 어떤 고등학생이 잠들었지만 오늘밤엔 내가 잠든다. 어딘가에 그의 흔적이 조금이라도 남아 있을까. 창밖에 서 있던 여자애? 무표정하고 방심한 듯한 얼굴이 떠오른다. 내가 벽에 몸을 붙이고 바라보는 동안 딱 한순간, 그 표정이 흐트러졌었다. 아랫입술을 살짝 물었다가 놓았던 것이다. 나는 그 순간을 놓치지 않았다.

갑자기 재욱 형과 엄마가 웃음을 터뜨린다.

나는…… 보나 마나 멍한 표정이겠지.

이사를 마치고 그날 밤 처음 침대에 누우면 늘 어떤 냄새가 맡아진다. 방 안 어딘가에 익숙하지 않은 향기가 떠다니는 것도 같다. 새옷을 사서 집에 돌아와 입어보면 문득 화학물질 냄새 같은 게 나는 듯한, 그런 기분과 비슷하달까. 싫지는 않지만 낯선 냄새. 단지 새로 도배한 집에서 나는 냄새라고 하기에는 어쩐지 묵은 듯한. 나는 속으로 그것을 이사 냄새라고 이름붙여놓았다. 어쩌다 낯선 장소에서 그와 비슷한 냄새를 맡게 되면 이사를 끝내고 처음 침대에 몸을 던진 채 엎드려 쉬던 때가 기억났다.

재욱 형과 엄마는 마루가 깔린 베란다에 의자를 내놓고 와인을 마시고 있다. 드보르자크의 〈멋진 신세계〉를 작게 틀어놓았다. 엄마 취향이다. 열 장 정도밖에 안 되는 클래식 시디를 번갈아 듣는 정도니 취향이라고까지 말할 수는 없을지도 모르지만. 엄마는 집에 있는 시간도 많지 않은데다 음악을 그리 즐기지 않는다. 문화평론가인 재욱 형은 가끔 웹진에 대중음악 칼럼을 쓰기도 하니까 엄마와는 수준차가 좀 나겠지. 하지만 엄마와 함께 있을 때는 음악에 대해 별로 신경 안 쓰는 눈치다.

몇 달 전 그들이 어떤 모임에서 처음 만났을 때. 재욱 형이 엄마에게 무슨 음악 좋아하세요? 물었다. 또 잘난 체를 하기 위해서였겠지. 엄마는 잠깐 생각한 뒤 대답했다. 틀어주는 음악, 그리고 만들어주는 음악도요. 오래전 그리고 아주 짧은 기간, 아빠가 엄마를 위해 집에서 음악을 틀어주곤 했다는 말은 엄마에게서 들은 적이 있다. 또 엄마의 집에서 결혼을 반대했을 때 아빠는 '우리 함께 가는 길 잠깐만이라도 쉬어갈 곳 있다면'이라는 긴 제목의 자작곡을 바쳐 엄마를 외박하게 만들었다.

아빠 생각이 나서 엄마가 그런 대답을 한 건 물론 아닐 테고. 아마 다른 때 같았으면 집에 있는 시디 목록을 떠올리려고 애쓰면서, 드보르자크나 모차르트를 좋아한다고 대답했을 것이다. 엄마는 질문을 받으면 꼭 무슨 정답이라도 맞히려는 사람 같아진다. 뻔한 대답을 성의 있게 한다고 할까. 하지만 마음에 드는 사람 앞에서는 솔직하고 정확한 대답을 하려고 꽤나 신중해진다. 신민아씨는 조재욱씨가 마음에 들었던 것이지.

―그랬더니 재욱 형이 뭐랬어?

―그럼 영화는 어떤 영화를 좋아하시는데요? 했던 거 같아.

이거야 원, 두 마리 토끼를 잡는 것도 아니고, 토끼 한 마리와 뱀 한 마리를 잡겠다는 수작이 아니고 뭐야. 뭐든 하나는 걸리겠지 뭐 그런 거냐고. 전에 살던 동네의 빵집 간판에 이런 문구가 있었다. 빵 중의 과자. 그게 그러니까, 빵과 과자를 다 잘 만든다는 뜻? 하긴, 끝내주게 잘하는 게 두 가지라면 어떻게든 둘 다 자랑하고 싶을지도 모르겠다.

인정해야겠지. 재욱 형과 엄마는 서로 좋아하고 나 또한 재욱 형을 특별히 싫어하지는 않는다. 지금까지의 엄마 애인 중 가장 좋은 건 아니지만, 어쨌든 나하고 세대차도 적고, 티를 내는 게 별로이긴 하지만 뭐 좀 멋있는 것도 사실이다. 하지만 지금처럼 두 사람만의 시간을 방해하지 않기 위해 혼자 방에 들어와 있을 때는 내가 무슨 떳떳하지 못한 숨겨둔 짐처럼 느껴지기도 한다. 정반대로 방 안에 숨어서 밖을 엿보는 틈입자가 된 기분일 때도 있고. 화장실도 대충 안 가게 된다. 헤드폰을 쓰고 게임이나 하는 수밖에. 그러고 보니, 헤드폰이 아직 거실 구석에 쌓아둔 상자 속에 그대로 들어 있던가? 할 수 없군. 나는 침대에서 몸을 일으킨다.

엄마가 거실에 선 채 통화중이다. 누구에겐가 나가기 곤란하다고 말하는 모양인데, 무척 상냥하다. 다음번에는 거절하지 않겠다며 몸에 밴 '친절'을 실천하는 중이다. 근데 웃음소리까지는 좀…… 힐끔 돌아보는데, 베란다 의자에서 일어나는 재욱 형의 모습이 눈에 들어온다. 통화를 끝낸 엄마가 그쪽으로 몸을 돌렸을 때는 이미 거실로 나온 뒤이다. 엄마가 다가간다. 가려고? 응, 술도 떨어졌고. 캔맥주는 있는데. 위스키도 좀 남았고. 됐어, 원고 쓸 것도 있어서. 그럴래, 그럼? 전화할게. 응. 간다. 마지막 말은 재욱 형이 나에게 한 손을 들어 보이며 하는 말이다. 메신저백을 메고 현관에서 스니커즈를 신는 재욱 형의 표정이나 배웅하는 엄마의 표정 모두 그리 좋지 않다. 전에 살던 집보다 현관문 닫히는 소리가 두 배는 더 큰 것 같다.

참, 도토리들 언제 데려올지 말 안 했네. 닫힌 현관문 앞에 그대로 선 채 엄마가 중얼거린다. 담배를 피우듯 손가락 두 개를 입술에 대고 있다. 마음을 가라앉히려고 애쓸 때의 버릇이다. 보나 마나 이제 조울증에서 불면증으로 한 단계씩 모드 전환되겠군.

왜 아니겠어. 싱크대 찬장에서 위스키잔을 꺼내며 엄마가 명랑하게 말한다. 연우 너도 한잔하자. 난 끊었다니까요. 대충 대꾸해준 다음 나는 방으로 들어와버린다.

엄마는 취했을 때 제법 똑똑한 사람처럼 말한다. 중요한 충고라며 인생에 대해 가르치려 드는데, 내가 여섯 살 때부터 시작된 일이다. 재욱 형과 사귀기 시작할 무렵, 재욱 형이 왜 자기를 좋아하는지 아냐고 물은 적이 있다. 취하지 않았을 때라면 '똑똑하고 예뻐서'가 정답일 텐데, 아니었다.

—내가 많은 걸 바라지 않는다는 걸 알기 때문이야. 그게 관계를 가볍게 만들어주거든. 누구나 짐을 지는 건 싫어하니까. 연우야, 이거 중요한 문제야. 약간 멀리 있는 존재라야 매력적인 거야. 뜨겁게 얽히면 터져. 알았지?

엄마가 내게 알려주고 싶은 건, 그러니까 인생의 쓴맛인가. 예방주사를 놓듯이? 그래도 이건…… 미리부터 너무 겁먹는 거 아냐?

엄마는 모르고 있다. 몇 년 전부터 내가 엄마의 충고를 별로 귀담아듣지 않고 있다는 걸. 내 방으로 들어가선 엄마와 다른 생각을 하는 거울 속의 내 모습을 가만히 바라보고 서 있다는 것을. 그리고 그런 시간에는 나를 둘러싼 공기의 밀도가 높아지면서 내 안의 뭔가에 집중하게 되는데, 그것이 때로 고독인가 하는 생각이 든다는 것을 말이다.

늦은 밤, 식탁에서 혼자 술을 마시고 있는 엄마와 내 방 거울 앞에 서 있는 나. 아무리 가까운 사이라 해도 서로의 고독에 대해서는 아무것도 해줄 수 없다. 모두 다 그런 것일까.

4

학교를 배정받기 위해 전학추첨관리교라는 곳에 가는 날.

버스 창밖으로 짙푸른 잎을 달고 늘어선 가로수와 뜨거운 햇볕, 그리고 끊임없이 나타나는 아파트 단지들을 본다. 호수공원을 지날 때가 가장 좋다. 세 개의 정류장을 지나오는 내내, 바람을 가득 품고 흔들리는 초록 숲과 달구어진 회색 보도블록 위를 한가하게 걷는 사람들을 만날 수 있다. 여름엔 모든 움직임이 좀 느리게 느껴진다. 산책하는 이들의 챙모자와 샌들 차림을 보니 어딘가로 떠나고 싶어진다. 버스에서 내리자마자 숨이 턱 막히지만.

우리 줄에 보호자 없이 혼자 온 학생은 둘뿐이었다. 나와 독고태수라는 애.

배정원서를 쓸 때 앞뒤로 서게 되었는데 원서에 쓰인 네 글자가 얼른 눈에 들어왔다. 이름뿐 아니라 차림새도 독특했다. 한여름에 비니를 쓰고 왼쪽 귓불에는 은귀고리 한 쌍, 목에는 커다란 헤드폰을 운동타월처럼 걸치고 있다. 힙합 스타일의 헐렁한 반바지에 신발은 조리. 오렌지색 티셔츠에 박힌 'Hey, Mr. robber! I don't have any money'라는 문구도 평범하지는 않다. 짙은 눈썹과 떡 벌어진 체격에 어울리지 않게, 추첨을 진행하는 선생님 입에서 지시가 떨어지자마자 곧바로 얍, 하고 대답한 뒤 어깨를 좌우로 흔들며 유쾌하게 움직이는 모습은…… 뭐랄까, 착하게 살기로 마음먹은 지 세 시간쯤 된 조폭 심부름꾼 같다. 어딜 가든 눈에 띄는 체격과 차림새, 나와는 정반대다.

추첨이 시작된다. 나는 언제나 그렇듯 중간쯤에 줄을 서고.

빙글빙글 돌다가 받침대 안으로 굴러떨어지는 공 한 개를 집어 거기 적힌 각 학교의 고유번호를 확인한 순간. 운이 좋았다! 집에서 가장 가까운 학교다. 귀찮게 버스 같은 걸 타지 않아도 된다. 기분 좋게 숨을 크게 들이마신 뒤 천천히 내뱉으면서 구석 쪽으로 걸어간다.

추첨이 시작되면서부터 부쩍 실내가 소란스러워진다. 여긴 야자 빼기 존나 어렵다는데, 쩐다 쩔어. 학생주임이 미친개래, 지식인에까지 올라와 있어, 씨바, 또 딴 데로 전학가버릴 거야. 교복 색깔이 완전 촌스러. 치마도 길게 입고, 개간지야! 거기 치어리더부가 졸라 유명하잖아. 연예인도 둘이나 다닌대. 대박.

갑자기 실감이 든다. 방학이 끝나면 나는 학교라는 세계로 돌아가는 거구나. 엄마는 방학숙제 부담 없이 실컷 놀 수 있어 여름 전학이 최고라지만 개학이 가까워지면 나는 어쩔 수 없이 스트레스를 받곤 한다.

실내에 소음이 점점 커져 귀가 울리기 시작한다. 마치 악기의 공명통 속에 들어앉은 것 같다. 소리의 파장에 밀려 내 몸이 선 채로 혼자 그 자리에서 조금씩조금씩 뒤로 밀려나는 기분. 떠드는 아이들을 멍하니 바라본다. 누군가와 눈이 마주친 듯한 기분이 들어 다음 순간 미간을 모은다. 원서 쓸 때 앞에 서 있던 아이다. 독고태수. 나를 향해 씨익 웃는다. 왜 저러는 건데? 알지도 못하는 사이에 뭔가 통한다는 듯이 던지는 저런 식의 눈짓, 별로다. 아이들이 저렇게 무리지어 서 있는데 그 사이로 어떻게 서로 눈이 마주쳤을까. 나를 보고 있었나. 게다가 어깨를 으쓱해 보이는 저 제스처는 또 뭐지.

내게 다가와서 건네는 첫마디도 영 마땅찮다.

—미스터 심드렁. 너 8번이지?

처음 보는 사람을 다짜고짜 이상한 호칭으로 부르며 친밀하게 말을 붙이는 덩치 큰 남자 고등학생. 정말 처음 보는 캐릭터다. 그리고, 언제 봤다고 '너'야. 내가 약하고 만만해 보여서는 아닌 것 같다. 그렇다고 보기에는 눈빛이 좀 장난스럽다. 아무튼. 어정쩡하게 올려다보는 나를 향해 그가 내뱉는 다음 말.

—너 8번, 나도 8번. 1학년 맞지? 나도 1학년 맞거든.

무슨 랩이라도 하나? 나는 대답 대신 대충 적당히 고개를 끄덕여 보인다. 내 모습이 2학년 이상으로 보이지 않는다는 건 알지만 이런 일방적인 말투는 어디까지나 비호감이지. 여드름 자국도 그렇고 굵은 목소리도 그렇고, 반대로 그쪽은 절대 2학년 이하로는 안 보이는데 뭘. 마침 선생님이 내 번호를 불렀으므로 나는 접수대 쪽으로 걸어간다. 독고태수라는 애, 작별인사라도 하듯 손까지 번쩍 들어 보인다.

버스를 기다리고 서 있는데 이번에도 또 독고태수다. 정류장을 향해 건들건들 걸어오는 모습이 멀리서도 눈에 띈다. 나는 얼른 시선을 피해버리고. 마침 내가 탈 버스가 사거리에서 신호대기중이다. 버스가 서자마자 나는 곧바로 올라탄다. 맨 뒤쪽 자리까지 걸어들어가서 손잡이를 잡았다. 이내 버스가 출발한다.

어? 또 만나네, 하는 소리에 옆을 보니 그애가 서 있다.

—꼭 따라온 것 같잖아. 근데 그건 아니거든. 어쨌든 좀 반가운데?

독고태수는 나보다 한 뼘쯤 크다. 그에게서 고개를 돌리려는데 순간 이를 드러낸 채 웃고 있는 그의 입술 위 작은 흉터가 눈에 들어온다. 나도 어린 시절 서랍장 손잡이에 얼굴을 찧어 입술이 터진 적이 있었다. 똑같은 자리이다. 그 기억 때문이었나, 엉뚱하게도 그가 순진한 애일 거라는 생각이 든 것은? 어릴 때 밥 먹으며 졸다가 식탁 모서리에 입을 부딪혔다든지 호떡을 급히 먹다가 안에 든 뜨거운 설탕시럽에 입술을 데었다든지, 그런 식으로 생긴 흉터일 것 같고.

―난 독고태수야.

내가 강연우라고 이름을 말하자 웃으며 고개를 끄덕인다.

―알아, 아까 접수 때 서류에서 이름 봤어.

하긴 앞뒤로 서 있었으니 나만 독고태수의 이름을 봤으란 법은 없지. 신경이 쓰였든 관심이 갔든. 그거, 비슷한 말인가?

몇 정류장 지나자 맨 뒷자리가 빈다. 독고태수와 나는 거기 나란히 앉는다. 안쪽에 서 있던 내가 창가 자리이다. 별로 할말은 없고, 그런데 참, 미스터 심드렁이라니, 좀 시큰둥해 보인다는 뜻인가?

내가 묻자마자 독고태수가 주머니에서 MP3를 꺼낸다.

―노래 제목이야. 들어볼래?

그거였군.

나는 터치패드를 밀며 MP3에 저장된 곡을 찾기 시작하는 독고태수의 기다란 손가락을 본다. 흔들리는 버스에서 책을 읽는다거나 이어폰으로 음악을 듣는 건 내 취향이 아니다. 저혈압인 엄마는 귓속의 무슨 관이 균형을 잘 잡지 못해 차 안에서 책을 못 읽는다고 핑계를 대곤 하는데, 나도 엄마를 닮아 그럴 거라나. 하지만 나는 단지 창밖으로 스쳐가는 경치를 보는 게 더 좋을 뿐이다. 특별히 좋아하는 가수도 노래도 없고.

태수가 건네주는 커다란 헤드폰을 받아서 머리에 쓰며 버스 안을 흘끔 살펴본다. 무슨 디제이도 아니고 차 안에서 이런 걸 쓰자니 어색하기만 한데. 독고태수는 곡을 못 찾은 모양이다. 혼자 중얼거린다. 어디 갔지? 지웠나?

그때다. 분수대에서 떨어지는 시원한 물방울들처럼 또렷하고 생기에 찬 목소리! 귓속으로 빠르게 쏟아져들어온다.

—잠깐만.

나는 태수의 손바닥 위에 놓여 있던 MP3를 집어든다.

언제부턴가 거울을 쳐다보는 습관이 생겼지
표정도 어색하지 않을 정도로 지을 수 있어
하지만 내 주위에서 나를 바라보는 시선은 결코 편하지 않아
그들이 내게 강요하는 것은 오로지 하나 남자스러움 말야

그 목소리는 천둥처럼 나를 전율시킨다. 가슴이 뛰기 시작한다. 이건, 내 이야기잖아! 한순간 온몸이 굳는다. 마치 누군가의 손이 나타나서 뻣뻣해진 내 몸을 낚아채 잡아끌기라도 한 듯이, 그대로 다른 세계로 빨려들어간다.

무엇다워야 한다는 가르침에 난 또 놀라

습관적으로 모든 일들에 익숙한 척 가슴을 펴지만
그 속에서 곪은 상처는 아주 천천히 우리들을 바보로 만들어
우리는 진짜보다 더 강한 척해야 하므로

다섯 살 때였던가, 내가 여자 옷을 입고 싶다고 한 적이 있었다.
엄마는 원피스를 사와서 내게 입히고, 뭘 하든 기왕이면 예뻐야 한
다며 머리핀도 꽂아주었다. 나는 치맛자락을 날리며 들뜬 표정으로
놀이터로 뛰쳐나갔다. 놀이터를 한 바퀴 돌고 그네와 미끄럼틀을
한 번씩 탄 뒤 집으로 돌아왔다. 그뿐이었다. 그뒤로 다시 그 원피
스를 입었던가? 그건 기억나지 않는다. 이웃 아줌마들에게 놀림은
당했던 것 같다. 고추가 떨어진다나 뭐라나. 하지만 그 한 번의 경
험은 너무나 상쾌하고 신기해서 마치 우주여행이라도 다녀온 것 같
았다.

나만 그럴까. 누구나 한번쯤 그런 옷을 입어보고 싶을 수 있는 거
아닌가. 다른 존재에 대한 호기심이 흉내로 해소되기도 한다고 엄
마도 말한 적 있다. 한 인간의 내면에 여러 가지 다른 본성이 섞여
있다는 사실은 하나도 이상할 것이 없다면서.

유치원 다닐 무렵 내 주변에는 고의로 자전거를 넘어뜨리거나 놀
이터 모래를 집어던지면서 시비를 거는 애들이 늘 있었다. 체격이
작아서 만만해 보이는 탓도 있었겠지. 게다가 다른 애들과 달리 나
에게는, 놀이터에서 노는 동안 창문을 통해 수시로 내다봐줄 엄마
가 없었다. 자주 외출중이었으니까. 싸움이 생겨도 아줌마들은 친하
게 지내는 이웃집의 아이들만 챙겼다. 자기들과 어울리지 않을 뿐

아니라 라이프스타일이 전혀 다른 우리 엄마는 공동체에 끼지 못했고, 나 역시 보호받을 수 없는 존재였다.

나보다 어린 애들에게까지 곧잘 맞고 들어오는 나를 엄마는 괴씸하게 여겼다. 솔직히 말해봐. 이기고 싶다고 생각해본 적이 한 번도 없었단 말야? 응. 곰곰이 생각해보면 힘이 달려서라고는 할 수 없다. 시도해본 적도 없으니까 모르는 일이다. 너 태권도 빨간 띠잖아. 대체 왜 같이 때리지 않는 건데, 응? 엄마가 답답해하면 나는 늘 싸우는 게 싫다고 대답했다. 진심이었다.

요즘도 그렇다. 아무리 더러운 기분이 들어도 큰 소리를 내며 부딪쳐 깨지는 것보다는 내 안에 가라앉혀 조용히 흘러가는 쪽을 택한다. 거울 앞에 선 채 내 안에서 제멋대로 굴러다니고 끓어오르는 것들을 한참 동안 바라보다가, 어느 순간 내 눈을 마주 보며 피식 웃음을 지어버린다.

초등학교 때, 한번은 반 친구가 집에 놀러 와 함께 게임을 했다. 친구는 좀 살벌하게 게임을 했다. 이를 악문 채 눈에 불을 켜고 쉴 새없이 욕설을 뱉어가며. 나는 그 기세에 질려버렸다. 정 그렇게 이겨야겠다면야 뭐. 그애가 눈치채지 않도록 조심해가며 게임에 져주었고, 그날 밤 일기에 쓸 게 하도 없어 그 일을 썼다. 일기장 검사를 마친 담임선생님이 무슨 생각에서였는지 수업시간에 나를 지목해 일기장을 읽게 했다. '왜 그런지 그애는 꼭 이기려고 하는 것 같았다'라는 대목을 읽으며 나는 울음이 터져나오려는 걸 가까스로 참았다.

어떻게 애들 앞에서 일기를 읽으라고 해? 엄마는 이해하지 못했다. 엄마도 나도 몰랐지만, 지금 생각하면 엄마가 학교에 한 번도 찾아가지 않은 탓도 있었던 듯하다. 어쨌든 일기장 사건 이후 한동안 내가 책상에서 일어나기만 하면 뒤통수로 연필이나 지우개 같은 게 날아왔다. 자신의 생각을 있는 그대로 표현하라는 글 따위는 더이상 쓰지 않게 되었고.

육교 아래에서 돈을 뜯겼을 때는 정말 무서웠다. 태어나서 제일 많이 맞은 거 아닐까. 후들거리는 다리를 진정시키며 가까스로 집에 돌아와 엄마에게 전화를 걸었을 때. 엄마는 취한 목소리로 다친 데 없냐고 물은 다음 중학생이 배짱과 힘을 키우기 위한 좋은 방법이 무엇일지 술자리의 다른 사람들에게 물어봐주겠다며 농담을 했다. 나는 엄마가 사과를 하면 대부분 받아주지만 그날만은 학교도 결석하고 하루 종일 방에서 나가지 않았다. 달려가 도울 수 없다면 스스로를 돕도록 사건 자체를 작게 만들어주는 원격조정이 최선이라는 궤변 따위 귀에 들어올 리 없었고.

그때는 잘 몰랐지만, 정확히 따져보면 엄마한테 화가 난 것은 아니었다. 육교 아래로 끌려갔을 때 내 주머니에는 이천원밖에 들어 있지 않았다. 그 정도의 돈을 뺏기 위해 자기보다 약한 상대를 골라 마구 주먹을 휘두르고 발길질을 하는 치사함, 그리고 그런 일이 예사로 벌어지는 후진 세상이라니. 그런데도 내가 할 수 있는 일이란 겨우 엄마에게 화를 내는 것뿐이었다. 정당하게 맞서지 못하고 만만한 데에 화풀이를 하는 나는 또 얼마나 비겁한가. 한심한 놈이라는 생각이 나를 괴롭혔다. 그날 나는 한참을 거울 앞에 서 있다가 침대에 엎드려 울었다. 거울을 뒤집어놓은 채.

한 곡의 노래를 듣는 짧은 순간 이 모든 일들이 머리를 스쳐 지나 갔다.

노래가 끝났다. 가슴은 터질 듯 빠르게 뛰고 아랫배에는 잔뜩 힘 이 들어가 있다. 어쩐지 눈물이 날 것만 같아 시선은 창밖으로. 스 쳐가는 아파트들, 가로수, 상가…… 그제야 정류장을 지나쳤을지도 모른다는 생각이 든다. 태수 쪽으로 고개를 돌린다. 눈이 마주치자 고개를 옆으로 갸우뚱해 보이는 태수. 나는 침을 한번 삼켜 목소리 를 가다듬고.

—지나친 거야?

—응.

우리 집까지는 아직 한 정류장 남아 있지만 태수가 내릴 정류장 은 두 개나 지나 있다.

태수와 함께 버스에서 내린다. 더운 날이다.

—우리 집은 저 안쪽 마지막 동이야.

아파트 단지 안쪽을 가리키며 내가 태수에게 말한다. 근데 우리 집이 저기라는 설명은 왜 하고 있는 거지? 태수는 왜 또 밑창이 닳 아 얇을 대로 얇아진 조리를 끌며 어슬렁어슬렁, 당연하다는 듯이 내 뒤를 따라오는 것이고? 노래를 한번 더 듣고 싶은 마음이 들긴 했지만 말이다.

일층 현관을 들어서며 나는 습관대로 먼저 우편함을 확인한다. 신민아씨는 한 번도 우편물을 챙겨들고 온 적이 없다. 우편함에는 통신회사 청구서와 도토리들의 예방접종일을 알리는 동물병원 엽서, 엄마가 원고를 쓰는 백화점 사외보가 들어 있다. 그것들을 꺼내자 바닥에 깔려 있던 사진엽서 한 장이 나타난다.

해변. 수영복 차림의 두 젊은 남자가 모래 위에 나란히 앉아 있는 오래된 흑백사진이다. 체코에서 보내온 엽서인데 보낸 사람 이름은 없고, 받는 사람은 민기훈.

주소를 다시 한번 확인해봤지만 우리 집 주소가 맞다. 전에 살던 사람인가? 엽서를 다른 우편물 사이에 끼워넣고 계단 쪽으로 걸어간다. 태수는 엘리베이터 앞에 가서 단추를 눌러놓고 서 있다.

─3층이야.

먼저 계단을 올라가며 내가 태수를 돌아본다. 태수는 오 마이 갓, 어깨와 고개를 긴팔원숭이처럼 축 내려뜨리더니 '이런 날씨에 삼백 층까지 걸어가라고?' 투덜거리며 따라 올라오기 시작한다.

집 안은 비교적 상태가 양호하다. 신민아씨는 이주일에 한 번 청소를 하는데 어제가 바로 그날이었던 것이다. 거실 소파에 핸드백이나 옷가지 하나 걸쳐져 있지 않은 건 특히나 드문 일이다. 집 안 어디에든 앉아서 쉴 곳이 있어야 한다며 걸핏하면 의자를 주문하지만, 그 의자마다 아무렇게나 던져놓은 물건들이 잔뜩 쌓여 있는 걸 보면 우리 집에 왜 의자가 많이 필요한지 그제야 진짜 이유를 깨닫곤 한다니까.

내 방은 북향에 나무 그늘이 드리워져 서늘하다. 그리고 거의 항상 블라인드가 내려져 있다. 전기요금이 신경쓰이긴 하지만 나갈 때마다 방의 불을 켜고 블라인드를 내려놓는 게 습관이 되었다. 엄마는 거의 늦은 밤에 들어오고, 빈 집처럼 보이지 않기 위해 신경을 쓸 사람은 나뿐인 거지.

방 안으로 성큼 한 걸음 들어서는 태수. 곧바로 책상으로 다가가 손바닥으로 지구본을 빙글 돌리고, 의자 등받이를 한번 툭 친다. 그러고는 거울 앞으로 가서는 이리저리 몸을 건들거리며 제 모습을 비춰보고.

나는 책상 위에 우편물을 내려놓고 먼저 창가로 다가가 블라인드를 올린다. 그리고, 그 자리에 우뚝 멈춰 선다. 또 그애다.

이번에는 벤치에 앉아 있다. 부츠컷 청바지에 여전히 후드티를 입고 신발도 역시 삼선 슬리퍼. 내 창문을 올려다보고 있지는 않다. 후드티 주머니에 손을 넣은 채 제 발등을 물끄러미 내려다본다. 무릎을 꼭 붙인 채 바깥쪽으로 뻗은 두 다리. 발끝은 양쪽 다 가지런히 무릎 안쪽을 향해 있다. 무슨 생각을 저렇게 골똘히 하는 걸까.

ㅡ뭐, 있어?

등 뒤에서 태수의 목소리가 들렸을 때 나는 또 왜 그렇게 놀랐으며.

ㅡ오, 쏘 큐트! 아는 애?

ㅡ아니.

나는 책상 앞으로 돌아와 의자에 앉는다. 계속 창에 몸을 붙이고 있는 태수가 내 쪽으로 오기를 기다리며 무심히 우편물들의 모서리를 맞춘다. 민기훈이란 이름이 다시 눈에 들어온다. 혹시 엄마가 말하던 그 고등학생인가. 창문을 바라보는 여자애에다 체코 같은 먼 나라에서 온 엽서도 받고, 인기가 좀 있었나보군.

ㅡ어? 벌써 가네. 씨 유 어겐, 큐트 걸!

손까지 흔들다니, 눈에 띄면 어쩌려고. 독고태수, 꽤나 곤란한 녀석 같더라니까.

태수는 학교 상담실 용어를 빌리자면 귀국 청소년이었다. 중3 때 미국 서부의 한 도시로 유학을 갔다가 이 년 만에 돌아왔다. 그곳 친구들한테서 처음으로 힙합을 알게 되었지만 한국 힙합을 접한 이후로는 점점 가사를 알아들을 수 있는 한국 곡만을 들었다고 한다. 힙합은 자기 이야기를 하는 건데 그걸 못 알아들으면 귀에 욕밖에 안 들어와, 남생?

ㅡ코믹스네. 좋지.

어느새 책장으로 간 태수가 거기 꽂혀 있는 만화책 시리즈 가운데 한 권을 꺼낸다. 나는 가진 물건이 많지는 않지만 마음에 드는 물건을 갖기 위해서는 오래오래 용돈을 모은다. 이를테면 운동화들. 나이키 에어포스 원, 아식스 오니츠카 타이거, 반스 어센틱, 그리고 컨버스 같은 것들이다. 대개 박스까지 그대로 갖고 있다.

후쿠모토 노부유키의 '도박 묵시록 카이지' 시리즈도 내가 아끼는 물건 중 하나이다. 책장이 구겨지는 게 싫어서 넘길 때 손가락에 침도 묻히지 않고, 잠시 덮어둘 때에도 펼친 그대로 엎어놓으면 책장 사이가 벌어질까봐 보던 페이지를 외워버린다. 딱 한 번 학교에 가져갔다가 짝이 하도 졸라 마지못해 빌려준 적이 있다. 돌려받고 보니 책장 여기저기에 스낵에서 묻어나온 기름이 배고, 지문까지 선명한 손자국이 나 있었다. 그다음부터는 절대로 갖고 나가지 않는다. 빌려달라면 거절도 못 하고 깨끗하게 보라고 당부하지도 못하는 성격이니, 욕을 먹기 싫다면 아예 피하는 수밖에.

태수가 내 침대에 엎드려 '카이지' 시리즈를 독파하는 동안 나는 책상 앞에 앉아 그의 MP3에 든 음악을 듣기 시작한다.

〈소년을 위로해줘〉를 부른 G-그리핀은 아직 정식 음반을 내지 않은 인디 래퍼다. 열여섯 곡이 들어 있는 믹스테이프가 인터넷을 통해 배포되었을 뿐이고 고등학생이란 것 외에 사적인 배경에 대해서도 알려진 게 별로 없다, 는 게 태수의 설명이다.

─믹스테잎은 유료로 못 팔아. 배경음악으로도 못 올리거든. 나도 친구 블로그에서 처음 듣고 포털 가서 다운받았지. 자, 여기서부터 다 G-그리핀이야. 인조이!

또다시 가슴이 뛰기 시작한다. 리듬에 따라 고개를 조금씩 까닥거리며 금세 노래에 빠져든다.

─아, 맞다!

갑자기 태수가 침대에서 벌떡 몸을 일으키더니 머리통을 감싸쥐고 방 안을 왔다갔다하기 시작한다. 나는 헤드폰을 벗어들고 태수를 바라본다.

─오, 마이, 갓, 댐, 완전 망했다!

─뭔데?

─내 동생도 우리 학교 다녀.

우리가 1학년인데, 그 아래가 있다고?

─독고태순도 1학년이거든.

내가 피식 웃는다. 무슨 이름이 그래.

원래대로라면 태수는 고2라고 한다. 미국에서 10학년을 마치지 못한 채 돌아와서 고1로 편입했다는 것이다.

—대충, 나보다 한 살 많았네?

—형님이 쿨하니까 그냥 하던 대로 하셔. 그나저나.

생각이 난 듯 주머니에서 핸드폰을 꺼내 전원을 켠 뒤 태수가 액정화면을 보며 중얼거린다.

—엄마가 전화 꽤 했군. 분명, 동생이랑 같이 다니게 돼서 잘됐다아, 뭐 그럴 거야. 암튼, 뭐든 내 생각하고는 정반대로 가니까.

MP3를 챙기며 태수가 노래를 흥얼거린다. 나도 유치원에서 부르곤 했던 〈내 동생〉이란 동요. 그런데 후렴만 부른다. 오빠가 부를 때는 독고태순, 오빠가 부를 때는 독고태순, 오빠가 부를 때는 독고, 태순, 라라라라 라라라라라.

태수가 간 뒤 나는 만화책을 제자리에 꽂고 우편물을 거실 탁자에 갖다놓는다. 사진엽서만은 그냥 갖고 들어온다. 뒷면에 사진에 대한 설명이 있다. 카프카라는 사람이 바닷가에 놀러 가서 친구와 찍은 사진이다. 수영복 차림에 어색하고 수줍은 표정인데도 눈빛이 쏘아보는 듯 강렬하다. 나는 엽서에 빽빽이 적힌 작은 글씨를 읽는다.

카프카 기념관에서 이 엽서를 사고
강가에 나가 백조를 봤어요.
몹시 시끄럽고 몸집이 크고
발은 장화를 신은 것처럼 검고도 투박해요.
언젠가 백조 이야기를 쓰고 싶다고 생각했어요.
선배의 그리핀 이야기가 떠올라서

벤치에 앉아 엽서를 쓰고 있어요.

잘 있나요? 채영.

5

아침마다 MP3 알람으로 잠에서 깨어난다.

머리맡에 놓아둔 헤드폰을 끌어다 쓰고 음악을 들으며 한참 동안 그대로 좀더 누워 있는, 내가 너무나 좋아하는 시간. 실컷 늦잠을 잤지만 바쁠 일은 하나도 없다. 약간 배가 고프고 머리는 찬물처럼 맑고. 이따금 메타세쿼이아 나무 쪽에서 불어온 바람이 방충망을 통과해 들어와서 서늘한 깃털처럼 가볍게 얼굴을 스치고 지나간다. 아무 생각 없이 눈을 뜨면 보이는 것은 천장과 벽이 만나는 모서리 나무 몰딩의 간결한 선, 그리고 귓가에는 G-그리핀.

그의 목소리는 높지만 부드럽다. 빠르면서도 속삭임처럼 깊이 스며들어서 마음속 어떤 지점을 정확하게 두드린다. 마치 푸른 해안과 바위틈을 드나들며 부서지는 흰 파도의 영상을 빠르게 돌린 필름 같다고나 할까. 그 플로우를 따라 내 심장이 똑같은 박자로 뛰어오르다 내려앉다 하는 기분이다. 그의 말을 듣고 있으면 그 모든 말이 내 입에서 흘러나오는 것만 같다. 설레고 벅차면서도 편안하다.

벽에 희미한 얼룩이 눈에 들어온다. 지금까지는 발견하지 못했는데, 뭐지?

일어나서 자세히 보니 연필로 그린 그림 같은 것. 지우개로 꼼꼼히 지운 모양인데 희미하게 형태가 남아 있다. 내 지구본의 두 배 정도, 꽤 크다. 처음엔 횃불인 줄 알았지만 부리 형태가 있는 걸 보니 새의 펼친 날개인가? 이 방의 전 전주인이 그려놓은 낙서일 것이다. 이 위치에 그리려면 침대 위에서 무릎을 꿇어야 했을 텐데, 왜 이렇게까지 했을까. 낙서란 마침 만만한 빈 면이 있고 마침 적당한 필기구가 있고, 심심하거나 지겹거나 시간이 많거나 장난기 혹은 악의가 있거나 전화받을 때 하는 거 아닌가. 굳이 불편한 자리를 택해서 그 자리에 낙서를 하는 건? 무심코 나는 반대편을 본다. 그렇군.

바로 맞은편은 거울이 있는 자리이다. 거울에 비치게 하려고 그랬나.

그냥 잘 보이는 곳에 그려놓으면 될걸, 왜 굳이 거울 속에 비친 새의 그림을 보려고 했을까.

얼마 전까지만 해도 전혀 모르는 사람이었지만 지금 나는 그에 대해 꽤 많은 걸 알고 있다. 나와 비슷한 거울을 갖고 있을지도 모르고 체코까지 여행을 가는 채영이라는 후배가 있고 창을 올려다보는 여자애와 관계가 있으며 거울에 새의 영상이 비치도록 낙서를 하는 괴상한 취미를 갖고 있다는 것까지. 헤드폰을 내려놓으며 생각한다. 음악을 좋아했을까? 그리고 또 생각한다. 왜 자꾸 그의 그림자가 내 주변을 어른거리는 거지? 이제 뭘 또 더 알게 되는 걸까. 하긴, 그러거나 말거나 나와 무슨 상관이 있다고.

갑자기 떠오르는 게 있다. 벌떡 일어나 거울 앞에 가서 서본다.

그리고 책상 위에 있던 연필을 집어들고 낙서가 있는 자리로 간다.

마치 숫자 점을 이어 그림을 완성하듯 지워진 낙서의 희미한 선을 따라 덧그려본다. 새의 모양이 확실하게 잡힌다. 다시 거울 앞으로 돌아가 선다. 내 머리 꼭대기에 날개를 활짝 펼친 새가 올라가 있다!

새는 마치 내 등 뒤 어딘가에서 날아오른 것 같다. 하지만 까치발로 서보니 달라진다. 내 몸에 날개가 달려 있다. 부리 높이를 넘도록 키가 큰 사람이라면 새의 날개는 그의 어깨에서 뻗어나온 것처럼 보이는 것이다. 그거였나, 날개를 달고 싶어서?

거울 속에 날개를 펼친 자신의 모습을 만들어놓고 바라보며 그는 상상했던 걸까. 언젠가 두 어깨의 날개가 완성되는 날, 거울을 깨고 날아올라 저 창을 빠져나간 뒤 메타세쿼이아 나무와 두 개의 길을 지나고 우리 학교 지붕을 지나 도시의 하늘로, 그리고 푸른 광선을 내뿜는 낯선 별들을 통과해서 그 너머 우주까지 날아가는 모습을. 누굴까.

핸드폰이 울린다. 보나마나 태수겠지. 액정화면에 '민아씨 남친'이라는 글자가 뜬다. 맞네, 태수. 내 전화기를 가져가 제 손으로 이름을 다시 입력하더니 이거였군.

자기 집의 동호수를 일러주며 태수가 말한다.

―엄마가 점심 먹으러 오래. 우리 엄마 음식, 순전히 혼자 힘으로 그렇게 맛없게 만드는 거거든. 그거 빼고는 감동 먹을 게 전혀 없으니까, 기대는 마시고.

태수네 집에 가는 건 처음이다. 일요일인데, 식구들 모두 있는 거 아냐? 남의 집에 가는 건 익숙하지 않다. 어릴 때부터 엄마를 따라 술집 출입은 좀 했지만 남의 집을 방문한 적은 거의 없다. 집에 놀러 갈 만큼 친하게 지내는 친구도 몇 명 안 되었고.

유치원 때인가, 놀이터에서 함께 놀던 옆동 아이가 내 이름과 주소가 새겨진 은팔찌를 한번 해보자더니 그대로 갖고 가버린 적이 있었다. 엄마가 가서 찾아오라고 말했다. 우물쭈물하지 말고 큰 소리로 말해, 알았지? 당당하게. 팔찌 주인은 너잖아. 나는 오랫동안 그 집 문 앞에 고개를 숙이고 서 있었을 뿐, 결국 벨조차 눌러보지 못했다. 빈손으로 돌아오며 엄마를 원망했다. 이런 일은 대개 엄마들이 나서줘야 하는 거 아닌가. 나는 엄마가 하고 싶지 않은 일이라서 나를 직접 보낸 거라고 생각했다. 지금 생각해봐도 그 짐작이 틀리진 않을 것 같다.

아파트 위층 베란다에서 물청소를 하는 바람에 널어놓은 이불이 다 젖어도, 밤늦도록 천장에서 왕복 달리기 연습하는 소리 같은 게 들려와도, 엄마는 남의 집 벨을 누르지 못해서 그냥 참고 만다. 나보다도 마음 약한 신민아씨. 어딜, 유치원생 아들을 앞세우려 하시다니.

어느 취한 날 엄마는 이런 말도 했다. 나는 결혼한 뒤 완전히 내가 싫어하고 경멸하는 타입의 여자가 됐었어. 그러지 않으면 실패자가 되는 길밖에 없었거든. 자기가 싫어하는 사람이 되거나 실패자가 되거나. 사람들은 그런 걸 불행이라고 말하지. 나 자신 불행한 사람이라고 생각하니까 남들 대하는 게 더 겁나더라. 타인과 나를 조율하는 일은 정말 어려워. 서툴다는 걸 남들이 다 알아봐주는 것도 아니고.

아빠가 들어오지 않는 밤마다 엄마는 갓난아기인 내 두 손을 꼭 붙들고 연인처럼 마주 보며 잠이 들었다고 한다. 내 팔이 조금 길어지자 베개를 베고 그 아래쪽에 아기의 팔을 두른 뒤 서로의 얼굴을 꼭 붙인 채 잠들곤 했다고. 그때나 지금이나 엄마는 악몽을 많이 꾼다. 불면증도 대부분 그 때문이다.

엄마에게서 전혀 배운 적 없는 방문예절에 대해 떠올려본다. 아버지는 뭐 하시니? 태수 엄마가 이런 식으로 묻진 않겠지. 태수가 우리 집 상황을 미리 말했을 테니. 설마, 왜 이혼하셨니? 라고 묻는다면? 초등학교 때 친구 집에 놀러 가서 진짜로 그런 질문을 받은 적이 있다. 어리니까 아무렇지도 않을 줄 알았던 걸까. 나는 물론 대답하지 못했다. 왜냐하면, 나도 모르니까.

화장실에 갔다가 거실로 나간다. 엄마는 도토리들 데리러 재욱 형한테 간다더니 아직까지 꾸물거리고 있다. 소파에 엎드려 이마를 살짝 찌푸리고 백화점 사외보를 넘겨보는 중이다. 역시 탱크톱에 숏팬츠 차림. 접어올린 두 다리를 번갈아 까닥거린다. 태수가 놀러 오는 날은 저 위에 카디건 정도는 걸치지만 '어머, 태수구나. 옷 좀 입어주네?' 아들 친구한테 이런 말은 좀 그렇지 않나. 태수도 그렇다. 아무리 신민아씨가 평소에는 듣기 어려운 칭찬을 좀 해줬다고 해도, 옆집 누나 같으세요, 라니, 아양도 정도껏이지. 적응 안 되는 자식.

태수 집에서 점심을 먹는다고 말하자 엄마는 책에 눈을 둔 채로 응, 하고 고개만 끄덕인다. 하지만 내가 샤워를 하고 이를 닦고 머리를 말리고 옷을 입고, 나갈 준비를 마친 뒤 MP3를 챙겨나오자 연우, 잠깐만, 하며 소파에서 일어나 앉는다.

―너 운동 좀 해. 고1 여름방학 때도 키 많이들 큰대. 여기 칼럼에
쓰여 있어.

―됐거든.

―지금도 괜찮지만, 옷걸이란 게 좀 길어야 볼 만하거든.

끝말의 억양은 내 말투를 흉내낸다. 나는 대꾸하지 않고 운동화
를 신는다. 엄마가 몸을 일으켜 현관으로 걸어나온다.

―여름인데 조리 같은 거 신어보지?

―발 더러워져 싫어.

―어쩜 저렇게 취향이 클래식하실까. MP3도 검은색 나노 고를 때
알아봤지만.

나긋나긋한 엄마의 태도를 보니 순간 의심이 든다.

―혹시 벌써 헬스클럽, 이런 거 끊어놓은 거 아니지?

―노.

엄마가 고개를 흔든다.

―너한테는 달리기가 맞을 것 같아. 걷는 거 좋아하잖아. 지금 통
화했는데, 재욱씨가 또 마라토너 아니니. 가르쳐준대. 근데 되게 재
미없는 운동이라고 하거든. 태수 보고 같이 하자고 해. 고통 분담시
키는 재미라도 있어야지.

―재미없는 걸 왜 할까요.

나는 그대로 문을 열고 나간다. 달리기가 키 크는 운동인가? 마음
쓰는 일은 수없이 많지만 깊게는 생각 안 하는 신민아씨.

계단을 내려올 때까지는 괜찮았는데 아파트 밖으로 나서니 오늘
도 꽤나 더운 날씨다. 그래도 겨우 세 정류장인데…… 엄마 말이 맞

는 것도 있다. 이어폰을 끼고 그늘을 따라 걷는 편이 더 좋다. 차를 타면 어딘가에 갇혀서 운반되는 느낌이 든다. 그것보다는 공기가 가득 찬 대기 속을 내 발로 걷는 게 더 자유롭고 시원하다. 하지만 달리기라니. 한두 해 전 엄마와 그 당시 애인을 따라 등산을 갔을 때도 정말 싫었지만, 그건 시간을 많이 뺏긴다는 핑계라도 댈 수 있지. 신발만 있으면 집 앞에서부터 운동 모드가 시작되는데 달리기에는 그런 말도 통하지 않을 테고.

등산과 달리기. 올라가면 내려와야 하고 뛰어가면 그만큼 돌아와야 하고. 하긴 음악이 있으니 좀 다르려나? 내가 뭘 사달라고 요구하는 게 흔치 않은 일이긴 하지만 엄마는 두말 않고 MP3를 사주었다. 거래까지는 아니라 해도 어느 정도 서로 공정해야겠지. 이제 내가 신민아씨 말을 따를 차례인지도 모르겠다.

6

태수 엄마의 음식 솜씨는 꽤 괜찮았다. 다른 집에서는 다들 이렇게 먹나? 주메뉴는 수제비와 해물파전. 거기에 과일샐러드와 잡채, 떡볶이까지 있다. 남의 집 식탁을 구경한 적이 거의 없긴 하지만 이 정도면 누가 봐도 꽤 신경쓴 상차림일 듯. 잡채는 어제 반찬 재활용이야. 나의 감탄스러운 표정을 보고 태수가 옆에서 한마디 던진다.

태수 엄마는 그런데 말씀이 좀 많은 편이다. 태수를 뺀 가족들은 이미 점심을 먹은 뒤였다. 아빠는 이발하러 외출했고. 태수와 나 둘이 먹는 식탁에 함께 앉아 태수 엄마가 이것저것 말을 걸고 있는 것이다. 정리해보면 두 가지이다. 뭐 필요한 것 없냐, 그리고 태수하고 잘 지내라. 알고 보니 단란 가정 출신인 태수는 엄마가 내게 질문을 던질 때마다 제가 먼저 나선다. 테이킷 이지, 테이킷 이지.

태수 엄마가 학교 성적이나 가족관계나 우리 집의 평수 같은 걸 물어보는 건 아니다. 잡채와 떡볶이 중 뭐가 더 맛있는지, 그리고 취미는 뭔지, 이사오기 전에는 어느 동네 살았는지, 교회는 다니는지, 수제비를 더 먹을 건지 그만 먹을 건지 질문은 뭐 그런 것들이다. 물론 속으로는 아들 친구를 샅샅이 탐색하는 중이겠지. 뭔지 모르게 엄마는 태수를 지나치게 조심스럽게 대하고 태수는 그런 엄마를 안심시키려 하는데, 그게 조금씩 어긋나 있는 분위기다.

신민아씨는 이따금 흰 셔츠와 검은 바지 차림의 웨이터가 시중을 드는 고급 양식당에 나를 데려간다. 그런 장소에서는 포크를 떨어뜨리면 금세 새로 갖다주고 빈 물잔은 어느 틈엔가 채워져 있다. 편하긴 하지만, 어쩐지 그곳에는 그곳만의 질서 같은 게 있어서 반드시 거기 따라야만 할 것 같은 억압도 느끼게 된다. 식기를 올바로 사용하고 목소리를 낮추고 맛을 음미하고, 그런 일들이 부담스러운 것이 아니다. 그런 태도를 지켜야만 하는 분위기가 불편하다. 공손한 대접을 받지만, 그것은 나를 위한 것이 아니라 그곳의 어떤 질서를 위한 것 같고.

태수네 집에서도 비슷한 걸 느낀다. 안락하고, 이곳만의 어떤 질서가 잡혀 있는. 여기에서는 규칙에 맞는 정해진 행동밖에는 할 수 없겠구나.

방으로 들어오자 태수가 문을 닫는다. 다른 집에 오니 우리 집에 대해 깨닫게 되는군. 우린 대개 방문을 닫지 않고 지내는데.

태수의 방은 내 방과 달리 온갖 물건으로 가득 차 있다. 침대 옆에 작은 소파도 있고 선반 위에는 야구 글러브와 방망이, 탁구채, 체스판, 소형 오디오 세트, 갖가지 프라모델, 게임팩과 시디 들. 벽한쪽을 차지하고 있는 커다란 액자 세 개는 모두 퍼즐조각으로 맞춘 그림들이고, 구석에 세워진 일렉트릭 기타, 보면대 위에는 드럼스틱까지 있다. 꽤나 다양하게 살아오셨는걸. 뭐든 하고 싶다는 말이 떨어지자마자 준비물을 사다주는 집안인 모양이다.

태수는 책장으로 가더니 시디꽂이에서 뭔가를 찾고 있다. 뒷목에 푸른 문신이 보인다. 늘 쓰고 있던 비니를 벗으니 확연히 두드러진다. 학기도 못 마치고 돌아왔다더니, 미국에서 좀 까칠했나. 뭐 그다지 궁금하지도 않지만.

태수가 시디 한 장을 건넨다. 재킷을 보고 있는데 밖에서 여자애 목소리가 들린다. 오빠! 나, 나간다. 태수가 눈썹을 올리며 시큰둥하게 중얼거린다. 그러시든지요.

독고태순인 모양이군, 나는 생각하고.

그런데, 무슨 생각이 들었는지 갑자기 방문 쪽으로 목을 길게 빼고 소리를 지르는 태수.

—갔다 와라. 독고태순!

방문이 왈칵 열린다.

—하지 말랬지!

얼굴을 내민 건 태수와 닮긴 했지만 훨씬 부드러운 선을 가진 커트머리 여자애다. 키가 약간 크고 홑꺼풀의 큰 눈에 눈썹과 속눈썹 모두 유난히 진하다. 나도 모르게 교복 블라우스에 박음질된 이름표로 눈이 간다. 독고마리.

독고마리는 방 안에 있는 나를 보더니 좀 당황한 눈치다. 하지만 금세 수습한다.

─참, 친구 온다고 했던가. 안녕하세요.

얼떨결에 나도 고개를 조금 숙이고. 다음 순간 마리는 횅하니 문을 닫고 사라진다. 위기관리능력을 갖춘 의젓한 여동생, 이라는 생각이 들었지만 다음 순간 동급생이란 걸 깨닫는 나. 이것 참, 학교도 가기 전에 벌써 동급생을 둘이나 알게 된 거지.

─쟤는 내일부터 학교 간다. 보충 시작이래.

태수가 낄낄거리는 것은 전학생이 누리는 열외의 시간이 즐거워서이다. 그것을 나와 함께 나누기 때문에 더 즐거운 건 당연하다. 나 역시 그러니까.

나는 태수의 헤드폰을 머리에 쓴다. 노래가 시작된다. 바로 이 느낌! 가슴이 뛰면서 내 몸이 다른 세계로 빨려들어가는. 고개는 까딱, 어깨는 흔들리기 시작하고.

몇 번이나 되풀이해서 들었을까. 나도 모르게 따라 부르고 있었던 모양이다. 컴퓨터 게임을 하고 있던 태수가 다가와 내 어깨를 툭툭 건드린다. 헤드폰을 벗고 쳐다보는 내게 말한다. 심드렁, 랩 좀 한다. 꽤 괜찮은데?

그때부터 헤드폰 잭을 뽑고 태수와 나는 함께 노래를 듣기 시작한다.

　왜 니 맘대로 생각하고 마음대로 결론을 지어
　내 앞에선 모른 척, 꼬불쳐논 생각이 많은 자식이래
　날 맘대로 판단하고 그걸 비껴가면 모두가 가식이래

　반복되는 후크 부분이 시작되기 전 우리는 '준비 됐어?' 하는 눈짓을 교환한다.
　높은 목소리 랩은 내가 한다. 고개를 옆으로 한껏 기울여 빼고 몸을 흔들며.

　　상관 마! 내가 무슨 그림을 그리든 It's twisted

　그다음은 묵직한 저음으로 태수가 화답한다. 두 팔을 벌리고 고개는 빠르게 끄덕끄덕.

　　인생은 내 안의 freedom. It's twisted 난 나로서 움직여

　노래 부르며 나는 생각하고 있다.
　이 여름. 그래, 나에게도 온 거야. 멋진 신세계.

웬일인지 아침에 일찍 눈이 떠져 책상 앞에 앉는다.

컴퓨터를 켜고 인터넷에 접속. 즐겨찾기 클릭. 힙합 전문 사이트에 들어가서 재킷 사진 대신 올라온 G-그리핀의 이미지를 다시 본다. 그리고 다시 온라인 사전을 검색.

그리핀은 독수리의 부리와 날개와 발톱, 거기에다 사자의 몸을 가진 상상의 동물이다. 눈은 몇천 리 밖을 내다보고 부리는 다이아몬드보다 단단하다. 깃털을 휘두르면 큰 폭풍이 일어난다. 폭풍의 날갯짓과 함께 등장하고 사라지는 황금의 파수꾼. 멋지다.

G는 뭘까. 갱스터? 태수 말로는 G-Fla, G-Soul, G-Slow, G-Unit…… G를 붙인 뮤지션 이름이 꽤 많다고 하니까.

서랍을 연다. 그 안에 들어 있던 카프카의 사진엽서를 꺼내서 본다.

민기훈을 선배라고 부른다면 채영이라는 애는 우리 학교 1학년이겠군. 벤치에 앉아서 썼기 때문인지 글씨가 좀 삐뚤빼뚤하다. 민기훈이 들려준 그리핀 이야기. 뭐야, 그리핀이라는 상상의 새에 대해 나 빼고 모두가 다 아는 건가? 내가 그렇게까지 무식했나? 근데 민기훈의 그리핀이 설마 G-그리핀을 말하는 건 아니겠지? 당연하다. 어느 모로 보나 모범생인 민기훈이 최신가요도 록음악도 아닌 언더힙합을 즐긴다면…… 뭔지 몰라도 안 어울린다. 그런 애들이 G-그리핀이 들려주는 상처받기 쉬운 소년의 내면 이야기에 공감할 리도 없고 말이지. 마이너나 언더에 대해 뭘 알겠어.

포털 사이트로 들어가서 G-그리핀을 검색해본다. 검색결과가 그리 많지 않군. 대중음악 평이 실리는 웹진을 어렵게 찾아냈다. 그런데, 조재욱? 재욱 형이 쓴 글이 있다. 제목이 '아버지, 힙합 좀 듣자니까요 1'이다. 클릭.

1990년대에 십대 후반을 보낸 나는 한동안 서태지에 열광했다. 아버지는 그게 영 못마땅한 모양이었다. 자신이 모르는 것이라면 일단 배척부터 하고 보는 것이 어른들의 속성이니까, 멜로디도 없이 그 많은 가사를 속사포처럼 쏟아내는 '아이들의 음악'을 아버지가 좋아하지 않은 것은 당연한 일이었는지 모른다.

어릴 적부터 나는 아버지가 틀어놓은 음악을 듣기 싫어도 들을 수밖에 없었다. 유난히 참을 수 없던 것이 오페라였다. 뭔지도 모를 연극 대사 같은 소리를 주저리주저리 읊어대는 레치타티보 사이사이에 이따금 아리아가 한 곡씩 등장한다. 한 편의 오페라에 들어 있는 아리아는 기껏해야 스무 곡이다. 그걸 듣자고 아버지는 무려 두 시간 넘게 소파에 기댄 채 이태리어를 모르는 사람에게는 소음이나 마찬가지인 이태리어 레치타티보를 끈질기게 견뎌냈다.

그같은 반복학습의 결과인지, 나 역시 은연중에 아버지처럼 '선율 없이 음악 없다'는 고정관념에 빠진 건 사실이다. 그러나 어디까지나 힙합을 접하기 전까지의 일이다. 힙합을 듣기 시작하면서 나는 생각했다. 두 시간이 넘는 지겨운 오페라를 즐겨 듣던 아버지가 불과 오 분짜리 힙합과 친해지지 못한 이유는 무엇일까?

대중적으로 성공한 힙합 곡들 중에는 샘플링의 덕을 본 곡들이 여럿 있다. 한 예로 다이나믹 듀오의 〈Ring my bell〉이 그렇다. 이 곡에 샘플링된 원곡 〈Ring my bell〉은 1979년 아니타 워드가 처음 발표해 세계적인 히트를 기록했다. 누구나의 귀를 만족시키는 선율이라는 뜻이다. 오페라로 친다면 최고의 아리아 중 하나로 손꼽힐 만하다.

오페라의 레치타티보를 랩 부분이라고 하고, 아리아를 샘플링한 멜로디라고 대입할 수 있다면 힙합과 오페라는 형식면에서 닮아 보인다. 그러나 결정적으로 다른 점이 있다. 극단적으로 말해 오페라의 랩인 레치타티보는 아리아, 그러니까 아름다운 선율을 위해 존재한다. 반대로 힙합에서는 랩 그 자체가 음악의 존재 이유가 된다. 선율 따위는 없어도 그만이다.

나는 여전히 음악에서 선율이 가진 힘을 부정하지 않는다. 교과서에서는 음악의 세 요소를 리듬, 선율, 화성이라고 가르치지만, 아홉 명이 뛰는 야구에서 투수가 중요하듯이 음악에서 선율이 차지하는 비중은 절대적이다. 그런데 힙합은 선율에 의존하지 않는다. 가장 막강한 선율을 배제해버린 채 음악의 완성을 추구하는 배짱이라니! 이것이 내가 생각하는 힙합의 혁명성이다.

혁명성! 순간 눈앞이 밝아진다. 저녁 어스름에 가로등이 일제히 켜진 느낌이다.

뒤집고 무너뜨리고 바꾸고 부정하고 고치고 버리고 각자의 방식으로 새로 만들어감으로써, 내가 그냥 '나'일 수 있는 세계. 이 세계에서 나는 더이상 상처받지 않는다. 더이상 비겁해질 필요도 없다. 그리고 더이상은 약하지 않다. 혼자가 아닌 거다. 흠.

내가 재욱 형의 글을 읽게 될 줄은 몰랐다. 거봐, 좋은 머리는 이런 데에 사용하는 거지. 잘난 체하기 위해서가 아니라. 하지만 지금 와서 말이지만, 잘난 체한다고 느끼는 건 나 자신이 그와 동등해질수 없다는 걸 알기 때문에 방어하는 것인지도 모른다. 재욱 형이 하는 말을 알아들을 수 있었다면 미리부터 비꼴 준비를 하진 않았을 테니까. 똑같은 사실 전달일 뿐인데, 나 서울대 다녀, 이건 잘난 체고, 나 그저그런데 다녀, 이건 상관없고 하는 식 아닐까.

나도 참. 이러다가 재욱 형이 달리기를 가르쳐준다고 하면 손 잡고 따라나서는 거 아냐? 그건 또 아니지.

마우스에서 손을 떼고 의자 등받이에 몸을 기대며 나는 살짝 콧등을 찡그린다. 뭘 복잡하게 생각하려 해. 나 사춘기잖아. 질풍노도의 시기. 반항심 같은 건 공인인증서나 마찬가지라구.

그러고 보니 창밖의 아침 기척이 좀 낯설다. 전에 없이 시끌시끌하다. 창가로 다가가 블라인드를 올린다. 줄지어 등교하는 교복 차림의 학생들. 아 참, 그랬지. 독고마리. 오늘이 보충학습 시작 날이군.

내 방에서 보이는 두 개의 길. 길에 따라 등교하는 학생들의 모습이 조금 다르다. 메타세쿼이아 나무의 바깥쪽 길에서는 보통의 등교 풍경이 펼쳐지고 있다. 짝을 지어 애기를 나누기도 하고 고개를 숙이고 혼자 걷기도 하고 그 사이로 자전거가 지나가고. 하지만 화단이 있는 안쪽 길로 등교하는 학생들은 남학생 여학생 할 것 없이 거의 담배를 피우며 지나간다. 그늘진 흙길 여기저기에 마구 꽁초를 버리면서. 바깥 길의 학생들이 대체로 차림새가 단정한 데 비해 안쪽 길 학생들은 머리모양에서부터 바지통, 치마 길이, 걸음새가 한눈에 보기에도 개성파다.

나는 바깥에서 내 모습이 보이지 않도록 블라인드를 내린 뒤 칸살 하나를 올려 그 틈으로 한참 동안이나 아이들을 내려다본다. 보충학습이 즐거울 리는 없지만 그래도 재잘거리며 줄지어 가고 있는 여름아침의 풍경은 생기 있어 보인다. 이제 다음주면 저 대열에 끼게 된다, 나도 태수도.

문득 나는 블라인드에 눈을 바짝 갖다댄다. 안쪽 길이다. 짧은 단발과 창백한 얼굴, 무표정함. 그애가 입은 흰 교복 블라우스 깃의 푸른 줄과 체크무늬 리본이 유난히 선명하게 눈에 들어온다. 약간 긴 듯한 남색 스커트 아래 하얀 컨버스. 한쪽 손으로는 가방의 어깨끈을 잡았고, 그리고 다른 한쪽 손에는 담배를 쥐고 있다. 담배연기가 그애의 반듯한 콧날 위로 희미하게 날리고, 그애가 다시 담배를 입술로 가져가고.

앗, 뭔가가 다리에 닿아 깜짝 놀라 내려다보니 도토가 보드라운 검은 털을 부비고 있다. 어제 엄마가 재욱 형 집에서 데려왔었지. 나는 도토를 안아올려 한쪽 팔에 안고 다른 쪽 손으로 다시 블라인드 칸살을 젖힌다. 그러고는 도토의 얼굴에 뺨을 대고 속삭인다. 가만있어봐. 보여줄게. 멀어져가는 그애의 뒷모습을 담배연기가 따라가고 있다. 방심한 듯한 걸음걸이.

나는 상상할 수 있다. 마침내 그애가 걸음을 멈추고 내 방 창문을 올려다보는 것. 그 순간 입술을 살짝 깨물고 마는 그애의 슬픈 표정. 말해주고 싶다. 이제 그애가 보고 있는 것은 이 방에 살았던 누군가가 아니라 블라인드 뒤의 나, 나라는 걸. 그리고 메타세쿼이아 푸른 그늘 아래, 한 손에 연기가 날리는 담배를 든 채 멍하니 서서 이쪽을 바라보고 서 있는 교복 차림의 그애. 그애는 지금 이 순간 우리 학교와 한국과 세계와 우주를 통틀어서, 가장 특별한 아이라는 걸. 그 모습 그대로 나의 시간 속에 멈춰져 있다는 것을.

그애가 더이상 보이지 않을 때까지 나는 발버둥치는 도토를 꼭 끌어안고 있다. 바닥에 내려놓자마자 도토는 날렵하게 책상 위로 뛰어올라간다. 나도 책상 앞에 앉는다. 작은 실뭉치 같은 푹신한 발로 컴퓨터 자판을 밟으며 천천히 지나가는 도토. 그에 따라 의미를 알 수 없는 자음과 모음과 기호 들이 물결이 흘러가듯 모니터에 차례차례 찍힌다. 무슨 말을 쓴 거야, 도토.

나는 계속해서 중얼거린다. 어쩐지 멍하고 가슴은 뛰고 할말이 잔뜩 생겨버린 기분이야. 그런데 아무 문장도 떠오르지 않아, 도토. 그건 아마 내가 알 수 없는 나라의 언어인 것 같아. 그러니 그냥 이렇게 혼자 앉아서 눈앞에 떠오르는 얼굴을 오래오래 생각하고 싶어. 아무리 오래라도 절대 싫증나지 않을 것 같아.

나는 달리고 너를 바라보고

1

ㅡ옛날 옛적에 하빌리스라는 원시인이 있었어. 그리고 그다음 단계에 출현한 인류가 에렉투스야.

재욱 형은 거실 탁자 위에 놓인 유리잔을 들어 포도주스를 한 모금 마신 뒤 다시 입을 연다.

ㅡ에렉투스는 하빌리스보다 뇌가 삼십삼 퍼센트나 컸지. 그런데 백삼십만 년 동안이나 살면서 인류를 진화시켜놓은 게 하나도 없다는 거야. 대체 그 큰 뇌는 뭐 하는 데 썼을까. 거기에 대해 콘라드 피아코프스키라는 과학자가 독창적인 대답을 내놓았어.

그 대목에서 잠시 말을 끊고 입안의 얼음을 씹는 재욱 형. 누가 궁금해한다고 뜸들이기는.

ㅡ뭐라고 했냐면, 뇌요? 달리는 데 사용했죠, 라고 대답한 거지.

─저기요.

다리를 떨며 베란다 쪽을 보고 있던 태수가 팔짱을 낀 채 퉁명스럽게 묻는다.

─오늘 달리기하는 거 아니었어요?

─지금 하고 있잖아. 동기부여하는 중이야.

─그럼 계속 이렇게 앉아서 달려요? 편하긴 하네.

내 말이 맞지? 하는 눈으로 태수가 내 쪽을 바라본다. 함께 편먹고 재욱 형을 상대하자는 뜻이다. 글쎄, 힙합 칼럼을 본 이후 나는 재욱 형한테 약간 무장해제 상태인데.

민아씨 애인이 조교로 등장할 줄은 꿈에도 몰랐던 민아씨 남친. 재욱 형이 엄마와 함께 현관에 들어서는 순간부터 태수는 트집을 잡기 시작했다. 청색 계열의 프린트 셔츠를 입은 재욱 형은 엄마의 충고대로 꽁지머리를 잘라서인지 유난히 산뜻해 보였다. 엄마가 샌들을 벗으며 내 방을 향해, 태수 왔네? 라고 인사를 건넸고, 재욱 형은 언제나처럼 나에게 한 손을 들어 보였다. 그런 뒤 둘은 나란히 거실로 들어갔다.

태수가 퉁명스럽게 물었다. 저 외계인같이 생긴 사람 누구냐? 응, 애인. 애인? 어디 가서 저렇게 늙어갖고 왔대? 나름 여덟 살 연하. 그거야 그쪽 사정이고. 태수가 비웃었다. 지구 남자가 어떻게 생겨야 하는지 전혀 상식이 없으시구만. 별명이 오다기리 조야. 왓? 아유 씨어리어스? 태수는 과장된 동작으로 몸을 일으킨 뒤 문틈으로 재욱 형을 내다보더니 도로 의자에 앉으며 자못 진지하게 고개를 끄덕였다. 오케이. 오니기리랑 닮긴 했네. 딱 오니기리인데? 그게 뭔데? 내가 묻자 태수는 미국 있을 때 이따금 학교 앞 '도쿄가든'이란 식당에서 점심으로 먹어치워주던 주먹밥이라고 대답했다. 그리고 새삼 불만스러운 표정을 지으며 투덜댔다. 근데, 달리기란 게 꼭 배워야 할 수 있는 거냐? 그냥 두 다리를 교대로 뻗으면서 앞으로 나가는 것, 그것 말고 무슨 다른 방법이 있어? 그러게. 태수에게라면 내 대꾸는 언제나 예스 계열.

재욱 형은 태수가 뭐라 하든 말든 설명을 계속한다. 운동복으로 갈아입은 탓인지 전문가처럼 보이기도 하고.

─에렉투스의 뇌가 큰 것은 그 안에 지적인 내용물이 많아서가 아니었어. 내용물을 열로부터 보호하기 위해, 취급주의 소포에 스티로폼을 집어넣듯이 잉여의 세포들이 가득 채워져 있었던 거야. 그렇기 때문에 뜨거운 태양 아래에서 뛰어다니는 게 가능했지. 인간은 동물계의 달리기 시합에서 성적이 별로 좋지 않거든. 하지만 그 어떤 동물보다 오래는 달릴 수 있지. 빠르기는 사슴이 훨씬 빠르지만, 인간은 사슴 발굽이 다 닳아 없어질 때까지 며칠 밤낮이고 쫓아갈 수가 있단 말이야. 이게 바로 달리는 인간 에렉투스의 탄생이야.

─이론시간인 줄 알았으면 체육복 괜히 챙겨왔네.

태수가 또 투덜댄다.

─절제심이 없군. 달리기에는 결격사유인데?

재욱 형도 그냥 넘어가지 않는다.

─계속 달리기만 하면 되는데 거기 무슨 절제가 필요해요.

─절제란 안 하는 것만 뜻하는 게 아냐. 심리학에서는, 재미있어도 그만둘 줄 아는 힘, 귀찮아도 힘들어도 지속할 수 있는 힘을 절

제라고 말하거든.

—저기, 밖에 나가 달리면서 절제하면 안 될까요?

태수의 대꾸도 만만치 않다.

패션잡지를 한 팔에 끼고 엄마가 방에서 나온다. 재욱 형에게 영화 상영시간에 맞춰 가려면 지금 나가서 뛰고 와야 하는 거 아니냐고 말한다. 그 말을 듣자마자, 거의 동시에 소파에서 용수철처럼 튀어 일어나는 태수와 나. 우리의 눈이 마주친다. 뭐, 달리기도 싫지만 공부는 더 싫은 것이지.

황급히 뒤따라온 재욱 형은 현관 바닥에 놓인 태수의 운동화를 보더니 곧바로 또 발목 및 무릎의 보호와 조깅화의 기능에 대한 설명으로 들어간다. 충격이 어쩌고 마찰과 힘의 전달과 흡수가 어쩌고. 나는 새로 산 조깅화의 신발 끈을 매는 둥 마는 둥 얼른 현관을 나와버린다. 문득 떠오르는 생각. 이런 식으로 재욱 형한테서 되도록 멀리 떨어지려다보면, 어느새 달리기를 잘하게 되어 있는 거 아닐까. 그것이 달리기 지도의 진정한 내용?

8월에 달리기라니. 하지만 여름저녁이 생각보다 상쾌하다.

아파트 단지를 한 블록 벗어나자 기찻길을 따라 길게 이어진 조깅코스가 나타난다. 줄지어 늘어선 은행나무의 푸른 잎들이 무성하다. 오른쪽의 차도에는 집으로 돌아가는 자동차들이 신호대기중. 몇몇 운전자가 운동복 차림의 우리를 멀뚱히 바라본다. 왼쪽에 조성되어 있는 숲은 한풀 꺾인 여름저녁의 어스름을 서서히 빨아들이기 시작하고 있다.

한쪽 무릎을 구부리고 앉아 운동화 끈을 다시 맨다. 발밑에 탄력이 느껴진다. 일어나 가슴을 활짝 펴고 숨을 깊게 들이마셨다 뱉는다. 두 손을 허리에 얹은 채 양쪽 다리를 번갈아 앞으로 차보고. 눈을 가늘게 뜨고 끝이 보이지 않게 뻗어 있는 길과 가로수, 그 너머를 어림해본다. 어디까지 갈 수 있을까. 어디에 가서 닿는 걸까. 어쩐지 숨이 차도록 달리고 싶어진다.

태수와 나는 눈짓을 교환한다. 준비됐어? 오케이, 출발!

달리기에서 제일 중요한 게 충분한 스트레칭이야. 재욱 형이 다시 코치에 들어갔지만 태수와 나는 이미 달리기 시작. 무릎 올리지 말고! 천천히! 종종걸음으로! 등 뒤에서 들리는 재욱 형의 목소리가 커지거나 말거나 우리는 곧장 앞으로 달려나간다.

어디선가 바람이 나타나 같이 뛰기 시작한다. 귓가에서 들릴 듯 말 듯. 내 몸이 바람소리와 대기의 미세한 켜를 뚫고 앞으로 나아간다. 바위틈을 빠져나가며 흐르는 시냇물처럼 공기를 흔들며 세상을 통과한다. 몸이 솟아오를 때마다 나는 시야와 행동반경을 넓히고 허공을 장악한다. 운동화 앞축이 땅을 찰 때마다 바닥의 탄력이 나를 떠받든다. 내 몸에서 수많은 광선이 뻗어나와 파장이 되고 마치 화살을 쏘듯 사방을 향해 소리친다. 서서히 숨이 가빠오고, 문득 허공 어딘가에 그애의 얼굴. 희미하고 여윈 낮달처럼.

달린다는 것, 결코 만만치 않군. 속력을 내서 달리던 태수와 나는 얼마 못 가 지쳐버린다. 우리가 숨을 헐떡거리며 멈춰 선 옆으로 벤치가 눈에 들어온다. 발을 질질 끌고 가서 털썩 주저앉는데, 어깨와 가슴이 급하게 오르락내리락, 얼굴은 새빨개져 있고. 저만치에서 재욱 형이 나타난다. 조금도 힘들어 보이지 않는 여유 있는 모습이다. 고집부리더니 그럴 줄 알았어, 라는 식의, 내가 가장 싫어하는 종류의 잔소리를 들어야 하나? 금방이라도 다시 일어나서 도망치고 싶지만 몸은 움직일 생각이 전혀 없는 거다.

재욱 형은 멈추지 않고 계속 제자리뛰기를 하면서 돌아가자는 신호로 엄지를 들어 자기의 등 뒤를 가리킨다.

—돈 떨어뜨린 거 주우려고 다시 돌아갈 때나, 그렇게 뛰는 거야.

다행히 더이상 긴말은 하지 않는다.

—그렇지, 참!

가쁜 숨을 몰아쉬며 태수가 투덜댄다.

—온 만큼 돌아가야 하지. 괜히 많이 왔잖아.

겨우 몇 블록을 뛰어왔을 뿐이지만.

에너지를 다 써버렸는지 갑자기 허기가 몰려온다. 뭐라도 먹으려면, 역시 빨리 뛰어 돌아가는 것 외에 다른 방법이 없겠지? 달리기라는 것, 몸의 원시시대를 체험하는 거네. 태수와 나 같은 고도의 문명인과는 거리가 멀다. 이거 왜 하는데? 태수의 불평. 그러게.

재욱 형은 엄마 방에 딸린 욕실로 가고 태수는 내 방 옆의 욕실로 들어간다. 태수가 나온 뒤 나도 간단히 샤워를 하고 나온다. 의자 등받이에 젖은 목욕타월을 걸쳐놓고 태수는 싸이월드에 들어가 파도타기를 하고 있다.

—둘 다 기본은 되던데? 하기 싫어하는 건 뭐 당연하고, 그래도 제법 뛰는 편이야.

다시 프린트 셔츠와 반바지로 갈아입고 거실로 나온 재욱 형이 엄마에게 하는 말이다.

—그래? 연우도?

—응, 운동신경이 괜찮아.

—알지? 때리는 건 영 못하니까, 도망 잘 치라고 달리기 가르치는 거.

엄마의 농담을 진지하게 받는 재욱 형.

—조깅은 빨리 뛰는 게 아니라 오래 뛰는 거야.

—오늘 뭐 좀 가르쳐줬어?

—갈 때는, 그렇게 뛰면 안 된다는 것. 그리고 올 때는 제대로 뛰는 게 뭔지 보여줬지.

살짝 열려 있던 내 방문을 조금 더 젖히며 뭔가가 들어서는 기척이 느껴진다. 보나마나 도토. 새침한 토리는 제가 좋아하는 베란다 구석자리에서 잠을 자거나 늘어진 식탁보 뒤에 숨어 있겠지. 이리 와, 도토. 태수가 도토를 안아올리며 거실 쪽으로 고개를 길게 뺀다. 집에 와서 샤워도 해? 글쎄, 별로. 나는 애매하게 대답한다. 갑작스런 질문에 당황하기도 했고, 또 우리 집에서 일어나는 일이라 해서 내가 모두 안다고는 할 수 없으니까. 자고 가는 날도 있어? 아니. 태수는 아무렇지 않다는 듯 묻는데 대답하는 나는 계속 어정쩡한 기분이다. 애인이니까 같이 잠을 자는 사이겠지? 뭐 그렇겠지. 전혀 생각해본 적이 없는 건 아니지만 부러 신경쓰고 싶지는 않다. 나와는 상관없는 일 아닌가? 그런데도 왜 이렇게 어색해지지?

무릎에 앉히고 한 손으로 털을 쓰다듬고 있던 도토를 갑자기 팽개치듯 바닥에 내려놓으며 태수가 내뱉는다. 불쳣, 오니기리 주제에!

　─연우가 달리기에 취미 좀 붙였으면 좋겠어.

다시 엄마의 말소리가 들려온다.

　─재욱씨, 연우 유치원 때 말야.

엄마가 목소리를 약간 낮춘다.

　─학부모들이 야외학습 참관을 갔어. 공원에 있는 미니동물원. 늦가을이라 나뭇잎이 아주 많이 떨어져 있었거든. 아이들이 줄을 서서 선생님 뒤를 따라 공작 우리로 가는데, 말하나 마나 연우가 맨 꼴찌였지. 그런데 연우, 어쨌는 줄 알아? 어디서 주웠는지 제 얼굴보다 큰 플라타너스 잎을 무슨 깃발처럼 꼭 쥐고 있는 거야. 근데 가다가 그 잎을 떨어뜨렸어. 그거 줍는 동안 아이들은 저만치 앞서가고. 눈물이 터지기 시작하는데…… 그래도 그 나뭇잎은 절대 포기 안 하더라. 왜 있잖아, 유치원생들 입는 노란 유니폼하고 조그만 챙모자. 거기다가 가방을 메고 조갑지만한 손에 나뭇잎을 꼭 쥐고, 큰 소리로 울면서 종종걸음치는데…… 그때 내가 무슨 생각을 했을 것 같아?

　─글쎄.

　─이혼해야겠다 그런 거.

　─왜?

　─모르겠어. 그냥 이 세상을 저애랑 나, 둘로 정리하자, 그런 생각이 들더라구.

신민아씨. 나는 속으로 중얼거린다. 내가 듣고 있을 수도 있거든.

나에 대해 누구에게도, 아무 말도 말아줬으면 좋겠지만, 굳이 하려거든 그런 말은 둘만 있을 때 하라구. 둘만 있을 때. 내 말 무슨 뜻인지 아시겠죠?

엄마가 소파에서 일어나 부엌으로 가며 내 방을 향해 소리친다.

─연우, 태수! 십 분 뒤에 식탁으로 와. 숨막히는 파스타가 기다리거든요!

태수는 내 연필꽂이에 꽂혀 있던 펜 모양의 고양이 장난감을 갖고 도토와 놀고 있다. 펜에서 나온 붉은 광선이 바닥에 콩알만한 빛의 점을 만든다. 도토가 그 점을 붙잡으려고 펜의 움직임을 따라 이리저리 쫓아다닌다. 파스타라고? 베리 나이스. 민아씨 음식솜씨 좋아? 태수의 말에 나는 고개를 저으려다 그냥 끄덕인다.

엄마의 파스타. 그건 맛보다는 예쁜 접시와 거기 어울리는 냅킨과 식탁의 꽃으로 승부를 보려고 하는 세계이다. 주장이 또렷한 것처럼 보이지만 어쩐지 그 방법밖에 다른 선택이 없는 듯하고, 가난 속의 사치랄까, 자신이 겨우 가질 수 있는 것 안에서라도 의미를 주고 스타일을 찾아내려는 안간힘이 느껴진다고 말하고 싶지만, 좀 지나친 말이고. 그러게, 왜 재욱 형한테 그런 말을 하냐구.

2

오후가 되면서부터 소나기가 한 차례씩 지나간다. 개학날부터 비가 오다니. 장마철도 지났는데. 우산을 챙겨온 애들이 별로 없는 것 같다. 밝았던 교실이 어두워지면서 한바탕 비가 퍼부을 때마다 여기저기에서 우이 씨, 하는 소리가 들린다.

담임은 다행히 인사말 같은 건 시키지 않고 내가 앉을 자리만 정해주었다. 반에 아는 얼굴이 있을 리는 없고. 2학기면 이미 친한 그룹이 만들어지고 단짝들도 생긴 뒤라 전학생이 끼어들 틈은 없다. 하긴 제때 입학해서 함께 일박이일 오리엔테이션 같은 걸 간다고 해도 내가 친구를 쉽게 사귈 수 있을까. 태수가 없었으면 급식실에서 점심도 혼자 먹었겠지. 대충.

메뉴는 카레라이스와 깍두기. 일본된장국. 맛은 형편없다. 졸업할 때까지 여기서 이 음식을 먹고 과연 성장이란 대업을 이룰 수 있을까.

ㅡ야, 독고태수.

태수네 반 애인 모양이다.

ㅡ너 3반에 독고마리랑 친척이냐?

아니, 몰라. 태수가 돌아보지도 않고 강하게 고개를 젓는다. 얼굴을 찌푸리고 젓가락 쥔 손을 가만히 내려다보고 있다. 말을 걸었던 애가 머쓱한 표정으로 우리를 지나쳐 정수기 쪽으로 사라지자마자 깍두기를 우적우적 씹어대는 태수. 픽! 이런 걸 천재지변이라고 하는 거 맞지? 아무튼 평생 도움이 안 되는 기집애야. 나는 식식거리는 태수를 물끄러미 건너다보고. 이름은 그렇다 치더라도 얼굴까지 꼭 닮았는데 저런 뻔한 거짓말은 좀…… 동급생들보다 한 살 많은 게 알려질까봐 싫은 걸까.

아이들이 지나치며 태수와 나를 흘끔거린다. 전학생은 눈에 띄게 마련이다.

식판을 들고 자리에서 일어날 때 태수가 트림을 한번 한 뒤 아 맞다, 하며 눈썹을 가운데로 모은다.

—채영이라고 했지? 엽서 쓴 애.

—응.

—1학년에 이채영이라고 있대. 독고태순이 안다더라. 같이 교지편집부라는데?

—엽서 얘기는, 안 했지?

—내가 왜 걔한테 그런 말을 해줘? 즉시 엄마 귀에 들어갈 텐데. 이름을 어디서 알았냐고 꼬치꼬치 묻긴 하더라. 네가 좀 아는 것 같더라고 대충 넘어갔더니, 어릴 때 한동네 살았나? 교회 같은 데서 만났었나? 막 넘겨짚어. 강연우한테 관심 있냐고 괜히 한번 해봤다가, 오 마이 갓, 깡패 같은 기집애한테 십 분 동안 고문당했어. 고막 터지는 줄 알았다니까.

갑자기 떠오른 생각. 채영의 엽서에서 선배란 교지편집부 선배겠군. 남녀분반이라서 동아리 활동이 아니면 남자 선배를 만날 기회도 그다지 없을 테니 말이다. 그러고 보니…… 엽서를 보낸 채영과 창문을 바라보는 그애가 같은 애일지도 모르잖아.

5교시는 수학이다. 이 과목만은 선생님의 모든 말이 쉽게 귀에 들어온다.

교실 안이 소란스러워진 건 예상하지 않았던 쪽지시험 때문이다. 개학 첫날부터 웬 쪽지시험이냐고 항의하는 아이들에게, 선생님이 오늘 시험문제 중 며칠 뒤 시작되는 중간평가시험에 나오는 문제가 하나 들어 있다고 일러준다. 비로소 교실이 조용해진다. 이런 게 바로 미끼라는 거다. 성적과 관계된다면 밀어붙이지 못할 일도 없고 입 닥치게 못할 일도 없다. 선생에게도 아이들에게도 힘든 시스템, 그렇다면 누구에게 좋은 걸까.

　방학 동안에도 대부분은 학원에 다닌다. 학원에서는 개학하자마자 치러지는 시험에 대비해서 아예 학교별로 팀을 나눠 가르친다. 각 팀에 학원에서 만든 시험대비 자료집이 배포되는데, 당연히 학생 수가 많은 학교 위주이다. 그 학원에 같은 학교 학생이 적게 다니면 그만큼 불리하다. 많은 것은 많은 것끼리 더욱더 세력을 불려나가는 것이다. 그런 흐름 따위에 휩쓸리고 싶지 않다고 생각해봤자 소용없다. 어쨌든 내일부터 야자는 시작되는 것이고, 꼬박꼬박 시험은 돌아온다. 성적은 빠짐없이 기록되어 그림자처럼 언제까지나 내 뒤를 따라다닌다.

　하지만 내가 매일같이 학교에 가는 길은 메타세쿼이아 나무 바깥길이 아니라 안쪽의 흙길이 될 것이다. 오늘 그랬듯이. 말하자면, 포장도로 타입은 아닌 것이다. 나도 그리고 그애도.

　편의점 안에서 컵라면을 먹는 동안 비가 그쳤다.
　―아, 맞다. 그때야!
　두 손으로 스티로폼 용기를 받쳐들고 국물을 마시던 태수가 갑자기 고개를 번쩍 든다.
　―네 방에서 봤잖아, 창문으로!
　웬일로 말없이 라면가락만 열심히 씹고 있다 했더니 그애를 어디에서 봤는지 기억을 더듬고 있었군. 조금 전 회색 줄무늬 우산을 쓰고 횡단보도를 지나 건너편 아파트 단지로 사라진 그애.

—그때 벤치에 앉아 있던 큐트 걸, 걔 맞지?

—응.

—우리 학교 애였네? 이름표 봐둘걸.

이채영. 나는 속으로 중얼거린다. 무슨 이유에서인지 그애가 바로 채영이라고 믿게 되었다.

—헤이, 미스터 심드렁!

태수가 나를 빤히 보며 빙글거린다.

—아까는 누군지 생각 안 나냐니까, 별로라고 하시지 않았나?

—대충, 뭐.

나는 편의점 창밖으로 고개를 돌린다.

—그쳤을 때 일어나자.

어깨 쪽이 조금 젖긴 했지만 방금까지의 눅눅함은 가신 것 같다. 새 교복을 입은 첫날 비가 오다니…… 그래도 덕분에 편의점에 들어왔으니, 뭐.

내가 가방을 집어들자 태수도 제 가방의 끈을 잡는다. 비를 피해 들어온 아이들의 말소리와 움직임과 스침과 습기와 비릿한 냄새로 가득 차 있는 편의점. 얼른 이곳을 벗어나고 싶다. 집에 돌아가 서랍 속에 든 엽서를 꺼내서 다시 천천히 보고 싶다. 삐뚤빼뚤한 글씨.

3

일주일이 지나도록 한 번도 그애와 마주치지 못했다.

한번은 2층의 교무실 옆을 지나다가 걸음이 멈춰졌다. 바로 옆 교실에 붙은 '교지편집실'이라는 팻말이 눈에 들어왔던 것이다. 그다음부터는 이따금 그쪽의 복도를 지나다녔다. 시험기간이라서 그런지 조용하기만 했고. 그애는 몇반일까. 반을 안다고 해도, 내가 그반 교실 앞을 서성거리거나 할 수 있는 건 아니다. 그래도 알고 싶다. 그애에 관한 것이면 뭐든지, 사소한 것 하나라도. 아는 것만으로도 조금쯤 가까워진 기분이 들 것 같다.

발길이 교지편집실 앞에 멈춰졌다.

독고마리다. 편집실로 들어가려던 마리와 복도를 지나가던 내 눈이 마주친다. 어, 강연우네? 어디 가? 태수네 집에서 몇 번 마주친 뒤 마리는 나에게 스스럼없이 반말을 한다. 나는 대답을 못 하고 마리의 큰 눈을 바라만 보고. 1학년 교실은 1층에 있는데…… 갑자기 할말이 떠오르지 않는다. 마리가 교지편집실 팻말을 가리키며 다시 입을 연다.

—나는 여기. 동아리 모임 있거든.

—응.

내가 겨우 대꾸하자 마리의 입가에 웃음이 떠오른다.

—너 별명이 심드렁이라더니, 말 진짜 적게 한다.

—응?

—아무튼, 또 봐.

마리가 웃으며 손을 흔드는 바람에 얼떨결에 나도 따라서 한 손을 들고. 그러고는 가던 방향을 향해 다시 고개를 돌렸는데, 그 순간 그애가 눈에 들어온다. 아, 나는 그대로 급냉동. 그애를 이렇게 가까이에서 보는 건 처음이다. 그 어떤 때보다 해상도가 높은 동영상 같다고나 할까. 그러면서도 숨이 막힐 듯 강렬한 실감.

마리도 고개를 돌려 그애를 본다. 오늘은 담임이 쉽게 보내줬어? 그애에게 말을 건넨다. 응. 그애가 대답하며 내 곁을 스쳐 문 쪽으로 걸어간다. 뭔지 모를 서늘하고도 아득한 공기의 떨림. 그리고 순간 최면에 걸린 듯 몸은 소금기둥처럼 굳어버린다.

마리와 그애가 나란히 교지편집실 안으로 사라지자 갑자기 심장박동이 더 커진다. 어깨를 들먹이며 심호흡을 해야 숨을 쉴 수 있을 정도이다. 그래도 나는, 이름표만은 봤다.

급냉동, 그다음으로는 심박동 강화, 세번째 단계는 무중력 체험인가? 걸음을 옮기기 시작하는데 갑자기 몸이 가벼워진 느낌이 든다. 발은 평소보다 한 뼘쯤 높이 들리고 그 낯선 에너지를 통제하지 못해 점점 걸음이 빨라진다. 결국은 조금쯤 뛰게 되는군……

갑자기 이대로 마구 달리고 싶다. 온몸이 땀으로 흠뻑 젖을 때까지. 몸속에서 바람이 느껴진다.

태수는 주머니에 손을 넣고 운동장 스탠드에 다리를 꼬고 앉아 발끝을 까닥거리고 있다. 머리에는 역시나 헤드폰. 나를 발견하더니 그 자세 그대로 윗몸을 좌우로 크게 흔들기 시작한다. 늘 하는 인사법이다. 나는 태수 곁에 가서 앉는다. 시멘트가 딱딱하지만 적당히 서늘하다.

저녁을 먹은 뒤 야자가 시작되기 전까지의 잠깐. 늦여름 하늘은 아직 환하지만 대기 여기저기에 어스름이 조금씩 스며들어 주변이 편안하고 평화로워 보인다. 운동장 한쪽에는 공을 차는 아이들이 소리를 지르며 몰려다닌다. 농구대 아래 빠르게 움직이는 남학생들의 짧은 외침. 등굣길을 따라 심어진 나무들 뒤쪽 담에 기대어 여학생들은 깔깔거리고. 매점에서 산 아이스바를 하나씩 손에 들고 서너 명의 여학생들이 앞서거니 뒤서거니 스탠드로 와서 앉는다. 식수대에서는 체육복 차림의 남학생들 몇이 손바닥으로 수도꼭지를 살짝 막았다 뗐다 물총을 만들며 물장난을 치고 있다.

우리 학교 건물은 자주색의 밋밋한 외벽에 규칙적으로 창문이 배치된 전형적인 학교 건물이다. 한가운데의 현관 출입구 위에만 이층 높이에 맞춰 지붕이 튀어나와 있다. 그 지붕과 교지편집실 창문은 거의 이어질 만큼 가깝다. 교지편집부 학생들은 편집실 창턱을 밟고 나와서 그 지붕의 가장자리에 올라가 앉아 있기도 하는 모양이다. 조금 높고 트인 곳이라 산중턱의 낭떠러지 위에라도 앉은 기분일지도 모르지. 교복 스커트 밑에 체육복 바지를 입은 여학생 둘이 거기 앉아 다리를 흔들며 한참 깔깔거리다 들어간다. 채영은 아니다. 나는 다시 운동장으로 시선을 돌린다.

채영을 먼저 발견한 건 태수다. 윗몸을 이리저리 비틀며 일어나 기지개를 켜다가 문득 그쪽에 눈길이 머문 것이다.

─쟤, 큐트 걸 아니냐?

언제 나왔는지 채영이 혼자 지붕 가장자리에 걸터앉아 서쪽 하늘을 물끄러미 바라보고 있다. 발끝에 걸려 있는 삼선 슬리퍼는 금방이라도 벗겨질 것만 같고.

—맞네.

애써 심상한 척 내가 대답한다.

—저기 어떻게 올라갔지?

—교지편집실 창문으로.

—쟤도 교지편집부였어? 어? 그럼 혹시, 이채영?

—응.

—엽서 보낸 애?

—대충.

—임프레시브!

채영에게 그대로 눈길을 둔 채 내 쪽으로 얼굴을 수평 이동하며 태수가 나직하게 말한다.

—심드렁, 모르는 게 없으시네?

그런 다음 혼잣말하듯 다시 중얼거린다.

—오케이, 독고태순. 고문 시작이다. 전화번호 안 내놓기만 해봐라.

우리가 서 있는 위치에서 보이는 건 채영의 옆모습이다. 여름 저녁, 허공의 난간에 홀로 앉아 날아갈 준비를 하고 있는 천사처럼 보인다고 하면, 지나친 말이겠지. 교실 뒤편 환경미화란에 가위로 오려 붙여놓은 일본 애니메이션 주인공처럼 어쩐지 고독하고 비현실적이다.

우리는 잠깐 동안 채영을 함께 쳐다본다. 태수는 주머니에 손을 집어넣고 스탠드에 두 다리를 벌리고 서서, 나는 태수의 뒤쪽으로 약간 물러선 채. 채영이 자리에서 일어나 가볍게 창턱을 밟고 교지 편집실 안으로 사라져버릴 때까지. 급히 일어나는 기색으로 보아 채영도 태수와 나를 본 것이 틀림없다.

채영이 떠나버린 자리. 허공이 저런 모양이었나. 텅 비어버렸다는 게 이런 느낌이군.

4

불면증 탓이든 원고 때문이든 엄마는 아침에 늦게 일어나는 날이 많다. 그런 신민아씨가 자기만의 규칙을 만들고 지키려는 몇 가지가 있다. 물론 안 지킬 때도 적지 않다. 지키려고 하는 태도 자체가 중요한 거라고 우기면서. 어쨌든 그 규칙 중 하나가 일주일에 절반은 나와 함께 아침식탁에 앉는다는 것이다.

그런 날은 자신은 커피만 마시지만 나에게는 으깬 땅콩을 넣고 반죽한 핫케이크를 구워 시럽을 얹어주거나 계피가루를 뿌린 노랗고 두툼한 프렌치토스트를 만들어준다. 더운 날엔 얼음을 넣은 오렌지주스나 딸기스무디, 비오는 날엔 마시멜로가 둥둥 떠다니는 뜨거운 코코아를 곁들인다. 달걀 어떻게 해줄까? 하고 묻는 데에는 세 가지 사양이 있다. 우유를 섞어 부풀려서 후추를 친 스크램블드에그, 신민아씨 자신이 좋아하는 가장자리를 바삭하게 튀긴 아침햇님 스타일. 그리고 따뜻한 삶은 달걀은 어릴 때 브루너 그림책에서 본 것처럼 작은 녹차잔에 세워서 담아준다.

물론 엄마의 머릿속엔 그런 날들만 입력되어 있다. 나머지 날들, 즉 식탁 위에 그릇들이 잔뜩 늘어져 있고 음식 찌꺼기가 굴러다니고 먹을 것이라고는 딱딱하게 굳은 식빵이나 시리얼뿐인 썰렁한 날들은 전혀 기억하지 않는 것이다. 꾸준히 챙겨주는 건 못 하니까 한 번을 하더라도 깊은 인상을 남기자는 것이 신민아씨 스타일. 그렇게 하면 자신이 잘했다고 우겨야 할 때에 스스로 확신이 좀 드는 모양이다.

오늘이 그런 날 중 하루이다. 욕실에서 세수를 하고 나와보니 엄마가 식탁 위에 신문을 갖다놓고 핸드밀로 커피콩을 갈고 있다. 하지만 오늘만은 엄마가 일찍 일어난 것이 그다지 반갑지 않은 거지.

교지편집실 복도에서 그애와 마주친 이후 나는 매일 새벽에 일어났다. 서둘러 씻고 시리얼로 아침을 해결한 뒤 등교 준비를 마친다. 그런 다음 메타세쿼이아 안쪽 길을 내 방 창문에서보다 더 길게 볼 수 있는 부엌 창에 바짝 붙어서 밖을 지켜보다가 그애가 나타나자마자 최고 속도로 뛰쳐나가는 것이다. 계단을 두세 칸씩 뛰어내려가보면 저만치 앞서 걷고 있는 그애를 따라잡을 수 있다. 빠른 걸음으로 간격을 조금씩 좁혀가다가 일정한 거리를 확보하면 그때부터는 등교하는 학생들 대열에 섞여 천천히 뒤를 따라가는 작전. 몇 번인가는 그애와의 거리가 너무 멀어져버렸는데, 뛰면 이상하게 보일 것 같아 따라가지 못했다.

그애는 늘 담배를 피웠고 한 번도 뒤돌아보지 않았다. 적당한 거리를 두고 그애를 뒤따라 걷는 기분, 등에서 땀이 흘러내렸지만 걸음은 가벼웠다. 언젠가는 나란히 걸으며 얘기를 나눌 수도 있을까.

그런데 엄마와 식탁에서 아침을 먹어야 한다면…… 오늘은 포기해야 하나.

식탁 위에는 엄마가 큰맘먹어야 끓일 수 있는, 즉 만드는 데 시간이 많이 걸리는 토마토야채수프가 김을 올리고 있다. 옆에는 버터를 바르고 파슬리 가루를 뿌려 구운 마늘빵. 둘 다 내가 좋아하는 메뉴이지만 나는 먹는 둥 마는 둥 계속해서 부엌 창 쪽을 흘끔거린다.

—너 또 뛰쳐나가려고 그래?

읽고 있던 신문을 내려놓는 신민아씨. 늘 늦잠만 자면서 그건 또 어떻게 알았지?

엄마가 식탁에서 일어난다. 빈 머그잔을 들고 커피메이커 쪽으로 가더니 부엌 창을 통해 바깥을 내다본다. 발뒤꿈치까지 들고서. 나는 수프를 뜨려다 말고 엄마를 조마조마하게 바라본다. 대체…… 다른 엄마들도 신민아씨처럼 늘 자식을 불안하게 만드는 존재인 걸까.

—담배 피우는 애들 많네.

엄마의 혼잣말이다.

—연우, 담배 피우려면 니코틴 적은 걸로 피워. 어? 용돈 올려줘야 하나?

—됐고. 내가 알아서 할 테니, 학교나 가게 해주시죠.

—그래? 당장 가보셔도 되는데요.

나는 부리나케 숟가락을 내려놓고 의자에서 일어난다.

엄마가 머그잔에 새로 따른 커피를 입가로 가져가는데 식탁 옆에서 삐익 소리가 난다. 시간에 맞춰 사료가 나오는 고양이 자동급식기의 신호음이다. 소리가 들리자마자 어느 구석에선가 도토와 토리가 쏜살같이 달려나오고. 그걸 본 엄마의 이마에 살짝 주름이 잡힌다. 엄마는 때로 도토리들에게 다정하지 않다. 이름 지을 때만 해도 여론을 수집한다고 전화를 서른 통은 걸더니, 변덕스럽기는.

엄마는 살아 있는 것은 존재감 자체가 벅차다며 무조건 집 안에 두기 싫어한다. 그래서 화분 한 개 안 들여놓는다. 꽃은 자주 사온다. 이미 죽임을 당한 것은 손에 피를 안 묻히고 숨이 끊어질 때까지의 여생만 책임져도 되니 차라리 좋은 일 하는 기분이 든다나. 말도 안 된다. 뭔가를 꾸준히 돌보기에는 바쁘고 이기적이고, 내버려두기에는 또 마음이 약하고, 그래서 피해버린다는 걸 내가 모를 줄 알고? 어쨌든 그런 엄마가 왜 갑자기 고양이를, 그것도 두 마리씩이나 데리고 왔는지 이해가 안 가는 일이다. 나의 정서함양을 위해서라는 건 대충 갖다붙이는 말이고. 이것도 인연, 이란 엄마의 혼잣말이 훨씬 설득력 있다.

태수가 야자 한 시간을 남기고 교실 밖에서 나를 부른다.

가방을 챙겨들고 태수와 함께 어두워진 운동장 스탠드의 구석자리로 간다. 두 팔로 머리를 받치고 길게 드러눕는 태수. 다리를 세워 포갠 뒤 헤드폰으로 음악을 듣고 있다. 나도 그 옆에 앉아 계단에 등을 기댄다. 멀리 별이 떠 있다. 이름이 뭘까. 서쪽으로 약간 기울어 있는 북두칠성과 오리온밖에는 아는 별자리가 없다.

교사에서 가장 멀리 떨어진 구석자리라 그런지 사방이 조용하다. 이면도로를 지나는 자동차 소리가 간간이 들려올 뿐. 우리는 아무 말도 하지 않는다. 나는 물론이지만, 잠시라도 떠벌이지 않고는 못 배길 듯한 태수도 이따금 이렇게 말없이 시간을 흘려보낼 때가 있다. 함께 있다는 게 기분좋은 시간.

이따금 태수에게서는 이상한 검은 정적 같은 게 흘러나온다. 태수는 상처입은 짐승 같고, 그 정적이 검은 물처럼 그애 주변을 느릿느릿 흐르며 상처를 치유하는 느낌이라고나 할까. 단지 덩치 크고 시끄럽던 남자애가 아무 말 없이 웅크려 있을 때 느끼게 되는 낯선 평화로움 같은 건지도 모르겠지만, 아무튼.

나도 가방 안에서 천천히 MP3를 꺼낸다.

언젠가 엄마는 전생에 가장 빚을 많이 진 사람들이 그 빚을 갚기 위해 부부로 만난다는 말이 있더라고 했다. 결혼이 빚 갚는 일이라니. 더구나 사람 사는 게 기억나지도 않는 빚을 갚는 청승맞은 일이라니, 전생 따위는 더욱더 안 믿게 됐다나. 하지만 만약 전생이란 게 있다면 나는 그곳에서 한번쯤 태수를 만났을지도 모르겠다. 하지만 빚 같은 건 지지 않았을 것 같다. 다만 다른 생에서 한번 더 만나보자고 약속한 거 아닐까. 시간이란 어딘가로부터 오는 것이고 그리고 어딘지 모를 무한대로 흘러들어가겠지. 우리는 잠시 거기 실려서 떠가고 있는 중이고. 그곳이 어디일까. 어디로 가게 될까. 나는, 또 태수는. 우리는 그렇게 흘러가면서 잠깐씩 서로 스치고, 스치는 순간 다시 각자의 방향으로 튕겨져나가는 걸까.

상담실에 다녀온 뒤 태수가 한 말이 생각난다.

—엄마하고 똑같더라. 생각해주면 뭐 해. 맨날 방향이 틀리는데.

선생님이 전화를 받는 동안 무심코 책상 위에 놓인 상담자료를 보았고, 거기에서 귀국학생 부적응증후군이라는 말을 처음 알게 됐다고 한다. 상담선생님은 미국 학교에서 징계받은 일에 대해 집요하게 물어왔다. 학생을 위한다는 느낌은 들지 않았다. 보고용 자료 수집을 하거나 잔소리가 몸에 밴 나머지 반드시 잘못했다는 말을 듣고 말겠다는 듯한 태도였다는 것이다.

덮어주면 별일 아닐 걸 관심을 가져준다는 명분 아래 사건 수사하듯 전등을 비추고 학생을 실험쥐처럼 이리저리 유도해보고 분석하는 것, 이건 또 누구를 위한 심술궂은 시스템일까. 태수가 미국 영화에서처럼 총이라도 쏜 건 아닐 테고. 그렇다면 그건 좀 궁금하긴 한데…… 아무튼 거기서 겪은 일은 목 뒤의 푸른 이집트 십자가 문신과 함께 끝까지 태수의 인생을 따라다닐 것이다.

야자가 끝나고 아이들이 건물 밖으로 나오기 시작한다. 중앙과 왼쪽, 오른쪽 세 군데의 출입구가 북적거린다. 끝났네. 태수가 일어나 앉더니 헤드폰을 벗는다. 구성진 트로트 가락이 새어나온다. 뭘 듣고 있었던 거야? 응. 아빠가 고속도로 휴게실에서 산 뽕짝 메들리. 미국 친구들이 퍼니하다고 엄청 좋아했었어. 어? 애들 많이 나오네?

약속이라도 있는 것처럼 왼쪽 출입구 쪽으로 성큼성큼 걸음을 옮기는 태수. 나는 천천히 그 뒤를 따라간다. 왼쪽 문에서 가장 가까운 교실은 1반이다. 채영의 반.

채영을 발견한 태수가 거침없이 그쪽으로 다가간다. 말을 붙이고 있다. 채영의 걸음이 약간 빨라진다. 태수가 급히 따라잡으며 다시 뭔가 얘기한다. 채영이 걸음을 늦춘다. 고개를 돌려 태수에게 눈길을 준다. 태수는 큰 동작을 써가며 적극적으로 말을 이어가고. 둘이 나란히 걷기 시작한다. 태수는 채영을 바라보며 계속해서 말하고 채영은 묵묵히 앞을 향해 걷고 있다.

쏟아져나오는 아이들에게 떠밀려 조금씩 걸음을 옮기던 나는 빨리 걸어야겠다고 생각하지만, 태수를 따라잡을 엄두는 나지 않는다. 태수와 채영은 나란히 앞서 걷고 나는 거리를 두고 다른 아이들의 대열에 섞여 걸을 뿐이다. 걸음은 오히려 점점 더 느려진다. 어깨를 건드리고 몸을 부딪치며 곁을 스쳐 지나가는 아이들이 수선스럽고 물컹하고 냄새를 풍기는 한 떼의 코뿔소 같다.

버스정류장을 향한 아이들의 행렬은 우리 집 쪽으로 구부러진다. 지난 며칠간 내가 채영을 따라잡기 위해 계단에서부터 땀을 흘리며 달려내려왔던 두 갈래 길이 나타난다. 한순간 태수가 걸음을 멈추더니 채영의 손목을 붙잡는다. 채영이 주춤하는 사이 교복 주머니에서 펜을 꺼내 채영의 손바닥에 뭔가 적는다. 마침내 태수에게서 손을 빼낸 채영은 제 손바닥을 들여다보고, 고개를 들어 다시 태수를 한번 쳐다본다. 그런 다음 그대로 아이들의 무리에 섞여 걸음을 옮기기 시작한다. 태수 혼자 메타세쿼이아 나무 아래로 가서 서 있다. 내가 다가가자 태수가 입을 연다. 득의만면한 표정이란.

―전화한댔어. 여자애들은 숫자를 잘 못 외워서, 꼭 적어줘야 한다니까.

―그래?

내 대답은 덤덤하다.

―걔네 엄마가 사거리에서 기다렸다 학원까지 태워주나봐. 달리기하면서 봤던 공원 뒤에 주택가가 있잖아. 거기 산대. 가족은 부모님

이랑 셋이고.

처음 말을 붙이면서 그사이 그걸 다 알아냈단 말이지.

태수가 내 어깨를 툭 친다.

—헤드락 걸어서 독고태순이 토해낸 거야.

이건 또…… 내 표정에 속마음이 다 드러나고 있는 건가. 나무 그늘의 어둠 속으로 한 걸음 물러나고 싶어진다. 질문들이 꼬리에 꼬리를 물고 머릿속을 채워간다. 물론 아무것도 묻지 못할 테지만.

태수가 버스정류장 쪽으로 사라진 뒤에도 나는 혼자 메타세쿼이아 나무 아래 화단 흙을 밟고 그대로 서 있다. 줄지어 지나치는 학생들의 손에서 날리는 담배연기를 물끄러미 바라본다. 냄새가 싫지 않다. 불을 켜놓고 나온 내 방 창문은 환하다. 거기 들어가는 순간 나는 혼자가 된다. 집 안은 텅 비어 있다. 내 방을 빼고는 불이 꺼져 깜깜하다. 엄마가 들어와 있지나 않을까 바란 적도 많았지만 이제는 익숙해진 일이다. 가끔은 그것이 좋기도 하다. 혼자라는 건 싫지만 혼자일 때는 어쨌거나 울어도 되니까.

침대 헤드보드에 머리를 기대고 앉아서 헤드폰으로 G-그리핀을 듣는다. 머릿속이 멍해서 가사가 귀에 잘 들어오지 않는다. 하지만 빠르고 절실한 목소리로 내 귀에 대고 뭔가 계속 말해주는 게 좋다. 누군가 옆에 있다면 몹시 싫을 것 같지만, 그런데도 혼자이고 싶지는 않은 시간이니까.

무방비하고 멍한 느낌. 그런데 어느 순간 나도 모르게 고개를 흔든다.

태수가 채영의 손을 잡아끌어 손바닥에 뭔가 적어주던 모습이 왜 머리에서 떠나지 않는 걸까. 내가 그때 어떻게 해야 했었는지, 왜 그런 생각이 내 머릿속을 복잡하게 만드는 걸까. 왜 나는 꼭 무슨 결심을 해야만 몸을 움직일 수 있는 거지? 내가 뭘 원하는지 알고는 있는 거야? 다른 사람에게는 간단한 문제가 왜 나에게는 어려운 걸까. 지금 나는 변명을 하고 싶은 걸까, 아니면 후회를 하고 있는 걸까. 나라는 녀석은, 원하는 것을 얻기 위해 대체 어디까지 용기를 낼 수 있을까. 소유하기 어렵다고 생각되면 지레 포기하면서 마치 원하지 않는 척 허세를 부려온 건 아닐까.

엄마에게 뭘 사달라고 해본 적이 거의 없다. 그건 철이 들어서가 아니었다. 갖고 싶은 게 별로 없었다. 전혀 없었다고는 할 수 없지만, 그게 뭐든 어차피 시간이 지나고 나면 처치곤란이거나 어딘가에 처박아둘 게 뻔하다는 생각이 들었다. 남을 부러워하지 않는 법을 일찍 익혀버린 것일까. 힘든 싸움보다는 마음 편히 지는 쪽을 택한 것인지도.

초등학생 때 자전거를 산 지 일주일 만에 도둑을 맞았다. 다시 사달라고 말할 수가 없었다. 그런데 어느 날 보이스카우트에서 자전거를 타고 야외활동을 나간다는 거였다. 친구가 빌려주기로 약속했지만 그애 엄마가 반대했다. 마침 엄마가 집에 있는 날이었다. 급히 자전거를 사러 나가며 엄마는 말했다. 하기 어려운 말일수록 빨리 털어놓아야 일이 안 커지지. 상대에게도 덜 미안해지고. 그런 걸 바로 용기있는 행동이라고 하거든. 그리고 이런 말도 했다. 연우야, 자존심은 지구 평화 같은 거야. 반드시 지켜줘야 하는 물건이라구. 네가 너를 소중하게 대접해야 남들도 너를 존중해. 나는 끝내 우겼다. 자전거 같은 거 안 갖고 싶어서 그랬단 말야. 정말이야? 응.

하지만 나는 새로 산 자전거를 정말로 좋아했고, 또 잃어버릴까 봐 꼭 집 안으로 들여놓았다. 몇 년이 지나도록 안장은 거의 색이 바래지 않았고 바큇살도 녹슨 곳 하나 없었다. 미리 포기했을 뿐 갖고 싶지 않았던 건 아니었던 거냐, 강연우?

곡이 끝난 다음 나는 헤드폰을 벗고 거울 앞으로 가서 선다.

머리 위로 희미하게 새의 날개가 펼쳐져 있다. 새의 부리가 있는 곳까지 키가 더 자라면 그 날개는 마치 내 몸에서 뻗어나온 날개처럼 보일 것이다.

연필꽂이에서 찾아낸 4B연필을 들고 낙서가 있는 벽으로 다가간다. 전주인이 그렸던 새의 윤곽에 이어서 날개를 더욱 크게 그린다. 이제 나는 이 밑그림 안에다 연필로 조금씩조금씩 깃털을 그려넣어 새의 날개를 완성해갈 것이다. 아니, 새가 아니라 독수리의 날개에 사자의 몸통까지 가진 그리핀이다. 날개 뒤쪽으로 사자의 꼬리만 붙이면 된다. 몸통이 있어야 할 자리는 바로 내 가슴과 팔다리가 채워줄 테니까. 그리핀처럼 나도 폭풍을 일으키는 커다란 날개를 갖게 되는 것이다. 전 주인은 새를 그렸지만 내가 그리는 건 나의 그리핀이다.

그리하여 연우-그리핀이 탄생하는 순간, 나는 날개를 펼치고 날아간다.

도어록의 번호를 누르는 기계음이 들린다. 엄마가 들어선다. 나는 습관적으로 벽시계를 보고. 열두시 조금 넘었네. 평균은 웃돌지만 안타깝게도 발전 가능성이 별로 없어 보이는 성적이군.

한 손으로 현관 벽을 짚은 채 굽 높은 샌들을 한 짝씩 아무렇게나 벗어던지는 엄마의 몸이 앞뒤로 흔들린다. 비스듬히 고개를 빼고 내 방 안을 들여다본다.

—어? 우리 연우가 언제부터 저렇게 잘생겼었지?

나는 얼른 헤드폰을 쓴다. 소용없다. 엄마는 등 뒤로 다가와서 막무가내로 헤드폰을 벗기려 든다. 어휴, 술냄새.

—이게 드보르자크보다 더 좋다는 거야? 어디 나도 한번 들어보자.

—알았으니까 억지로 빼지 마시고. 물건 좀 아끼자, 신민아씨.

내가 헤드폰을 벗어 씌워주자마자 엄마는 술이 확 깬 표정이다. 엄마한테는 역시 좀 시끄러웠나? 엄마의 벌어진 입이 다물어지지 않는다. 이내 눈을 스르르 감더니 한참 동안 꼼짝 않고 듣고 있다. 뭐야, 설마 힙합으로 잠을 청하려는 건 아니겠지? 내가 음악을 꺼버린다. 눈을 반짝 뜨는 엄마, 뜻밖에도 감동 먹은 얼굴이잖아.

—이래서 힙합을 헤드폰으로 듣는구나. 이건 정말, 일대일인데?

—그래?

—응. 나한테만 말하는 것 같고, 진짜 심장이 쿵쿵 뛴다. 단순하고 불안, 미숙?

어른들이 듣기에나 그렇지.

—근데 그런 게 묘하게 뭔가 막 사람을 움직여. 그리고,

엄마가 내 눈을 똑바로 본다.

—귀에 대고 들어서 그런가? 왜 연우랑 목소리가 비슷하지?

그 순간 엄마에게 힙합을 몇 소절쯤 불러줄까 하는 생각도 없지는

않았다. 하지만 그랬다가는 앞으로 새벽에 취해 들어올 때마다 랩을 하라며 잠든 나를 두들겨깨울 게 뻔하다. 틈을 보이지 말아야지.

엄마가 등을 곧추세우더니 허리에 두 손을 얹는다. 내게 뭘 요구할 때 취하는 동작이다.

—한번 해봐! 연우.

거봐, 그럴 줄 알았다니까.

—한 번만 불러줘, 응?

이것, 역시도.

5

놀토에 태수 집에 가기로 했었다. 하지만 내키지 않았다. 정리가 안 됐다고 할까, 앞으로의 태도를 못 정했다고 할까. 그래, 나 속 좁아. 채영에게서 연락이 왔었다는 얘기는 아직 듣지 못했지만. 어쨌든 전화가 걸려오면 뭐든 핑계를 대고 못 간다고 말할 작정이었다.

그런데도 막상 액정에 뜬 민아씨 남친이란 글자를 보자 못 말리는 자식, 픽 웃고 만다.

오늘은 마리도 집에 있다. 엄마와 아빠는 모임에 갔다고 한다. 우리 셋은 거실에서 함께 〈아메리칸 아이돌〉을 보고 있다. 참가자들의 노래를 건성으로 따라 부르던 태수가 눈은 그대로 TV에 둔 채 다리를 길게 뻗어 마리의 종아리를 툭툭 건드린다. 야, 독고태순. 라면 좀 끓여라. 내가 왜? 마리의 대꾸는 샐쭉하다.

—여자라서 시키는 거냐구? 천만의 말씀이야. 연우는 생일이 봄이거든. 여기서 네가 제일 어리잖아. 가정교육이 잘된 집에서는 원래 어린 사람이 심부름을 하는 거야.

마리가 부엌으로 간 뒤 태수가 내 쪽으로 고개를 가까이 가져오며 속삭인다.

—쟤, 나름, 래디칼 페미니스트야. 근데 봤지? 똑똑한 척해봤자 내 손바닥 안이라구.

—아니거든? 손님 때문에 하는 거거든?

쿵쿵 발소리를 내며 종종걸음으로 달려와 마리가 항의한다.

—귀도 밝아. 여기 네가 좋아하는 손님도 계시는데 좀 진정하시지?

마리와 나는 동시에 시선을 피한다.

대들 듯 한 걸음 다가서는 마리에게 교통경찰처럼 한 손을 들어올리며 다시 태수가 하는 말.

—테이킷 이지, 독고태순. 그냥, 손님을 좋아한다는 뜻인데 왜.

근데 언제부터 내 생일이 봄으로 바뀌었지?

우리 셋은 식탁에 둘러앉아 라면을 먹는다. 태수와 나는 나란히 앉고 마리는 맞은편 자리다. 태수가 마리의 라면 그릇을 슬쩍 건너다본다.

—어떻게 우리하고 똑같은 양을 먹냐?

입안에 든 라면을 씹느라 얼른 대꾸하지 못하는 마리.

—교지편집부에서 네가 제일 듬직하지? 이채영하고 엄청 비교되겠다.

드디어 입안의 것을 꿀꺽 삼킨 마리가 대꾸한다.

― 남자애들은 어쩜 그리 똑같아? 다들 마르고 내숭 떠는 여자애가 로망이지? 이채영 걔는 왜 교지편집부로 왔는지 모르겠어. 딱 방송반 스타일인데.

― 방송반은 왜?

― 거긴 얼굴 보고 대충 뽑잖아. 우린 아냐. 실력이 좀 따라주지. 글도 잘 써야 하고.

― 오 맨! 얼굴이 실력인 거다, 독고태순.

젓가락으로 라면가락을 들어올리다 말고 마리가 태수를 쏘아본다.

마리는 귀염성 있는 얼굴이다. 크고 검은 눈과 긴 속눈썹도 시원스럽고, 조금 통통한 편이긴 하지만 태수의 표현처럼 듬직한 정도는 결코 아니다. 그런데도 태수가 외모를 갖고 놀리면 그때마다 얼굴을 붉히고 대들곤 한다. 태수가 말한 적 있다. 독고태순 개, 밥맛없는 티처스 펫(teacher's pet)이야. 엄마 아빠는 대놓고 나를 개 동생 취급하거든. 평생 도움이 안 되는 기집애야.

그런 건가? 골고루 갖춘 것처럼 보이는 애들도 결국 어디에선가 콤플렉스를 발견할 수밖에 없는 것일까. 쌍꺼풀수술을 하고 나면 그다음에는 낮은 코가 눈에 거슬리는 것처럼? 아니면 사람마다 자기 자신에게 원하는 수준이 달라서 그런가. 어쨌든 남들 눈에는 아무렇지도 않은데 저마다 자신의 약점이라고 생각하는 게 따로 있는 건지도 모르겠다.

마리가 다시 젓가락을 놀리며 말한다.

―교지편집부 들어갈 때 말야, 면접에서 내가 이채영하고 한 조였
잖아.

내 귀는 갑자기 창밖에서 까치 소리가 들릴 때의 도토리들처럼
쫑긋.

―1차 필기 보고 2차는 면접인데, 오십 명이나 몰린 거야. 네 명
씩 조 짜서 그룹 인터뷰를 했거든. 그때 나, 이채영 땜에 쪽팔려 죽
는 줄 알았어.

―왜?

태수가 짙은 일자 눈썹을 가운데로 모은다.

―대충 자기소개하고, 뭐 하고 싶은지 물어보고, 또 교지에 대해
어떻게 생각하는지, 뭐 그런 질문들 하거든. 자기 이름으로 삼행시
도 짓고.

―너는 사행시지.

―장기자랑도 있었는데 필수는 아니었어. 그래서 난 장기자랑은
준비 안 했거든. 근데 다른 애들은 다 해온 거야. 막 마술도 하고 영
어연설도 하고…… 진짜 당황되더라. 아무리 생각해도 노래밖에 할
게 없었어. 근데 가사를 끝까지 아는 게 있어야지. 교과서 노래 부
르면 되게 재미없는 애라고 점수 깎일 것 같고.

드디어 차례가 되었을 때, 잔뜩 긴장한 마리가 두 손을 꼭 맞잡고
사시나무처럼 떨면서 부른 노래는 〈남행열차〉. 설연휴 때 할머니 댁
에 내려가며 아빠의 차 안에서 하도 들어 머릿속에 가사가 입력돼
있었다.

비 내리는 호남선 남행열차에…… 기어들어가는 목소리로 조심

스럽게 시작된 마리의 노래는 끊어질 듯 끊어질 듯 가냘프게 이어졌다. 면접을 하는 선배들은 물론이고 지원자들까지, 교실 안에 있는 모두가 웃음을 참고 있었다. 그걸 알기 때문에 마리는 더욱 창피하고 화가 났다. 그럴수록 목소리는 점점 더 떨려나왔고……

태수가 크게 웃음을 터뜨린다. 나는 웃지 않는다. 창피하고 화가 나서 온몸이 굳어버린 경험이라면 나에게도 적지 않으니까.

마리 다음이 채영의 차례였다. 채영은 무표정한 얼굴로 허공 어딘가를 바라보며 카프카의 소설 『심판』의 첫 장면을 낭송하기 시작했다. 나직하고 담담한 목소리로. 갑자기 실내는 조용해졌고 조금 전까지 킥킥대던 사람들 모두 빨려들듯 채영의 얼굴을 바라보았다.

—심사는 2학년 선배들이 하거든. 근데 민기훈이라고, 지금은 전학간 선배가 있었어.

태수와 나의 눈이 마주친다.

—편집실 캐비닛 정리하는데 우리 면접볼 때 점수표가 있더라. 특히 그 선배가 이채영한테 점수를 많이 줬어. 내 점수표에는 커다랗게 초, 긴, 장, 이러고.

—초긴장 합격? 덩치로 압박했냐?

—왜 이러서? 필기평가에서는 내가 점수 제일 좋았거든요!

—사운스 굿. 뭐라도 해야지, 독고태순.

마리가 뭔가 대꾸하려고 하는데 갑자기 내 주머니 안에서 핸드폰이 울린다. 마리와 태수가 동시에 내 쪽으로 고개를 돌린다. 짧은 침묵. 나는 천천히 전화기를 꺼낸다. 액정에 모르는 번호가 떠 있다. 뭐지?

―여보세요.

―안녕.

여자애의 목소리다. 나직하고 덤덤하다. 나한테 전화를 걸어올 여자애가 있을 리 없고, 무슨 일이지? 잘못 걸려온 전화? 그런데도 이상하게 목소리를 듣는 순간 온몸이 굳어진다. 다음 말을 기다리는 아주 짧은 시간의 틈, 미세한 바람 한줄기가 이마 위를 살짝 스치고 지나가는 것 같은 서늘한 이 느낌은, 어떤 예감 같은 것? 나는 한 손으로 전화기를 꼭 붙잡고 무심코 고개를 들어 허공을 바라보고 있다.

전화기 너머에서 다시 목소리가 흘러나온다.

―나는 이채영이야. 강연우지?

나도 모르게 입이 벌어져 있다는 걸 깨닫고 얼른 다문다. 어떻게 해야 하는 거지? 마른침을 삼키는데 목구멍이 아프다.

―맞는데.

가까스로 흘러나오는 대답. 긴장을 감추려다보니 목소리가 딱딱해진다. 이건 아닌데.

―네 친구가 전화번호를 알려주었어.

채영이 말을 잇는다.

―내 엽서를 갖고 있다고 들었어.

―응? 아, 응.

―그거 돌려줬으면 좋겠어.

―어, 그래.

―내일.

채영이 약속시간을 정한 뒤 장소를 설명한다. 운 좋게 나도 알고 있는 곳이다.

―안녕. 내일 봐.

나는 얼떨결에 채영의 말을 따라 한다.

―내일 봐.

전화가 끊어진다. 나는 약 삼 초쯤 그대로 전화기를 귀에 대고 있다가, 뒤늦게 종료버튼을 누른다. 맞은편에서 마리가 나를 빤히 보고 있다.

―독고태순. 왜 대답 안 해? 민기훈이 이채영하고 사귀었냐니까?

옆에서 들리는 태수의 목소리.

잠시 사차원 세계에라도 다녀온 것처럼 나는 그제야 정신이 들고.

―내가 어떻게 알아.

마리의 대답은 퉁명스럽다.

―왓에버. 비 내리는 호남선하고 카프카, 완전 N극 S극이다. 분명 둘이 안 친할 거야, 그렇지?

―뭐야, 유치하게.

―그럼 친해? 같이 화장실 다니는 사이냐?

―걔는 늘 혼자 다녀.

태수와 마리의 대화는 어딘지 김이 빠져 있다. 태수가 내게 묻는다.

―오니기리, 오늘 오냐?

―그럴걸.

재욱 형은 지난주에도 토요일에 우리와 함께 달리기를 했다.

—오니기리가 뭔데?

마리의 말에 태수는 이마를 찡그리고 한쪽 입꼬리를 삐딱하게 올리며 대꾸한다.

—외계인같이 생긴 주먹밥 있어. 지구에 적응 못 해서 추방시키려고.

태수는 내 전화에 대해서는 한마디도 묻지 않는다. 그러나 내가 그만 자리에서 일어날 기색을 보이자 내뱉는 말.

—왜 갑자기 바빠졌는데, 심드렁? 내일 되려면 아직 멀었거든.

—재욱 형 오면 전화할게.

더이상 표정을 감추기가 어려워진 나는 벌떡 일어난다. 식탁 의자가 끌리는 소리에 제풀에 놀라며. 나도 때에 따라 제법 결단력이 있군.

6

엄마는 나가고 없다. 신민아씨 청소주기의 막바지 기간이라 집안은 한껏 어질러져 있다. 현관에 내놓은 재활용쓰레기 박스가 넘쳐 도토리들의 사료 깡통, 우유팩, 전단지 등이 바닥에 굴러다닌다. 나는 아무렇게나 벗어놓은 엄마의 슬리퍼와 샌들을 피해서 운동화를 벗어 신발장 안으로 들여놓는다.

방으로 들어오자마자 일단 나갈 때 켜놓았던 전등을 끈 다음 천천히 블라인드를 올리고, 거울 앞에 서서 얼굴을 한번 비춰보고, 주머니에서 MP3와 전화기를 꺼내 책상 위에 얌전히 올려놓고…… 그러고는, 마침내 침대를 향해 그대로 몸을 날리는 거지. 위아래로 흔들리는 매트리스에 내맡겨진 몸의 파동과 그 속의 상쾌한 부력 같은 것! 엎드린 채 양손으로 홑이불을 끌어당겨 덮개가 달린 헬멧을 쓰듯 머리 위까지 푹 뒤집어쓴다. 그리고 그 안에서 크게 소리를 지른다. 으아아아아아. 뒷다리로는 침대 매트리스를 마구 찬다. 둥둥둥둥둥둥. 소리를 지르며 동시에 뒷발을 구른다. 으아아아아, 둥둥둥둥. 한 세트 더. 으아아아아아. 둥둥둥둥. 반복. 으아아아. 둥둥둥둥. 어휴, 먼지.

이불을 확 젖히고 벌떡 일어난다. 책상 위의 전화기를 집어들고 다시 침대로 돌아와 엎드린다. 액정을 켠 다음 떠오르는 배경화면에 대고 속삭인다. 잘했어. 한번 더 말한다. 착해. 최근 통화기록을 띄운다. 가장 위에 있는 번호, 열한 개의 숫자. 중요한 암호나 되는 듯 머리에 새긴 뒤 저장버튼을 누른다. 이름이 들어가는 칸에 이, 채, 영을 입력할 때의 벅차고 두근거리는 마음. 이제 단축번호를 등록한다. 그러고는 초기화면으로 돌아온 뒤 다시 전화부를 검색, 단축번호를 눌러 거기에 뜬 이채영이라는 글자를 오래오래 들여다본다.

한순간 전화기를 쥔 손에 지그시 힘을 준다. 그애가 이 안의 세계로 들어왔다는!

목소리와 말씨를 떠올려본다. 그애가 쓰는 약간은 어색한 문어체. 마치 처음 동화책을 읽기 시작한 아이들이 책 속의 문장을 따라 말하는 것 같다. 역시, 카프카의 『심판』 같은 심각한 책을 읽어서 그런 걸까.

내가 채영에게 한 말에 대해서도 기억을 더듬어본다. 맞는데, 응? 아, 응. 어, 그래⋯⋯?

한 손으로 이마를 몇 번 가볍게 친다. 태수 같으면 훨씬 유머러스하고 자연스럽게 대화를 이끌었을 텐데. 유머방이라도 뒤져 몇 개쯤 외운 뒤에 그애를 만나러 가야 하는 거 아닐까. 아, 맞다. 뭘 입고 나가지?

다음 순간 가장 중요한 것이 머리에 떠오른다. 나는 부리나케 책상으로 가서 서랍을 열어 채영의 엽서를 꺼낸다. 이제는 친숙해진 카프카에게 반가운 눈인사를 던진 뒤 그것을 뒤집는다. 낯익은 채영의 글씨. 잘 있나요, 채영. 그런데 순간 민기훈이란 이름이 동시에 시야에 들어온다.

그 생각을 못했었군⋯⋯ 채영은 단지 민기훈에게 보낸 엽서를 돌려받기 위해 나를 만나는 것뿐이다. 주인을 잘못 찾은 엽서를 되돌려주는 일, 그것 외에는 아무 일도 일어나지 않을지도.

다시 천천히 서랍을 열고 그 안에 엽서를 집어넣는다. 잠깐 동안 책상 모서리에 기대서 있다가 무심히 창밖으로 고개를 돌린다. 메타세쿼이아 나무 아래, 후드티 주머니에 손을 넣고 제 발끝을 내려다보며 채영이 앉아 있던 벤치. 엄마가 앉아 있다.

다리를 꼬고 깍지낀 두 손을 머리 뒤에 받친 채 고개를 젖혀 나무를 올려다보고 있다. 얼마 전 세일 때 샀다고 자랑하던 보라색 민소매 미니 원피스와 흰색의 짧은 마재킷 차림. 재욱 형을 만나 함께 올 거라더니 왜 이 시각에 혼자 돌아온 걸까. 한참이나 그 자세 그

116

대로 움직이지 않는다. 편해 보이지는 않는 자세인데.

여섯 살 무렵 나도 한때 고개를 뒤로 젖혀 천장을 올려다보는 자세로 유치원 벽에 기대 앉아 있곤 했었다. 남 앞에서 눈물을 보이지 말라는 엄마 말에 따르기 위해서 내가 특별히 고안해낸 방법이었는데, 혹시 그걸 따라 하고 있는 거야, 신민아씨? 학원에서 돌아오는 학생들이 호떡을 하나씩 손에 들고 왁자지껄 이쪽으로 몰려오고 있는데 그것도 모르고.

어쨌든 오늘 재욱 형은 안 온다고 봐야겠지? 나는 옷장에서 운동복을 꺼내 갈아입는다. 양말을 챙겨신고 모자를 쓴다. 선블록도 바르고. 오늘은 혼자 뛰니까 MP3도 챙겨야지.

내가 벤치 앞에 나타나자 기운 없어 보이지만 웃음을 짓는 엄마.

―요! 잘생긴 학생, 달리기하려구?

―네. 안 하면 엄마가 때리거든요.

―그래? 맞고 살면 안 되지. 저녁에는 뭐 해줄까요, 개구리 반찬?

―썰렁하신 엄마, 갔다 올게요. 그리고……

쓰레기는 방금 내가 갖다버렸어, 라는 내 말에 엄마의 표정이 약간 밝아진다. 잔소리와 꾸중이 심한 경비아저씨가 새로 온 뒤부터 쓰레기 분리수거는 모든 집안일 중 엄마가 가장 싫어하는 일이 되었다.

언젠가 엄마가 메모지에 장볼 목록을 적어놓고 낮잠을 잤다. 그 사이 몸살 기운이 있는 엄마를 대신해 내가 슈퍼마켓에 갔다 왔더니, 잠에서 깬 엄마가 말했다. 난 사소하게 감동 주는 사람한테는 무조건 약하단 말야. 연우 가끔, 연애 시절 네 아빠 같을 때가 있어.

그러나 내가 슈퍼마켓 심부름을 하는 건 자주 있는 일이다. 결과는 똑같은데도 단지 뜻밖에 일어났다는 이유로, 그 자발성이 상대의 진심을 알게 해준다며 엄마는 깜짝쇼를 좋아한다. 어릴 때 모범생이었던 사람은 노력을 통해서 목표지점에 도달하는 것밖에 모르기 때문에 파격과 돌발에 대해 쉽게 감동한다나 뭐라나.

재욱 형은 어땠을까. 호감과 친절이라는 입구는 열려 있지만 그곳을 지나면 거의 구십 퍼센트 굳게 닫혀 있는 엄마의 문. 그 문을 여는 데 어떤 사소한 감동을 사용했을까. 그리고⋯⋯ 누구나 그러는 걸까. 간절히 두드리고도 막상 문이 열리면 얼른 발을 내딛지 못하고 망설이는 건? 엄마는 바로 인생의 그런 복잡함을 컨트롤하는 게 어른의 일이라고 말하지만 솔직히 나에게는 조금도 복잡하지 않게 여겨진다. 나라면 그냥, 열린 문을 향해 뛰어들어갈 것이다. 늘 망설이는 게 내 특기였지만 지금은 생각이 좀 달라진 거지, 대충.

나는 이어폰을 꽂은 뒤 조금씩 속도를 내기 시작한다. 이대로 달려가면 채영이 사는 동네가 나온다. 채영과 만나기로 한 퍼즐카페도 그 동네에 있다. 아파트 단지와 달리 공원이 조성된 작은 산을 끼고 있고 녹지도 많은 주택가이다. 골목을 걷다보면 곳곳에서 작은 가게와 카페들이 나타난다. 엄마를 따라 몇 군데의 카페에 가본 적이 있는데 퍼즐카페 '원피스'도 그중 하나이다. 엄마는 퍼즐 맞추는 데에는 그다지 흥미가 없지만 넓은 통유리 밖으로 숲을 바라볼 수 있어 그 카페를 좋아했다. 특히 비오는 날에.

줄지어 늘어선 은행나무를 따라 아파트 단지를 몇 개나 지났을까. 은행잎이 이주일 전 처음 이 거리를 뛰었을 때처럼 마냥 푸르게 보이지는 않는다. 아주 조금이지만, 시간이 지나쳐갔구나.

금세 등이 땀으로 젖는다. 지난번 재욱 형이 했던 말들……

—땀이 증발하면서 열을 식혀준다. 이건 무슨 뜻이냐 하면, 더운 날은 가만히 서 있는 것보다 땀을 내고 뛰어야 오히려 시원해진다, 그 뜻이지.

그날 재욱 형은 약간 속력을 냈다. 태수와 내가 반환점에 도착하기 한참 전에 이미 되돌아오고 있었다. 한 손을 들어 보이고는 우리를 지나쳐 먼저 집 쪽으로 달려갔다.

숨을 헐떡거리는 와중에도 태수는 힘을 모아 콧방귀를 뀌었다.

—혼자만 가겠다고? 중증 이기심.

—빨리 씻고 쉬려는 거겠지.

—말기 게으름.

그 말을 내뱉자마자 갑자기 태수가 빨리 뛰기 시작했다. 쥐어짜듯 소리를 지르며. 렛츠 롤 잇! 그때 태수의 표정이 생각난다. 어울리지 않게도 재욱 형에게 딴지걸 때만은 짐짓 심각한 척하는, 못 말리는 자식. 채영에게 내 번호를 적어준 뒤 며칠 동안 전화가 왔는지 안 왔는지 꽤나 눈치를 살폈겠지. 어처구니없는 녀석.

저만치에 채영의 동네가 눈에 들어온다. 퍼즐카페만 한번 돌아보고 그만 돌아가야겠다. 집에 가서 개구리 반찬을 먹어야지. 나에게는 엽서를 돌려주고 난 뒤부터가 시작이다. 그때부터 채영이라는 문을 두드려야 한다. 힘을 내기 위해 단백질 섭취가 필요한 때다.

엄마는 베란다에 나와서 쿠션의 먼지를 털고 있다. 머리를 질끈

묶고 에이프런까지 둘렀다. 찡그린 이마에 입을 꾹 다물고, 고개는 옆으로 늘여 빼고. 그러고는 양손에 하나씩 나눠쥔 쿠션을 있는 힘껏 연달아 부딪친다. 집 안에 들어와보니, 이건 거의 대청소 수준. 거실 바닥에 깔았던 여름 돗자리는 말아서 구석에 세워놓았고 오랫동안 꽃이 말라가던 꽃병도 비웠고 식탁보까지 벗겨져 있다. 청소기 옆에는 웬일로 꼭 짠 물걸레까지. 소란을 싫어하는 도토리들은 식탁 밑 깊숙한 구석에 엎드려 꼼짝하지 않는다.

나는 방으로 들어가 갈아입을 옷을 챙긴다. 욕실 문 앞 매트 위에는 세면대 위에 있던 칫솔꽂이와 비누 트레이, 샴푸병이 내놓아져 있다. 그것들을 주워들고 욕실로 들어가는데 베란다에서 엄마가 크게 외친다. 얼른 씻고 나와! 김치볶음밥이랑 북엇국 해줄게! 기분이 별로 안 좋을 때 씩씩한 척하는 거, 다른 어른들도 그럴까. 가족이 딱 한 사람뿐이니 비교해볼 대상이 없잖아. 하긴, 속마음과 정반대로 행동하는 성향이라면 새침데기 토리도 만만찮지. 늘 도망만 치지만 일단 팔에 안긴 다음에는 눈을 감고 가만히 내 손길을 즐기곤 하니까.

샤워를 마치고 나왔는데도 청소는 거의 진척이 없다. 엄마는 걸레로 오디오를 닦고 있다. 몇 개 되지도 않는 시디케이스의 먼지는 왜 저렇게 오래 닦는지. 딴생각을 하고 있는 게 분명하다. 내가 소파에 앉아 수건으로 머리를 털면서, 발 디딜 틈 없이 뒤집어놓은 집 안을 심란하게 둘러보고 있다는 것도 깨닫지 못한다.

참, 재욱 형이 안 온다는 걸 태수에게 말해줘야겠군.

나는 방에 있는 핸드폰을 가지러 가기 위해 소파에서 일어난다.

전화벨이 요란하게 울린다. 엄마의 전화기이다. 근데, 벨소리를 왜 저렇게 크게 해놓았지? 전화를 받는 엄마의 목소리는 의외로 차분하다.

－청소하는 중이야…… 아니 괜찮아…… 그런 건 아니었고, 그냥 피곤해서 먼저 온 거야.

몇 마디 대꾸를 한 뒤 전화기를 귀에 댄 채 안방으로 들어가는 엄마. 손에 들었던 걸레를 아무렇게나 던진다는 게 하필 식탁 가까이로 떨어지는 바람에 그 밑에 웅크려 있던 도토리들이 화들짝 놀라 달아난다. 재욱 형이군.

김치볶음밥과 북엇국? 물 건너갔다. 저녁은 잘해봤자 피자 아니면 라면이겠고. 청소는 저 상태로 스톱. 내일 혹은 그후로 미뤄지겠지. 이래서 엄마가 일을 벌이면 항상 불안하다니까. 그래도 내 이불을 세탁하겠다고 욕조에 담가놓은 채 뛰쳐나가지 않는 것만 해도 얼마나 다행이야. 익숙한 일이라서 포기가 빠르다고도 할 수 있지만, 특별히 오늘이라서 더 봐주는 거다, 신민아씨. 오늘은 나도 혼자서 생각할 일이 좀 있거든.

외출 준비가 빠르기도 한 엄마. 구두를 신으면서 내 방을 흘끗 본다.

－저 학생, 누군지 몰라도 네이비 컬러가 참 잘 어울리네. 내가 지금 시간만 좀 있어도 기필코 전화번호를 딸 텐데, 아깝다.

신민아씨, 그냥 미안하다고 말해도 될걸 꼭 저런 식이다. 속이 빤히 보이는 아부에 누가 넘어갈 줄 알고. 하지만 현관문이 닫히자마자 나는 얼른 거울 앞으로 간다. 푸른색 티셔츠와 내 얼굴을 번갈아 바라보고…… 옷장에 네이비 컬러 옷이 또 뭐가 있더라.

거울 속의 내 얼굴. 그리고 그 너머에는, 아직 완성되지는 않았지만 날개가 활짝 펼쳐져 있다.

7

퍼즐카페는 골목 모퉁이에 있다. 3층 건물의 1층이다. 외벽에는 바랜 듯한 하늘색 페인트가 칠해져 있고 창틀과 차양은 짙은 코발트색이다. 출입문 옆에 기차역의 시계처럼 매달려 있는 작은 간판은 벽보다 약간 진한, 파란색 형광펜 색깔. 'One Piece'라는 흰색 손글씨가 선명하다.

두 길이 만나는 모퉁이에 자리잡고 있기 때문에, 한쪽은 공원 숲을 향하지만 다른 한쪽은 주택가 골목을 마주하고 있다. 숲 쪽으로 난 창은 통유리이고 골목 쪽으로는 여섯 개의 좁은 유리 쪽문이 달려 있다. 문을 열고 들어가면 정면으로 음료캔과 맥주병과 조각케이크 따위가 들어 있는 쇼케이스, 그리고 카운터 뒤로 커피머신이 보인다. 그 옆의 선반에 층층이 쌓여 있는 것이 바로 퍼즐이 든 상자들.

숲이 보이는 곳은 왼쪽 자리이다. 통유리 창을 따라 스탠드바처럼 길게 이어진 탁자 앞에 높은 의자들이 놓여 있다. 골목을 향해 있는 오른쪽 창가 자리에는 사 인용 테이블이 세 개. 그리고 중앙에는 직사각형의 커다란 테이블을 둘러싸고 의자와 가죽스툴이 죽 놓여 있다. 테이블은 모두 퍼즐을 늘어놓고 맞추기 좋도록 크고 평평하지만 통유리 쪽 탁자는 폭이 좁다. 그냥 나란히 앉아 밖을 내다보기 좋은 자리이다.

내가 점찍은 곳이 바로 그 자리이다. 어색한 순간이 오면 창밖으로 시선을 돌리면 되니까. 조금 일찍 도착해서 통유리 쪽 창가 자리에 앉아 밖을 바라보며 무심한 표정으로 채영을 기다리는 것, 그것이 내 각본이다.

골목 안으로 접어들며 손목시계를 본다. 십 분 전이다. 그나저나이 카시오 데이터뱅크 시계, 좀 번쩍거리나? 무릎까지 내려오는 연한 색깔의 청반바지도 신경이 쓰인다. 너무 단정하면 숙맥으로 보일까봐 밑단이 풀린 걸로 입었는데 그냥 깨끗하게 면바지가 나을 뻔했다. 출입문을 밀기 전 나는 잠깐 유리문 앞에서 걸음을 멈춘다. 머리카락을 한번 흩뜨리고, 네이비블루의 후디 안에 받쳐입은 흰티셔츠를 잡아당겨 모양을 정리한다. 발끝을 조금 들어 에어포스원도 한번 내려다보고.

그런데 출입문의 손잡이를 잡는 순간 불현듯 눈에 들어오는 모습. 카페 중앙의 커다란 직사각형 테이블에 채영이 혼자 앉아 있다. 무표정한 얼굴. 흰색 후드티 주머니에 두 손을 집어넣고 의자에 등을 기댄 채 정면의 출입문 쪽을 바라보고 있다. 나는 그대로 동작 멈춤.

이건 뭐…… 일찍 왔으면 핸드폰을 갖고 놀거나 노래를 듣거나 하다못해 책이라도 읽는 척할 일이지. 수업시간도 아니고, 혼자 있을 때 아무것도 하지 않은 채 가만히 앉아 있는 애는 꽤나 낯설다.

심호흡을 한번 한 뒤 나는 문을 밀친다. 문틀에 달린 종이 경쾌한 소리를 낸다. 일요일 오후 네시라는 시간 때문일까. 골목 쪽 테이블 하나에서 젊은 남녀가 이마를 맞대고 조용히 퍼즐을 맞추고 있을 뿐 카페 안에 다른 손님은 없다.

내가 카페 안으로 들어간 뒤에도 채영의 표정은 바뀌지 않는다. 나를 물끄러미 쳐다볼 뿐. 이제 그쪽을 향해 천천히 걸어가야 할 텐데…… 누군가 나를 보고 있는 앞에서 걸음을 옮기는 게 쉬운 일은 아니군.

마침내 채영이 앉아 있는 테이블 앞.

ㅡ나 강연우야.

그 말과 함께 나는 한 손에 들고 있던 엽서를 가볍게 들어 보인다. 채영이 입을 연다.

ㅡ알아.

의자에 앉은 다음 테이블 위에 엽서를 내려놓는다. 카프카의 사진이 보이는 쪽으로. 엽서는 거들떠보지도 않은 채 말을 잇는 채영.

ㅡ이사오던 날 봤어.

그날, 벽 쪽으로 몸을 붙여 숨긴 했지만 결국 내 모습을 들키고 만 모양이다.

ㅡ이삿짐센터 트럭에서 커다란 액자 같은 거 내릴 때. 옆에 서 있었지?

다행이다. 창밖을 엿볼 때가 아니라 트럭에서 거울을 내릴 때군. 이삿짐 때문에 티셔츠도 지저분하고, 또 아저씨들이 물건을 거칠게 다루어 잔뜩 얼굴을 찡그리고 있었던 것 같은데…… 그나저나, 그럼 그때부터 나를 알고 있었다는 건가?

채영이 내 얼굴을 빤히 바라본다.

−전에 어디선가 나를 본 적 있어?

−아니.

−난 언젠가 너를 본 것 같아. 하지만 기억은 나지 않아. 아마……

잠깐 말을 멈추었다가 다시 입을 연 채영의 이마가 찡그려져 있다.

−아무것도 아닐 거야. 나는 늘 많은 걸 생각하지만 대부분은 틀리니까. 그리고 뭘 잔뜩 써놓은 다음에는 죄다 잊어버려.

어쩐지 그래야 할 것 같아 나는 고개를 조금 끄덕이고.

−내 엽서, 읽었지?

갑작스러운 질문에 나는 또 얼른 대답을 하지 못한다. 잘못 배달된 엽서를 별생각 없이 읽어본 것뿐이지만 그래도 역시 미안한 일이긴 하다. 사과를 해야 하는 걸까.

그러나 당황하는 나와 달리 아무렇지도 않은 듯한 채영의 표정. 테이블 위의 엽서에 눈길을 한번 준 다음 다시 나를 바라본다.

−내가 뭐라고 썼어?

−응?

−엽서에 뭘 썼는지 잊어버렸어.

−그러니까…… 백조가 꽤나 시끄럽고 더럽다고.

−맞아. 그랬었어! 발이 어찌나 더럽던지, 장화라도 신은 것 같았다니까!

다음 순간 나는 깜짝 놀란다. 채영이 깔깔 웃어서가 아니라 순간 실내가 환해지면서 내 가슴 한가운데에서도 연달아 전구가 켜지듯 웃음이 피어나 퍼져가기 시작했기 때문이다.

갑자기 채영이 자리에서 일어나더니 눈을 동그랗게 뜨고 내게 말한다.

―내가 알아맞혀볼게.

나는 어리둥절한 표정으로 그애를 올려다보고.

―음, 웰치스 마실 거지?

뭘 마시겠냐고 묻는 건가. 뭐, 대충, 이라고 대꾸한 뒤 나는 엉겁결에 고개까지 끄덕인다. 그리고 채영이 카운터로 가서 주문을 하고 계산을 하고 코발트색 나무쟁반을 들고 돌아올 때까지, 뭐라도 해야 할 것 같은 불편한 기분이지만 그냥 멍하니 자리에 앉아 있다. 실은 탄산음료는 좋아하지 않는데…… 엄마랑 왔을 때에도 애늙은이라는 핀잔을 들어가며 홍차를 마셨다.

자리로 돌아온 채영이 테이블 위에 쟁반을 내려놓는다. 보라색 웰치스 캔을 집더니 팔을 길게 뻗어 내게 내민다. 어? 어! 캔은 생각보다 훨씬 차갑다. 캔을 따려다 말고 내 시선이 쟁반으로 간다. 아 맞다, 잔에 따라 마셔야지. 얼음이 든 유리잔을 캔 옆에 내려놓는다. 채영은 의자 깊숙이 몸을 묻고 빨대로 스타벅스 카페라테를 마시며 눈을 치켜뜬 채 나를 건너다보고 있다. 눈이 마주치자 빨대에서 입을 떼고 묻는다.

―역시 틀렸지?

―응?

―웰치스 안 좋아하지, 그렇지?

나도 모르게 어쩐지 웃음이 나와버린 순간. 유리잔에 반쯤 따른 보라색 탄산음료가 얼음 사이를 빠져나가며 시원하게 거품을 일으킨다. 유리잔을 가볍게 흔들며 내가 대답한다.

—아니 좋아해. 딱 맞혔어.

정말이다. 한 모금 마시니 가슴속까지 시원하고 달콤하다. 여름에는 탄산음료만한 게 없지. 그럼!

—이 카페 가끔 오나봐?

내가 묻는다.

—응. 엄마랑 아빠가 나를 절대로 못 찾아내는 곳이야.

—집 근처인데 왜 못 찾아?

—아빠는 고등학생이 카페에 간다는 건 상상도 못 해. 엄마는 무조건 먼 곳에서부터 나를 찾기 시작하고. 뭐든 좀 형식적이거든.

채영의 약간 느린 듯 담담한 목소리와 문어체. 조금씩 익숙해진다.

—내가 가출하면 아빠는 한 발짝도 못 나가고 집에서 나를 기다릴걸. 나에 대해 아무것도 모르니까 찾으러 갈 데가 없어. 엄마도 마찬가지야. 일단 땅끝 섬 같은 데 가서 나를 찾기 시작할 거야. 아무리 찾아도 없더라고 금세 포기하겠지.

—섬 같은 데 가려면 교통비가 꽤 들지 않나.

그새 농담도 할 수 있군.

—엄마는 의사인데 돈을 잘 벌어. 너는 어때?

—뭐가?

—너는 가출하면 부모님이 쉽게 찾아낼 만한 애야?

—난 엄마뿐이야.

채영의 말투, 은근히 중독성이 있다. 어느새 나도 따라 하게 되는 듯. 그리고 이야기를 나눌수록 이상하게 마음이 편해진다.

─내가 가출한다고 하면 우리 엄마는 돈은 좀 보태줄 것 같은데, 찾지는 않을지도 몰라. 툭하면 뭘 잘 잃어버리거든. 도로 찾는 건 못 봤어.

─그렇구나.

채영이 고개를 끄덕인다.

─언젠가 가출하게 되면 나도 데려가줘.

─그럴까.

눈이 마주치고, 나와 채영의 얼굴에 동시에 웃음이 떠오른다. 채영이 묻는다.

─너는 이 카페, 언제부터 알았어?

─엄마랑 한번 와봤어.

눈을 동그랗게 뜨는 채영.

─너 엄마랑 친해?

─만원 받는 조건이었거든.

이번에는 농담이 아니다.

그때도 일요일이었나? 개학하기 얼마 전이었다. 게임을 했는지 야동을 봤는지 기억은 안 나지만 새벽에야 잠들어 늘어지게 늦잠을 자는 중이었다. 연우야, 빨리 일어나, 빨리. 어서 옷 입어! 다급한 목소리로 엄마가 나를 마구 흔들었다. 눈을 뜨자마자 귀청을 때리는 빗소리. 엄청난 폭우였다. 벌떡 일어나 창밖을 보니 성난 메타세쿼이아 나무가 비바람과 싸우듯 난폭하게 가지를 흔들어대고 흙탕

물 줄기가 흙길을 쓸어내리며 거칠게 휩쓸려가고 있었다. 거의 재난 수준인데, 귀중품을 챙겨서 대피를 해야 하는 걸까. 뭘 챙기지. 교장선생님 말씀대로 학생의 생명 같은 교과서, 이건 아니고, 먼저 MP3와 용돈을 모아놓은 상자와 신발들과…… 거울은 어떡한다지. 하지만 엄마를 향해 고개를 돌린 순간 나는 진짜로 잠이 확 깼다. 방수점퍼에 달린 모자까지 뒤집어쓴 건 재난 대처 복장이 맞는데 외출을 조르는 꼬마 같은 저 표정은 뭐지?

바람 보러 가자. 바람? 응, 빨리 챙겨. 고작 바람을 보려고 이런 폭우를 뚫고 밖으로 나간다고? 도로 침대로 가서 이불을 뒤집어쓰는 나를 엄마가 재촉했다. 지금 가면 숲 전체가 미친 듯이 흔들리는 걸 볼 수 있어. 쉽게 못 보는 그림이야. 네 감수성 훈련을 위해 교육적 목적으로 데려가는 거라니까. 남자는 날씨와 장소에 섬세하게 반응할 줄 알아야 해. 됐거든요! 나의 볼멘 대꾸에 엄마가 말했다. 할 수 없네. 만원 줄게.

신민아씨는 종종 그런 식이다. 언젠가는 엄마가 들어갔다 나온 화장실에 곧바로 들어가려는 나를 붙잡으며 말했다. 냄새나니까 조금 있다 들어가. 안 돼, 급해. 그럼 미안하니까 오천원 줄게. 피해보상한 거다, 알았지? 나는 채영에게 화장실 얘기는 빼고 바람을 보러 나왔던 얘기만 들려준다.

채영이 나를 빤히 본다.

—너 엄마를 좀 가엾다고 생각하는구나?

—왜?

—그냥. 그렇게 느껴져.

흠. 약간 낯설긴 하지만 나는 이애가 좋다, 고 나는 속으로 중얼
거린다. 테이블 위의 엽서를 눈으로 가리키며 내가 묻는다.

ㅡ가족여행?

ㅡ응. 방학 때마다 가. 그래서 방학이 싫어.

ㅡ왜?

ㅡ평소에 친하게 지내지 않던 사람 셋이 하루 종일 붙어 있어야
하니까. 이주일 동안이나.

말을 하면서 이따금 후드티의 주머니 안에 넣은 두 손을 꼼지락
거리는 채영.

ㅡ엄마하고 난, 아빠 앞에서는 뭐든지 아빠 말대로 해. 뒤에서는
각자 하고 싶은 대로 하지만. 아빠가 화장실에 간 사이에 엄마는 담
배를 피우고 나는 이 엽서를 썼어.

다시 채영과 나의 눈이 마주친다.

ㅡ그런데 그 엽서를 네가 읽게 될 줄은 몰랐어.

잠깐 망설였지만 나는 묻고 만다.

ㅡ그 선배가 이사간다는 건 몰랐던 거야?

ㅡ알았지만, 어쩐지 내 엽서는 전해질 것 같았거든. 근데 내가 또
틀렸던 거지.

채영은 입술을 살짝 깨문다. 그러더니 갑자기 던지는 엉뚱한 질
문.

ㅡ혹시 길을 물어보는 사람한테 가르쳐준 적 있어?

ㅡ그랬던 것 같은데.

ㅡ나는 잘 안 돼. 내가 어떻게 설명할까 생각하는 동안 그 사람은

가버리거든. 아마 지구에서 매일 한두 명씩은 나를 미워하는 사람들이 생겨나고 있을 거야.

채영은 생각보다 말을 많이 한다. 그런데 뭔지 모르게 파악은 쉽지 않다. 제시문이 이렇게 해석이 안 돼서야…… 어떻게 문제를 풀지?

ㅡ카프카 책, 읽어봤어?

채영의 물음에 나는 고개를 젓고. 카이지라면 잘 알지만.

ㅡ카프카를 읽으면 왜 사람들이 나를 미워하는지 알 것 같아.

ㅡ왜 그러는데?

ㅡ암튼, 내 잘못은 확실히 아니라는 거야.

ㅡ거기 그런 게 써 있어?

ㅡ응. 빌려줄까?

ㅡ글쎄.

그런 걸 읽으면 나도 이상하게 하게 되는 거 아닐까.

채영이 눈을 들어 내 등 뒤쪽을 바라본다. 퍼즐을 맞추던 젊은 남녀 쪽이다. 흘끗 돌아보니 남자는 DMB폰으로 동영상을 보는 중이고 여자 혼자 이마를 찡그린 채 삼분의 이쯤 채워진 퍼즐판에 고개를 박고 있다. 그딴 거 그만 보고 도와라, 쫌! 신경질적인 여자의 목소리. 어? 벌써 시간이 이렇게 됐나? 그만 가자. 배고파. 무뚝뚝한 남자의 대답.

자리에서 일어나는 기척이 들리더니, 조심스럽게 수평을 유지하며 퍼즐판을 카운터로 가지고 가는 여자의 모습이 보인다. 보관함에 맡겼다가 다시 와서 계속 이어서 맞추려는 모양이다. 몸에 붙는 검은 남방셔츠를 입고 한쪽 귓불에 귀고리를 한 호리호리한 주인아저씨가 친절한 웃음을 지으며 보관함 번호 옆에 손님의 이름을 적어놓는다.

손목시계를 본다. 남자 말이 맞네. 생각보다 시간이 많이 흘렀군.

채영은 아직도 내 등 뒤쪽에 그대로 시선을 두고 있다. 뭘 보는 거지? 창밖? 경쾌한 종소리와 함께 문이 열리고 젊은 남녀가 나가는 기척이 들린다. 그 소리를 쫓아 한번 더 뒤를 돌아보다 채영의 시선이 머문 곳에 눈길이 가 닿는다. 출입문 옆에 퍼즐액자가 걸려 있다. 하얀 계단과 흰 돌이 깔린 길. 이국적 풍경이다. 그러고 보니 군데군데 걸린 퍼즐액자가 모두 비슷하다. 하나는 흰색 풍차와 푸른 바다, 그리고 희미한 달. 또다른 액자의 그림은 야자수와 하늘색 파라솔과 흰 기둥, 거기 역시 달이 있고.

―미코노스의 흰 거리 풍경.

채영이 중얼거린다.

―휴일의 발코니. 그리고 저건 집토끼 밀리의 풍차.

어리둥절하던 나는 조금 뒤에야 그것들이 그림의 제목이라는 걸 알아챈다.

―저거 둘은 이천 피스이고, 저건 천이십 피스.

태수가 틀렸군. 채영은 숫자를 잘 기억 못 하는 여자애들 중 하나가 아닌 모양이다. 그것 봐. 여자애들이 다 그런 건 아니라니까. 태수 방에 있던 퍼즐액자가 떠오른다. 이천 피스라고 했던가. 초등학생 때 그걸 맞춘 걸 보면 태수도 이 카페를 싫어하진 않을 것 같다.

―너 손가락 참 길구나.

후드티 주머니에서 손을 빼더니 내 쪽으로 팔을 길게 뻗는다. 어느새 내 손바닥에 자신의 손바닥을 대어보고 있다.

—손은 작은 편이네. 내 손하고 비슷해.

채영의 손. 깡마르고 희고 차갑다. 그리고 다섯 손가락 모두 끝부분이 빨갛게 벗겨져 거칠거칠하다. 재빨리 손을 거두어 다시 주머니 안에 집어넣었지만 내 손끝에 감촉이 남아 있다. 지금까지 왜 못 봤지? 손톱을 물어뜯는구나, 이채영.

퍼즐카페를 나온 채영과 나는 골목을 벗어나 큰길가로 걸어나온다. 횡단보도 앞에서 채영이 걸음을 멈추고 나도 따라 선다. 건너편을 바라보는 채영.

—이 길 건너서 두번째 골목으로 꺾어들어가 오른쪽으로 세번째 집, 거기가 우리 집이야.

신호등이 바뀌기를 기다리며 나란히 서 있는 동안의 짧은 침묵. 엽서를 집어넣어 판판해진 후드티의 앞주머니에 두 손을 넣고 신호등을 바라보고 있는 채영과 청반바지 주머니 속의 MP3를 무심코 만지작거리는 나. 둘 사이의 간격은 삼십 센티미터쯤?

—틀릴지도 모르지만.

자동차 소리에 채영의 목소리가 묻힐까봐 나는 그쪽으로 얼굴을 약간 기울인다.

—너는 카프카하고 공통점이 있어.

—그, 체코 사람하고?

—응. 너는 나를 미워하지 않는 종류의 사람 같아.

―그러니까.

나는 이맛살을 모은 채 잠시 보도블록과 허공 중간쯤에 시선을 둔다.

―매일 지구상에 한두 명씩 생겨난다는 사람, 그건 아니라는 거지?

―아니라는 거야.

채영이 조금 웃으며 덧붙인다.

―너는 내 말을 진짜로 듣고 싶어하는 것처럼 보여.

그렇단 말이지. 적어도 나는, 길을 물어놓고 채영이 어떻게 말할지 생각을 정리하는 동안 그냥 가버리는 사람은 아니라는 뜻인가. 나는 잠시 그대로 채영을 바라본다. 다시 길 건너편을 무표정하게 보고 서 있는 채영의 옆모습을.

어떻게 대답해야 할까. 이애는 아무것도 모른다. 언젠가 도토가 인간의 말을 하게 된다면 모든 걸 알게 되겠지만. 아니 내 입으로 털어놓는 날이 얼마 안 가 닥쳐올지도 모르지만. 그런 순간이 오더라도 너를 우리 학교뿐 아니라 우주를 통틀어서도 가장 특별한 존재라고 생각했다는 식의 순진한 생각 따위는 절대로 발설하지 말아야 할 텐데.

신호가 파란색으로 바뀌자 채영이 내게 간다는 신호로 눈인사를 건넨다. 다음 순간 앞으로 한 걸음을 떼려다 말고 불현듯 한 손을 주머니에서 뺀다. 손가락으로 내 네이비블루 후디를 가리킨다.

―나 그런 진한 푸른색 좋아해. 그리고,

캥거루 배주머니 같은 후드티 주머니에서 엽서를 꺼내 내게 내민다.

—이 엽서는 네가 가져. 이 사람과 같은 편이 된 기념으로.

파란 신호등은 벌써 깜박거리기 시작하고.

나는 한 손에 엽서를 든 채 횡단보도 위를 뛰어가는 채영의 가는 종아리와 야윈 등과 가볍게 흔들리는 흰색 후드와 짧은 단발머리를 멍하니 바라보고 서 있다.

이윽고 몸을 돌리고 걷기 시작한다.

어금니를 지그시 물어 애써 입을 다물고 있는데도 입안의 공간이 있는 대로 넓어진 기분이다. 그 속에서 뭔가 간지러운 기운이 넘쳐 금방이라도 입밖으로 비어져나올 것만 같다. 콧구멍은 자꾸 벌어지고. 가끔씩 어깨를 넓게 편다. 안 그러면 심장박동이 빨라져서 가슴이 답답해진다. 뭐야, 전체적으로, 숨쉬기와 관련된 일이었어?

가까이에서 본 채영은 창백하고 무표정하다기보다 희고 그리고 조금 방심한 듯이 보였다. 마치 여름 한낮 푸른 하늘에 무심히 떠 있는 흰 구름처럼.

눈동자는 투명함이 감도는 갈색. 얇게 쌍꺼풀진 큰 눈에 눈초리가 약간 처져서인지 나를 똑바로 보며 말할 때는 어린애처럼 천진해 보인다. 속눈썹은 물에 젖은 듯 윤기가 났고. 턱끝이 약간 뾰족해서 입을 다물고 웃을 때는 입모양이 브이자로 귀엽게 모아진다. 그리고 왠지 왼쪽 뺨에만 주근깨가 조금 있다.

나도 모르게 걸음이 빨라져 있다.

달리기를 하는 사람들과 자전거들이 양쪽 방향에서 내 곁을 지나쳐간다. 앞서가던 유모차는 뒤로 처지고. 산책나온 사람들과는 앞서

거니 뒤서거니 보폭이 맞는다. 집에서 채영의 동네까지, 달리면 이십 분쯤 걸리려나. 걷기에는 꽤 먼 거리이다. 하지만 이대로 마냥 걷는 게 좋다. 저녁 바람에 섞인 여름날 나무의 냄새도 좋다. 손바닥에 닿았던 채영의 차갑고 가볍고 까칠했던 손가락의 감촉. 그런 진한 푸른색 좋아해, 라고 말할 때의 무심한 목소리. 한순간 마주치던 눈길. 눈 속에 담긴 웃음.

8

−나, 아들 있나?

거실에서 혼자 맥주를 마시며 엄마가 큰 소리로 말한다. 혼잣말인 척, 사실은 내가 상대를 안 해준다고 불평하는 것이다. 얼마 안 가 음량이 한 단계 높아진다.

−연우야! 너는 진짜 알 것 같아. 나한테 아들이 있어, 없어?

참 내, 고독은 혼자 견디는 거라면서, 그 냉정한 철학이 왜 십대인 나한테만 해당되냐구요. 신민아씨.

아주 가끔 듣는 아빠 이야기 중에도 비슷한 게 있다. 성실한 술꾼이라서 얼굴 보기 힘들었지만 아빠는 어쩌다 집에 있을 때에도 혼자 시간 보내는 걸 좋아했다. 구석방에 틀어박혀 음악을 듣고 책을 읽고 지뢰찾기게임에 열중했다. 엄마는 엄마대로 마루에서 혼자 텔레비전 드라마를 보며 브라운관과 대꾸놀이를 시작하고. 등장인물이 '밥 먹었어?'라고 말하면 '입맛 없어'라고 쌀쌀맞게 대답하고

'나가서 바람 쐬자'에 '싫어, 귀찮아'라고 튕겨보는 식이었다. 그러다가 그게 혼잣말놀이가 되기도 했다. 삼십 분에 한 번 정도, 나, 결혼했나? 라고 중얼거리기 시작하는 것이다. 몇 번 되풀이하다보면 목소리가 점점 커졌고 나중에는 문이 닫힌 구석방을 향해 던지는 질문으로 바뀌었다. 있잖아! 나, 결혼했어?

엄마는 아빠가 남편이란 점만 빼고는 나무랄 데 없는 사람이라고 말하곤 했다. 결혼에 대처하는 태도에 있어서는 일종의 미성년자였다나. 아무튼.

엄마가 다시 큰 소리로 혼잣말을 한다.

―연우가 내 아들이면 좋겠다!

나는 결국 책상 앞에서 일어난다. 오늘은 정말 혼자 있고 싶다니까. 초저녁이니 불면증 때문에 마시는 것도 아닐 테고…… 한동안 없었던 일인데.

거실 탁자에는 구겨진 빈 맥주캔이 세 개, 따지 않은 맥주캔이 두 개 놓여 있다. 두 개씩 대기시켜놓고 마시는 게 엄마의 버릇이다. 마지막에 한 개밖에 안 남게 되면 현실을 받아들여 아껴 마시기 위해서라나.

―아까 그거 뭐였어?

소파에 털썩 주저앉는 내게 엄마가 맥주캔 한 개를 건네주며 묻는다.

―뭐가?

나는 한 손을 내저으며 약간 짜증스럽게 되묻고.

―종이 같은 거. 들어올 때 손에 들고 있었잖아.

―그런 게 왜 궁금한데.

―말해주기 싫구나. 그럼 안 궁금해.

금방 풀이 죽는 신민아씨. 아무튼, 장점이라니까. 포기 하나는 빨라. 하지만 어쩐지 누군가에게 말해주고 싶은 이 기분은 또 뭐지.

―사진엽서야. 선물받았어.

말해놓고 보니 약간 어처구니없는 기분도 든다. 민기훈에게 보낸 엽서가 어떻게 나에게 주는 선물이 될 수 있지? 그러나 채영은 조금도 이상하게 생각하지 않는 눈치였다. 그애 머릿속엔 대체 무슨 생각이 들어 있는 걸까.

―카프카라고, 우리 집에 책 있어?

―있을걸. 아빠 책.

책박스는 작은방에, 엄마의 옷이 걸린 행어 옆 구석자리에 그대로 쌓여 있다.

―카프카는 왜?

―그냥.

―아 참, 그렇지. 오늘은 9월 두번째 일요일, 아무것도 안 궁금한 날.

한 손에 맥주캔을 든 채 엄마가 갑자기 시무룩한 표정이 된다.

―연우야, 내가 좀 따지는 성격이니?

―글쎄.

―사람들은 말야, 대답하기 곤란한 걸 물으면 따진다고 말해. 같은 질문을 하는데도 그래. 어떤 때는 관심 가져줘서 고맙다고 하고 참 명쾌하시네요 하면서 칭찬을 하거든. 근데 어떤 때는 참견 좀 그만하라고 해. 하지만.

상관없어, 라고 덧붙이며 캔을 기울여 맥주를 한 모금 마시는 엄마. 그런데 오늘따라 엄마의 말이 그다지 귀에 들어오지 않는다. 9월 두번째 일요일, 그애 빼고 다른 사람에게는 아무 관심 없는 날.

─전에 비오는 날 갔던 퍼즐카페 말야.

내가 화제를 돌린다.

─벽에 액자들 있잖아. 그 그림이 뭐야?

─뭐? 맥나이트?

─화가의 작품이었구나.

─그건 또 왜? 아 참, 안 궁금하지.

엄마의 농담에 나는 아무 반응도 보이지 않는다. 다른 생각에 빠져 있다. 아무도 몰랐으면 좋겠지만 그런데도 또 누군가에게 들려주고 싶은 이야기, 그 생각만 하고 있다. 이러다가 일기라도 쓰게 되는 건 아닌지. 업데이트를 안 한 지 오래지만 싸이질이라도 다시 시작해볼까. 언젠가 고등학생 커플들만 가입할 수 있는 카페를 본 적도 있는데 그건 좀 아니고…… 만약 어디에든 뭔가 쓰게 되면 첫번째 글의 제목은, 음, 카프카에게 미움받지 않는 아이.

거기 그런 게 쓰여 있다고?

내가 다시 물었을 때 채영이 대답했다.

쓰여 있어, 우리는 이치에 닿지 않는 세계에 태어난 거라고. 그래서 그랬나봐. 나는 어딘가로 떠나서 숨어버리고 싶다는 생각을 자주 하거든.

안 태어났으면 더 좋았겠지만, 이라고 채영은 담담하게 덧붙였다.

─안 태어났으면 좋았겠다는 생각 같은 거, 해봤어?

―그럼!

술기운이 오른 신민아씨는 무조건 고개부터 크게 끄덕인다.

―염세주의는 정말로 유익한 거야.

말이 길어질 조짐인데, 괜히 물어봤다.

―나쁜 예상은 미리미리 다 해놓아야 해. 기대를 품으면 보통 정도인데도 나쁘게 됐다고 실망하게 되거든. 하지만 최악을 예상해두면 언제나 그보다는 나은 일이 닥치게 되어 있다, 이거야.

채영이 염세주의자라고? 나도 모르게 슬쩍 웃음을 짓고 만다. 태수가 말한 적 있다. 여자애들은 머릿속이 진짜 단순하거든. 근데 왜 그런지 감정은 꽤 복잡해. 안 그런 애를 못 봤어. 오 맨! 물론 독고태순은 빼야지. 걔는 안팎으로 단순하니까.

마리는 단순하다기보다 명쾌하지.

어쨌거나 채영은 태수가 말하는 여자애들과는 확실히 다르다. 나만은 알 수 있다. 남자들은 마르고 내숭 떠는 여자애가 로망이지, 라고? 같은 교지편집부이면서 마리도 잘 모르고 있다. 단지 자신이 '또' 틀렸을까봐 지레 마음을 닫고 있는 것뿐인데. 어딘가로 떠나서 숨어버리고 싶다잖아.

각자 너무나 다른 존재들이기 때문일까. 사람들 사이에는 보이지 않는 벽이 너무 많은 것 같다. 그런데도 가까이 있는 사람에 대해서는 너무 쉽게 제멋대로 결론을 내버린다. 미리 다 알고 있다고 생각하는 한 뭘 해도 관계는 바뀌지 않는다. 그래놓고는 가상의 공간에 들어가 새로운 친구를 찾고 일촌을 맺고 그리고 차단에, 친구 삭제……

―흑, 세상에서 가장 슬픈 시간.

엄마가 중얼거리며 마지막 맥주캔을 따고 있다.

내 시선이 식탁 밑에서 천천히 기어나오고 있는 토리에게로 간다. 엄마와 나의 말소리가 조금 길어진다 싶으면 슬그머니 나와서 발치에 앉곤 하는 회색 암고양이. 맞아. 까칠하고 냉랭해 보이는 건 겁을 내고 있다는 뜻일 수도 있어.

한 손에 맥주캔을 든 채 엄마가 토리를 잠시 말없이 내려다본다. 토리도 엄마를 물끄러미 올려다보고 있다.

몸을 일으켜 부엌으로 가는 엄마. 다용도실 문을 열고 그 안에서 고양이 비스킷을 꺼낸다. 베란다 의자에 올라앉아 있던 검은 도토가 번개같이 몸을 날려 엄마에게로 뛰어가고. 취했을 때 엄마는 고양이들에게 좀 후하다. 그런데 엄마 다리에 꼬리를 비비며 마구 달려드는 도토를 제치고, 구석에 웅크려서 엄마가 움직이는 대로 고개를 이리저리 돌리며 가만히 바라보고만 있는 토리에게 비스킷을 더 많이 던져준다.

나는 테이블에 놓인 마지막 빈 캔을 엄마를 향해 흔들어 보인 뒤 소파에서 일어난다. 웬일인지 엄마는 아무 저항도 하지 않고 기운 없이 한 손을 들어 작별인사를 하고.

내일은 월요일, 어서 자자. 그러나 침대에 누웠지만 도무지 잠이 오지 않는 거지. 다시 일어나서 컴퓨터를 켠다. 즐겨찾기에 들어가서 생각 없이 마우스를 움직이는데 음악 웹진의 주소가 눈에 들어온다. 클릭. 재욱 형의 새 글이 올라와 있다. '아버지, 힙합 좀 듣자니까요 2'

1970년대 후반 펑크록의 선두주자 격인 영국 그룹 섹스 피스톨스가 등장했다. 그들은 비틀스, 롤링스톤스 같은 선배 뮤지션들을 가차없이 공격했다. 그 이유를 두 가지만 꼽으면 첫째 돈을 많이 벌었다는 것, 둘째 음악을 자꾸만 어렵게 만들어 젠체한다는 것. 요약하면 노동계급의 음악인 록의 정신을 배반했다는 죄목으로 총구를 겨눈 것이다. 섹스 피스톨스의 궁극적 공격 목표는 반민중적 자본주의체제였지만, 그들과의 싸움을 포기하고 그 자신이 부르주아가 되어버린 '타락한 록스타' 역시 섹스 피스톨스의 총알을 피해갈 수 없었던 것이다.

섹스 피스톨스는 1960년대 후반을 거치며 점점 예술적으로 정교해지는 록음악의 복잡한 코드를 내던지고 C-F-G7의 기본 코드만으로 음악을 만들었다(그러고 보니 CCR도 그렇다). 그러자 존 레논이 한마디했다. "쟤들이 하는 음악, 우리가 전에 다 했던 거거든." 사실 실험정신이 투철했던 존 레논은 비틀스가 해체되기 전부터 극단적으로 자기 음악을 밀어붙였다. 예컨대 〈평화에게 기회를Give Peace a Chance〉은 그 유명한 선동적 후렴구를 빼면 차마 멜로디랄 것도 없는 극소화된 펑크적 멜로디로 강렬한 메시지를 전달했다. 아무리 그래도 존 레논은 그렇게 말해서는 안 되었다. 평화뿐 아니라, 새로운 음악에게도 기회는 주어져야 하니까 말이다.

이런 에피소드는 록이 전 세계 대중음악을 지배하던 시절의 일이다. 펑크나 얼터너티브처럼 록음악의 민중성을 회복하려는 젊고 대안적인 음악이 속속 등장한 것은 사실이지만 그것은 어디까지나 록음악 내부의 찻잔 속 혁명일 뿐이었다. 기존의 음악을 송두리째 뒤집은 것은 다른 동네의 음악, 그러니까 힙합이다(내 생각에는 힙합이야말로 순수시대의 록의 정신을 더 잘 표현하고 있다).

대중음악 전체에서, 또 사회계층 측면에서 힙합은 어디까지나 마이너 영역에 속한다. 그렇기 때문에라도 힙합은 본질적으로 혁명적 음악이다. 배부른 메이저는 혁명을 실천하지 않는다.

역시! 혁명이란 내가 나일 수 있는 세계를 뜻하는 거였군. 더이상 상처받지 않고 더이상 비겁해질 필요도 없는 세계.

카프카에 혁명에 힙합의 마이너 정신에…… 오늘은 왜 이렇게 공부하고 싶은 게 많지? 나답지 않게. 그것 참, 이러다 커서 뭐가 돼버리는 거 아냐?

9

늦잠을 자고 말았다. 창밖을 내다보고 있다가 등굣길 채영이 나타나면 뛰쳐나갈 계획이었는데. 급히 뒤따라온 나를 발견하고 채영이 안녕? 인사를 건네면 나는 한번쯤 웃어 보인 뒤 아무 말 없이 그애 곁에서 나란히 걷기 시작하고…… 그런데 눈을 떠보니 서두르지 않으면 지각이다.

화장실로 방으로 부엌으로, 왔다갔다 급히 준비를 마치고 현관에서 운동화를 신을 때까지도 엄마 방은 조용하기만 하다. 그러나 현관문을 열고 나가려는 순간 나를 부르는 소리. 거기 학생, 잠깐만. 잠이 덜 깬 목소리다.

현관 쪽으로 비칠비칠 걸어나오는 엄마, 목욕가운 차림이다. 손에 든 책은 뭐지? 그리고 술냄새. 샤워까지 하고도 잠이 안 와서 위스키를 마셨군. 나는 엄마가 건네주는 책을 반사적으로 받아든다. 카프카의 『성』이다. 있었어. 하품을 하며 엄마가 덧붙인다.

—어젯밤에 좀 봤는데 잠은 잘 오더라.

생각할 틈도 없이 나는 책을 그대로 가방에 집어넣고 현관을 나온다.

—갔다 와.

또 한번 하품을 하는 엄마를 돌아보며 내가 대답한다.

—응, 내 꿈 꿔.

나도 고맙다는 말 정도는 할 줄 아는 사람이라니까.

복도에서 화장실 앞에서 식당에서 운동장에서, 하루 종일 두리번거리게 되는 것. 누군가 나를 지켜보고 있을 것 같은 느낌이 드는 것. 그래서 내 모습을 자꾸 의식하게 되는 것. 시선도 머릿속도 산만하여 집중이 되지 않고 뇌의 주름들이 뭉개지기라도 한 듯 생각이 명료하지 않고 발은 바닥에서 몇 센티미터쯤 떠 있는 것 같고, 그리고 그애와 우연히 마주치는 순간에 대한 끊임없는 상상의 반복……

여느 때처럼 태수와 함께 해질녘 어스름이 조금씩 깃들기 시작하는 운동장 스탠드에 나와 있다. 운동장 쪽을 바라보고 앉아 있지만 신경은 온통 교지편집실 창문과 연결된 지붕 쪽에 뻗쳐 있고.

―내기할래?

태수가 내 팔을 툭 건드린다. 또 뭔가 심심하고 몸이 근질근질한 모양이군. 태수의 장난기는 걸핏하면 새로운 내기를 생각해내곤 한다.

―나온다에 한 표. 삼각김밥 두 개, 불고기 맛으로.

내가 무슨 생각으로 교지편집실을 흘끔거리는지 모를 리 없는 태수. 근데 태수가 '나온다'에 걸면 나는 '안 나온다'를 택할 수밖에 없는데, 내가 일어나지 않기를 바라는 쪽에 베팅을 하라고?

―그래 맞다니까. 너만 이익이지. 걔가 나오면 판타스틱이고, 안 나와도 삼각김밥이 입으로 들어가주잖아. 두 개씩이나.

아무튼 잔머리는.

―이런 걸 윈윈게임이라고 하는 거다, 심드렁. 우리 아빠가 좋아하는 말이야.

하지만 나는 삼각김밥 따위, 입으로 들어오든 도로 나가든 전혀 관심이 없다. 그런 안전장치를 마련하기보다는 간절히 원하는 단한 가지 일이 이루어지기를 온 마음을 다하여 바라는 것이 중요하지 않을까. 바라기만 하면 안 되겠지. 뭔가를 뚫고 나가야 하는 걸거야. 나 자신의 혁명을 위해서.

오늘 점심시간. 태수가 지나치게 앞서서 넘겨짚는 바람에 나는 채영에 대해 뭐라도 털어놓지 않을 수 없었다. 태수는 그 방면의 선배를 자처하며 심각한 표정으로 그애의 심리를 분석했고.

―음료수를 사오더란 말이지? 집까지 알려줬고. 흠, 그건 일단 댓스 타잇.

―카프칸지 뭔지 책을 빌려준다고 했는데 너는 거절했고. 굿 무브! 한번쯤 터프해 보일 필요는 있어.

그건…… 거절이라기보다 그냥 좀 망설였던 것뿐인데. 음료수를 사온 것도 약간 돌발적이었고, 집을 알려준 건 의도가 있다기보다 신호등이 바뀌기를 기다리는 동안 머릿속에 떠오른 생각, 그 정도? 이상하다. 내 머릿속에 있을 때는 하나같이 특별하고 의미심장하고 그리고 섬세한 상황이었는데 그것이 태수의 입을 통해 정리가 되고 나니 그렇고 그런 상투적인 일이 돼버린다. 세상에는 절대로 타인과 공유할 수 없는 영역이 있는 모양이다. 오직 자기 자신의 느낌만으로 저절로 스며들듯 받아들이게 되는 세계, 이메일과 핸드폰의 전달 버튼을 아무리 눌러봤자 타인에게는 결코 똑같은 내용이 전해지지 않는 것.

―흠, 심드렁. 네가 진 것 같은데?

태수가 턱짓을 하는 쪽을 향해 나는 자동인형처럼 스르르 고개를 돌린다.

교지편집실에서 여자애 하나가 창문을 타고 나와 지붕 끝에 걸터 앉는다. 채영이다. 이건 그러니까…… 텔레토비 동산에 해가 뜬 것처럼 세상이 환해지는 거지. 심장은 갑자기 손가락과 발가락 끝의 실핏줄에 이르기까지 온 핏줄에 맹렬히 피를 내보내기 시작하고, 그것들이 몸 구석구석을 뛰어다니면서 순간 아찔하고 나른하고…… 뭐가 뭔지 몸속에서 질서가 마구 흐트러지는 느낌이다.

그때 채영이 무심히 운동장 쪽으로 고개를 돌린다. 내가 서 있는 쪽. 그애가 나를 본다. 나와 시선이 마주치자 몸을 조금 앞으로 내밀고 웃음을 짓는다. 그리고 입을 연다.

─강연우!

운동장에서 공을 차는 아이들은 몰려다니며 소리치고 스탠드에 앉아 수다를 떠는 여자애들은 깔깔대고 늦여름 해질녘 공기는 후텁지근하면서도 바람을 품고 있는데, 그 공기의 밀도를 뚫고 내게로 날아오는 채영의 목소리는 한밤중 골목의 창문 아래에서 그리운 사람을 불러내는 휘파람 소리처럼 경쾌하고 아련하고 그리고 나를 깜짝 놀라게 만든다.

10

우리 셋은 공원으로 가고 있다.

빽빽한 고층 아파트 단지와 오피스텔 건물의 창문을 밝힌 불빛들. 불규칙하게 겹쳐 번쩍이는 상가의 네온사인. 밤하늘을 뚫고 솟아 있는 방송국의 송신탑. 그 앞의 8차선 도로 위로는 헤드라이트를 켠 자동차들이 쉴새없이 달린다. 정지신호에 걸린 차들의 붉은 미등. 그 행렬이 몇 분에 한 번씩 검은 도로 위에 긴 꼬리를 드리우고. 중앙분리대에 심어진 가로수들은 끊임없이 어둠과 불빛을 번갈아 반사하고 있다.

그러나 공원 안으로 들어서면 다른 세계가 나타난다.

도시의 불빛이 스민 저녁 숲은 어딘지 비밀스럽다. 서늘한 숲의 냄새와 나뭇잎을 조용히 흔드는 바람, 먼 불빛을 담은 반짝이는 호수, 그리고 도시의 피로를 편안히 감싸주는 어둠이 있다. 그 어둠에 의지하여 사람들은 벤치와 계단에 앉거나 난간이나 나무에 기대서 있거나 아니면 산책로를 걷고 달린다. 가장 빠른 것은 자전거 정도.

태수가 우리를 데려간 곳은 공원 안의 매점이다.

파라솔 아래의 플라스틱 간이의자에 가방을 던지듯 내려놓으며 나와 채영에게 말한다. 자, 뭐 먹을래? 오늘은 내가 물 쓰듯이 쓴다, 이천원 한도 내에서! 그러고는 채영 쪽을 바라보며 장난스러운 웃음을 짓는다.

—내가 알아맞혀볼까? 넌 솔잎차 아니면 막걸리지?

뭐야, 저 말투는. 내가 시시콜콜 보고라도 하는 것 같잖아. 그러나 채영은 아무렇지도 않은 표정이다. 심드렁을 능가하는 최강의 무덤덤.

태수와 내 앞에는 컵라면과 어묵이 놓이고 채영은 카페라테 캔커피를 마신다. 두 손으로 캔을 감싸쥐고 입술을 빨대에 댄 채 무심히 조금씩 입안으로 흘려넣고 있다. 퍼즐카페에서처럼 나를 빤히 바라보지는 않는다. 살갗이 벗겨져 붉은 속살이 드러난 자신의 손가락을 물끄러미 내려다보고 있다. 그걸 본 태수의 한마디. 어? 그런 건 초딩 입학식 때 졸업식 했어야지.

채영이 고개를 끄덕인다.

—잘 안 되었어. 라일락 잎까지 발라봤는데 성공하지 못했어.

—라일락 잎?

—세상에서 가장 쓴 잎이야. 한번 그 맛을 보면 다시는 손가락을 입에 안 댈 거라고. 일하는 아줌마가 발라줬는데, 나는 곧 익숙해져 버렸어. 뭔가 생각하고 있으면 맛 같은 건 중요하지 않게 되거든.

라일락 잎이 쓰다는 것은 나도 엄마한테 들은 적 있다. 사랑의 쓴 맛을 상징한다는 말 따위 믿지 말라고.

—애니웨이.

태수가 화제를 돌린다.

—독고태순이 그러던데, 너 글 많이 쓴다고.

—독고태순? 마리 말이야?

순간 태수의 표정에 아차, 하는 빛이 스쳐갔지만 채영은 역시 무표정하게 말을 잇는다.

—백조 이야기를 써보려고 해.

—나도 미국 학교에서 동물 에세이를 써본 적 있지. '호랑이 등은 누가 긁어주나'. 제목 끝내주지 않냐? 근데 첫 문장 쓰고 나니까 더 이상 쓸 말이 없더라구.

—뭐라고 썼는데?

반쯤 남은 컵라면 용기 옆에 젓가락을 내려놓으며 내가 묻는다.

—호랑가시나무가 해주지!

—맞네. 할말 다 했네.

너를 누가 말리겠냐, 독고태수.

태수가 아니었으면 야자를 빼먹고 놀러 나갈 생각 같은 건 하지 못했을 것이다. 노래방, 극장, 피시방, 패스트푸드점, 당구장, 어디로 갈까 물었을 때 공원에 가겠다고 한 것은 채영이었고. 나는 아무 말 없이 태수를 뒤따라왔다. 그럭저럭, 대충, 상관없어, 그냥, 그러든지, 별로…… 이런 게 말버릇이다보니. 취향이 없는 건 아니지만 그걸 표현한 뒤에는 남과 조정을 해야만 하는 그게 귀찮다. 채영은 어떨까. 헐렁한 옷이나 삼선 슬리퍼도 그렇고, 좀 무심해 보이는 구석이 있다. 등굣길에 피우는 담배도 엄마 핸드백이 눈에 띄면 그 안에서 몇 개비 꺼내오는 것뿐이라고 하고.

내가 남긴 컵라면을 국물까지 들이켠 뒤 입안에 남은 면을 쩝쩝씹으며 태수가 채영에게 말한다.

－자전거 타고 싶다고 했지?

－아니. 타는 거 보고 싶다고 말했어.

때로 아무것도 아닌 듯한 일에 대해 무척 단호하게 말하는 채영. 고개를 흔들 때마다 짧은 단발이 뺨을 스친다.

태수와 나는 자전거 한 대를 빌려 같이 타기로 했다.

－두 바퀴, 콜?

－응.

우리가 호수공원을 도는 동안 채영은 벤치에 앉아 있다.

첫번째는 태수가 페달을 밟고 내가 뒷자리에 앉는다. 잠들기 시작하는 숲과 도시의 불빛이 떨어진 호수와 점점 서늘해지는 밤공기와 한가로운 산책객들을 뚫고 달린다.

채영이 앉은 벤치 앞을 지나갈 때 태수가 핸들에서 한 손을 떼고 크게 흔들며 소리친다.

－헤이, 큐트 걸!

그러나 그림자처럼 우두커니 앉아만 있는 채영.

두번째는 내가 앞자리에 탄다. 뒷자리에 엉덩이를 걸치고 발을 까닥거리며 작은 목소리로 노래 부르는 태수. 나도 속으로 따라 부르고 있다. 뺨에 닿는 바람 속에 시원하고 달콤한 냉기가 섞여 있다. 몸은 점점 더워져 땀이 솟아나고. 언제부터인지 하늘에 떠 있는 초승달, 얼어붙은 땅에 박아놓은 날카롭고 붉은 낫 같다. 별이 딱 하나만 영롱하다.

다시 채영이 있는 벤치 앞이다. 태수가 몸을 일으키더니 벌떡 선다. 말등에 올라서서 스카프를 흔드는 서커스의 소녀처럼 한 손은 내 어깨를 짚고 다른 한 손은 채영을 향해 마구 흔들어댄다. 야호, 야호.

노래를 부르기 시작.

　앞을 봐 저 절벽 끝을 뛰어넘어가
　옆을 봐 저 낭떠러지를 비껴 달려가

힘껏 페달을 밟으며 나도 같이 부른다.

　우리는 적토마를 끌고 달리는 두 명의 마부
　근심 어린 시선 고맙지만 필요없어
　오늘 달려야 할 길을 잘 알고 있네
　잠 깨, 니 맘의 문을 열도록 할게 수리수리 마수리

채영이 벤치에서 일어나는 게 보인다. 손을 뻗어 흔들고 있다. 나는 생각한다. 분명 속으로 강연우! 라고 소리치고 있을 거야. 알 수 있어. 내 이름을 부르는 거지.

나는 그것을 어느 늦여름, 별이 딱 한 개만 영롱했던 밤의 비밀이라고 이름 붙이고 싶다.

이따금 탠덤바이크가 태수와 나의 곁을 지나쳐 간다. 두 개의 핸들, 노란색 프레임에 저녁빛이 반사되는 은색 바퀴살, 그리고 어김없이 들려오는 경쾌한 웃음소리……

오늘은 비밀의 밤. 갑자기 나는 어떤 비밀스러운 예감에 사로잡힌다. 언젠가 나도 채영과 함께 저 자전거를 탈 것이라는. 노란색이 인승 자전거를 타고 공원을 달리는 시간들이 머릿속에서 퍼즐 그림처럼 하나씩 완성되기 시작한다.

여름이 가기 전 비가 그친 어느 일요일 아침, 물안개가 뿌옇게 피어오르는 호숫가에서 우리는 함께 저 자전거에 올라탈 것이다. 뒷자리에 앉은 채영이 후드를 머리에 쓰고 끈을 조인다. 두 손으로 단단히 핸들을 잡은 나는 한쪽 발을 땅에 버틴 채 채영을 돌아보며 묻는다. 준비됐어? 고개를 끄덕이는 채영의 희고 무표정한 얼굴, 나와 눈이 마주치는 한순간 햇살이 비친 듯 떠올랐다 사라지는 투명한 미소. 나는 발에 힘을 주어 페달을 밟고, 천천히 움직이기 시작하는 자전거 바퀴. 바퀴살에 번쩍이는 아침의 은빛. 출발!

바퀴살이 내뿜는 은색 광선에 점점 속도가 붙는다. 바람이 따라오며 새로운 세상으로 우리를 밀어준다. 우리는 달리고 있다. 모든 숲이 아름답게 물든 가을의 오솔길을 거쳐, 흰 눈에 덮여 고요하기만 한 겨울 세상을 뚫고, 노랗고 붉은 꽃들이 축포를 쏘듯 일제히 꽃망

울을 터뜨리는 봄밤의 찬란에까지! 핸들 옆에 깃발처럼 플라타너스 잎을 달고 이따금 경적을 울리며. 퍼즐액자에 들어 있던 미코노스의 흰 거리를 지나 희미한 달과 하얀 계단과 집토끼 밀리의 풍차를 구경하고, 그리고 카프카와 나처럼 채영을 미워하지 않는 종류의 사람들만 사는 나라로, 이치에 닿지 않는 세상을 등지고! G—그리핀은 가져가야겠지……

마침내 뒷자리에서 채영이 웃음을 터뜨릴 것이다. 그 웃음소리가 하늘 멀리 퍼져가며 굳게 닫혀 있던 이 세상 모든 정적의 무거운 문을 조용히 흔드는 순간. 벽에 그렸던 날개가 완성되어 활짝 펼쳐지는 상상과 함께 채영과 나를 태운 자전거는 하늘로 붕 날아오르고, 거기에서 보게 되는 내 마음속 새로운 혁명의 세상은!

그때를 위해 반드시 해야 할 일이 있다. 그러니까, 자전거를 반납하면서 탠덤바이크의 대여료를 알아보는 일 같은 것. 온순하고 준비성이 있습니다. 생활통신문에 늘 이런 평가를 받아오곤 했지. 눈에 잘 안 띄고 말썽을 안 피우는 애들에게 으레 써주는 말이다. 관심 있는 몇 명만 빼고 선생들은 아이들을 거의 파악하지 못한다. 지도안에 예시된 몇 개의 틀을 가져다 대보고 거기 해당하는 유형의 번호를 매길 뿐이니까. 그런 틀이나마 여러 개를 가진 선생님을 만나면 그나마 운 좋은 거고.

대여소 아저씨가 학생증을 돌려주며 말한다. 니들도 그 학교냐? 어째 감정이 좋지 않은 목소리이다. 값을 깎지도 시간을 초과하지도 않았고, 학생증 대신 독서실 책상 열쇠를 맡기겠다고 우기지도 않았는데 왜 그러지? 아저씨의 목청이 갑자기 높아진다. 벌써 몇번

쟨지 몰라. 교복 보니까 그놈들하고 같은 학곤데, 친구 아냐? 태수
와 나의 눈이 마주친다. 우리 학교 학생들이 자전거를 집어타고 내
뺀 모양이군. 아저씨는 본격적으로 우리를 야단치기 시작할 태세이
다. 여기 나 혼자라 쫓아가 잡을 수도 없고 말야. 공짜로 탔으면 곱
게 돌려주기라도 해야 할 거 아냐. 아무 데나 처박아둔다구, 아무
데나! 학교에서 그렇게 가르치냐, 응?

─죄송합니다.

태수와 내가 동시에 머리를 숙인다. 어찌 됐든.

채영이 있는 벤치까지는 공원의 사분의 일쯤 걸어서 되돌아가야
한다. 내 걸음은 태수보다 1.5배쯤 빠르다.

─저기 있네.

태수답지 않게 약간 긴장되고 침울한 목소리. 태수가 턱짓으로
가리키는 곳을 보니 두 대의 자전거에 나눠 탄 학생 셋이 보인다.
우리 학교 교복 차림이다. 자전거를 탄다기보다 부수고 있다고 하
는 편이 맞을 것 같다. 커다란 나무를 끼고 주위를 빙글빙글 돌다가
전속력으로 그 목표물을 향해 달려가더니 다음 순간 자전거를 팽개
치고 몸만 빠져나오는 놀이를 하고 있다. 팽개쳐진 자전거는 그대
로 나무등치에 부딪쳐 곤두박질치는 것이다.

또하나의 자전거에 탄 둘은 구경만 하고, 한 녀석 혼자서 그걸
되풀이하는 중이다. 그 녀석이 잔디밭으로 몸을 날릴 때마다 여학
생 둘이 깔깔 웃으며 박수를 친다. 사방 이십 미터 안에는 아무도
없다. 모두가 멀리 떨어져 못 본 척 지나쳐간다.

태수의 표정이 잔뜩 찡그려져 있다.

주머니에 손을 찌른 채 한참을 말없이 걷더니 불쑥 입을 뗀다.

— 심드렁, 내 꿈 좀 물어봐줘라.

— 말해.

— 세계평화와 인류구원.

그리고 조금 뒤에 덧붙인다.

— 근데 믿어주는 사람이 없네.

— 나라도 믿어?

— 오 맨! 아멘!

벤치에 앉아 있는 채영의 모습이 눈에 들어온다. 이번에는 내 이마가 찡그려질 차례. 이상하다. 조금 전까지는 몰랐는데 세상이 왜 위험하게 생각되는 거지?

채영은 두 손을 교복 스커트 주머니에 넣고 벤치에 등을 기댄 채 멍하니 호수 쪽을 바라보고 있다. 태수와 내가 다가가도 표정이 크게 바뀌지 않는다. 그러나 처음 공원에 들어왔을 때보다는 확실히 편안해 보인다.

— 아까 무슨 노래를 부른 거야?

채영이 태수에게 묻는 말이다.

태수가 채영 앞에 서서 몸을 흔들기 시작한다. 손가락 끝에 힘을 준 채 두 팔을 이리저리 엇갈려 뻗으며 랩을 한다.

— 시도 때도 없이 까불었던 조롱꾼들은 금세 주둥이를 다물었어. 변변찮은 방식으로 연명하는 바보들의 엉덩일 차는 방법을 우리는 알고 있지. 두비두벅벅두벅비두비두벅벅.

그러고는 손가락 하나로 나를 가리키며 랩을 하듯 말한다.

―우리는 알고 있지. 이번에도 맞혀보지. 우리 마실 거는 허트 비트, 포카리스웨트.

　―맞혔네.

내가 고개를 끄덕인다.

여전히 노래를 흥얼거리며 매점 쪽으로 경중경중 걸어가는 태수의 뒷모습에서 눈길을 거두며 나는 채영의 옆자리에 앉는다. 거리는 역시, 삼십 센티미터쯤? 거리 좁히기가 간단한 게 아니다. 하지만 옆에 앉는 건 처음이다. 옆자리라는 게, 앉아 있기만 하면 되는데도 쉬운 것만은 아니었군. 온몸이 긴장되지만 절대 티를 내서는 안 된다는 것.

끊임없이 '첫'과 '처음'이 생겨나고, 그리고, 결코 쉽지 않은데도 불구하고 간절히 원하게 되는 일들이 계속 이어지는 것, 이것이 뭘까. 여행? 모험?

채영이 눈으로 내 가방을 가리킨다.

　―안에 뭐가 들어 있어?

이런 것이 바로 이채영. 돌발퀴즈도 아니고 생활지도부의 교실 급습 소지품 검사도 아니고, 도무지 준비할 틈을 안 준다. 교육전문가들이 기록으로 남겼듯이 내게 있는 건 온순과 준비성뿐인데 말이지.

　―그건 왜?

일단 시간이라도 벌고 보자는 심정.

　―그냥. 궁금해졌어.

　―네 가방하고 별로 안 다를걸. 학생의 생명과 같은 책과 노트, 먼

지, 휴지, MP3……

그때 갑자기 아침에 엄마가 건네준 카프카의 『성』이 떠오른다. 하루 종일 잊고 있었는데…… 채영에게 카프카의 책을 갖고 있다는 말은 어쩐지 하고 싶지 않다. 그러나 소용없다.

—소설책 들어 있지? 자전거 타는 동안 만져봤어. 하드커버 같은 게 튀어나와 있길래. 카프카야?

—응.

우리는 잠시 아무 말도 하지 않고 나란히 호수 쪽을 바라보고 있다. 자동차 소리가 멀어지면서 어쩐지 사방이 조용하고 슬퍼진다. 아주 조금씩 시간은 흘러가고 이 순간에도 세계의 모든 것은 변해가고 있으며, 우리의 발밑에서 기척도 없이 흘러 지나가고 있는 이 시간은 우리를 어디로 데려가줄까…… 그런데 불현듯 나를 사로잡는 불안하고 낯선 느낌, 뭐지?

그러고 보니 뭔가 이상하다. 주변 사람들 모두가 서서히 움직이고 있다. 어둠 속에서.

산책로를 걷던 사람들, 유모차들, 자전거들도 어딘가로 가기 위해 서두르고 있다. 피난행렬처럼 모두가 한 방향을 향해서 간다. 무슨 일일까. 저 어둠 너머 어디로 가는 거지? 비밀스러웠던 숲에서 음습한 바람이 불어나온다. 호수에 떨어진 불빛들은 수상한 곡선을 그리며 어지럽게 흔들리고. 멀리 다리 위로 지나가는 자동차의 불빛들은 불길해 보이는 방송국 송신탑을 향해 구조요청을 하러 몰려가는 것만 같다.

—두비두벅벅두벅비두비두벅벅.

태수가 나타난다. 한 손에 음료수 캔 두 개를 들고 다른 한 손에
는 아이스크림콘을 들었다. 태수에게서 캔을 건네받으며 나는 엉거
주춤 벤치에서 일어난다.

─다들 어디 가는 거지?

캔을 따며 태수가 대답한다.

─분수쇼.

─분수쇼?

─심드렁, 너 여기 처음이랬지? 시간 다 돼가. 우리도 가자.

채영이 벤치에서 조용히 일어난다.

수많은 사람들이 함께 움직이는 중이라서 셋이 나란히 걷기에는
산책길이 좁다. 다른 사람들과 자주 몸을 부딪친다. 내가 태수와 채
영의 뒤로 한 발짝 물러나 걷는다.

분수대를 둘러싸고 수많은 사람들이 모여 있다.

밤의 분수쇼를 더욱 선명하게 연출하기 위해서인지 불 켜진 가로
등이 거의 없다. 벤치가 빈틈없이 꽉 찬 건 물론이고, 모두가 바닥
에 앉고 나무 밑에 서고 자전거 안장 위에 올라가 쇼를 기다리고 있
다. 우리는 분수대 중앙에서 약간 떨어진 화단 쪽으로 가 시멘트 턱
에 걸터앉는다.

마침내 웅장한 음악과 함께 화려한 조명이 켜지고 몇개인지 모를
수많은 구멍에서 분수가 힘차게 물을 내뿜기 시작한다. 분수라기보
다 물기둥의 숲. 음악에 맞춰 순간순간 온갖 색깔로 조명이 바뀌고
높이 솟구쳤다 납작하게 엎드렸다 옆으로 뻗었다 곡선에서 직선으
로 수시로 모습을 바꾸며 둥글게 말렸다가 흐트러졌다가 내리쳤다

가…… 시시각각 색깔이 변해가는 조명으로 얼굴을 물들인 채 모두가 축제를 즐기고 있다.

나는 앉은 채로 몸을 약간 뒤로 빼서 어둠 속에 얼굴을 감춘다. 그리고 채영의 옆얼굴을 바라본다.

축제가 끝나가고 있어. 다시 화려한 분수로 시선을 되돌리며 나는 생각한다. 이런 때 나는 왜 미리 작별에 대해 생각하는 걸까. 왜 나는 이처럼 쉽게 슬픈 생각에 빠지곤 하는 걸까. 왜 낯선 것에 대한 두려움과 불안 쪽으로 이렇게 상상력이 발달돼 있는 걸까. 그걸 감추기 위해 또 애써 심드렁한 척하고…… 재욱 형 말이 맞는지도 모른다. 마이너의 감정. 약하고 자신없기 때문에 세상이 더 위험하게 느껴지고 또 쉽게 불안에 빠지는 거겠지. 나를 방어하기 위해 심드렁한 표정을 짓는 거겠지.

다시 한번 채영의 얼굴을 바라본다. 뭐야, 그러고 보니 채영이 왜 태수와 나 사이에 앉아 있는 거지? 게다가 나보다 태수 쪽에 훨씬 더 가까이 앉은 것 같은데?

그때다. 채영이 불현듯 내 쪽으로 고개를 돌린다. 화려한 조명이 바뀔 때마다 그애의 얼굴을 꽃잎처럼 물들이고, 눈빛은 호수 표면의 잔물결을 아른아른 반사하던 불빛처럼 반짝거린다. 숨이 멎을 것 같지만 짧은 통증처럼 한순간 가슴에 와 꽂히는 전율을 그대로 받아들인다. 알아? 저 웃음은 나에게 주는 것. 숲과 호수를 흔드는 늦여름 밤의 향연.

11

샤워를 하고 나오니 엄마가 소파에 앉아 책을 읽고 있다.

수건으로 머리를 털며 엄마 쪽으로 다가간다.

-책도 보시네요?

-응. 잠 좀 자려고. 세계명작이 아로마캔들보다 효과가 있더라니까.

근데 너무 많이 읽어버렸어, 라며 엄마가 읽던 책장에 손가락을 끼우고 책등을 들어 보여준다. 엄마가 세계명작 같은 데 몰두하다니, 좀 낯선걸?

옆에 앉는 내게 자리를 내주기 위해 몸을 움직이는 엄마.

-성적표 나왔니?

뭐야, 신민아씨. 학부모로서 이렇게 정상적인 모습은, 음, 정상이 아니잖아.

-주말쯤 나올걸. 민아 누나.

-연우 오늘 이상한데?

가끔 그렇게 불러달라고 할 때는 언제고?

-기분좋구나?

-뭐 대충.

엄마가 내 눈을 똑바로 보면서 고개를 천천히 끄덕인다.

-그러게, 샤워할 때 노래 진짜 많이 부르더라. 샤워기가 마이크 기능 되니? 소리도 엄청 고래고래……

나는 얼른 자리에서 일어나고.

−잘 자, 민아 누나.

−제일 이상한 건 말야.

내 등 뒤에 대고 엄마가 말을 맺는다. 왜 그렇게 실실대. 안 어울
린단 말야.

그건요, 신민아씨, 나는 속으로 대답한다. 내가 다른 사람이 됐으
니까요. 그애가 나를 바꿨어요. 아니 발견했어요. 내 속에 들어 있
던 것 중 가장 마음에 드는 나를. 나는 그애가 보는 나의 모습, 그대
로의 나가 되고 싶다구요.

언제나처럼 거울 앞으로 가서 그 안에 비친 날개 한가운데에 서
본다. 키가 좀 자란 것 같은데?

사랑을 알 때까지 자라라

1

신민아의 옷에 대한 유쾌한 편견, 여섯번째 이야기 : 목도리 짜기는 계속되어야 한다.

쉽게 잠드는 것도 대단한 우성 형질이다. 진화가 아주 많이 진행되면 세상에는 잠 잘 자는 사람들만 살고 있을지도 모른다. 잠 못 드는 열등한 유전자는 쉽게 사라지고 말겠지. 오늘도 어둠 속에 누워 뒤척이던 나는 마침내 몸을 벌떡 일으키며 중얼거린다. 그래, 좋아! 안 자면 되는 거지? 새벽 세시에 일어나 잠옷을 벗는다. 그리고 스키니진을 입는다.

옷만큼 자신의 몸을 잘 느끼게 해주는 것은 없다. 벗고 있을 때는 오히려 몸이 그다지 의식되지 않는다. 옷을 입는 순간 살집이 느껴지고 골격과 체형, 자세까지 의식된다. 물론 몸에 꼭 끼는 옷을 입을수록 더하다. 그러니까 잠옷을 벗고 스키니진을 입는 것은 몸을 의식하기 위한 것, 즉 몸을 깨우기 위한 것이다. 잠에 대한 일종의 전투복장이라고나 할까.

옷은 몸이 있기 때문에 생겨났다. 당연하다. 그러므로 몸에 대한 생각은 옷에 대한 생각을 좌우한다.

인간의 몸이 혐오스럽고 거추장스럽다고 생각하던 사춘기의 한 시절이 있었다. 내 인생에 거의 유일했던 형이상학적인 시간이다. 그때는 옷에 신경쓰는 게 바보스럽게 여겨져 박스티 같은 헐렁한 옷만 입었다. 그리고 몸이 많이 아팠던 시절. 그때는 내 몸이 짐스러워 괴로웠지만 어서 나아서 새옷으로 건강해진 나를 표현하고 싶다는 욕망이 지루한 환자복을 견디게 해주었다. 가난했던 신혼 시절도 기억난다. 외출할 때마다 매번 신혼여행 때 입었던 정장을 입는 것도 지겨웠지만 계절이 바뀌니 그나마도 옷이 없어 집에만 처박혀 있었다. 생활도 고단했다. 그때는 지구인 전체가 똑같이 '지구복'이란 걸 입거나 제복을 입거나 모택동 스탈린 시대 사회주의의 인민복, 심지어 가로 줄무늬의 죄수복 따위를 입으면 좋겠다고 생각했다. 옷과 그리고 옷값에 신경 안 쓰도록 말이다.

삶이 자유로워지면서부터는 그런 생각을 하지 않게 되었다. 몸은 아름다운 것이고, 옷 역시 몸을 표현할 수 있는 인간만의 행복한 특권이다. 또한 옷은 그 사람을 말해주는 기호이고 살아온 서사를 담고 있으며 때로 대화이거나 예감이다. 인생을 보는 채널

같은 것이라고 할까.

이십대의 어느 날 친한 친구가 슬프고 피로한 얼굴로 한밤중에 나를 찾아왔다. 비오는 날이었다. 우산을 제대로 안 썼는지 빙글빙글 돌아가는 우스꽝스러운 화살 표적이 그려진 그애의 회색 티셔츠 어깨가 심하게 젖어 있었다. 감기 걸리겠다. 옷부터 갈아입어, 라고 말하며 내가 옷장 문을 열었다. 그때 무심코 옷장 안을 바라보던 그애의 눈 속에 갑자기 번쩍 떠오른, 먹잇감을 발견한 짐승의 것처럼 난폭하고 탐욕스러운 광채. 다음 순간 그애가 팔을 뻗어 움켜잡은 옷은 작고 흰 물방울무늬가 촘촘히 프린트된 검은색 미니 원피스였다. 내가 데이트에서 돌아와 벗어놓은 지 삼십 분도 안 된 옷이었다.

그 옷을 입은 뒤 거울 앞에 서 있던 그애의 모습을 잊을 수가 없다. 거울 속에 비친 자신의 모습을 한참 동안 뚫어지게 바라보는데, 사이즈도 작고 어울리지 않는 것은 그만두고라도 그것은 약간 기괴해 보이는 광경이었다. 그애의 이상한 표정 탓이었을 것이다. 얼마 후 그애는 마치 오래 증오했던 의붓아버지의 장례식을 마친 뒤 상복을 벗어버리는 사람처럼 거친 동작으로 나의 검은 원피스를 벗어던졌다. 그러고는 다시 자신의 젖은 회색 티셔츠를 주섬주섬 입은 뒤, 선 채로 내 어깨에 기대 섧게 울었다.

몇 년 뒤에야 그애가 그때의 내 애인을 짝사랑했다는 걸 알았다. 그 비오는 밤 나와 애인은 우리 집 앞에서 키스를 하고 헤어졌었다. 나를 만나러 오던 그애는 자신의 친구와 그리고 자신이 사랑하는 남자가 키스하는 장면 앞에서 급히 몸을 숨겼다. 습기가 남아 있는 옷에서는 체취가 더욱 진하게 느껴진다. 그날 밤 그 애가 그 검은색 미니 원피스에서 맡은 냄새는 키스의 체취였을까. 그애는 그 옷 속에 자신의 몸을 집어넣어 순간이나마 사랑하는 남자의 키스를 받는 여자가 돼보았던 것일까.

그 남자도 그애도 소식을 모른다. 지금의 내 인생에 아무도 아닌 존재들이다. 한때는 가시나무 줄기처럼 얽혀 서로를 아프게 하던 관계들. 그러나 그것들 모두 시간이 지나가면서 허공으로 재가 날리듯 사라져간다. 마치 한때의 나를 눈부시게 혹은 참담하게 만들어주던 옷들이 모조리 어딘가로 사라져버린 것처럼. 그것은 네이비블루 블레이저에 어울리는 안감이 쇼킹 핑크가 아니라 드라큘라의 레드 실크라는 걸 아는 사람이나 모르는 사람이나 마찬가지이다. 미니스커트를 입으려면 다리가 아니라 허리가 날씬해야 한다는 것, 배가 나오면 미니스커트까지는 괜찮지만 숏팬츠는 포기해야만 한다고 생각하는 사람에게나 상관없다는 사람에게나 똑같이 시간이란 가혹하다.

하지만 나는 그날 밤 친구가 입었던 검은색 미니 원피스, 앙증맞은 흰 도트가 밤하늘의 별처럼 뿌려져 있던 그 옷의 부드러운 선과 패브릭의 감촉과 그 옷에 닿던 애인의 체취를 지금도 생생히 기억할 수 있다. 그때의 나는 비오는 날에 검은색 옷을 입곤 했다. 그냥 검은색이면 우울하고 무거울지도 모른다. 그러나 사랑스러운 장식이나 무늬가 있는 검은 옷은 조금 젖더라도 비를 피해 들어온 소녀처럼 보일 수 있고, 네크라인이 많이 파인 심플한 검은 옷은 비오는 날의 여자를 분위기 있게 만들어준다고 믿었다. 아마 별이 흩뿌려진 듯한 그 검은 원피스를 산 뒤 옷장에 걸어놓고 비오는 날의 데이트를 기다렸을 것이다.

얼마 전 검은색 미니 원피스 한 벌을 샀다. 비오는 날을 기다리는 마음 같은 게 있었을지도 모르겠다. 그런데 왜 옷값을 치르며, 오래전 내 어깨에 기대 울던 친구가 생각났을까. 이제 내가 울 차례라는 생각이 왜 머리를 스쳐갔을까. 세상이 그렇게 공정한 것도 아닌데. 쇼핑백을 들고 나오면서는 머릿속에 가장 나쁜 생각마저 떠올라버렸다. 이건 실연의 징조일까.

애인이 있는 사람은 그가 바라보게 될 내 모습을 상상하면서 옷을 산다. 그런 상상 없이 그냥 오랫동안 보아온 나라는 사람이 걸칠 옷을 살 때는 단지 배가 고파서 밥을 먹는 기분처럼 조금 쓸쓸하고 건조할 수밖에 없다. 여전히 귀고리와 킬힐과 숄더백을 사겠지만 그것은 초라해 보이지 않기 위해서이지 멋져 보이게 하기 위해서는 아닐지도 모른다. 실연의 가장 나쁜 점은 욕망을 앗아간다는 것이다. 그리고 내 몸이 귀찮아진다. 그러면 안 되는데. 언제 신랑이 올지 모르니 신부는 등불을 켠 채 깨어 있어야 한다는 성경 말씀도 있는데.

새벽 세시에 스키니진으로 갈아입고 창밖을 내다보며 내 몸을 각성하는 시간. 잠을 자지 못하는 이유를 정리해본다. 첫째, 갈망을 불러일으키는 멋진 옷을 발견했다. 둘째, 입어보니 따뜻하고 냄새도 좋고 나를 멋지게 보이도록 해주어 행복했다. 셋째, 이 옷은 내 옷일 수가 없다는 생각이 든다. 그렇다면 방법은.

옷장으로 간다. 스키니진을 벗고 새로 산 검은 원피스를 꺼내 입어본다. 이 옷을 살 때에 나는 누군가에게 보여지는 나의 모습을 의식하고 골랐을 것이다. 하지만 이 옷이 다른 사람과의 첫 데이트를 멋지게 만들어줄 옷이 되지 말란 법도 없지 않은가. 실연을 당했다고 해서 애인에게 주려고 뜨던 목도리를 울면서 풀어버리는 일, 그건 어리석다. 다른 애인이 생기면 다시 새 애인을 위해 그 목도리를 이어서 떠야 하니까.

거실 탁자 위에 펼쳐져 있던 백화점 사외보. 거기 실린 엄마의 칼럼을 처음으로 읽었다.

요즘은 뭐라도 눈에 띄면 대충은 읽어보게 된다. 꼬박 일주일에 걸쳐 카프카의 『성』 한 권을 독파한 뒤부터일 것이다. 그동안은 책 같은 건 별로 관심이 없었다. 꼭 읽어야 할 필요도 느끼지 못했고. 그런데 갑자기 눈 주변에 무슨 독서 근육이라도 생겼는지, 시선이 책에서 미끄러지지 않도록 뭔가가 눈꼬리를 붙잡고 있는 느낌이다. 아무튼, 죽어라고 읽기 싫은 책도 참고 읽다보면 결국 그럭저럭 읽힌다는 것 정도는 알게 되었다.

신민아씨 글도 참고 읽어야 하는 종류의 글이다. 그럭저럭 읽을 수는 있지만, 대체 뭘 말하고 싶은 거냐구! 여자애들은 하나같이 단순하지만 감정은 의외로 복잡하다는 태수의 말이 떠오른다. 재욱 형의 힙합 칼럼은 재미있었는데 말이지.

그런데 이상하다. 다 읽고 나니 뭔지 모르게 기분이 좀 바뀌어 있다. '이 옷은 내 옷일 수가 없다는 생각이 든다.' 특히 이 문장이 머리를 떠나지 않는다. 국어시간에도 배웠듯이, 글은 곧 사람이라는

데. 신민아씨, 또 뭔가를 지레 포기하려는 그 시기가 온 건가?

자신이 없어지면 되나 안 되나 한번 물어보지도 않고 무조건 짐부터 싸는 게 신민아씨 스타일이다. 그렇게 해서 자존심만 지키면 뭘 해. 원하던 것은 평생 못 가져볼 텐데. 그런 시기가 오면 또 나는 술 취한 엄마의 인생강좌를 몇 과목이나 더 들어야 했다. 지루함을 참아낸 대가로 알게 된 건 단 한 가지. 자신은 실연당했다고 표현하지만 실은 매번 도망친 것이라는 사실이다. 그래놓고, 이뤄질 사람이라면 어떻게 하든 결국 이뤄지겠지, 라며 행운에나 기대려 하고 말야.

연우야, 서로 진심이었던 사람들 사이에는 일방적으로 버림받는 일 같은 건 없어. 어느 한쪽에서 행동으로 옮겼을 뿐 똑같이 원인을 제공했고 사이좋게 상처를 나눠갖는 거야. 이런 말을 하는 속셈도 결국은 끝을 좋게 받아들이겠다는 거지, 자신이 원하는 것을 끝까지 지키고 싶다는 솔직한 태도는 아니잖아. 게다가 요즘 유난히 잠을 못 잔 모양인데……

내가 좀 소홀하긴 했지. 인생강좌를 들어주지 못할 만큼 바빴다는 건 인정. 엄청난 독서도 해야 했고 또 혼자 있고 싶은 시간이 좀 많았으니까. 아무튼 오늘은 신민아씨 들어오기를 기다렸다가 술 한잔 하게 도와줘야 할 모양이다. 재욱 형이 집에 다녀간 지 몇 주나 된 거지? 더이상 가르쳐줄 건 없겠지만, 태수와 내 앞에서 그렇게 폼을 잡았으면 10월에 하프마라톤 대회에 함께 나가겠다는 약속은 지켜야지. 엄마가 오면 그 약속을 상기시켜줘야겠군.

누군가를 좋아한다는 건 결국 그 사람을 믿는다는 말 아닐까. 믿지 못할 사람을 어떻게 좋아할 수 있겠어. 남이 뭐라든 자신은 믿으니까 좋아하는 거지. 신민아씨, 여태 그것도 모르셨나? 참 그래, 기억난다. 좋아하기 시작하면 오히려 의심이 많아진다고 언젠가 말한 적 있다. 그것은 크게 상처받았던 사람이 갖게 되는 균형감각 같은 것이라며. 아빠에 대한 이야기였을까. 모르겠다. 어쨌든 내 생각은 다르다. 자신을 믿어주지 않으면 상대도 마찬가지로 상처받지 않을까. 나라면 그럴 것 같다.

현관문 열리는 소리. 나는 얼른 의자에서 몸을 일으키고.

'다른 사람과의 첫 데이트를 멋지게 만들어줄 옷이 되지 말란 법도 없다.'

뭐야, 그렇게 써놓고 그 새로 산 검은 원피스, 오늘 입고 나갔었잖아. 비가 오는 것도 아니고, 물론 새로운 데이트에 나간 것도 아니면서. 글이란 게 순 거짓말이구나.

방문 앞에 서 있는 나를 보고 엄마가 웃음을 짓는다. 피곤해 보인다. 술도 안 마셨고.

—펑크난 인터뷰 때우고 왔어. 내일 오전까지 원고 달래.

옷 칼럼니스트로서 글을 쓰지만 엄마가 생활비를 버는 것은 주로 패션잡지의 프리랜서 일이다. 보통은 피처 에디터라는 사람에게서 인터뷰나 취재거리를 받는다. 인터뷰를 하러 나갈 때는 엄마의 프리랜서 명함보다 그 피처 에디터의 명함을 먼저 내밀고 인사를 해야 한다. 처음엔 자신이 정품이 아닌 보조 배터리 같아 기분이 이상했지만 아무렇지도 않게 된 지 오래라고 말하긴 한다. 그냥, 직업이니까. 하지만 오늘처럼 누구 대신으로 갑자기 떨어진 인터뷰를 한다든가 하는 날은 유난히 피곤한 얼굴이다. 그러고 보니 요즘 부쩍 일을 많이 하는 것 같다. 한밤중에 물을 마시러 나왔다가 식탁에 랩톱을 올려놓고 멍하니 앉아 있는 모습을 여러 번 보았다.

일을 시작하기 전에 엄마는 샤워부터 한다. 그러고는 커피를 끓이고, 주전자 가득 내려놓은 커피를 따라 마셔가며 밤새 원고를 쓴다. 이메일로 원고를 보낸 다음에는 또 술 한잔. 원고를 다 쓴 다음에는 창작의 성난 각성이라나 뭐라나 신경이 곤두서서 술을 마시지 않고는 잠을 이루지 못한다. 어쨌든 오늘은 내가 인생 상담해줄 분위기가 아닌 듯. 참, 성적표 나왔는데 보여줘야 하나. 성적 따위 크게 관심 없는 척하지만 그래도 속마음까지 그럴 수는 없겠지.

초등학생 때 엄마가 여러 번 물어봤었다. 너 숙제 왜 안 해가? 하기 싫어서 그래, 아니면 몰라서 그래? 나는 끝내 대답하지 않았다. 어떻게 대답해야 할지 정확하게 설명할 수 없었기 때문이다. 굳이 이유를 따지자면, 귀찮아서? 하지만 꼭 그렇지만도 않았다. 시키는 대로 하기가 싫어서, 모두가 반드시 해야만 한다는 게 마음에 안 들어서, 그날은 하고 싶지 않을 수도 있는데 시간을 지켜야 하니 내 형편이랑 안 맞아서, 뭐 그런 것들이 그때의 정답이었을까.

중학생 때던가. 엄마가 약간 다른 질문을 한 적이 있다. 너 솔직히 말해봐. 공부, 별로 잘하고 싶지 않은 거야? 이것만은 확실히 대답할 수 있었다. 응! 엄마는 잠깐 생각하는 듯하더니 이마 사이에 깊은 주름을 짓고 천천히 고개를 끄덕였다. 그렇구나. 한 번도 생각 못해봤는데, 공부 잘하기 싫은 애도 있을 수 있지 뭐. 근데 귀찮아서 그러는 거지? 한번 잘하기 시작하면 계속 잘해야 하고, 듣자 하니 공부란 끝이 없다는데, 시간도 엄청 뺏길 테고. 그러다가 공부밖에 잘하는 게 없게 돼서 평생 공부만 해야 하는 거 아냐, 뭐 이런 식이니? 내 말 맞아? 그때 처음 실감했던 것 같다. 신민아씨, 생각보다 똑똑하구나.

또 이런 말도 했다. 하고 싶은 것만 해도 되긴 하지. 근데 그게 훨씬 더 어려울걸. 내가 남하고 다르다는 사실을 드러내는 것, 그거 몹시 힘든 일이야. 모든 게 다 자기 책임이 되거든. 안전한 집단에서 떨어져나와 혼자여야 하고, 정해진 가치에 따르지 않으려면 하나하나 자기가 만들어가야 해. 또 무리에서 떨어져나가면 끊임없이 자기에 대해 설명해야 해. 경쟁을 피하는 소극적 태도가 아니라 남과 다른 방식을 적극적으로 선택하는 일이라면 말야. 어쨌거나 나는 네 선택이 마음에 들어. 우리, 재미없는데도 꾹 참으면서 남들한테 맞춰 살지는 말자. 혼자면 재미없다는 것, 그것도 다 사람을 몇 무더기로 묶은 다음 이름표를 붙이고 마음대로 끌고 다니려는, 잘못된 세상이 만들어낸 헛소문 같은 거야. 혼자라는 게 싫으면 그때부터는 문제가 되지만 혼자라는 자체가 문제는 아니거든.

마지막 말은 요즘에야 조금 알 것 같다. 그러니까 요점은, 욕 먹고 불편하더라도 굳이 내 멋대로 살고 싶으면 그렇게 해도 좋다 그거지? 하지만 신민아씨, 역시 어수룩하다. 나는 공부 잘하기 싫은 내 태도가 일종의 선택이란 것도 몰랐다. 단지 하기 싫은 건 안 하면서 대충 남들한테 묻어가려는 속셈이었을 텐데, 마음에 들기는. 중학생이 그렇게 어려운 말을 어떻게 알아듣냐구. 뭐 어쨌든.

엄마의 욕실에서 물소리가 들리기 시작한 지 얼마 안 돼 핸드폰이 울린다. 거실 소파에 던져둔 엄마의 핸드백 안. 핸드폰을 꺼내 액정을 보니 재욱 형이다. 언제 이름을 바꿨지? 재욱에서 조재욱으로?

통화버튼을 누르고 전화를 받는다. 떠들썩한 술자리의 소음이 먼저 귀에 들어온다.

─여보세요.

─민아씨는?

재욱 형도 취한 목소리이다.

─샤워해.

─알았어.

그대로 전화가 끊어진다. 나한테는 인사조차 없다.

늘 잘난 체를 하고 거기 안 따라주면 쉽게 삐치는 재욱 형. 그래도 경우 바르고 다감한 성격 아니었나. 음, 화가 단단히 났군. 재욱 형은 화가 나 있고 엄마는 슬퍼하고 있고, 이게 무슨 상황이지? 한 사람이 화가 나면 다른 사람은 사과를 하고, 한 사람이 슬퍼할 때에 다른 사람은 위로를 해줘야 하는 거 아닌가. 사랑하는 사람들이라면?

조금 뒤 핑크색 타월 천으로 된 샤워가운의 허리끈을 묶으면서 엄마가 거실로 나온다. 커피를 끓이러 부엌으로 가는 것이다. 그때까지 소파에 앉아 있는 나를 돌아보며 묻는다.

─라면?

─아니.

나는 탁자 위 엄마의 핸드폰을 손가락으로 가리킨다.

—재욱 형한테 전화 왔었어.

—그래?

시큰둥하다. 눈앞에서 놓쳐버린 버스가 다음 정류장에 도착했다는 소식쯤 된다는 표정. 그런데 왜 핸드밀에 커피콩을 그렇게 한꺼번에 들이부어 바닥에 쏟는 것이며, 왜 또 그렇게 밤새도록 콩만 갈고 있을 것처럼 넣놓고 계속 손잡이를 돌리는데?

사방이 조용한 시각. 마른 커피열매가 으깨질 때 나는 소리와 냄새만이 실내에 가득 퍼지며 시간이 조금씩 흐르고 있는 걸 느끼게 해준다. 엄마가 밤샘을 앞두고 있어서인가? 그 정적 안에 미묘한 피로와 긴장 같은 게 느껴진다.

나는 소파에서 일어나 부엌으로 간다. 커피메이커의 유리주전자 안으로 커피가 떨어지는 걸 바라보고 서 있던 엄마, 냄비와 라면을 꺼내는 나를 흘끗 바라보고. 엄마의 어깨를 몇 번 토닥이며 내가 말한다.

—쉬셔요, 네? 라면 끓이는 것도 내가 낫잖아.

라면이 다 끓을 때쯤 엄마의 밤샘 준비도 끝나 있다. 식탁 위를 더욱 밝게 만들기 위해 갓을 벗긴 식탁등 아래에 랩톱과 머그잔과 취재수첩과 펜과 메모지와 자료들, 그 옆에 소형 녹음기. 나는 그것들을 피해 식탁 한구석에 라면그릇을 올려놓는다. 식탁 의자에서 말없이 일어난 엄마가 냉장고 안에서 김치그릇을 꺼내오더니 뚜껑을 벗긴 다음 라면그릇 옆에 놓아준다. 언제나처럼 도토는 베란다 의자에, 토리는 늘어진 식탁보 뒤쪽에. 벽시계를 보니 막 자정이 지나고 있다.

라면이 쉽게 들어가지 않는다. 실은 엄마가 들어오기 두 시간쯤 전에 이미 한 개를 끓여먹었다. 젓가락으로 면을 헤집으며 나는 엄마를 흘끗 본다. 식탁 위에 팔꿈치를 괸 채 머그잔을 양손으로 감싸쥐고 생각에 잠겨 있다. 이따금 커피를 한 모금씩 홀짝거릴 뿐 말이 없다. 문득 든 생각. 공부를 좀 잘해야 하는 걸까. 이럴 때 반에서 5등쯤 되는 성적표를 보여주면 신민아씨가 입을 열지도 모른다. 성적표 디자인이 뭐 이러니? 색깔도 바꾸고 리본이라도 좀 달면 안 되는 거니? 하지만 지금 같은 분위기에서는 반에서 5등쯤으로는 안 먹힐 것 같다. 전교 5등? 그건 내가 다시 태어나는 수밖에 없겠고.

각자의 생각에 깊이 빠져 있었던 탓일까. 갑자기 거실 탁자 위에서 핸드폰이 울리고, 그 벨소리는 어쩐지 일방적이고 난폭한 느낌으로 실내의 정적을 찢는다.

방으로 들어가지 않고 거실에 선 채로 전화를 받는 엄마. 통화를 빨리 끝낼 생각이군.

—미안해.

엄마의 첫번째 대꾸. 목소리도 작고 애써 담담한 체하고 있다.

—알아. 미안해.

두번째 대꾸. 어깨를 크게 들먹이며 한숨을 한번 내쉰다.

그다음부터는 한동안 듣기만 한다. 이런 때 보통 나는 내 방으로 들어가버리지만 오늘은 젓가락을 한 손에 쥐고 식탁 위에 시선을 고정한 채 그대로 앉아 있다. 내 고개를 거실 쪽으로 돌아가게 만드는 엄마의 낮고 떨리는 목소리.

－재욱씨만 그런 줄 알아? 재욱씨가 그러면, 그럼 내 기분은 어떨 것 같아?

　재욱 형이 뭐라고 대꾸하는 모양이다.

　다음 순간, 왼손에 쥐고 있던 핸드폰을 오른손으로 바꿔쥐며 엄마가 숙이고 있던 얼굴을 똑바로 쳐든다. 냉랭한 표정이다. 그리고 그때부터는 나직하고 또박또박하게, 엄마의 말이 천천히 이어진다. 물이 끓고 있는 냄비의 뚜껑처럼 떨리긴 하지만 뭔가가 무겁게 내리누르고 있어 그 뚜껑이 그대로 열려버릴 것 같지는 않다.

　－그래. 재욱씨 친구들 만났던 날부터 얘기할게. 재욱씨 친구들, 한두 번 본 거 아니지. 근데 애인들까지 같이 만난 건 처음이잖아. 애인들이 나보다 열 살, 열다섯 살 아래야. 난 사십대고 그쪽은 이십대지. 솔직히 난 아무렇지도 않았어. 나, 위아래 따지지도 않고 사람 대하는 데 선입관, 틀, 이런 거 없는 거 알잖아. 불편해한 건 그쪽이지. 그치만 그 자리에서 내가 먼저 일어난 거, 걔들 때문 아니야. 걔들 앞에서 그렇게 허세 부리고 변명해야 할 거였다면 대체 거기 날, 왜 데려갔어? 그리고, 나는 재욱씨 부모님 태도도 당연하다고 생각해. 멀쩡한 대학 나와서 회사원 되기 싫다고 음악 듣고 글만 쓰고 있는데, 결혼이라도 하면 맘 잡을까 그런 생각 왜 안 하시겠어.

　이제 엄마의 말투는 완전히 차분해져 있다. 목소리도 더이상은 떨리지 않는다.

　－재욱씨도 알겠지만. 나는 욕망, 꿈 이런 거 없어. 불리한 내 삶을 책임지면서 살 뿐이야. 이런 불리한 조건으로 굳이 시스템 안에

들어가서, 불량품이라고 모멸감 느끼며 살고 싶진 않아. 나 같은 사람이 자존심에 매달릴 수밖에 없는 건, 가진 게 그것뿐이기 때문이야. 내가 두려워하는 건 불행이 아니라, 나라는 존재의 존엄이 망가지는 거거든. 근데 나 꼭 말하고 싶었는데, 내가 졌다거나 굴복했다고 생각하지 말아줘. 피한 것도 아니야. 나는 내 방식대로 삶을 선택한 것이고, 거기 당당하다는 것만 알아줬으면 해. 할말은 다 한 것 같으니까 끊을게. 미안해. 더 얘기하면 울 것 같아.

엄마는 핸드폰 액정을 내려다보며 차분히 종료버튼을 누른다. 길게 삐익 소리가 난다. 전화를 꺼버리는군. 갑자기 다시 찾아온 정적 속에서 어쩐지 나는 귀가 먹먹하다.

엄마가 천천히 식탁 쪽으로 오고 있다. 콧날이 오똑하고 눈도 서글서글하고 입술 선도 섬세하고 무엇보다 저, 유쾌함을 뒤에 감춘 새침한 표정. 신민아씨, 미인이잖아.

식탁 맞은편에 앉으며 엄마가 말한다.

─왜 보는데?

─그냥.

피식 웃는 엄마. 기운 없어 보이지만 얼굴은 맑다.

─나, 누구 쪽이야?

─뭐가?

─엄마 닮은 거야, 아니면 아빠야?

─글쎄, 조금이라도 생각이 있다면 날 닮아야 하지 않겠어?

─내가 생각은 좀 있지 않나.

─아빠도 괜찮았어.

176

어깨를 으쓱하며 엄마는 한마디 덧붙인다. 뭐, 내 눈에는.

그리고 한동안 침묵.

손가락 두 개를 입술에 댄 채 랩톱의 모니터에 무심한 눈길을 보내고 있던 엄마가 고개를 돌려 벽시계를 보더니 의자에서 일어난다. 머그잔에 조금 남았던 식은 커피를 개수대에 따르고 새 커피를 따라 들고 온다. 엄마의 움직임을 가만히 바라보고 있는 동안 머릿속에 피어나는 질문 하나. 이런 게 궁금했던 적은 한 번도 없었는데.

—엄마.

엄마가 돌아본다.

—이혼, 왜 한 거야?

갑작스러운 질문인데도 엄마는 대수롭지 않다는 듯 곧바로 대꾸한다.

—아빠가 하자고 해서.

—엄마는 안 하고 싶었는데?

—난 그런 방법이 있는 줄 몰랐지.

머그잔을 식탁 위에 내려놓던 엄마의 시선이 불현듯 내가 먹다 남긴 라면그릇으로 간다. 그릇을 들어 자기 쪽으로 옮기는 엄마. 또 저녁을 안 먹은 모양이군. 의자에 앉는 엄마에게 내가 젓가락을 건네주고. 천천히 젓가락을 놀리며 엄마가 말한다.

—결혼에 실패했다는 거, 난 좀 일찍 알았어. 결혼식 올린 지 한 육 개월쯤 뒤였을 거야. 참, 넌 속도위반이야. 얘기했지?

—알아. 자작곡 베이비.

—실패한 결혼이지만 그것도 내 건 내 거니까, 계속 그대로 지니

고 살아가야 하는 줄로만 알았어. 맘에 드는 것만 갖고 사는 사람은 없잖아. 나, 이 짝짝이 눈 얼마나 싫어하니. 그렇다고 버려?

엄마의 말투가 점점 신민아씨다워진다. 하지만 세상에는 두 종류의 음식이 있는데 그건 맛있는 음식과 맛없는 음식이 아니라, 맛있는 음식과 안 먹는 음식이라고 주장하던 신민아씨. 불어터진 라면에 젓가락을 대는 것부터가 이미 자연스럽지 않다. 하긴 새벽에 먹는 퍼진 라면도 별미라면 별미지. 자기 말과 달리 딱딱해진 식빵도 잘만 먹는 신민아씨이고 말이다.

—연우, 이 얘기 모르지?

라면가락 사이로 젓가락을 집어넣으며 엄마가 재미있는 이야기라도 시작하는 표정으로 나를 바라본다. 분명 내 어린 시절 이야기겠군.

—우린 좀 가난했고, 아빠 얼굴 보기도 힘들었어. 또 그때 나는 정말 무능했고. 하루 종일 너하고 둘이 집 안에만 틀어박혀 있었지. 네가 유치원 들어가면서부터 어쩔 수 없이 이웃들을 만나기 시작했는데, 그게 더 힘들더라. 내 자신이 초라하고 모든 게 불안하고, 아무튼. 그때가 내 인생 최악의 시절이었을 거야. 정말 무기력했으니까. 근데 한번은 네 야외학습 참관을 갔어.

전에 재욱 형한테 들려주었던 얘기이다. 노란 유치원복을 입은 내가 한 손에 커다란 플라타너스 잎을 들고 원생들의 줄 꽁무니를 따라가며 울었다나 어쨌다나.

—나 그때 처음 알았는데, 내가 널 좀 좋아하더라고. 그전까지는 실패한 결혼의 일부로만 생각하는 줄 알았거든. 실패했지만 내 거

178

니까 그냥……

ㅡ그렇다고 버려? 대충 그런 기분.

내가 삐딱하게 말하자 엄마가 젓가락 쥔 손을 두어 번 내젓는다.

ㅡ그건 아니지. 암튼 그제야 깨닫게 된 거야. 그때 네가 너무나 약해 보였지만 또 너무나 소중했어. 그런 존재가 나를 의지하고 태어나 성장하고 있다는 데에 이상한 감동 같은 게 오더라. 저애가 없으면 안 되겠구나. 아니 저애만 있으면 되겠구나, 그랬나? 아무튼. 심지어 내 아들이 아니라고 해도 나는 저애를 좋아할 것 같다, 그런 기분이었어.

자기 아들을 좋아하는 게 뭐 저렇게 생색내면서 자랑할 일이라고.

ㅡ좋아하는 게 있으면 사람은 달라질 수 있더라구. 강해지기도 하고. 그래서 그때 마음먹은 거야. 포기할 건 포기하고, 인생을 내가 감당할 수 있는 규모로 단출하게 꾸려서 새로 살아봐야겠다고 말야.

ㅡ이혼?

ㅡ응. 나, 너 행복하게 못 해주니까 이혼하고 싶으면 언제든 말해. 이게 아빠 입버릇이었거든.

ㅡ아빠 잘났어?

ㅡ뭐 조금쯤. 어쨌든 남들이 뭐라든 자기 하고 싶은 대로 사는 것만 해도 못난 건 아니지.

뭐야. 전에 재욱 형이 남의 눈치 안 보는 것도 일종의 자신감이라고 하더니 비슷하잖아. 신민아씨, 취향 좀 이상한 거 아냐? 자기 식대로 생각하고 이기적이고 철이 안 든 사람을 좋아한다는 말 같은데? 그런 사람은 아빠처럼 결혼에 대해서는 일종의 미성년자라고 하더니…… 그리고. 아빠하고 잘 안 됐으면 우리 교장선생님 훈화처럼 그걸 교훈 삼아 다시는 비슷한 일을 되풀이하면 안 되지. 왜 또 비슷한 사람을 만나고 비슷한 작별의 과정을 되풀이하려 하는 거냐구.

엄마도 나도 한참 동안 생각에 잠겨 있다.

이윽고 엄마가 침묵을 깬다.

―너 이런 말 이해할 수 있어? 너를 사랑하면서 세계를 경멸하기란 불가능하다.

―너가 누군데. 지시어를 먼저 파악해야 하거든.

―너는 너지, 여기 누구 또 있어. 암튼, 너하고 살아봐야겠다 마음먹으면서 나는 세상을 다시 믿어보기로 했어. 사실 다른 선택도 없었고. 일자리부터 구해야 하는데, 방탄복을 입고 나갈 순 없잖아.

―뭘 입고 나갔어?

―비굴한 친절.

―말도 안 돼.

내 목소리가 높아진다. 그건 원래 엄마 성격이잖아. 그냥 성격 나온 거네, 뭐. 사실이다. 엄마는 친절을 성의껏 실천하면서 산다. 그게 친절한 건지 서툴고 엉뚱한 건지 아리송할 때가 많은 게 문제지만.

눈을 들어 엄마를 똑바로 본다.

―물어볼 게 한 가지 또 있는데.

어쩔 수 없다. 통화하는 걸 안 들었으면 몰라도.

―뭔데?

―재욱 형하고는 결혼 못 하는 거야?

―말했잖아. 많은 걸 바라지 않기 때문에 만날 수 있는 관계라고.
뭘 바라게 되면 무겁고 복잡해져.

―그게 뭐야. 평행선?

―시스템 안에 들어가기를 포기한 사람은 다른 라이프스타일을
선택해야 해. 당연히 그건 마이너의 길이 될 수밖에 없고.

―엄마는 왜 포기한 거야?

엄마는 한 손으로 이마를 짚고 생각에 잠긴다. 그리고 한숨을 내
쉬며 머리카락을 쓸어넘긴다.

―그건 명확하게 대답할 수 있는 게 아니야. 복합적이고…… 실
은 나도 잘 모르겠어. 모범생, 건전한 주부 이런 틀이 싫어서일 수
도 있고, 그리고 결혼 문제라면, 사람의 감정이 지속된다는 걸 안
믿게 된 거, 그것 때문인지도 모르지. 어쨌든 그게 내 선택이야.

―재욱 형도 남들과 다른 라이프스타일을 선택한 거야?

―응. 그러니까 나를 받아들일 수 있었던 거지.

―남들과 뭐가 다른데?

―일단 시스템에 얽매이지 않잖아. 자유롭고.

―결혼 같은 거 하고 싶지 않다는 뜻이야?

―글쎄.

엄마 표정이 복잡해진다.

―상대에 따라 다르겠지. 다른 상대라면 상황이 완전히 달라질 수
도 있어.

두번째 말 속에는 약간 뼈가 있다. 뭐지? 나한테 털어놓지 못할
성인 버전이 따로 있는 건가?

―그럼 아주 헤어지는 거야?

―아마도.

―재욱 형이 붙잡으면?

―그럼 또 붙잡혀 있겠지 뭐.

거참, 이런 건 또 의외로 간단하군. 엄마가 말을 잇는다.

―근데 안 그럴 거야.

―아까 전화, 붙잡은 거 아니었어?

―아니, 자기 잘못은 아니라는 결론을 내고. 그래야 마음이 편해
지니까.

숨을 들이마시며 또 한번 두 손가락을 입술에 갖다대는 엄마.

―연우, 오늘 공부 너무 많이 하는데?

이제 그만 일을 시작하려는지 또다시 벽시계를 본다.

―그러게. 힘드네.

―오늘 수업 태도 괜찮았어. 웬일로 질문을 다 하고. 질문할 게 있
다는 거, 그거, 좀 안다는 뜻이야. 근데……

―뭐?

―왜 『성』 같은 걸 읽고 그래, 요즘?

―응, 궁금해서.

―그래서, 궁금증이 좀 풀렸고?

'우리를 둘러싼 세계는 너무나 모호해서 성 안으로 들어가는 길
을 도무지 찾을 수가 없다.' 그러니 세계에 대해서는 결국 아무것도
알 수 없는 거지, 어떻게 궁금증 같은 게 풀려? 신민아씨, 대체 카
프카를 어떻게 읽은 거야.

방에 들어오자마자 거울 앞으로 가서 선다. 쉽게 잠이 올 것 같지 않다.

채영이 말했었지. 엄마하고 난, 아빠 앞에서는 뭐든지 아빠 말대로 해. 뒤에서는 각자 하고 싶은 대로 하지만. 아빠는 나에 대해 아무것도 모르고, 엄마는 좀 형식적이야. 태수네 집에 처음 갔던 날의 기억도 떠오른다. 고급 양식당의 분위기랑 비슷하다고 생각했었지. 안락하고 질서가 잡혀 있는 장소, 여기에서는 정해진 행동밖에는 할 수 없겠구나, 하고.

엄마가 말하는 시스템은 어디에 있는 것일까. 시스템에 따르는 것처럼 보이지만 속으로 들어가면 모두 그런 척하고 있는 것뿐 아닐까. 그러니까 이 시스템이란 게 문제군. 그게 있어도 없어도.

방으로 들어오자마자 그대로 침대에 몸을 던진다. 채영은 지금쯤 잠이 들었을지? 어제는 태수까지 셋이서 퍼즐카페에 갔었다. 채영의 반 담임선생님의 별명은 어느 학교에나 하나씩은 있는 '미친개' 다. 일주일 내내 야자를 빼먹었는데, 괜찮을까.

2

셋이 함께 '원피스'에 간 것은 어제로 세번째였다.

우리는 창가에 놓인 사 인용 대리석 테이블에 자리를 잡았다. 폭 좁은 쪽유리 창마다 달려 있는 허리 묶인 하얀색 커튼 너머로는 늦여름 해질녘의 나른함이 퍼져가고 있었다.

우리 빼고 손님은 한 사람뿐이었다. 공원을 바라보는 통유리창 자리에 재욱 형 또래의 남자가 앉아서 랩톱 자판을 두드리는 틈틈이 옆에 놓인 병을 기울여 맥주를 마셨다. 단정한 셔츠를 입은 주인 아저씨 역시 카운터 안쪽 의자에 앉아 랩톱의 모니터를 바라보고 있고. 태수의 짐작대로 게이인지 아닌지는 알 수 없지만 늘 상냥한 그의 얼굴에도 약간의 피로가 엿보이는 시간.

채영은 언제나처럼 스타벅스 카페라테를 주문했다. 그때그때 기분에 따라 바뀌는 태수, 어제는 콜라였고. 내가 마신 것은 사과향 홍차. 어릴 때 즐겨 씹던 풍선껌 향이 느껴지기도 하고 언젠가 엄마의 애인이 터키 여행에서 돌아와 선물했던 달콤한 사과차의 맛도 떠올라 좋아하게 되었지.

카렐 차페크 퀸즈 애플. 메뉴에 적힌 이름은 좀 복잡하다. 퀸즈 애플이면 여왕의 사과? 카렐 차페크는 체코의 작가 이름이라고 채영이 말해주었다. 프라하 여행 때 기념관에 들른 적이 있는데, 로봇이란 말을 처음 만든 사람이라나.

―하지만 홍차가 왜 그런 이름을 갖고 있는지는 모르겠어.

―너 좀 똑똑한 거야?

태수의 말에 채영이 고개를 저었다.

―나 공부 못해.

―책을 봐도 꼭 공부에 도움 안 되는 것만 보고 말이지?

퍼즐상자의 뚜껑을 열고 테이블 한켠에 퍼즐조각을 쏟아놓으며 태수가 대꾸했다.

비슷비슷한 황금색과 노란색의 퍼즐조각. 클림트라는 화가가 그

린 〈키스〉라는 그림이었다. 둘 중 하나를 고르라며 고흐의 〈별이 빛
나는 밤〉과 함께 주인아저씨가 추천한 것이다.

—뱅크시 그림 같은 건 없죠?

태수의 물음에 아저씨는 피식 웃으며 고개를 흔들었고.

아저씨가 카운터로 돌아간 뒤 태수도 픽 웃었다.

—그냥 한번 물어본 거야. 내가 이름 아는 화가는 그 사람 딱 하
나거든. 그래피티라고 아시나? 미국 학교에서 봤는데, 왠지 마음에
들더라구.

—왜?

—미국 사람 아니고 영국 사람이라.

말을 늘어놓으면서 손으로는 퍼즐조각을 분류하기 바쁜 태수의
손.

자그만치 천 피스…… 퍼즐을 별로 맞춰본 적 없는 나는 보기만
해도 눈이 어지러웠다. 먼저 그림을 파악해야겠지. 뚜껑의 그림을
열심히 보았지만 화려한 망토와 발밑의 꽃밭이 비슷비슷해서 도무
지 조각을 맞출 수 있을 것 같지 않았다.

채영과 태수는 익숙했다. 먼저 비슷한 색깔끼리 분류를 한 다음
네 귀퉁이의 퍼즐을 먼저 찾아 틀을 잡았다. 그러고는 테두리부터
맞춰나가기 시작했다.

수북이 쌓인 조각들을 이리저리 헤쳐 원하는 퍼즐을 골라내며 채
영이 말했다.

—다섯 살 때 영재스쿨에 다닌 적 있어.

태수가 힐끗 채영을 바라보았고.

−어쩌다 그런 심한 일을 당했을까?

−『어린 왕자』를 읽고 있었는데 그걸 아빠가 봤거든. 엄마는 내가 좀 징그럽다고 했어. 현미경으로 세포분열이 빠른 박테리아를 본 기분이 든다고. 하지만 아빠가 시키는 대로 해야 했어.

−엄마, 특이하시네.

−나한테 말한 건 아니고 친구하고 전화하면서.

채영이 퍼즐 한 개를 맞춘 뒤 다른 퍼즐을 집어들었다. 네모난 틀을 완성한 다음부터는 인물의 얼굴을 집중적으로 맞추려는 모양이었다.

−엄마는 괜찮아. 난 아빠를 무서워했었어.

손가락이 희고 여위어서 빨갛게 벗겨진 끝부분이 유난히 두드러지는 채영의 손.

−아빠는 나를 무척 귀여워해. 근데 왜 그랬는지 모르겠어. 내가 아빠 마음에 안 들 거라고 생각하곤 했거든. 요즘은 사람들이 나를 안 좋아하면 어쩌나 하는 생각 같은 거 안 해. 그냥, 아무도 날 안 좋아한다고 생각해버리는 편이 나아.

−뭐야, 엄마보다 더 특이하잖아.

퍼즐 한 개를 한 손에 쥔 채 태수가 채영을 아리송하다는 듯 건너다보았다.

하지만 채영의 마음, 나는 알 것도 같은데.

신민아씨도 비슷한 말을 한 적 있다. 어떤 사람이 나를 안 좋아하는 것 같으면 그 사람을 겁내게 돼. 나에 대한 무슨 권력 같은 게 그 사람한테 생기는 거야. 말이 되니? 근데 그런 게 있긴 있거든.

채영이 다시 입을 열었다.

—초등학교 들어간 뒤, 선생님이 몇 번이나 엄마를 불러오랬어.

—왜?

—내가 지진아라고.

—진짜야?

—모르겠어.

학교에 들어간 채영은 처음에는 질문을 곧잘 했다. 가을이 되면 나뭇잎이 단풍으로 물들죠? 라고 선생님이 묻고 모든 아이들이 입을 모아 네! 라고 대답할 때, 소나무는 왜 물들지 않아요? 라고 질문하는 식이었다. 예상과 다른 반응에 으레 그렇듯이 선생님은 얼굴을 찡그리고 채영의 말을 무시했다. 미술시간에 채영은 또 해를 빨갛게 칠하지 않고 노란색과 흰색을 섞어 그렸다. 모양도 둥근 게 아니라 선이 밖을 향해 삐죽삐죽 튀어나와 있었다. 선생님이 대체 뭘 그렸냐고 묻자 채영은 한낮이 되어 해가 깨어진 모습이라고 설명했다. 그 말을 하자마자 교실은 웃음바다가 되었다.

단체행동에는 특히나 서툴렀다. 운동장 조회를 할 때마다 채영은 자기가 설 자리를 찾지 못해 헤매다니다가 엉뚱한 자리에 서 있곤 했다. 체조시간에 다른 아이들과 동작이 맞은 적은 한 번도 없었다. 모두가 팔을 올릴 때 아래로 내렸고 위로 뛰어오를 때 무릎을 구부렸다. 그때마다 멍청이 소리를 수없이 들었고 머리통을 얻어맞은 적도 있었다. 4월이 지날 때쯤 채영은 입학 초기와 정반대로 완전히 말이 없어졌다. 수업시간에는 교과서나 공책의 빈 공간을 낙서로 빽빽이 채우며 시간을 보냈고, 쉬는 시간에는 책을 읽었다.

채영의 학교생활을 알게 된 아빠는 엄마에게 몹시 화를 냈다. 들고 있던 연습용 골프채가 거실 바닥에 내던져졌다. 그러고 얼마 뒤부터 채영은 다시 방과후 영재스쿨에 보내졌다.

—너무 가기 싫어서 옷장 속에 숨었다가 잠든 적도 있었어.

—잠은 원래 학원 가서 자는 건데.

태수다운 대꾸.

—왜 가기 싫었어? 무지 어려운 걸 가르쳐?

—너무나 소란했어. 엄청나게 큰 소리로 쉴새없이 떠들어대는 애들이 많았거든. 선생님은 칭찬했지만 난 정신이 없고 어리둥절하기만 했어. 그리고, 엄마가 차로 데려다줄 때마다 담배를 너무 피워서 머리도 아팠고. 영재스쿨이라고 글씨가 박힌 이상한 오렌지색 코트를 입어야 했는데, 그 옷도 너무나 싫었어.

—엄마는 안 무섭다면서. 담배가 싫다고 말을 하지?

—싫었던 건 아니야. 머리가 아픈 거하고 싫은 건 달라.

역시나. 때로 사소해 보이는 일에 엉뚱하게도 단호한 채영. 꼿꼿이 세운 눈썹이 꼭 이모티콘 같다.

—옷걸이 입어본 적 있어?

—그걸 왜 입어? 추워서?

—옷이랑 구분이 안 돼서.

어느 날인가 오렌지색 코트가 입기 싫어 티셔츠 바람으로 나간 적이 있었다. 주차장에서 기다리던 엄마가 다시 가서 코트를 입고 오라고 야단쳤다. 조금 뒤 코트를 걸치고 걸어오는 채영을 향해 엄마가 고개를 갸우뚱하며 말했다. 너, 왜 그렇게 뻣뻣하게 걸어오니?

—옷걸이까지 입었던 거야?

—응. 그 코트를 입어야만 한다는 생각만 너무 열심히 했나봐.

어느새 퍼즐은 꽤나 모양이 잡혔다. 여자는 가냘픈 손목을 남자의 목에 두르고 남자는 커다란 두 손으로 여자의 얼굴을 감싸고 있었다. 그리고 그들의 몸을 덮은, 축제의 한순간처럼 온통 금색으로 빛나는 긴 옷자락의 끌림.

채영의 말에 일일이 대꾸를 하고 틈틈이 콜라를 마셔가면서도 태수가 퍼즐을 맞추는 속도는 제법 빨랐다. 방에 걸려 있던 퍼즐액자들, 역시 태수 작품이었군. 내 표정을 봤나. 태수가 내게 말했다.

—초딩 때 미국 사는 고모가 퍼즐을 보내줬어. 무려 이천 피스짜리. 한 이주일 정말 눈알 빠지는 줄 알았지. 엄마가 또, 넌 뭐든 시작만 하고 끝을 못 내는 성격이야, 이럴 게 뻔하니까. 와, 진짜. 그때 나, 지겨워서 죽은 최초의 인간이 될 뻔했잖아. 근데 이천 피스를 다 맞추고 나니까 엄마가 뭐라고 한 줄 알아?

—굿 잡?

태수의 말투를 흉내내보았다.

—고모한테 삼천 피스짜리 보내달라고 전화했다는 거야. 내가 그렇게 뭐 열심히 하는 건 처음 봤다고.

—사랑으로 지켜보신 거네 뭐.

—지켜만 보면 좋게?

—어떻게 하셔? 혹시 부모님이 싸워?

불쑥 던진 자신의 질문이 마음에 안 든다는 듯 채영이 가볍게 입술을 깨물었다.

―오 노! 잘해주기까지 해. 난 그냥 내버려두는 게 제일 좋은데 말이지.

황금색 퍼즐 한 개를 채영에게 건네주며 태수가 대답했다.

채영의 앞쪽 그림 부분에 맞는 조각.

―그런 거 있잖아. 꼬마 때 자기가 하겠다고 막 우기는 거. 결국 사고를 치긴 하지. 꼬만데 잘할 수는 없는 거 아냐? 근데 부모들은 꼭, 거 봐라, 그러니까 다음부터는 내가 시키는 대로 해, 알았지? 하면서 야단을 쳐. 난 그게 싫어. 좀 잘 못하더라도, 혼자 알아보게 시간을 주면 좋잖아. 꼭 정답을 가르쳐주려고 한단 말야. 그건 어디까지나 부모님들 정답이지. 그래놓고 또, 이렇게 잘해주는데 넌 대체 뭐가 문제냐, 이러고.

―내버려두면 사고를 너무 치는 애들도 있지. 독고태수라든가.

나로 말하자면…… 신민아씨가 너무 내버려두기 때문에 번번이 나 혼자만 힘들다구.

태수가 말을 잇는다.

―공부는 못해도 괜찮다, 하고 싶은 것 한 가지만 잘하면 된다, 이 게 내가 엄마한테 제일 많이 들은 말일 거야. 다른 걸 잘하면 되니까 기죽을 거 하나 없다. 이 말도 그렇고. 오 마이 갓. 다른 거 뭐?

갑자기 태수의 얼굴에 장난스러운 표정이 어렸다. 고개를 몇 번 까닥이며 리듬을 타더니 몸을 흔들기 시작했다.

―부모님은 말씀하셨지. 네가 갈 방향은 내가 다 정해놓았지. 너는 생각 같은 건 할 필요도 없지. 생각해봤자 대답은 자동.

G-그리핀의 랩을 바꿔 부르는 것이다.

태수가 다리를 떠는 바람에 내 발밑으로 진동이 전해져왔다. 바닥은 옹이가 박힌 쪽마루. 옆에 놓인 화분에서 화초의 잎들은 꿈쩍 안 하는데 어쩐지 그것도 떨리는 것처럼 느껴졌다.

—미국 갈 때 정말 공부 한번 해볼 생각이었어.

창밖의 어둠 탓인지 태수의 목소리도 약간 가라앉은 것처럼 들려왔다.

—공부는 꼭 미국 가서 해야 하는 거냐?

내가 대꾸했다.

—오 맨. 몰라서 물어? 한번 찍힌 데서는, 뭘 해도 소용없어. 바꾸고 싶으면 딴 데로 떠야 된다구. 유 노?

—언젠가 가출하게 되면 말야, 스쿠터를 타고 가는 게 어떨까.

한자리에 있으면서도 어딘가 다른 시공을 드나드는 듯 어리둥절하게 만드는 채영의 목소리. 태수의 눈썹이 위로 치켜올라가며 가운데로 모아졌다. 눈길은 나를 향해 똑바로 날아왔고. 그런데 갑자기 스쿠터라니?

채영이 다시 내게 말했다.

—나, 스쿠터 헬멧이 있거든.

—난 야구 헬멧 있는데.

장난스럽게 대꾸하는 태수.

—방망이도 있어. 두 갠데 심드렁, 하나 가져가라. 밤에 늘 혼자 있잖아.

채영이 물었다.

—집에 혼자 있으면 어떤 기분이야?

—글쎄, 불을 켜고 혼자 앉아 있으면, 빛이 가득 차 있는 방이 점점 좁아지는 느낌?

—나도 알아. 옆에서 아이들이 시끄럽게 떠들고 있는데도 소리가 점점 사라지는 느낌.

—지진아였을 때?

태수의 이런 말은, 아무런 망설임이 없기 때문에 오히려 심각하게 안 느껴지는 걸까.

—내가 그때 공부시간에 뭘 그리고 있었는지 보여줄까?

채영이 옆의 빈 의자 위에 있던 가방을 들어 무릎 위에 놓았다. 입가에 미소가 떠오르고 눈빛을 반짝 빛내며 그 안에서 두꺼운 노트와 펜을 꺼내는 모습. 노트를 펴서 퍼즐 위에 조심스럽게 올려놓은 뒤 그림을 그리기 시작한다. 정물 데생할 때 밑그림으로 그리는 것 같은, 기하학적인 입체 도형이었다.

—먼저 한 개를 그린 다음에 계속 덧붙여. 처음엔 아무렇게나 놓인 것 같은데, 그리다보면 뭔가 중심을 잡고 있는 것처럼 되거든…… 아무 생각도 하지 않고 그냥 그린 거지만.

채영이 내게 물었다.

—넌 어릴 때 무슨 그림을 그렸어?

나는 나도 모르게 눈을 가늘게 뜨고 입술을 조금 앞으로 내밀었다. 뭘 그렸더라. 떠오르는 게 하나 있다. 유치원 때 그린 '우리 집'.

—여기 그려줘.

노트 한 장을 넘긴 뒤 채영이 그것을 내 쪽으로 내밀었다.

나도 모르게 열중해버렸나, 유치원 때 했던 그대로 그림 아래에 문구까지 적어넣다니.

　-그림 속의 아이처럼 웃어본 적은 없습니다. 무슨 뜻이야?

　-그냥. 선생님이 시키는 대로 웃는 얼굴로 그리긴 했는데, 솔직하지 않은 것 같아서.

　그 문구를 보고 엄마가 나한테 용서라도 빌지 않을까 하는 어린애다운 계산이 있었는지도 모른다. 열쇠를 그렇게 크게 그린 것, 그리고 집에 혼자 들어가는 내 모습을 그린 걸 보면.

　갑자기 태수가 혼잣말처럼 내뱉었다. 디스 이스 어우섬. 스피커에서 귀에 익은 노래가 흘러나오고 있었다.

　　그리운 거 손톱 사이에 낀 놀이터 모래알들

　　그리운 거 미소짓게 하던 어린 시절의 잃어버린 기억들 아침 햇빛

　나는 다시 퍼즐을 골라 붙이기 시작한다. 그림의 윤곽이 드러나면서부터 부쩍 재미가 붙는 듯. 이제부터는 커팅이 좀 특이한 형태의 퍼즐을 골라 그림을 맞춰가는 단계이다. 검은 줄이 그어진 금색 퍼즐 한 개를 손에 쥔 채 나는 문득 창밖을 보았다. 환한 실내, 그리고 흰 커튼, 그 너머의 세상에는 골목 가득 밤으로 채워져 있었다. 건너편 집들에서 새어나오는 불빛이 마치 멀고 아득한 동네에 온 듯한 느낌을 주었다. 멀고 아득하고 그러면서도 친근한, 이를테면 어린 시절 살던 동네라든가.

　열일곱 살이라면 어린 나이일까? 그럴 것이다. 그러나 그 나이에

게도 어린 시절은 있다.

시간이 느릿느릿 고요하게 흘러가고, 어린 시절 얘기를 하며 퍼즐을 한 조각 한 조각 이어붙여 그림을 완성해가는 늦여름 밤의 한순간. 시간이 흘러가면 언젠가는 이 순간도 잊지 못할 어린 시절이 되겠지. 채영과 태수와 나, 우리 셋이 한자리에 모여 기억할 수 있는.

채영은 테이블에서 몸을 떼고 뭔지 생각에 잠겨 있었다. 카페라테 컵을 두 손으로 감싸쥐고 빨대로 조금씩 커피를 마시면서. 눈길은 이제 막 퍼즐 한 개를 끼워 맞춘 뒤 표면을 평평하게 고르는 태수의 손가락에 무심히 둔 채로.

내리깔았던 눈을 반짝 위로 치켜뜨자 채영의 눈이 그대로 내 시선과 마주쳤다. 빨대에서 입술을 뗀 뒤 채영이 천천히 말했다.

—내 얘기를 듣고 싶어하는 사람은 네가 처음이야.

어떻게 알았지? 사실 채영의 이야기라면 뭐든 궁금했다. 매일 궁금한 것이 새로 몇 가지씩 생겨난다고나 할까. 아침에 눈을 뜨면, 채영은 어떤 모습으로 잠에서 깨어날까 생각했다. 일어난 다음 제일 먼저 하는 일이 무엇일까. 세수를 하면서 잠옷 소매가 젖으면 또 생각, 채영도 잠옷차림으로 세수를 하겠지? 나처럼 가방을 챙기고 교복으로 갈아입은 다음 식탁에 앉을까 아니면 아침부터 먹고 나서 등교 준비를 할까. 아침으로는 뭘 먹을까. 방에 거울이 있겠지. 집을 나오기 전 마지막으로 거울을 들여다볼 때 무슨 생각을 할까.

주인아저씨가 우리 자리 쪽으로 다가왔다. 채영의 옆쪽에 놓인 어항으로 가더니 그 안에다 물고기 먹이를 조금씩 흩뿌려주기 시작했다. 채영은 고개를 돌려 어항 속에서 헤엄치는 작은 물고기들을 물끄러미 바라보았고. 채영에게 흘낏 시선을 던진 뒤 주인이 말을 걸었다.

ㅡ이놈들 귀엽지?

ㅡ아뇨. 그냥, 색깔이 예뻐요.

ㅡ구피라는 종인데, 저놈은 하프블랙, 저놈은 네온턱시도.

ㅡ저건요?

ㅡ응, 하프블랙블루.

채영의 가느다란 손가락이 가리키는 곳에는 레이스 스커트 같은 꼬리를 느리게 움직이며 헤엄치는 푸른색 물고기가 있었다. 크기는 내 새끼손가락만할까. 투명하고 풍성한 꼬리의 흔들림. 마치 짙푸른 잉크병이 물속에 쏟아져 푸른 리본처럼 천천히 풀어지는 게 연상되었다.

ㅡ여기 이것들 보이지?

주인이 물속에서 작고 검은 쉼표처럼 흩어져 어른어른거리는 것들을 가리켰다.

ㅡ새끼들이야. 구피는 알을 안 낳고 새끼를 낳거든.

ㅡ너무 작아. 금방 지워져버릴 것 같아요.

주인이 카운터 자리로 돌아간 다음에도 채영은 한참 동안 어항을 바라보았다. 어항 속을 비추는 푸른 빛이 반사되어 마치 채영의 얼굴 속에도 불이 켜진 것처럼 환하게 빛이 났다. 얼굴에 물과 빛의 조명을 받은 채 조용히 입을 여는 채영.

ㅡ좁아 보여. 근데 새끼들에게는 이곳도 넓은 걸까.

ㅡ너무 넓어도 감당이 안 될 거야. 어리잖아.

무심히 대꾸한 거지만 어쩐지 틀림없이 그럴 거라는 생각이 들었다.

—그렇구나. 어리니까. 너무 넓은 곳에 풀어놓고 마음대로 가보라고 하면, 그럼 위험해지겠지?

채영이 담담하게 덧붙였다.

—아빠가 항상 하는 말이야.

취한 신민아씨의 인생강좌 시간. 이런 말을 들은 적이 있었다. 연우야, 이렇게 생각해. 내가 이혼하기 전에 너는 아빠가 있었어도 편모슬하였잖아. 근데 지금은 엄마가 있지만, 사고무친이야. 사방을 둘러봐도 혼자라는 뜻이지. 하지만 너는 방치된 게 아니라 방목되고 있는 거야. 방목은 말이지, 공자 어머니, 한석봉 어머니, 그리고 페스탈로치도 못하는 고난도 교육이라구.

신민아 식 자기합리화, 엄마의 특기다. 하지만 맞다고 생각되는 구석도 없진 않다. 방목이란 것. 넓은 곳을 혼자 다닌다는 게 힘든 일이지만, 그래도 나는 그곳에 울타리가 있다는 것만은 알고 있었다. 잘못해서 낭떠러지에 이르는 일이 생기더라도 그 울타리가 나를 지켜주리란 것을. 결국 신민아씨 말에 넘어가버린 건가.

—오케이, 너희 둘. 그렇게만 하셔. 삼 일 안으로는 다 맞추겠지 뭐.

태수가 투덜댔다. 퍼즐조각도 이제 얼마 남지 않았다. 남녀 발밑의 꽃밭 쪽만 완성하면 된다. 채영도 다시 합류했다. 우리 셋의 손길이 약간 빨라졌다. 척척, 붙이는 소리라도 날 듯이.

새 퍼즐조각을 집기 위해 채영의 앞쪽으로 손을 뻗는다. 채영은 내 앞쪽의 그림 부분에 퍼즐을 끼워넣기 위해 앞으로 몸을 구부리고…… 한순간 깜짝 놀라고 말았다. 채영과 손이 스쳐서만은 아니었다. 채영이 처음 손바닥을 대봤을 때는 갑작스럽게 일어난 일이라 못 느꼈던 걸까. 아니면 그때보다 훨씬 더 특별한 존재가 되었기 때문일까. 짐짓 아무 일도 아닌 척 눈을 내리깔고 퍼즐을 맞추고 있었지만 불길에라도 닿은 듯한 그 느낌이 한동안 머릿속을 떠나지 않는 건.

드디어 퍼즐이 완성되었다. 창백한 얼굴과 붉은 입술, 내리감은 속눈썹. 여자의 얼굴을 두 손으로 감싸쥔 남자의 콧날…… 키스의 완성! 그런데 왜 얼굴 살갗이 잡아당겨지는 듯 팽팽해지고 팔에 소름이 돋는 것일까. 이런.

―자 이제, 안 쏟아지게 랩을 씌우는 거야. 뒤집어서 피스에다가 번호를 매겨놓아야 두 번 다시 이 고생을 안 하지. 참, 이거 고모가 보낸 퍼즐 아니구나.

태수의 목소리에도 뿌듯함이 느껴졌다.

함께 나누고 부른 기쁨과 슬픔 가슴의 떨림, 또한 첫 느낌의 아름다움.

3

언제부턴가 아침에 깨어나면 먼저 얇은 이불을 끌어당겨 목까지 덮게 된다. 다음 순간 깨닫는다. 아, 여름이 다 갔구나. 지나가버린 것은 모두 조금쯤 그리움을 품은 채 떠나가는 걸까. 뜨거웠던 여름의 강렬함 탓인지, 계절이 바뀌는 시기 중에서도 특히 초가을엔 마음이 차분해지는 것 같다. 마치 숨이 차도록 달린 다음 천천히 걷기 시작했을 때, 땀이 증발해버린 살갗이 살짝 차가워지는 것처럼. 나의 여름? 멋진 신세계였지.

엄마는 밤샘을 마치고 원고를 보냈는지 모르겠다. 원고를 쓴 다음에는 특히 신경이 예민해져서 억지로 잠이 들었다 해도 꼭 악몽을 꾼다. 드림 캐처라고 하던가? 악몽이 들어오지 못하도록 촘촘한 그물을 엮어 만든 인디언들의 부적. 재욱 형한테서 그걸 선물받고는 역시 꿈의 파수꾼이 맞더라며 효험이 있다고 좋아했지만 그건 그냥 '친절한 민아씨'다운 빈말일 뿐이었고.

그건 그렇고, '놀토'가 이렇게 달갑지 않을 수도 있다니.

침대에서 벌떡 일어나 책상 앞으로 간다. 핸드폰을 충전기에서 뺀 뒤 전화번호를 검색한다. 아직 한 번도 사용해본 적이 없는 번호. 문자라도 보내볼까. 하지만 뭐라고? 좋은 아침? 그건 한국말이 아니라며 신민아씨가 싫어하는 표현인데. 가을이 왔어? 이거야 원. 정신 차려라, 강연우. 이런 식이니까 계집애 같다는 말을 듣는 거다. 오늘 만나자, 이렇게 해야 하는 거 아닐까. 태수라면 어떻게 할까. 문 열어봐? 그 문자를 보고 여자애가 자기 방 창문을 열면 거기 태수가 서 있는 거지. 개다리춤에 가까운 변형 힙합댄스를 추면서.

그러고 보니, 달리기를 좀 오래 안 한 것 같다. 생각났다. 어디로 달려가야 할지.

9월의 토요일 오전. 3층 방에서 내려다보는 메타세쿼이아 길은 한산하다. 모두들 늦잠이라도 자는 모양이군. 하지만 나가보면 학원 앞은 학생들로 북적이고 휴일 운동을 하러 나온 사람들로 산책로 역시 활기에 차 있다. 이런 날씨에 조금은 여유로운 마음으로 음악을 들으며 달리는 기분.

땀이 나기 시작한다. 달리기를 하다보면 몇 번의 분기점과 만나는 것 같다. 처음에는 몸이 무겁다. 그리고 조금 달리다보면 반드시 뛰기 싫어지는 지점을 만난다. 한참 더 달리면 몸이 풀리면서 얼마든지 달릴 수 있을 것 같은 지점을, 거기에서 더 가면 도저히 더는 달릴 수 없을 것 같은 지점을 만나게 된다. 땀이 나기 시작하는 지점은 언제나 기분 좋은 분기점.

재욱 형이 태수와 나에게 던졌던 질문이 있다.

―인간의 이마가 왜 반들반들한 줄 알아? 힌트는, 중력.

그걸 왜 대답해야 하냐는 듯 멀뚱한 표정을 짓던 태수.

―난 미리 답을 보고 외워버리는 스타일이라, 퀴즈는 영 적응 안되는데……

―달리는 인간 에렉투스를 생각해봐. 과열되면 달릴 수가 없으니 냉각장치가 필요하잖아. 다른 동물들은 단순하게 코와 입으로 숨을 내뿜어서 습기를 내보내 열을 식히지만 에렉투스는 땀샘이라는 냉각장치를 갖고 있었다 이거야. 무려 오백만 개나. 서서 달리기 때문에 열이 머리에 집중적으로 발생하겠지? 그래서 특히 이마에 땀샘이 많아. 알겠어? 이마가 반들반들한 건 바로 땀이 아래로 잘 미끄러지도록 하기 위해서. 이게 정답.

달리기 시작한 뒤 오 분쯤 지났을까. 태수가 운동화를 꺾어신고 나를 기다리던 육교가 보인다. 아파트 단지에서 나와 그 육교 쪽으로 걸어오고 있는 여자애, 마리다. 학원에 가는지 아니면 교지편집부 모임이라도 있는지 교복 차림이고. 큰 키와 반듯한 이마 아래 짙은 눈썹이 멀리에서도 단정하고 활기차 보인다. 마리도 나를 알아본 모양이다. 마리는 이쪽으로 걸어오고 나는 마리 쪽으로 달려가고. 서서히 속력을 줄여 마리 앞에서 걸음을 멈춘다. 마리가 활짝 웃는다. 안녕, 강연우?

귀에서 이어폰을 빼고는 제자리뛰기를 하며 나는 가볍게 숨을 고르고. 마리가 유난히 까만 눈동자 가득히 웃음을 띤 채 숱 많은 속눈썹을 깜박이며 말한다.

— 달리기하는 거야?

— 응.

— 그렇구나.

고개를 조금 숙이고 제 발등을 내려다보는 마리. 제풀에 픽 웃으며 다시 고개를 들고는 머리카락을 귀 뒤로 쓸어넘기며 혼잣말처럼 내뱉는다.

— 이런 뻔한 말을…… 보면 모르나.

어쩐지 얼굴이 조금 빨개져 있다. 모범생들은 늘 상황에 맞는 의미있는 말만 해야 한다고 생각하는 걸까.

— 오빠는 아직 안 일어났어.

— 그래?

— 칫, 물어보지도 않았는데……

또다시 혼잣말하듯이.

―물어보려던 참이었어.

내 말에 마리는 위아래 입술을 안쪽으로 말아 살짝 문 채 나를 빤히 바라본다. 흐트러지지도 않은 머리카락을 한번 더 귀 뒤로 넘기며. 이제 인사를 나눴으니 땀이 식기 전에 다시 뛰어야지. 하지만 마리는 그대로 서 있다. 교양 있는 학생들 사이에서는 인사가 조금 더 길어야 하는 건가? 그렇다면 하지 뭐. 내가 다시 입을 연다.

―어디 가는 길이야?

―응, 학원. 시험 보러.

―열심히 해.

나는 한쪽 귀에 이어폰을 다시 꽂으며 달릴 준비를 한다.

하지만 마리의 다음 말이 이어폰을 도로 빼게 만든다.

―이채영, 야자 빠졌지?

―그건 왜?

―담임이, 교지편집실에 있나 보러 왔었어.

―언제?

―음…… 수요일? 그때 처음 온 거고, 어제도 왔던데.

이 말은 채영이 목요일에 담임한테 야단을 맞은 뒤로도 계속 야자를 빼먹었다는 뜻인가?

―오빠도 같이 갔지?

눈을 동그랗게 뜨고 마리가 덧붙인다.

―그리고 강연우 너도.

나는 대답 대신 마리의 뒤쪽 어딘가 먼 곳을 멍하니 바라본다.

태수는 몇 대 맞은 것 같긴 하고 나는 꾸중만 들었는데. 우리 담임, 언제나 그렇듯 토씨 하나 다르지 않은 똑같은 말을 하이톤으로 되풀이하고 되풀이하고…… 그 지겨운 잔소리를 이십 분 넘게 듣고 서 있어야 하는 끔찍함에 비하면 차라리 몇 대 때려주는 게 선심 쓰는 거라고 태수와 결론을 내리긴 했지만. 아무튼 우리는 채영 앞에서는 그런 말을 하지 않았고, 채영 역시 아무 말도 없었다.

─오빠 미국 있을 때 사고친 거 알지?

─뭐 대충.

─법정까지 갔었어.

이건 또 몰랐던 일인데.

그나저나, 셋이 똑같은 일을 했는데 알고 보니 제일 안전한 건 나였군.

─우리 엄마, 그래서 오빠 일이라면 엄청 예민해. 엄마 걱정할까 봐 나도 오빠 야자 빼먹었단 말 안 했거든.

─응.

마리의 눈동자 속에는 살짝 걱정이 서려 있다.

─야자 같은 거 아무것도 아니란 거 어른들은 잘 몰라. 빼먹으면 무슨 큰일나는 것처럼 생각한다구. 괜히 신경쓰게 할 필요 없잖아. 아예 없애자고 싸울 거라면 또 몰라도.

마리가 엄마를 닮았나. 식탁에 함께 앉아 이것저것 배려해주며 은근히 나를 관찰하던 태수 엄마의 부드러운 말투가 떠오른다. 어쨌든 마리가 걱정하는 것은 태수보다는 엄마인 모양이다. 엄마를 걱정한다는 점에서는 같은데, 나와는 조금 다른 게 있다. 그게 뭘까.

202

태수의 말대로 페미니스트라서 여자 편을 드는 건 아닌 것 같다. 그보다는 좀 스케일이 있다. 가령 이런 거? 난 내가 해야 하는 일은 할 거야, 남이 잘못되는 건 그 사람이 알아서 하는 거고, 라고 생각하는 게 나라면 마리는 잘못되고 싶은 사람이 어딨어, 다 같이 잘되는 방법이 있을 거야, 분명 이런 식으로 생각할 것 같다. 어쨌거나 독고마리, 꽤 공정하고 정의롭다는 느낌을 주는 특이한 여자애다, 뭐, 청소년기가 정의감이 강한 시기이긴 하지. 그래도 열일곱이라면 좀더 태평해도 되는 것 아닌가, 대충 나처럼?

다시 생각해보니 나도 좀 변한 것 같긴 하다. 그게 뭔지는 잘 모르겠지만 어쨌든.

—참, 몇시야? 핸드폰을 안 갖고 나왔어.

마리의 표정이 다시 환해진다.

—나, 눈 나쁘잖아. 저쪽에서 누가 뛰어오길래 시간 물어봐야겠다 했거든. 근데 너였어. 좀 반가운데?

—땀을 뻘뻘 흘리면서 뛰는 사람을 세워놓고 시간을 물어본다고?

—미안한 건가?

또 빨개지는 마리의 얼굴.

—뭐 별로.

내가 시각을 알려주자 마리가 눈을 동그랗게 뜬다.

—뭐야, 또 시계 잘못 봤잖아. 한 시간 일찍 나왔어!

소리치고는 다음 순간 뭔가 들켜버렸다는 듯 당황한 표정이 된다. 그리고 수습이 안 되는지 갑자기 반짝 한 손을 들고……

—안녕.

나도 대꾸해준다.

ㅡ안녕.

마리가 걸음을 옮겨 내 곁을 지나쳐간다. 학원에 가려면 육교를 건너야 하는 거 아닌가. 왜 저쪽으로 가지? 뒤를 돌아보니 거의 뛸 듯이 걸음을 빨리하고 있다. 시간도 많을 텐데. 그때 갑자기 뒤돌아 보는 마리. 나와 눈이 마주치자 황급히 몸을 돌려 정말로 달리기 시작한다.

마리의 모습 위로 하늘이 파랗게 펼쳐져 있다. 뛰어가던 마리는 이윽고 멈추었고 다시 천천히 걷는다. 마리, 나와 얘기를 더 하고 싶었던 건가.

호흡을 한번 조절하고…… 이제 내가 뛰기 시작한다. 반대방향 으로.

4

채영의 담임에 대해 아이들이 떠들어댄다.

ㅡ진짜? 여자애들을 어떻게 때려?

ㅡ새끼 뭐야, 대한민국 학교 첨 다녀? 귀뺨도 올려붙이고, 칠판 붙잡으라고 하고 엉덩이도 때리고 그러지. 토끼뜀, 오리걸음, 나름 귀여운 것들도 있고.

등 뒤의 대화를 듣고 있는 일이 나한테는 꽁꽁 묶인 채 고문을 받 는 거나 마찬가지다. 하지만 들어야만 한다. 채영에게 일어날 수 있는 일이라면 피할 수 있는 일이 아니다.

－야자 한번 쨌 거 갖고 주먹이 나간단 말야?

－지각만 해도 그럴걸.

－맞아. 아침에 교문에서 보니까 횡단보도 신호 안 지켰다고, 그걸로도 잡더라. 피브이시 파이프 있지? 교무실로 끌고 가서 막 날리던데, 진짜 장난 아냐.

－여자애들을?

－그땐 남자애들.

－각목으로 허벅지 스무 대 맞고, 오리걸음으로 운동장 스무 바퀴 돌고, 앉았다 일어났다 삼백 번씩, 이게 보통이었대. 지식인에 다 나와. 우친소, 우리 학교 미친개를 소개합니다.

－그런 거 올려놓고 어떻게 살아 있기를 바라냐? 학교 이름 밝혔어?

－졸업생이라고 올렸던데? 담배 피우다 걸리면 당근 끝장이고, 급식소 새치기랑 돈 따먹기, 판치기 그런 것도 즉석에서 묻지 마 몽둥이 작렬 들어가신다고.

－우리 반같이 훈계 좀 듣고 일주일 청소 정도로 끝나는 반이 천국 같겠다.

－아니, 난 몽둥이가 낫다에 한 표.

－나도. 목소리 자체가 고문이야.

－그래도 우리 반은 서약서 같은 건 안 쓰잖아.

－맞아. 미친개는 야자 쨰면 부모한테까지 서약서 받아.

나는 드디어 참지 못하고 뒤를 돌아본다.

—서약서가 뭐야?

뒷자리 애들이 웬일이냐는 표정으로 나를 보더니 이내 무리에 끼워준다. 선생 욕은 뭐 누구에게나 개방돼 있으니까.

—미친개가 원래 서약서를 좋아한대. 개학하자마자 이런저런 일은 무조건 안 하겠습니다. 이딴 식의 엄청 긴 서약서를 만들어서 애들 전체한테 서약을 받는 거지. 맨 뒤에는 꼭 이런 말이 있고. 어길 시에는 어떠한 처벌이라도 받겠습니다.

—그래, 특히 야자. 야자 얘기만 나오면 광견증세가 심해진다더라.

—야자 째는 걸 왜 그리 싫어한다냐?

—다른 반보다 우리 반이 제일 많이 남아 있어야 한다, 너 한 명 나가면 다른 놈들도 다 따라 나간다, 우리 반은 무조건 같이 간다, 연대의식을 키워야 한다, 이런 식이지.

—연대의식 좋아하네. 한 놈이라도 밟고 올라가겠다고 눈에 불 켜고 야자 하는 거 아냐? 우리가 똑같은 유닛 소속도 아니고, 언제부터 같은 편이냐구!

—야, 근데 이채영 진짜 안됐더라. 교무실 복도에서 벌 서는 것도 쪽팔리는데, 글씨까지 써서 들고 있잖아. 내 야자실은 피시방입니다.

숨이 턱 막힌다. 아까부터 조금씩 빨라지던 심장박동이 요동을 치면서 얼굴이 굳고 손까지 떨리기 시작한다. 귀는 아이들의 목소리에 완전히 집중돼 있다.

—그거 미친개 특기잖아. 근데 이채영 야자 째고 피시방 갔대? 의외다.

—넌 이채영 어떻게 알아?

—교지편집부잖아.

—누구 말이야? 이쁘냐? 나도 교무실 가서 좀 보고 올까.

—가봐. 지금 일부러 2층 화장실 들락날락하는 애들 꽤 많아.

이제 내 머릿속은 완전히 뭉개져버린 것 같다. 내가 무슨 생각을 하는지조차 모르겠다. 가슴은 요란하게 뛰고 얼굴에서는 열이 나고 짧은 순간 생각은 뻗어나가다 멈췄다를 반복한다. 눈 주위가 물이 끓듯이 뜨겁고 소란스럽다.

내가 무얼 할 수 있지? 아무것도.

뭐가 잘못된 걸까? 모르겠다.

수업 따위 단 한마디도 머리에 들어올 리 없다. 쉬는 시간마다 교무실 복도에서 벌을 서고 있을 채영을 생각하면 가슴이 터져버리지 않는 게 이상할 정도다. 그런데도 교실 밖으로는 한 발짝도 나가고 싶지 않다. 나를 단단히 묶어두지 않으면 가파른 비탈길 위를 구르는 바위처럼 결국 어딘가에 부딪혀 산산조각나고 말 것 같은 기분이다.

하지만 반드시 그 때문일까.

어린 날의 나, 싸우는 게 싫다고 말했지만 실은 피하고 싶었던 게 아닐까. 중학생 때 돈을 뜯기고도 정당하게 맞서지 못하고 엄마에게나 화를 냈던 비겁함. 아무리 더러운 기분이 들어도 큰 소리를 내며 부딪쳐 깨지는 것보다는 내 안에 가라앉혀 조용히 흘러가는 쪽을 택했던 나는, 대체 뭐지……

점심시간이 거의 끝나갈 때까지 나는 교실에 앉아 있다. 언제부터인지 퍼즐카페에서 채영에게 그려 보여주었던 그림을 노트 위에 끼적거리면서.

─강연우!

복도를 지나가던 마리가 열려 있는 창문을 통해 교실을 들여다보고 있다.

─밥 안 먹어?

멍하니 바라보는 나에게 마리가 손을 까닥인다. 나는 내키지 않지만 무거운 몸을 일으켜 복도로 나간다. 말을 시작하기 전에 이마부터 살짝 찡그리는 마리.

─오빠 말야, 그럴 줄 알았어.

태수는 교무실 복도로 채영을 찾아갔다. 야, 이채영! 너 여기서 뭐 하고 있냐? 라며 채영이 글씨를 적어 들고 있던 스케치북을 건드려서 떨어뜨렸다. 지나가다 그것을 본 한 선생이 채영 담임에게 말해주었고, 미친개는 당장 교무실에서 뛰쳐나왔지만 다행히 피브이시 파이프로 몇 대 때리기만 한 다음 태수를 쫓아냈다.

이야기를 마친 마리가 길게 한숨을 내쉰다.

─그러다 같이 나간 거 알려지면 어떡하려고. 남학생하고 어울렸다는 거 알면 이채영도 더 곤란해진단 말야. 오빠는 정말, 생각이라고는 없어.

그런가? 나는 생각만 너무 많고 말이지.

─저기, 이채영 이제 벌 끝났어.

나는 마리의 까만 눈동자를 빤히 바라본다.

─이채영네 담임, 우리 편집부 지도선생님 부탁에는 좀 약하거든. 아무래도 처녀 총각이니까, 그치?

내가 계속 입을 열지 않자 좀 무안해진 모양이다. 마리가 머리카락을 귀 뒤로 넘기며 변명하듯 덧붙인다.

─지나가다 보니까…… 네가 좀 그런 것 같아서.

어쨌든 내가 아무것도 할 수 없다는 생각, 그 생각이란 것만 죽어라 하고 있는 사이에 문제는 해결되었군. 다행이다. 내 기분이 여전히 더러운 것 빼고는.

─근데 이채영. 부모님이 오시긴 해야 할걸. 담임이 연락 안 했을 리가 없어.

마리의 얼굴이 다시 어두워진다.

─부모님이 믿을까, 피시방 갔다는 말? 이채영 걔 혼자 그런 데 갈 애가 아니잖아. 부모님이 그냥 안 넘어가면 어떡하지? 오빠까지 끼어들게 될까봐 그것도 걱정이고. 이상하게 오빠한테는 그런 게 있어. 뭐랄까, 꼭 무슨 일엔가 휘말리게 돼.

─무슨 일?

내가 처음으로 입을 연다.

─아니야.

고개를 가로젓는 마리.

─강연우, 넌 남자다워야 한다, 뭐 그런 생각 별로 안 해서 좋은 것 같아. 오빠는 터프한 척하는 게 문제야. 속으로는 안 그러면서. 아무튼, 보이들이란! 이거 우리 엄마가 잘하는 말이거든. 그럼 우리 아빠 이렇게 대답해. 보이스 윌 비 보이스(boys will be boys). 실은 아빠도 좀 그렇거든. 무슨 말이든지, 남자라면 말야, 이런 식으로 시작하는 게 말버릇인데, 속을 알고 보면 좀 황당해.

마리는 자기 아빠와 교통위반 스티커에 얽힌 이야기를 들려준다. 휴일에 가족 나들이를 갔을 때였다. 주차할 곳이 없어 주차금지구역에 차를 세울 수밖에 없었다. 거기 주차한 몇 대의 차 모두에 이미 주차위반 스티커가 붙어 있었다. 마리의 아빠는 그중 한 자동차로 다가가 앞유리에 붙은 위반스티커 하나를 떼어서 자기 차의 유리에 붙여놓고 자리를 떴다.

— 오빠가 누구 닮았는지 알겠지?

— 그렇네.

마리, 결국 나를 조금 웃게 만들어주는군.

자리로 돌아온 뒤 내 시선은 무심히 그림이 그려진 노트 위에 머문다.

채영의 부모님과 미친개 선생이 상담을 하게 된다. 채영이 겪을 일들이 아직 많이 남아 있다는 뜻이다. 엄격한 아빠와 시니컬한 엄마. 하지만 채영의 편이 되어주기는 하겠지?

이어폰을 귀에 꽂는다. 빨대에서 입술을 떼고 눈속에 웃음을 머금은 채 내게 말하던 채영. 내 얘기를 정말로 듣고 싶어하는 사람은 네가 처음이야.

그러나 나는 아무것도 할 수 없다. 어디에도 내 자리는 없다. 나는 누군가가 끌고 가는 희미한 긴 그림자처럼 세상의 정해진 장소로만 그럭저럭 끌려다닐 뿐이다. 남들의 시간에 얹혀서 흘러가고 있을 뿐이다. 날개를 다는 일 따위는 없을지도 모른다. 그 날개는 처음부터 내 것도 아니었다. 카프카의 엽서와 그리고 가출할 때 타고 가자던 스쿠터처럼 민기훈의 것이었다. 나는 아무것도 가진 게 없다. 나의 시간이란 성립되지 않는다. 결국 그런 걸까.

내 마음이 수천 장의 편지라면 지금 그것을 묵직한 바위가 누르고 있다. 내 거울 속의 나는 말해줄 수 있을까. 언젠가 폭풍이 불어와 마침내 그 바위가 치워지는 날. 내 편지 중 단 한 장이라도 세상속으로 날아 들어가고, 그리고 내가 원하는 그 집으로 배달될 수 있을 거라고. 그 집에 도착하기 직전 밤의 어둠속으로 굴러떨어져버린다 할지라도. 한 번이라도 날아볼 수 있을까.

방에 들어오자마자 가방을 던져놓고 침대에 벌렁 드러눕는다.

두 손을 깍지껴 머리를 받친 채 우두커니 천장을 바라본다. 그러다가 벌떡 일어나 전등 스위치를 내려버린다. 환하게 불을 밝힌 채나를 기다리고 있던 텅 빈 집이 오늘따라 무슨 무대세트처럼 가공적이고 공허한 공간으로 느껴진다. 어둠 속에 한참을 누워 있다가다시 몸을 일으킨다. 컴퓨터에서 노래를 재생시킨다. 그리고 다시침대로 가려다가, 그대로 책상 앞에 앉는다.

어젯밤 저 노래를 들을 때만 해도 헤드폰을 끼고 서서 춤을 췄는데. 눈을 감고 양손으로 헤드폰을 감싸잡은 채 음악에 맞춰 신나게몸을 흔들었다. 등 뒤로 엄마가 다가오는 것도 모를 만큼. 엄마가노크라도 하듯이 내 등을 툭툭 치며 말했다. 학생, 자아 생겼어? 독립적이네. 엄마가 들어와도 관심없고.

내일이면 채영을 만날 수 있다고 설렜던 어제는 오늘과는 얼마나다른 시간이었는지.

갑자기 핸드폰이 울린다. 마치 누군가 눈앞에 나타나기라도 한

듯이 깜짝 놀라 나는 반사적으로 몸을 뒤로 젖힌다.

민아씨 남친. 액정에 나타난 글자가 새삼 이렇게 반갑다니. 오늘 하루, 시간이 뭉텅이로 빠져서 흘러가버린 느낌이다.

통화버튼을 누르자마자 다짜고짜 볼멘소리가 터져나온다.

―심드렁, 지금 형님이 굶어 죽기 직전이시다. 집에서 뭐 하냐.

벽시계를 보니 자정이 가까워져 있다.

―뭐 별로.

―뭐 별로.

내 대답과 태수의 예상 대답이 거의 동시에 나오고.

육교 옆의 편의점으로 나오라는 태수의 그다음 말 역시 내가 예상한 대로이다. 나도 갑자기 배가 고프다. 오늘 제대로 먹은 게 있어야지.

그대로 일어나 나가려다가 마음을 바꿔 교복을 벗는다. 옷장에서 아끼던 네이비블루 티셔츠와 청바지를 꺼내 갈아입는다. 그리고 현관 바닥에 벗어놓았던 운동화를 신발장에 집어넣고 나이키 에어 조던 포스 쓰리가 들어 있는 박스를 꺼낸다. 시카고 불스 팀의 흰색과 빨강 컬러. 앞부리와 뒤축의 시멘트 무늬도 마음에 들지만 특히 신발 혀에 있는 빨간색 점프맨의 자수 로고가 날렵하고 경쾌하다. 세 번밖에 신지 않은 운동화지만 오늘은 특별한 날이니까. 자칭 '신민아의 법칙' 중 하나, 돈 없을 때 맛있는 것 먹고 기분 안 좋을 때 잘 차려입는다. 그러니 점프맨과 함께 점프.

학원에서 아이들이 쏟아져나오기까지는 시간이 좀 남아 있다. 편의점이 조금 한가한 시간. 태수와 나는 컵라면과 삼각김밥을 먹은 뒤 다시 거리로 나온다. 한발 늦게 나온 태수의 손에 비닐봉투가 들려 있다.

―미국에서 말야. 이게 제일 생각나더라.

편의점 카운터에서 낱개로 파는 소시지 한 개를 내미는 태수. 나는 마지못해 받아든다. 이런 물컹하고 퍼석한 소시지는 별로인데.

―뭐야, 톱밥 씹어?

태수가 피식 웃는다.

―너 식성 까다로운 거, 우리 엄마가 파악했더라. 고등학생 때 그렇게 깨작거리는 남자애들은 나중에도 잘 안 먹는다는데? 밖에서 많이 사먹는 애들이 좀 그렇대.

태수 엄마한테 내가 점수를 많이 따지 못했군. 짐작했던 일이다. 엄마의 보살핌을 충분히 받지 못하고 있다고 생각할 게 뻔하니까. 나한테 잘해주라고 말씀하셨다던가. 결핍이 있어 보인다는 말, 그게 바로 갖춘 게 하나도 없다는 뜻이잖아.

태수도 나도 채영 얘기는 꺼내지 않는다. 어떻게든 가장 동떨어진 얘기를 하려 애쓰고 있다. 신민아의 법칙 중 그런 것도 있었지. 방정식이 안 풀리면 책을 덮고 밥을 먹어라. 무조건 붙잡고 끙끙대기보다는 새로운 기분으로 문제에 매달릴 수 있도록 체력을 보충하는 쪽으로 방향을 틀어본다. 연우야 잘 들어. 기분이 좋아진다고 해서 일이 저절로 잘 풀리는 건 아니야. 스스로 일을 잘 풀어가게 되는 거지. 그리고 말야, 서로 사이가 좋아서 가족이 행복한 게 아니라, 각기 제 인생이 행복하다고 느끼는 가족이 사이가 좋아지는 법이야. 그러니까 내가 내 행복을 찾고 있는 건 너를 위한 일이기도

해. 알겠지? 신민아씨, 이번에도 역시 결론은 하나.

　밤공기가 제법 신선하다. 태수와 나는 버스정류장으로 가고 있다. 길게 늘어선 학원들과 상가의 환한 불빛을 지나쳐서 불이 꺼진 교회 건물을 끼고 육교 쪽으로 걸어간다. 내가 중학생 때 돈을 뜯겼던 곳도 이런 외진 육교 아래였지. 태수와 나의 걸음이 갑자기 느려진다. 우리 학교 교복을 입은 애들 다섯 명이 길을 가로막으며 버티고 서 있다. 건들거리며 천천히 우리 쪽으로 다가오고 있다. 이건 뭐, 재방송도 아니고……

　그때 갑자기 떠오르는 게 있다. 그애들 중 둘은 분명 호수공원에서 자전거를 빌려다 부수고 있던 애들이다.

　─그래서?

　엄마가 되묻는다.

　─보시는 대로. 운동화도 안 뺏겼고 한 대도 안 맞았다니까.

　─그러니까 뭐야. 야! 하고 부르길래, 왜요? 하고 순진하게 물어봤더니 가봐, 그러더라고? 가보라는 말 하려고 부른 거래?

　─그랬나봐.

　─그랬나보네.

　엄마는 내 얼굴을 빤히 바라본다. 나도 엄마의 시선을 피하지 않고 받는다. 그리고 그대로 소파에서 일어난다.

　─잘게.

　─그래.

　할 수 없다는 듯 대꾸하면서도 엄마는 내 얼굴에서 시선을 떼지 않고 있다.

나는 방으로 들어와버리고.

물론 간단히 끝나버릴 일은 아니었다. 그애들 중 하나는 칼을 갖고 있었다. 조깅화를 사러 갔을 때 등산용품 코너에서 본 적 있는 스위스 아미 나이프. 응급용 툴세트이지만 칼날은 의외로 날카롭다. 그걸 휘두를 배짱이 있는지 그것은 알 수 없지만 아무튼. 그애들이 내 운동화부터 눈독을 들인 것은 당연한 일이었다. 에어 조던 포스 쓰리는 누가 보기에도 매력적인 아이템인데다 새것이기까지 했으니. 야, 벗어! 한 녀석이 말했고 그 옆의 다른 애가 비아냥거리는 말투로 거들었다. 신어보기만 할게. 뒤쪽의 한 녀석이 스위스 칼의 접혔던 칼날을 뽑아들며 내뱉었다. 신어보자는데 뭘 그렇게 재, 새끼야.

혼자가 아니어서 그랬을까. 이상하게도 침착해졌다. 학교에서부터 시작해서 오늘 하루 일어난 모든 일들, 해볼 테면 해보라는 자포자기의 심정이 돼버렸는지도 모른다. 까짓 운동화 벗으면 될 거 아냐. 그때 태수가 내 팔을 붙잡았다. 힘이 들어가 있었다. 순간 모든 상황이 제대로 실감이 나면서 와들와들 몸이 떨려왔다. 마리의 말도 떠올랐다. 오빠는, 안 그러고 싶은데도 꼭 무슨 일엔가 휘말리게 돼.

태수가 칼 든 녀석에게 달려들어 팔을 뻗는 게 보였다. 동시에 귀청을 때리는 태수의 외마디. 튀어! 나는 곧장 몸을 돌려 죽을힘을 다해 뛰기 시작했다. 얼마 지나지 않아 태수의 가쁜 숨소리와 발소리가 다가왔고 그것은 이내 나를 반 발짝쯤 앞질러갔다.

뛰면서 나는 생각했다. 달리기를 하기 전과는 다르구나. 더 빨리 도망칠 수 있는 건 아니다. 하지만 언제까지나 도망쳐 뛸 수 있을 것 같은 배짱은 붙었다. 엄마가 옳았다. 문제가 안 풀리면 어떻게든 풀려고 붙잡고 있을 게 아니라, 그러니까, 달리기를 해야 하는 거로군.

이마에서 땀이 흘러내렸다. 나는 또 생각했다. 이렇게 달리는 거다. 달리고 달리다보면 언젠가 모든 거리의 모든 밤을 가로질러 결국 불이 켜진 집에 가 닿는 순간도 있을 것이다. 도둑이 들까봐 불을 켜놓은 빈 집이 아니라 정말 누군가가 그 안에서 나를 기다리고 있는 불 켜진 집. 그리고 그것은 이 밤의 끝까지라도 달려 도망쳐야 할 것만 같던 내가 마침내 지칠 대로 지친 발을 멈춰도 되는, 이 세상의 가장 멋진 풍경.

태수는 내가 자기 집 아파트 단지 앞에서 돌아간 줄 알지만 나는 더 멀리까지 갔었다.

왜 마음이 아프고 슬퍼졌는지는 나도 모르겠다. 눈물이 솟구치는 게 느껴지자마자 반사적으로 아랫배에 힘을 주고 참았다. 그러나 다음 순간 아무도 없는 한밤중, 이 거리에 나 혼자뿐이라는 걸 깨달았다. 나는 혼자 달리고 있었다. 잎을 접고 잠든 가로수들을 하나씩 하나씩 제쳐가며. 이따금 곁을 스쳐가는 자동차의 피로해 보이는 헤드라이트 불빛이 잠깐씩 내 얼굴을 비췄을 뿐. 배에 힘을 풀자마자 동시에 눈물 한 줄기가 툭, 떨어졌다. 그때부터는 걸었다.

5

토요일은 야간자율학습 대신 오후자율학습이다. 야자가 아닌 오
자.

태수와 나는 학교 옥상에 있다. 채영의 담임 식으로 말하면, 내
오자실은 옥상입니다, 그쯤 되겠지. 짙은 초록색 방수 페인트가 칠
해진 바닥이 햇볕을 받아 제법 뜨겁다.

물탱크 그늘 아래 한쪽 무릎을 세우고 누워 있는 태수. 운동화 한
짝을 벗어들고는 눈앞에 대고 이리저리 돌려가며 해를 가리고 있
다. 나는 주머니에 손을 찌르고 물탱크에 기대선 채 이어폰에서 흘
러나오는 음악을 듣는다.

팽팽히 당겨진 푸른 천처럼 구름 한 점 없는 하늘. 그 위로 은색
비행기가 가늘고 흰 선을 그으며 지나간다. 칠판 위에 분필로 가로
선을 천천히 긋는 듯한 속도로. 야외체험학습 때 본 적 있는 배춧잎
위의 흰 애벌레처럼 투명해 보이지만 프라모델을 조립할 때 손안에
느껴지던 플라스틱의 각지고 딱딱한 감촉이 떠오르기도 한다. 이어
폰을 빼고 하늘을 바라본다.

태수가 운동화를 더 높이 들어올려 해 대신 비행기를 가린다. 비
행기가 가는 방향을 따라 천천히 수평으로 신발을 움직인다.

—굿 잡! 잘 빠져나가네.

나는 태수의 운동화 뒤로 사라졌다가 다시 밖으로 빠져나와 유유
히 제 길을 가고 있는 비행기를 올려다본다. 흰 선을 매단 채 푸른
하늘을 계속해서 가로지르고 있는. 꼬리 쪽의 선은 분필자국을 손

소년을 위로해줘 217

으로 지운 것처럼 점점 희미해지고. 이윽고 비행기도 사라져버린다.

운동화를 발치 쪽으로 휙 던지고 나서 태수가 입을 연다.

―오늘은 학교 왔을걸.

채영 얘기다. 화요일에 아빠가 학교에 다녀간 뒤 사흘 동안 결석이었다.

―응.

그 사흘 동안 나는 아침마다 전교 1등으로 일어났다. 메타세쿼이아 길이 내다보이는 부엌 창가에 붙어서서 채영이 나타나기만을 기다렸다. 당장 출발하지 않으면 백 퍼센트 지각을 하게 되는 시각까지. 오늘 아침 마침내 등교하는 채영의 모습을 발견했을 때는 절대로 사실이 아닐 것만 같아 황급히 창문에 얼굴을 붙이고 몇 번이나 보고 또 보았다. 하지만 어쩐지 뒤따라가지는 못했다.

그동안 책상 위의 핸드폰을 물끄러미 바라보며 보낸 시간이 교과서나 문제집을 본 시간보다 훨씬 길 것이다. 문자 보낼 문장을 연습장에 써놓고도 한참 바라보기만 했다. 그럴 리 없을 줄 알면서도 혹시나…… 화장실에서까지 전화기를 손에서 놓지 않다가 변기에 빠뜨릴 뻔한 적도 있고.

그리고 또 그 사흘 동안 G-그리핀을 얼마나 되풀이해서 들었는지. 특히 태수와 공원에서 자전거를 타며 불렀던 노래가 흘러나올 때. 벤치에서 일어나 손을 흔들던 채영의 모습이 생생하게 떠올랐다. 거울 속에 비치는 날개 그림을 보면서 이런 생각도 했다. 스쿠터든 자전거든 뒷자리에 채영을 태울 수만 있다면 저 날개를 달고 아주아주 먼 곳으로 가버리겠다고. 다음 순간 얼른 전화기를 들었지만 버튼을 누를 수가 없었다. 어떻게 해야 하는 걸까. 채영에 대해 아는 것이 거의 없었다. 그렇게 모든 것이 궁금했으면서 왜 아무것도 묻지 못한 건지.

지금도 그렇다. 채영이 교실 아니면 교지편집실에 있다는 걸 알면서 마치 피하기라도 하듯이 옥상에 와 있는 것이다.

태수가 시계를 보더니 몸을 일으킨다. 저녁에 가족 모두 친척 모임에 간다던가. 나도 물탱크에서 몸을 떼고 옆에 내려놓았던 가방을 손에 든다.

옥상에서는 잘 몰랐는데 운동장으로 내려서니 해가 많이 기울어 있다.

─심드렁, 그냥 집에 갈 거야?

태수가 묻는다.

─글쎄.

─테이크 케어! 그 새끼들 보면 무조건 토껴.

웃어 보이려는데 내 얼굴이 찡그려지는 게 느껴진다.

집의 반대편 아파트 단지 쪽으로 터벅터벅 걷는다. 근처 공원을 돌아다니다가 하릴없이 상가를 지나치다가 다시 아파트 단지 놀이터로 간다. 놀이터 기둥에 매달린 감시카메라가 보인다. 담배 피우는 아이들이 제일 싫어하는 기계이다. 이젠 놀이터 같은 곳에서 담배 피우는 학생들을 보고 어른들이 나와서 야단칠 필요가 없다. 경찰이 감시카메라로 체크하기 때문이다. 윽박지르고 방치하고, 어른들이 우리를 대하는 두 가지 방식. 감시카메라를 보면 어쩐지 그걸 감시하고 있는 사람들의 기대대로 담배를 피워야 하지 않을까 하는 생각이 들곤 했다. 그렇게 해야 내가 정상적인 청소년기를 보내는 것 아닐까. 어쨌든, 다시 학교로. 시간은 왜 이렇게 안 가는 거지.

토요일 저녁, 3학년 교실에만 불이 켜져 있다. 운동장은 어둑어둑하다. 축구를 하던 아이들이 집으로 돌아가려고 짐을 챙기며 구석에서 웅성거릴 뿐 텅 비어 있다. 나는 아무 생각 없이 느릿느릿 스탠드를 따라 운동장 끝까지 걸어간다. 농구대가 있는 곳까지.

농구대 아래 여학생 하나가 서 있다. 어둡지만 알 수 있다. 그애다. 헐렁한 교복과 마른 종아리, 오늘 아침 등굣길에 보았던 흰색 컨버스. 두 손으로 백팩의 어깨끈을 잡고 우두커니 발밑을 내려다보고 있다. 누군가 농구를 하고 난 뒤 깜빡 잊고 공을 챙겨가지 않은 모양이다. 그애는 가만히 서서 그 공을 길고양이라도 보듯 물끄러미 내려다보고 있다.

그애가 한 발짝 다가가 발끝으로 가만히 공을 건드린다. 공은 아주 조금 움직인다. 꼭 그애의 한 걸음쯤. 다시 한번 그애가 걸음을 옮겨가 발을 뻗어 공을 건드리고. 이번에는 공이 꽤 멀리, 다섯 걸음쯤 굴러간다. 그애가 천천히 어깨끈을 벗은 뒤 농구대 옆에 가방을 내려놓는다. 허리를 구부려 공을 끌어다 두 손으로 쥐고 가슴에 댄다. 하늘을 올려다본다 싶더니 다음 순간 몸을 날려 점프. 바스켓을 향해 공을 던진다. 골문을 때리기에는 형편없이 힘이 달리는 슛이다. 데굴데굴 굴러가는 공을 서툰 동작으로 뛰어가서 잡는다. 그리고 다시 점프와 슛. 이번에는 좀더 높이 올라간다. 하지만 그물의 꽁무니 쪽을 조금 건드렸을 뿐이다. 그애는 낮게 아, 하고 소리를 낸다. 다시 공을 잡고 던지고, 여러 번 반복하면서 그애의 가느다란 다리와 흰색 컨버스가 어둠 속에서 조금씩 탄력이 붙는 것처럼 보인다. 하지만 공은 바스켓 위까지 닿지 못하고 번번이 중간에서 떨어져버린다. 당연하다. 농구대는 남학생 키에 맞춰져 있다. 몸에 너무 큰 옷처럼 농구대 역시 그애의 키에는 너무 높다. 그애가 잘못된 게 아니다.

나는 스탠드에서 뛰어내려 운동장으로 내려선다. 그애의 뒤쪽으로 천천히 걸어간다. 그애는 어둠 속에서 자기 키에 비해 너무 높은 농구대를 향해 공을 던지는 헛수고에만 몰두해 있다. 두 손으로 공을 잡고 뛰어오르려는 그애. 나는 뭔가에 이끌리듯 달려가 등 뒤에서 그애의 허리를 붙잡아 안고 힘껏 위로 들어올린다. 던져! 공이 골 안으로 들어갈 때의 탄력과 거의 동시에 팔에 느껴지는 그애의 무게와 형체. 그애의 몸이 허공에 떠 있는 아주 짧은 순간. 팔 안에 내맡겨진 그애의 그 모든 무게와 형체가 나를 너무나 강하게 만든 탓에, 나는 바스켓을 통과한 공이 땅으로 굴러떨어진 뒤까지도 조금 더 그애를 들고 서 있다.

바닥으로 내려놓자 그애가 비로소 나를 돌아본다. 강연우. 여기 있으면 네가 혹시 올까 했어.

그애의 목소리가, 그애의 웃는 모습이, 어둑어둑한 운동장 가득 달빛이 차오르듯 흰 꽃이 피어나듯이 나를 숨막히게 만든다. 이런 때 눈물이 나면, 그건 절대로 안 되는데.

이제 그애와 나는 스탠드에 나란히 앉아 운동장이 완전히 어두워지는 것을 바라보고 있다.

내 머릿속은 모처럼 단순하고 고요하다. 그렇게 많은 것이 궁금했지만 아무것도 물을 필요가 없다. 드디어 어딘가에 도착한 듯한,

그리고 뭔가 이것으로 충분하다는 느낌. 함께 있다는 게 이런 걸까.

급히 운동장을 가로질러 뛰어오던 남학생 하나가 농구대 가까이에서 걸음을 늦춘다. 그 남학생이 발을 멈추고 공을 집어 옆구리에 끼는 것을 우리는 물끄러미 바라본다. 탁탁 발소리를 내며 그림자가 사라지는 방향을 향해 고개를 돌리지는 않는다.

운동장 안에는 정적과 어둠과 아파트 불빛과 아득히 먼 밤하늘뿐이다.

―별일까.

무릎 위에 팔꿈치를 올려 턱을 괴고 먼 곳을 바라보던 채영이 중얼거린다. 밤하늘에 반짝이는 작은 은색의 빛. 나는 낮에 태수가 하듯 손바닥으로 그 빛을 가려본다. 아무 움직임도 없다.

―인공위성. 비행기는 아니야.

채영이 고개를 끄덕인다. 조금 뒤에 다시 입을 연다.

―비행기를 타고 가장 멀리 갈 수 있는 곳이 어디일까.

―아마, 지구 반대쪽?

―세상의 끝…… 가보고 싶어.

―음 그럼, 먼저 날짜변경선을 지나야 해.

지리시간에 날짜변경선이 있다는 걸 처음 알았을 때 시간을 갖고 노는 상상을 했었다. 먼저, 날짜변경선을 밟고 선다. 한 걸음 이쪽으로 넘어오면 어제가 되고 다시 선을 넘어가면 오늘이 된다. 몇 번을 반복하다보면 어제 이전의 그제와 오늘 이후의 내일도 만날 수 있을지 모른다. 그리고 더 먼 과거와 미래까지도. 어쩌면 우주에는 수없이 많은 날짜변경선이 있는 거 아닐까.

─그럼 시간은 원래 있던 곳에 그대로 멈춰 있는 거야? 바닷물처럼?

─거기까지는 생각 안 해봤는데.

─비행기 탔을 때 나도 그런 생각 한 적 있어. 열 시간이 넘게 갔는데도, 시간은 조금도 흐르지 않고 장소가 옮겨진 것 같았어.

열 시간 넘게 가야 하는 곳…… 나는 채영과 함께 그 비행기를 꼭 타고 싶다. 적어도 그 열 시간 동안만은 내 곁에만 있을 테니까.

채영이 속눈썹을 천천히 깜박이며 말한다.

─이번 일 때문에 네가 나를 싫어하게 됐는지도 모른다고 생각했어.

어? 나와 똑같은 생각을 하다니.

─말썽을 피우면 귀찮은 마음이 들 테니까. 우리 부모님도 내가 마음에 안 들 때는, 날 싫어하거든.

채영이 말을 잇는다.

─내가 자랑스럽지 않게 된 다음부터 우리 아빠는 자존심이 좀 상했어.

이럴 때 태수 같으면 아무렇지도 않게, 지진아라서? 라고 말해 채영을 웃게 만들었을까. 그리고 신민아씨라면, 뭐, 나도 남에게 자랑할 만한 어른은 아니니까. 우리 비겼네? 라고 했을까.

─이상하게도 난 버림받는 꿈을 많이 꿔. 그리고 TV에 나오는 입양아 이야기 같은 거 있잖아. 포대기 속에 이름과 생일이 적힌 쪽지가 들어 있고, 꽁꽁 싸매져서 남의 집 앞에 버려지는 아기들. 그런 이야기가 나오면 너무 슬퍼져. 여행 때도 그래. 여행 내내 엄마랑

아빠가 싸우는 것도 싫지만, 잠깐이라도 엄마 아빠가 안 보이면 버림받았나 하고 공포에 사로잡히는 거야. 그래서 여행이 싫어. 하지만, 너하고라면 멀리까지 가도 될 것 같아.

갑자기 채영이 내 쪽으로 몸을 돌린다.

—어딘가에 우리가 갈 수 있는 세상의 끝이 있겠지?

채영의 눈이 반짝거리고 있어.

—너는 내가 어떤 사람이든 미워하지 않을 것 같아.

—그래?

—결석했을 때, 너 한 번도 연락 안 했잖아. 나 혼자 아주 많은 생각을 해봤거든. 근데 마음이 불안하지 않았어. 이유 같은 건 모르겠어. 그냥 나는 네가 좋은 사람이라고 생각하고 있고, 좋은 사람이라고 생각하는 것, 그건 믿는 거잖아.

역시, 나와 같은 생각을 하고 있었어. 가슴 한켠이 뻐근해진다.

—강연우, 너는.

채영은 턱을 조금 내밀고 그다음 말을 생각한다.

—뭐랄까, 이런 사람이 되어야 한다는 것, 그런 게 없는 것 같아. 그렇지?

—글쎄.

내가 대꾸한다.

—대신 난 어른이 돼야 해.

갑자기 내 입에서 왜 이런 말이 튀어나왔을까.

채영이 눈을 크게 뜨고 나를 바라본다.

—어른이 되면 어떻게 되는데?

−그건……

다른 때 같으면 습관적으로 '별로'나 '대충'이라고 얼버무렸을 것이다. 하지만 지금 그건 아니지……

앞으로 뭘 해야 할지 모르겠다는 것, 내가 고민이란 걸 한다면 실은 바로 그것이다. 그래서 어른이 된다는 말이 나도 모르게 튀어나왔던 걸까. 뭔가가 된다면 그건 뭐, 어른이긴 하겠지, 이 정도? 방목되는 새끼들은 언제 자기가 어른이 됐다는 걸 알게 될까.

−난 어른이 되고 싶지 않아.

채영이 손톱을 물어뜯으려다 말고 손을 내린다.

−어른들이 해야 하는 일은 아무것도 못할 것 같아.

주머니에 두 손을 다시 집어넣으며 말한다.

−네 말대로 시간이 멈춘 장소 같은 게 있다면 좋겠어. 그런 데라면 취직할 수 있을 것 같아.

−날짜변경선을 지키는 건 어떨까. 국경을 지키는 수비대같이. 거기에서 시간을 지키는 거야.

−허공에 뜬 사무실에서 말이지? 우주정거장 같은 거네?

갑자기 채영이 깔깔 웃음을 터뜨리고, 그 웃음소리는 맑은 음악처럼 어두운 운동장에 퍼져나간다. 이건 전교생 모두가 스탠드에 앉아 기다린다 해도 결코 들을 수 없는 나 혼자만의 음악.

멋진 신세계에 대한 상상이라도 하는 듯 눈을 가늘게 뜨고 밝은 목소리로 채영이 말하고 있다.

−가보고 싶어. 세상 끝에 있는 우주정거장.

그 순간 내 머릿속에 번개처럼 떠오른 것은!

나는 고개를 채영 쪽으로 비스듬히 기울인다. 그리고 옆눈으로 채영을 바라보며 랩을 하듯 리듬을 실어 대답한다.

— 난 이쪽에서 결론을 말해.

채영이 똑바로 내 눈을 마주 보고.

— 준비됐어?

나를 바라보는 채영의 작고 하얀 얼굴. 어떤 설렘으로 눈은 빛나고 입가에는 세상에 하나뿐인 미소가 어려 있다.

드디어 내 입에서 흘러나온 말은.

— 렛츠 고 스페이스!

이것은 G-그리핀이 내 귀에 속삭여준, 나의 비상의 노래.

난 이쪽에서 결론을 말해
Let's go space Let's go space Let's go space
네게 가까이 다가가 저 빛을 향해 날아가
빛이 넘치고 넘치는 우주로 we gonna fly high

채영과 나는 스탠드를 뛰어내려온다. 그대로 나란히 서서 텅 빈 운동장을 바라본다.

구름이 많아졌다. 푸른 기운이 감도는 검은 하늘 가득 하얀 구름이 깃털처럼 깔려 있다. 언제부터 이랬지? 바람도 꽤 많이 분다. 바람이 이끄는 대로 구름이 다들 어디론가 서둘러 가고 있다. 하늘은 하얀 깃털 솜을 운반해가는 뒤집힌 검은 양탄자 같고.

우리는 이제 우주로 간다.

─정말이야?

─응.

바람이 채영의 짧은 단발머리를 흩뜨려놓는다. 머리 위의 하늘은 노래방의 조명등처럼 조용히 흔들린다. 마치 우리가 맞이하려는 새로운 세상의 지붕처럼. 채영의 흰 교복 블라우스에 달린 체크무늬 리본도 흔들리고 스커트도 조금씩 흔들린다. 어느 하루 한꺼번에 봉오리를 터뜨리는 봄꽃처럼 바람이 사방에서 돋아나는 중이다. 밤의 운동장을 채워가면서 서서히 이 세상을 흔들고 있다. 내 얼굴과 채영의 얼굴 그리고 우리 사이의 틈에도 바람이 가득 찬다. 한 손으로 가방의 어깨끈을 잡고 한 손을 아래로 내려뜨린 채 말없이 나를 바라보는 채영.

어둠 속에서 나는 팔을 내밀어, 채영의 손을 잡는다. 물줄기 같은 바람의 흐름을 거슬러서. 그리고 걸음을 옮기기 시작한다. 채영이 따라 걷는다.

어디로 가냐고 묻지 않는 것, 그게 왜 이렇게 기분이 좋은 걸까.

바람이 내 교복 윗도리와 그리고 내 가슴을 패딩점퍼처럼 부풀려놓고.

6

토요일 밤에 공항버스를 타는 사람은 많지 않다.

채영과 나는 맨 뒷좌석 오른쪽 자리에 나란히 앉아 있다.

밤의 외곽도로는 길고긴 빛의 띠이다. 거대한 고가도로가 마치 하늘 위로 나 있는 도로 같다. 일정한 간격으로 늘어선 키 큰 가로 등, 한없이 뻗어 있는 하얀 차선들, 저 멀리 자동차 꼬리에 길게 매달려가는 빨간 미등들. 그리고 그 너머로는 어두운 언덕과 숲, 먼 불빛들.

버스는 먼저 강을 건넌다. 출렁이는 검은 물 위를 통과한다. 검은 하늘에는 깃털 같은 흰 구름들이 빠르게 이동하며 따라오고 있다. 이따금 불을 밝힌 비행기가 공중의 섬처럼 나타나서 레이저를 쏘듯 날카로운 빛을 내뿜으며 검은 하늘을 천천히 가로질러간다.

톨게이트에 이르렀을 때 전광판 글씨가 눈에 들어온다. 강풍주의보. 그리고 그곳을 통과하자마자 눈앞이 탁 트이면서 펼쳐지는 광활한 어둠. 촘촘한 간격으로 빛을 매단 채 검은 허공에 떠 있는 거대한 교각. 교각 아래 늘어진 강철 줄이 하프의 선처럼 보인다. 우리를 위해 바람과 빛의 연주를 들려주는 거대한 현악기 같다.

다리 위로 올라서는 순간 버스가 바람에 밀려 휘청 흔들린다.

채영이 속삭이듯 작은 목소리로 묻는다.

―이제 바다야?

―응.

나는 팔을 뻗어 채영 옆의 창문을 조금 열어준다. 좁은 틈으로 강풍이 몰아쳐들어와 순식간에 나와 채영을 뒤로 떠민다. 머리카락이 휘날려서인지 생기가 돌고. 그리고 조금은 행복해 보이는 채영의 얼굴.

자꾸만 손에 땀이 배어 신경이 쓰인다. 하지만 손을 빼고 싶지는 않다. 다시 자연스럽게 잡기까지 시간이 걸릴지도 모르고, 무엇보다 그러기가 싫다. 가끔씩 내 손안에서 꼼지락거리는 감촉을 느낄 때마다 세상에서 가장 소중한 것이 손안에 든 것처럼 뿌듯하고 조심스러운 마음이 드는 건…… 처음 잡았을 때 차갑고 긴장되었던 채영의 손, 이제 내 손안에서 부드럽고 따뜻해져 있다. 이따금 손에 힘을 주어본다. 시험 볼 때 중간중간 시간을 체크하는 것처럼 불안한 마음이기도 하고 그리고 또 지금이라는 시간을 실감하고 싶어서. 버스의 창문을 다시 닫을 때에도 나는 채영의 손을 잡은 오른손 대신 왼손을 사용한다.

밤이 되어도 헤어지지 않는다는 거, 이런 기분이구나. 세상의 모든 시스템은 낮에만 출근한다. 지금은 퇴근, 불을 끄고 문을 닫았다. 이제 우리 주위를 감싼 것은 다정한 어둠과 자유로운 시간뿐이다. 이제부터 뭘 하지? 라고 말해도 된다. 정해진 일과도 해야 할 숙제도 없다. 어릴 때 미술시간에 나는 밤을 그리는 게 좋았다. 밤은 풍경이 단순하다. 그때처럼 나는 머릿속의 하얀 도화지에 채영과 나만을 그린다. 나머지 공간은 모두 검은색 크레파스로 칠해서 감싸주면 된다.

밤에 어딘가로 함께 가고 있다는 것. 헤어짐 없는 영원한 세상의 입구를 찾아가는 기분이다. 낯선 곳으로 가고 있지만 그다지 두렵지 않고. 또 조금 피곤해 보이는 밤의 불빛이 이상하게 마음을 안정시켜준다.

—우리가 태어나서 처음 본 빛이 무엇일까?

역시 이채영이라니까. 이 난데없는 질문이란.

─글쎄, 산부인과의 형광등 불빛?

내 대답에 순순히 고개를 끄덕이는 채영.

─하지만 난 다른 걸 생각했어. 첫 외출 때 본 것 말야.

─그게 뭔데?

─첫눈.

─첫눈?

─난 10월에 태어났어. 처음으로 병원에 데려가던 날 첫눈이 왔대. 펄펄 내리는 하얀 눈이 아기 눈에는 빛으로 보였을 것 같아.

뭐 그럴 수도 있겠지만.

─하지만 나, 눈 별로 좋아하지 않아. 특히 첫눈. 첫눈에서 연상되는 모든 게 싫어. 약속이라든가 고백이라든가 만남, 그리움, 추억 그런 것들.

채영이 말하는 단어들은 모두 그애가 첫눈이라고 말하는 순간 내 머릿속에 떠올랐던 단어 그대로이다. 내가 대꾸한다.

─싫어하는 걸 하게 되면 그것도 특별한 일이 될지 몰라.

그러고 짐짓 심각한 표정을 짓는다.

─첫눈 오는 날 만나기로 약속하는 거야. 고백도 하고, 그리고, 추억도 만들고.

─지킬 거야?

─지킬 거야.

─그럼 좋아.

채영이 내게 잡힌 손을 위로 쳐들어 옆으로 흔든다. 아기가 딸랑이를 흔들 듯이.

그리고 묻는다.

—넌 몇월에 태어났어?

—넌 며칠인데?

—13일. 왜?

—난 8일.

—같은 달이야?

—응.

—닷새 먼저 태어났구나.

—오빠인 거지.

—그럼 너도 그날 그 첫눈을 보고 있었을지도 모르겠네?

채영이 신기하다는 듯 눈을 반짝인다. 우리 학교만 해도 1학년생 대부분이 태어나서 처음으로 그 눈을 보았겠지. 그런데도 왜 신기한 마음이 드는 거지? 각기 다른 장소에서 첫눈을 바라보고 있었던, 태어난 지 두 달도 안 된 아기였던 우리. 어쩐지 그 순간을 꼭 기억해내고 싶어진다. 아니 벌써 조금쯤은 기억이 날 것도 같은걸? 그때부터였을지도 모르잖아. 이 모든 것의 시작이.

오늘 새로 알게 된 것이 많다. 그중 하나는 터무니없는 생각 중에 가끔 기분을 좋게 만드는 것도 있다는 것. 그래서, 터무니없는 줄 알면서도 어쩌면 정말일지도 모른다고 믿고 싶어지는 것도 있다는 것.

내가 왼손을 들어 차창 멀리를 가리킨다. 밤하늘을 가로질러 비행기가 날아가고 있다.

—한 대 사줄까? 학교 갈 때랑 퍼즐카페 갈 때 타고 다녀.

뭐야, 이건 태수나 할 만한 썰렁한 농담인데. 이런 낯간지러운 말을 아무렇지 않게 하다니. 역시 오늘밤은 달력에는 없는 새로운 시간인 건가.

—응, 좋아.

채영이 고개를 끄덕인다.

—우주정거장에 취직하면 그때도 편할 것 같아.

—맞아. 우리 지금 취직자리 알아보러 가고 있잖아. 우주로.

정말일지도 모른다. 우리는 허공에 떠 있는 빛의 길로 가고 있다. 바다를 건너 공항으로, 그 너머 우리만의 우주로. 수없이 많은 빛의 공중그네가 매달려 있는 듯한 밤의 허공을 가로질러서, 우주의 아이들처럼.

자유무역지역이란 간판, 불이 꺼진 거대한 건물들, 그리고 마치 짐승이 웅크린 듯 불빛이 전혀 없는 언덕. 그곳을 모두 지나자 불쑥 눈앞에 나타나는 빛의 도시. 유리와 철골과 기둥들 모두에 빛을 환히 밝힌 우리의 우주이다.

밤의 공항은 지난겨울 낮시간에 왔을 때와는 완전히 다른 느낌이다. 그때는 단체여행이어서 그랬나? 숫자와 길에 관해서라면 항상 모든 게 난생 첫 경험인 신민아씨는 집합장소의 게이트 번호부터 헷갈렸다. 공항에 처음 오는 내가 앞장을 서야 했다.

아무튼 그때의 공항은 여기저기에서 한 무리의 사람들이 모이고 바퀴 달린 가방과 카트는 바삐 움직이고 안내방송은 끊임없이 숫자와 지명을 쏟아내고 전광판은 계속 올라가고 체크인하는 줄은 줄어들 줄 모르고 꼬마들이 뛰어다니고. 게다가 높은 천장과 끝이 보이지 않는 실내를 가득 채운 그 소음들, 수많은 숫자와 기호 들······

마치 거대한 이동 사무실 같았다.

하지만 지금은 다르다. 무엇보다 유리벽 바깥에 우주의 어둠과 적막이 있다.

천장의 불빛이 반사된 매끄러운 회색 바닥은 마치 물기가 번들거리는 것 같다. 전광판은 거의 바뀌지 않은 채 쉬고 있고 시곗바늘도 좀 느리게 움직이는 것처럼 보인다. 상점과 안내데스크는 문을 닫았다. 사람들은 느릿느릿 움직이고, 몇몇은 텔레비전 앞에 앉아 무덤덤한 표정으로 단지 시간이 흐르는 것을 기다리고 있다. 에스컬레이터 손잡이의 조명이 다른 층으로 가는 통로를 가리켜 보여준다. 낮과는 달리 밤의 공항이야말로 진정한 정류장 같다.

채영과 나는 화단 뒤쪽에 있는 편의점에 들어가 구석자리로 간다. 의자에 가방을 내려놓은 뒤 그 안에서 자연스럽게 지갑을 꺼내는 채영. 나를 바라보며 묻는다.

─이번에도 맞혀볼까? 음…… 치즈버거하고 레모네이드.

내 얼굴에 어색한 표정이 나타났나?

─아니구나? 그럼 핫크리스피 치킨? 난 그거 먹을 건데.

그게 아니라……

채영의 가방 옆에 나도 가방을 내려놓고 채영의 팔꿈치를 살짝 밀면서 말한다. 같이 가.

저녁밥을 대부분 혼자 해결해야 하기 때문에 지갑 안에는 늘 식비가 들어 있다. 주말이라 넉넉하지는 않지만 내일 새벽 첫차를 탈 공항버스비까지는 될 것이다. 함께 카운터로 가면서 채영이 중얼거린다. 여행가면 주문은 늘 엄마 혼자 하는데.

음식이 든 쟁반을 들고 돌아와 앉은 뒤 그제야 나는 궁금한 것을 하나씩 묻기 시작한다.

—결석은 왜 했어?

—가기 싫었어.

다행이다. 아빠가 못 가게 한 건 아니구나.

—좀 창피했어. 특히 너한테.

—나한테?

—응. 난 무슨 일이든 그 순간에는 잘 견뎌내. 속으로 이렇게 생각해버리거든. 이거, 진짜 일어나는 일이 아니야, 내가 아주 가까이에서 보고 있는 것뿐이야, 그냥 흘러가기만 기다리자…… 그러면 창피한 일도 슬픈 일도 조금 견딜 수 있어. 그런데 그 시간이 지나가고 혼자가 되면 그때부터는 진짜가 시작돼. 진짜로 창피하고 진짜로 슬퍼지는 거야. 복도에서 벌받은 거, 아빠가 상담실에서 선생님한테 소리지른 거, 너무 창피해서 다시는 학교에 못 갈 것 같았어. 근데……

포크를 쓰지 않고 손가락으로 살을 발라가며 먹는 걸 보니 채영은 치킨을 좋아하는 모양이다. 음식을 씹을 때마다 왼쪽 뺨에 볼우물이 생겼다 사라지곤 한다. 입술을 다문 채 오물거리는 모습이 클로버를 먹는 하얀 집토끼 같다. 약간 뾰족한 턱이 위아래로 부드럽게 물결치는 것도 귀엽고. 참 볼 게 많은 애다, 이채영.

—근데?

—학교에 가야 네가 있잖아.

나는 채영을 바라보던 눈길을 얼른 거두고 손에 들고 있던 치즈

234

버거를 한입 베어문다. 그래도 물어볼 건 물어봐야지.

—아빠한테 야단 안 맞았어?

—나한테 그렇게 무섭게 한 건 처음이야. 학회가 없었다면 학교에
는 엄마가 갔을 텐데. 그럼 아빠는 내가 야자 빼먹고 벌받은 거 몰
랐을 거고.

—엄마가 중간에서 다 덮어줘?

—그냥 조용히 지나가기를 바라는 것뿐이야. 엄마는 집에 애정이
별로 없어.

—왜?

채영이 나를 빤히 바라본다.

—자기 집에 애정 없는 사람은 세상에 아주 많지 않아?

—그건 그렇지.

나는 얼버무린다. 엄마처럼 모두 이혼을 해버리는 건 아니니까.

—강연우 넌 엄마를 좀 좋아하는 것 같아. 나중에 엄마 얘기 해줘.

그거야 뭐, 내가 너무나 잘 아는 이야기이니 어려울 건 없고.

—우리 아빠는 늘 피곤해. 은행 지점장인데 예금도 따와야 하고
뭔가 실적을 쌓아야 하는 일이 많은가봐. 엄마 환자 중에 부자가 좀
있어서 해결해주긴 하지만. 근데 이상하게 그런 날은 엄마한테 더
화를 잘 내.

—평소에도 그러셔?

—가끔은 때리기도 해. 나는 안 때리지만.

—두 분이 어떻게 결혼했는데?

사랑해서 결혼했을 텐데 어떻게 때릴 수가 있지? 우리 아빠의 경

우처럼 좀처럼 얼굴을 안 보여줄 수는 있다지만.

—아빠가 무척 따라다녔나봐. 요즘 봐도 아빠는 성격이 그래. 뭔가 목표가 있으면 그걸 이룰 때까지 잠도 잘 안 자는 것 같아. 은행에서 기분 나쁜 일이 있는 날은 금방 표시가 나. 엄마한테 소리지르고 괜히 트집도 잡고.

—엄마가 다 참으시는 거야? 그건 좀 그런데?

나는 치즈버거를 쌌던 종이를 쟁반 위에 내려놓고 냅킨으로 손을 닦는다. 냅킨 몇 장은 채영의 앞에 놓아주고. 채영이 대답한다.

—우리 엄마 애인 있어. 아빠가 학교 왔던 날, 그날 제주도 간 것도 학회 일 아닌지도 몰라. 나한테는 별로 숨기지도 않아. 내가 가끔 아빠한테 거짓말을 해주니까. 애인도 몇 번 바뀌었어.

채영이 빨대로 레모네이드를 한 모금 마시고 냅킨을 집어 손가락을 닦는다.

—조금씩 싫은 점은 있지만 어쨌든 우리 아빠랑 엄마잖아. 두 분이 잘될 것 같지 않아서 그게 좀 슬퍼. 아빠는 날 아껴주고 엄마는…… 아마 나 때문에 이혼 못 하는 걸 거야. 엄마가 그러는데, 서로 너무나 다른 사람이랑은 아무것도 할 수 없대. 얘기조차 안 된대.

—여행은 같이 가잖아.

—응. 우리 아빠는 가족간의 대화는 외식이나 여행같이 따로 시간을 내서 해야만 하는 건 줄 알거든. 어쨌든 우리 집, 잘해보려고 해도 잘 안 돼. 엄마도 전에는 애인 없었고. 아무래도 나 때문인 것 같아. 내 문제 갖고 서로 싸울 때가 많으니까. 세상에는 아무리 노력

해도 잘 안 되는 게 있나봐. 왜 그럴까.

―그건 카프카라도 모를 것 같은데?

―응. 책에다 원래부터 모르게 돼 있다는 말만 잔뜩 써놓았어.

이제 채영도 내 농담을 곧잘 받는다.

―참, 백조 이야기는 잘 쓰고 있어?

―조금. 그냥 써보는 거야.

쟁반 위에 냅킨과 음식 찌꺼기들을 정리하며 내가 다시 묻고.

―너, 작가가 꿈이야?

―아니. 우주정거장 직원. 다른 별로 가는 표를 팔 거야.

―작가도 돼봐. 우주정거장 매표소에 앉아서 글을 쓰면 되잖아.

―그 생각은 못했는데 좋을 것 같아.

이 정도면 제법 호흡이 맞는 거지.

나는 한 손으로 가방을 들고 한 손으로 쟁반 모서리를 잡은 다음 채영을 향해 턱짓을 한다.

―가자.

공항 전망대는 시간이 늦어 문을 닫았다. 탑승객이 아니면 비행기를 보기가 쉽지 않다.

안내데스크의 직원은 친절하고 사무적이다. 우리를 이상한 눈으로 보지도 않는다. 공항셔틀을 타고 자전거도로 쪽으로 가는 방법이 있지만 이 시각에는 이륙하는 항공편이 거의 없다고 말해준다. 우리는 운항 안내 전광판 앞으로 가서 제일 먼저 출발하는 항공편의 시각을 확인한다. 아직 시간이 꽤 남아 있군.

일단은 우리의 우주정거장을 순찰하기로 한다. 손은 꼭 잡은 채

에스컬레이터를 탄다. 층별 안내판 앞에서 걸음을 멈춰 선 채영. 그림기호를 하나씩 손가락으로 가리키며 큰 소리로 알아맞히기 시작한다. 안경점, 약국, 수선센터, 이발소, 세탁소, 우체국…… 우산과 핸드폰이 그려져 있는 분실물 기호를 가장 재미있어한다.

─저걸 제일 많이 잃어버리나봐.

뭔가 생각났는지 빙긋 웃는다.

─비틀어 짜지 말라는 세탁기호 있잖아. 어릴 때 내 담요에 그게 붙어 있었거든. 난 담요 위에서는 사탕을 먹지 말라는 뜻인 줄 알았어.

우리는 출발층으로 돌아온다. 다시 전광판 앞으로. 승객들은 나른한 표정으로 느릿느릿 돌아다니고 군데군데 데스크에는 불이 꺼져 있다. 초록과 파랑이 섞인 제복에 붉은 지시등을 손에 든 공항 경비아저씨들의 걸음걸이도 조용하다. 환히 불을 밝힌 편의점의 불빛이 졸음을 쫓아내고 있고, 이따금 또각또각 하이힐 소리가 숙였던 고개를 들게 만드는 지루한 평화로움. 사람들 모두 남에게 별로 관심이 없어 보인다. 채영과 나를 유심히 보는 사람도 없다. 건조한 기운과 알 수 없는 낯선 냄새. 시간이 되면 우리는 비행기를 보러 나갈 것이다.

패스트푸드점 앞의 텅 빈 탁자에 가서 자리를 잡는다. 점원들은 우리를 흘끗 내다볼 뿐 아무 말도 하지 않는다. 채영이 가방 안에서 노트와 펜을 꺼내 탁자 위에 올려놓는다. 고개를 숙인 채 사탕처럼 생긴 세탁 기호를 그리기 시작한다. 담요 위에 앉아 과자를 먹다가 야단맞은 적이 있었어. 우리 엄마 아빠는 좀 엄격해. 완벽주의자고. 너의 엄마는 어떠셔?

내가 채영의 손에서 펜을 가져다 노트 위에 그리는 것은 신발. 한 켤레, 두 켤레…… 채영 쪽으로 노트를 밀어 보여준다. 어릴 때 잃어버린 내 신발들이야. 야단 많이 맞았겠다. 채영이 눈을 동그랗게 뜬다. 아니, 내가 그런 게 아니고 엄마가 술집에서. 잠들면 내 신발 벗기고 의자에 눕혀놓았거든. 나중에 취해서 신발은 안 챙기고 나만 업고 오는 거지.

이건 뭐야? 채영이 내가 그리기 시작한 호랑이를 본다. 응, 홉스. 캘빈의 친구인데 다른 사람 앞에서는 호랑이 인형으로 변하지만 진짜 호랑이야. 내가 삼 년이나 갖고 있던 인형. 엄마가 더럽다고 버렸어. 나한테 물어보지도 않고. 뭐 대충, 사과는 받아냈지만. 나한테 용서를 비는 게 우리 엄마 특기야.

나도 좋아하던 것 있었어. 채영이 펜을 잡는다. 로봇들. 재미있게 생겼잖아. 엄마는 인형만 사주는데 그건 좀 뻔하다고 생각했어. 그래서 유치원에 있는 로봇을 가방에 넣어 가져왔거든. 나 그때 깜짝 놀랐어. 유치원 선생님이 엄마랑 상담도 하고, 아무도 안 볼 때 제자리에 돌려놓으라고 타일렀어. 도둑이 벌받는 동화책을 많이 봐서 그게 나쁘다는 건 알고 있었지만, 그런 게 도둑질인 줄은 몰랐거든.

그리고 이건…… 채영이 그리는 건 백조 같다. 그 옆의 못생긴 새는 뭐지? 손을 계속 놀리며 채영이 설명한다. 이건 그림책에 있던 백조이고 이건 내가 진짜로 본 백조. 생각보다 크고 시끄럽고, 발이 진짜 더러워. 그걸 보니 막 웃음이 났어. 왜?『미운 오리새끼』를 읽었을 때 난 백조가 오리보다 예쁘다는 게 이해가 안 됐거든. 그거, 맞는 건데? 하지만 난 오리가 더 예쁘다고 생각했어. 직접 보고 난 뒤부터는 못생긴 백조가 좋아졌지만. 채영은 그림 아래 글자도 적어넣는다. 나의 본질은 불안이다, 이건 뭐야? 응, 백조가 하는 말. 허걱. 채영이 웃는다. 이 백조 이름이 카프카거든.

시간이 되었다. 우리는 자리에서 일어나 입국장 끝까지 걸어간다. 자동유리문 밖으로 나가자마자 어둠속에서 기다리고 있던 바람이 순식간에 우리를 에워쌌다. 걸음이 붕 떠오른다. 바람 신발이라도 신은 건가? 차도를 따라 조금 걸어나가자 드디어 활주로에 줄지어 엎드려 있는 비행기 발견. 그중 한 대가 불을 환히 밝히고 날아오를 준비를 하고 있다.

우리는 허리쯤 오는 시멘트 난간에 나란히 몸을 붙이고 비행기의 이륙을 기다린다. 춥지는 않지만 바람이 드세다. 나는 교복 재킷을 벗어 채영의 어깨에 덮은 다음 그애의 손을 꼭 잡는다. 구름이 흘러가는 뒤쪽으로 멀리 별 하나가 있다.

—보여?

내가 턱짓을 하고. 채영이 고개를 끄덕인다.

—내일부터 출근해. 취직됐어.

—저 별로?

—응, 내가 태워다줄게.

—비행기 산 거야?

—필요없어. 날개로 갈 거야.

—내일이면…… 엄마 아빠한테 작별인사는 언제 해?

—지구 시간이 아니라 우주 시간으로 내일.

—그 내일이 언제 오는데?

240

내가 입을 열려는 순간 엄청난 소음이 귀청을 찢는다. 활주로 위에서 으르렁거리며 서서히 속력을 높여가던 비행기가 밤하늘로 날아오르고 있다.

밤에 이륙하는 비행기는 마치 합체 로봇 같다. 발밑에 불길을 내뿜고 가슴에는 뜨거운 총탄을 품고 날개는 활짝 펼쳐지고 두 눈은 먼 우주를 본다. 따로 싸워서는 이길 수 없는 것들에 맞서기 위해 더욱 강해진 합체 로봇이 되어서 출동하는 것이다. 옵티머스와 제트 파이어가 합체해서 제트 프라임이 되듯.

채영의 머리카락이 날려 내 뺨에 닿는다. 그애와 나는 지금 온몸에 불을 밝히고 검은 하늘로 날아오르는 비행기를 함께 바라보고 있다. 마치 우리가 우주로 쏘아올린 별을 바라보듯이, 쉴새없이 불어오는 바람의 무리를 거느리고 손을 꼭 잡은 채, 온 생애를 걸고 결코 잊을 수 없을 것 같은 한순간.

비행기가 멀어진 뒤 나는 채영에게로 눈길을 돌린다. 바람에 날리는 머리카락을 한 손으로 누르며 채영도 나를 올려다본다. 이상하게 아무 말도 할 수가 없다. 태수라면 주머니에서 볼펜을 꺼내 채영의 손가락에 반지 같은 걸 그려주지 않았을까. 아니 이렇게 가까이라면…… 채영이 가볍게 다물어져 있던 입술을 열어 조금 전의 질문을 되풀이한다. 내일이 언제라구? 응, 그거? 나는 마음속으로 대답한다. 그건 말이지, 채영. 바로 지금, 너와 함께 있는 모든 시간, 그것이 우리, 낯선 우주의 떠돌이 아이들의 내일.

그리고 채영. 이건 G-그리핀이 아닌 나만의 랩이야.

채영의 어깨에서 미끄러져내리는 재킷을 붙잡아 다시 덮어준 뒤

나는 잠시 그대로 그애의 어깨에 손을 얹고 서 있다. 바람의 물결
위에 또 바람.

7

현관문을 열고 들어가는데 엄마가 신발장 옆 벽에 기대 서 있다.
운동화를 벗는 내 말투는 미리부터 퉁명스럽고.

─문자 보냈잖아.

─봤어. 공항버스 첫차 타고 들어가. 이거 말이지?

─첫차는 못 탔어.

현관으로 올라선 뒤 나는 손가락으로 내 방문을 가리켜 보인다.
들어가도 되겠지, 라는 뜻.

엄마가 눈썹을 위로 올린 채 가볍게 고개를 끄덕인다.

─피곤할 때, 하기 싫은 얘기하자고 붙잡고 늘어지는 거 나도 별
로야. 서로 엇나가기만 하지 뭐. 아무튼 반갑다. 웰컴 홈.

내 목소리가 누그러진다.

─설마 안 잔 거야? 일찍 일어난 거겠지?

─안 잤어.

─왜?

─몰라. 왠지 궁금하더라구. 공항이란 데가 가끔씩 가보고 싶은
데긴 하지만…… 혼자 갔어?

─아니.

방으로 들어가는 내 등 뒤에 그대로 서 있는 엄마.

—비밀이 있다는 거 좋은 일이야. 비밀 그거, 사유재산이나 마찬가지지. 남몰래 인생의 부자가 되는 거니까. 근데 일단 있다는 걸 들켰으면 신고하고 세금은 내야 할걸.

—알았어. 우선 좀 자고.

—배 안 고파?

—아니.

배가 조금 고프긴 했지만 뭘 챙겨 먹는다는 것조차 귀찮다. 방에 들어가자마자 가방을 내려놓고 그대로 침대에 몸을 던진다. 누운 채로 주머니에서 핸드폰을 꺼내 전원을 켜고. 부재중 전화 두 통, 마리다. 문자도 하나 와 있다. 전화 부탁해. 자정이 넘은 시각에 보냈다. 시계를 본다. 전화하기엔 너무 이른 일요일 오전. 무엇보다 지금은 머릿속이 꽉 차서 다른 무엇도 비집고 들어갈 틈이 없다.

눈을 감는다. 그러니까 이 얼굴은…… 눈을 감아도 또렷이 보이는구나. 아침 버스 안에서 내 어깨에 기대 잠들었을 때 내려다봤던 채영의 옆얼굴. 내 어깨를 부드럽게 누르는 하얀 뺨, 조용하게 오르내리는 목덜미, 규칙적이고 가벼운 숨소리, 윗입술보다 조금 도톰한 아랫입술의 섬세한 분홍색 테두리. 자세가 흐트러지면 그애를 깨울까봐 나는 등을 곧추 세운 채 한잠도 자지 않았다. 이제 비로소 눈꺼풀이 무겁게 내려앉고 몸도 아래로 처지기 시작한다. 물 먹은 솜이 바로 이거로군. 이불을 걷어올려 그 속으로 몸을 집어넣는다.

그리고 잠이 깬 건 오후시간.

핸드폰이 울려 황급히 받아보니 마리다. 육교 앞으로 나올 수 있어? 그제야 태수한테 무슨 일이 있구나, 하는 생각이 머리를 스쳐 지나간다. 이렇게나 뒤늦게. 좀 미안한걸. 벌떡 일어나 욕실로 들어 가려는데 부엌에서 생선 굽는 냄새가 난다. 엄마, 안 나갔네? 설마 나 들어온 뒤로도 한잠 안 잔 건 아니겠지? 뭐야, 아들을 그렇게 못 믿으면서 어떻게 방목을 하겠다는 거야. 왜 다들 날 미안하게 만들 고 말이야.

마리는 먼저 와서 기다리고 있다. 언제나처럼 막 세수를 마친 듯 상쾌한 얼굴. 표정은 그리 밝지 않지만 가볍게 손을 흔들며 나를 반 긴다. 우리의 발걸음은 육교를 건너 우레탄이 깔린 산책로 쪽으로 향한다. 그쪽 길로 달리기를 할 때 나무 그늘 아래 벤치를 본 기억 이 있다.

산책로에 사람이 많지 않다. 길 안쪽의 벤치 자리는 더욱 호젓하 다. 나란히 벤치에 앉는데, 마리는 어색한 듯 헛기침을 몇 번 하더 니 몸을 웅크리듯 무릎을 꼭 붙인다. 하지만 이야기를 시작하자 특 유의 진지한 표정과 활달한 태도가 되살아난다. 가끔 말을 끊고 입 술을 깨물 때는 커다란 눈에 걱정과 함께 다정함이 어린다. 그리고 대체로 조리있게 이야기를 한다. 마리가 말을 마칠 때쯤 나는 마리 의 염려와 그걸 내게 털어놓고 싶어하는 마음을 완전히 이해할 수 있다.

처음 만났던 날 나는 태수의 입술 위 작은 흉터를 보고 순진한 애 일 것 같다는 생각을 했다. 하지만 그 흉터는 내 짐작처럼 밥 먹으 며 졸다가 식탁 모서리에 입을 찧었다든지 호떡을 급히 먹다가 안

에 든 뜨거운 설탕물에 입을 데어 생긴 게 아니었다. 그리고 어젯밤
에는 새로 눈 위에 상처가 생겨 여덟 바늘을 꿰맸다.

태수는 친척 모임에서 돌아온 뒤 밤늦게 다시 외출했다. 눈 위가
찢어져 집에 들어온 것은 새벽 한시가 넘어서였다. 태수 엄마가 운
전하는 차에 실려 부랴부랴 응급실에 갔고, 다녀오자마자 잠에 곯아
떨어졌다. 마리가 나에게 전화를 건 것은 자정이 넘어서까지 들어오
지 않는 태수를 찾기 위해서였다. 나를 만난다며 나갔던 것이다.

─요새 둘이 무슨 일 있었어? 사고 같은 거 안 쳤지?

─운동화 뺏길 뻔한 정도?

내 말에 마리는 어른스럽게 한숨을 내쉰다.

─그럼 어제도 같은 애들인가? 오빠는 어쩌다 다쳤는지 끝까지
말 안 해. 그래서 엄마가 너 만나보랬던 거야.

마리의 두 뺨이 약간 상기돼 있다.

─엄마는 오빠가 또 무슨 일에 휘말릴까봐 무지 걱정해. 오빠가
좀 나서는 성격이잖아. 가만히 두고 보질 못한다니까. 강연우, 넌
쓸데없는 헛폼 같은 거 안 잡지? 오빠 좀 말려봐.

말린다고, 태수를?

갑자기 머리에 떠오르는 게 있다.

─참, 다음달에 우리 하프마라톤 나갈 거야.

─하프마라톤?

─응.

어제 아침에 재욱 형이 전화를 걸어왔다. 출전 접수를 하기 위해
나와 태수의 주민등록번호를 물었고. 다음주부터 이주 동안 집중

훈련을 하자고 했다는 소식을 전하면 태수가 어떤 표정을 지을지. 그나저나 그때까지 눈 위의 상처는 실밥이나 풀 수 있는 건지.

주머니 안에서 핸드폰이 울린다. 급히 꺼내 액정을 본다. 채영이다. 통화버튼을 누르자마자 내가 먼저 말한다.

ㅡ괜찮았어?

ㅡ응. 엄마가 내 문자 보고 나서 아빠한테는 이모 집 갔다고 했나봐.

ㅡ그랬구나.

ㅡ걱정했어?

ㅡ응, 꽤.

ㅡ너희 엄만?

신고하고 세금 내라더라는 말은 못 하겠고…… 괜찮지, 라고만 대답한다.

ㅡ내일 봐.

ㅡ응.

전화를 끊은 뒤 나는 다시 마리에게로 고개를 돌린다. 두 손을 교복 스커트 주머니에 넣고 한쪽 발끝으로 벤치 아래 흙을 이리저리 고르고 있던 마리도 고개를 갸웃 내 쪽을 바라본다. 위아래 입술을 안쪽으로 말아 꾹 다물고 눈썹이 짙은 큰 눈을 위로 떠 빤히 쳐다보는 표정. 어쩐지 난처하고 미안한 마음이 드는 건…… 참 그렇군. 채영과 통화할 때는 도무지 다른 건 신경이 안 쓰여서 말이지.

ㅡ알았어, 알았어.

나는 안심시키듯 손을 들어 마리의 한쪽 팔을 툭툭 친다.

246

—독고태수, 달리기 강훈련으로 완전 기절하게 만들어주지. 주먹 들어올릴 힘도 안 남게. 됐지?

마리가 내 시선을 피하며 천천히 고개를 끄덕인다. 똑바로 앞을 보며 등을 세우고 자세를 고쳐 앉는다. 두 손으로 이마에서부터 머리카락을 쓸어모아 뒤로 넘긴 채 잠시 그대로 생각에 잠겨 있다.

—너, 이울린다.

—뭐?

머리를 뒤꼭지에서 모아쥔 그대로 내 쪽으로 고개를 돌리는 마리.

—그 머리 스타일. 이마랑 눈썹이 보이니까 훨씬 시원해.

—난 또……

머리카락을 모아잡고 있던 손을 아래로 내려버린다. 피식 웃으며.

—정말인데.

—됐거든.

마리가 눈을 흘기는 모습은 뭔가 싱거운 말을 던지기 전 곁눈으로 슬쩍 나를 훑어보는 태수의 얼굴과 꼭 닮았다. 눈시울을 따라 가느다란 선을 그린 듯 물기가 배어 있는 서글서글한 눈매가 특히.

멀찌감치 산책로를 지나던 한 아주머니가 걸음을 멈춘다. 길에서 조금 안쪽으로 들어와 있는데도 일부러 벤치까지 걸어들어와서 우리 앞에 선다. 교회에 다녀오는지 한 손에는 성경책을, 한 손에는 양산을 들고 있다. 그 두 가지를 벤치 가장자리에 내려놓은 뒤 마리 옆에 바짝 붙어 앉는 아주머니.

—학생들인가?

상냥하면서도 어딘지 사무적인 말투. 선교라도 하려는 것일까.

−네.

마리의 대답은 공손하지만 저항감이 느껴진다.

−둘이 사귀는 모양이지?

−네?

마리와 나의 눈이 허공에서 마주친다.

물론 아주머니는 남녀 고등학생 커플에게 축복을 내려주러 온 천사는 아니다. 설교와 훈계가 시작된다. 내용은 어디에서나 듣는 것과 비슷하게 학생의 본분에 관한 것이다. 이렇게 으슥한 벤치에서, 아직 어린 나이, 건전한 학창 시절, 후회하지 않는 삶, 인생의 목표, 부모님 은혜…… 교장선생보다 엄격하진 않지만, 고리타분하고 같은 말을 반복하고 의무감과 확신에 차 있고 고등학생을 유치원생 취급한다는 점은 비슷하다. 상담선생보다는 비아냥이 적고 학생주임선생과 달리 욕설은 없고 담임선생에 비하면 신경질적이지 않긴 하다. 자원봉사자들처럼 표정도 인자하고.

당황한 표정으로 듣기만 하던 마리가 마침내 아주머니의 말을 끊는다.

−저희가 알아서 할게요.

공손하지만 당당하다. 아주머니보다 내가 더 놀랐을걸.

한 단계 강화된 선도를 하기 위해 표정을 가다듬는 아주머니를 향해 마리가 다시 말한다.

−저희도 알아요.

그리고.

−걱정해주셔서 고맙습니다.

독고태순, 아니 독고마리. 뭐 이런 믿음직한 여자애가 다 있어.

아주머니가 벤치를 떠난 뒤 마리와 나도 자리에서 일어난다.

마리의 어깨 뒤쪽에 검은 날벌레가 한 마리 붙어 있다. 내가 가리켜 보이자 돌아보고 흠칫 놀라는 마리. 그러나 이내 침착한 표정으로 손을 들어 벌레를 떨어낸다.

―오빠 일어났을 거야.

―응, 집에 가서.

나는 엄지와 새끼손가락을 펼쳐서 쥔 주먹을 귀에 대 보인다.

집에 가서 해야 할 또 한 가지 일. 엄마한테 세금을 내야 한다.

비밀세 징수시간.

엄마가 호두가 든 파운드케이크를 잘라 내 앞의 접시에 놓는다.

옆에는 사과홍차. 그리고 엄마 앞쪽에는 캔맥주 두 개.

―어딜 가도 좋은데…… 전화기는 끄면 안 돼.

―그래?

―날 봐. 안 들어오는 날은 있지만, 전화기 꺼놓는 거 봤어?

―아니.

다음 순간 재빨리 진실을 깨닫는 강연우.

―잠깐. 내가 안 걸어봤으니 그건 모르잖아.

―안 끄거든? 끄면 그건 단절이야. 고립되는 거라구.

―조난 같은 거?

―아시네요.

엄마가 캔맥주 따는 모습은 볼 때마다 불안하다. 왜 아니겠어. 고리를 붙잡고 젖히는 순간 하얀 거품이 비질비질 새어나오더니 고리가 뚝 부러지고 만다. 내가 그 캔을 집어다가 끄트머리만 남은 고리를 눌러서 다시 따 건네준다. 받자마자 탁자에 내려놓지도 않고 곧바로 입으로 가져가는 신민아씨.

―네 인생이니까 네 맘대로이긴 해. 하지만 너 아직 미완성품 기계잖아. 무슨 오작동을 일으킬지 몰라. 그리고, 사고가 생기면 혼자 해결도 못하거든. 정서적으로 불완전하고 사회적으로는 무능하단 말야.

인간은 다 그렇지 않나.

―청소년기는 특히 더 그래.

또 신민아 식 독심술 시작.

―실수는 좀 해도 되지. 작은 사고쯤은 저질러보는 것도 괜찮아. 근데 실수 중에는 돌이킬 수 없는 게 있어. 치명적인 사고. 그건 평생을 따라다닌다구. 바로 그런 걸 막아주라고 있는 울타리 아니겠어? 전화기가 꺼져 있으면 울타리가 어디로 출동해?

―그렇긴 하네.

몸속에 칩을 박아넣을 수도 없고.

―도움받아야 할 때에 도움 못 받는 거, 그런 걸 고립이라고 하는 거야. 고독은 늘 있는 거고 또 자기 문제지만 고립은 달라. 절망하고 상관있단 말야. 생각해봐. 내가 너한테 도움을 줄 수 없어서 일이 크게 잘못됐다. 너, 그거 나한테 아주 나쁜 짓 하는 거야. 안 그래?

―접수.

만약 채영이 고립된다면, 이라고 생각하니 쉽다. 좋아하는 사람이 생기니 상상력과 이해력 영역이 저절로 향상되는군. 세상이 명쾌해지고 말이지.

―주변의 위험한 물건 다 치워놓고 마음껏 놀게 해주는 것, 그게 방목이야. 대부분 혼자 하도록 내버려두지만 결정적일 때는 개입을 해야 해. 그러니까, 멀리 있더라도 연결은 끊어지면 안 된다 이거야. 그런 걸 방목의 기술이라고 하지.

내가 쉽게 받아들이자 약간 기고만장해진 신민아씨. 굳이 안 가르쳐도 알아서 잘하는 학생을 맡게 된 놀기 좋아하는 아르바이트 대학생 같은 표정이다.

―그리고 이건 선택과목인데, 멋진 남자친구가 되는 법 가르쳐줄까?

―대충, 알고 있는 것 같지 않아?

―먼저 질문 하나. 걔, 다른 여자애들이랑 뭐가 달라?

글쎄. 나는 생각해본다. 뭐라고 해야 할지 잘 모르겠다. 방금 떠오른 대답은, 음…… 모든 게 궁금하다는 것? 여자애뿐 아니라 남자애들까지 포함해서 다른 사람에 대해 궁금해진 건 거의 처음인 것 같다. 첫사랑 얘기 해주세요, 선생님한테 이렇게 조르는 아이들을 볼 때마다 생각하곤 했다. 저런 게 왜 궁금하지? 여럿이 어울려 다니는 애들을 보면 그 안에서 두셋씩 꼭 패가 갈린다. 그러고는 이런 말들. 너희 둘만 어제 어디 갔었어? 대체 그런 게 왜 궁금하지? 모든 게 대충 그런 식이었다.

―좀 궁금해.

내 대답을 들은 신민아씨가 눈을 동그랗게 뜬다.

―그럼 진짠데?

이어지는 말.

―나도 그렇거든. 누가, 이 얘기 전에 했던가? 하고 무슨 말을 하려고 하면, 안 들은 이야기인데도 응, 들었어. 그래버린다구. 왜냐하면 하나도 안 궁금하니까. 근데 재욱씨한테는 안 그랬잖아. 뭐든지 듣고 싶어. 그리고, 이것도 같니? 둘 다 아무 말도 하지 않고 있을 때, 그때에도 어쩐지 같은 걸 생각하고 있구나, 그런 느낌이지. 그래?

뭐야, 아르바이트하러 와서 그냥 놀려고 하는 것까지는 봐준다지만 이제 학생더러 친구 먹자는 거야?

―어제 재욱 형이 전화했는데, 알아?

―아니.

그때 내 방 책상에서 핸드폰이 울린다. 태수가 먼저 했군.

소파에서 일어나면서 보니 엄마는 맥주캔 쪽으로 손을 뻗는다.

태수와 통화를 끝낸 뒤에도 그대로 책상에 앉아 있다.

짐작대로다. 육교 밑에서 만났던 애들, 이번에는 학원가 뒷골목이다. 그리고 태수가 싸움에 끼어들게 된 것 역시 마리가 걱정한 대로 가만히 두고 보지 못하고 나서는 성격 탓이었다. 어쨌든 태수에게 직접 시비를 건 것은 아니었으니까. 그 패거리에게 일방적으로 당하고 있던 아이를 그냥 지나칠 수 없는 게 또 태수이고. 옆에서 거치적거리기만 하는 약해빠진 나도 마침 없고 말이지.

태수가 도우려던 애는 학원가에서 종종 마주치는 떠돌이 아이이다.

태수가 그 아이를 처음 본 날도 밤이었다. 그날 우리는 편의점에서 나와 버스정류장으로 가던 길이었다. 정류장으로 가려면 횡단보도 두 개를 건너야 한다. 보행신호로 바뀌기를 기다리고 서 있는 태수와 나의 곁을 뭔가가 빠르게 스쳐 지나갔다. 우리 또래의 남자애 하나가 무단으로 차도를 가로질러 가더니 어느새 건너편 보도블록 위에 올라서고 있었다. 내가 그애를 턱으로 가리켰다.

―쟤 보여?

―누군데?

―몰라.

밤에 혼자 나왔다가 몇 번 마주친 적이 있을 뿐이었다. 가출한 지 오래되었는지 아니면 어디 시설에서 뛰쳐나오기라도 했는지 얼굴이고 옷이고 죄다 땟국에 절었고 머리도 완전 새집이었다. 이 시각이면 나타나 두 손을 주머니에 집어넣은 채 빠른 걸음으로 거리를 돌아다니는 애.

처음에는 그냥 아무렇게나 쏘다니는 줄 알았다. 하지만 눈여겨보니 그애는 마치 특수임무라도 수행하듯 정확한 동선을 갖고 있었다. 그리고 그 동선을 잇는 꼭짓점에는 반드시 자판기가 나타났고. 우리 동네는 상점들을 낀 학원가이기 때문에 거리에 수없이 많은 자판기가 설치돼 있다. 그애는 마치 순시를 하듯 정해진 동선에 따라 수십 개 자판기의 동전 배출구에 차례차례 손가락을 집어넣으며 돌아다니는 거였다. 배출구의 투명 플라스틱 뚜껑을 열고 손가락을 집어넣었다가 빼는 동작도 빠르고 규칙적이었다. 순서를 정확히 지키는 걸 보면 자판기에 자기만 아는 번호라도 붙여놓은 게 틀림없었다.

또 한 가지 신기한 것은 그 거리의 모든 신호등 불이 바뀌는 순서와 거기에 걸리는 시간을 정확히 안다는 점. 그애는 시간을 절약하기 위해 무단횡단을 하기도 했는데, 언제나 신호가 바뀌기 몇 초 전에 길을 건넜다. 밤시간이라 차가 많지는 않았지만 대부분 속도를 내며 달렸다. 위험을 무릅쓰고 자판기 속의 동전을 찾아 그렇게 멋진 시테크를 하면서 엄청난 직업세계를 꾸려나가고 있는 것이다. 태수의 입이 벌어졌다.

—언빌리버블! 근데 저렇게 해서 대체 동전을 몇개나 건지는데?

그건 모른다. 그렇지만 아무 소득도 없는 일에 써먹자고 저런 놀라운 기술을 익혔을 리 없잖아. 노력하면 안 되는 게 없다는 교장선생님 말이 맞는지도 모르겠다. 그러나 어떤 노력을 하게 되는지, 그건 사람에 따라 다르게 주어지는 거군. 하고 싶은 게 뭔지 찾는 것도 어렵지만 역시, 하고 싶은 걸 위해 노력할 수 있는 기회도 누구에게나 주어지는 건 아니었다. 밤거리를 돌아다니며 짧은 시간 안에 자판기의 동전 배출구 안에 우연히 떨어져 있을지 모르는 동전을 찾는 것, 저것 외에 달리 노력해볼 일을 갖지 못한 상황이라면 그건 어떤 인생일까. 노력할 수 있는 것도 기회이다. 어떤 사람에게는 쉽게 주어지지만 어떤 사람에게는 아니다. 어려운 일밖에 주어지지 않는 경우도 있으니까. 인생은 불공평한 게 틀림없군. 그걸 공평하게 만들 수 있기는 한 걸까.

태수와 나 둘 다 한참 동안 말없이 터벅터벅 걷고 있었다.

—야, 심드렁.

태수가 불쑥 입을 열었다.

─내가 너라면, 이런 생각 해본 적 있어?

─별로.

─난 해봤거든. 우리 엄마 늘 하는 말 알지? 네가 뭐가 부족해서, 뭐가 불만이길래…… 그래서 말인데.

무슨 말을 하려고? 나는 태수의 얼굴을 뜨악하게 바라보았고.

─너도 참 기특해. 나 같으면, 삐뚤어질 테다, 막 이랬을 거야. 미국 있을 때 특히 그런 애들 많이 봤거든. 엄마 일 나가고, 자기한테 관심 없다면서 툭 하면 불평하고 반항하는 애들. 근데 넌 남의 핑계 같은 거 안 대잖아. 겉으로는 약해빠졌는데 속은 좀 안 그렇다고 봐야지?

─대충, 그렇지.

─그래도 말야, 난 나보다 힘든 사람을 생각하라거나 배부른 고민이라거나 그런 말은 듣기 싫더라. 사람은 다 자기 문제가 제일 힘들고 심각한 거 아냐? 나 힘든 게 다른 사람보다 더 조금인지 많은지, 남이 뭘로 판단해. 어쨌든, 앞으로도 계속 잘 부탁한다.

─뭘?

─뭐긴, 우리 민아씨 말야.

나도 모르게 심각한 표정을 짓고 있었던 모양이다. 픽 웃으며 손가락으로 내 얼굴을 가리켜 보이더니 익살스럽게 몸을 흔들며 노래 부르는 태수.

헤이, 미스터 심드렁 뭐가 그리도 입을 열기 힘들어
혹시 누군가의 별뜻 없는 말을 귀에 담아서

니가 얼마나 상처받았는지 무게를 달았어?

퍼즐이 끝나면 나를 불러줘

너의 그림을 보며 춤추며 노래 불러줄 친구가 여기 있거든

매번 태연한 척 가끔은 대범한 척

세상 어머니들 앞에선 항상 대견한 척

하지만 난 여태 몰랐어 이만큼 밝은 내가 사실은 외롭다는 걸

마지막 구절에서 하도 소리를 크게 지르는 바람에 나는 고개를 돌려 태수를 바라보았다. 태수가 노래를 부르며 한 손을 크게 흔들어 보이는 곳. 거기에는 건너편의 자판기를 향해 또 한번 무단으로 밤거리를 가로질러가는 아이의 뒷모습이 있었다.

바로 그애를 돕기 위해 나섰고, 몇 대 얻어맞아 눈 위가 찢어진 것이다.

그야말로, 세계는 이런 식으로 넘어지는 거구나

1

어제까지는 별다른 느낌이 없었는데 오늘은 다르다. 그야말로, 오늘이라는 시간은, 닥쳐와봐야 그게 뭔지 알 수 있구나. 생각보다 설레고 또 긴장되는 오늘.

운동복에 옷핀으로 번호판을 달고 있는 내게 커피잔을 건네주며 엄마가 말한다.

—커피는 왜 마시는 거래?

—재욱이 형 분부대로. 일주일 동안 단백질 섭취, 사흘 전부터는 탄수화물, 지금은 바나나와 찹쌀떡과 커피.

—연습 다 해놓고 태수는 왜 안 가는 건데?

—일요일 늦잠 생략하면 머리 나빠진대.

진짜 이유는 나도 잘 모른다.

이주 동안 달리기 연습을 총 다섯 번 했다. 마지막 연습이 지난 목요일. 그때도 태수는 나타나지 않았다. 궁금하긴 하지만 뭐, 말하고 싶어지면 그때 얘기하겠지.

방으로 들어가 운동복으로 갈아입고 거울 앞에 선다. 푸른 운동복 윗도리에 단 하늘색 번호판. 검은 글씨가 선명하다. 크게 심호흡을 한 번 하고 눈도 부릅 떠보고. 학교 시험지에 번호와 이름을 적을 때와는 한참 기분이 다르다. 왜 그러지? 이건 시켜서 하는 일이 아니라서?

거울 속 내 모습 뒤로 엄마가 나타난다. 학교 시험 보는 날은 별로 신경 안 쓰더니 마라톤 대회는 꽤 재미있어하는 눈치군.

─짠돌이 강연우. 운동복 따로 필요 없다고 그랬지? 이봐, 아니잖아.

엄마가 한 손으로 내 등을 토닥거리며 함께 거울 속의 나를 본다.

─요란해서 눈에 띌 것 같지만 반대라구. 복장을 제대로 갖춰 입어야 남의 시선을 의식하지 않고 운동에만 집중할 수 있다, 옷 전문가의 말씀 새겨들어. 어머, 근데 실패다. 이 학생, 너무 멋져버리잖아. 눈에 안 띄기가 이렇게 힘들어서 앞으로 인생 어떻게 살아가지?

신민아씨, 응원이라고 하고 있는 거지, 지금?

운동복이 필요하다고 생각한 건 엄마가 아니라 재욱 형의 충고 때문이었다. 면 티셔츠는 통풍도 잘 안 되고 또 땀을 흡수해서 무거워진다. 땀이 무거우면 얼마나 무겁다고. 근데 두세 시간 동안 계속 뛰고 있는 상황에서는 그게 아닌 모양이다. 생각해봐, 일 그램이라도 줄이려고 등산용 숟가락 손잡이에 구멍 뚫잖아. 동네 뒷산에만 올라다니는 사람은 그게 무슨 호들갑이냐 싶겠지만 익스트림한 상황에서는 아주 중요한 차이지.

이런 것도 알려주었다. 장거리를 달리다보면 옷과 몸이 오랫동안 반복해서 마찰을 일으킨다. 옷감이 거친 티셔츠 같은 걸 입고 달리면 젖꼭지처럼 돌출된 부분은 옷에 쓸려 상처가 날 정도다. 그래서 젖꼭지에 반창고를 붙이고 달리는 사람도 많다.

어쨌든 나는 오늘 하프마라톤에 도전한다. 마지막 연습 때는 십오 킬로미터까지 달려봤지만 이제 이십일 킬로미터이다. 10월 햇살을 받으며, 안내책자의 설명대로라면 코스모스가 피고 벼가 익어가는 들판을 달릴 것이다. 대회장까지는 셔틀버스로 사십 분쯤 걸린다. 셔틀버스를 타는 곳까지 엄마가 태워줄 것이고, 재욱 형과는 물품보관대 앞에서 만나면 된다.

셔틀버스가 서 있는 곳은 지하철 종착역 앞이다. 버스에 올라 창가 자리에 앉는다.

차에 기댄 채 멍하니 서 있는 엄마의 모습이 눈에 들어온다. 살이 좀 찐 걸까. 신민아씨답지 않게 약간 방심한 분위기가 풍긴다. 엄마가 애인과 헤어진 뒤 집에 틀어박혀 아이스크림을 숟가락으로 퍼먹고 초콜릿을 몇 개씩 쪼개먹고 반만 먹던 라면을 국물까지 뚝딱 해치우는 건 그동안에도 보았던 일이다. 하지만 신기하게도 일주일쯤 지나면 으레 오래오래 몸단장을 하고 외출해서는 새옷을 사고 머리 모양을 바꾼 산뜻한 모습으로 들어오곤 했다. 자신은 자존심이 강하고 인생의 균형감각이 뛰어난 사람인데다 아들이 딸렸기 때문에 곧바로 새 애인을 찾아야만 한다면서.

군살이 붙을 만큼 폭식기간이 오래간 것은 이번이 처음이다. 셔틀버스가 출발하는 걸 보고 떠나겠다더니 내가 그쪽을 바라보고 있는 것도 알아채지 못한다. 흠, 취한 재욱 형이 했던 말을 전해줘야 하나 말아야 하나.

다섯 번의 연습 중 재욱 형이 집에 온 것은 두 차례. 일요일엔 현관에 선 채로 엄마와 어색한 인사를 나누더니 목요일엔 아예 집 안엔 들어오지도 않았다. 달리기를 마친 뒤에 함께 치킨집에 갔었는데, 생맥주를 연달아 마신 재욱 형은 그날 좀 취한 것 같았다.

─이런 시가 있어. 말을 잃어버릴 때에야 침묵은 어느 나라 말도 아니며 어느 나라 말이기도 하다는 것을 처음 알게 된다. 또 어떤 얄미운 철학자는 지극히 당연한 말을 이렇게 멋있게 했지. 사랑이란 자신이 갖고 있지 않은 어떤 것을 그것을 원치 않는 누군가에게 주는 것이라고. 이 두 가지가 요즘 내 화두야.

─화두?

─그래. 민아씨가 말할 기회를 안 주니까. 그러니까 뭐냐면, 나에 대해 설명할 말은 점점 늘어나서 머리가 터질 것 같은데 말야. 표현하려고 하면 절대로 할 수가 없는 거지. 말이란 그런 거다. 알겠냐?

난 화두가 무슨 뜻인지 몰라 물어본 건데……

─받아들여지지 않는다는 건 부조리란 개념하고 통해. 누구도 잘못하지 않았는데 일은 잘못돼 있는 거야. 설명하려고 애쓸수록 오해는 깊어지고, 바로 눈앞에 있는 것 같은데도 도달할 수는 없어. 그리고 말야, 이제 달리 어떻게 해볼 방법이 없는데도, 최후에 남는

건 절망이 아니야. 미련이라는 이름의 희망인 거지.

—그거 카프카 같은 거야?

재욱 형이 나를 똑바로 바라보았다.

—너, 카프카 편리한 거 알았구나?

—그게 뭔데?

—어디에다 갖다붙여도 대충 들어맞거든. 전문적 세계의 대중성 같은 거지.

그냥 위대하다고 하면 안 되나? 그런 뜻 같은데.

—너 초등학생 퀴즈를 왜 대학생이 잘 못 맞히는지 알아?

—모르지.

대꾸하는 말이 약간 퉁명스럽게 흘러나왔다.

—가령 이 음악의 작곡가는 누구일까요, 라는 문제가 나온다고 해. 그럼 초등학생은 베토벤 아니면 모차르트 아니면 쇼팽이라고 생각하지. 셋밖에 모르니까. 실제로 초등학생 퀴즈의 답은 그 셋 가운데 하나야. 림스키 코르샤코프와 코다이, 게다가 에릭 사티 같은 작곡가를 아는 대학생이라면 복잡하게 생각하다가 못 맞히는 거야.

맥주잔을 입으로 가져가는 재욱 형, 말이 좀 길어질 것 같은 분위기다.

—하긴 뭐든지 하나만 제대로 알면 그게 관점이 되는 거니까. '기분 나쁜 자의 왈츠' '엉성한 진짜 연주곡' 같은 특이한 제목 같은 거, '벌거벗은 어린이'의 악상은 '느리고 괴로운 듯이'라든가…… 이런 거나 외우고 다니면서 정작 음악은 한 번도 안 들어본 자식들보다 백 배 낫지.

―그런 어려운 것까지 아는 사람이 베토벤 모차르트를 구별 못해서 초딩 문제를 못 푼다고? 좀 이상한데?

내 말에 재욱 형이 피식 웃었다.

―신민아 2세 맞네. 민아씨는 정말 명쾌하지. 허세가 없고. 나를 포함해서, 내 주변에 헛폼 잡는 자식들 쫙 깔렸거든. 거기다가 한방 먹일 때 민아씨 끝내주지. 근데 말이야, 좀 마음이 아픈 건 있어. 그거, 어떻게 보면 상처 있는 사람들이 가질 수 있는 당당함이거든. 아웃사이더가 되기로 작정한 사람의 권력 같은 거지.

다른 날과 달리 흐트러진 모습을 보이는 재욱 형. 생각했던 것보다 재욱 형이 좀 복잡하고 그리고 약한 사람이라는 생각이 들었던 걸까. 재욱 형이 권하는 대로 맥주까지 한 모금 마셔준 걸 보면.

셔틀버스가 출발한 지 얼마 안 가 자동차 전용도로로 접어든다.

운동점퍼 주머니에 든 핸드폰에서 문자 수신음이 들린다. '꼭 상 받아와서 노래방 가기로 한 약속 지켜. 알았지?' 채영도 태수도 아닌 마리. 하긴 이렇게 이른 시각에 일어날 사람은 셋 중 마리뿐일 테니까.

셔틀버스가 드디어 대회장에 도착했다. 자리에서 일어나는 사람들 모두 표정이 약간 상기돼 있다. 나도 무릎에 힘을 준 채 발목을 한번 꺾어보고. 버스에서 내리자마자 귀청을 때리는 댄스음악.

음, 이런 거였어? 다들 반바지와 운동화 코스튬으로 콘서트를 보러 가는 사람들 같다. 스피커에서는 음악이 쿵쾅거리고 무대 위에서는 에어로빅 팀이 연습을 하고 있고 곳곳에 현수막, 하늘엔 풍선 다발. 그리고 운동복을 입은 사람들이 온 사방을 뒤덮은 채 각기 옷을 갈아입는다, 준비운동을 한다, 선크림을 바른다, 제자리뛰기를 한다, 온통 와자지껄. 스포츠 마사지니 의료봉사니 하는 문구들이 적힌 하얀 천막들 사이를 헤매다 겨우 물품보관대를 발견했다. 길고긴 줄 뒤에 가서 선다.

갑자기 떠오르는 태수의 말. 대체, 힘들게 달리기 같은 걸 왜 하는 건데? 속으로 대답해본다. 그러게.

연습을 할 때는 달리는 거리를 조금씩 늘여가는 재미가 있었다. 순간순간 내가 좀더 유능해진다고 할까, 한 걸음 더 나아갈수록 내가 새로운 버전으로 업그레이드되는 기분 같은 거? 하지만 이렇게 엄청난 사람들이 한자리에 모여서 일제히 어딘가를 향해 달린다고 생각하니 약간 질린다. 달리기는 내 몸과 단둘이 만나는 사적인 시간이었는데 이제 거기에 뭔가 평가기준을 들이대는 거다. 마치 일기장에 점수를 받는 듯. 나, 좀 쫄았나? 약속시간이 한참 지났는데 재욱 형은 왜 안 오는 거야.

주최측에서 나눠주는 커다란 비닐백에 점퍼와 가방을 담아 물품보관대에 맡긴다. 비닐백에 접수번호 스티커를 붙이던 누나가 나를 힐끗 본다. 21113번, 잘 뛰어라. 네? 아, 네. 번호가 좋네. 네? 어리버리한 내 표정을 보며 그 누나가 빙긋 웃음을 짓는다. 내 생일이 11월 13일이거든. 아, 그런가요. 보관대 앞을 물러나와 몇 걸음을 옮긴 뒤에 든 생각. 그런가요, 가 뭐냐, 쪽팔리게. 열일곱 살이나 됐는데 예쁜 여자가 상냥하게 말 걸고 웃어준다고 당황하기는. 실은 뭔가 들킨 기분이어서 그랬는지도 모른다. 우편으로 번호판을 받았을 때부터 나는 1113이 아니라 채영의 생일인 1013이면 좋았을걸

하고 아쉬워했다. 요즘은 뭐든지 채영과 연관시켜 생각하는 게 버릇이 되었다. 이건 좀 억지인데, 하면서 피식 웃는 일도 있지만 그럴 때조차 기분이 나쁘진 않다.

출정식 같은 게 시작될 모양이다. 무대에 사회자가 나와 인사말을 하고 있다. 다들 들뜬 분위기. 비슷한 인상의 주최측 대표가 축사를 하고 또 두어 명이 격려의 말을 한 뒤 준비운동이 시작된다. 에어로빅 팀이 음악에 맞춰 화려한 율동으로 시범을 보인다. 재욱형은 풀코스에 신청했다. 풀코스 출발이 맨 처음인데……

나는 무대에서 멀찌감치 떨어져 재욱 형과의 약속장소인 물품보관대 근처에 서 있다. 무대 가까이에서 열심히 준비운동을 따라 하는 사람들보다는 멀리 물러나 혼자 몸을 푸는 사람들이 더 많다. 등에 뭘 저렇게 써놓은 걸까. 온갖 동호회, 정치적 구호, 회사 광고, 그리고 피트니스 클럽과 술집 선전까지. 사회자가 구호를 제창한다. 첫째는 안전! 둘째는 완주! 셋째는 기록!

내 앞의 아저씨가 종아리 근육을 따라 살색 테이프를 붙이며 옆사람에게 투덜댄다. 에이, 어제 부장새끼가 안 놔줘서 한시까지 펐더니 영 안 깨네. 스포츠음료를 마시고 있던 청년들도 자기들끼리 화제를 이어간다. 너, 뛰는 거 질색이라더니 완주할 자신있어? 나한 시간 이상은 같은 일 절대 못 하는 성격이잖아. 그니까 한 시간안에는 들어오겠지. 번호표 색깔을 보니 청년들은 십 킬로미터 신청자들이다. 프로선수처럼 차려입은 아저씨들은 무슨 핸드크림처럼 생긴 튜브를 입안에 짜넣고 있다. 에너지를 보충하는 모양이다.

사회자가 이제 곧 출발하겠다고 말하며 또 한번 안전을 강조한

264

다. 나는 손에 들고 있던 핸드폰으로 다시 시간을 확인하고. 누군가 등을 툭 건드린다.

─핸드폰은 안 맡겼어?

재욱 형, 운동복 차림인 걸 보니 짐을 맡겨놓고 오는 모양이다. 얼굴빛이 약간 창백하다.

─들고 뛸 거야.

─스트레칭 좀 했어?

─저건 뭐야? 몸에 풍선을 묶은 사람들?

아까부터 궁금했다.

─페이스메이커.

─페이스메이커?

─장거리달리기는 페이스 조절이 중요해. 그걸 혼자 못하겠으면 페이스메이커를 따라 달리면 돼. 저기 풍선에 적힌 시간 보이지?

재욱 형은 지난여름 잘랐던 꽁지머리가 다시 길어 귀밑 조금 아래까지 내려오는 단발이다. 검은 뿔테안경이 어울리는 건 얼굴이 갸름하고 콧대가 반듯해서겠지. 흰 피부도 한몫했을 테고. 또 안경알이 늘 깨끗해 보이는 건 눈동자가 크고 속눈썹 숱이 많아서일 것이다. 운동복 차림으로 수많은 사람들 사이에 서 있는데도 확실히 멋이 있다. 지난번까지는 못 느꼈는데 여름에 비해 좀 여위었다.

─연우 넌 두 시간짜리를 따라가.

재욱 형이 풍선을 가리킨다. 초보자는 처음에 좀 나가놓지 않으면 심리적으로 처져서 따라잡기가 힘들거든. 좀 뛰다가 나중에 두 시간 십오 분짜리에 합류해. 그리고 덧붙인다. 완주만 하면 된다와 해볼 데까지 해보겠다, 이 두 가지 생각을 동시에 해야 해. 계속 달리기만 하면서 두 시간이라는 거, 그거 엄청 긴 시간이야. 매번 심신의 상황이 바뀌니까 그때그때 적당히 맞춰가며 생각을 하라고. 나는 이마를 찡그린다. 대체 무슨 소리인지……

─달리기는 승부도 아니고 성취도 아니야. 펀런이란 게 있어. 즐기는 게 최고의 기술이라고 보면 돼. 즐기는 놈은 아무도 못 이겨. 알지?

곧 출발시각이다. 나는 페이스메이커의 풍선 주변에 모여드는 사람들을 물끄러미 바라본다. 저건 일종의 참고서 같은 것일지도 모른다. 시간을 정해놓고 거기에 몸을 맞추는 것. 하지만 나는 그냥 나 혼자 달릴 것이다.

재욱 형이 나를 향해 손을 한번 쳐들어 보인 뒤 앞의 대열에 합류한다. 풀코스 출발 카운트가 시작된다. 다섯, 넷, 셋, 둘, 출발! 수많은 사람들의 몸이 동시에 위로 떠오른다. 골짜기로 산이 무너져내리는 것 같은 와르르 소리. 페이스메이커의 풍선들도 둥둥 떠가기 시작한다. 하늘이 파랗고, 그리고 높다.

가볍게 몸을 움직인다. 가슴이 뛰면서 갑자기 모든 소음이 저만치 아득하게 밀려난다. 다음은 하프코스, 준비되셨나요? 사회자의 목소리. 나는 반사적으로 손안에 든 핸드폰을 바통이나 되는 것처럼 꼭 쥐어본다. 또다시 카운트가 시작되고, 그리고 출발.

운동화에 단 기록칩이 출발선과 접속하는 순간 내 입에서 흘러나오는 말. 기다려, 이채영.

266

2

늦가을 하늘을 새까맣게 덮은 새떼를 본 적이 있다. 강을 건너는
다리 위에서였다. 엄마가 갓길에 차를 세웠다. 푸른 하늘을 빽빽하
게 덮은 새떼는 거대한 검은색 망사커튼 같았다. 커튼이 바람에 날
리듯 이리저리 나부끼면서 천천히 이동해갔다. 어떻게 저렇게 엄청
나게 많은 새들이 천에 프린트된 무늬처럼 일정한 자리를 지킨 채
계속 대형을 바꿔가면서 하늘을 날 수 있는 걸까. 실눈을 뜬 채 말
없이 바라보고 있던 엄마가 중얼거렸다. 굉장한 단체생활이네. 저
건, 벗어나는 순간 죽음일 거야.

왜 갑자기 그 새떼가 떠올랐는지는 모르겠다. 수많은 사람들이
대열을 이루어 함께 출발하는 순간 그냥 든 생각이다. 누군가는 한
시간 반 안에 결승점으로 들어오고 누군가는 세 시간쯤, 또 어떤 사
람들은 중간에 포기해버리기도 하겠지. 나는 어떻게 될까. 완주나
할 수 있을지, 가슴에 압박이 느껴지고 벌써부터 다리가 무겁다.

출발 뒤 한동안은 주변이 소란스럽다. 얘기를 나누며 뛰는 사람
이 많다. 그러나 시간이 지날수록 점점 사람들 사이의 간격이 벌어
지면서 말소리 대신 가쁜 숨소리가 들리기 시작한다. 팀을 이루어
흐트러지지 않고 끝까지 함께 뛰는 사람들도 있고 둘이 나란히 호
흡을 맞추는 사람도 있지만 대부분은 혼자이다.

손목시계로 시간을 체크하며 일정한 속도를 유지하며 뛰는 사람,
그리고 달음박질을 치다가 지치면 터덜터덜 걷고 기운이 나면 다시
사람들을 따라잡는 게 신난다는 듯 마구 뛰어나가는 사람도 있다.

그야말로 막춤 스타일이다. 전속력으로 뛰어가서 벤치에 앉아 있다가 내가 나타나면 다시 일어나 뛰곤 하던 태수처럼. 그것도 일종의 펀런이었나. 재욱 형의 훈련방법을 물먹이려는 속셈이 엿보이지만 말이다. 지나치게 정보가 많아서 탈이지 재욱 형 말이 틀린 건 없는데.

좀 힘들어진다 싶으면 몸은 부위별로 각기 이기적이 된다. 다리는 안 움직이려고 하고, 심장은 펌프질이 너무 빠르다고 불평하고, 뇌는 힘든 일은 하지 말라는 명령을 전달한다. 그래도 계속 뛰겠다는 의지를 보이면 그럼 난 빠질 테니 개하고나 잘해보쇼, 하는 식으로 운동의 주체를 다른 부위에 미룬다. 약한 경사만 나타나도 다리는, 팔더러 움직이라고 해요. 난 더이상은 힘 못내, 라며 뻗댄다. 뛰기 싫어지는 첫 단계다. 하지만 그래봤자 일을 계속해야만 한다는 걸 깨달으면 몸은 또 태도를 바꾼다. 가래를 내보내 호흡기관을 청소하고 근육을 부드럽게 하는 식으로 몸을 정비한다. 몸이 최적화되는 게 느껴진다. 이때를 가리켜 몸이 풀린다고 하는 거다. 그럼에도 몸이란 녀석, 틈만 나면 투덜대고 엄살 피우는 건 잊지 않는다. 그만하면 안 될까요. 나, 약한 존재예요. 좀 아껴주세요……

하기 싫은 건 죽어라 피하다가 어쩔 수 없을 때에나 말을 듣는 몸. 인간적이라고나 할까. 아니, 그냥 그것 자체가 인간인 건가? 어쨌든. 몸에게 있어서, 하기 싫지만 말을 들어야 하는 그 어쩔 수 없는 때란 언제일까. 재욱 형의 대답은 간단했다. 그야, 살아남아야 하는 순간이지. 그래서 삶이 위대한 거야. 한 사람이 각자 우주이다, 이런 말도 있잖아.

살아남는다는 것. 아직 잘 모르겠다. 심각하게 생각해본 일도 없다. 하지만 달리기를 할 때마다 몸에 대해 느끼게 된다. 이기적이고 변덕스럽지만 반성과 결심도 잘하는 몸. 약해져 있다가도 원하는 게 생기면 힘을 낼 줄도 안다. 스스로 불완전하다는 걸 알기 때문에 포기도 잘하지만 결국은 나를 따라준다. 몸이야말로 온전히 내 것이기 때문에. 물론 궁극의 목표는 살아남는 것.

반환점을 지나고 나서야 나는 급수대에 준비돼 있는 종이컵 안의 물을 마시고 그 옆에 놓인 바나나 한쪽을 집어든다. 물이 적셔져 있는 스펀지를 머리통 위에서 쥐어짜 얼굴을 식힌 다음 다시 달리기 시작한다.

─중간에 포기하게 되는 이유는 세 가지야. 일, 다리가 아파서. 이, 숨이 가빠서. 삼, 이게 제일 치명적인데, 달리기 싫어져서.

재욱 형 말대로다. 십오 킬로미터를 넘기니 결정적으로 뛰기가 싫어진다. 몸은 내가 경험한 것, 딱 거기까지만 기억한다. 그걸 넘어서니 그만 뛰겠다며 한사코 신호를 보낸다.

손바닥의 땀을 옷에 문질러가며 왼손과 오른손 번갈아 쥐고 뛰던 핸드폰이 그렇게 무거울 수가 없다. 팔을 내젓기조차 힘들다. 채영에게서 문자가 오더라도 확인 못 할 것만 같다.

온몸이 조금씩 굳어가는 느낌이랄까. 분명 발을 앞으로 내뻗었는데도 거의 제자리걸음이다. 한 발 내디딜 때마다 쪼개질 듯한 발바닥의 통증이 둔하게 머리를 때린다. 뭉치고 찢어지는 근육에서 전해져오는 불쾌한 두려움. 그런데도 아무것도 생각하기가 귀찮아 머릿속은 백지상태이다. 정말이다. 이런 상태라면 제아무리 똑같은 말을 삼십 분씩 반복할 수 있는 담임이라 해도 말문이 막힐 것이다. 아무리 독실한 신자라도 주기도문조차 외우지 못할 테고. 그러니까, 아무것도 없다. 오직 나 자신의 몸밖에는. 고통스러운 순간 인간은 혼자구나.

내가 가보지 못한 나라처럼 내가 들어보지 못한 음악처럼, 내 몸 속에도 경험해보지 못한 미지의 세계가 들어 있다. 지금 내가 도달한 미지는 고통의 세계이다. 더이상은 버틸 수 없을 것 같다. 왜 계속 뛰어야 하지? 아무것도 중요하지 않다, 내 몸 이외에는. 내 몸은 쉬기를 바란다. 더이상 견디지 못하겠다고 한다. 그래, 내 몸이 바로 나다. 이제 그만 멈춰야겠다.

태엽이 풀리듯 몸이 스르르 느려지고 발이 무겁게 끌리고, 그리고 뭔가 끊어지려고 하는 시짐이다. 그런데 이상하다. 다음 순간 나는 반짝 눈을 떴다. 실제로 떴다기보다 말하자면, 그런 기분이었다. 발이 계속 움직여지는 게 느껴졌다. 이건 뭐야, 계속되고 있잖아. 계속 달리고 있다는 건…… 내 몸, 포기하지 않았구나. 그 생각과 함께 머리 한가운데로 기운을 모으고 이를 악무는 짧은 한순간, 내 몸이 어떤 경계를 지났다.

아랫배에 힘을 준다. 어깨를 크게 들먹여서 흐느끼듯이 숨을 조절한다. 아, 더 달릴 수 있구나. 나 지금, 나라고 하는 전 존재, 나라고 하는 전 우주를 오롯이 혼자 짊어진 채 달리고 있는 거야. 내가 팽개치는 순간 그것은 산산조각이 나고 내가 떠메고 나아가는 한 그것은 전진한다. 나는 나다. 어쩐지, 스스로 강해지는 기분……

먼 데를 본다. 채영의 투명한 갈색 눈이 나를 보고 있다. 내게 뭔

270

가 말하기 직전이다. 눈은 빛나고 뺨은 붉게 물들어 있다. 짧은 전율! 다리가 가벼워지면서 위로 조금 떠오르는 느낌. 입안으로 달콤한 바람 한줄기가 잽싸게 들어와 풍선처럼 심장을 크게 불어놓고 빠져나가는 느낌. 머리에 가벼운 깃털 모자가 얹힌 듯 부드럽고 상쾌한 느낌.

사회자의 목소리가 들려오기 시작한다. 이제 얼마 안 남았습니다. 선수들 마지막까지 파이팅! 날씨가 정말 좋군요. 우리 선수들 잘 뛰시라고 제가 특별히 주문해놓은 날씨예요. 저런 농담, 출정식 때는 꽤나 유치하다고 생각했는데 왜 이리 반갑고 믿음직스러운지. 마치 내가 결승점에 들어오기를 기다리고 있기라도 한 것처럼 말이다.

피니시 라인 위의 아치를 뛰어 통과할 때의 기분!

채영, 나 지금 여기, 도착했어. 가을 하늘은 높고 푸르고, 식어가는 땀 위로 바람은 불어 살갗을 스쳐가고, 너의 집 앞을 기억하는 무거운 장딴지는 달콤한 피로를 담고서 오래도록 기다린 휴식을 맛보기 위해 풀밭으로 걸어가고 있어.

3

보관했던 비닐백을 찾고 칩을 반납한다. 천막 안에서 김밥과 어묵을 먹고 있던 아저씨가 비닐봉투 하나를 건네준다. 우유와 빵, 협찬품인 스포츠 드링크제, 그리고 빨간 헝겊띠에 매달린 완주 기념 메달이 들어 있다. 뭐야, 좀 바보 같긴 하겠지만 목에 한번 걸어보고 싶어지잖아.

다시 피니시 라인 쪽으로 간다. 벌써 풀코스 주자들이 하나둘 도착하고 있다. 오늘 내가 죽을힘을 다해 가까스로 완주한 거리의 두 배라니. 다들 금방이라도 쓰러질 듯 다리가 풀려 있고 허연 입술과 까칠한 얼굴에 눈알만 번들거린다. 오늘의 결심. 절대로 풀코스는 뛰지 말아야지.

재욱 형은 어디쯤 뛰고 있을까. 풀코스는 처음이라던데 컨디션도 그리 좋아 보이지 않았다. 그러게, 중요한 날인 만큼 시간을 맞춰 왔어야지. 나처럼 여유 있게 말야. 유비무환. 제도교육을 받았으면 이 정도는 알아야지.

마치 백만 년 만에 듣는 것 같은 문자도착 알림음.

심드렁, 죽었냐 살았냐.

전광판의 시계를 보니 출발한 지 네 시간 삼십 분이 지났다. 내가 재욱 형을 두 시간 넘게 혼자 기다렸다는 뜻이다. 오직 MP3의 음악에 의지해서 말이다. 이건 그러니까 열일곱 살 남학생 치고 지나치게 상냥하고 인내심이 많은 거 아닌가. 비닐백에 들어 있던 우유와 빵과 스포츠음료는 물론 천막을 기웃거리며 공짜 어묵도 먹었지만 여전히 배는 고파오고.

이제 피니시 라인 근처는 한산하다. 파장 분위기. 시상식까지 끝났고 진행요원들도 몇 사람 남아 있지 않다.

그동안 앰뷸런스가 두 차례 출동했다. 두번째 앰뷸런스가 운영본부 가까이에 섰을 때는 나도 모르게 그쪽으로 뛰어가보았다. 쥐가

났었는지 한쪽 무릎을 세우고 두 손으로 붙든 채 실려나오는 남자, 재욱 형보다 열 배쯤 못생긴 나이든 아저씨다. 다시 피니시 라인이 있는 곳으로 돌아와 시계를 본다. 다섯 시간이 넘었다. 괜히 핸드폰 액정도 확인해보고 두리번두리번 사방을 살핀다. 재욱 형, 이렇게 내 속을 썩이다니. 아니, 내가 재욱 형을 이렇게까지 걱정하다니.

아무래도 두 가지다. 이기심과 게으름의 달인답게 달리기는 때려치우고 시원한 원두막 같은 데 앉아서 인류의 미래를 걱정하거나, 아니면 사람들 눈에 안 띄는 어딘가에 쓰러져 있거나, 라는 생각이 거의 굳어질 즈음 저만치에서 재욱 형이 나타난다.

머리카락은 땀으로 엉겨붙고 얼굴은 완숙 토마토 같고 긴 다리는 비칠비칠 기진맥진 상태일 거라고, 그런 생각을 내가 왜 했지? 폭이 넓은 푸른 가로줄무늬 티셔츠 위에 비슷한 회색 패턴의 베이지색 면 카디건을 걸치고 군청색 반바지 아래 발목까지 올라오는 끈 없는 컨버스까지 신은 산뜻한 차림이다. 머리카락은 아래 몇 줌만 남기고 뒤로 가볍게 묶고 있다. 메신저백은 전에 본 거지만, 이쯤 되면 완전 화보 촬영이다.

―쓰러지거나 포기하거나, 아니었어?

―제삼의 선택이 늘 있는 법이지.

―그게 뭔데?

―버스부터 타자.

서두르지 않으면 셔틀버스를 놓칠 시각이다. 재욱 형이 덧붙인다. 올 때도 탔는데 또 택시 탈 수는 없지. 식당도 그쪽이 낫고. 평소와 똑같은 모습인 것이 오히려 배신감을 부추기는군. 걱정할 사람을 걱정해야지. 이런 말이 괜히 있는 게 아니라니까.

버스에 올라 자리에 앉자마자 내 운동점퍼 주머니 안에서 또 한 번의 문자도착 알림음이 들린다. 내 무릎 위에 놓인 핸드폰을 흘끔 내려다보는 재욱 형. 내리깐 눈의 쌍꺼풀이 안경알 너머에서 초승달처럼 섬세한 선을 긋고 있다.

ㅡ기록 확인 문자 왔지?

ㅡ응. 한 시간 삼십팔 분.

운동화에 부착했던 칩으로 체크한 개인기록이다.

ㅡ완주할 줄은 알았지만, 기록도 괜찮네?

ㅡ뭐 대충.

ㅡ나한테 뭐 할말 없어?

코치 흉내를 내는 것 보니 보람 같은 거라도 느끼는 모양이군.

ㅡ글쎄, 뛰는 놈 위에 나는 놈 있다는 것 정도?

ㅡ주제 잘 파악했네.

ㅡ그게 아니라, 뛰는데 모기가 와서 물고 갔어.

재욱 형의 눈가에 웃음이 어린다.

ㅡ습지가 있으니까. 날벌레들이 눈 속으로 엄청 들어오지?

ㅡ응. 눈꺼풀 근육을 셔터 기능으로 사용했지. 근데 제삼의 선택이 뭐야?

ㅡ버스 타고 들어오는 거.

ㅡ버스?

달리기대회에는 제한시간이란 게 있다고 한다. 일정한 시간이 지나면 버스가 출동해서 길 중간중간 눈에 띄는, 희망 없는 낙오자들을 차에 태운다. 마치 새벽의 청소차가 거리를 돌며 군데군데 버려진 쓰레기봉지를 수거하듯. 이름도 회수버스. 재욱 형의 첫번째 풀코스 도전은 버스로 회수되는 신세가 되어 끝났다. 차창을 통해, 금방이라도 쓰러질 듯 비틀거리면서도 마지막까지 포기하지 않는 투지의 주자들을 착잡하게 바라보아야 했고.

─그 순간은, 그 마지막 주자들이 1등보다 더 부럽지.

─완주를 할 수 있으니까?

─글쎄, 모르겠어.

재욱 형에게서 모르겠다는 말을 듣는 건 처음이다.

─딴 건 아무것도 생각 안 나. 빨리 운동복을 벗어버리고 싶다, 그 생각뿐이거든. 그리고,

말을 끊은 뒤 고개를 들어 내 등 뒤로 지나가는 차창 밖 가을 풍경에 잠시 눈을 준다.

─차라리 잘됐다고 느끼는 나 자신에 대한 치욕감.

─달리기는 승부도 아니고 성취도 아니야. 펀런이거든.

재욱 형 말을 흉내냈지만 결코 비꼬는 건 아니다.

─실은 오늘 새벽까지 원고 쓰고, 진짜 컨디션 안 좋았어. 안 그래도 자신없는데 괜히 풀코스 신청했다 싶더라니. 솔직히, 너도 하프 뛰는데 똑같이 할 순 없고…… 뭔가 보여주려다 완전 쪽팔리게 돼버린 거지.

─게다가 나는 한 시간 삼십팔 분.

내가 피식 웃는다. 이런 웃음, 안 참아도 되지 않나.

─그건 상관없어. 나도 처음 하프 뛸 때 한 시간 삼십육 분이었어.

—그럼 그냥 하던 대로 하프 뛰지.

—나이가 있잖아. 분명 너보다 뒤처질 텐데 그것도 좀 곤란하지 않겠어? 남자라면 헛폼이라도 잡고 봐야지.

헛폼이라는 말. 오늘따라 재욱 형이 친근하게 느껴지는 건 마라토너끼리의 동료의식 때문인가? 아니면 하프코스 완주 기념 경로 사은잔치?

—민아씨한테는 말하지 마.

—뭐, 별로.

—점심 먹으러 안 나온대?

기대가 있었구나, 재욱 형. 사람이 가끔은 쪽팔릴 필요도 있는 것 같다. 어차피 이렇게 된 것, 헛폼 안 잡고 곧바로 속마음을 털어놓는다. 돌리거나 어렵게 말하지도 않고.

—약속 있대.

엄마가 요즘 일을 많이 한다는 말은 하지 않는다.

몸을 앞으로 돌려 자리를 고쳐앉았더니 등받이에 기대 눈을 감는 재욱 형.

—버스는 확실히 좌석이 불편하다니까. 빨리 면허 따야지.

피곤해 보인다. 이제 보니 뺨이 홀쭉하고, 그리고 땀냄새도 끼쳐온다. 희망 없는 불량품으로 낙인찍혀 수거돼 왔다고 말하지만 어쨌든 사십 킬로미터를 뛰었다는 건 대단한 일 아닌가. 숫자상으로 보더라도 나머지 이 킬로미터를 못 채웠다는 건 크게 쪽팔릴 일도 아닐 것 같다. 근데 이십일 킬로미터를 뛴 나는 이렇게 의기양양하고 말이지. 학교에서 배운 대로라면 미완성에도 과정에서의 완성도

가 있다던데 그건 교향곡이나 문학작품에만 해당되나? 정해진 목표
가 있는 운동 경기에는 성취와 실패의 개념만 있는 건가, 학교 성적
처럼?

올 때는 깨닫지 못했던 가을 풍경이 차창 밖에 펼쳐지고 있다. 코
스모스, 들판에 쏟아지는 햇빛, 푸른 유리 같은 하늘. 가벼운 소풍
기분이 든다.

핸드폰을 꺼낸다. 문자판을 누르기 시작한다. 연결된다는 생각만
으로도 가슴이 뛴다는 건…… 그래, G-그리핀이 노래했듯이 감정
의 안테나를 꺾어버리면 안 되지. 눈물 흘리는 법을 잊어서도 안
돼, 강연우. 눈물은 돈이나 칼처럼 숨기는 물건이라는 신민아씨의
말, 접을 때가 되었어. 그리고, 나는 이제 망설이기만 하는 노래 가
사 속의 G-그리핀과도 달라. 재욱 형 말이 맞다니까. 세상에는 두
부류의 인간이 있잖아. 마라톤 하프코스를 완주한 사람과 그러지
못한 사람. 나는 몸속의 미지, 그러니까 나라는 존재 속으로 한 단
계 깊이 들어가 고통과 맞붙어본 사람이라구.

참, 엄마한테도 문자 보내야지.

축하합니다. 오늘부터 하프마라톤 완주자의 어머니 되시겠습니
다.

평소 내가 엄마에게 보내는 문자는 주로, 가는 중, 편의점, 그러
든지, 만두 앤 떡볶이, 상관없어, 끝나가 등이다. 그리고, 알아, 허
걱, 대충이라거나 오케, ○○, ㅋㅋ와 이모티콘 두어 개 정도? 이렇
게 긴 문장을 쓰는 건 거의 처음이다.

십 분쯤 지나자 채영에게서 답문자가 도착한다.

갖고 싶어. 금색이야?

내가 보낸 문자가, 메달 갖고 싶지 않아? 였다.

조금 뒤 한번 더 문자가 온다.

무슨 메달인지 이제야 알았어. 어떻게 그렇게 오래 뛸 수 있어?
신기해. 만나면 내 메달도 보여줄게.

채영의 메달, 뭘까? 아무튼, 나도 신기하다. 채영과 나는 비슷한
점이 참 많다.

4

이사온 첫날 엄마랑 재욱 형 모두 함께 갔던 중국집.

종업원이 와서 쟁반 위의 물컵과 찻주전자를 탁자에 내려놓는다.
옆구리에 끼고 있던 메뉴판을 재욱 형에게 건네주고. 전에 왔을 때
봤던, 개그맨 닮은 그 종업원이다.

—깐풍기?

—콜.

재욱 형, 그날 엄마와 내가 나누었던 얘기를 기억하고 있군.

점퍼를 벗어 의자 등받이에 걸치는데 재욱 형이 종업원을 다시
부르더니 이과두주를 주문한다. 못 말리는 술꾼들. 내가 재욱 형과
엄마를 나란히 불러앉혀놓고, 술 끊기 전까지는 이 결혼 반댈세, 라
고 말하는 장면을 상상해본다. 다음 순간 든 생각. 두 사람이 헤어
졌다는 사실이 왜 이렇게 안 받아들여지는 거지?

작은 도자기잔에 석 잔째 술을 따르고 있는 재욱 형. 별로 말이 없다. 젓가락을 들어 갓 튀긴 깐풍기 조각 위에 붉은 고추를 올려놓으며 나는 생각한다. 음, 어렵게 대답할지도 모르니 돌려 말하지 말자. 흠 흠, 목을 가다듬고.

—엄마하고는 어떻게 되는 거야?

—글쎄, 어떻게 될 것 같냐?

좀 삐딱한 말투다. 하지만 재욱 형의 다음 말은 풀이 죽어 있다.

—민아씨가 저렇게 한발 물러나버리면, 난 어떻게 할 수가 없어.

—왜?

엄만, 붙잡으면 붙잡혀 있겠다던데.

—내가, 그러니까…… 혼자 사는 데 익숙해져 있고, 그리고 반은 백수잖아.

깊이 생각해본 적 없는데, 그게 그런 건가? 재욱 형은 문화센터 강사이고 여기저기 칼럼을 쓴다. 엄마 표현대로라면 시스템에 얽매이지 않고 자유롭게 사는 사람이다. 남들과 다른 라이프스타일을 가졌고. 그렇게 사는 것도 쉬운 일은 아닌 모양이지? 그래서 결혼 같은 것도 하고 싶어하지 않는다고 했던가? 하지만 엄마 역시 주류가 되기를 포기한 사람이라고, 시스템 안에 들어가는 건 바라지 않는다고, 분명 그렇게 말했는데.

—그냥 그전처럼 지내면 안 되는 거야?

—그러고 싶지.

—근데?

—얼마 안 가서 똑같은 문제가 다시 닥쳐오게 돼 있어. 지금 해결

안 되는 문제가 그때라고 해결이 될 리 없고. 그게 반복되면 서로 상처만 주게 돼.

엄마는 자기의 조건을 핸디캡이라고 생각해서 스스로 포기하고, 재욱 형은 책임질 자신이 없어 붙잡지 못하고. 뭐가 이렇게 복잡해? 두 사람이 좋아하는 것만으로는 안 되고 무슨 인증샷 같은 거라도 필요하다는 건가. 그리고, 문제가 있으면 풀어야지. 문제가 어렵다고 항의하면 선생들이 꼭 하는 말 있잖아. 그게 뭐가 어려워, 이놈들아. 쉽게 생각하란 말야, 쉽게.

내가 다시 묻는다.

―그 문제라는 게 뭐야? 나이?

아들이 있는 이혼녀라서? 자존심 문제도 있고 하니 이 말은 그냥 삼키고. 재욱 형이 고개를 젓는다.

―모든 관계에는 권력이 생겨나는 법이야. 누가 돈이 더 많은지 더 잘생겼는지, 어느 쪽이 재능이나 능력이 더 뛰어난지. 성장환경, 인격, 행동력, 유머감각, 패션 센스, 그리고 누구 쪽에서 더 감정이 절박한가 하는 것까지도 조건이 될 수 있지. 나이도 그중 하나이고. 사람들은 각자 자기가 중요하다고 생각하는 항목에 가산점을 준 다음 그것을 합산하는 거야. 내 말이 어렵냐?

―뭐 그럭저럭.

나는 생각을 정리한 다음 한참 만에 다시 입을 연다.

―그러니까 국영수 같은 필수과목처럼, 자기가 중요하게 생각하는 항목에 배점을 많이 준다는 거야?

―맞아. 하지만 나한테는 나이가 필수과목이 아니야. 민아씨 경우

280

에만 그런지 그건 알 수 없지만.

나이는 됐다니, 그럼 역시, 나 때문인가?

재욱 형은 술잔만 기울일 뿐 음식에는 거의 손을 대지 않는다. 마른 이유가 있었군.

반쯤 남은 깐풍기 접시를 재욱 형 쪽으로 약간 밀어놓아주고 나는 그 옆의 접시에서 군만두 한 개를 집는다. 잔에 든 술을 단숨에 털어넣는 재욱 형. 빈 잔을 손에 쥔 채 거기에 한참 동안 시선을 주고 있다. 다른 한 팔로는 턱을 괴고. 그리고 갑자기 나를 똑바로 건너다보는데, 눈이 충혈돼 있다.

―강연우.

목소리 속에 흐트러짐이 느껴진다.

―너도 알다시피, 내가 좀 이기적이잖아. 소심하고.

뭐야, 저런 찌질한 고백을 하면서도 멋있게 번민하는 표정은 거의 오다기리 조 분위기……

―너 말야, 네가 앞으로 살아갈 한국사회가 남자들한테 어떤 덴지 생각해본 적 있어?

―별로.

생각이야 해봤지만 그걸 어떻게 설명해. 설명 잘하는 마리도 아니고.

―내 인생에서 가장 남자다웠던 일은 회사 안 들어간 거라고 생각했어. 용기가 필요했으니까. 근데 실은 그거 역시도 책임 회피였어. 경쟁에서 살아남을 자신이 없었던 거지. 회수버스 탔을 때도 말야, 다행이다 싶더라구. 솔직히, 낙오자로 분류돼서 편하게 가고 싶더라

니까. 나는 그게 체질에 맞아. 남자답지 못한 놈이지, 한국사회의 열등아. 이단아인 척하지만 그건 못 돼. 난 그런 인간이야.

신민아씨는 취하면 인생에 대한 가르침을 늘어놓는데 재욱 형은 속마음을 털어놓는 타입이군. 하지만 다섯 살 때부터 술꾼을 겪어본 강연우 생각, 두 사람 다 꼭 나한테 하고 싶었던 이야기는 아닐지도 모른다. 자기 자신한테 하고 싶은 말인 거지. 그렇기 때문에 나처럼 무슨 말인지 잘 못 알아듣는 미성년자가 차라리 부담이 없을 수도 있다. 나도 답답할 때는 엄마나 친구보다는 생판 모르는 인터넷 사이트 같은 데에다 털어놓고 싶을 때가 더 많았으니까.

재욱 형이 빈 잔에 술을 채운다. 술병을 잡은 손이 약간 흔들리는 바람에 술이 잔에 조금 넘쳤다.

―민아씨, 좀 뜻밖이었어.

―뭐?

―우리가 처음 알게 된 필자모임 말야. 잘나가는 자식들 꽤 많았거든. 민아씨한테 노골적으로 들이대는 놈도 있었고. 근데 민아씨는 나를 챙겨주더라구.

여태 몰랐나보군. 엄마는 외모지상주의자라니까.

혼자 생각에 잠겨 있는 취한 재욱 형. 시시각각 표정이 변한다. 싱긋 웃다가 다음 순간 한숨을 내쉬기도 하고, 생각을 정리하려는 듯 이마를 찡그린 채 눈을 깜박인다. 또 갑자기 붉은색 우산 아래 들어간 것처럼 얼굴이 붉어지기도 하고. 결국은 엄마와 함께했던 지난 이야기 몇 기지를 내게 들려주기 시작하는 거지.

내 짐작대로다. 신민아씨는 사소한 것일수록 감동을 잘한다.

맥주캔 고리를 곧잘 부러뜨린다는 걸 기억하고 재욱 형이 미리 엄마의 맥주캔을 가져다 따서 건네주었을 때. 이건 나도 해주는 일이니 일단, 됐고. 어떤 술자리에서도 엄마가 있는 한 먼저 자리를 뜨지 않는다, 또 다음날 반드시 잘 들어가서 잘 잤는지 확인전화를 한다. 이것 역시 엄마의 신변보호에 이로운 일이니 나로서는 동의. 그런데 엄마가 재욱 형과 사귀기로 결심한 게 처음 팔을 붙잡았을 때라는데, 거기부터는 사소한 감동이 아니라 좀 유치하다.

지난겨울 얼어붙은 언덕길, 여럿이 함께 식당을 향해 가는 길이었다. 굽 높은 부츠가 위태로워 보여 재욱 형이 엄마에게 자기 팔을 붙잡는 게 좋겠다고 말했고, 엄마는 그렇게 했다. 그런데 언덕을 다 내려온 뒤에 손을 빼려던 엄마는 순간 감동하고 말았으니. 재욱 형 팔에 단단히 힘이 들어가 있었다나. 팔짱이 쉽게 풀어지지 않도록 팔에 힘을 주어 엄마의 손을 옆구리에 꼭 붙이고 있던 재욱 형. 이건 나를 진심으로 배려하는구나, 혼자 뭉클해졌다는 거다. 왜 아니겠어.

진짜 심한 건 식당 에피소드다. 맛있는 음식이 접시에 딱 한 개 남았을 때마다 재욱 형은 묻곤 했다. 민아씨, 이거 안 먹을 거야? 어이없게도 그렇게 마음에 들었다는 거다. 당연하다는 듯 날름 집어가는 무신경한 사람도 싫고 끝까지 눈치만 보다가 결국 남겨버린 뒤에 아까워하는 쩨쩨한 사람도 싫다며. 거기 비하면 재욱 형의 태도는 배려가 깊으면서 합리적이라나. 쯧, 어마어마하게 두터운 콩깍지 착용이군.

―엄마, 좀 한심한 거 아냐?

—귀엽잖아.

재욱 형이 턱을 조금 앞으로 내밀며 대꾸한다. 재욱 형, 폼 안 잡
으니 좀 어린애 같은 데가 있다. 헤어진 애인 자랑은 분명 헛폼과는
거리가 멀 텐데도, 엄마에 대해 말끝마다 '귀엽잖아'다. 극장에서
큰 소리로 웃다가 옆사람에게 지적받자 엄마가 사과의 뜻으로 팝콘
을 받아달라며 봉지를 안겨주었다는 얘기, 재욱 형 강의가 끝나는
시간에 맞춰 문화센터로 급히 가다가 교통위반 단속에 걸렸을 때
마치 강도에게 사정하듯 가진 거 모두 드릴 테니까 제발 보내주세
요, 하는 말로 위기를 넘겼다는 얘기에다가…… 그리고 술자리에서
여자들을 의식해 허세 부리는 남자들, 재치있게 핀잔주는 엄마의
모습이 특히 귀엽다는 얘기.

엄마는 담배를 피우지 않는다. 술자리에서 자꾸 권하는 사람이
있었던 모양이다. 괜찮아요, 자유롭게 피우세요, 이해한다니까요,
이런 말을 하면서. 몇 번 사양하던 엄마가 대꾸했다. 주세요. 그냥
피울까봐요. 안 피우면, 나쁜 짓을 하고 게다가 그걸 숨기려는 사람
이 돼버리네요. 그리고 이해해준다고 말씀해주시는 너그러운 분한
테 결례겠죠?

—그 자식 말야. 외국에서 박사 받아온 티 내느라고 어떤 와인에
는 송로버섯이 어울리고 어떤 땐 달팽이라는 둥 그런 말 하기 좋아
하거든. 그럴 때 민아씨 대답은 이런 식이야. 저는 음식은 장르 안
가리고 완성도만 봐요. 그리고 내가 먹는 거니까 내 입에 맞아야죠.
맛있는지 아닌지 그거 제 입으로 알아볼게요.

재욱 형은 신난 표정이다. 나는 의아한 얼굴이고. 버섯은 모르겠

지만 와인이랑 달팽이 이런 거 엄마가 좋아하는 장르인데?

어쨌든, 재욱 형의 이야기를 들은 나의 진짜 결론은 그러니까 이런 거다. 누구를 좋아할 때는 어른들도 똑같구나. 나, 이런 얘기 다 이해할 수 있어. 왜냐구?

언제부터인가 재욱 형, 술이 좀 깬 눈치다. 나는 운동점퍼 주머니에서 핸드폰을 꺼내 시간을 본다. 주머니에 함께 들어 있던 MP3. 이어폰 줄이 엉켜 있다. 그것을 꺼내 일정한 간격으로 다시 감는다.

도자기잔에 재스민차를 따르던 재욱형이 안경테 너머 나를 흘끗 본다.

-요즘도 G-그리핀 듣냐?

-뭐 대충.

-신곡도 없는데, 맨날 똑같은 거?

-괜찮거든.

-믹스테잎 내놓은 지 한참 됐잖아. 걔, 고3 올라가나? 바쁘겠군. 가사를 보면 범생 티가 좀 나던데.

-왜? 욕 같은 게 없어서?

-그것도 그렇고. 섬세한 건 좋지만, 정통 힙합 감수성은 아니잖아.

힙합은 본질적으로 혁명적 음악이다, 이건 재욱 형이 칼럼에 썼던 말이다.

-남들 다 하는 방식대로 맞춰서 하는 걸 정통이라고 하는 건가? 혁명을 하겠다는 게 힙합정신이라면서 정통이 왜 필요해?

내가 평소보다 말을 좀 길게 해버렸나? 식어버린 깐풍기를 집어 입안에 넣고 씹던 재욱 형이 빙긋 웃는다.

─그 말 재밌는데? 혁명을 꿈꾸는 세계에서 정통이 성립되는가?
내일이 마감인데, 제목 나왔군. 그거, 칼럼에 써도 되지?

─아버지 힙합 좀 들자니까요?

─그런 걸 왜 봐.

뜻밖에도 쑥스러워하며 얼른 물잔을 집어드는 재욱 형. 비어 있
는 걸 알고 그냥 탁자 위에 내려놓는다.

드디어 엄마에게서 문자가 도착.

추카추카! 너 낳은 게 나 맞지? 내 아들이 너여서 정말 좋아!

재욱 형이 내 핸드폰을 눈으로 가리킨다.

─민아씨?

─응.

─좋아하지?

─응.

나는 건성으로 고개를 끄덕이고.

재욱 형과 헤어지면 태수와 통화를 해야지. 그리고 집에 가서 샤
워하고 옷 갈아입고 태수를 만나 간단히 저녁 때우고 노래방으로.
먼저 채영에게 전화부터 한 다음에. 학교 축제 때 나눠줄 특별호 때
문에 일요일에도 교지편집실에 나간다고 했는데, 지금쯤 학교에 있
겠군. 그럼 마리도 함께겠고. 마리의 문자가 생각난다. 노래방은 태
수가 제멋대로 말한 거지 약속은 아니었지 않나. 어쨌든. 마리한테
도 마라톤 결과를 말해준다는 걸 깜빡했다.

재욱 형이 나를 물끄러미 바라보고 있다.

―민아씨한테 신경 좀 써. 연우 너밖에 없잖아.

―그건 오니기리 조가 좀 하지?

―오니기리? 주먹밥 말야?

재욱 형과 내 눈이 마주치고. 다음 순간 둘 다 픽 웃고 만다. 재욱 형이 묻는다.

―실밥은 풀었어?

오니기리란 말이 태수 입에서 나왔다는 걸 금방 눈치챈 거지.

―응, 어제. 기념으로 이따 노래방 가.

―술도 마시냐?

표정과 말투로만 본다면 재욱 형은 거의 그 자리까지 따라가고 싶은 사람 같다. 외로운 사람처럼 보이다니, 왠지 좀 가까워진 느낌인걸. 엄마도 재욱 형 약한 모습을 보고 이런 기분이었을까.

5

태수와 나는 각자 오른팔을 뻗어 허공에서 주먹을 가볍게 부딪친다.

―굿 잡, 심드렁!

―쌩유, 태순 브라더.

학원 바로 옆에 있는 우리 동네 분식집이다. 낙서가 어지럽게 적힌 지저분한 벽 쪽을 피해 창가 자리로 가 앉는다. 태수는 쇠고기김밥과 떡라면. 야채김밥을 시키긴 하지만 나는 재욱 형과 먹은 깐풍기가 안 꺼져 식욕이 별로 없다.

—솔직히 말해봐. 한 시간 사십 분 동안 한 번도 안 걸었어?

—한 번. 반환점 돌자마자. 근데 금방 다시 뛰었지. 왜였을까?

—일, 개가 쫓아왔다. 이, 오 미터 앞에 돈이 떨어져 있다.

—삼, 여학생들이 응원 나왔다.

—와우, 리얼리?

사실이다. 대회가 열리는 지역의 여고생들이 자원봉사를 나왔다. 참가자들이 지나갈 때마다 꽹과리 같은 걸 울려가며 파이팅 소리를 지르고 반짝이 술을 흔들어댔다. 여학생들 앞을 걸어서 지나갈 수는 없는 거지. 짧은 치마의 치어걸 복장이더냐는 태수의 질문에 나는 물론이라고 대답한다. 그 말을 믿을 태수도 아니고.

—어땠어, 하프? 할 만해?

태수가 묻자마자 나는 고통스러운 표정을 짓는다.

—오래 뛰는 거, 못 하겠어. 다음부터는 안 그럴라구.

—이제 안 뛸 거야?

—응, 그렇게 오래는. 한 시간 십 분만 뛰어야겠어.

—왓? 그러셔? 해보셔! 웃기셔!

흥얼거리며 몸을 좌우로 흔들기 시작하는 태수. 아줌마가 쟁반 위에 김이 오르는 라면과 깨가 뿌려진 김밥을 담아갖고 오는 걸 보더니 환영의 표시로 더욱 동작이 커진다. 나는 물부터 한 모금.

—참, 조금 전에 개들 지나가더라.

—누구, 내가 손 좀 봐줬던 양아치들?

—응.

내가 그쪽을 먼저 발견하고 편의점 안으로 살짝 몸을 피했다고 하니 태수가 고개를 끄덕인다.

―나도 만났지. 선물까지 받아왔어.

―그건 또 무슨 시추에이션?

―같이 놀자는데?

내가 모르는 사이 두어 번 더 마주친 일이 있다는 얘기는 들은 적 있다. 서로 경계하면서 멀찌감치 지나치기만 했는데 조금 전 학원 뒷골목에서는 딱 걸렸던 모양이다. 근데 대뜸 당구장에 함께 가자고 하더라나. 태수 주먹이 스카우트할 만하다고 생각했나? 아니면 가까이에 두고 생각날 때마다 패주려고? 태수에게 소주병을 꺼내주는 속셈은 또 뭐고.

―받았어?

―그럼 그게 무슨 폭탄이라고 빼? 내가 찐따냐?

―암튼.

무심히 창밖으로 고개를 돌리던 내 얼굴이 순간 밝아진다. 마리와 채영이다. 마리는 조금 어색해 보이는 줄무늬 원피스 위에 교복 카디건을 걸쳤고 채영은 청바지에 역시 후드티. 두터운 면 재질이지만 어쩐지 좀 추워 보인다. 나를 보고 있었구나. 눈이 마주치자 빙긋 웃는다. 동시에 뒤쪽의 마리도 한 손을 들어 태수와 나를 향해 흔들어 보인다.

젓가락으로 라면가락을 들어올리던 태수도 내 시선을 따라 창밖을 보고. 왔네. 반가운 말투다. 정작 마리가 와서 옆자리에 앉자 퉁명스럽게 내뱉는다.

－집에는 안 들어가냐?

－뭐야. 방송반하고 밥 먹는 자리까지 빠지고 왔더니.

－물 좋다는 방송반? 걔들이 너를 왜 끼워주는데?

－나 빼면 안 되거든? 축제 때 공동으로 하는 게 있어서 같이 회의했어. 합창반도 학교 나왔던데? 거긴 커플이 많아서 시끄러. 잔뜩 빼입고, 축제 준비도 장난 아니더라.

채영이 내 옆에 와 앉는다. 가벼운 눈인사.

－합창반에 이쁜 애들 많냐?

－칠십 명 넘으니까 몇 명은 있겠지 뭐. 뭐야, 기분나쁜 질문인데, 나 왜 대답해?

마리가 눈을 가늘게 뜨고 태수를 노려본다.

－밥은?

－응, 마리랑.

나와 채영의 첫 대화.

마리가 내 쪽을 바라본다. 짐짓 명랑하게 인사를 건네고.

－강연우, 축하해! 근데 내 문자 씹더라?

－그러게.

－두번째야, 응? 세 번은 없는 줄 알아.

눈을 흘기는 마리. 곧바로 화제를 돌린다.

－음악감상반은 축제 준비 없지?

태수와 나는 둘 다 음악감상반이다. 김밥을 삼키면서 태수가 대꾸한다.

－우린 평소 하던 대로 노래방 감상. 사전답사를 철저히 해야 돼.

채영은 노래방과 극장 같은 어둡고 답답한 공간을 싫어한다. 공간뿐 아니다. 옷과 신발도 몸에 끼지 않게 헐렁하게 입고 반지, 머리띠, 시계, 이어폰 모두 답답하다며 아무것도 몸에 지니지 않는다. 노래방, 그리 달가워하지 않을 텐데. 나는 고개를 옆으로 돌려 채영을 바라보고. 눈이 마주치자 채영이 작은 목소리로 말한다.

—너 달리기하러 간 거 깜빡했나봐. 문자 받고 생각났어. 미안.

—괜찮아.

내 눈길이 채영의 목에 걸린 은색 줄에 가 닿는다. 목걸이를, 웬일이지? 내가 보고 있다는 걸 깨달은 채영이 후드티 안으로 손을 집어넣는다.

—참, 이거.

목걸이에 달린 메달을 티셔츠 속에서 빼서 내게 보여준다. 저게 바로 채영의 메달? 동그란 테두리 안에 무슨 은색 새 같은 게 들어 있다. 백일장이나 웅변대회 같은 데서 받은 건 아니군. 다시 자세히 보려는 순간 그것은 채영의 티셔츠 안으로 재빨리 미끄러져 들어가 버린다. 한 손으로 후드티의 목 부분을 붙잡은 채 가만히 웃음을 지어보이는 채영. 왜 그런지는 몰라도, 여러 사람이 보는 건 싫구나. 갑자기 더 궁금해지는걸.

—뭐야, 이채영한테는 보냈어? 그럼 내 거만 씹은 거야?

약간 큰 마리의 목소리. 나는 갑자기 뭐라고 해야 하나 하는 표정으로 마리를 멍하니 건너다본다. 아, 문자.

그러고 보니 마리의 머리모양이 바뀐 것 같다. 커트머리가 좀 길었는데 이마가 보이도록 뒷머리를 잡아서 하나로 묶고 있다. 눈을 치켜뜨고 빠져나온 머리카락 몇 올을 입김으로 불어올리다가 나와 눈이 마주치자 아랫입술을 내민 그대로 멈추는 마리. 다음 순간 얼른 눈꺼풀이 내려가며 눈동자가 긴 속눈썹 아래 덮여버린다.

해가 많이 기울었다. 상가에 불이 켜지기 시작한다. 노래방까지는 한 블록만 가면 된다. 10월 초. 거리에 선선한 바람이 깃들어 있다. 평일 같으면 학원버스들이 끝없이 늘어서 있을 시각이지만 텅 빈 차도에는 수많은 노선이 적힌 팻말들만 서 있을 뿐이다. 모처럼 한가롭고 충만한 기분. 하프마라톤 완주도 했고 재욱 형 연애상담도 해주었고 배도 적당히 찼고, 그리고 지금은 친구들과 놀러 가는 길. 괜찮은 일요일 저녁이다. 무엇보다 해가 기우는 거리를 채영과 나란히 걷는다는 것.

앞장을 서게 된 태수와 마리는 서로 떨어져 걷고 있다. 태수가 일부러 한 걸음 떨어져서 뒤따라간다. 아직까지도 독고태순이라는 여중생 동생이 따로 있다고 우기는 웃기는 녀석. 전교생이 다 알고 있다는 걸 뻔히 알면서도. 그래서 못 말린다는 거지만. 태수의 카키색 비니 아래로 목덜미의 문신이 반쯤 드러나 있다. 등에 멘 가방으로 눈이 간다. 그 자식들이 소주병을 주더라고? 태수 말이 늘 그렇듯 어디까지가 농담인지 사실인지 파악이 잘 안 된다. 그나저나 마리의 저 가방, 무척 무거워 보인다. 천으로 된 보조가방인데 프린트물과 자료 같은 게 삐져나와 있다.

나는 걸음을 약간 빨리한다. 마리에게 다가가 가방 끈을 붙잡는다.

―들어줄까?

―어, 이거? 괜찮아.

그렇게 대답은 하면서도 내게 가방을 건네주는 마리. 태수가 한 걸음 다가온다.

―돈 이븐 워리. 개, 힘 세.

돌아보니 채영은 후드티의 캥거루 같은 주머니에 두 손을 집어넣은 채 무심한 얼굴로 타박타박 뒤를 따라오고 있다. 태수와 내가 나란히 걷기 시작하고 그 뒤에서 함께 걸음을 옮기는 채영과 마리. 길 건너편에 있는 노래방 간판이 눈에 들어온다.

우리에게서 돈을 받으며 주인아줌마가 한마디 던진다. 술 같은 건 없지? 태수를 꼭 집어 쳐다보며 하는 말이다. 얍! 태수의 싹싹하고 명쾌한 대꾸. 저기 1번 방이야. 아줌마가 카운터에서 가장 가까운 방을 가리킨다. 그러니까 뭐야, 미성년자는 포돌이와 삼 분 거리?

퀴퀴한 냄새, 눅눅한 공기, 칙칙하고 유치한 무늬의 벽지, 어둡고 좁은 복도, 그러나 그다음은 우리 세상이다. 방문을 열고 들어간다. 이제 우리뿐이다. 노래책과 탬버린이 놓인 낮은 탁자 안쪽 자리로 태수와 마리가 들어가고 꺾어진 자리에 나와 채영이 앉는다. 태수가 앉지도 않고 곧바로 노래책을 가져다가 빠르게 넘긴다.

―아, 뭐야!

탁자 위의 노래책을 뒤적이던 마리가 첫 곡의 전주가 울려퍼지자마자 고개를 번쩍 들고 소리친다. 이미 마이크를 잡고 노래를 시작한 태수.

―내 동생 독고태순. 소녀장사 내 동생. 이름은 하나지만 별명도

단 하나.

갈수록 목소리가 커진다.

—오빠가 부를 때는 독고태순, 오빠가 부를 때는 독고태순, 오빠
가 부를 때는 독고오태순, 랄라랄라 랄라랄라.

태수는 신이 났다. 마리는 못 들은 척 노래책만 열심히 뒤적인다.
마이크 줄을 당겨 마리 앞으로 바짝 다가가는 태수. 동요를 막 배운
유치원생처럼 고개를 옆으로 까닥까닥 어깨춤을 추며 마리의 눈앞
에 얼굴을 들이댄다. 마리가 고개를 돌리면 돌릴수록 바짝 붙어 따
라다닌다.

독고마리는 도꼬마리라는 풀에서 따온 이름이라고 마리에게서
들었다. 태수 엄마가 지은 이름이라고. 태수 엄마는 태수 아빠를 알
게 된 아마추어 사진 동호회에서도 주로 야생화를 찍었다. 결혼하
면 꼭 예쁜 딸을 낳고 싶었다는 태수 엄마는 독고라는 무시무시한
성에 대체 어떤 이름을 붙여야 할까 고민이 많았다. 도꼬마리가 아
니었다면, 태수 아빠가 운명의 남자가 아니라고 결론 내렸을지도
모른다나. 실은 아빠가 믿음직스럽지 못해서 그랬을 거야, 말했지?
우리 아빠 좀 보이거든, 하고 덧붙이던 마리의 표정도 생각난다. 아
빠와 오빠를 한꺼번에 부르면 보이들이 되나. 그나저나 태수 아빠
는 대학교수인데 보이라니.

—야, 보이! 안 참는다!

—알았어, 알았어.

마리가 결국 노래책을 던질 듯이 머리 위에 쳐든 채 소리치자 그
제야 슬쩍 취소버튼을 누르는 태수. 이번에는 내 쪽으로 노래책을

민다.

―야, 심드렁! 몇번?

―좀 있다가.

―그래? 그렇다면 또……

마시던 음료수 캔을 내려놓고 다시 노래책을 뒤적이더니 태수는 이내 리모컨의 숫자를 누른다.

―여자애들한테 어필하려면 일단은 발라드지.

하지만 흘러나오는 전주는 구성진 뽕짝. 미국 친구들이 퍼니하다며 좋아했다는 태수 아빠의 애장 시디에 들어 있던 곡이다. 탁자 위의 마이크를 집으며 일어나는 태수, 어깨춤을 추면서 콧노래로 흥겹게 전주를 따라 한다.

채영은 소파 등받이에 기댄 채 가만히 화면 속의 영상을 바라보고 있다. 부실한 옷차림의 여자들이 외로운 표정으로 오래오래 샤워를 하고, 옷을 갈아입다 말고 문득 슬픔에 잠겨 두 손으로 자신의 가슴을 끌어안고, 아니면 얇은 잠옷 차림으로 침대에 누워 뒤척이며 그리움을 온몸으로 표현하는 영상. 좀 아저씨 취향이다.

중학생 때는 엄마와 컴퓨터를 같이 썼다. 야동을 본 뒤 엄마에게 지적을 받곤 했다. 순진한 학생, 보고 나면 기록을 삭제해야지. 그래야 내가 모른 척해줄 수 있잖아.

―저 화면, 딴 거로 좀 바꿀 수 없어?

물끄러미 바라보는 채영과 달리 마리의 목소리에는 불만이 가득하다.

다음은 마리 차례이다. 발랄하고 자기 주장이 강한 여성 싱어송

라이터의 노래. 목소리가 약간 떨리지만 음정이 정확하고 발음이 또박또박, 노래 역시 기초실력과 성실성이 담긴 모범생 버전이다. 팡파르와 함께 '어디서 좀 노셨군요'라는 여자 목소리에 이어 98점 이 나온다.

―노래 잘하는구나. 몰랐네.

―내가 오빠하곤 좀 다르지.

열창을 해서인지 약간 상기된 얼굴로 대꾸하는 마리.

태수가 한마디 안 할 리 없다.

―아빠 닮아 노래 잘한다 그 말이지? 우리 아빠 말야, 지난주에 왜 학교 안 간 줄 알아? 노래방에서 춤추다가 마이크 줄에 발 걸려 서 넘어졌거든. 갈비뼈에 금 갔어. 팔도 못 움직이셔. 비 케어풀, 독 고태순. 너같이 듬직한 애들은 넘어지면 크게 다친다.

태수와 마리가 티격태격하는 모습을 채영은 말없이 바라보고, 그 런 채영을 내가 또 바라보고. 외동이들한테는 익숙하지 않은 장면 이라 그런가? 텔레비전 드라마라도 보는 것 같다.

이번에는 태수가 노래책도 보지 않고 곧바로 번호를 누른다. 몇 번인가 특별활동시간을 노래방에서 보냈던 음악감상반, 태수와 나. 우리에게 익숙한 전주가 흘러나온다. 빠른 박자, 신나는 비트, 하지 만 가사는 필요없다. 신청한 노래를 부르는 게 아니라 분위기와 비 트가 비슷한 곡을 틀어놓고 거기에 맞춰 G-그리핀의 노래를 부르 는 것이니까.

지난여름 태수네 집에서 맨 처음 같이 불렀던 노래이다. 그래서인 지 이 노래만 들으면 이 도시로 이사오던 더운 여름날이 떠오른다.

노래가 끝난 뒤 자리로 돌아온 태수가 나를 바라본다.

—혼자 하니까 좀 별론데? 이거 부를 때 심드렁 G-그리핀하고 진짜 비슷해.

뒤의 말은 채영에게 하는 말.

—그게 누구야?

—저 노래 부른 래퍼. 근데 이채영, 넌 노래 안 해?

—응, 못해.

태수가 탁자 위의 탬버린을 집어든다. 흔들 때마다 테두리에 불이 들어오는 탬버린을 채영에게 흔들어 보이며 장난스럽게 말한다. 그럼 춤 춰.

마리가 새 노래를 부르기 시작했다. 또박또박 끊어지는 맑은 목소리가 방 안 가득 울려퍼진다. 아싸, 아싸. 사이사이 어울리지 않는 추임새를 넣는 태수.

채영이 내 팔을 잡아당긴다. 할말이 있는 듯한 표정. 얼굴을 가까이 가져가니 내 귀에 입을 대고 작게 말한다.

—한 곡 불러줘.

—응?

—목소리 비슷하다는 가수.

—그러지 뭐.

내 얼굴에는 웃음이 번지고.

이번에도 박자가 비슷한 다른 노래의 반주에 맞춰 불러야 한다. 화면에는 내가 부르려는 노래가 아닌 다른 가사가 나오지만 상관없다. G-그리핀의 가사는 한 글자도 빠짐없이 외우고 있으니까. 화면

볼 필요 없이 채영을 바라보며 노래할 수 있어 오히려 더 좋다. 실은 이런 순간이 오기를 기다렸을걸, 강연우. 언제나 내 마음속 이야기를 대신해주는 G-그리핀의 노래, 이제 내가 채영에게 불러주는 거다.

마이크를 잡고 일어서는 내 머릿속에 말들이 가득 차오른다. 들어봐, 이채영. 내 마음속 간절하고 설레고 기쁨에 찬 너에 대한 이야기들. 그건 조용함과 망설임과 두려움의 말들이 아니야. 깊은 바닥에 고여 있는 검은 우물의 말이 아니라, 온몸으로 솟구쳐올랐다가 정점에 닿은 순간 수없이 많은 흰 팔을 활짝 벌리고 환호하는 분수들의 말이야. 들어봐, 채영. 내 가슴속에 차곡차곡 쌓이다가 넘쳐나서 결국 너에게로 쏟아내는 나의 벅차고 빠른 분수의 말들을.

그녀의 이름을 불러봤죠 향기 가득한 피스타치오
한 개씩 입에 넣은 다음 깨물어보는 것처럼 말이죠
그녀의 이름을 새긴 구름조각
남쪽 하늘로 띄워보내면 그녀가 바라볼까
지금 바라보는 어디든 니 얼굴뿐이라는 걸
어제는 오늘은 내일은 아니 언제든 너도 똑같았으면 좋겠어
하고 싶은 말이 너무너무 많지만
지금은 너를 보고 있는 것만 해도 돼

노래를 끝내고 자리로 돌아와 앉는다. 채영과 태수와 마리, 셋 다 잠시 말이 없다. 내가 너무 큰 감동을 줬나.

298

－굿 잡!

탁자 건너편에서 태수가 주먹 쥔 팔을 내 쪽으로 뻗는다.

나도 팔을 뻗어 서로 주먹을 마주친다. 마음속 하고 싶었던 말을 꺼내 표현한다는 것, 정말 기분좋은 일이구나.

그렇지 참. 바지 뒷주머니에 넣어온 메달이 생각났다. 채영의 손을 끌어당겨 손바닥 위에 빨강색 헝겊 띠에 달린 메달을 올려놓아준다. 내게 손목을 잡힌 그대로 그것을 가만히 내려다보는 채영에게 말한다. 금색 맞지? 응. 근데 금메달은 아니야. 왜? 그건 그러니까…… 기초상식이라고는 전혀 없는 채영. 대답하기 쉽게 그냥 금메달을 따버릴걸 그랬나.

－야, 심드렁.

태수가 부른다.

－금메달 축하한다. 치어 업, 브라더!

－뭐야, 이거.

태수가 건네주는 대로 얼떨결에 받아든 것은…… 소주병. 그 자식들한테서 받았다는? 뚜껑은 꼭 닫힌 그대로다. 내가 병을 도로 돌려주자마자 태수는 천연덕스럽게 그것을 입에 댄다. 고개를 뒤로 꺾으며 병나발 부는 시늉을 한다. 나는 마리 쪽을 본다. 한마디 핀잔을 줄 만도 한데. 그러나 의자 등받이에 등을 기댄 마리는 왠지 아무 말이 없다. 조금 전까지 무릎 위에 올려놓았던 노래책도 멀찌감치 밀어놓았다. 그제야…… 오늘 완전 흥분했군, 강연우. 마리 생각을 너무 안 한 거지.

태수 혼자만 흥이 나 있다고 생각했는데 이제 보니 그게 아니다.

완주 메달을 목에 걸고 양손으로 브이자를 그리며 엉덩이를 실룩거리는 우스꽝스러운 태수의 제스처. 이제 보니 마리의 시선을 나와 채영에게서 자신에게로 돌리려는 게 분명하다. 근데 독고태수, 잘못 생각한 거 아냐? 요란한 전주가 울려퍼지기 시작한 태순 브라더의 다음 신청곡, 바로 〈남행열차〉다. 그때 이채영 땜에 쪽팔려 죽는 줄 알았어, 라고 하던 마리의 말. 그 채영이 바로 옆에 있는데, 역효과 아닐까.

흘끗 표정을 살폈지만 마리는 조용할 뿐이다. 입술을 꼭 물고 멍하니 화면을 바라보고 있다. 화면이 바뀔 때마다 얼굴에 반사되는 빛의 움직임 때문일까. 마치 네온사인이 늘어선 밤거리의 차창 밖을 하염없이 내다보며 어딘가로 가고 있는 사람 같다. 마리의 저런 모습 좀 낯설다.

채영은 채영대로 두 손을 앞주머니 속에 집어넣고 앉아 역시 말이 없다. 언제 후드를 썼는지 그림자에 가려 표정이 잘 보이지 않는다. 언젠가 우리가 나누었던 이야기. 후드티만 입어? 응, 좀. 엄마가 다른 것도 사오긴 하지만. 후드를 덮어쓰면 어디에 숨은 것 같아서 편해. 지금도 후드에 얼굴이 가려져 있다.

가끔 이상한 기분에 휩싸일 때가 있다. 시간이 부분적으로 정지하는 느낌 같은 것. 하나의 장면이 일시에 정지하는 게 아니라, 한 장소에 함께 있지만 사람마다 각기 다른 시간 속에 정지되어 있는 듯한 기분 말이다. 그러면 우리는 마치 박물관에 전시된 서로 다른 시간대를 살았던 동물의 박제처럼 아무 관련 없는, 결코 닿을 수 없는 존재들이 돼버린다.

지금이 바로 그렇다. 텔레비전의 화면 분할 기능처럼 갑자기 노래방 실내가 몇 장면으로 나뉘는 기분이다.

화면 앞에서는 목에 금색 완주 메달을 건 태수 혼자 요란한 불이 들어오는 탬버린을 흔들어가며 소리 높여 노래를 부르고, 채영과 나는 나란히 앉아 그 모습에 눈길을 주고 있지만 각자의 생각에 잠겨 있다. 그림자처럼 채영의 얼굴을 깊이 덮은 후드의 뾰족한 정수리. 건너편 자리의 마리 역시 계속 조용하다. 탁자 위에 올려놓은 두 손은 깍지를 끼었다 풀었다 한다. 옆에 놓인 소주병을 몇 번인가 옮겨놓는다.

하나의 공간에 함께 있는 순간에도 어쩌면 우리에게는 각자의 시간이 따로 있어 서로 다른 파이프를 따라 엇갈려 시간을 흘려보내고 있는 건 아닐까. 서로를 향해 달려왔지만, 우리가 가장 가까워지는 순간이란 이제부터 멀어져야 하는 시간이 시작된다는 뜻 아닐까. 불현듯 몸이 노곤해진다. 나에게는 이따금 이런 순간이 있지. 기쁨, 그리고 알 수 없는 불안 다음의 슬픔, 그 끝의 무기력함.

노래가 끝났다. 3절까지 다 부른 뒤 자리로 돌아와 마이크를 탁자 위에 내려놓으려던 태수. 갑자기 소리를 지른다.

―뭐야, 독고태순! 너 병 땄어? 이 기집애가!

그리고 마리의 몸이 기운 없이 탁자 위로 쓰러진다.

번호키를 눌러 현관문을 연다. 내가 문을 붙들고 있는 사이 태수가 안으로 들어서고. 습관적으로 내 방을 향하던 태수의 걸음이 잠시 멈춰진다. 등에 업힌 마리를 어디에 뉘어야 할지⋯⋯

목욕가운을 걸친 신민아씨가 수건으로 머리를 닦으며 안방에서 나오다가 깜짝 놀란다. 누구 다쳤니? 종종걸음으로 마루를 가로질러온다. 동생인데, 술 처먹었어요. 짐짓 시큰둥한 태수의 대꾸. 아, 마리? 이리 데려와. 엄마가 앞장서서 안방 문을 활짝 열어젖힌다. 안방 침대에 내려놓아진 마리는 눈조차 뜨지 못한다. 술냄새만 진동하고.

찬물에 적신 수건을 가져와 마리를 닦아주며 엄마는 찬찬히 얼굴을 뜯어본다. 납치해온 신붓감이라도 되는 듯이. 옆에 서 있는 태수의 얼굴을 쳐다보더니 고개를 끄덕이며 말한다. 닮았네. 둘 다 속눈썹이 참 길구나. 태수는 쑥스러운 표정을 지으면서도 뭔가 변명을 하고 싶은 눈치다. 처음 마시는 애들이 꼭 사고친다니까요.

신민아씨는 자초지종을 자세히 캐묻는 성격이 아니다. 말하기 싫다고 하면 대충 통과다. 뭔가 이유가 있겠지, 나도 그럴 때 있으니까, 그런 식이랄까. 거짓말하게 될 것 같으면 차라리 아무 말 마. 거짓말했다는 부담까지 늘어나서 더 필사적으로 자기를 변명하게 돼. 이런 말도 한 적 있다. 어쨌든 독고태수, 그래도 이런 순간에는 제법 오빠 티를 내는군.

엄마한테는 연락했니? 엄마의 말에 태수가 나를 흘끗 본다. 안 하면 안 될까, 하는 표정. 정신 차리면 그냥 엄마가 좀 태워다주지?
옆에서 나도 거든다.

그때 마리가 기침이라도 하려는 듯 윗몸을 조금 일으키더니 다음
순간 우엑, 침대 시트에 토하기 시작한다. 엄마가 손에 들었던 수건
으로 급히 토사물을 훔치고. 마루로 나간 태수는 주머니에서 핸드
폰을 꺼내며 혼자 투덜댄다. 갓 댐, 불쒯, 쇠똥구리……

태수 엄마가 도착한 것은 십 분 뒤쯤? 엄마가 토사물을 치우고
수건을 빨고 마리의 얼굴을 닦고 젖은 시트 위에 임시로 마른 수건
을 깔아줄 수 있는 정도의 시간이 흘렀을 뿐이다.

걱정스러운 얼굴로 뛰쳐들어와 마리부터 찾을 줄 알았는데 그게
아니었나. 태수 엄마는 현관을 들어서자마자 자초지종부터 따지기
시작한다. 어떻게 된 거니? 어디서 누구랑 마셨어? 누가 그렇게 먹
인 거야, 응? 여기까지는 나를 바라보며 하는 질문. 그리고 술은 어
디서 났어? 라고 묻는 대목에서는 날카롭게 태수를 쏘아본다.

소리를 듣고 안방에서 나오는 신민아씨. 그럴 줄 알았다. 순간 태
수 엄마의 눈이 믿을 수 없다는 듯 가늘어진다. 태수 엄마가 그렇게
빨리 올 줄 몰랐던 신민아씨 역시 목욕가운의 앞섶을 한 손으로 붙
잡으며 어정쩡하게 고개를 숙인다.

격식을 갖춘 태수 엄마의 인사말.

─안녕하세요. 태수 엄마예요. 이런 일로 처음 인사 나누게 되어
민망하네요.

─아녜요. 마리 지금 제 침대에 있어요.

─그럼 실례할게요.

구두를 벗는 태수 엄마의 표정은 냉랭하다. 태수네 집 식탁 앞에서 이것저것 챙겨줄 때의 자상하고 사려 깊은 모습과는 완전 딴판. 안방으로 들어가지 않고 거실의 소파 쪽으로 다가간다. 소파 위에 굴러다니던 옷들과 잡지뭉치를 주섬주섬 치우며 신민아씨가 말한다.

—좀 앉으세요.

—네, 고맙습니다.

앉자마자 태수를 향해 싸늘한 눈빛을 던지는 태수 엄마. 목소리도 낮고 퉁명스럽다. 마리 나오라고 해. 걔 지금 정신없어. 태수는 거의 달래는 듯한 말투다. 그럼 업고 나와. 네가 한 짓이니까 네가 책임을 져야지. 묵직한 분노의 추가 태수 엄마의 목소리를 느릿느릿 바닥까지 끌어내린다. 너 혼자도 모자라서 이제 마리까지 끌어들여? 내가 뭘 끌어들여! 마침내 터져나오는 태수의 볼멘소리. 하지만 다음 순간 어금니를 꽉 깨물고는 몸을 돌려 안방으로 들어간다.

그사이 엄마가 유리잔에 든 토마토주스를 갖고 와서 탁자 위에 내려놓는다.

—감사합니다.

입가에 힘이 들어가 있는 딱딱한 말투다.

—전엔 안 그랬는데, 태수 전학오고 나서부터 안 좋은 일이 자꾸 생기네요.

—그런가요.

—태수가 문제죠 뭐. 툭 하면 야자도 빼먹고. 엊그제 겨우 실밥 풀었는데, 이젠 착실한 동생까지 데리고 다니면서……

태수 엄마가 한숨을 쉬자 엄마는 무심히 고개를 끄덕인다.

—태수 쟤가 덩칫값을 못하고 좀 순진한 데가 있거든요. 친구 좋아하고. 한참 친구 잘 사귀어야 할 시기인데…… 남 도와주려다가 제가 당할 때가 많아요. 마리가 그러던데, 저번에도 연우 신발 때문에 시비가 붙은 거라면서요. 아셨어요?

—네, 별일 아니었다던데……

—애들이 제대로 말을 해야 말이죠. 연우 엄마는 직장 때문에 더구나 바쁘시니까. 암튼, 남자애들은 속을 모르겠어요. 키우기 참 힘드네요. 아빠도 별 도움이 안 되는 것 같아요.

—아, 네.

—요새 애들이 좀 그렇잖아요. 꼭 뭐가 돼보겠다는 그런 꿈 같은 것도 별로 없고 그럭저럭. 남자애들이 특히 다 약해빠졌죠. 연우 엄마도 걱정이시겠어요.

태수 엄마의 마지막 말을 들은 모양이다. 마침 마리를 부축해서 안방을 나오던 태수의 표정이 눈에 띄게 일그러진다. 태수 엄마는 그제야 벌떡 일어나 걱정스러운 얼굴로 마리에게 다가간다. 괜찮아? 눈을 내리깐 채 고개를 끄덕이는 마리. 창피해서 그러는지 정말로 아직 정신을 못 차린 것인지 엄마에게 인사를 하는 둥 마는 둥 양쪽에서 부축을 받으며 멍한 표정으로 현관으로 나가 신발을 신는다. 태수가 마리의 보조가방과 자기 가방을 챙겨들고. 카디건 주머니에서 차 키를 꺼내며 태수 엄마가 말한다. 실례 많았습니다. 나오지 마세요. 그러고는 엄마가 인사할 틈도 없이 급히 닫히는 현관문. 쾅.

엄마와 나는 잠시 멍하니 서 있다. 뭔가 파도 같은 게 밀려들어서 조개껍데기와 해초들을 한꺼번에 쓸어가버린 것 같다. 엄마가 긴 한숨을 내쉬더니 그때까지 꼭 붙들고 있던 목욕가운 앞섶에서 손을 뗀다.

　―채영이는 노래방 같이 안 갔니?

　―먼저 집에 갔어.

　소파에 털썩 주저앉은 엄마. 태수 엄마가 건드리지도 않은 토마토주스를 꿀꺽꿀꺽 마신 뒤 탁자 위에 빈 잔을 내려놓는다. 고개를 돌려 집 안을 한 바퀴 둘러보고.

　―실컷 야단맞은 기분이네.

　―하필 청소주간.

　내가 피식 웃는다.

　나를 셔틀버스까지 태워다주느라 새벽부터 서두른데다가 그 길로 곧바로 외출했기 때문에 오늘따라 한층 집 안이 어질러져 있다. 빈 벽을 물끄러미 바라보며 엄마가 혼잣말하듯 중얼거린다.

　―가족사진이라도 찍어서 한 장 걸까. 화분도 몇 개 갖다놓고. 연우 상 좀 받아와라. 벽에 상장 같은 것도 붙여놓자.

　목소리가 쓸쓸하다. 엄마와 나 둘 사이에는 필요 없지만 남의 눈에 비쳐질 때를 대비해서 갖춰야만 하는 것들이 따로 있는 건가. 하지만 가족사진만 해도 그렇다. 가족 구성에서부터 어차피 우리는 남들과 같을 수는 없다. 다른 것을 틀리다고 말하는 것, 그건 오른쪽이 옳은 쪽이라고 생각하는 오른손잡이들의 착오라던데, 재욱 형 말로는.

　―아 참.

　엄마가 소파에 깊숙이 묻고 있던 윗몸을 벌떡 일으키며 가볍게

306

손바닥을 마주친다.

—메달 어땠니? 팸플릿에 기념메달 준다고 나와 있던데…… 그거라도 걸어놓자.

—누구 줬어.

—그러셨군요.

고개를 연신 끄덕끄덕하는 엄마.

—오늘부터 하프마라톤 완주자의 어머니 되신 분은 구경조차 못 해보는 거네요?

—알았어, 알았어.

내가 선심쓰듯 받아친다.

—또 받아오면 되지. 하나도 어려운 일 아니야.

낯선 사람이 오면 숨어버리는 고양이들, 그제야 어슬렁거리며 나타난다. 한 마리는 늘어진 식탁보 밑에서, 한 마리는 베란다의 의자 아래에서. 나는 검은색 도토를 안아올리며 저만치로 도망치는 회색 토리 쪽을 흘끗 바라본다.

—마리는 왜 그런 거니?

—글쎄.

나와 채영 때문이었나. 하지만 우리가 가깝다는 걸 처음 안 것도 아니고. 그리고 마리의 마음, 내 짐작일 뿐 나한테 무슨 고백을 한 것도 아닌데…… 역시 〈남행열차〉가 결정적이었나. 태수 엄마는 남자애들이 어렵다지만 여자애들 속을 알기는 더 어려운 것 같다. 왜 그리 쉽게 토라지고 변덕이 심하고 자존심을 앞세우고 그리고 감추는 게 많은지. 태수의 말이 생각난다. 여학생 전용 독서실이 왜 있는 줄 알아? 여자들끼리 깨끗하고 조용한 환경에서 공부에 집중하려고 그러는 것 같지? 실은 그거, 안 씻으려고 그런 거야. 공부한답시고 머리도 일주일에 한 번 감을까 말까…… 그러니까 여학생 전용, 그거 진짜 더럽다는 뜻이거든. 그런 걸 바로 여자의 비밀이라고 하는 거다. 유브 갓 잇?

하긴, 서로 다를 거라고 생각하니까 그런 게 새로운 사실이 되는 거지, 결국은 여자애들도 남자애들이랑 똑같다는 뜻이잖아.

긴 하루였어.

창가로 다가간다. 엄지와 검지로 블라인드의 칸살을 벌려 그 사이로 밖을 내다본다. 확실히 해가 짧아졌다. 어느새 어둡다. 메타세쿼이아나무의 잎이 어둠 속에서 조금씩 흔들리고 있다. 담장처럼 나무를 사이에 두고 나뉜 두 개의 길. 화단 안쪽 길은 어둠침침하고, 가로등 빛이 하얗게 반사된 바깥 길에서는 배드민턴 치는 사람들이 뛰어다니고 있다.

다시 거울 앞으로 돌아와 선다.

그래. 세상에는 두 종류의 사람이 있어. 완주해본 사람과 그러지 못한 사람.

어디까지 갔다 왔냐구? 바로 내 안에 들어 있는 가장 약하고 고통스러운 부분, 나는 그곳에 닿아본 사람이야. 그곳을 딛고 넘어서서 제자리로 돌아온 거야.

그때 집 안의 정적을 깨는 갑작스러운 벨소리가 들려온다. 나는 열려 있는 방문을 향해 반사적으로 몸을 돌리고. 재욱 형의 발길이 끊어진 이후 손님이 오는 일이 거의 없는 집인데 오늘 두번째로 벨이 울리고 있다.

현관문 앞에서 내가 묻는다.

—누구세요?

—응, 나.

희미하긴 하지만 분명 재욱 형 목소리이다. 불현듯 뒤를 돌아보니 엄마가 인터폰의 송화기를 귀에 댄 채 멍하니 서 있다. 재욱 형의 목소리를 동시에 들었군. 나와 눈이 마주치는 다음 순간 엄마의 얼굴에 갑자기 표정이 살아난다. 얼른 송화기를 제자리에 걸더니 안방으로 뛰쳐들어간다. 내게 소리치며.

—열어주지 마, 알았지?

보나마나 뻔하다. 재빨리 옷 갈아입고 립스틱이라도 바르려는 거겠지.

오늘 하루, 정말이지 길다.

음…… 이번 주는 내 생일 주간. 시간이 천천히 흘러가는 것도 뭐 나쁘진 않다.

7

편집실, 혼자 있어.

채영의 문자를 받자마자 가방을 꾸린다.

축제를 앞두고 학교 전체가 들떠 있다. 특히 야자시간. 중요한 행사를 맡은 정식 동아리 애들은 거의 빠져나가고 나머지 애들도 삼삼오오 모여 떠들거나 엎드려 자거나 음악을 듣거나 들락거리거나…… 아무튼 산만하다. 리본공예반 지도교사인 담임도 전시회 준비라며 며칠째 야자 감독을 안 들어온다.

야자 째게? 짝이 한마디 던진다. 대충. 짝은 노골적으로 부러운 눈치다. 짱 나. 난 야자 째도 피시방 아니면 갈 데가 없어. 오늘도 태순 브라더랑 노냐? 가방끈을 모아 한쪽 어깨에 메며 나는 고개를 젓는다. 태수는 지방에서 올라온 할머니를 모시고 가족 외식에 가야 한다. 할머니 오시는 날이라며 이틀 전에도 일찍 집에 들어갔다. 편집실 일이 바쁜 마리는 빠진다는데…… 게다가 오늘은 내 생일. 하지만, 친구가 중요하냐, 가족이 중요하냐. 태수 엄마, 이런 식으로 말씀하셨겠지. 마리는 달라, 그건 학교 일이잖아. 또 이러셨겠고.

마리의 음주사건 이후 부쩍 잔소리가 심해졌다고 투덜대긴 해도 태수는 엄마 말을 거스르지는 못한다. 혹시 나와 어울리지 말라고 하신 거 아냐? 그렇다면 우린 몰래 만나는 남자친구 사이? 이런 비극이…… 어쨌거나, 대결할 힘을 갖추지 못했으니 어쩔 수 없이 자신이 동의하지 않는 가치관에 따르는 척해야 하는 미성년자 신분. 우리들, 그래서 자꾸 비밀이 많아지고 자기 방으로 숨어드는 건가. 이런 식으로 어른이 되면 우리가 미워하던 사람들처럼 위선적이고 허세만 부리는 거 아냐?

하긴 전국 고등학생의 피할 수 없는 절친, 천하무적 야자가 있는데 생일 타령이라니…… 담임이 알면 엄마의 동의서 정도로는 야자 안 빼줄라.

엄마는 지난 일요일 밤 갑자기 찾아온 재욱 형과 함께 나간 이후 사흘째 새벽에 들어왔다. 오늘 아침에도 억지로 일어나 생일상을 차려준 게 고작 프렌치토스트. 조금밖에 남지 않은 우유를 탈탈 털어부었지만 토스트는 퍽퍽했고 식탁 한쪽에는 어제 외출 전에 물에 담가놓았는지 불어터진 미역이 그대로 볼에 담겨 있었다.

게슴츠레한 눈으로 엄마가 물잔과 비타민 한 알을 건네주며 잠꼬대하듯 하는 말. 이거라도 먹고 가. 요오드는 섭취해야지. 그러고는 비칠비칠 잠옷 주머니에서 용돈 봉투를 꺼내 내밀었다. 괜찮아. 나, 미역국 별로잖아. 내가 그렇게 말한 것은 봉투가 두툼했기 때문. 서운해해봤자 괜히 나만 불쌍해지지 뭐. 그리고, 나도 엄마 생일을 꼬박꼬박 기억하지 않았잖아. 똑같이 가족인데 엄마만 내 생일을 챙겨야 하는 건 아니지.

교지편집실은 2층. 중앙계단을 올라가야 한다.

층계참을 돌다가 무심히 1층 복도로 시선이 갔는데 복도 끝에서 걸어오고 있는 여자애 둘. 짙은 눈썹, 반듯한 이마, 등이 꼿꼿한 걸음걸이, 마리다. 태수 말로는 교지 특별호에 중요한 특집을 맡아서 정신이 없다더니, 아무튼 반가운걸. 난간을 잡고 빠른 걸음으로 다시 계단을 내려간다. 태수 엄마가 내 운동화 사건을 들먹였다는 걸 태수에게서 전해듣고 자신이 고자질쟁이가 된 것 같다고 울상이었다는데, 괜찮다고 말해줘야지.

그러나 내려와보니 그사이 마리는 사라지고 없다. 나를 못 본 건가. 흠.

교지편집실에 들어와보는 건 처음이다. 가운데에 커다란 탁자 몇 개가 붙여져 있고 그 위에 몇 대의 컴퓨터. 커다란 화이트보드에 잔뜩 갈겨 있는 글씨들. 철제 캐비닛, 액자, 정수기, 교지가 꽂혀 있는 책꽂이. 대충 예상했던 대로이다. 탁자 위에 흩어진 책과 노트와 프린트물 같은 것도. 채영만 의외이다. 급식실에서 갖고 온 식판을 앞에 놓고 밥을 먹고 있다. 식단 중에 가장 자주 나온다는 건 그만큼 자주 만든다는 뜻일 텐데도 여전히 가장 맛없는 카레라이스.

─왜 이제 먹어?

─회의 끝나고 다들 분식집 갔어.

채영이 손가락으로 가리키는 쪽에 식판이 몇 개 놓여 있다. 교지편집부 여자애들이 가끔 편집실에서 함께 급식을 먹는다더니, 갖다만 놓고 분식집 간다고 그대로 내버려둔 모양이다.

─혼자만 빠진 거야?

─마리도. 샘플 가지고 공장 간다고 했어.

─마리만 왜 그렇게 바쁜 건데?

─마리가 낸 기획안이 이번 특집 됐어.

─기획안?

─우리 세대의 정체성과 미래.

제목만 들어도 골치가 아프다. 어쨌든 내 생일에 어울리는 화제는 아니고. 통과.

가방을 의자에 내려놓고 탁자를 사이로 채영과 마주 앉는다.

식판 위의 식어빠진 카레라이스를 퍼먹고 있는데도 채영은 마치 계피가루가 뿌려진 부드러운 티라미수 케이크라도 떠먹는 것 같다.

입안에서 숟가락을 뺄 때마다 뺨에 보조개가 파인다. 오늘도 저 목걸이를 했구나. 교복 블라우스 깃에 감싸인 목덜미의 은색 줄이 고개를 숙일 때마다 언뜻언뜻 드러난다. 둥근 테두리 안에 든 새 모양의 메달, 그건 블라우스 속에 들어 있겠고. 근데 갑자기 이런 느낌은……

이런 공간에 단둘이 있는 건 처음이다. 편집실 안에 한 발 들어선 순간부터 그랬는데, 실내가 이상하게도 몹시 조용하게 느껴진다. 사방의 사물들이 숨을 죽이고 있는 것 같기도 하고 세상에 우리 둘뿐인 듯도 싶고. 이건 대략…… 채영의 천진해 보이는 투명한 갈색 눈동자는 그대로 똑바로 나를 보고 있는데, 왠지 나는 탁자 위로 시선을 피해버린다.

탁자 위에 낙서가 있다. 글자가 많이 지워진 걸로 봐서 최근에 한 낙서 같지는 않고. 고개를 갸우뚱 이리저리 돌려가며 낙서를 살펴보는 나. 낙서 한쪽은 불꽃이나 파도처럼 보이는 톱니바퀴 모양이 세로로 그려져 있고, 다른 한쪽은 희미해져서 잘 보이지 않는다. 그 낙서가 어쩐지 익숙하게 느껴지는 건 역시 G-그리핀의 노래 가사 때문일까.

책상에 칼로 판, 친구 이름. 가보고 싶은 나라들
그리고 무엇인가를 고민하면서 그려보았지
날개 달린 사자의 낙서

날개 달린 사자란 그리핀이다. G-그리핀의 노래에 유일하게 그리핀이 등장하는 부분.

─독고태수는 안 와?

채영이 숟가락을 식판 위에 내려놓으며 묻는다.

우리가 퍼즐카페로 간다는 건 태수도 알고 있다. 가족들과 저녁을 먹은 뒤 빠져나올 수 있으면 오겠다는 말. 별로 기대는 하지 않지만. 태수 식 표현으로는, 쏘리 어바웃 댓.

저녁 공기 속에 눅눅한 바람이 느껴진다. 곧 비가 올 것 같은 수상한 기척.

골목 안으로 접어들자 자동차 소리가 사라지면서 적당한 어둠과 습기가 우리를 감쌌다. 불이 밝혀진 모퉁이의 퍼즐카페. 푸르스름한 나무 벽과 불빛이 새어나오고 있는 창문이 오늘따라 멋진 이국의 풍경 같다.

'One Piece'라는 간판의 흰 글씨. 그 너머의 창 안쪽에 달린 커다란 은색 별이 한눈에 들어온다. 새로 조명을 달았나?

오늘도 카페 안은 한산하다. 숲으로 난 통유리 창 쪽 자리에 앉은 남녀는 단골손님. 맨 처음 이곳에서 채영을 만났을 때, 그리고 태수와 셋이 왔을 때에도 한두 번 마주친 적이 있는 커플이다. 늘 여자 혼자 퍼즐을 맞추고 남자는 DMB폰을 들여다보고 있더니 오늘은 퍼즐을 맞추지 않는다. 둘 다 아무 말 없이 창밖을 바라보고 있다.

카운터 뒤쪽에서 우리를 반겨주는 주인아저씨는 여전히 날씬한 몸매에 어울리는 프린트 셔츠 차림이다. 깔끔한 머리모양, 면도 자국이 거의 없는 매끈한 얼굴. 눈에 익어서 그런지 귀고리가 잘 어울린다.

―어때? 제대로 달았지?

주인아저씨가 손가락으로 골목 쪽 창유리를 가리키며 채영에게 말한다. 그러고는 나를 바라보더니, 생일 축하해. 그리고 그다음 말. 생일선물로 여자친구한테 별을 받는 사람은 흔치 않을걸.

나는 어리둥절 주인아저씨를 보다가 창문 위에 달린 별을 보다가 다시 채영을 본다. 채영이 고개를 끄덕인다.

―크리스마스 장식. 집에서 가져왔어.

―그랬구나.

헬륨이라도 집어넣었나. 채영을 뒤따라 걸음을 옮기는 두 발이 붕 떠오르는 기분이다.

우리는 창가 자리에 마주 앉는다. 머리 위에는 은색으로 빛나는 커다란 별. 그 빛이 우리 둘만을 부드럽게 비추어주고 있다. 주변으로는 두터운 어둠이 둘러쳐져 세상으로부터 우리를 차단해주는 것 같고. 불현듯 숨이 크게 쉬어지고 심장에서 박하향 같은 게 솟아나는 느낌. 영화가 시작되기 바로 전처럼 눈앞에 뭔가 멋진 일이 펼쳐질 것 같은 설렘.

―자, 여기 카렐 차페크 퀸즈 애플이 왔군요.

주인아저씨가 사과향 홍차 두 잔을 탁자 위에 내려놓는다. 채영이 나를 따라 사과향 홍차를 좋아하게 된 뒤부터 아저씨는 주문조차 받지 않는다. 늘 마시던 걸로, 이런 말을 해볼 기회도 물론 없고.

―그리고 얘들은 내 선물.

조각케이크 두 쪽이다. 하나는 시럽에 조린 애플파이이고 다른 하나는 생크림이 덮인 연밤색 홍차무스케이크. 애플파이 옆에는 왕사탕만한 아이스크림 두 개가 곁들여 있다. 사과홍차에 사과와 홍차 케이크라니, 섬세하고 재미있는 주인아저씨. 목소리도 부드럽고 다정하다. 퍼즐은 필요 없지? 우리는 거의 동시에 고개를 끄덕이고.

아저씨가 출입문 옆의 벽에 걸린 퍼즐액자를 가리킨다. 저 퍼즐, 멋지지 않아? 늘 걸려 있던 〈집토끼 밀리의 풍차〉가 아니다. 푸른 우주공간처럼 보이는 곳, 커다란 물방울 같은 원 안에 신비로운 여인이 긴 머리를 날리며 붉은빛을 내뿜는 전갈을 내려다보고 있다. 환상적인 그림이다. 바뀌었네요? 응. 천 피스죠? 채영의 물음에 아저씨가 고개를 끄덕인다. 생일선물로 받은 거야. 카가야 조라는 일본 작가 작품인데 제목은 '전갈좌'. 내가 바로 전갈좌거든. 내 생일도 얼마 안 남았어. 주인아저씨와 이렇게 말을 많이 하는 건 처음이다. 오늘따라 아저씨도 기분이 좋아 보인다.

카운터로 돌아가는 주인아저씨의 뒷모습을 바라보며 내가 중얼거린다.

―내 생일이라 모두가 행복하군.

케이크는 달콤하고 홍차는 향기롭고…… 그리고 그애는 속눈썹을 깜박이며 귀를 쫑긋 세우고 나를 보고 있다. 내가 뭔가 말할 때마다 방긋 웃어준다.

불현듯 창문이 젖기 시작한다. 결국 비가 오는구나.

채영과 나는 검은 유리가 젖어가는 것을 가만히 바라본다. 창의 테두리 쪽으로만 빗방울이 모인다. 수없이 많은 수은방울로 장식된 액자 같다.

채영이 나를 물끄러미 바라보고 있다.

—그 색, 잘 어울려.

교복 안에 받쳐입은 네이비블루 후드티를 말하는 것이다. 재욱 형도 부러워하는 패션. 딱 하루만 고등학생으로 돌아가 교복 안에 후드티를 받쳐 입어보고 싶다나.

채영은 교복 카디건도 좀 헐렁하게 입었다. 그것이 채영만의 독특한 분위기를 만든다. 무심하고 덤덤해 보이지만 그것이 도도하게 비치기도 하는.

채영이 생각났다는 듯 주머니에 손을 넣는다.

—진짜 선물.

탁자 위에 내려놓는 것, 목걸이다. 가느다란 검은 가죽끈에 은색 메달이 달려 있다. 내가 선뜻 손을 내밀지 않고 바라보고만 있자 채영이 그것을 집어든다. 다른 한 손을 후드티 안으로 집어넣어 제가 걸고 있는 목걸이 메달을 꺼내더니 내게 줄 목걸이의 메달 가까이 가져다댄다. 똑같다. 줄만 다를 뿐이다.

—나한테 가죽끈이 안 어울린다고 엄마가 화이트골드 줄을 사주었어.

채영이 탁자 너머로 팔을 뻗어 내게 목걸이를 건넨다.

—영국 갔을 때 서점에서 산 거야.

—서점?

—응. 내가 좋아하는 책을 사러 갔는데, 기념품으로 들어 있었어.

—영어로 된 책?

—번역된 책은 갖고 있었거든. 그냥 그 책도 갖고 싶었어.

―목걸이가 두 개면…… 똑같은 걸 두 권 산 거네. 왜?

　―그냥.

　메달을 자세히 보니 둥근 테두리 안에 새겨진 건 역시 새다. 날개를 활짝 펴고 막 날아오르려는 것 같다. 하지만 목걸이라니, 나한테는 낯설다. 태수도 아니고.

　―걸어보거나 그래야 하는 건 아니지?

　―언젠가 보여줘. 지금은 아니라도.

　채영이 말을 잇는다.

　―아마, 첫눈 오는 날?

　공항버스 안에서 약속했었다. 첫눈이 싫다는 채영에게, 싫어하는 걸 하면 그것도 특별한 일이 될지 모른다고 내가 말했었지.

　―널 처음 봤을 때 생각나.

　―이사오던 날?

　―응. 어디선가 본 적이 있는 것 같았어.

　―정말 봤을지도 모르지. 스치면서.

　그러고 보니 우린 십육 년이나 살았잖아. 오늘로 꽉 찬 십육 년!

　―넌 어떻게 생각해?

　가끔 보는 채영의 저 표정. 먼 데를 보는 듯 아득하고 막연하면서 또 어떤 간절함이 깃든다. 내가 국어시험에서 두 번이나 틀린 뒤 다시는 까먹지 않는 주마등이라는 단어. 채영의 꿈꾸는 듯한 눈 속에는 그 주마등이 지나가는 것 같다.

　―난 가끔 이런 생각을 해. 신이 똑같은 인간 두 개를 빚는 거야. 똑같은 재료를 섞어서. 그리고 그 두 개의 존재는 각기 모르는 집에

서 태어나게 돼. 둘은 일생 서로를 찾지만 끝내 못 만날 수도 있어. 그런데 실은 못 만나는 게 아니라 몰라보는 거야. 반드시 몇 번은 만나도록 신이 몸속에 자석 같은 장치를 넣어놓았거든. 그래서, 어느 날 길을 가는데 반대쪽에서 누군가가 걸어오고 있어. 서로 엇갈려서 그냥 지나쳐버리지. 그런 다음 웬일인지 가슴이 아프고 눈물이 나는 거야. 집에 돌아온 뒤에는 앓아눕게 돼. 난 어쩐지 내가 그럴 것 같아.

뭐야, 슬픈 이야기잖아. 무표정해 보이는 얼굴이긴 하지만. 거기 대해 내가 어떻게 생각하냐고?

내가 입을 연다.

—하지만, 괜찮아.

그때까지 손에 쥐고 있던 목걸이를 다른 손으로 들어서 줄을 벌려 목에 건다. 새의 메달이 무게중심을 잡으며 목 한가운데로 떨어진다.

—괜찮아, 네가 그냥 지나쳐도. 상대쪽에서 너를 알아볼 테니까.

—어떻게?

—재료가 잘 안 섞였어. 상대쪽 몸으로 자석이 조금 더 많이 들어간 것뿐이야.

내가 목에 걸린 메달을 살짝 들었다 놓는다. 곧바로 목 가운데를 향해 되돌아가는 메달.

—이것 봐. 내 자력이 더 세잖아.

채영이 나와 눈을 마주친 채 옷 속에 들어 있던 자기의 메달을 밖으로 꺼낸다. 내가 했듯이 그것을 한번 들었다가 놓는다. 친척 집에 맡겨졌다가 마침내 집으로 돌아온 아이처럼 안도하는 표정. 그러니까, 그애가 나를 믿고 있다는 거지. 다시 의자에 등을 기대고 교복 스커트 주머니에 두 손을 넣은 채 물끄러미 나를 건너다보고 있는 그애. 믿어야 해, 채영. 그게 나라는 것을. 저것 봐. 빗줄기가 끊임없이 창을 두드리며 속삭이고 있잖아. 그걸 알려주려고 이 밤 먼 곳으로부터 달려와 너와 나의 별 아래에 걸음을 멈춘 거야.

채영이 천천히 의자에서 일어난다. 두 손으로 탁자 모서리를 짚고 몸을 앞으로 내민다. 점점 내 쪽으로 다가오는 작고 하얀 얼굴. 투명한 갈색 눈동자가 가까워지다가 문득 눈꺼풀에 덮인다. 줄무늬 커튼처럼 가지런한 속눈썹이 드리워졌고, 그리고 그다음 어느 한순간 내 입술에 닿은 것은. 나도 모르게 눈이 감기는 거다. 눈을 감고 있는데도 모든 게 선명하게 보인다. 너와 나의 모습이. 서로 닿는 순간 우리의 주위를 탄탄하게 조이는 공기의 밀도, 물속 같은 정적, 벼락처럼 짧은 전율. 살갗 위의 모든 털은 곤두서고 몸 한가운데로부터 시작해 서서히 번져가는 무중력 상태, 반대로 높아져가는 심장박동, 차갑고 부드러운 너의 입술.

채영이 굽혔던 몸을 일으킨 뒤 다시 의자에 앉을 때까지의 시간은 마치 슬로모션 화면처럼 내 머릿속에 새겨진다. 시간도 공간도 차단된 다른 우주의 동영상처럼. 나는 멍하니 건너편의 채영을 바라보고 있다. 모든 게 조금 전과 똑같다. 진짜 일어난 일일까. 그냥 내가 상상한 걸까……

잠시 할말을 찾지 못한다. 탁자 위로 시선을 내리깐 채 눈을 깜박이기만. 분명 표정은 어색해져 있을 테고…… 이제 어떻게 하는 거

320

지? 뭔가 적극적인 반응을 보이거나 정리를 해야 하는 걸까. 그러니까, 감사의 말을 한다거나? 나를 계집애 같다고 놀리던 수많은 사람들 말이 맞는지도 모르겠다. 하지만 상관없어. 지금 나는 아무 행동도 하고 싶지 않아. 그러니까 이건, 완성된 순간이잖아. 이 순간을 간직하며 잠시 아무 말 없이 가만히 있고 싶을 뿐이야. 건너편에 떨어져 앉아 있지만 또한 내 입술에 그대로 남아 있는 채영이라는 쌍둥이 존재와 함께.

작은 종소리에 이어 카페 문이 열린다. 어깨가 조금 젖은 주인아저씨가 들어온다. 언제 나갔었지? 종소리도 못 들은 것 같은데……
카운터로 돌아간 주인아저씨는 손수건을 꺼내 머리와 어깨를 닦으며 우리 쪽으로 눈길을 돌린다. 뭐지, 나를 향해 싱긋 지어 보이는 저 웃음은?

조금 뒤 뜨거운 물이 담긴 도자기 주전자를 갖고 와 탁자 위에 내려놓는 아저씨. 그러고 보니 단골손님 커플이 보이지 않는다.

─너희, 둘 다 우산 있어?

올려다보는 나와 채영에게 아저씨는 통유리 창 쪽 자리를 가리켜 보이고.

─저 자리 있던 손님들 알지? 오늘 헤어지는 날이었나봐. 여자 손님만 우산이 있던데, 혹시나 해서 뒤따라 나가보니까 각자 따로 가더라. 남자 손님한테 우산 빌려주고 왔어.

다음 순간 아저씨의 표정이 장난스럽게 바뀐다.

─너희들은 우산이 하나만 있어도 될 거 같긴 하지만.

이건 무슨 뜻인지 대충 알 것 같고. 하지만 아저씨의 다음 말은 뜻밖이다.

 ―너희 영화 찍었어. 밖에서 환하게 잘 보이더라. 이 별, 조명효과 끝내주던데.

 그랬겠군. 하지만 상관없어. 정말이다.

 ―근데 같이 다니는 친구 있잖아. 우리 집 오는 줄 알았더니 그냥 지나가던데? 그 친구는 오늘이 생일인 거 몰라?

 독고태수, 가족 모임이 끝나고 빠져나오겠다더니, 정말로 왔었나? 그런데 왜 그냥 갔지? 어라, 혹시 영화를 봐버린 거? 음, 그렇다면 더욱 나의 완벽한 생일에 참여를 해서 매우 축하를 해줄 일이지…… 다음 순간 갑자기 그런 생각도 스쳐간다. 이제 때때로 채영과 단둘이 만나고 싶을 것 같다는.

 ―몇시야?

 채영이 내 팔목의 시계를 눈으로 가리키며 묻는다. 가야 할 시간인가? 채영이 고개를 젓는다.

 ―비오는 날 걷는 거, 좋아. 우산 속에서 빗소리 듣는 거랑 발이 젖어가는 게 시원해서. 어릴 때는 물웅덩이만 골라 딛다가 엄마한테 야단 많이 맞았어.

 ―그럼 나가자. 우산은, 한 개?

 채영이 웃음을 짓는다.

 ―아저씨 말야. 노래 잘하셔.

 ―주인아저씨?

 갑작스러운 채영의 말에 나는 잠시 어리둥절. 카운터 쪽으로 힐끗 눈길을 보낸다.

ㅡ중창단이야. 다음주에 공연 있대. 헤어졌던 애인이 구경 온다고
했나봐.

늘 그렇듯 채영의 말투는 무심하다.

ㅡ애인, 남자래.

태수가 맞았군.

ㅡ아저씨가 중창단 이름도 알려줬어. 여섯 무지개 중창단.

ㅡ한 가지 색은 왜 뺐는데?

ㅡ모르겠어. 암튼 아저씨가 그러는데, 아저씨한테도 나처럼 여고
시절이 있었대. 그 시절이 평생 가장 힘들었다는데.

나도 모르게 고개가 카운터 쪽으로 돌아가버렸다. 부드러운 동작
으로 컵을 닦고 있는 아저씨, 생일선물로 받았다는 전갈좌 퍼즐액
자를 바라보며 콧노래를 부른다. 저 모습을 보고 채영이 중창단 얘
기를 꺼낸 거였군.

신민아씨 칼럼에서 읽은 적이 있다. 패션지에서 일하며 만나게
된 게이들 이야기였는데, 그들은 대부분 섬세하고 사려 깊고 감각
적이며 자신을 드러내는 게 신변의 위험이 될 수도 있기 때문에 남
을 항상 조심스럽게 대한다고. 그리고 가장 싫어하는 질문은, 결혼
하셨어요?

그나저나…… 비오는 날 따로따로 우산을 받고 각자의 방향으로
사라져간 단골 커플도 그렇고, 세상에는 사랑도 많지만 그것 때문
에 힘든 사람도 많은 것 같다. 나는 아니지, 물론.

ㅡ나가자.

ㅡ응.

채영에게는 우산이 없다. 내 우산을 함께 쓰고 우리는 천천히 골목을 빠져나간다. 공원 숲을 향해 걷는다. 가로등 불빛에 비친 빗줄기가 가느다란 사선을 그으며 늦은 밤 숲의 검은 허공을 촘촘히 채워가고 있다.

우산 손잡이를 잡은 내 오른손은 채영 쪽에 가까이 가 있다. 채영은 어깨에 멘 가방끈을 왼손으로 붙잡고 타박타박 걷는다. 음, 발끝을 약간 안쪽으로 모으면서 걷는구나. 주먹을 꼭 쥔 건, 그건 빨갛게 살이 벗겨진 손가락을 감추기 위해서이고. 후드티 주머니에 손을 넣는 버릇도 그래서 생긴 것. 여전히 궁금한 것투성이이지만 채영에 대해 아는 것도 이제 제법 많다.

걸음을 내디딜 때마다 젖은 길 위에 나란히 발자국이 새겨지고 그 위로 다시 투명한 빗물의 막이 덮여 그것을 지워간다. 신발이 젖는 건 좀 싫은데…… 하지만 손바닥이 촉촉한 것은 비오는 날만의 서비스 기능이다. 깍지낀 채영의 오른손과 나의 왼손. 내가 손에 힘을 줄 때마다 채영이 나와 눈을 맞추며 빙긋 웃는다. 우산을 통해 비쳐드는 가로등 불빛이 채영의 얼굴을 부드럽게 감싸고. 내 시선은 어느 사이 채영의 입술로. 차갑고 부드러운 바람 한 줄기가 스쳐지나가는 느낌. 아침 화단에서 이슬에 젖은 장미 꽃잎에 입술이 닿으면 그런 느낌이려나.

탁자 너머에서 윗몸을 앞으로 내미는 채영의 모습, 마치 향기를 맡기 위해 휘늘어진 가지 끝의 꽃송이로 얼굴을 가져가는 소녀 같았다. 그때까지도 나는 알지 못했지. 가만히 눈이 감기면서 속눈썹이 아래로 내려오고, 턱을 내밀고, 그리고 다음 순간 봄날의 미풍과 스웨이드 장갑의 중간쯤 되는 다정하고도 간지러운 감촉. 안 되겠다. 이제 그만.

우산이 작아 채영의 등이 조금 젖었다. 잠시 깍지를 풀고 한 손으로 카디건 어깨 위의 물방울을 털어준다. 가냘픈 어깨, 약간 차갑다. 목욕을 시킨 뒤 드라이어로 말리고도 아직 물기가 남아 있는 토리의 말캉한 몸처럼. 나는 채영에게 좀더 몸을 붙이고 우산도 조금 내려쓴다. 우산 그늘 아래로 우리의 숨소리가 모아지면서 세상으로부터는 조금 멀어지는 느낌.

개학 날 편의점에서 보았을 때. 그때에도 채영은 손등과 어깨와 머리카락이 조금씩 젖어 있었다. 회색 줄무늬 우산을 사서 쓰고 혼자 빗속으로 걸어나갔지. 우산살을 위로 밀어올릴 때 여윈 손목의 힘줄이 두드러지는 것, 펴진 우산 속으로 들어간 뒤 고개를 젖혀 위를 한번 올려다보는 것. 나는 그 움직임 하나하나를 내 것처럼 느꼈었고. 우산대를 오른손에 쥐고 왼손으로는 가방끈을 쥔 채 약간 머뭇거리며 먼저 오른발을 내밀어 편의점 문턱을 내려가던 채영. 너, 그때 나를 몰랐지만 지금은 아니야. 지금 우리는 손을 잡은 채 한 우산 아래에서 걷고 있어. 우리의 옷 속에는 똑같은 목걸이가 하나씩 숨겨져 있고. 다행이야. 똑같은 재료로 만들어진 단 하나의 존재가 눈앞에 나타났을 때, 우린 서로를 알아보았어. 스쳐 지나가버린 다음 가슴이 아프고 눈물이 나서 혼자 앓는 그런 일은 일어나지 않은 거라구. 시간을 번 거지.

우리의 발길은 자연스럽게 숲 가장자리로 향한다. 그쪽으로 돌아가면 공원 중앙 숲과 휴게소로 올라가는 계단이 있다. 채영의 집 동네. 지난 놀토에도 이 공원을 함께 걸었다. 벤치에 앉아 채영이 퍼즐카페 아저씨한테 들은 연리지 이야기를 들려주었다. 각기 다른 뿌리에서 뻗어나왔지만 줄기가 서로 엉켜 하나의 나무가 되었다는. 그 나무를 끼고 함께 도는 연인들은 절대 헤어지지 않는다나. 그런 어처구니없는 이야기는 대체 누가 만들어내는 거야, 라고 생각했었는데…… 카페 아저씨도 애인과 함께 이곳에 와서 그 나무를 찾아보았던 거 아닐까.

빗줄기가 가늘어졌다. 공원 곳곳의 가로등 불빛에서 가느다란 안개가 뿜어져나오는 것 같다. 젖은 벤치들이 희미하게 빛난다. 진녹색 나무와 풀에서 풍기는 비의 냄새. 안개에 휩싸인 검은 숲. 그 사이로 드문드문 우산을 든 연인과 산책객들이 지나간다. 벌써 두 바퀴째. 비오는 밤의 공원을 걷는 일이 이렇게 상쾌할 줄이야. 혼자일 때와 둘일 때는 정말로 많은 것이 다르군.

―팔 아프지 않아?

채영이 깎지긴 내 손을 약간 잡아당기며 말을 잇는다.

―난 다른 사람 생각 같은 거 잘 못 해. 늘 혼자였기 때문에 잘 모르거든. 미안.

나도 늘 혼자였지만, 그래서 남과 함께 있으면 혹시 내가 불편한 존재가 아닌지 그 사람의 마음을 헤아리는 버릇이 생겼는데, 남에게 무심할 수 있다니, 채영, 나보다 더 대범한 거 아냐?

계단 앞이다. 양쪽으로 검은 녹색의 나무덤불이 안개비에 젖고 있다. 오렌지색 가로등 불빛이 드리워진 하얀 돌계단. 가장자리로 비죽비죽 올라온 풀이 비를 머금고 있다. 채영이 계단을 내려가기

시작한다. 나는 손의 깍지를 풀고 채영의 팔을 붙잡아준다. 그러다
가, 그게 나을 것 같아 그냥 어깨를 안는다.

오른손으로는 우산 손잡이를 잡고 왼손으로는 채영의 어깨를 안
고. 왼쪽 어깨에 더 힘이 들어간다. 너무 가까이 당겨도 안 되지만
조금이라도 더 멀어지는 건, 그건 절대 안 된다. 채영은 두 손으로
가방의 어깨끈을 붙잡은 채 아래를 내려다보며 걷는다. 계단을 하
나씩 내려갈 때마다 채영의 머리가 부드럽게 내 어깨에 와 닿는다.

나는 밤에 태어났다. 꼭 지금과 같은 시월 밤. 오래전 오늘. 혹시
비오는 밤이었을까. 나와 똑같은 재료로 만들어진 존재를 만나게
되는 순간에 대해 알 리 없지만 그때 이미 나는 나에게 새겨진 어떤
운명을 갖고 있었겠지. 그리고 이렇게 가슴이 뛰는 것은…… 그것
은 몸속의 자석이 강하게 신호를 보내는 걸 테고.

계단 아래로 발을 뻗으며 채영이 나를 바라본다.

—생일 축하해.

나는 계단 위에서 걸음을 멈춘다. 채영도 멈춰 선다. 우리는 서로
마주 보고 서 있다. 내 손은 채영의 어깨 위에. 내가 입을 열려고 하
는 순간 갑자기 바람이 훅 불어와 우산이 조금 흔들린다. 후두두둑
소리와 함께 굵어지는 빗줄기. 숲 뒤에 숨어 있다가 커튼을 젖히며
뛰쳐나오기라도 하듯 마구 비가 쏟아지기 시작하고. 우산 지붕을
올려다보는 채영. 나는 채영의 어깨를 가만히 끌어당긴다.

닿는 순간은 차가웠지만 오래 맞닿아 있는 동안 입술에는 흑백
화면에 붉은색이 입혀지듯 온기가 살아나고, 그것은 빗소리보다 더
크게 들리는 우리의 심장박동 소리를 타고 흘러들어가 마침내 가슴

속 깊은 뜨거움까지 가 닿는다. 밤의 숲과 쏟아지는 빗소리와 오렌
지색 가로등 불빛과 하얀 돌계단과 흠뻑 젖은 우산, 그 모든 게 이
밤의 축하객이다.

—그렇군.

우산을 고쳐 잡고 다시 걸음을 옮기기 시작하며 내가 입을 연다.

—연리지를 두 바퀴나 돌았어.

—우리?

—공원을 두 바퀴 돌았잖아. 연리지, 중앙 숲 안에 있다면서? 그럼
우리가 돌았던 반경 안에 있는 거지. 그러니까 그냥, 크게 돈 거야.

—응.

채영이 고개를 끄덕인다. 불빛에 비치는 은색 목걸이 줄. 갑자기
생각났다. 메달의 새, 그리핀이구나.

전혀 모른다는 것의 외로움

1

좋은 소식과 나쁜 소식이 있어. 어떤 거 먼저 들을래? 이런 말 별로다. 할말 있으면 그냥 하지 뭘 멋을 부려. 처음 들었을 때는 그런대로 재미있었지만, 너무 패턴이 되어버려서 그런가. 원래는 한 가지 일에 좋은 측면과 나쁜 측면이 함께 들어 있을 때 쓰는 표현이라고 한다. 태수도 가끔은 들어둘 만한 말을 한다니까.

세상에는 두 종류의 사람이 있어. 이건 수학선생의 입버릇이다. 적분을 잘 푸는 사람과 그러지 못한 사람, 방정식을 이해하는 사람과 안 그런 사람, 이건 즉 뇌가 있는 인간이냐 단세포 아메바 수준이냐, 그걸 구분하는 거지. 이런 표현 역시, 자기 생각만 옳고 중요하다고 여기는 잘난 척하는 사람들의 이분법이라고 생각했다. 그런데 하프마라톤을 완주한 다음부터는 나도 뭔가를 둘로 나누게 된다. 나에게도 잘난 척할 만한 일이 생겼다는 건가?

누군가를 좋아하면 시간은 둘로 나뉜다. 함께 있는 시간과 그리고 함께 있었던 시간을 떠올리는 시간. 음, 근데 이건, 아무리 나누어도 결국은 하나가 돼버리는군. 같이든 혼자든 머릿속 생각은 한 가지뿐이니. 그리움이란 함께 있었던 시간을 머릿속에서 끊임없이 반복 재생하는 일이다. 마치 좋아하는 음악을 수없이 반복해서 듣는 것처럼. 채영이라는 음악.

안 되겠군. 침대에서 벌떡 일어나 책상 앞에 앉는다. 먼저 음악을 틀고, 컴퓨터에 접속.

검색어에 G-그리핀이 포함된 글을 먼저 본다. 재욱 형의 칼럼이군. '아버지, 힙합 좀 듣자니까요 3'

힙합이 이전 음악과 구별되는 또다른 점은 '나를 이야기한다'는 것이다. 팝이든 포크든 록이든, 블루스든 주어가 '나'인 노랫말은 무수히 많다. 바람, 구름, 들꽃을 노래해도 거기에는 '나'의 이야기가 들어 있다. 하긴 베토벤의 웅장한 교향곡이나 브람스의 애잔한 선율에도 '나'의 사상과 정서가 표현되어 있다.

그러나 힙합은 '나'의 구체적인 이야기를 직설적으로 토해낸다는 점에서 다르다. 부모에게 미안한 감정, 실패한 연애 이야기 등 사소한 일상에서부터 서열화된 교육제도의 모순, 승자독식의 사회구조에 대한 불만까지, 꾸밈없이, 솔직하게, 거침없이, 때로는 생경하고 과격하게 '나'를 드러낸다.

힙합은 멜로디를 버리는 대신 말의 자유, 즉 이야기를 얻었다.

330

뉴욕 빈민가 뒷골목의 흑인 사회. 거리의 아이들끼리 영역 다툼을 벌이면서 휘두르던 주먹질과 총질을 멈추고, 자신의 이야기로써 배틀을 벌이기 시작한 것, 그것이 힙합의 탄생이다. 상대가 랩으로 치고 들어오면 곧바로 랩으로 받아쳐야 하는 긴박한 상황에서 아름다운 멜로디를 떠올리기란 어려운 일이다. 더 빠른 말로, 더 설득력 있는 이야기로 상대를 때려눕히려면 더 강한 비트와 과격한 입심이 필요하다. 험한 욕설까지. 어쩌면 그런 반항과 과격성이 힙합의 정통 정신이라고 할 수도 있다. 하지만 혁명을 꿈꾸는 게 힙합의 세계라면 거기에서 과연 정통이란 게 성립될 수 있을까.

뭐야, 내가 한 말을 그대로 썼잖아.
그 다음부터는 본격적으로 G-그리핀에 대한 이야기이다.

G-그리핀이 들려주는 '이야기'는 과격하거나 거칠지 않고 욕설도 없다. 상처받기 쉬운 섬세함과 망설임, 두려움 같은 소년의 감수성을 표현한다. 잘 알려진 우화를 다른 관점에서 뒤집어보는 실험성과 유연함도 있다. 어찌 보면 정통 힙합의 정신과는 어긋난다고 할 수 있다.
그러나 '소년'의 감수성이란 단순히 연령대를 뜻하는 것이 아니다. 모든 불완전한 인간이 가지고 있는 경계인과 아웃사이더로서의 내면이다. 상대를 때려눕혀야 하는 배틀을 뿌리로 둔 거친 힙합의 표현형식 안에 섬세한 정서를 담았다는 점. 그런 점에서

G-그리핀은 오히려 힙합의 독창적인 혁명성에 닿아 있다.

한 사회학자의 말대로 존 웨인이나 〈포천〉지의 오백대 기업가들만이 강함을 보여주는 게 아니다. 마초적이고 거친 것이 강함이 아니므로 당연한 말이지만, 강해지는 방법은 수없이 많다. 삶을 다양하게 해석하여 새로운 관점을 보여주고 생각을 유연하게 만드는 것도 싸움의 한 방식인 것이다. 혁명이란 다른 혁명에 의해 무너질 수 있어야 진정한 혁명이다. 또한 약함은 약함일 뿐이지만 스스로의 약함을 표현하는 태도는 강함이기 때문이다.

고정된 편견을 깨주는 이 고등학생 래퍼의 음악을 들으며 나는 삶의 클래식에 대해 생각해본다. 과연 어떤 삶이 정통일까. 내가 동의할 수 없는 세계에 태어난 사람들. 자신이 진실하지 않은 세상에 태어났다는 걸 깨달은 사람들. 그들은 무엇을 선택할 수 있을까. 시스템의 보호를 받기 위해 거짓으로 살아가는 것? 아니다. 어쩌면 진정한 클래식이란 자기 자신이라는 세계가 아닐까? 솔직해지자. 자신의 존재만큼 큰 것은 세상에 없다. 진정으로 사랑한다면 스스로가 누군지 알고 그리고 드러내야 한다. G-그리핀처럼.

말하자면 이런 게 감동이군.
흠, 글을 좀 잘 쓸 필요가 있겠어.

틈틈이 힙합 공연장을 찾아간다. 나처럼 삼십 줄에 들어선 관객은 많지 않다. 십대들이 대부분이어서 괜히 눈치가 보일 때도 있지만, 일단 음악이 시작되면 나는 가볍게 몸을 흔들고 한 손을 치켜들며 소리친다. 우리 한번 신나게 놀아보자!

힙합 공연장은 트로트 가수들의 디너쇼나 인기 록스타의 무대처럼 화려하지 않다. 대중적 인기를 누리는 몇몇 뮤지션을 빼면 밴드도 없다. 리듬을 담당하는 디제이와 마이크 하나로 자기 이야기를 들려주는 MC뿐이다.

로커는 무대를 지배하고 관객을 압도해야 한다. 그런 카리스마가 없으면 그의 무대는 실패다. 관객과 함께 호흡한다는 것은, 말이 그렇다뿐이지, 록 공연장에서 관객은 스타를 숭배하고 열광하는 열성 팬이다. 록음악의 팬들은 세 옥타브를 넘나드는 폭발적 샤우팅과 리드기타의 현란한 애드리브를 기대하며, 그 요구가 충족될 때 만족감을 얻는다.

나는 그처럼 무대를 지배하고 관객을 압도하는 스타를 우러르기 위해 힙합 공연장을 찾는 것이 아니다. 의자도 없는 작고 초라한 공연장에 두 발을 딛고 서서 손을 흔들며 서로의 속마음을 주고받기 위해서 간다. 더 크고, 더 빠르고, 더 많은 것이 미덕이 되어버린 세상의 한 귀퉁이에 이처럼 미니멀한 음악의 공간이 존재한다는 것이 나를 흥분시킨다.

나는 지금 아버지에게 대들기만 하던 사춘기 소년이 아니다. 나는 아버지가 들려준 많은 음악들을 사랑할 수 있게 되었으며, 그것에 감사한다. 그렇기 때문에 더욱, 이번에는 내가 돌려드리는 마음으로 이렇게 말하고 싶다. 아버지, 힙합 한번 같이 들읍시다. 우리 한번 신나게 놀아보자구요. 그게 음악이 주는 축복이잖아요.

사람을 움직이고 변하게 만드는 건 뭘까. 처음엔 태수, G-그리핀, 그리고 채영. 덕분에 힙합을 듣고 카프카를 읽고 이제 혁명과, 삶의 클래식과 세상에서 가장 막강한 자기라는 존재에 대해서도 생각해본다. 그야말로, 세계는 이런 식으로 넓어지는구나.

충전기에 꽂힌 핸드폰에서 문자 도착 알림음이 울린다. 나는 즉시 핸드폰을 향해 몸을 날리고. 마리다.

부탁 있어. 내일 점심시간 편집실로 올 수 있어?

나한테 무슨 부탁? 또 태수에 대한 상담인가? 그거라면 차라리 다행인데…… 마리도 이런 말을 알겠지. 그냥 좋은 친구로 남기로 했어요. 참, 그건 사귀다가 헤어질 때 하는 말이던가? 똑바로 해라, 강연우, 응?

2

점심시간이 시작되자마자 교지편집실로 간다. 늦게 가면 편집부원들이 몰려들지도 모른다. 붐비는 층계를 올라가며 1반 교실 쪽을 흘끗 내려다본다. 채영은 멀리에서도 한눈에 들어오니까.

갑자기 등 뒤에서 누군가 어깨를 세게 부딪친다. 하마터면 계단을 구를 뻔했잖아. 어, 미안. 몇 명이 킥킥대며 층계를 내려간다. 그 패거리다. 내 운동화를 뺏으려다 실패했던 애들. 당연히 일부러 부딪친 것이다. 매일같이 등교해야 하는 학교라는 공간에 저런 무리가 있다는 건 불안과 두려움이 일상적으로 잠복해 있다는 뜻이지.

잘못 걸렸다 싶지만 어쩔 수 없다. 내가 만만해 보인다는 건 나도 안다. 그래서 눈에 안 띄는 무난하고 성격 없는 존재가 되고 싶다는 건데.

—강연우.

층계참에서 난간을 붙들고 마리가 아래를 내려다보고 있다. 어색한 표정이 남아 있지만 환하게 웃는 얼굴. '내 동생' 노래 가사를 이번에는 '주정뱅이 내 동생'으로 바꿔 불러봤지만 반응이 신통찮았다는 태수. 독고태순 기집애, 어릴 때부터 그랬어. 다쳐도 잘 참고 금방 낫는 애야. 기어다니다가 다리미에 데었는데 울질 않아서 상처가 난 줄 모르고 뜨거운 물에 목욕을 시킨 적도 있대. 둔한 거냐 독한 거냐. 나는 속으로 생각했다. 순한 거 아닐까. 그 말은 엄마가 나의 어린 시절을 한마디로 요약할 때 쓰는 말이지만.

마리와 나는 교지편집실 문을 연다. 편집실 안에는 아무도 없다.

—앉아.

—응.

마리가 캐비닛 안에서 뭔가 꺼내는 동안 나는 의자에 가서 앉는다. 채영을 만나러 왔을 때 앉았던 그 자리.

—이거, 이번 특집이거든.

몇 가지 프린트 자료를 내 앞의 탁자 위에 늘어놓으며 마리가 설명을 시작한다. 한 손을 탁자 위에 짚고 몸은 모서리에 비스듬히 기대고 있다. 시원하고 좋은 냄새가 난다. 꽃향기와 나무 냄새의 중간쯤?

우리 세대의 정체성인가 뭔가 하는 기획은 세 부분으로 나뉘어 있다. 현상과 진단, 설문조사, 그리고 산문들. 산문 파트에는 학생과 부모와 전문가의 글을 한 편씩 받아 싣는다. 학생과 부모의 글은 이미 청탁해놓았고. 마리의 부탁이란 그것이었다. 전문가, 즉 재욱 형에게 글을 받아달라는 거였다. 교지편집부 지도 선생이 문화평론 가나 기자의 글이면 좋겠다고 말했고, 가족이 둘러앉은 식탁에서 도움을 청했던 마리는 태수에게 아는 사람이 있다는 말을 들었다.

─진짜 의외더라. 오빠가 그런 사람을 다 알고. 오빠 말이라면 꼼짝 못한다던데, 그건 보나마나 뻥이지? 너희 엄마하고 친한 사이야?

─응, 애인.

─어쩐지.

마리가 픽 웃는다.

─무지 못생겼다고 하더라니. 저번에 말하던 오니기리 조, 그분 맞지?

─실은 오다기리 조야.

원고 부탁, 재욱 형이 잘난 체하고 남 가르치기 좋아하니까 별로 어려울 것 같진 않다.

마리의 부탁이라고 하면 엄마도 협조할 것이다. 어른들은 대개 마리를 좋아한다. 내가 그렇게 말하자 마리가 입을 삐죽 내민다.

─그 말은, 내가 재미없는 범생이라는 거지? 맞아. 난 어른들하고 친구들한테만 인기 있어. 남자애들도 날 친구로만 취급하더라? 쳇, 내가 좀 남자 같아?

─전혀.

약간 중성적인 데는 있지. 나는 그 말은 하지 않는다. 마리에게는

336

뭔가 속마음을 털어놓고 상의하고 싶은 편안함과 신뢰감, 그건 있다. 하지만 궁금하다거나 설렌다거나 하진 않다. 뭐, 어디까지나 내 생각이 그렇다는 거고.

마리가 책상 위의 자료를 주섬주섬 걷어서 챙긴다. 그 자리에 낙서가 드러난다. 지난번 채영을 만나러 왔을 때 봤던, 한쪽은 새의 날개 모양이고 다른 한쪽은 희미해져 있는 그림. 뭐야, 이제야 퍼뜩 떠오른 것은…… 이 낙서, 그리핀이잖아! 전에는 왜 그 생각을 못 했지? 무엇인가를 고민하면서 책상에 그렸지. 날개 달린 사자의 낙서. G-그리핀의 노래 가사까지 떠올렸으면서!

그러고 보니 모든 게 다 그리핀이다. 채영의 엽서 구절. 교지편집실 책상 위의 이 낙서. 채영이 내게 선물한 목걸이도 그럼? 그리고…… 민기훈의 방이었던 내 방, 벽에 그려진 거울 속의 날개. 그것도 그리핀이겠군!

갑자기 머리를 세게 얻어맞은 기분이다. 민기훈이 남긴 흔적 모두에 그리핀이 있다……

낙서를 뚫어져라 내려다보는 내 귀에 마리의 목소리가 흘러든다.

ㅡ민기훈 선배라고, 전에 말한 적 있는데. 기억나? 그 선배가 그린 거야. 그리핀이라는 상상동물이래.

나는 기계적으로 고개를 끄덕이고. 다음 순간 천천히 입을 연다.

ㅡ어디 살았었는지 알아?

ㅡ아니, 왜?

ㅡ지금 내 방.

마리의 커다란 눈이 동그래진다.

─그럼 기훈 선배가 이사가고 그 자리에 강연우 네가 나타난 거야? 어? 좀 비슷하다. 뭔가. 목소리가 그런가?

─혹시 노래 잘했어?

─글쎄, 못 들어본 거 같은데. 아, 맞다.

고개를 갸우뚱 기울이는 마리.

─이상하게 노래하는 거 진짜 싫어했어. 근데 노래 가사 같은 거 잔뜩 적은 노트를 갖고 다니는 거야. 맨날 거기다 뭘 끄적이고. 그 선배 은근 내성적이었거든. 아니다. 원래부터 되게 수줍은 성격이었대. 말도 더듬고. 중학생 때 수영하면서 완전 바뀌었나봐. 거울 앞에서 매일 두 시간씩 웅변 연습도 했다던가? 근데 지어낸 얘기라고 하는 애들도 많았어. 카리스마가 장난 아니었거든.

거울 앞에서 웅변 연습하는 건 G-그리핀의 가사에도 나온다.

어느 틈엔가 나는 오른손으로 왼쪽 가슴을 누르고 있다.

이렇게 된 거, 다 물어보자.

─채영이랑은…… 친했어?

─소문은 좀 있었지. 편집부 일 때문에 가끔 공장에 같이 다녔거든. 근데 기훈 선배가 워낙 여자애들한테 인기라 뭐, 소문이야 맨날 있었고. 확실한 건 아니야.

마리가 갑자기 나를 똑바로 바라본다. 버릇대로 위아랫입술을 안으로 말아 물었다가 풀더니 어깨를 내려뜨리며 피식 웃음을 짓는다.

─난 왜 이렇게 공정한 거지?

─뭐가?

─해주기 싫은 말까지 성의껏 알려주고 있는 거지. 싫다.

내가 침묵하고 있는 사이 마리는 다시 입술을 꾹 물었다가 푼다. 병마개가 살짝 따질 때 나는 듯한 가벼운 소리. 이어서 탁자 위로 몸을 구부려 자료를 정리한다. 프린트물을 한데 모아 겹친 다음 그 위에 노트를 올려놓으며 혼잣말처럼 내뱉는다.

–난 말야. 강한 척하는 타입 별로야. 누가 봐도 멋지고 빛이 나고. 그러면 뭐랄까, 나만 아는 소중함 같은 건 좀 없잖아. 그런 애라면 좋아하는 게 당연하지, 이런 기분도 너무 뻔하고.

그래, 맞아.

내 가슴은 걷잡을 수 없이 쿵쾅거리고 머릿속은 깨질 듯하다.

누군가를 좋아한다는 건 서로 조심스럽게 손을 뻗어 닿는 일, 팔이 길어지는 거지. 손가락이 닿는 순간 서로임을 확인하고 깍지를 낀다. 그런 다음 한 걸음씩 다가가며 둘 사이에 가로놓인 시간과 거리를 없애가는 거야. 서로 조금씩 가까이 가는 것, 두 눈은 나만 아는 소중한 너의 모습에 사로잡힌 채. 그래. 한쪽에서 자기 쪽으로 잡아당기는 게 아니고. 근데 말야.

마리는 이미 정돈이 돼 있는 프린트물과 노트의 모서리를 계속해서 맞추고 있다. 얼굴은 빨개질 대로 빨개져서 누군가 한방 내리친 토마토처럼 금방이라도 으깨어져버릴 것만 같다. 웬일인지 나는 마리를 뚫어져라 바라보고 있다.

불편하지만 기쁘고 두려우면서도 간절한 것, 말없이 함께 있을 때 온 세상이 이야기와 노래로 가득 차고 누구에게라도 웃어주고 싶어 내 얼굴이 환해지는 것, 혼자 있을 때에도 자꾸 생각이 나고 멀리서라도 한번 더 보고 싶은 웃는 얼굴, 그런 게 있지. 근데 말야.

지금은 그런 생각이 더할 수 없이 내 마음을 아프게 만들거든. 딱 꼬집어 말할 수 없지만 혼란스럽고 불안하고 화가 나고 또 허탈한 마음. 머릿속에서 물이 끓는 것 같고. 민기훈과 그리핀. 내가 너무 강렬한 빛에 눈이 멀어서 그 주변을 제대로 보지 못했던 걸까.

3

태수한테 문자를 보냈는데 답문이 없다. 요즘 종종 있는 일이다.

태수 엄마는 태수가 야자에 빠지도록 내버려두지 않는다. 애들이 너무 떠들어서 차라리 집이 더 면학 분위기에 가깝다든가 독서실이 집중이 더 잘된다라는 뻔한 수작에 넘어갈 만큼 만만한 엄마도 아니다. 또 그렇다고 꼬박꼬박 야자에 들어갈 태수 또한 아닌 거고. 어디에 있기에 문자를 씹는 거지?

언젠가 방에서 나오다가 재욱 형이 엄마에게 하는 말을 들은 적이 있다. 성장이란 자신이 서 있는 시간과 공간을 자각하는 거야. 반사적으로 그것이 나에 대한 화제라는 걸 눈치챘다. 재욱 형 말이 이어졌다. 자신이 위치한 좌표를 읽게 되면 그때 비로소 어른이라고 말할 수 있지. 성숙이란 일종의 균형 잡기야.

내가 서 있는 곳의 좌표는 어디일까. 그리고 균형이란 뭐지?

남자다움을 강요당하는 것, 여자 같다는 말, 두 가지 모두 싫었다. 그런데 왜 꼭 둘 중 하나여야만 하지? 생각해보니 나는 남자답다라든가 여자 같다는 식의 개념이, 그리고 획일적인 이분법이 싫었던 것이었다. 어떻게 둘로만 나눌 수 있지? 좋아하는 감정만 해도 이렇게 여러 가지이고, 믿는다는 말만 해도 누구한테 하느냐에 따라 느낌이 다 다른데. 무엇다워야 한다는 말을 거부하는, 나다운 것을 강조하는 G-그리핀의 가사가 그래서 그처럼 내 마음에 깊게 와닿았던 거겠지.

연우 너, 네가 앞으로 남자로서 살아가야 할 한국사회가 어떤 덴지 생각해본 적 있냐? 중국집에서 이과두주를 마시던 날 재욱 형이 씁쓸한 얼굴로 내뱉던 말이다. 그날 재욱 형은 재수없다 싶을 정도로 잘난 척하는 평소 모습과는 좀 달랐다. 배경 든든하고 돈 잘 벌고 학벌 좋고 리더십 강하고 사교적인 남자들의 사회에서 비켜나 있는 불안감에 대해서도 털어놓았다. 어려운 말만 골라 하는 건 여전했지만 어쩐지 관심이 가는 얘기였지.

ㅡ낸시 스미스라는 여자가 쓴 시에 이런 대목이 있어.

재욱 형이 시를 읊기 시작했다.

ㅡ스스로는 강한데도 약한 척해야 하는 게 지겨운 여자가 한 명 있는 곳마다, 상처받기 쉽지만 강하게 보여야만 하는 게 피곤한 남자가 하나 있다. 항상 모든 걸 다 알아야 한다는 기대에 부담을 느끼는 소년 한 명이 있는 곳에, 자신의 지성을 믿어주지 않는 사람들에게 지쳐버린 소녀가 하나 있다. 그리고……

시는 술 한 모금을 마신 뒤에 다시 이어졌다.

ㅡ너무 예민한 것 아니냐는 소리를 듣는 게 지겨운 소녀 한 명마다, 자신의 연약하고 흐느끼는 듯한 감성을 숨겨야 하는 소년이 한 명 있다.

이건 나도 좀 이해할 수 있을 것 같았고.

―자신의 해방을 향해서 발걸음을 내딛는 소녀 한 명이 있는 곳마다, 자유를 조금 더 쉽게 찾아나가는 소년이 생겨난다. 경쟁을 할 때마다 여성스럽지 못한 일이라고 지적받는 여자가 한 명 있는 곳마다, 경쟁을 통해서만 남자다움을 증명해야 하는 남자 하나가 있다……

이 대목에서 재욱 형은 한숨을 크게 내쉬었다.

―이거, 70년대 미국 여성운동 단체에 퍼졌던 시거든. 무슨 말인지 알겠어? 지금도 달라진 게 별로 없다는 거지. 서로 맞물려 있어. 힘을 모아 경직된 시스템에 맞서 싸워야 하는데, 이 세상은 바꿀 생각이 전혀 없는, 가진 자들이 움직이는 것이라서 말야.

그때 내가 대꾸했었다. 소년도 소녀도 아닌 것이라면, 남자도 여자도 아닌 존재라면, 그럼 그건 그냥 나겠네, 라고.

지금 생각하니 더욱 확실하다. 어떤 좌표인지 그것은 다음 문제다. 좌표 위에 나라는 점이 없다면 존재 자체가 만들어지지 않는 거다.

태수와 함께 자전거를 타러 호수공원에 갔던 밤이 생각난다.

호수에 비치는 불빛이 조용히 흔들리고 이따금 늦은 산책을 즐기는 사람들이 지나갈 뿐 평일 밤의 공원은 한적했다. 세 바퀴쯤 돈 뒤 자전거를 세워놓고 우리는 벤치에 앉아 자판기에서 뽑아온 음료수를 마셨다. 공원 구석의 작은 동물원 앞이었다. 모두 잠들었는지 어두운 동물우리에서는 별다른 기척이 느껴지지 않았다. 희미하게 비쳐드는 가로등 불빛 아래 태수와 나도 말이 없었다. 아주 가끔이지만 태수에게는 그런 순간이 있었다. 상처입은 동물처럼 조용히 웅크리고 있는.

이윽고 태수가 입을 열었다.

—미국 처음 갔을 때, 혼자 동물원 자주 다녔는데.

나직하고 시큰둥한 목소리.

—동물원이 그러니까, 그냥 숲이야. 지들끼리 사는 걸 멀리서 보는 거거든. 저렇게 동물우리 속에 들어 있는 게 아니고, 구경하는 사람들이 보호 유리칸 속에 들어가서 망원경으로 보게 돼 있어. 내가 늘 지켜보는 놈들이 있었지.

—원숭이?

—야생 개들. 어떤 거냐면.

온몸이 누르스름한 얼룩으로 덮이고 이빨이 날카로운데다 찢어진 눈이 특히 사나워 보이는 야생 개들. 처음 보는 순간 공포를 느꼈다고 했다.

—엄청 무식하고 잔인해 보이는 놈들이야. 이상하게 마음이 편해지더라구. 종일 보고 있는데 싫증도 안 나.

—학교는 대충, 제낀 거?

—처음에 좀. 그땐 동물원으로 등교했지. 이어폰 끼고 힙합도 엄청 들었고. 왜 그거 있잖아. 딱 봐서 약해 보이는 녀석들은 단숨에 물리치되 나보다 강한 녀석과는 나중에 적이 되지 않기 위해 한수 레 위에 올라타야만 해. 일단 남자들의 세계에 적응하기 위해서는…… 그 부분. 미국이란 데가 은근 남자들의 세계더라구. 근데 또 이 형님이 돌잔치 때부터 남자답다는 말깨나 들었잖아. 쪽팔리게

찌그러져 있을 수도 없고.

쓰레기통을 겨냥해 빈 음료수 캔을 던진 뒤 태수는 한 손을 들어
입가의 흉터를 만졌다.

―우리 반 여자애 하나가 내 별명을 지었는데, 말이 없다고 스토
니래. 쉿! 누군 말하기 싫어? 말을 할 줄 알아야 하지.

―미국 애였어?

―슈어. 어나더 큐트 걸.

태수는 채영을 처음 봤을 때에도 대뜸 큐트 걸이라고 불렀었다.

마지막 한 모금을 마시고 나도 빈 캔을 쓰레기통에 던져넣었다.
그런 다음 밤공기를 한번 깊게 들이마셨고. 동물우리 쪽은 조용하
기만 했다. 태수가 미국에서 지냈던 얘기를 하는 건 처음이었다.

스토니라는 별명을 지어주었던 여자애와 가까워지면서 태수는
몇몇 미국 애들과도 어울리게 되었다. 태수 자신의 표현대로라면
약간은 터프한 애들, 그리고 터프하게 행동하면 여자애들이 좋아하
리라고 생각하는 아이들. 그애들과 어울리며 몇 번인가 사소한 사
고에 휘말렸다. 하지만 그럴수록 점점 더 가까워지고 있다고 믿었
다. 훔친 차를 타고 경찰을 피해 밤거리를 도망치던 그날 밤 이전까
지는.

―독고태수, 운전할 줄 알았어?

―무면허로는 세상의 모든 일을 할 수 있지, 친구.

어쨌거나. 훔친 차를 무면허로 몰면서 한밤중에 미국 경찰을 따
돌려야 했다면, 그건 뭐, 거의 영화잖아.

―근데 다신 안 할라구.

―착하게 살자?

―큐트 걸이 다쳤거든.

목이라도 아픈 사람처럼 태수의 목소리가 메어 나왔다.

내가 태수를 향해 고개를 돌렸을 때는 두 팔을 위로 뻗어올려 기지개를 켜는 참이었다.

―하지만.

하품을 한 다음 다시 입을 열었다.

―또 모르지.

얼굴에는 장난기 어린 웃음이 떠올랐고.

―조심해, 심드렁. 나, 민아씨가 차 키 어디다 두는지 알잖아.

―맞아.

나도 피식 웃었다.

내 방에 함께 있던 태수가 자청해서 엄마에게 차 키를 갖다주러 계단을 뛰어내려간 적이 서너 번은 될 것이다. 그래도 지금은 3층에 사니까 나은 편이다. 곧 재개발될 낡은 아파트 13층에 살 때는 번번이 차 키를 잊어버리고 나가서 몇 분 뒤에 헐레벌떡 돌아오곤 하는 엄마와 느려터진 엘리베이터는 그야말로 원수지간이었다.

태수가 다시 동물원 얘기를 꺼냈다.

―사고친 뒤에도 몇 번 갔었어. 좀 답답하더라구.

―응.

고개를 끄덕이며 내가 맞장구를 쳤다.

―그때는 주로 코끼리를 봤지. 목욕시간이었는데, 그 자식, 사육사를 무슨 때밀이로 알더라고.

비누칠을 한 뒤 사육사가 호스로 물을 뿌리기 시작하면 코끼리는 거품이 잘 씻기도록 몸을 이리저리 비틀어주더라고 했다. 속눈썹이 긴 눈을 반쯤 감은 채로. 그리고 한쪽 발을 들어서 발바닥을 행군 다음에는 자동적으로 다른 발을 쳐들더라나.

—발 네 짝을 차례차례 번갈아서 드는데, 순서도 안 틀려.

—그걸 매일 봤다구?

—시간이 잘 가니까.

태수의 두 눈썹이 노래방에서 트로트를 부를 때처럼 아래로 내려 갔다.

—실은 생각 좀 하고 싶었어. 그 생각이란 거, 어떻게 하는 건지 그걸 모르겠더라. 나중에 엄마가 와서 끝까지 물어보는 것도 그거 였어. 왜 그랬냐고. 머릿속에 무슨 생각이 들었냐고. 우리 엄마, 솔 직히 말해라, 이유가 있으면 이해해준다, 이런 식이잖아. 근데 실은 내 말 잘 듣지도 않거든. 내 말보다는 텔레비전에 나오는 무슨 박 사, 무슨 신문기사 그런 걸 더 믿지. 어쨌든 그때는 나도 엄마한테 무지 미안했으니까, 뭐든 대답을 해주고 싶긴 했거든. 근데 정말 할 말이 없더라니까. 몰라, 그냥, 이 말밖에는 안 나와. 나, 왜 그랬을 까. ……모르겠어.

—질풍노도의 시기?

내가 픽 웃으며 대답했다. 텔레비전에 나오는 무슨 박사의 조언 이나 청소년 관련 기사 같은 데에 걸핏하면 나오는 말이다. 이 세상 에서 가장 큰 차이는 인종 차이도 지역 차이도 남녀 차이도 문화 차 이도 신분 차이도 세대 차이도 아니고, 바로 개인차 아닐까. 그런데도 우리는 뭘 하든 간에 곧바로 반항기라든지 사춘기라든지 하는 틀 속에 구겨넣어진다. 미성년자, 이 틀은 특히나 어른들의 손바닥 위에 올려놓여 있다. 신민아씨 말대로 우리가 불안정한 분자구조를 가진 시기라는 건 인정하지만, 나라는 존재를 결정하는 데 있어서 나이가 그렇게 절대적인 것일까. 외계인을 만났을 때 너 누구냐? 하고 물으면, 나? 나는 미성년자다, 이래야 되나? 그럴 바에야 차라리 '몰라'나 '그냥'이 내 정체에 더 가까울 것 같다.

─어쨌든 무면허 운전…… 좀 오버했네.

내 말에 태수가 고개를 끄덕였다.

─그래, 오버한 건 맞는데…… 글쎄, 뭔가 보여주고 싶었나?

─그 큐트 걸한테?

─그런 것만은 아니고. 모르겠어. 실은 난 그런 짓, 반대였거든. 끝까지 빠지려고 했는데, 애들이 차 유리를 깨는 순간, 있잖아, 위험하다 그런 생각이 확 스치면서 이상하게 엄청 흥분되더라구. 얼굴에 피가 확 몰리고 턱이 덜덜 떨려. 왜 그런지 몰라도 갑자기 온몸이 밧줄 같은 걸로 꽁꽁 묶여 있는 기분이 드는 거야. 누가 양쪽에서 내 팔을 꽉 붙잡고 머리통을 누르고 있는 거지. 그래서 막 죽어라고 탈출하고 싶고, 때려부수고 싶고. 어떤 순간부터는 말야, 진짜로 엄청 화가 나 있더라니까, 내가.

─뭐야, 진짜 질풍노도였잖아.

─……뭔지 억울하고 분하고. 같이 일 벌인 자식들이고 뭐고 닥치는 대로 다 패주고 싶었어. 근데 엄마가 뭐가 그렇게 억울하고 분했냐고 물었을 때, 그땐 할말이 없는 거지. 누구 탓도 아니잖아. 잘

못한 건 우린데. 나 자신 뭐 크게 잘못됐다고는 생각하지 않지만, 어쨌거나 사고를 친 건 친 거고. 에이, 이래서 모르는 얘기는 시작을 말아야 하는 건데. 가자.

　　―그래.

우리는 벤치에서 일어나 세워놓았던 자전거 쪽으로 다가갔다.

청소년들이 사고치는 것, 그건 세상에 자신들이 컨트롤할 수 있는 게 거의 없다는 무력감을 이겨내려고 오버하는 거야. 이건 신민 아씨가 한 말이다. 영화를 함께 본 뒤였다. 연휴 때면 엄마랑 영화를 두세 편 몰아서 보는 일이 많다. 주로 재욱 형이 불법으로 다운받은 영화. 그날은 일본 영화를 세 편 봤는데, 그중에 '폭력에 굴복할 수밖에 없는 약하고 고립된 소년이 음악에서만 위안을 얻는 이야기'라며 재욱 형이 특별히 내게 추천해준 영화가 있었다. 주인공 소년이 폭력에 착취당하는 또래 소녀에게 남자친구를 소개해주며 하는 말은 꽤 인상적이었다. '그 녀석은 강한 놈이라 너를 지켜줄 수 있을 거야.'

대체 왜 우리들은 폭력을 컨트롤하며 살아야 하는 걸까. 한 대도 안 맞고 고등학교까지 졸업할 수 있나 없나, 뭐 그런 말이 아니고. 세상이 왜 이렇게 타인에게 폭력적이냐는 것이다. 그 녀석은 강한 놈이라 너를 지켜줄 수 있을 거야. 누군가를 지키고 싶은데 자신은 약하다. 그러면 적어도 강한 놈이라고 부를 만한 친구라도 있어야 하고 그 친구에게 모든 걸 양보해야 하나?

태수 말이 맞다. 모르는 얘기는 시작을 말자.

자전거 핸들을 잡으며 내가 물었다.

-큐트 걸. 많이 다친 거야?

-좀.

-너 때문에?

자전거에 훌쩍 올라탄 뒤 재빨리 페달을 밟는 태수. 벌써 저만치로 멀어져버렸다.

뒤따라 자전거에 오르며 생각했었다. 왜 모두가 강해져야 하는 거지. 강해야만 나를 지킬 수 있는 건가. 사실은, 누구라도 타인이라는 존재는 건드리면 안 되는 거 아닌가. 나에게서 나를 빼앗아가는 것, 어쩌면 그것이 바로 폭력인지도 모른다.

4

엄마에게서 문자가 도착한다.

당근 아홉 개. 재욱씨랑 가는 중. 한잔할까?

'당근 아홉 개'는 엄마가 자주 가는 맥줏집. 퍼즐카페와 같은 동네에 있다.

이런 식으로 술집에 불려나가는 것은 가끔 있는 일이다. 혼자 술집에 가지 않는 것도 외박을 하지 않는 것처럼 신민아씨가 지키는 몇 가지 원칙 중 하나. 애꿎은 내가 출동해야 하니 그게 문제지만.

거울 앞에 서서 내 모습을 본다. 머리가 지저분하군. 옷장 안에서 야구모자를 꺼내 쓰고 다시 거울 앞. 좀 어려 보이나? 술은 안 마실 테지만 어쨌든 그런 장소에서 애송이 같은 꼴로 애매하게 앉아 있긴 싫다. 재욱 형에게 마리의 부탁을 전할 좋은 기회이니 나가긴 하겠지만…… 역시 모든 게 귀찮다.

막상 나오니 바람이 시원하군. 자전거를 타고 오기를 잘했다. 혼란스럽던 머리가 조금 차가워지면서 걷잡을 수 없던 답답함도 조금 가라앉는다.

'당근 아홉 개'의 간판에는 토끼 세 마리가 그려져 있다. 토끼가 먹어치워서 당근은 없는 거라나. 당근 그렇겠지. 처음 왔던 날 엄마가 간판을 가리키며 주인에게 했던 말이 생각난다. 저 토끼 셋이 공평하게 세 개씩 나눠 먹지는 않았겠죠? 글쎄요, 그것까지는…… 주인은 무협만화에서 많이 봤던 '아뿔싸, 한 수 졌다'는 표정으로 대꾸했고. 엄마의 다음 말은, 앞이빨을 보니 개인차가 꽤 있는 토끼들 같아서요. 남들의 주목을 받는 건 불편하고 두렵다고 하면서도 나처럼 눈에 안 띄게 평범하게 행동하지 못하는 게 신민아씨.

자전거에서 내린 뒤 간판 아래의 기둥에 바퀴를 묶는다.

창가 자리에 앉아 있던 엄마가 유리창 안쪽에서 손을 들어 흔들고 있다. 저 빨간 원피스를 입고 나왔었군. 가슴까지 내려오는 긴 목걸이는 못 보던 거고. 불빛에 비친 웃는 모습이 뭐 좀 괜찮아 보인다. 옆자리에 앉은 재욱 형, 한쪽 이마로 흘러내려온 머리카락과 고양이가 프린트된 검은 티셔츠에 타탄체크 무늬 목도리를 내려뜨리고. 꽤 신경썼군. 요즘 엄마가 운전연수까지 도와준다니까, 어쨌든 잘돼가는 거겠지.

술집 문을 밀고 들어가는 나, 자연스럽다. 신민아씨가 내게 가르쳐준 건 이 정도?

폭풍우 몰아치는 날 카페에 앉아 창밖 경치를 봐야 했고, 어떤 새벽에는 취해 들어와 마구 깨우는 바람에 공원에 나가서 탠덤바이크를 태워줘야 했고, 극장에서는 반드시 캐러멜 향 팝콘과 다이어트 콜라를 나눠 먹어야 했고, 핑크색과 초록색 가발로 바꿔 써가며 스티커 사진을 찍어야 했고, 각기 다른 아이스크림을 먹으며 거리를 걷다가 반쯤 남았을 때 바꿔 먹어야 했고, 집 앞 놀이터에 불려나가 캔맥주가 두 개쯤 비는 동안 스프라이트 한 캔을 마셔줘야 했고, 그네까지 밀어줘야 했고…… 이 모든 게 본인의 주장으로는 신 육아법이라고 한다.

연우야, 내가 바라는 너의 미래는 말야, 한량이야. 한량이라고? 응. 그거 어려운 거 아냐? 쉽진 않지. 돈 안 벌고 놀려면 돈이 필요하니까. 우선 돈을 버는 방법부터 익히는 게 한량이 되는 첫걸음일 걸. 열심히 돈이나 벌어야 한다면 그게 무슨 한량이야? 왜 열심히 벌어, 쉽게 벌어야지. 쉽게, 어떻게? 실력이 있으면 돈 쉽게 벌어. 실력을 쌓으라는 건 결국 공부 열심히 하라는 거? 꼭 공부 얘기는 아니고. 그럼 공부 안 하고 실력 쌓는 게 뭔데? 그것까지는 나도 모르지. 거기서부터는 네가 알아서 하는 거야. 이런 식, 신민아씨의 신 육아법이다.

─한잔해.

앉자마자 술 권하는 엄마. 나는 무뚝뚝하게 고개를 내젓는다.

토끼가 그려진 허리 에이프런을 두르고 주인아저씨가 주문을 받으러 온다.

─데이트하시는 줄 알았더니 가족모임이네요.

넉살 좋은 아저씨다. 내가 아이스티를 주문하자 고개를 끄덕이더니 나와 엄마를 번갈아본 다음 다시 엄마에게 한마디 던진다.

  ─전에는 이 학생하고만 오셔서 남동생만 있는 줄 알았거든요. 오빠도 계셨네요? 세 분 다 닮았어요.

  엄마는 방긋, 재욱 형은 싱글, 나도 하는 수 없이 픽, 주인아저씨는 빙그레…… 다들 웃는 순간.

  재욱 형이 거의 비어 있는 엄마의 생맥주 잔을 가리킨다.

  ─한잔 더?

  ─응.

  ─연우도 왔는데 새 안주 하나 시킬까? 샐러드, 아니면 닭튀김?

  ─살찌잖아.

  ─알았어. 여기 샐러드요. 드레싱은 따로 주실 수 있죠?

  나는 닭튀김을 좋아하는데, 오빠들은 남동생보다 역시 여동생 편이군.

  조금 뒤 주인아저씨가 가져다준 아이스티를 빨대로 마시며 나는 건너편의 재욱 형과 엄마를 바라본다. 가족모임, 맞네.

  좀 독특한 가족이긴 하다. 엄마도 아빠도 자식도 없고 그냥 남매들. 도토리들까지 포함해서, 각자 자기가 알아서, 자기 방식대로 산다. 고독은 숨겨야 하지만 슬픔은 나눌 수 있다. 존중과 배려는 받지만 대신 상대가 줄 마음이 없는 것을 요구할 수는 없고. 가끔 신민아씨는 신랄하다. 연우야, 너도 나도 세상의 우등생은 못 되잖아. 나, 능력도 별로 없고 돈도 많이 없어. 너도 죽어라 노력해서 뭐가 돼보겠다는 그런 식은 아닌 애고. 우리 둘 다 나약하고 이기적이지.

먼저 그걸 인정하고 난 다음에, 그리고 서로 의지하자구.

태수네는 다르다. 모든 걸 적당히 갖춘 가족. 서로 위하고 사랑하는데 말은 통하지 않는다. 태수 엄마가 태수에게 원하는 것이 왜 태수를 힘들게 만드는 걸까. 원하는 것, 그것이 문제인지도 모르겠다. 태수 엄마는 태수가 원하는 것보다 세상 모두가 원하는 것에 관심이 있는 건지도 모르고.

얘기만 들은 채영의 부모님은 어떤 모습일까. 축제행사 중 '부모님과의 대화'에 채영 아빠가 온다는 말을 채영에게서 전해들었다. 미친개 선생의 전화 부탁을 받고 채영 아빠가 기분좋아했다고. 야자를 무단으로 빼먹었다고 학교로 불려온 채영 아빠가 학교교육을 믿을 수 없다며 미친개 선생을 되레 혼내준 건 학교 안에 쫙 퍼졌던 이야기이다. 채영 아빠가 은행 대출을 도와준 다음부터 미친개 선생이 학부모와의 상담 차원에서 가끔 아빠와 통화를 한다며 채영이 얼굴을 조금 찡그렸었다.

그제야 재욱 형한테 마리의 부탁을 전해야 한다는 생각이 떠오른다.

내가 교지의 특집기획에 대해 설명하기 위해 축제 이야기를 꺼내자마자 엄마가 내 말을 막는다.

─있잖아, 나, 부모님과의 대화에 가기로 했어. 선생님이 전화하셨더라.

내가 담임의 말을 전했을 때는 말도 안 돼, 하면서 싫다고 하더니만.

─야자 빼고 집에서 공부 잘하냐고 자꾸 물으시는데, 찔리잖아.

─그래서, 할 거야?

─네가 잘못 들었어. 옷 잘 입는 법, 그런 거 말하는 게 아니고 여

성과 직업에 관해 말해달래.

그럼 어떻게 되는 거지? 축제 따위 적당히 빠지려고 했는데 일이 이상하게 돌아가는군.

―어? 비오잖아.

재욱 형의 말에 엄마와 나는 창밖으로 고개를 돌린다. 언제부터 내렸는지 빗물에 젖은 검은 차도가 자동차 불빛을 반사하고 있다. 투명한 비닐우산을 쓴 젊은 남자 하나가 창 안쪽 우리의 모습을 흘끗 보면서 지나쳐간다. 화단 너머 횡단보도에서 깜박거리는 푸른 신호등도 물을 먹은 듯 흐려 보이고.

저 신호등, 처음 만났던 날 채영이 카프카 엽서를 주었던 그 자리다.

―올 가을엔 비 자주 오네.

엄마의 혼잣말에 대꾸는 안 하지만, 나도 같은 생각.

―한잔 더 할까봐. 비도 오는데.

신민아씨한테 술 더 마신다는 결정만큼 쉽고 명쾌한 게 또 있을까. 술을 즐기긴 해도 많이는 안 마셨는데 지난번 다툼 이후 재욱 형도 주량이 는 것 같다. 망설임 없이 두 잔을 더 주문한다.

―좀 취하면 어때. 취한 것도 난데 뭐. 그렇지, 재욱씨?

―응, 근데 나하고 있을 때만.

이런 무례한 분위기는…… 나도 한잔 시킬걸 그랬나.

나는 주인아저씨가 탁자 위에 내려놓고 간 생맥주 두 잔을 물끄러미 내려다본다. 그중 하나를 엄마가 두 손으로 끌어당긴다. 술로 입술을 축인 뒤 탁자에 내려놓는 엄마의 생각에 잠긴 표정, 목소리도 가라앉아 있다.

─어쩌면 사람은 자기가 감당할 수 있을 만큼만 실수를 하는 건지도 몰라.

얼마 전까지만 해도 신민아씨, 눈 뜨자마자 술김에 어디에다 던져버렸는지 모를 핸드폰을 찾느라 한 차례 법석을 떤 다음 부리나케 간밤의 통화기록부터 확인하곤 했다. 미쳤어, 미쳤어, 를 연발하며. 그리고 재욱 형과 안 만나던 기간에는 아침이면 머리맡에 놓아두었던 핸드폰을 집어 버튼을 몇 번 눌러보더니 시큰둥한 표정으로 베개 위로 툭 던져버렸고. 요즘은 별로 신경 안 쓰는 눈치다.

─그럴 필요 없는데. 지나치게 걱정하면서 살았던 것 같애, 그동안.

─무슨 걱정?

─상처받거나 상처줄까봐. 그냥 살면 되는데 말야. 지금 이대로가 나다, 그런 식으로 사는 거, 얼마나 심플해. 살아온 시간들 사연들 모두 끌고 살아가는 것, 그것도 지겨워. 좀 가볍게 살고 싶어.

팔을 뻗어 재욱 형의 잔에 술잔을 부딪치더니 엄마의 목소리가 갑자기 목소리가 밝아진다.

─재욱씨, 연우 어릴 때 세수 어떻게 했는지 알아?

나의 어린 시절 이야기를 꺼내는 것도 엄마의 술버릇 중 하나이다. 대여섯 살 때인가. 키가 작아서 세면대 위로 얼굴을 숙일 수 없었던 내가 한쪽 손은 물이 흐르는 수도꼭지에 대고 다른 쪽 손으로는 마른 얼굴을 마구 문지르더라는 얘기다. 그렇게 하면 물이 팔을 타고 얼굴로 통할 거라고 생각했던 모양이다. 이른바 연우의 세수법, 내가 있는 자리에서만도 벌써 세번째 꺼내는 이야기이다.

또 이런 얘기도 있다. 내가 유치원 친구 집에 갔다 와서 물었다.

소년을 위로해줘 355

개네는 아빠하고 엄마가 한방에서 잔대. 왜 그래? 응, 결혼했으니까. 엄마의 대답을 듣더니 내가 깜짝 놀라더라고. 어? 엄마랑 나랑 결혼했었어?

다른 사람들의 술버릇도 그럴까. 엄마는 취하면 스스로 가장 힘들었다고 말하는 시절의 이야기를 떠올리곤 한다. 그것도 자기 이야기가 아니라 내 이야기로. 그런 얘기가 되풀이돼도 재욱 형은 잘 들어준다. 그 사람의 약한 모습을 똑같이 느낄 수 있어야 진짜 좋아하는 거라는 엄마 말이 맞는 건가.

ㅡ도토리들 지금 뭐 할까.

엄마가 갑자기 엄지와 새끼손가락으로 전화기를 만들어 귀에 갖다대며 전화 거는 시늉을 한다.

ㅡ통화버튼 누르는 거라도 가르쳐야겠어. 취했을 때 가끔 목소리 듣고 싶거든.

이어지는 엄마의 말.

ㅡ가끔 그런 생각이 들어. 처음 도토리들 데려올 때 얼마나 호들갑을 떨었어. 애지중지 진짜 애틋하게 귀여워했거든. 근데 익숙해지고 나니까 좀 식어버리데? 가끔은 한 공간에 같이 있다는 존재감 자체가 신경이 쓰이더라구. 우리 도토리들, 특별히 보살펴줄 것도 없잖아. 근데도 괜히 성가신 거야. 부담스러우니까. 그러다보니 또 사랑받지 못하는 존재라는 생각이 들어서 미안해지고. 그럼 말야, 내가 잘해주면 되는 거잖아? 근데 사람 마음이 그렇지가 않아. 나 때문이긴 하지만 어쨌든 사랑받지 못하는 존재라는 사실이 호감은 아니거든. 내가 못해줄수록 더 부담이 되고 그래서 오히려 피하게

돼. 그러다보면 또 나를 매정한 사람으로 만들기 때문에 좀 미워지려고 하는 거야. 처음에 극진했던 그 마음이 떠오르면 나 자신이 가증스럽고, 악순환이지.

신민아씨를 말없이 바라보던 재욱 형이 술잔을 들어 기울인다. 숙인 이마 한가운데로 살짝 주름이 모여 있다. 다시 입을 여는 엄마, 나는 약간 조마조마한 마음이 들고.

─어떤 좋아하는 마음이라도 변하게 돼 있어. 그걸 받아들인다는 사실 자체가 얼마나 불편한 일이야. 변해버린 나 자신도 께름칙하고. 그러니 나한테 불편한 마음을 갖게 하는 존재가 달가울 리 없는 거지. 연우 아빠도 그랬을까. 그렇게 원했던 결혼이었는데 어떻게 마음이 변해? 나, 그런 식으로는 생각 안 해. 너무나 원했던 결혼이었기 때문에 자기 마음이 느슨해졌을 때 그 상투적 상황을 받아들이기 오히려 힘들었을지도 몰라. 도토리들을 대하는 내 마음처럼. 잘해주긴 해야겠는데 그게 묘한 압박이 되어 부담스럽고 결국 짜증이 나고…… 그 사람한테는 내가 도토리들 같은 존재였을 거야.

아빠 얘기까지, 신민아씨 이제 좀 말려야 하나.

─재욱씨한테 이런 말, 미안해. 사람은 한번 받은 상처를 쉽게 잊을 수 없는 모양이야. 내가 좀 치졸한 거, 알고 있지?

─그건 맞지만.

재욱 형 표정이 그리 밝지 않다.

─민아씨 취했잖아. 무방비한 상태에서는 아문 자리의 통증이 더 잘 기억나는 법이야.

무슨 말인지 이해도 잘 안 가지만 생각하고 싶지도 않다. 마음속 상처를 털어놓는 엄마의 그런 모습도 오늘따라 마음에 안 들고.

창밖엔 아직도 비가 오고 있다.

무심코 시선을 돌렸던 나는 다음 순간 나도 모르게 창유리로 바짝 얼굴을 갖다댄다. 저건…… 정말 채영인가? 아닌 것 같기도 하다. 청바지에 흰색 스쿠터 헬멧을 쓰고 몽유병자 같은 허청대는 걸음으로 이쪽을 향해 오고 있다. 후드점퍼 주머니에 두 손을 찔러넣고. 내 표정은 당연히 뜨악하다. 내 시선을 따라 엄마와 재욱 형도 창밖을 본다.

채영은 신호등 가까이까지 다가와 있다. 채영이 걸어온 쪽으로부터 흰색 승용차 한 대가 와서 멎는다. 채영을 태우려고 하는 게 분명한데 채영은 보지 못한 눈치다. 조금 더 앞으로 움직여서 다시 서는 승용차. 운전석에서 정장 차림의 여자가 나와 한 손을 이마에 대고 비를 가리며 인도 쪽을 향해 소리를 친다. 이름을 부르는 듯. 이윽고 헬멧을 쓴 채영이 그쪽으로 고개를 돌리고, 다음 순간 약간의 시차를 두고 둘은 운전석과 조수석에 나란히 탄다. 그리고 차가 출발해 시야에서 사라진다.

잠시 침묵. 음악마저 끊겨버린 듯 귓가가 먹먹하다. 깊은 물속처럼.

—채영이 맞지?

엄마가 먼저 입을 연다.

—응.

—엄마, 진짜 미인이네. 스타일도 그렇고.

실내에서 바깥이 그다지 잘 보였을 것 같지 않지만.

—채영이 스쿠터 타?

358

—몰라.

나는 한숨을 내쉰다. 정말 알 수 없는 애다. 우산을 쓸 일이지 웬 헬멧이야.

—여자친구야?

재욱 형이 엄마에게 묻는 말이다. 엄마가 고개를 끄덕인 다음 내 얼굴을 살핀다.

—오늘은 안 만났네?

—응.

채영의 생일이기 때문이다. 정확히 말하면, 기념일을 함께 보내 는 것이 따로 시간 내서 챙기는 대화시간이나 여행처럼 가족 행복 의 척도라고 생각하는 채영 아빠 때문이지만.

—연우 표정 왜 그래?

—뭘.

—고민 있어?

—응.

나는 엄마를 물끄러미 바라보며 천천히 대답한다.

—자전거 때문에. 비 안 그칠 것 같아.

내가 손가락으로 창밖을 가리키자 엄마와 재욱 형이 무심히 그쪽 으로 고개를 돌린다.

그냥 택시를 타고 들어가야 할 모양이다. 자전거는 그대로 '당근 아홉 개'의 간판 아래 세워놓을 수밖에.

창가에 서서 블라인드를 올리고 어두운 밖을 물끄러미 바라본다. 그러나 실은 아무것도 보고 있지 않다. 새벽 빗소리를 듣는 것뿐이다.

어떻게 그걸 모를 수 있지? 라고 중얼거린다.

그리고 대답이라도 들으려는 것처럼 창 쪽으로 몸을 굽힌다. 유리에 이마를 갖다댄다. 차갑다. 눈이 저절로 감기고. 생각해보자, 처음부터. 어차피 이대로 잠들기는 틀렸다.

무엇보다 먼저…… 알면서도 모른다, 이런 말이 있을 수 있는 걸까. 있을 것 같다. 정말이지 마음에 안 들지만, 지금의 내가 그런 식이니까.

뭐야, 그럼. 이 방에 살았던 사람도 나와 똑같은 거울을 가지고 있기라도 했단 말야?

이것이 시작이었다.

채영의 존재는 마치 무슨 꿈속의 한 장면처럼 갑자기 나타났다.

유리창에서 이마를 떼고 다시 어두운 창밖을 내다본다. 그땐 메타세쿼이아 잎이 한창 푸른색이었지. 우편함에서 채영의 엽서를 발견한 날은 내가 처음으로 G-그리핀의 노래를 들은 날이기도 하다. 그의 노래를 듣고 있으면 그 모든 말이 다 내 입에서 흘러나오는 것 같았다.

마리의 말.

민기훈이라고, 그 선배가 그린 거야. 그리핀이라는 상상동물이래. 이채영하고 소문은 좀 있었어. 가끔 공장에 같이 다녔거든.

그의 스쿠터 뒷자리에 타고. 그리고 조금 전에 쓰고 나타난 흰색 스쿠터 헬멧도 쓰고 있었겠지. 민기훈, 그러니까 G-그리핀과 함께.

머리로 아는 것과 온몸으로 실감하는 건 다른 건가? 순간 얼굴 살갗이 쫙 당겨지고 머리 위로 불길이 인다. 이맛살이 가운데로 모아지면서 왈칵 눈물이 솟아 불현듯 눈 주위가 뜨거워지는 느낌. 저절로 주먹이 쥐어진다. 그대로 내 얼굴을 향해서 힘껏 한 방 날리고 싶다.

그래. 나는 상상했었다. 벽에 그려진 그림에 덧칠을 해가면서, 나날이 거울 속에서 조금씩 펼쳐져가는 날개를 바라보며. 언젠가 나의 날이 오면, 이 그림은 내 몸에서 뻗어나온 날개가 될 것이고, 그리고 나는 사자의 몸통과 독수리의 날개를 가진 거대한 그리핀처럼 폭풍을 일으키며 힘차게 날아오를 거라고. 채영이라는 황금의 파수꾼이 되어.

고등학생 래퍼 G-그리핀. 그가 떠난 둥지에 깃들어서 그가 두고 간 날개를 대신 완성해가고 있는 것, 그게 나였다. 날개에 그리핀이란 이름은 내가 붙여준 걸로 알았지. 그가 노래를 만들었던 방에서 나는 그 노래를 들었다. 그의 창밖에 서 있던 채영이 그에게 보낸 엽서를 대신 받았고 그리고 그와 비슷한 목소리로 마음속 이야기를 모조리 털어놓았던 거지. 내 이야기인 줄로만 알았고. 하지만 어디에도 나는 없었다. 모두 다 그의 그림자였다.

그림자도 아니다. 나는 마리오네트였다. 손발에 끈을 매달고 조종당하면서 열심히 노래하고 춤추었다. 스스로는 생명이 있다고 생각하는 호랑이 인형 홉스처럼 나 자신의 살아 있는 이야기라고 굳게 믿으면서. 그의 노래를 부르는 내 목소리, 모조품일 뿐이었다. 남의 옷을 입고 남의 노래를 대신하는 꼭두각시. 내가 불러주고 싶었던 마음속 노래는 결국 그의 고백이었던 거다. 나는 그의 노래를 전달했다. 떨리는 가슴으로 온 마음을 다해. 그것이 내 마음속에 일어났다고 믿었던 혁명의 진정한 정체였다.

그리고 어느 이사 때던가 엄마는 결국 끈이 끊어진 마리오네트를 쓰레기통에 던져넣었고.

거울 앞으로 간다. 내가 있군.

노래방에 갔던 날 나는 생각했었다. 언젠가는 나만의 목소리로 채영에게 노래불러주고 싶다고. 바로 나 자신의 날개를 펴는 날. 그리고 거울 속의 내게로 손을 뻗어보았던가. 주먹을 쥐고 이렇게, 거울 속의 내 눈을 보면서?

알겠지, 강연우. 이게 너야. 그럴 줄 알았어. 한심하게도 눈 속에 눈물이 가득하군. 그리고, 쳐들었던 주먹을 힘없이 아래로 내려버리는구나. 그럴 줄 알았다니까.

아니야. 모르겠다. 전혀 모르겠어. 전혀 모른다는 건…… 외롭다는 거였군.

5

옷을 입은 채 그대로 쓰러져 잠들어버린 모양이다. 신민아씨라면 이따금 그런 식이지만 나한테는 흔치 않은 일이다. 하지만 이렇게 이른 시각에 나를 깨우는 일, 그건 거꾸로 신민아씨한테 흔치 않은 일이다. 둘 다 제대로 잠들지 못한 날이다. 뭐야, 방에서 혼자 더 마

셨나? 생맥주 몇 잔 마신 술냄새가 아니잖아. 이 시간에 깨우는 건
또 뭐고.

나는 이마를 잔뜩 찡그린다. 내뱉는 말도 퉁명스럽다.

─왜?

─자전거 가지러 가자. 태워줄게.

더 자고 싶은데, 엄마 혼자 가서 차에 싣고 와도 되지 않나? 엄마
의 술자리에 불려나갔다가 그렇게 한 적이 없는 것도 아니고.

─밖에 추워. 새벽에 자전거 타기 좋은 날씨야. 초겨울은 머릿속
을 정리하기도 좋은 계절이고.

목소리가 부드럽다.

─연우, 밤새 무슨 고민했니? 수염 많이 자랐네.

나도 모르게 손을 턱으로 가져가고, 엄마가 의자에 걸쳐져 있던
점퍼를 건네주며 말한다.

─야한 생각했구나?

─뭐 대충.

현관을 나오자마자 새벽 기운이 싸늘히 몸을 감싼다.

문 앞에서 하품을 하며 내가 엄마를 돌아본다.

─차 키는?

─참.

엄마가 다시 집 안으로 들어간 사이 나는 천천히 층계를 내려가
기 시작한다.

비가 그친 새벽 거리는 푸르스름한 빛으로 가득 차 있다. 대기는
축축하지만 신선하고. 온 세상이 한바탕 물청소를 마치고 나서 첫

태양을 맞이하려는 순간 같다. 나와 함께 밤새도록 뒤척대던 빗소리는 끝. 아무 일도 없었다는 듯 무심히 아침을 기다리는 일만 남은 건가.

엄마와 나는 아무 말도 나누지 않는다. 운전석의 엄마는 묵묵히 앞만 보고 있고 나 역시 말없이 차창 밖을 향해 고개를 돌리고 있다.

ㅡ전에 내 방에 살았던 학생. 봤다고 했잖아.

ㅡ응.

ㅡG-그리핀이더라.

ㅡ정말?

도착할 때까지 주고받은 건 이 말뿐이다.

'당근 아홉 개'의 간판이 보이는 곳에서 차를 세우고 엄마가 묻는다.

ㅡ자전거 타고 올 거지? 당근?

ㅡ당근.

자전거를 차에 싣고 돌아가는 것보다 그 편이 낫다.

엄마가 떠난 뒤 나는 경계석을 뛰어넘어 인도 위로 올라선다. 젖은 보도블록 너머로 좁은 잔디밭이 길게 이어져 있고 '당근 아홉 개'는 그 안쪽. 문 앞 기둥에 묶여 있는 내 자전거가 보인다. 잔디밭 위를 가로질러가면 운동화가 다 젖겠군. 풀이 젖어서 미끄럽기도 할 테고. 저 문 앞 기둥까지 갈 수 있는 다른 길은 없나. 그런데 바로 지금. 골목 안쪽을 향해 고개를 빼고 두리번거리는 내 망막 위로 들어와, 마치 카메라 렌즈의 초점이 맞춰지듯이 한순간 또렷이 상을 맺는 저 모습.

골목 안쪽에서 나타난 채영이 내 쪽으로 걸어온다. 망설임 없이 잔디밭을 가로질러서.

흰 발목양말 아래 삼선 슬리퍼에 눈길을 준 채로 나는 얼떨떨하게, 그러나 약간 마음이 무거워지는 걸 느끼면서 그대로 서 있다.

―안녕.

―안녕.

후드를 덮어쓴 창백한 얼굴이 조금 추워 보이는, 새벽의 채영. 풍경이 흐릿해서일까. 테두리가 불분명한 그림처럼 알 수 없는 싸늘함이 느껴진다. 그러나 내 앞에 와서 선 채영은 싸늘하다기보다 추워 보인다. 두 손은 티셔츠의 캥거루 주머니에.

―나, 네 자전거 알아.

나는 대꾸 없이 우두커니 채영을 건너다보기만 하고.

―어젯밤에 지나가다가 봤거든. 혹시 네 자전거인가 해서…… 그냥 한번 나와봤어.

고개를 끄덕이는 나. 어쩐지 아무 할말이 없는 거다.

―아빠 회사가 멀어서 일찍 출근하시니까…… 아침에 가끔 동네 나와서 돌아다녀. 골목이랑 공원이랑.

저녁은 각기 먹지만 아침밥은 꼭 가족이 함께 먹어야 한다는 말을 들은 기억이 난다. 또 한번 나는 덤덤하게 고개를 끄덕이고.

내 시선이 채영 등 뒤의 골목에 무심히 가 닿는다. 빛의 양이 빠른 속도로 늘어나는 시간이다. 사물이 아까보다 훨씬 또렷해진 느낌. 그리고 심장박동이 조금씩 빨라지고 있다. 입은 더욱 굳게 다물어지고. 대체 내가 무슨 말을 할 수 있을까.

민기훈은 지나간 시간에만 있었다. G-그리핀은 그렇지 않다.

그리고 언젠가 가출하게 되면 스쿠터를 타고 떠나자던 채영의 말. 최대한 마음을 가라앉히려고 애쓰며 내가 입을 연다.

ㅡ스쿠터 헬멧 갖고 있다고 했었잖아.

채영이 나를 빤히 바라본다.

ㅡ응, 가끔 쓰기도 해.

ㅡ왜?

ㅡ선배가 준 건데, 그냥…… 나중에 얘기할게.

나는 주머니에서 천천히 자전거 열쇠를 꺼낸다. 그것을 채영에게 들어 보인다.

ㅡ잠깐만.

채영을 기다리게 하고 성큼성큼 잔디밭을 가로질러 자전거 있는 곳으로 간다. 신발이 젖는 게 뜻밖에도 시원한 느낌이다.

기둥 앞에서 무릎을 구부린다. 열쇠를 꽂아 돌려 자전거를 묶었던 끈을 풀어낸 다음 바퀴를 기둥에서 떼어낸다. 그리고 끈을 다시 채워 자전거 뒤에 걸고 일어나서 핸들을 잡으려는데…… 순간, 갑자기 누구에게 얻어맞은 듯 가슴에 묵직한 통증이 온다.

핸들을 잡은 채 나는 잠시 고개를 숙이고 그대로 서 있는다.

숨을 깊게 들이마셨다가 천천히 내뱉는다. 괜찮아, 강연우. 이런 슬픔쯤, 지나가버리도록 잠시만 멈춰 있자. 그러면 돼. 아무것도 아니야. 피니시 라인이 눈앞에 있다고 생각하는 거야. 금방이라도 심장이 터지고 다리가 마비될 것 같은 고통의 한가운데, 이제 그만 걸음을 멈추고 모든 것을 끝내버리고 싶은 그 순간, 그때만 피하면 안

돼. 이렇게 천천히 호흡의 리듬을 유지하면서 너의 눈앞을 똑바로
봐. 그렇지. 잠시 눈앞이 흐려졌지만, 이제 다시 초점이 맞으면서 사
물이 선명하게 눈에 들어오지. 아침이 완전히 밝았다. 맑은 날이야.

천천히 자전거를 끌고 채영 앞으로 돌아온다.

―간다.

―응, 안녕.

채영이 주머니에서 손을 빼 조금 흔들어 보인다. 채영의 얼굴을
보지 않으려고 시선을 피하는데, 빨갛게 살갗이 벗겨진 손가락 끝
이 눈에 들어온다. 그대로 자전거에 올라 페달을 밟기 시작한다. 빨
리, 나도 모르게 빨리 밟고 있다. 점점 더, 미친 듯이.

늦가을 이른 아침의 거리. 잠 깬 사람들은 아직 다들 집 밖으로
나오지 않았다. 가로수 밑에서 나온 길고양이 한 마리가 보도블록
을 가로질러 골목 안으로 사라진다. 자동차 몇 대가 옆을 스쳐 지나
가고. 밤새 어둠을 밝히는 데 지쳐서 창백해진 24시 편의점 간판들.
안에만 불을 켜놓은 채 문 열 준비를 하고 있는 빵가게들과 커피집.
아침운동 하러 나온 부지런한 사람들. 뒤로 걷는 노인.

저 앞의 신호등과 또 그 앞의 신호등과 또 그 너머 신호등. 세 블
록의 신호등이 모두 보이는 이른 아침의 차도 위를 나는 자전거로
달리고 있다. 온몸으로 바람을 느끼며. 이마와 그리고 뺨이 젖은 채
로. 언제나 함께하던 귓가의 노랫소리, 그건 없다.

너는 언제까지나 나를 미워하지 않을 것 같아. 채영이 말했었다.

맞아. 나는 너를 미워하지 않는 종류의 사람, 카프카 나라의 사람
이었지. 그리고 G-그리핀. 아무리 깊이 잠들어도 그 목소리만은 나

를 깨울 수 있었어. 그가 하는 모든 이야기가 내 마음과 똑같았거든.

모르겠다, 이건. 나 울고 있지만, 슬퍼서 그런 것만은 아니야. 마음이 아프면서도 화가 나. 자꾸 화가 나. 왜 이러지? 너무나 화가 나서 돌아버릴 것 같아. 얼굴로 열이 솟구쳐. 그 정도가 아니야. 뭔가가 내 몸속 깊이 있던 열추진장치를 건드려버렸나봐. 로켓이 발사되는 순간처럼 견딜 수 없는 에너지가 나를 폭발시키려 해. 허공으로 떠오르기 직전이야. 자전거 안장 위에 엉덩이를 붙이고 있을 수가 없어. 발바닥에 불이 날 것처럼 페달을 밟고 있는데…… 이런 식이라면, 머리통과 가슴이 순식간에 터져버리는 것 따위는 일도 아니지. 바람이 말려주는데도 눈물은 왜 또 자꾸 기어나오냐.

자꾸만 불안해지고 그래서 믿지 못하게 되는 마음. 그거, 아니란 거 알아. 의심하는 만큼 의심스러워 보이는 거겠지. 나 또, 그런 생각도 했잖아. 누군가를 좋아한다는 건 그 사람을 믿는 거라고. 믿지 못할 사람을 어떻게 좋아할 수 있겠냐고. 좋아하기 시작하면 믿지 못하게 된다는 엄마의 말…… 하지만 난 아니었어. 자신을 믿어주지 않으면 상대도 상처를 입지 않을까, 그렇게 생각했단 말야. 믿었고, 믿고 싶었기 때문에 물어보지 못했던 거잖아.

내가 좋아하는 것, 왜 나한테 이렇게 까다로울까. 내가 잘 모르는 이 세상, 어떻게 알아가고 받아들여야 하는 거지? 지금 난 어떻게 해야 하는 걸까. 다시 그애에게로 돌아갈 수 있다면, 그래도 된다면, 나는 자전거를 돌려세우는 즉시, 죽어라고 멀어져온 그 속도보다 훨씬 더 빨리 페달을 밟을 수 있을 거야. 하지만 그러지 말아야 한다는 것. 그건 어떻게 알게 된 걸까. 간절히 원하지만 그래서는 안 된다는, 내 편을 들어주지 않는 생각 따위가 왜 내 머리통에 가득 차 있는 거냐구.

뭐야. 내 감정은 나도 설명 못하는 수준으로 복잡하고, 남의 마음은 절대로 알 수가 없고, 나와 너, 그 너머의 것들은 이렇게 얽히고 모순되고, 최고 난이도 문제들뿐인 거야? 왜!

누군가 나를 보고 있는 것 같다. 그냥 보는 게 아니라 웃고 있어. 뭐야. 호되게 놀림당한 이 기분. 더럽잖아. 등에 바보라고 쓴 종이를 붙이고 온갖 곳을 신나게 쏘다닌 거 아니냐구.

신호가 파란 불에서 노란 불로 바뀌는 순간. 멈추지 않는 내 자전거는 정지선 앞에 선 자동차 옆을 빠르게 지나쳐 계속 앞으로 내달린다.

아저씨, 뭘 봐요? 요즘 애들, 겁이 없다구요? 어린놈이 겉멋만 들었다구요? 규칙도 무시하고 제멋대로라고 야단치고 싶은 거죠? 어차피 차도 없잖아. 횡단보도에도 아무도 없고. 왜 아무도 없는 새벽 거리에서 신호 따위를 지키고 있어요? 아무도 다치게 하지 않는다면, 달리고 싶을 때는 달리게 해줘요. 상관없잖아. 나는 지금 온 세상의 빨간 불을 모조리 클릭해 파란 불로 바꾸면서, 이 세상 끝까지 달리고 싶다구요. 왜 이렇게 빨간 불이 많은 거죠? 눈앞에 길이 환히 뚫려 있는데 뭐가 이렇게 복잡해……

수많은 정지선들, 켜졌다 꺼졌다 깜박였다를 반복하는 색색의 신호등, 하지 말라는 표지판들. 그리고 끝없이 늘어선 학원버스들이 대기하고 있는 여기 이 구간 좀 봐요. 기둥에 덕지덕지 붙어 있는 수많은 방향표지 팻말들, 무슨 동 무슨 동 무슨 동 무슨 동…… 다 어디죠? 모두들 어디에서 줄줄이 실려와서 책상 위에 엎어져 있다가 또 어디로 실려가는 거야? 틀렸잖아. 다 틀려먹었어. 규칙이 틀렸는데 그걸 뭣 때문에 지켜야 해? 태수가 말했던, 밧줄 같은 걸로 온몸이 꽁꽁 묶여 있는 기분, 나도 안다구. 죽어라고 때려부수고 싶은 기분 안단 말야. 내가 뭐, 진짜 마리오네트야? 예상문제를 갖다주면 시키는 대로 답을 달달 외우는 그런 로봇인간인 줄 알아? 그건 너희들이나 하셔. 잘난 너희들의 세상이니. 아. 실컷 욕을 퍼붓고 싶은데 왜 이리 입이 안 떨어지냔 말야.

엄마는 집에 없다. 신민아씨에게도 머릿속을 정리하기 좋은 초겨울 새벽이었나. 어쨌든 다행이다. 얼른 샤워하고 학교로 가버려야지. 나를 위해서라는 건 잘 알지만, 그래도 내 기분을 살피는 사람의 눈에 띄기 싫다. 그나저나 이런 기분에도 학교밖에 갈 곳이 없다니, 강연우 너, 진짜 한심한 거 알아? 뭘, 새삼.

샤워 꼭지 아래 서서 뜨거운 물을 맞는다.

누군가 울고 싶다고 하면 울라고 말해줘야지. 울고 난 뒤의 뜨거운 물 샤워를 함께 권하고. 식은 듯했던 땀이 다시 솟으면서 몸속에 남아 있던 마지막 물기, 그러니까 눈물이 노폐물처럼 피부 위로 배출되는 기분이다. 그 위에다 찬 물줄기를 갖다대면 그것들은 비눗물과 함께 씻겨나간다. 몸이 제대로 식으면 머릿속도 조금은 차가워질 테지.

온몸이 뻐근하다. 몸에 힘 좀 줬더니…… 힘주고 사는 건 역시 피곤한 일이군.

샤워 꼭지 아래 선 채로 쏟아지는 물소리를 듣는다.

채영에게 민기훈에 대해 묻지 않은 건 잘한 일이다. 총정리나 요점 정리 따위 하지 않아도 된다. 그의 노래가 나의 긴 잠을 깨웠지만, 자리에서 일어나 창을 열고 새벽의 빛을 바라보게 해주었지만, 이제 내가 등을 돌린 다음에 방문을 열고 나갈 곳, 그곳은 나의 세상이다. 그의 날개는 그대로 방의 벽에 남겨두고 나는 세상 밖으로 나간다. 나만의 날개? 그런 게 있을까? 이제부터 찾아야지. 지금은 다른 생각은 하고 싶지 않다. 확실한 것은, 이제 G-그리핀이 누군지 안다는 것. 그리고 내가 누군지도 좀더 알게 된 것.

목욕타월로 몸을 닦다가 문득 욕실 거울에 시선이 멈춘다. 뿌옇게 김이 서린 저 너머 움직이고 있는 것, 나다.

타월 귀퉁이로 거울을 닦기 시작한다. 얼굴이 있는 쪽부터. 거울 속의 내 얼굴이 천천히 드러나고. 눈이 마주치는 순간 손이 멈춰진다. 어떻게 할까, 웃어줄까? 아니야. 내가 지금 왜 웃으려고 하겠어. 찡그린다. 노려본다. 내가 원하는 인생을 살려면 내가 뭘 원하는지부터 먼저 알아야지. 나 지금 억지로 웃고 싶은 기분 아니거든. 대충 피하고 웃어넘기려 했던 거, 그거 진짜 내가 원하는 나 맞을까? 자 자, 내가 누군지나 알고나 살자구.

다시 타월을 손에 감고, 거울 속에 큰 원을 그려간다. 뿌옇던 거울이 깨끗해지면서 내 어깨가 드러나고, 가슴과 배가 차례로 드러난다. 수건을 바닥에 던져놓고 나는 잠시 그대로 서 있다. 나를 똑바로 바라보면서.

세상의 축제

1

기다리던 날이든 두려운 날이든, 결국 그날은 온다. 소풍도, 시험도, 개학도, 그리고 아무 관심이 없지만 오늘의 축제도.

축제는 대충 두 가지다. 재미없는 것과 더 재미없는 것. 이 두 가지 준비로 학교가 온통 들썩거린다. 합창반과 밴드부와 댄스부가 온종일 소음을 만들고, 매직카페다 호러카페다 게시판에 각종 소개글이 나붙었다. 전시회도 가지가지. 만화부는 애니 전시뿐 아니라 주인공 복장으로 코스프레도 하고 직접 그린 만화책도 판다고 한다. 미술부도 전시회장 앞에 얼굴 페인팅 코너를 차려놓고 오백원씩 받는다나. 리본공예반에는 네일아트 학원을 운영하는 엄마가 있어서 거기 수강생들이 나와 네일아트 서비스를 해줄 예정. 학교 지원을 가장 많이 받는 방송제와 영상제는 당연히 성황이겠고. 문화

상품권을 걸고 퀴즈를 내는 도서부, 특수한 불꽃놀이를 펼칠 거라는 화학부도 홍보에 열 올리는 중이다.

하이라이트는 저녁에 강당에서 벌어지는 장기자랑 무대일 것이다. 빨리 말하기, 실내화 멀리 던지기, 팔씨름, 물풍선으로 얼굴 맞히기…… 이런 재미없는 게임도 안 빠질 테고. 그리고 먹을 것을 파는 장터. 소시지, 떡볶이, 어묵에 솜사탕 만드는 기계까지 등장한다. 이런 행사들은 모두 오후부터 시작된다.

특히 재미없는 행사는 모두 오전시간에 배정돼 있다. 가령 우리말 경시대회라든가 부모님과의 대화. 순서를 보니 채영 아빠 다음이 신민아씨. 진로와 희망이라니, 제목만 봐도 딱 채널을 돌려버리고 싶지만.

그나저나 은행 지점장인 채영 아빠는 생활경제나 돈에 대해 말할 수 있다지만 신민아씨는 뭐지? 고달픈 프리랜서의 세계? 내가 아는 사람들 모두 그런 직업이 있는지조차 모르는 옷 칼럼니스트의 나아갈 길? 자기 표현대로 시스템 밖으로 벗어나 있는 신민아씨가 그 중심으로 들어가기 위해 머리 터지게 경쟁하는 학생들에게 무슨 말을 해줄 수 있다는 건지. 막판에 연락이 온 걸 보면 여기저기에서 거절당했을 거란 짐작이 들긴 하지만, 담임은 대체 무슨 생각으로 신민아씨를 초청했는지. 백화점 사보에서 엄마가 쓴 칼럼을 한번 봤다는 이유만으로? 태수 엄마도 그렇지만, 확실히 어른들은 언론이나 방송에 약한 것 같다. 우리 담임도 보나마나 필자 이름만 슬쩍 봤을 뿐 내용은 읽지도 않았겠지.

신민아씨, 지금쯤 점잖은 학부형으로 보일 만한 옷을 찾느라 옷장 앞에 서서 이마를 찡그리고 있지나 않을까. 두 손은 허리에 척 걸치고, 다리가 길기 때문에 나올 수 있다고 주장하는 바로 그 각도로 팔을 구부린 채. 아무튼 나는 엄마가 오늘 무슨 옷을 입었는지 내 눈으로 확인하고 싶지 않다. 뒷문까지 선생들이 지키고 있다는 말도 있던데, 정 안 되면 태수와 함께 담이라도 넘어야지.

—왓썹, 심드렁!

익숙한 목소리. 복도 끝에 서서 창밖을 보고 있던 나는 몸을 돌린다.

오늘따라 태수의 걸음걸이가 심하게 건들거린다. 목덜미에는 커다란 헤드폰이 걸려 있다.

—어학부 얘기 들었냐?

—뭔데?

—보드게임방 차렸대. 여자애들하고 팀 짜준다는데?

시큰둥한 표정으로 고개를 돌리는 내 앞으로 바짝 얼굴을 들이대며 태수가 덧붙인다.

—벌칙이 세 가지야. 뿅망치, 프리 허그, 폰번 교환.

—됐어.

—프리 허그란 말 모르셔? 해브 유 허드 오브 폰번 교환. 들어나 봤나.

나는 더이상 대꾸하지 않고 걸음을 옮기기 시작한다.

—헤이, 미스터 심드렁! 또, 뭐가 그리 심각해.

늘 하던 짓도 문득 덮어버리고 싶을 때가 있지 않나? 심드렁이란 별명도 그렇고, 어쩐지 지금은 모든 게 좀 아니다. 그뿐이다. 저만치에서 복도 끝에서 마리가 걸어온다. 역시 또 무거워 보이는 보조 가방을 들고 있고. 나와 태수를 발견한 마리가 빠른 걸음으로 다가 와 그 가방 속에서 교지를 꺼낼 때까지 나는 멍청하게 서 있다. 축 제기간중에 교지편집부는 모두 편집실에 모여 있는 걸까. 이런 생 각은 왜 떠오르는지.

ㅡ여기, 이거.

마리가 목차에서 손가락으로 가리키는 이름, 조재욱이다.

ㅡ고마워.

ㅡ응.

ㅡ나한테도 쌩쓰해야지. 내가 소개했잖아.

태수가 끼어든다.

마리가 들은 척 만 척 대꾸한 다음 나를 본다.

ㅡ난 부모님과의 대화 가는데, 지금.

ㅡ응.

ㅡ안 가?

ㅡ아니.

ㅡ근데, 이채영 못 봤어?

ㅡ아니.

ㅡ걔 아빠 곧 시작일 텐데, 안 들어가나?

ㅡ몰라.

멀뚱히 나를 바라보는 마리의 어깨를 태수가 툭 친다.

ㅡ건드리지 마. 오늘 심드렁 아니라 으르렁이야.

ㅡ걔네 담임이 이채영 찾아오랬는데, 어디 갔지? 끝나면 참석한

부모님들 모시고 점심식사 한대. 채영 아빠 다음에 너네 엄마 순서 아냐?

태수와 마리가 주고받는 말, 운동장에서 들리는 음악소리, 아이들의 떠드는 소리, 부산한 움직임과 발소리…… 머리가 지끈거린다. 이렇게 혼자 있고 싶을 때마다 G-그리핀의 노래를 듣곤 했는데. 출구는 어차피 없는 거고, 이젠 비상구도 마땅찮군.

마리가 나를 본다. 빠져나온 머리카락도 없는데 한 손을 들어 귀 뒤로 머리를 넘기는 저 버릇.

─음악감상부는 하는 거 없어?

─그렇지 뭐.

나는 마리에게서 받은 교지를 말아 옆구리에 끼고.

─오 맨. 그걸 했어야 하는 건데!

갑자기 엄지와 가운뎃손가락을 부딪쳐 딱 소리를 내며 소리치는 태수.

─가라오케 기계 빌려다가 노래방 차리자고 했잖아. 퍼펙트 플랜이었다구!

바지 주머니 안에서 핸드폰 진동이 전해진다. 문자가 왔군. 엄마다.

오면 안 돼. 거짓말만 할 거야.

나도 어차피 갈 생각 없거든? 굳이 문자까지 보내다니, 신민아씨, 긴장하긴 했네. 나한테 인생 강의는 잘만 하더니만. 참, 그건 취했을 때에만 할 수 있는 특수 기능인가?

─누구?

376

—엄마.

—오, 민아씨. 보러 가자. 남친이 가줘야지.

—가봐.

태수와 나의 이야기를 듣고 있던 마리가 내게 묻는다.

—어디로 갈 거야?

갈 데가 있는 것 같은데 쉽게 이 자리를 뜨고 싶지 않은 눈치다.

—글쎄.

—나 잠깐 들를 데 있거든. 거기만 갔다가 뭐 먹으러 같이 안 갈래?

—굿 아이디어! 쏘는 거구나?

—오빠, 여친한테 안 가? 난 오빠 아니라 강연우한테 말하는 거거든.

마리가 손가락으로 내가 옆구리에 끼고 있는 교지를 가리켜 보인다.

마리는 등을 곧게 편 씩씩한 걸음, 주머니에 손을 집어넣고 나는 터벅터벅, 그리고 태수는 콧노래를 부르며 건들건들. 우리 셋이 향한 곳은 화학반의 행사장이다. 거기서 축제 준비를 하고 있는 선배에게 교지를 전해줘야 하는 모양이다. 나와 태수는 마리의 뒤를 따라 행사장 안으로 들어간다. 어정쩡하긴 하지만 뭐, 그럭저럭 학교 행사에 한 개 정도는 참여해주는 셈이군.

안녕하세요. 인사를 하며 행사장 안으로 들어선 마리. 한쪽에서 실험기구를 정리하고 있는 남자 선배를 찾아 그쪽으로 간다. 행사장 가운데에 탁자를 둘러싸고 몇 명의 남학생이 모여 있다. 무슨 실험 같은 걸 하려는 건가? 탁자 위에서 확 하고 피어오르는 불꽃. 아주 특별한 불꽃놀이…… 참, 화학반의 행사 안내문에 그렇게 적혀 있었지.

―한 번만 더 해볼까?

―조금 더 많이 뿜어봐. 불꽃이 좀 커야 돼.

화학반 학생들이 그런 말들을 주고받는다.

분무기 안에 인화성 물질을 배합한 액체가 들어 있는 모양이다. 긴 손잡이가 달린 라이터 불을 켜고 분무기 꼭지를 눌러 거기에 가스를 뿜어내는 순간 아름다운 불꽃이 높이 솟아오른다. 화학반 학생들이 몇 번 더 실험을 해본다. 그걸 보고 있던 태수가 갑자기 내 팔을 잡아당긴다. 단단히 힘이 들어가 있다. 쳐다보는 내 귀에 얼른 입을 가져다댄다. 생각났어.

―뭐?

―우리도 축제 좀 즐기자구.

그러고는 내가 뭐냐고 묻기도 전에 둘째손가락을 입술에 갖다댄다.

―나중에 말해줄게.

마리 뒤를 따라 다시 화학반 행사장을 나올 때에도, 그리고 축제 장터에 가서 떡볶이와 김밥을 먹을 때까지도 태수는 계속 어딘가에 정신이 팔려 있다. 끊임없이 콧노래를 흥얼거리고. 그렇게 오랫동안 싱거운 농담도 불평도 안 하다니. 특히 마리에게 아무 트집도 잡지 않고 있다는 건, 그야말로 거의 본분을 잊고 있는 상태라고나 할까. 마리는 마리대로 다른 날과 좀 다른 것 같다. 학부모와의 대화에 간다더니? 그리고, 선생들 심부름을 까먹을 마리가 아닌데, 담임이 채영을 찾아오라고 했다는 건 그냥 해본 말이었나?

나? 나도 마찬가지다. 머릿속이 텅 빈 것 같은데 이유는 정확히 모르겠다. 마음이 차분하지 않고 자꾸만 두리번거리게 된다. 누굴 찾는 것도 아니면서 사람들이 지나쳐갈 때마다 무심코 시선이 따라간다. 급한 일도, 별다른 할일도 없으면서 마음이 불안하고 조급한 건 또 무엇 때문인지. 지금쯤 대화인지 뭔지를 하고 있을 신민아씨가 생각나서인가? 채영 아빠와 같은 자리에서 점심을 먹을지도 모른다는 것 때문에 신경이 쓰이는 건지도 모르겠다.

아니면 이런 것도 일종의 축제 심리인 걸까. 모든 것이 땅에서 조금쯤 떠 있는데, 그것이 다시 내려앉을 때쯤에는 온통 뒤죽박죽 섞여버렸으면 좋겠다 싶은. 소나기 쏟아지기 직전의 묵직하고 끈적끈적하고 불길한 회색 공기가 세상에 가득 찬 것처럼, 폭발 직전 잔뜩 억눌린 좁은 공간 속의 들끓는 혼돈 같은.

태수가 내 귀에 속삭인다. 심드렁, 마리 보내고 담 넘자. 갈 데 있어. 그다음 낮게 덧붙이는 말. 래커 사러 가자. 페스티발 아니냐. 우리도 화끈한 불꽃놀이 하나 정도는 해야지.

갑자기 생각나는 것. 언젠가 태수가 말한 적 있다. 그거였구나! 하자.

2

우리는 학교에서 한 블록 떨어진 육교 앞에 있다. 어둡고 외진 곳. 다들 축제에 몰려간 때문인지 오늘따라 유난히 조용하게 느껴진다.

가스를 빼. 이렇게 통을 거꾸로 들고. 너무 많이 빼면 페인트가 흐르니까 비 케어풀. 앤 댄…… 이제 캡을 눌러봐. 손을 빠르게 움직여야 해. 노 노. 꾹 누르면 넓게 퍼진단 말야. 힘 조절을 해야지. 한 군데에 집중적으로 뿌려도 흘러버리거든. 뭐, 흘러도 상관은 없지만. 애니웨이. 크게 칠하고 싶으면 끊어서 뿌려봐. 모기약 뿌릴 때같이 그렇게 하면 안 되고. 오케이. 역시 머리 좋아, 강연우. 누르는 힘을 조절해. 짙게도 되고 옅게도 되지? 오우 그림자, 멋져버리잖아!

태수의 말이 제대로 귀에 들어오지 않는다. 숨죽인 목소리라서가 아니다. 내 눈앞에는 그저 빨강색과 파랑색, 노랑색의 꿈틀거림뿐.

스프레이 페인트가 색의 줄기를 내뿜을 때마다 가슴이 따라서 뛴다. 치익치익 치이이익…… 억지로 압축돼 통 속 가득 갇혀 있던 것들이 온몸을 뻗어 힘껏 분사되며 튀쳐나오는 시원한 소리. 야구모자 챙 바로 앞까지 날아오는 가스의 차가운 느낌도 나쁘지 않다. 태수가 마스크를 살 때는 뭐 이럴 것까지야 싶었는데 이 마스크, 막상 써보니 은근히 흥분된다. 투구를 쓰면 이런 기분일까. 코와 입을 가린 것뿐이지만 뭔가 나만의 세계 속에 감춰진 것 같다. 답답할 줄 알았는데 얼굴을 가리니 몸은 오히려 자유로워진 느낌. 눈에 힘은 왜 들어가지?

학교에서 가까운 육교 밑, 요즘 태수를 자기 패거리로 끌어들이려는 그 녀석들에게 신발을 뺏길 뻔했던 장소다. 종종 이곳을 지나칠 때면 이상하게도 그 일보다 중학생 때 돈을 뜯겼던 일이 더 생생히 떠오르곤 한다. 그때도 육교 아래였다. 거울을 뒤집어놓고 침대에 엎드려 울었던 그때. 지금도 다를 건 없다. 세상은 뭐가 뭔지 모르겠고, 그러면서도 어차피 제대로 굴러가는 건 아무것도 없다는 삐딱한 생각이 든다.

아무튼 이것만은 확실하다. 지금 눈앞에 나만의 색과 선 들이 펼쳐지고 있다. 스프레이 페인트를 뿌려대면서 내 멋대로 육교의 교각을 덮어나가는 것, 나를 어떤 해방구로 데려간다. 래커통을 쥔 내 팔의 동작이 점점 커진다. 걸음이 빨라지더니 마침내는 뛰기 시작하고. 어느새 나는 이쪽에서 저쪽으로 정신없이 뛰어다니며 마구 스프레이를 뿌려대고 있다.

상관없다. 내 가슴은 벅차오르고 팔다리는 자유롭다.

아무렇게나 아무렇게나…… 되는대로, 멋대로, 뿜어지는 대로, 내 마음껏! 래커 열 통으로 이 육교를 우리가 완전히 정복해버리는 거다!

지금쯤 학교 강당에서는 장기자랑이 한창이겠지. 무대에서는 연주에 맞춰 노래 부르고 춤추고, 구경꾼들은 떠들면서 먹고 마시고…… 강당에 모인 몇백 명의 사람들이 쏟아져나오기 전까지는 육교 아래를 이렇게 뛰어다니는 나와 태수를 방해할 사람은 아무도 없다. 그러기를 바라야지. 태수 말로는 경범죄로 걸리면 벌금이 십만원에서 오십만원까지라니까. 물론 우리가 만들어놓은 예술작품은 우리 손으로 직접 깨끗이 지워야 하고.

마침내 래커통이 모두 비었다. 대체 얼마나 시간이 지난 거야.

태수가 몇 발자국 뒤로 물러나 팔짱을 낀 채 낙서를 보고 서 있다.

—심드렁, 끝내준다!

마스크를 벗으며 태수가 하는 말. 나도 마스크를 벗고 태수 옆으로 가서 나란히 선다.

내 눈앞에 펼쳐져 있는 것을 가만히 바라보고 서 있는 거다.

빨강과 노랑과 파랑. 어지러운 원색의 스프레이 페인트 자국일 뿐이다. 하지만 나는 그 속에서 울려퍼지는 나의 목소리를 듣는다. 저건 어쩌면 내가 하고 싶었던 이야기, 그리고 나의 노래.

길게 뻗어가다가 얽히면서 구부러지는 굵은 선들. 아무렇게나 흘러가고 제멋대로 비틀어지다가 어딘가에서 마주치는 가느다란 선들. 직선과 곡선. 그 아래에는 펼쳐지다가 끊기고 다시 이어지고 나뉘고 붙여지고 그러다가 끝에 닿는 면들. 연하게 시작되어 점점 진해지고, 둘이 섞이다가 하나가 되고 셋이 엉키고 제 빛을 감추었다가 검게 덮였다가 또다시 각자 두드러지는 색들. 나타났다가 사라지는 여러 가지 모양, 온갖 형태의 도형, 수없이 많은 무늬들, 퍼졌다가 숨었다가 펼쳐졌다가 움츠러들었다가 일어섰다가 넘어졌다가 흐트러졌다가 모여들었다가 쥐었다가 폈다가 그리고 마침내 한순간, 온 힘을 다해 뛰어오르며 두 팔을 내뻗은 채 눈앞 가득 펼쳐지는 것.

태수가 낮게 외친다.

—그레이트! 날개잖아!

그 말이 무슨 뜻깊은 선언처럼 내 가슴에 내려와 꽂힌다. 나도 모르게 심호흡을 하고. 나의 날개.

태수가 고개를 돌려 나를 흘끗 본다.

—근데 저건 뭐냐?

태수가 손가락으로 가리키는 것은 채영이 혼자 공책에 그리곤 했다는 도형들이다. 퍼즐카페에서 우리가 서로 노트에 그려 보여주었던 어린 시절의 그림들.

-귀엽네?

-좀.

어둠 속에서 나는 고개를 끄덕인다. 페인트 냄새가 코를 찌른다. 그제서야 손을 들어서 보니 이건 거의 팔레트.

-원래 장갑은 안 끼는 거냐?

-아, 깜빡!

우리는 잠시 말없이 서로를 노려본다. 그리고 다시 육교로 눈을 돌린 다음 순간 누가 먼저랄 것도 없이 뛰기 시작한다. 숨소리가 거칠어지고 뺨이 흔들린다. 머리 위로 뜨거운 기운이 솟구치기 시작하고. 저 멀리로 희미하게 달이 떠 있다. 우리의 발소리가 밤의 허공으로 퍼져나간다. 가슴속에서부터 울려나온 듯 무겁고 빠르게 그리고 아주 멀리로.

3

손톱만 길었구나.

지난겨울 패키지 여행을 마치고 돌아오는 비행기 안에서 엄마가 손을 내려다보며 중얼거렸던 말이다. 가끔 말야, 다 지웠다고 생각한 것들이 손톱 밑에 들어가 있거든. 고춧가루가 끼어 있으면 김치

썰었던 거고, 까만 점들이 잔뜩 들어 있으면 김밥 싼 날……

나도 지금 비슷한 생각을 한다. 독고태수, 어떡할 거야. 이 손톱 밑의 물감들……

엄마한테서는 연락이 없다. '학부모와의 대화' 끝난 뒤에 점심식사까지는 같이 했을 테고. 학부모 복장으로 재욱 형을 만나러 가긴 싫다고 했으니 데이트도 아닐 테고.

자꾸만 손을 들어 손톱을 보게 된다. 축제가 모두 끝난 시각에 수많은 사람들이 와자지껄 육교 아래를 지났을 것이다. 지금은 조용하겠지? 내가 그린 날개는 벽 속에 웅크린 채 하늘을 날 준비를 갖추고 기다리고 있다. 세상 모두가 잠들기를. 그런데 자꾸 다시 가보고 싶은 건 왜지? 사건은 밤에 일어난다, 범인은 반드시 현장으로 돌아온다…… 이런 식으로 혼잣말을 하면서 불길한 분위기를 풍기며 스스로 위험한 상황 속으로 빠져드는 건, 만화 속의 카이지가 전공인데?

아무튼 이런 기분…… 불안하고 들뜨지만 또 두렵다. 재욱 형이 러너스 하이에서 분비된다고 말했던 게 아드레날린인가 도파민인가, 암튼 뭐 그런 호르몬이라도 솟아났나. 가만히 앉아 있을 수가 없다. G-그리핀을 알기 전에는 대체 이런 때 뭘 했었지?

종일 채영은 뭘 했을까. 혹시 육교 앞을 지나갔다면 자신의 어린 시절 낙서를 발견했을지. 다시 핸드폰을 들어 액정을 확인한다. 아무에게도 문자가 안 왔다. 역시나, 기다리고 있었군, 강연우. 하지만 이것 또한 역시인데, 안 오고 있잖아, 그 문자. 자기 폰에 전화 걸기, 그거 해보나 마나야. 핸드폰 먹통된 거 아니거든. 안절부절,

이젠 책상 구석에 던져놓았던 재미없는 교지까지 넘겨보고 있군.

마리의 기획, 제목을 새로 달았다. 'I-My, Me, Mine'. 그러니까 이건, 온통 나라는 것? 마리의 머리글이 맨 앞장에 있다. 기획의도 같은 것이군. G세대라니, 그런 말이 있었어?

무슨무슨 세대라고 규정되는 데 불만이다. 그것은 어른들이 만들 어낸 관점이고 그들의 질서에 우리를 집어넣으려는 것이다. 우리는 각기 '나'로서 살아가고 싶다. 그것이 우리가 만드는 새로운 질서이 다. 그걸 존중받으려면 우리도 어른들의 시대에는 또 그때의 질서 가 필요했다는 것을 이해해야 한다 — 뭐 대충 이런 뜻이군.

역시, 마리. 우리가 다 알고 있는 그대로를 정리 잘 해놨네. 그래 서 똑똑하다는 거야. 공부하고는 상관없이. 우리 모두, 선생들이 걸 핏하면 비아냥거리듯 아무 생각이 없는 건 아니거든. 단지 그게 정 리가 잘 안 되고, 또 딱 맞게 표현할 만한 논리와 자신감이 없을 뿐 이지. 꿈이 없다고? 그것도 그래. 안전한 선택만 하도록 틀 안에 가 둬놓고 길들여왔으면서 갑자기 무슨 모험심과 패기를 들먹이냐구.

다음 페이지는 전문가의 의견이다. 태수 아빠와 같은 대학의 교 수. 마리 진짜 열심히 했구나. 그런데, 이 사람의 글은 내용이 너무 뻔하다. 우리 세대는 외동자녀가 오십 퍼센트를 넘어 부모의 관심 을 부족함 없이 받았으므로 이기적이고, 일찍부터 인터넷과 휴대전 화를 사용했기 때문에 소통이 활발한 반면 개인주의적이고, 경제적 인 풍족함이 지나친 소비성향을 갖게 했고, 뭐 그래서 성실성과 끈 기가 부족하고 나약하다고? 속해 있는 집단에 대한 충성심과 그리 고 개별적 추진력 부족?

선생들이나 다른 어른들이나 으레 우리에 대해 갖고 있는 생각이다. 누군가 그럴듯한 표현을 한번 만들어놓으면 사람들은 다 따라간다. 자기만의 생각이 없는 사람들은 특히 그런 것 같다. 별 생각없이 대다수의 생각을 자기 것으로 알고 살아간다. 그러니 혁명 같은 걸 바라지 않는 사람들이 점점 많아지는 거지. 생각을 해라, 생각을. 머리는 어디다 쓸래? 그들도 선생들한테 이런 말을 듣고 자랐겠지?

다음 글은 조재욱. 재욱 형이 두번째 필자군.

'신대륙을 발견한 뒤에 태어난 아이들이 발견해야 하는 또다른 신대륙.' 역시. 이런 제목은, '아버지 힙합 좀 듣자구요'처럼 뭔가 있을 것 같잖아. 침대 머리에 등을 기대고 앉아 재욱 형의 글을 읽기 시작한다.

'나는 새 물건을 사용하기 전에 설명서를 철저히 읽는다.'

흠…… 그건 내가 잘 알지. 얼마 전에도 새로 산 DVD플레이어 설치를 도와주며 잔소리깨나 했다. 대충만 맞춰놓아도 당장 쓸 수는 있어. 근데 나중에는 반드시 문제가 생긴단 말야. 매뉴얼 읽는 시간을 아까워하면 안 돼. 얼마나 일이 훨씬 더 귀찮아지잖아. 길게 보면 그게 훨씬 시간을 절약하는 방법인 거야. 어쩌구 저쩌구.

새 오디오를 사놓고 매뉴얼 정복이 끝나지 않아 일주일이나 음악을 듣지 못한 적도 있다. 그러니 고등학생인 사촌동생이 놀러와서 내가 잠깐 방을 비운 사이 오디오를 작동시킨 걸 보고 놀라 자빠질 수밖에.

알고 보면 간단한 일이다. 이것저것 연결해보고 여기저기 눌러보는 것이다. 한마디로 눈치다. 조카의 표현으로는 눈치는 맞는데, 그게 '테크니컬 눈치'라고 한다. 기계의 구조를 아는 게 아니라 매뉴얼의 구성방식을 파악한다고 할까. 그러나 거기까지다. 그게 가끔은 결정적인 고장으로 이어지니까.

하지만 그럴 때 나는 과연 조카에게 매뉴얼을 봤어야 한다고 주장할 수 있을까.

우리는 고장났을 때 새 물건으로 바꿔주는 비용까지를 포함해 물건 값이 정해지는 시스템 속에서 살고 있다. 고장신고를 받은 애프터서비스 직원의 첫마디는 대개, 설명서대로 해보셨습니까, 이다. 이 말은 매뉴얼대로 따랐으면 고장이 나지 않았을 거라고 책임을 전가하는 일종의 회사 방침(?)이기도 하지만, 그만큼 매뉴얼을 보지 않는 태도가 일반적이라서 나오는 말이기도 하다. 그것만 봐도 알 수 있다. 매뉴얼을 안 보고도 기계는 얼마든지 잘 사용할 수 있다는 것을. 어쩌면 점점 기능이 다양해지는 기계의 매뉴얼을 더 간단히 하기 위해 기술이 진화하고 있는지도 모른다. 나는 사촌동생에게 기성의 매뉴얼을 통해서 세상에 접근하라고 강요할 수가 없다.

뭐야. 나한테 그렇게 꼰대처럼 말하더니 글에서는 공정한 척? 몸에 밴 태도는 어쩔 수 없지만 생각만은 트였다는 건가. 암튼 그건 대충 봐주기로 하고.

매뉴얼과 테크니컬 눈치가 대립되는 순간. 나는 신대륙을 발견해야 했던 아버지들과, 그 대륙에서 태어난 아들들의 모습을 본다. 아버지들은 아들들에게 말한다. 우리는 척박한 환경에서도 많은 걸 이루었다. 그런데 너희들은 이게 뭐냐. 문화는 사소하고 관심은 소비적이고, 삶의 스케일과 진지함은 사라져버렸구나. 아들들은 대답한다. 신대륙은 아버지들이 발견해버렸잖아요. 산소통 없이 에베레스트를 등정하는 것도 〈대부〉를 제작하고 『이방인』을 쓰는 것도 다 이루어버렸죠. 그러니 그건 우리가 할 일이 아녜요. 우리가 해야 하는 가장 중요한 일은 많은 게 밝혀지고 이루어져버린 세상에서 이제부터 새로 할 일을 발견하는 것이라구요. 이것은 아버지들이 발견한 신대륙에서 태어난 아들들의 숙명이다. 그들이 발견해야 할 신대륙은 훨씬 더 깊숙한 오지에 있다.

몇 년 전 미국의 한 신문기사가 파장을 일으킨 일이 있다. 요즘 젊은이들은 패기도 투지도 없다. 진지한 직업을 찾으려 하지 않고 아르바이트로 생활비만 번 뒤 나머지 시간은 비생산적인 일로 소비한다. 아메리칸 드림은 실종되었다 등등. 미국의 젊은이들은 흥분했다. 이미 기존의 구성원들이 각기 제 위치를 차지하고 있고 시스템이 안정된 사회에서 후발주자나 마찬가지인 젊은이들이 할 수 있는 일은 제한돼 있다고 목청을 높였다. 어느 사회든 보수적인 사람들이 갖고 있는 권력은 젊은이들을 상처입힌다.

구글과 같은 엄청난 셰어 정신도 개인의 고독을 해결해줄 수는 없다. 오히려 세계 구석구석에서 일어나는 일을 실시간으로 알게 되는 거대한 시스템은 세상을 배워가려는 어린 영혼을 질식하게 만든다. 어쨌거나, 밀실 속에서 광장을 바라보는 자의 고립감은 훨씬 더 절박한 것일 테니까.

전쟁과 폭력을 겪은 세대, 그리고 풍요롭게 배려받고 자란 세대. 굶주림이나 고독이 둘 중 어느 쪽에게 더 두려운 존재일까. 풍요롭게 자란 세대에게 궁핍은 가난을 통과한 세대보다 오히려 더 두려운 재앙일지도 모른다. 아버지들이 겪어본 상처보다, 겪어보지 못한 상실에 더 크게 반응하는 게 아들 세대이기 때문이다.

우리는 다른 나라, 혹은 다른 시대의 사람들이 수백 년에 걸쳐 겪은 일을 빠른 시간 안에 압축적으로 경험했다. 농경사회에서 정보화사회까지, 이렇게 엄청나게 다른 시대의 정서를 가진 인간들이 동시대에 섞여 사는 건 드문 일이다. 중요한 것은 그것이다. 서로 다르다는 것, 그리고 모두가 동등한 개체들이라는 것. 그것만 알면 될 것 같다. 어느 시대나 새로운 세대는 '나'가 강화된 개인의 모습으로 출현한다.

뭐야, 논술 제시문도 아니고. 재욱 형, 이런 어려운 글을 고등학교 교지에 쓰다니. 어쨌든 결론만은 마음에 든다.

'우리 모두는 궁극적으로 우주의 어린 아들, 즉 소년들이다. 서로 위로해주자.'

어느 틈에 다섯 페이지나 읽었다. 수학시험을 보고 난 뒤처럼 머리가 무겁고 어깨가 다 뻐근하다. 교지를 이불 위에 던지고 벌떡 일어나 시계를 보는데 핸드폰이 울린다.

─왜 그러셨어요?

신민아씨다. 다짜고짜 뭘?

—일루 나와.

—어딘데?

—알면서.

—응.

내 입에서는 나도 모르게 한숨이 흘러나온다. 잡아떼봤자 소용없다. 신민아씨는 나 몰래 무슨 눈 좋아지는 약이라도 먹는 거야? 어떻게 그렇게 늘 천리안인데. 지금 육교 아래 있는 거겠지?

—근데, 왜 나가?

—작품 감상.

그러고 보니 혀가 꽤 꼬부라졌잖아.

전화를 끊은 뒤 나는 티셔츠 위에 후드 점퍼를 걸쳐입는다.

현관문을 여니 기다렸다는 듯 싸늘한 기운이 살갗에 스며든다. 계단참의 창문이 열려 있었네. 뭐야, 또 비가 오고 있잖아. 발길을 돌려 우산을 가지러 다시 집으로 들어간다. 걸음이 약간 빨라진다.

밤공기가 며칠 사이에 꽤 달라진 것 같다. 빗소리도 차갑게 느껴지는 것이.

화단 옆의 재활용 쓰레기 버리는 곳. 버려진 옷장이 어두컴컴한 구석에서 우두커니 비를 맞고 있다.

나의 첫 침대도 이사 때 저렇게 버려졌었다. 매트리스 한쪽이 움푹 꺼진 낡은 침대를 엄마와 내가 힘을 합쳐 재활용 쓰레기 수거함 옆에 내다놓은 날, 차가운 겨울비가 내렸다. 밤에 학교에서 돌아오던 내가 불현듯 걸음을 멈춘 곳. 몇 년 동안 나를 포근히 재워줬지만 이제는 버려진 채 묵묵히 비에 젖어가는 침대 앞에 한참을 서 있었다. 옆구리에 붙인 수거스티커에 적힌 숫자는 무슨 죄수번호 같았고. 쓸모없어진 게 무슨 죄라고 말이지.

그때나 지금이나 나는 쓰던 물건을 잘 버리지 않는다. 그러니까 침대의 죄라면 쓸모없어진 것 치고 너무 덩치가 크다는 점? 작별의 시간은 짧을수록 좋은 건데 당장 치워가지 않은 사람들 잘못이라고 엄마가 투덜댔었는데.

저럴 줄 알았다. 육교 아래라는 장소가 왜 그렇게 쓰레기가 많은 줄 모르나? 지나던 사람들이 몸을 피하거나 숨기면서 머무는 곳이잖아. 좀 지저분하더라도 이런 때는 거기 들어가 기다릴 일이지 왜 비를 맞고 있는 거야. 그나저나 저 옷차림은…… 이혼수속 하러 갈 때 입으려고 샀다는 검은색 재킷이 분명하다. 옷 칼럼니스트에게는 일종의 자료이기 때문에, 그리고 자랑스럽게도 체형이 조금도 변하지 않았기 때문에 오래된 옷을 안 버린다고는 하지만 저건 좀 심하다.

하긴 아침에도 옷장 앞에 선 채 겨울용과 여름용이 아닌 춘추복 정장을 가진 사람은 많지 않다고 계절 탓을 했었다. 스커트는 어쩔 수 없이 새로 산 모양이군. 신민아씨 옷장에 미니가 아닌 스커트는 없으니까. 근데 새옷 치고는 너무 헐렁하다. 그런 차림이 내 눈에 익숙하지 않아서 그래 보이는 것뿐인가.

어색해 보이는 오래된 재킷에 헐렁한 긴 스커트 차림으로 육교 앞에 서 있는 신민아씨. 마치 남의 옷까지 빌려 입고 갔지만 결국 초대받지 못한 파티에서 쫓겨나 문 밖에서 비를 맞고 서 있는 것 같다. 이건 뭐, 무슨 버림받은 옷장도 아니고.

걸음을 빨리해서 엄마에게 다가가 우산을 씌운다. 어김없이 익숙한 술냄새, 젖은 몸에서 풍겨나는 차갑고 비릿한 기운, 그리고 낯선 옷에 감싸인 작고 피곤하고 조금 초라한 모습. 게다가 몸이 앞뒤로 살짝 흔들리고 있다.

　─너, 저거……

엄마가 손가락으로 가리키는 육교의 그림. 맞다. 열쇠다. 채영이 어릴 때 그렸던 도형을 그린 다음 그 옆에 아파트 열쇠를 들고 서 있는 어린 내 모습을 그려넣긴 했다. 하지만 음표나 올챙이 같은 걸로 보여야 정상 아닌가? 색색으로 덧칠된 어지러운 날개 그림 뒤에 숨겨놓았는데 그걸 또 어떻게 본 거야, 대체.

　─학부모와의 대화인지, 끝나고 밥 먹었어?

나는 우산을 들지 않은 왼손으로 엄마의 어깨를 감싸서 집 방향으로 몸을 돌려놓으려 한다. 내 손길을 뿌리치고 다시 육교 쪽을 바라보고 서는 신민아씨.

　─택시 타고 오는데, 속이 안 좋아서 그냥 내려달라고 했거든.

가로수 아래에 조금 토한 뒤 정신을 차리려고 거기 기대어 잠시 서 있었던 모양이다. 비에 젖어 흘러내리는 머리카락 사이로 시야에 들어오는 육교의 낙서를 무심코 바라다보며. 어렴풋이 날개의 모양을 파악한 다음에는 익숙하다는 느낌을 가질 수밖에 없었을 것이다. 내 방 벽에도 비슷한 모양의 날개가 하나 있으니까.

엄마가 손을 올려 자신의 어깨를 감싼 내 손을 자기 쪽으로 가져간다. 가로등에서 뿜어져나오는 불빛에 비춰가며 찬찬히 살펴보는 거다. 가까스로 손을 뺀 나도 슬쩍 손톱 밑을 흘끔거리고. 갑자기 조금 축축한 더운 뺨이 얼굴에 와 닿는다. 어릴 때부터 내 열을 잴 때마다 그렇게 해왔다. 손으로 이마를 짚어보는 것도 아니고 뺨에서 뺨으로. 지금처럼 알코올발효성 열이 있는 체온계로 뭘 재겠다고. 채영의 말이 떠오른다. 우리 부모님은 뭐든 사주셔. 근데 안아준 적은 없어.

—채영이 아빠도 갔었어?

—어디, 점심때 말야? 응.

고개를 끄덕이더니 엄마가 아무렇지도 않게 덧붙인다.

—선생들 보내고 둘이 한잔 더 했어. 오늘 낮술이 좀 받더라.

지금 뭐라고 하셨어요, 신민아씨? 낮술이라면……

—강연우.

엄마가 갑자기 정색을 하고 나를 똑바로 바라본다. 비오는 밤 검은 우산 아래에서 보는 엄마의 얼굴, 진짜 좀 취했구나. 그리고 좀…… 나이들어 보여.

—나, 다시는 학교 안 갈 거야. 꼰대들 앞에서 꼰대 흉내내는 것도 싫고, 바보들한테 바보 취급당하는 거, 그것도 싫고. 나 진짜 확실히 알았어.

—뭘.

내 목소리는 왠지 모르게 퉁명스러워져 있다. 그러게 거길 왜 가냐구.

—솔직히 말해봐. 나 진짜 괜찮은 엄마 아니니. 선생들, 부모들, 다들 어쩜 그렇게 똑똑하고 사랑에 가득 차 있어? 나처럼, 그래 네가 나보다 낫다 이러는 어른은 한 명도 없더라구. 근데 나 말야, 되

게 열심히 대화한 거 있지. 그거, 학부모와의 대화. 나, 거짓말 진짜 잘했어. 1학년 3반 강연우 어머님, 각자 가슴속에 간직한 꿈을 이루라는 좋은 말씀 감사합니다. 글쎄, 그게 되더라구. 나 좀 가증스러웠거든.

엄마는 우산대에 몸을 가까이 붙이고 함께 걸음을 옮기기 시작한다.

갑자기 목소리를 잔뜩 낮춘다.

─근데 말야.

─뭐.

─절대로 네가 했다고 하지 마. 나 다시는 학교 안 간다. 알았지? 똑바로 해.

─그야 뭐.

한 손으로 우산을 잡고 한 손으로는 엄마의 어깨를 감싸고. 걸음을 멈추지 않은 채로 나는 고개를 뒤로 돌려서 멀어지는 육교의 낙서를 바라본다. 비에 조금씩 젖고 있지만 땅속에 발을 박은 채 당당하게 서 있군. 어지럽게 펼쳐진 날개를 보일 듯 말 듯 살짝 흔들어 작별인사를 하는 듯?

엄마와 나의 발등이 젖기 시작한다. 빗소리에 섞여, 걸음을 옮기는 엄마의 목소리도 흔들리고.

─채영이 아빠, 야자 때문에 학교 불려갔었다며?

─응.

─충격받았나봐. 자기 딸이 전혀 모르는 애 같더래.

채영 아빠, 얘기만 들어도 무서운 분 같던데 그런 속마음까지 털어놓았다니 신민아씨 좀 대견한걸. 하지만 내뱉는 말은 역시 횡설수설.

—연우야, 우리 정말 어쩔 수 없나봐. 어떤 관계든 서로 상처주게 돼 있어. 그래도 서로를 알게 되면 좀 나을까. 흥, 아닐걸. 사람이 남을 알면 얼마나 알겠어. 좋아하니까 노력하는 정도겠지. 그나마 그것도 마음이 내킬 때까지만 말야.

그러고는 짜증스럽게 우산대를 밀쳐내며 소리친다.

—시원하게 비 좀 맞자, 좀!

나는 엄마가 우산 밖으로 나가 혼자 걷게 그냥 내버려둔다. 어차피 우리 동 앞에 다 오기도 했고. 화단 앞 어두컴컴한 구석자리에서는 옷장이 여전히 비를 맞고 있다. 역시 또…… 기대를 저버리지 않는 신민아씨, 발을 멈춘다. 이제 이사 때 버렸던 내 침대 얘기를 꺼내겠지?

—미키 마우스 시계 말야, 네가 다리 아프겠다고 추를 떼버렸잖아.

추가 움직일 때마다 미키마우스가 걸어가는 것처럼 보이는 벽시계, 초등학생 때 엄마가 준 생일선물이었지. 그건 왜?

—생각해봐. 다리 좀 아픈 게 낫겠니, 다리가 아예 없는 게 낫겠니. 그런 걸 바로 상처줬다고 하는 거야. 몰랐지?

오늘이 며칠이더라? 머리 아픈 날. 전에는 '아무것도 궁금하지 않은 날'이 많았는데 요즘은 '머리 아픈 날'이 점점 많아지고 있다.

그나저나 육교를 뒤덮은 스프레이 낙서, 절대 내가 안 한 거야. 그럼!

4

아침에 일어나자마자 블라인드를 여는 건 이 집에 이사온 뒤부터 생긴 습관이다. 공기가 차가워져 요즘은 창문까지는 열지 않는다. 점점 푸른색을 잃어가는 나무들, 두 개의 길, 그 길에 각기 흩어져 학교에 가는 교복 차림의 학생들.

채영은 늘 안쪽 길로 해서 학교에 간다. 오랫동안 꿈꿔왔던 대로 그애를 기다렸다가 함께 등교한 적도 여러 번이다. 이제 블라인드 뒤에 숨어 마음을 졸이며 창밖을 내려다보는 짓 따윈 하지 않는다. 지금 이렇게 창가에 서 있는 건, 그러니까 습관이다. 채영을 보게 되었다면 그건 우연이고. 그렇겠지…… 우연이 아니라면 내가 왜 놀랐겠어. 미리 기다리고 있었던 거라면 그런 바보짓은 또 왜 하고.

저만치에서 채영이 걸어온다. 담배를 피우는 모습, 오랜만이다. 채영의 엄마가 다시 담배를 피우기 시작하셨나? 엄마의 핸드백에서 몇 개비씩 집어다 피우는 것 치곤 제법 어울린다. 반듯한 콧날 위로 희미하게 연기가 날리고, 한 손은 여전히 주머니 속에.

채영이 눈에 들어오자 나는 생각할 겨를도 없이 창문을 활짝 열어젖힌다. 창틀 밖으로 고개를 내미는 순간, 그러나 뭔가 깨닫는다. 거울 속에서 획 스쳐 지나간 것. 바로 나다. 내가 창가에 서 있을 때 거울은 내 왼쪽 모습을 세로로 담도록 걸려 있다. 햇빛을 보고 가지를 뻗는 나무처럼 그애를 향해 몸을 굽히는 내 운동방향을 한순간 거울이 포착한 것이다.

다시 몸을 거두어 천천히 제자리로 돌려놓는 나. 그러나 늦었다.

채영이 내 창을 올려다보며 걷고 있다. 걸음걸이는 흐트러지지 않는다. 담배를 입술로 가져가고…… 비스듬히 뻗은 네 손가락 아래 입술과 턱이 가볍게 가려지더니 다음 순간 연기가 이마 위로 희미하게 피어오른다. 그 연기의 베일 뒤에서 눈동자가 나를 보고 있다. 차갑다. 나와 눈이 마주쳤다고 생각했는데 무심히 지나쳐버린다. 분명히 그랬다고 나는 느낀다. 차가운 것과 마주친 것 그리고 지나쳐버린 것까지, 채영의 모든 눈빛, 그대로 내게로 화살처럼 쏘아졌다.

화살에 맞은 듯 입을 벌린 채 서 있는 내 창 앞을 지나칠 때 채영의 덤덤한 표정. 아직 연기가 피어오르는 담배가 화단에 툭 던져진다. 내 시선은 나도 모르게 담배를 따라가고. 어젯밤 내린 비로 화단이 젖어 있다. 젖은 흙 위로 기운 없이 떨어진 담배는 수명을 다한 짐승처럼 옆으로 누워 고요하다. 더이상 연기도 나지 않는다. 묵묵히 그것을 바라보는 나 역시 꺼진 담배처럼 한참을 움직이지 못하고 그대로 서 있다.

천천히 고개를 든다. 거울 쪽으로 몸을 돌려본다. 한 걸음 물러나자 거울 속에 내 모습이 온전히 눈에 들어온다. 정면으로 거울을 향해 서고, 그리고 주먹을 내밀어 뻗는다. 오른쪽이 먼저 나가는군. 역시 오른손잡이. 왼손도 한번 내뻗어본다. 다시 오른손. 다시 왼손…… 좀더 빠르다면, 그럼 조금 더 시원하지 않을까. 더 빠르게, 멈추지 말고, 숨이 가쁘도록.

독고태수의 그래피티 교실에 이어지는 두번째 강습. 주제는 주먹을 통한 시원함이란 어떻게 얻어지는가.

스프레이 페인트 뿌리는 법은 미국 학교의 방과후 클럽활동에서 알게 된 것이라 했다. 싸움 잘하는 법은 분명 인터넷에 떠도는 아니면 말고 식의 찌질한 정보일 테지. 찾아보면 그런 정보는 의외로 많다. 싸움이 겁나는 건 누구에게나 마찬가지겠지. 어쨌거나 독고태수, 육교 패거리를 무조건 피해다니기만 한 건 아니었군.

만만한 애들은 아니다. 학교에서 몇십만원씩 주고 각 층에 설치해놓은 흡연센서를 사흘 만에 다 뜯어버린 범인이라는 애들이다. 본인들이 은근히 자기들 짓이라고 말하고 다니는 게 좀 수상하긴 하지만. 삥 뜯고 있다고 학생주임에게 전화를 걸었던 아줌마네 화장품가게 유리를 모조리 깨버린 건 그애들이 확실하다. 그런 패거리에게 당하지 않으려면 일단 폼에서 밀리지 말아야 한다는 태수의 가르침. 다 믿는 건 아니지만 굳이 귀를 막을 것도 없지. 더구나, 주먹질을 하면 시원해지냐고 먼저 물은 건 나니까.

유일하게 지겹지 않은 수학시간을 통해 익힌 게 있다. 인수분해든 함수든 그 말이 어떻게 생겨난 건지 이해하면 기초적인 개념은 대충 잡힌다. 그다음에는 문제를 낸 사람의 속마음을 짐작해보는 것이다. 이 숫자들과 식 속에 무슨 속셈이 들어 있을까. 말하자면 개념 정리와 맥락 따지기쯤 되려나?

그런 식으로 태수 말을 정리해보자면.

먼저 싸움장소 선택법. 일단 주변에 사람이 없어야 한다. 싸움에 자신이 있으면 건물이 없는 툭 트인 장소. 그게 아니라면 몸도 숨길 수 있고 돌, 모래, 나뭇가지 따위 집어던질 잡동사니가 있는 장소를 택한다. 다음에는 몸 만들기. 주먹이 빨라지려면, 꾸준히 베개나 쿠션을 빨리 치는 연습을 하고 아령 운동을 병행한다. 목표가 있다면 헬스장에 다녀서 근육을 단련하고, 다리 힘은 축구로. 다리 힘이 중요하다. 주먹을 뻗을 때 허리를 빠르고 정확하게 돌려야 체중이 실려 주먹이 세지니까. 특히 무게중심을 잘 잡고 스텝이 좋아야만 안 넘어진다. 넘어지면 끝장.

다음은 실전. 코가 직방이지만 돈이 깨지니까 턱을 갈기도록 한다. 선빵이 중요하다. 턱을 세게 갈기면 대개 상대는 손으로 얼굴을 감싼 채 몸을 꺾는다. 그때 니킥으로 한 방 올려버린다. 얼굴을 차면 좀 위험하니 배나 다리 쪽을. 포인트는 말을 하는 척하면서 중간에 주먹을 날리는 것이다. 텔레비전을 틀어놓으면 생각 없이 거기로 눈이 가듯이, 사람은 말을 하면 귀를 기울이게 돼 있다. 상대가 내 말을 듣느라고 방심한 틈을 노린다. 그리고 일단 쓰러지면 침을 뱉는 등 모욕을 주어 완전히 제압할 것. 비겁한 거 아니냐고? 그런 거 생각하는 찰나에 벌써 상대의 주먹이 날아온다. 속도의 문제가 아니다. 주먹질은 심리전이다.

−쿠울! 퍼펙트 썸머리!

스탠드에 나란히 앉아 있던 태수가 벌떡 일어난다. 어깨가 흔들릴 만큼 과장된 동작으로 손뼉을 친다. 고개까지 *끄덕끄덕*.

−대체 못하는 게 뭐냐, 심드렁?

−없지 않나.

피식 웃으며 태수를 올려다보는 나.

−대충?

―뭐 별로.

그리고 우리는 거의 동시에 주먹을 뻗어 왼쪽과 오른쪽 번갈아가며 한 번씩 맞댄다.

어? 태수가 고개를 들더니 내 등 뒤쪽을 올려다본다. 근데, 심드렁.

―너 못하는 것도 있던데?

태수가 눈을 마주친 채 턱짓을 하는 건 어딘가를 보라는 뜻이다. 나는 돌아보지 않는다. 내가 앉아 있는 스탠드. 그 뒤로 교지편집실에서 통하는 지붕 난간이 있다. 일부러 등지고 앉은 것이다.

―이채영 나왔다니까.

태수의 말에 아무 대꾸도 하지 않고 자리에서 일어난다. 습관적으로 MP3를 챙기려다가 아무것도 없는 빈손을 그냥 주머니에 집어넣었고.

―가자.

11월의 문턱이다. 이제 바깥에 오래 앉아 있기에는 좀 쌀쌀한 날씨.

가방을 메려는데 태수가 갑자기 내 쪽으로 몸을 굽힌다. 내 등 뒤에서 또 뭔가 본 모양이다. 목소리를 낮게 깐다.

―그 새끼들이야. 가만있어.

윗몸을 조금 더 숙이며, 이번에는 속삭인다.

―육교 옆에 당구장 있잖아. 거기서 그날 우리 봤대.

그 말을 이제야 하다니. 태수답지 않게 패거리를 은근히 피해 다니는 것 같아서 이해가 안 됐었는데…… 일이 그렇게 된 거였군. 벌금 오십만 원도 문제지만 학교에서 쫓겨날지도 모르지. 부모님들도 골치깨나 썩일 거고. 하지만 태수가 몸을 사리는 건, 그건 무엇보다 나 때문일 것이다.

나는 패거리가 있는 쪽을 돌아본다. 몸을 굽히지도 고개를 숙이지도 않았다. 우리를 발견하고 다가오고 있는 그들을 향해 아예 몸을 돌리고 선다.

가슴을 뭐가 이렇게 누르고 있는지, 답답하다. 아픈 것 같기도 하고. 뭔지 모르겠다. 다만 지금 입속에서 중얼거리게 되는 말은…… 그래. 이왕 공부까지 했는데 까짓것, 한번 붙지 뭐. 다리 힘? 그거라면 이 마라토너도 꽤 괜찮거든.

실은 점점 거리를 좁혀오는 패거리를 보는 게 아니다. 운동장 너머 낮은 하늘에 깔려 있던 장밋빛이 점점 잿빛으로 물드는 것을, 그 아래 구석에 서 있는 농구대 주변으로 마치 모래 위의 그림을 지워버리듯 어둠이 조금씩 덮이는 것을, 다음 순간 어딘가에서 크리스마스 별의 조명처럼 한 줄기 빛이 나타나 내 마음속 가장 소중한 기억의 원을 환하게 비추는 것을. 그리고 전원을 내려버린 듯 모든 게 어둠속으로 사라져버리는 것을. 그것을 물끄러미 바라본다.

―웬일로 그냥 가네.

긴장이 풀린 듯 착 가라앉은 태수의 한마디.

5

―절대 눈 감지 마.

우리는 나란히 서 있다. 다리를 벌리고 주먹을 말아쥔 채 태수가 내게 속삭인다. 시선은 그놈들에게 고정시킨 채.

놈들이 한 걸음 앞으로 다가온다. 난데없이 부모님 욕을 하기 시작한다. 엄마와 생식기 이름이 합쳐진 욕도. 태수가 미리 일러준 대로이다. 흥분하면 안 된다. 어금니를 꽉 문다. 관자놀이에 힘이 들어가고 뒷목이 뻣뻣해진다. 하지만 이건…… 흥분한 건가? 몸이 떨리지도 숨이 막히지도 않고…… 온몸에서 피가 다 빠져나간 듯 감각이 둔해지고 머릿속이 하얗다.

태수가 발을 조금씩 움직이며 자세를 잡는다. 놈들의 모습이 마치 뭉개진 그림처럼 흐려지더니, 태수가 아니라 태수의 뭉텅이로 보이는 형태에 가 닿는다. 팔을 뻗는 태수. 달려드는 놈들의 다리와 주먹. 뭐가 뭔지 분간이 안 가게 뒤엉키면서…… 눈앞은 흐리고 몸은 이미 내 것이 아니다. 찰나적으로 영혼 같은 것이 빠져나가버린 걸까.

가자! 머릿속에서 울리는 소리. 그리고 엉켜 있는 흐릿한 형태를 향해 무턱대고 몸을 던지는 순간, 갑자기 다른 차원의 세계로 진입해 들어간 기분. 눈앞에 보이는 것도, 소리도, 몸의 감각도 내 것이 아닌 다른 사람의 움직임을 보고 있는 것 같다. 나는 아주아주 가까이에서 그 장면을 보고 있는 것이다.

한순간 누군가의 고개가 옆으로 휙 돌아갔다. 나라는 느낌은 없다. 일 초쯤 아무 감각도 느껴지지 않는다. 이건…… 코끼리 코 잡고 제자리돌기를 스무 바퀴쯤 하고 난 뒤로군. 갑자기 명치가 답답하고…… 숨이 안 쉬어진다. 누군가의 발이 연이어 빠르게 날아와 정강이에 닿고, 뼈에서는 덜그덕 소리가 나는 듯.

짧은 순간 감각이 없어지는가 싶더니 엄청나게 뜨겁고 날카로운 게 덮쳐와서 몸이 앞으로 꺾인다. 계속 이어지는 발길질. 뜨겁고 날카롭지만 또한 둔중하면서도 멍한 화면 같은 게 눈앞에 빠르게 나타났다 사라졌다…… 우주선이 대기권을 통과하는 순간처럼…… 엄청난 힘이 내 몸에 형질변화를 일으키고 있다.

이미 내 몸이 아닌데도…… 찢겨져나가는 듯 고통스럽다.

연우야, 나 만날 악몽만 꾸잖아. 근데 오늘은 행복한 꿈을 꿨어.

어느 날 아침 엄마가 내 침대로 다가와 웃는 얼굴로 말했다.

길은 끊어지고, 집은 못 찾겠고, 전화번호가 생각 안 나고, 연필심도 부러지고, 열쇠도 안 맞고…… 분명 나왔던 곳으로 되돌아갔는데, 장소도 사람도 사라지고 없고…… 매일 밤 그런 꿈이었거든. 근데 조금 아까는 아니었어. 너무 행복한 꿈이라 너한테 얘기해주고 싶어.

네가 아직 어린 아이로 나와. 여섯 살쯤? 나도 젊고. 우리가 긴 외출을 했다가 막 돌아왔나봐. 몹시 피곤했어. 집은 연립주택 같은 곳인데, 현관문을 열쇠로 열고 안으로 들어갔어. 네가 앞장서서 뛰어들어가더라. 근데 거실이 아주 환해. 햇빛이 가득 들어차 있어. 빛의 사각형이 유리문 모양으로 마룻바닥에 길게 늘어져 있었어. 아아! 어린 네가 그렇게 한마디 외치더니 환한 빛의 네모 속으로 달려들어가 냉큼 엎드리는 거야. 빛의 베일이 달려들어 네 작은 몸을 감싸는 것 같았어. 금방이라도 공중으로 떠오를 것 같더라. 그런 모습으로 네가 고개를 돌려 나를 올려다보고 있었어. 그리고 이렇게 말하는 거야. 엄마, 우리 집 참 환하다! 분명 웃고 있는 것 같았는데, 머리 뒤로 햇살이 쏟아져들어와 네 얼굴은 똑똑히 보이지가 않았어. 웬일인지 나는 막 눈물이 났어. 숨이 막히고 가슴속이 미칠 듯이 뜨거워졌어. 그래서 나는 너한테로 한 걸음 한 걸음 천천히 다가가는 거야. 눈물을 줄줄 흘리며.

깨어난 뒤에도 한참 동안 그대로 누워 있었어. 짧았고 조용했고 피할 수 없는 것, 결코 지속될 수 없는 것, 사라져버리는 어떤 찰나를 향해 가는 기분이 들어. 유한한 존재들을 스쳐가는 짧고 날카로운 빛…… 그런 걸까. 무력한 어린 존재가 그보다 조금도 나을 것 없는 무력하고 철없는 젊은 엄마에게 모든 빛을 내쏘며 전 존재를 의지하는 것, 그것을 바라보는 한없이 초라하고 피곤한 젊은 엄마의 가슴 뜨거운 찰나 같은 것. 연우야, 생각해봐. 눈물을 흘리며 내가 너에게로 한 걸음 한 걸음 다가가고 있는 거야. 응. 너무 행복했어.

뭔가가 내 얼굴에 덮어씌워져 있다. 아주 두터운 안개 같은 것. 나 눈을 감은 건가? 아무것도 보이지 않고 캄캄하다. 귓가도 아득해온다. 몸은 있는 건지 없는 건지……

행복하다면서 울기는, 신민아씨…… 엄마……

여기까지. 그리고 편해졌다.

정전이 되었다가 불이 들어온 순간처럼 주변의 사물이 갑자기 눈에 들어온다. 매일 아침 눈을 뜰 때처럼 제일 먼저 떠오르는 생각은…… 몇시지? 그런데, 하얀색 천장이 낯설다. 천장과 벽이 만나는 모서리 나무 몰딩도 보이지 않는다. 눈동자를 살짝 돌려 옆을 본다. 사람들이 많이 지나다니는 넓은 장소다. 기계 같은 것들도 보이고. 창가에 누워 있는 나. 여기, 어디지?

―응급실.

누군가 말해준다. 누구의 목소리인지 감지하기도 전에 온몸에 살아나는 둔중한 느낌. 이마가 찡그려지며 저절로 눈이 감긴다.

다시 눈을 떴을 때는 엄마 얼굴이 보인다. 몸을 굽혀 나를 내려다보고 있다.

―굿모닝!

―아침이야?

내 목소리가 힘없이 새나온다.

―아니, 미드나잇. 영어 안 잊어버렸나 보려고. 따지시는 거 보니까, 일단 머리는 멀쩡하네? 한국말도 잘하고.

엄마의 목소리는 평소와 다르지 않다. 웃는 얼굴에, 화장도 하고. 관리가 까다롭다며 아껴 입던 스웨이드 점퍼에 스키니 진 차림이다. 언젠가 텔레비전 뉴스에서 수학여행 버스를 타고 가다 사고를 당한 학생의 엄마를 인터뷰했을 때. 뭐야, 자식이 다쳤는데 TV 나온다고 머리 드라이까지 했잖아. 그 정신에 언제 귀고리까지 챙겨 달았어, 라며 흥분하던 신민아씨. 귀고리는 물론이고 술이 달린 목도리로 멋을 냈군.

―대충 꿰맸어. 사흘쯤 집에서 푹 쉬래.

나는 대답 대신 엄마를 빤히 올려다본다. 기운이 없다.

―결석 같은 거 절대 하기 싫다고? 그럼 업어서 데려다줘?

―됐어.

한마디 하는데도 뱃가죽이 당겨온다.

―나 다시 보니까 반갑지?

―대충.

―이렇게 예쁜 여자가 사는 세상이라니…… 안 죽고 살아나길 잘했다, 그런 생각 안 들어?

―들어.

―근데 웬 잠을 그렇게 오래 자니, 눈치 없게. 물 한 모금 못 마셨잖아. 바람 좀 쐬고 올게.

응급실 문 밖으로 사라질 때까지 내 시선은 엄마의 뒷모습을 따라간다. 그런 다음에는 눈을 감는다. 통증은 있지만 머릿속이 텅 비고 나른하다. 몸에 기운이 조금도 남아 있지 않다는 게 이런 기분인 모양이다. 맞느라고 힘깨나 썼나보군. 겨우 한 나절인데 그새 시간도 많이 흘러가버린 듯하고.

한밤 응급실 안의 소란스러움이 그제야 귀에 들어온다. 옆 침대에는 피범벅된 붕대를 감은 아줌마가 누운 채 계속 여기저기로 전화를 하고 있다. 모르는 번호라 안 받았다고? 말도 마. 내 전화기는 완전히 박살났다니까. 교통사고인 모양이다. 보험회사에 뭔가 따지고 요구한 다음, 가족에게 전화를 걸어 병실로 챙겨올 품목을 하나하나 일러준다. 교통사고 처리에 대해 여러 사람에게 전화를 걸어 상담을 계속한다.

여기저기 부산하다. 소리를 지르고 울고 야단치고 기도를 하고. 없던 병도 생길 것 같다더니, 듣던 대로. 나는 억지로 몸을 일으킨다. 화장실은 복도에 있겠지. 별로 생각은 없지만 우선 이 응급실 분위기에서 잠시 벗어나고 싶다. 나도 이런 거 해보는군. 한 손으로 링거병을 높이 들고 비실비실 걸음을 옮기기 시작한다.

가로등 불빛이 나무들을 비추고 있다. 그 아래 놓인 벤치 두 개 중 하나는 비어 있고, 다른 하나에 앉아 있는 건…… 엄마다. 저럴 줄 알았다니까. 눈앞에 지나다니는 사람이 없으면 아무에게도 안 보이는 줄 아는 거지. 가로등 아래라 바로 위에서 조명을 받는 셈인데. 처음엔 어깨를 조금 들먹이는 것 같더니 아예 손수건을 펼쳐 얼굴에 덮은 채 엉엉 울고 있다.

연우야, 심각한 일이 닥칠수록 더 농담을 해야 해. 일단 일을 가볍게 만들어놓는 거지. 작은 물건이 더 다루기가 쉽잖아. 그래서요, 신민아씨. 애써 무심한 척하는 것까지는 좋은데, 그래놓고 남들 눈에 가장 잘 띄는 조명 아래로 나가 앉아 목놓아 울면 그게 다 무슨 소용이냐구. 그리고, 나도 야단맞을 일을 했을 때는 야단 좀 맞자. 야단치고 잔소리 좀 해줘. 언제나 스스로 알아서 반성해야 하는 것, 나름 힘들단 말야. 이거 진짜, 배부른 소리 아니야. 이것 봐. 나 또, 엄마가 일어서기 전에 내가 먼저 들어가 누워 있으려고 서둘러야 하잖아.

시비가 붙은 곳은 당구장이었다. 영화나 뮤직 비디오에 자주 나오는 패싸움 장면이 어느 정도 사실이었다. 친구 따라 그런 곳에 처음 간 어리버리한 녀석이 뭣 모르고 휘말린다는 설정까지도. 보통은 우연히 억울하게 시비에 휘말리지만, 그건 좀 달랐다. 육교 패거리와의 악연은 호수공원에서 자전거 타던 날부터 시작된 것이니까. 태수와 내가 페인트로 뒤덮어 육교를 점령해버린 게 결정적으로 심기를 건드렸다고나 할까. 놈들이 축제가 끝난 뒤 계속해서 우리를 벼르고 있었다는 건 알고 있었다. 고자질 따위는 하지 않고 셔틀도 안 시킬 테니 태수더러 자기 패거리에 끼라고 비아냥댔다던가.

그런데, 어찌 됐든 싸움은 태수가 먼저 건 셈이 되었다.

피시방과 당구장이 화장실을 같이 쓰고 있는 건물이었다. 화장실에 다녀온 태수가 피시방 모니터 앞에 앉아 있는 내 어깨를 치며 말했다. 심드렁, 나 먼저 간다. 서둘러 나가는 태수의 뒷모습을 잠시 멍하니 보던 나는 급히 자리에서 일어났고. 당구장으로 들어가려는 태수를 따라잡을 수 있었다.

할 수 없다는 듯 태수가 내게 말했다. 저 새끼들 오늘 밤 슈퍼 털겠대. 우리 반에 레알 찌질이라고, 걔네 집이 슈퍼 하잖아. 거길 찍었어, 나쁜 새끼들.

태수가 말렸지만 나는 따라갔다. 건물 뒤의 골목으로 내려가서 붙자는 태수의 까칠한 목소리, 번갈아 한마디씩 던지는 놈들의 기세 좋은 대구들. 이층 당구장에서 골목까지 어떻게 내려갔는지는 기억조차 나지 않는다. 태수가 구겨 신고 있던 운동화 뒤꿈치를 펴고 그 안에 발을 집어넣은 다음 바닥을 탁탁 쳐보던 모습만은 또렷하지만.

그런데 태수는? 나처럼 몇 방에 뻗진 않았을 테고.

그제야 핸드폰을 찾는다. 있다. 주머니 안에 들어 있는 물건을 다 빼서 옆의 탁자에 올려놓았군. 핸드폰을 집어드는데 천천히 응급실 안으로 들어오고 있는 신민아씨.

─전화? 망가졌어. 액정도 깨지고.

－태수는?

－별로 안 다쳤어. 집에 있을걸. 뭐라더라? 네가 일찌감치 아웃돼서 배틀은 싱겁게 쫑났다고 하던가? 원래 피 보면 일찍 접는대. 그거 전문용어니?

내가 물끄러미 올려다보자 엄마가 한 손을 들어 얼굴을 어정쩡하게 가린다.

－왜?

－아니야.

눈 화장이 조금 번지긴 했지만.

앉아 있으려니까 배 쪽이 좀 당기고 아프다. 나는 숨을 깊게 쉬어 배에 들어가는 힘을 조절하며 다시 입을 연다.

－싸우고 들어오는 게 소원이었잖아.

－응, 효자라고 생각해. 아들 삼고 싶네.

－엄마.

엄마가 침대로 바짝 다가와 매트리스에 몸을 붙이고 나를 내려다본다.

－그 꿈 말야.

－무슨 꿈?

－행복해서 울었다는 꿈. 신나게 맞고 있는데 그게 생각나더라.

－아파서 그랬나? 잊어버리려고? 재욱씨가 그러는데, 고통스러울 때 엔도르핀이 웃을 때보다 더 많이 분비된대. 아편하고 성분이 비슷하다던데?

꼭 그런 느낌은 아니었지만 아무튼.

—일찍 기절한 거 작전이지? 너도 별로 많이는 안 맞았어, 참.

내 얼굴을 빤히 바라보는 신민아씨.

—너 괜찮냐고 전화했더라.

갑자기 가슴이 뛰기 시작한다.

—내일 병문안 와도 되냐고 물어보던데, 오라고 했어.

그래, 아니지. 채영이 엄마의 전화번호를 알 리가 없지. 태수겠
군.

아니면 마리.

내 이야기를 들려드리겠습니다

1

소년이라면 시간과도 겨뤄봐야지.

열두 살 무렵이었나. 옆집 할아버지가 했던 말이다.

아파트 단지 입구에서부터 뛰기 시작한 나는 1층에서 엘리베이터
를 기다리고 있던 그 할아버지와 마주쳤다. 인사를 하는 둥 마는 둥
멈추지 않고 그대로 계단을 뛰어올라가기 시작했다. 한 손으로 가슴
을 움켜쥔 채 끊어질 듯 아픈 다리를 끌고 가까스로 내가 살던 8층
에 닿았을 때, 할아버지도 막 엘리베이터에서 내리는 중이었다. 엘
리베이터하고 시합했구나? 어깨를 들썩이며 거친 숨을 몰아쉬던 내
가 고개를 끄덕였다. 어디서부터 뛰어왔니? 나는 힘들게 침을 삼킨
다음 겨우 대답을 했다. 할아버지가 웃으며 고개를 끄덕였다. 우리
때는 버스를 따라서 달렸는데. 소년들은 시간과 겨루는 법이지.

그 말이 무슨 뜻인지는 지금도 잘 모른다. 하지만 왜 그런지 늦가을 나뭇잎이 떨어지기 시작하면 한 번쯤은 떠오르는 말이다. 시간의 흐름에 따라서 생겨났다가 사라지는 것들. 그 시간의 질서 속에서 정해진 대로 흘러가는 데에 저항하고 싶어진 걸까. 자기만의 시간의 속도를 만들어보고 싶은 소년다운 호기심과 고집?

'당근 아홉 개'에서 자전거를 찾아오던 새벽 이후로 이 길에 나오는 건 처음이다. 아주 만인가. 은행나무 노란 잎이 벌써 반쯤은 떨어졌다. 며칠 전 올해의 첫 얼음이 언 뒤로 날씨도 갑자기 추워졌다. 하긴 육교 패거리와 붙던 그날도 뒷골목이 꽤 스산했다. 목덜미로 스쳐가는 찬 기운 때문에 몸을 한번 움츠렸고. 혹시 내가 겁먹어서 그런 건가, 그 생각을 떨치려고 두 손목을 가볍게 털어보았던 것도 떠오른다.

태수 자식, 내가 좀 다쳤다고 그렇게까지 흥분했었나. 일단 나를 응급실에 내려놓고 다시 놈들을 찾아나선 모양이다.

그때까지 당구장에 남아 있던 패거리 두 명 중 하나는 최근 들어 어울리기 시작한 생초보. 태수의 분노의 주먹에 갈비뼈까지 나가버렸고, 부모님이 교무실을 발칵 뒤집어놓아 소문이 학교 안에 쫙 퍼졌다고 한다. 누구한테 맞았는지 불지는 않았지만 물론 의리 따위와는 상관없는 일이다. 녀석들이 그동안 저지른 일들, 그리고 반 친구네 슈퍼마켓을 털려고 했다는 것까지 줄줄이 들통날 게 뻔하기 때문에 패거리들이 입을 막고 있는 게 분명하다.

전에 꿰맸던 눈두덩 근처에 반창고만 한 개 붙인 태수는 태연히 학교에 나가고 있다. 그리고 나는 감기에 걸린 걸로 돼 있다나. 내가 응급실에 누워 있는 사이 태수 엄마가 마리를 시켜 엄마에게 전화해서 말을 맞췄다. 여기까지, 모두 어제 마리가 와서 들려준 이야기이다.

어제는 모처럼 재욱 형도 집에 왔었다. 초보운전이라고 써붙인 은색 소형차를 타고. 차선을 못 바꿔서 그냥 오다보니 여기까지 와버렸어. 미리 약속이 돼 있었던 건 아닌가보았다. 나가려던 참인데, 아무튼 들어와. 대꾸하는 신민아씨, 종일 집에 있을 거라고 하지 않았나. 둘 다 약간 이상했다. 특히 머리를 아무렇게나 하나로 묶고 화장 안 한 맨얼굴인데도 무덤덤하게 재욱 형을 맞이하는 신민아씨는.

재욱 형이 들어선 지 얼마 안 되어 마리가 벨을 눌렀다. 아, 안녕하세요. 통화만 했었는데, 이렇게 만날 수도 있네요. 너무 감사했어요. 저, 그 글 너무 좋아요. 재욱 형을 보고 반가워하는 마리. 너도 글 잘 쓰던데. 칭찬이라면 언제나 두 배로 새겨듣는 재욱 형. 마리 덕분에 갑자기 분위기 좋아지고.

우리 넷은 태수 엄마가 직접 구워 마리에게 들려 보낸 컵케이크와, 그리고 신민아씨의 겨울 단골 메뉴인 마시멜로 띄운 코코아를 앞에 놓고 거실 소파에 둘러앉았다.

싸늘한 공기를 뚫고 걸어와서일까. 마리의 두 뺨이 사과알처럼 붉었다. 까맣고 긴 속눈썹 아래 서늘해진 시선이 내게 와 닿았다. 버릇대로 위아랫입술을 안으로 말아 물었고. 헤링본이라고 하던가. 생선뼈 같은 무늬가 들어간 어른스러운 디자인의 모직 반코트를 벗자 언제나처럼 교복 차림. 머그잔을 들어 뜨거운 코코아를 한 모금 마신 뒤 탁자 위에 내려놓았다. 그리고 입가에 거품을 묻힌 채 나에게 첫마디를 건넸다.

ㅡ맞으면 아프겠지?

ㅡ좀?

마리의 걱정스러운 표정이 재미있어 나는 짐짓 고개를 끄덕여주었고.

신민아씨가 마리에게 물었다.

ㅡ엄마가 오빠 걱정 많이 하시지?

ㅡ네. 불안해서 오빠 집에 들어올 때까지 아무것도 손에 안 잡힌대요.

ㅡ그러시겠지. 그런데도 이렇게 컵케이크까지⋯⋯

엄마는 이따금 자신이 잘 못하는 일 앞에 턱없이 주눅이 들고 필요 이상으로 감탄하곤 했다. 중얼거리는 엄마에게서 고개를 돌려 재욱 형 쪽을 흘끗 보는 나. 다른 때 같으면 이 순간 눈이 마주쳤을 텐데⋯⋯ 재욱 형은 두 손으로 머그잔을 감싼 채 엄마를 바라보고 있었다. 검은 뿔테 속의 쌍꺼풀진 눈이 깜빡깜빡, 이마에는 살짝 주름이 잡혀 있군.

마리에게 포크를 건네주는 엄마의 표정은 다정했다.

ㅡ마리는, 엄마 좋아하지?

ㅡ네.

접시 위의 컵케이크를 포크로 찍으며 조금 쑥스러운 표정을 짓는 마리.

ㅡ저희가 사춘기라서요. 제 친구들, 엄마하고 안 맞아서 고민 많

414

은데, 전 그런 건 별로 없어요.

그러고 잠시 생각에 잠기더니 말을 덧붙였다.

―엄마들은 너무 힘들어요. 저는 나중에 그렇게 못할 것 같아요.

―왜?

―저희들은 저 하나만 생각하잖아요. 그것만 해도 고민이 많은데. 그런데 엄마들은 가족들까지 다 챙겨야 하고…… 그리고 집안일도요. 하루라도 안 하면 안 되고, 미뤘다가 나중에 할 수도 없고…… 퇴근도 없구요.

청소주간이란 걸 정해서 이삼 주에 한 번씩만 할 수도 있는데.

―엄마 보면, 그냥 혼자 사는 게 편할 것 같아요. 내가 번 돈 다 나한테 쓰고, 여기저기 얽매여서 살지 않아도 되잖아요.

―그럼 독신주의야?

엄마의 농담에 마리가 방긋 웃었다.

―그건 모르겠어요. 저, 아기들을 너무 좋아하거든요.

머그잔을 들어 다시 코코아를 한 모금 마시고.

―저희 엄마, 뭐든 열심이세요. 아빠랑 우리한테 뭐가 좋을지, 자식의 성공, 가정의 화목, 관심이라곤 언제나 그것뿐이에요. 저희 어릴 때는 책도 다 읽어보고 골라줬어요. 오빠는, 제가 읽고 나서 줄거리만 알려줬지만요.

신민아씨는 완전 반대인데…… 하도 집 안을 어질러놓아서 학습지 방문교사에게 문을 열어주지 못한 적도 여러 번 있었지.

―오빠 중학생 때는요. 책 읽는 습관 들이려고 매일 아침 삼십 분씩 신문을 읽게 했거든요. 엄마가 미리 훑어본 뒤에, 오빠가 재미있

어할 만한 기사에다 표시를 해뒀어요. 그때도 오빠는 광고밖에 안 봤어요. 컴퓨터나 자동차 같은 거. 뭐든지 아침에 읽어봤자 점심때면 다 잊어버리고, 점심 때 읽으면 저녁에 잊어버리니까…… 읽으나 안 읽으나 결국은 똑같대요.

말을 해놓고 마리가 피식 웃었다.

—저희 집 식구들, 엄마 없으면 아무것도 못 해요. 다들 알아요. 근데 저희 엄마, 좀 이기적이에요. 너무 우리 가족만 생각하고, 그리고 별로 안 행복한 것 같거든요.

—왜?

적당한 말을 찾아내느라 마리는 잠시 눈을 깜박거렸다.

—음…… 꼭, 선생님 지시만 기다리는 착실한 반장 같아요. 그런 애들, 자기 생각은 거의 없거든요. 정해진 정답만 열심히 찾아요. 저희 엄마도 그래서 안 행복한 거 같아요.

—정답만 찾으셔서?

—꼭 그건 아니지만, 모범생들이 좀 그렇거든요. 열심히 하긴 하는데 늘 불안하고, 왜 만족이 안 되는지 자기도 잘 몰라요. 칭찬은 듣지만 재미 하나도 없고요. 그리고, 자기가 옳다고만 생각하니까 남 이해를 잘 못하는 것 같아요. 저희 엄마도 그래요. 오빠한테 진짜 배신감 많이 느끼거든요. 반장 스타일은 그게 좀 문제 같아요.

—그래도 누군가는 재미없는 반장을 해야 하잖아.

재욱 형이 끼어들었다.

—역할이란 게 있으니까. 아무도 그 역할을 안 하면 시스템이 안 굴러가거든.

416

마리가 고개를 돌려 재욱 형을 똑바로 바라보았다. 눈빛이 초롱초롱해지고 얼굴도 약간 빨개졌다.

ㅡ하지만 시스템이 틀렸을지도 모르잖아요.

ㅡ대부분 틀려 있긴 하지.

시니컬한 표정으로 한 발 물러서는 재욱 형.

ㅡ잘못된 게 있으면, 그런 건 바뀌도록 노력해야 하는 거 아녜요? 뒤에서 불평하면서도 막상 닥치면 발뺌하는 애들, 전 그런 애들이 더 답답해요. 똑똑한 애들이 더 그런 거 같아요. 비판만 하고 자기 할 건 다 했다는 식. 나름 우월감을 느끼나봐요.

재욱 형은 갑자기 대꾸할 말이 떠오르지 않는 표정이었다. 엄마가 화제를 바꿨다.

ㅡ태수도 착한데, 엄마가 너무 걱정하시는 거 아냐?

ㅡ성취욕구가 강한 맹렬 엄마들이 아들을 약하게 만드는 경향이 있지. 사커 맘이나 헬기 맘이란 말이 생긴 배경을 보면 말야.

뒤늦은 재욱 형의 말에는 엄마와 마리 둘 다 그다지 신경을 써주지 않았고. 마리가 엄마의 물음에 대답했다.

ㅡ좀 웃기는 얘긴데요. 오빠 손금에 생명선이 좀 짧아요. 엄만 그런 거 안 믿는다면서도 신경이 쓰이나봐요. 어릴 때부터 보약도 많이 먹이고, 조금만 다쳐도 되게 놀라거든요. 오빠, 어릴 때는 굉장히 뚱뚱했어요.

마리가 의자다리에 기대놓았던 보조가방을 집어들었다. 내 눈에 익숙한 천가방.

ㅡ사진 보실래요?

―있어?

마리가 싹싹하게 굴 때마다 엄마의 입가에는 웃음이 떠오르곤 했다. 무릎이 거의 닿을 정도로 몸이 마리 곁에 가까이 가 있었고, 가방 속에서 수첩을 꺼내 표지 안쪽 비닐을 젖히고 사진을 꺼내는 마리.

―저는 어릴 때 좀 말랐었어요.

사진은 두 장이었다. 사진관에서 찍은 최근의 가족사진. 그리고 태수와 마리의 어릴 때 모습이 담긴 사진.

엄마는 태수보다는 마리의 모습에 더 시선이 끌린 모양이었다. 어린 시절 사진을 손에 쥐고 한참을 들여다보았다.

―꽃까지 들고 있네.

―리조트에 놀러 갔을 땐데, 오빠가 꺾어줬어요.

내가 엄마에게서 사진을 건네받았다. 마리, 아주 예쁜 꼬마였구나. 예닐곱 살쯤 된 것 같다. 머리를 두 갈래로 땋아 내려뜨리고 빨간 물방울무늬가 프린트된 하얀색 여름 원피스를 입고 있었다. 야구모자에 알파벳이 새겨진 티셔츠를 입고 삐딱하게 서 있는 태수의 한 쪽 팔을 꼭 붙든 채. 다른 쪽 손에는 노란색과 빨간색의 튤립 몇 송이가 들려 있고.

마리가 손가락으로 사진을 짚으며 설명했다.

―실은 오빠가 화단에서 몰래 꺾은 거야. 관리 아저씨한테 혼날까 봐 나보고 들고 있으랬어.

꼬마 마리의 환한 웃음, 태수의 쑥스러운 듯 어른스러운 표정, 색상이 선명한 튤립 꽃, 창이 많은 목조 리조트 건물, 그 뒤쪽의 초록색 나무들과 푸른 하늘…… 나는 한참 동안 사진을 들여다보았다.

친구들의 어린 시절, 내가 알 수 없는 시간. 그때의 나는 어디에 있었을까. 미래의 시간은 함께할 수 있지만 이 시간은 아니다. 내가 전혀 알지 못하는 곳에서 나의 시간과 동시에 흘러갔으며 영원히 공유할 수 없는 지나간 한때. 신기하군. 우리의 미래는 또 어디를 향해 선을 그으며 흘러갈까. 누구의 선과 포개졌다 나뉘었다 하며 나아가게 되는 걸까. 지금의 친구들, 어디까지 함께 가는 거지? 갈라지는 지점이 있을까.

엄마가 탁자 구석에 밀쳐놓았던 쟁반을 끌어다가 빈 머그잔을 담기 시작했다.

─우리 소년 가장, 방 구경 좀 시켜주시지? 첫번째 여자 손님인데.

─어?

마리가 입을 벌린 채 바라보는 것은 식탁 아래에서 기어나오는 토리였다.

─쟤구나! 오빠가 얘기한 적 있어요. 사람 말이라고는 '먹자!' 밖에 못 알아듣는 고양이라고.

우리 집에 올 때마다 도토를 못살게 구는 태수. '먹자!'라고 할 때마다 도토가 고개를 번쩍 들고 두리번거리는 걸 그렇게 재미있어하더니만. 그런 말 마셔. 도토가 얼마나 영리한데. 컴퓨터 자판을 눌러 알 수 없는 언어로 시도 쓰고, 그리고 또 내 비밀도 많이 알고 있지만 얼마나 입이 무거운데…… 그때의 시간 또한 어디론가 흘러가버렸지만.

─먹자, 한번 해볼까?

─괜찮아요.

재욱 형이 모처럼 농담을 던졌지만 마리는 대뜸 고개를 저었다.

─우리도 고양이 말 못 알아들으면서…… 불공평해요.

소파에서 일어나는 마리. 나도 같이 일어났다. 방 안에 한 발을 들여놓으려는데 발밑으로 검은색 도토의 털뭉치가 먼저 미끄러져 들어갔다. 나는 지난여름 그때처럼 도토를 안아올렸다. 검은 털을 뺨에 갖다대는 내 입에서 그때와 똑같은 말이 흘러나왔다.

─가만있어봐. 도토.

이상하게도 슬퍼졌다.

─들어와.

마리는 고개를 갸우뚱 한쪽으로 기울인 채 실례합니다, 장난스레 인사말을 던진 뒤 방 안으로 들어왔다.

─와, 내 방보다도 깨끗한 것 같애.

─뭐, 별로.

들어서자마자 곧바로 창가로 다가가 밖을 내다보는 마리.

─저 벤치가 바로 앞에 보이는구나. 저기에 앉아서 호떡 먹은 적 있는데.

이번엔 거울 쪽으로 한 걸음. 어? 하며 거울 앞으로 얼굴을 바짝 가져가더니 이내 고개를 돌려 벽 쪽을 바라보았고.

─날개를 그려놨네?

─나 말고 전주인이.

─전주인?

다음 순간 마리는 입을 동그랗게 벌린 채 고개를 끄덕였다.

─맞다. 민기훈 선배가 살았었지.

팔 안에서 버둥대는 도토가 무겁게 느껴지는 건…… 병원에서 쉬라고 할 때는 다 이유가 있는 거였군. 나는 도토를 바닥에 내려놓고 침대 모서리에 걸터앉았다. 허리와 어깨 근처가 묵직한 느낌. 마리가 책상으로 다가가 의자를 빼내고 앉더니 무심코 책상 위로 눈길을 던졌고.

—목걸이, 네 거야?

목소리가 차분해져 있었다.

—생일선물.

—예쁘네.

다시 고개를 돌려 나를 바라보는 마리의 얼굴에 조금 전의 들떠 보이던 표정은 사라지고 없었다.

—네 생일날 말야. 오빠가 문자 보냈더라.

그랬었군.

—원 피스에 먼저 가 있으라고.

—왔었어?

—아니.

고개를 숙인 채 애매하게 고개를 젓는 마리.

잠시 침묵이 흘렀다.

도토가 발치에 와서 앉았다. 검은 털뭉치를 안아서 다시 무릎 위에 올려놓는데 문득 생각나는 신민아씨의 말. 도토리들, 내가 잘해주면 되는 거잖아. 근데 그게 아니야. 사랑받지 못하는 존재에 대한 묘한 부담감이 되어 결국은…… 나는 약간 거칠게 도토를 바닥에 내려놓았다. 그건 아니지, 마리.

―G-그리핀 알지?

―노래방에서 불렀잖아.

나도 마리도 말투가 약간 어색해져 있었다.

―저 목걸이 메달, 그리핀이야.

고개를 끄덕이는 마리.

―응, 네가 좋아하니까.

나 주려던 게 아니었어, 라는 말이 하마터면 입밖으로 나올 뻔했다. 왜 나는 마리에게 이런 얘기를 털어놓고 싶은 거지?

―나도 생각난 거 있어.

살짝 찌푸렸던 이마를 펴면서 마리가 손가락으로 내 등 뒤의 벽을 가리켰다.

―계속 봤는데…… 저 날개, 육교에 있는 것하고 비슷해.

다음 순간 마리의 표정이 갑자기 흐려졌다.

―뭐야, 오빠가 하자고 했구나! 미국서도 한 적 있단 말야.

―안 들켰잖아.

―아니야. 그저껜가? 현수막도 걸렸어. 목격자를 찾는다고.

마리가 목소리를 높였다.

―오빠 땜에 미쳐. 몇 가지야, 지금. 2반 애 때린 것도 들키면 바로 정학이래. 편집부 선생님한테 들었단 말야. 그래서 엄마가 오빠 여기도 못 오게 한 거야!

시작할 때처럼 갑자기 말을 끊고는 창밖을 향해 얼른 고개를 돌려버리는 마리. 또 위아랫입술을 안으로 말아 물고 있다.

또 무거운 침묵이 방 안을 내리누르고.

─미안.

─뭐가.

─솔직히 나.

나는 마리에게서 눈을 떼지 않고, 마리도 내 눈길을 피하지 않는다.

─너한테 이채영 얘기 듣는 거 힘들어. 근데…… 오해 같애. 네가 남자니까 그러라는 건 아니고, 먼저 연락해야 하지 않을까. 걔 성격 좀 그렇잖아.

어쩐지 나는 책상 아래 웅크린 도토만 우두커니 바라보고 있었다.

─이상해. 까다롭게 구는 애들은 남들이 먼저 챙겨주게 돼 있더라구.

애써 명랑한 말투로 말하는 마리.

─우리 엄마도 그러더라. 일찍 철들어봤자 자기만 손해래. 오빠하고 나하고 반씩 나누면 딱 좋겠다고, 맨날 그 소리야.

마리가 의자에서 일어났다.

─내가 표정 관리 좀 되잖아. 잘되기를 바란다는 말 같은 거, 너무 속 보이고. 암튼 얘기해줘서…… 나름 괜찮았어.

마리를 따라 일어나며 내가 무심코 말했다.

─친구잖아.

─너어!

말해놓고 엇, 이건 좀 아닌데, 하는 순간 눈을 위로 치켜뜨는 마리. 고개를 천천히 끄덕이더니 한쪽 입술 끝을 말아올리며 덧붙였다.

─어쩌겠어. 철든 내가 이해해야지. 갈게.

마리가 돌아간 뒤 엄마는 약속이 있어서 외출 준비를 해야 한다며 혼자 안방으로 들어갔다. 재욱 형을 거실에 남겨놓고. 전에는 없던 일이었다. 하는 수 없이 내가 재욱 형 옆에 가서 앉았다.

―그래피티 같은 거 말야, 들키면 처벌받지?

―경범죄에 해당될걸. 그런데 왜?

내가 아무런 대꾸도 하지 않자 재욱 형도 더 묻지 않았다. 대신 마리 엄마 얘기를 꺼냈다.

―상당히 비호감인데?

얼굴에는 특유의 신랄한 표정이 떠올라 있었고.

―미술관 같은 데 가보면 감상은 관심없고 애들 보여주려고 가이드 설명만 부지런히 받아적는 엄마들 있지. 딱 그런 스타일이던데. 건전함이란 게 때로 자기들만의 독선과 편견을 프레임에 담는 측면이 있거든. 기득권을 유지하려는 중산층들의 가족 이기주의 같은 거지.

분명 뭔가 있군. 그 정도까지 몰아붙일 일은 아닌 것 같은데. 시스템인지 뭔지 또 그런 것 때문에 신민아씨랑 말다툼이라도 했나.

재욱 형의 골치 아픈 말이 그다지 귀에 들어오지 않는다. 마리가 하던 말이 머릿속에 맴돌 뿐. 나라고 왜 먼저 연락하고 싶지 않았겠어. 하고는 싶었지만 망설이던 심정. 그걸 알아채고 해도 된다고 말해주는 걸 좋은 충고라고 하는 거군.

―마리는 말야, 좋은 형질을 물려받은 진화된 세대야. 엄마 세대는 억압이 많아서 현모양처 아니면 페미니스트, 둘 중 하나였지만 마리 같은 애들은 좀 다를 거야.

―마리도 페미니스튼데.

─그건 그런데, 좀 따뜻하지. 세계적으로도 요즘 그게 대세야. 개인성을 유지하면서 필요에 따라 연대하는 것, 베이스는 섬세함과 배려심, 공정함 이런 건데, 그걸 뭐라고 하냐면.

재욱 형이 거기에서 말머리를 돌렸다.

─한 오 년 뒤쯤 마리가 어떻게 될 것 같아?

그런 생각은 해본 적 없지, 물론.

─아마 사회운동에 관심 많을 거야.

─사회운동?

─맞을걸. 남녀차별, 인종주의, 이성애자 중심주의, 임페리얼리즘, 온갖 종류의 오프레션…… 세상에 싸울 게 얼마나 많아. 채식주의자까지 될지도 모르지.

─예쁜 마리를 왜 그렇게 바쁘게 만들어. 걔들은 즐겨야지. 싸우더라도 즐겁게 싸우고.

숄더백과 얇은 바바리코트를 손에 들고 안방에서 나오며 신민아 씨가 대꾸했다.

─맞아. 즐기면서 싸울 수 없다고 생각하는 게 우리 세대의 한계지.

소파에서 엉덩이를 들며 가볍게 꼬리를 내리는 재욱 형.

어느 명절인가 텔레비전에서 보았던 오래된 영화 장면이 생각났다. 무시무시한 칼을 든 망나니가 온갖 화려한 춤으로 공포 분위기를 잡는데, 그걸 멍하니 보고 서 있던 사람이 총 한 방으로 간단히 쓰러뜨려버리는 것. 총, 신민아씨가 갖게 된 걸까. 어떻게 해서? 사람들 관계란 참 알수록 어렵군.

2

반성문. 1학년 5반 독고태수

이 이야기는 물론 나의 이야기이다. 내가 할 수 있는 이야기가 그 것밖에 더 있겠는가.

열여덟 살의 고등학생이 자기 이야기를 하겠다면 어른들은 들어보나마나 뻔한 내용이라고 생각할 것이다. 어른들은 대부분 자신이 지나온 나이에 대해서는 뭐든지 알고 있다고 착각하고 있으니까. 게다가 기억하는 내용도 거의 비슷하다. 어떻게 그럴 수 있지? 그들이 한때 나처럼 고독한 소년이었다는 사실이 믿기지 않는다. 나도 그런 어른이 될 거라고 생각하면 세상이란 역시 재미없다.

내 이야기는 특별히 흥미롭다거나 유익한 이야기는 못 된다. 그냥 내 이야기일 뿐이다. 나를 모르는 사람은 전혀 궁금하지 않을 테고, 아는 사람이라고 해도 다를 건 없다. 나를 아는 사람들 중에도 나에 대해 궁금해 하는 사람은 몇 명 안 되니까.

사실 이 반성문은 글도 아닐지 모른다. 책이라고는 읽지 않는 나에게 글재주 같은 게 있을 리 없다. 국어 점수도 좋지 않고 작문 숙제 같은 건 한 번도 해간 적이 없다. 그러나 글을 못 써도 이야기꾼은 될 수 있다. 세상에 자기 이야기가 없는 사람은 한 명도 없으니까. 고등학교 때 가방 속에 칼을 갖고 다니고 주먹에 피 마를 날 없었다던 한 래퍼는 지금 우리를 사로잡는 힙합 가사를 쓰고 있다. 맞춤법도 몰랐던 그를 문학서적들과 국어사전 세 권과 함께 방에 틀어박히게 만든 것은 자기 이야기를 하고 싶다는 욕망이었다.

얼마나 살았기에 그런 말을 하냐고 어른들은 코웃음을 칠지도 모른다. 그러나 아무리 어려도 자기 자신에 대해서라면 할말이 있는 게 인간이다. 갓난아기들이 우는 것도 자기 이야기를 하고는 싶은데 말을 하지 못해서이다.

또 아무리 별볼일 없는 사람에게도 주관과 취향이란 건 있다. 하고 싶은 것과 하기 싫은 것, 참을 수 있는 것과 참을 수 없는 것, 소중한 것과 하찮은 것, 그리고 그 모든 이야기를 타인에게 들려주고 싶은 욕망 말이다. 일기를 쓰지 않는다고 반성을 안 하는 건 아니다. 게임만 하고 있다고 반사신경만 쓰고 있는 건 아니다. 아무 생각도 안 하는 놈들이라고? 다른 누구도 아닌 바로 내 인생인데?

하지만 오로지 충고하기 위해 상대의 말을 듣는 척하는 인간, 말이 시작되자마자 이미 모든 걸 알고 있다는 듯 결론을 내려버리는 인간들 앞에서는 도대체가 말문이 열리지 않는다. 특히 나 자신에 관해서라면, 한마디도 해주고 싶지 않다. 듣기도 전에 안다고 생각하는 사람들에게는 나도 똑같이 해준다. 입을 열기도 전에 벌써 오해받을 게 뻔하다고 단정해버리는 것이다.

고집이 세고 주의가 산만합니다. 초등학교 고학년 이후 나를 이렇게 평가하지 않은 선생은 단 한 명도 없었다. 내 생각과 맞지 않아 안 따른 것뿐인데, 고집이 세다니? 어른들은 시키는 대로 하지 않으면 무조건 고집이 세다고 말한다. 그들과 나의 생각이 서로 달랐고, 내가 그들을 설득하지 못했듯이 그들도 나를 설득하지 못했는데 왜 나만 고집이 세다고 하는지 모르겠다.

고집이 세다는 말이 좋은 말이든 나쁜 말이든, 중요한 건 그게 아니다. 나에 대해 일방적으로 평가를 내리는 게 싫은 것이다. 그럴 줄 알았다, 너 하는 일이 다 그렇지, 왜 안 그러나 했다, 역시 그런 놈이지 어디 가겠냐…… 제일 싫은 게 바로 그런 독선과 불신이다. 도대체 몇 번이나 기회를 주었다고 팔을 꺾어버리는 걸까. 그런 사람일수록 자신의 실수에는 관대하다. 잘못했다고 말하는 걸 본 적이 없다. 내가 너희들 속셈을 모를 것 같냐? 다들 똑같은 놈이지. 다발로 한꺼번에 묶여나가는 건 정말 기분 더럽다. 어른들은 내가 남과 다르다는 주장을 하면 건방지다고 말한다. 내가 좋아하는 힙합 가사로 대답해주고 싶다. '하나마나 뻔하자나'.

주의가 산만하다는 말. 어른들이 주도하는 일에 집중하지 않으면 주의가 산만하다고 말하는데, 그 또한 이해가 안 된다. 흥미가 없는 일을 열심히 할 수 없는 건 어른들도 마찬가지 아닌가. 내가 좋아하는 일이라면 얼마든지 집중할 수 있다. 공부에 도움 안 되는 일에 집중하면 무슨 소용이냐고? 소용이 있고 없고는 누가 결정하는데? 어른들은 이익이 되는지, 의미가 있는지, 언제나 그런 것들만 따진다. 생산적인 일을 안 하면 무조건 잉여라고 한심해한다.

어른들이 열심히 일한 덕분에 사회가 좋아지고 우리가 풍족하게 살고 있다는 말, 하도 들어 지겹긴 해도, 사실이란 거 알고 있다. 하지만 호강에 겨워 정신 못 차린다는 욕을 먹어야 할 만큼 우리가 한심한가? 아버지 이름을 한자로 못 쓰면 효심이 없는 것이고 옷 잘 입으려고 인터넷 뒤지고 있으면 소비성향이 높은 것인가? 나무 이름 모르면 삭막한 것이고 신발 종류 잘 아는 건 허영심이라고? 문자 빨리 찍는 건 말초적이고 검색 빠른 건 잔머리고? 어른들은 세상 많이 달라졌다고 입버릇처럼 말하면서, 달라진 세상이기 때문에 다른 식으로 사는 게 당연하다는 건 인정하지 않는다.

―굿 잡! 심드렁, 좀 괜찮은데? 내 생각 그대로 썼네.

반성문을 다 읽은 태수가 웃으며 나를 바라본다.

당연하지. 태수가 말한 것을 정리해서 옮겨적은 것뿐이니까. 근데 이런 걸 반성문이라고 할 수 있나. 무슨 고발장 같잖아. 반성문을 나흘째 쓰다보니 더 쓸말도 없긴 하다. 진짜 말하고 싶은 걸 쓰면 어떻게 되는지 보자고 해서 써주긴 했지만.

노트를 손가락으로 가리키며 내가 묻는다.

―설마?

―이걸 선생한테 낼 거냐고? 글쎄……

생각하는 표정을 지으며 입가로 손을 가져가던 태수. 흉터 위에서 문득 손길이 멈춘다.

―잠깐. 반지 낀 선생한테 두들겨맞은 건 안 썼잖아.

교무실에서 그렇게 얻어맞고도 또 매를 벌려고?

뭔가 생각난 듯 태수가 다시 노트 위로 시선을 내린다.

―그 가사도 안 썼네. 우린 조지 부시랑 존나 친해 자칫하면 니네 집에 미사일을 날려.

나는 곧 끝나지만 태수는 일주일이 더 남아 있다. 도대체 반성문을 앞으로도 몇 장이나 더 써야 하는 거야. 반성은커녕 정학기간에 왜 학교에 나와야 하냐고 반성문에 써제끼는 태수. 아무튼 사람 조마조마하게 만드는 재주 하나는.

목을 길게 빼고 복도 쪽 창밖을 살펴본 다음 태수가 가방 속에서 MP3를 꺼낸다. 들키면 뺏길 텐데. 벌 받는 놈들이 조금이라도 즐거우면 큰일나니까…… 그런 생각을 하면서도 나는 태수가 건네주는 대로 순순히 이어폰을 받아서 귀에 꽂는다. 헉, 볼륨을 최고로 해놓았잖아. 갑자기 몸이 뒤로 떠밀리는 기분.

제발 걱정한다면서 조언하지 마 충고하지 마
이래라 저래라 한마디도 하지 마
잘해주지 마 누가 잘해달래
나에게 조언 충고 명령했던 모든 사람들
'대세를 따르거라 남들 다 하는 대로 반만 가라
그건 무능력한 너한테는 아주 잘 어울린다'

이어폰을 뺀 뒤 말없이 태수에게 돌려준다. 태수가 내 얼굴을 흘끔 본다.
―요새 G-그리핀 안 듣더라?
―응.
―왜?
―유치해서.
―요! 소년 졸업? 하산할 거야?
―내가 유치하다구.
―왓?
짙은 눈썹을 위로 치켜뜨는 태수.

430

-고등학생 래퍼 G-그리핀……

민기훈이었다고 말하자 태수는 잠시 멍한 표정을 짓는다. 그러고는 곧바로 눈을 크게 뜨고 얼굴을 바짝 내게로 들이댄다.

-교지편집부?

-뭐 대충.

-이채영 걔는 노래 전혀 안 듣잖아. G-그리핀이 있다는 것조차 모르던데. 얘기해줬어?

-아니.

-와, G-그리핀이 선배였다니. 쏘 핫! 이제 같이 들으면 되겠네. 오오, 베이비, 언제부턴가 거울을 보는 습관이 생겼지.

오른팔을 옆으로 길게 뻗어 어깨동무 시늉을 한 채 몸을 흔들면서 노래를 부르기 시작하는 태수. 그런 태수를 빤히 바라보는 나. 그냥…… 보는 거다. 그대로.

태수가 노래를 끊고 슬그머니 팔을 내린다. 눈을 끔벅거리며 조심스럽게 말한다.

-아니야?

나는 아무 대꾸도 하지 않고.

그리고 시선을 떨어뜨렸다가 복도 쪽으로 무심히 고개를 돌리는데 창문을 스쳐 지나가는 저 옆모습은. 학생주임이다. 누가 먼저랄 것도 없이 반사적으로 태수와 나의 눈이 마주치고 다음 순간 이미 MP3는 눈앞에서 사라지고 없다. 쌍둥이처럼 나란히 앉아 고개를 숙인 채 볼펜 쥔 손을 꿋꿋이 내려다보고 있는 우리. 반성문 쓰는 시간.

태수가 특히 열심히 쓰는 척. 눈썹 사이에 주름을 잡고 고개까지 한두 번 갸우뚱거리는 품이 뭔가를 꽤 깊이 생각하는 표정이다. 잠시 뒤 복도를 한번 흘끔거리고 나서 노트 위에 뭔가 휘갈기더니 내 쪽으로 밀어 보여준다. '그니까, 민기훈 방으로 이사가고, 민기훈 노래를 듣게 되고, 목소리도 비슷. 고스트에 홀린 거?'

태수, 정말이지 못 말리는 자식이다. '민기훈 노래를 듣게 되고' 뒤에 '민기훈을 좋아하던 여자애를' 까지 썼다가 그 글자 위에 네모를 만들어 촘촘히 엑스 표를 해놓았다. 그렇게 하면 글씨가 안 보이냐? 내가 태수의 낙서 옆에 덧붙여 쓰기 시작한다.

'남들 다 하는 대로 반만 가라. 그건 무능력한 너한테는 아주 잘 어울린다.'

조금 전 들은 힙합 가사다.

태수가 씨익 웃더니 그 밑에 이어서 쓴다.

'유치한 건 반만 가라. 너한테는 아주 안 어울린다.'

계속되는 태수의 어설픈 라임 노트.

'제발 생각 많은 척 이해심 깊은 척 복잡하게 만들지 마. 이럴까 저럴까 생각해봐도 결론은 하나.'

반응이 시큰둥하다고 생각했는지 하나를 더 적어넣는다.

'좋으면 좋은 거고 하고 싶으면 하는 거다.'

글쎄. 나도 어떻게 하겠다는 작정 같은 건 없다. 어떻게 해야 할지 모르겠다는 게 솔직한 심정이다. 다만 지금 채영을 만나기가 어쩐지 두렵고 불편한 것뿐이다.

태수가 허리를 펴고 나를 한번 바라보더니 다시 뭔가를 쓰고 있다.

'참, 여행은 어디로?'

'바다. 재욱 형 고향.'

'오니기리 운전?'

정학이 끝나자마자 기분전환으로 여행을 가자는 주말 계획. 처음에는 엄마와 나만의 여행이었다. 재욱 형이 끼어든 건 콘도미니엄 예약을 도와줘가면서 강력하게 가이드를 자청했기 때문이다. 나도 좀 거들었다. 신민아씨, 차 안에서 술도 마실 수 있고 좋네 뭐,라고 해가면서. 요즘 재욱 형, 좀 밀어주고 싶어졌어, 라는 속마음이 사실 더 컸지만.

가만히 있는 나를 물끄러미 바라보던 태수가 얼굴을 찡그린 채 다시 노트 위에 뭔가 갈겨쓴다. '앤서 미!'

─응. 재욱 형 차로.

내 대답을 듣자마자 고개를 숙이고 급히 볼펜을 놀리더니 태수가 써서 보여주는 건 '초보 데인저러스!'

─말로 해.

─어? 그렇네?

학생주임은 복도 끝으로 사라지고도 남을 시간이다.

─아 맞다. 독고태순이 오니기리 만났다면서?

─응.

─근데 그날, 걔 누가 때렸냐?

줄이 엉킨 채 가방 속에 처박혔던 MP3를 다시 꺼내 책상 위에 올려놓으며 태수가 말을 잇는다. 목소리가 가라앉았다.

—집에 오자마자 엄청 울더라. 기집애가 창피란 걸 몰라. 문 잠가놓고 침대에서 흑흑 흐느끼면 좀 좋아? 목놓아 울더라구. 시끄러워서 공부를 할 수가 있어야지.

—무슨 공부?

—깊이 알면 다쳐. 그나저나.

헤드폰을 쓰며 하는 말.

—똑바로 좀 하셔. 독고태순은 나한테 맡기고. 모르는 게 있으면. 그것도 이 형님한테 물어보고.

그러고는 내가 대답할 틈도 주지 않고 랩을 따라 하기 시작한다. 소리는 죽였지만 빠르고 강한 비트. 역시 아까 들었던 그 노래다. 동네 창피하게 시간을 쓸데없이 쓰지 마. 필요한 걸 해! 강요하지 마 나도 강요 안 해. 뭘 해도 좋지만 날 건드리진 마!

3

신민아의 옷에 대한 유쾌한 편견, 여덟번째 이야기 : 남의 옷을 벗지 못하는 사람들

계절이 바뀌어 작년에 입었던 겨울옷을 꺼낸다. 옷마다 지난해의 내 시간이 배어 있다. 그때 곁에 있었던 사람들, 지금도 다정하거나 떠났거나 아니면 변했거나.

이 올리브색 스웨이드 재킷, 못 받을 줄 알았던 묵은 원고료가

입금된 걸 확인하고 충동적으로 산 것이다. 카드청구서를 받았을 때의 후회란. 홧김에 샀다는 걸 깨닫게 되니 쳐다보기도 싫어졌고, 결국 안 입을 옷을 산 셈이니 이중으로 손해였다. 올이 굵은 이 진회색 스웨터는 눈오는 날의 데이트를 기대하고 샀던 옷. 앵클부츠와 색깔을 맞춘 것이다. 정작 눈오는 날에는 아무에게도 전화가 걸려오지 않았지. 그리고 검은 세로줄이 들어간 빨간색 로 웨이스트 니트 원피스. 뜨겁게 달궈진 걸 모르고 다리미를 올려놓는 바람에 자국이 생긴 것을 커다란 코르사주로 가리고 몇 번 더 입었다. 이 원피스를 입고 갔던 극장, 그 극장 앞 케이크집 계피쿠키의 맛도 기억난다. 사과홍차를 곁들였었지.

며칠 전 사과홍차를 함께 마셨던 남자. 불현듯 그의 옷장을 상상해본다. 아마 비슷한 색조와 비슷한 디자인의 양복, 그리고 무늬 없는 흰색 셔츠만 지루하게 걸려 있을 것이다. 물론 그에게는 어떤 불만도 문제도 없다. 그에게 옷은 날개도 아니고 지나간 시간의 흔적도 아니다. 비오는 날 써야 하는 우산 같은 생활용품일 뿐이다. 나와 만났던 그날 아침에도 그는 옷장 앞에서 별다른 고민 없이 양복 한 벌을 꺼내입었을 것이다. 그의 아내가 챙겨주었을 것 같지는 않다. 나도 한번 본 적 있는 그의 아내는 싸늘하게 아름다웠고, 생활인이라는 것 외에 아무 특징도 없는 그와 반대로, 생활과는 거리가 멀어 보였다.

엄마의 글은 왜 재미가 없을까. 뚜렷한 내용이 없고 사적인 잡념을 쓸데없이 자세히 늘어놓은 느낌이다. 하지만 뭐, 이런 글이 나를 먹여살리고 있구나, 그런 생각이 안 드는 건 아니니까, 계속.

　나는 학교라는 곳이 마음에 들지 않는다. 내가 학창시절을 모범생으로 보냈던 것은 단지 복종하고 수긍하는 것만 교육받았기 때문이다. 학교를 생각하면 지금도 나는 권위에 위축된 나 자신과, 동의하지 않는 이데올로기에 따르는 비겁한 나 자신이 동시에 떠오른다.

　그런 내가 얼마 전 학교 축제에 초청을 받았다. 학부모로서의 첫 외출. 무얼 입고 가야 하나. 옷이란 나를 표현하고 포장하는 물건이다. 하지만 나에 대해 아무것도 보여주고 싶지 않다면 무슨 옷을 입어야 할까. 옷장 깊숙이에서 나는 가장 보수적인 옷을 찾고 있었다. 눈에 띄지 않으려면 일단 틀 속에 들어가야 하니까.

　학교 행사가 끝나고 그 남자와 처음 인사를 나눴다. 다시 만나도 알아보지 못할 것 같은 지극히 상투적이고 특징 없는 회색 양복 차림. 팔에는 유행을 타지 않는 바바리코트가 걸쳐져 있었다. 정장이나 유니폼을 입었다고 해서 그 사람의 개성이 완전히 숨겨지는 건 아니다. 그러나 그는 옷으로써 말해주는 게 아무것도 없는 남자였다. 사십대 후반의 은행 지점장, 명함 또한 아무 특징이 없었다. 전형적인 부품 같은 인상이랄까.

　게다가 입을 열기 시작하자, 그야말로 흔히 말하는 간부 스타일이었다. 예의는 갖췄지만 형식적일 뿐 독선적이고 성급했으며 속물적인 분위기마저 풍겨났다. 행사가 끝나고 이어진 점심식사 자리. 여러 사람이 함께하다보면 자리배치와 메뉴 고르기, 반찬을 공유하고 술을 권하고 하는 과정에서 수많은 개인차가 생겨나게 마련이다. 거기에서 그는 좌중을 장악하려 들었고, 타인에 대한 배려 없이 일방적으로 자기 방식을 강요했다. 한마디로 권력적이었다. 그런데 내 눈에는 그게 왜 과장된 행동으로 보였을까. 아무런 성격도 드러내지 않으려는 옷차림, 그리고 상투적인 사회의 어른 역할을 해 보이려고 애쓰는 태도. 저 사람은 어쩐지 남의 옷을 입고 있다는 느낌이 들었다. 그날 내가 그랬듯이 말이다.

하지만 내가 그 남자에게 관심을 가진 진짜 이유는 다른 데 있었다. 남자는 몰랐지만 그의 딸과 내 아들은 친구 사이였다. 먼발치로 딸과 함께 있는 그의 아내도 본 적이 있다. 차 한잔 하고 가시지요, 남자가 말했을 때 나는 거절하지 않았다.

찻집에 마주 앉은 남자는 무척 달라 보였다. 내가 사과홍차를 주문하자 '그거 맛있나요?'라며 같은 걸 주문했다. 설탕단지에 꽂힌 도자기 순가락이 내 앞으로 오도록 방향을 돌려주기도 했다. 호기심 많고 세심하다고 할까. '술을 좀 마셔도 괜찮을까요?'라고 묻는 목소리에 권위적인 기색은 느껴지지 않았다. 지금까지의 공식적인 자신에서 놓여나는 낯선 자리에서는 조금 다른 사람이 되어보는 것일까. 찻집의 쇼케이스 안에 들어 있던 병맥주가 줄어갈수록 남자의 목소리는 점점 더 낮아졌다.

—나는 어떤 집단 속에 있으면 무조건 먼저 유리한 자리를 차지해야 한다는 강박부터 생깁니다.

그의 이야기는 길었지만 담담했고 묘한 회한을 담고 있었다.

—회사에서도 집에서도 무척 일방적이지요. 다들 나를 안 좋아

합니다. 하지만 나한테는 생존방식이랄까요, 그렇게 안 하면 불안해요. 농촌 가난한 집의 우수한 장남, 이런 얘기 좀 상투적이긴 합니다만, 그게 어쩔 수 없이 납니다. 그런 장남들이 왜 당당하게 이기적일 수 있는지 아세요? 자신이 집안의 경제와 명예에 비용을 치르고 있다고 생각하기 때문에 감정까지 억지로 제공할 필요는 없다고 생각하는 겁니다. 모든 인간관계가 결국은 거래니까요. 장남들은 헌신적인 뒷바라지를 받는 대신 개인으로서의 삶은 허용되지 않죠. 이중적이 될 수밖에 없어요.

어릴 때 옆집에 동네 허드렛일을 해주는 아저씨가 살았어요. 늦장가를 갔는데 아줌마를 무척 아꼈죠. 우물물 길어다주고 여자들 하는 밭일도 하고, 부엌일까지 도왔어요. 동네 사람들은 모자란 놈이라고 손가락질을 하더군요. 언젠가 아주 추웠던 겨울이 생각납니다. 설을 며칠 앞둔 때라서 떡방앗간 앞에 쌀함지가 아주 긴 줄을 섰었어요. 어디 다녀오던 길이었는지는 생각 안 나지만 밤중에 집으로 돌아가다가 방앗간 앞에서 옆집 아저씨와 아줌마를 보게 됐지요. 아줌마는 만삭이었어요. 아저씨가 목도리를 벗어 아줌마 목에 둘러주더군요. 그리고 아줌마를 자전거 뒷자리에 태웠어요. 아줌마는 한 손으로 무릎 위의 함지를 잡고 다른 손으로 아저씨의 허리를 꼭 붙든 다음 얼굴은 등에 댔죠. 그걸 보고 방앗간 근처에 있던 동네 사람들 모두 입을 모아 불알 없는 놈이라며 아저씨를 욕했습니다. 그 일만이 아니었어요. 두 사람의 다정한 모습은 어디 가나 눈밖에 났고 따돌림을 받곤 했어요. 저는 그런 시대, 그런 환경에서 자란 사람입니다. 다정하고 자상하면 한심한 놈이라고 손가락질받았어요.

네, 지금은 다르다는 것, 압니다. 남자들도 자신 속의 섬세함과 마음 약함 같은 거 드러내는 데 눈치 안 봐도 되고, 때로는 그게 오히려 장점이 되고 있어요. 하지만 어떡합니까. 어릴 때부터 입어온 옷이 이미 피부나 마찬가지가 돼버린걸. 다른 옷을 입어볼 여유가 없었던 사람에게는 말입니다. 그 옷이 살을 파고들어 흉터가 되었다고나 할까요.

손바닥에 칼로 손금을 판 얘기 들어보셨습니까. 나는 그렇게 감정은 물론이고 운명까지도 '개척'해야 한다는 가치관을 익히며 성장했어요. 타고난 감성은 억눌러야 했죠. 세상이 이렇게 달라진 것, 저도 환영입니다. 이런 환경에서 자랐으면 훨씬 솔직하고 다정한 사람이 됐을 거라고 생각하고 부러운 마음도 많아요. 하지만 그건 머릿속 생각일 뿐이에요. 달라진 세상을 머리로는 이해하고 동의하지만 훈련된 대로 꼰대 기질이 먼저 나와버리니까요. 출세와 돈밖에 모르는 사람, 점점 그렇게 돼가는 거죠. 어느 정도 사실이기도 합니다. 안 그러면 지금의 삶은 갖지 못했겠죠. 결혼도 마찬가지예요. 절실한 감정보다는 내게 반드시 필요한 대상이라는 확신이 열정을 만들었습니다. 사회적 기준에 맞는 조건을 하나씩 하나씩 갖춰나가는 게 인생이라고 생각하고 살아왔으니까요.

나는 이런 옷을 입어야 마음이 편해요. 이 옷이 내 정체성이나 역할을 모두 결정해주고, 나는 따르기만 하면 되니까 말이죠. 하지만 실은 이 옷을 정말로 싫어합니다. 오래전 누군가가 입혀준 이후 오랜 세월 필사적으로 지키며 살아온 옷인데도 내 옷은 아니라 이겁니다. 이제 이런 옷을 입은 사람은 절대 환영받지 못한다는 걸 알지만 벗을 수가 없어요.

죄송한 표현인데, 이런 건 술집 여자들한테나 털어놓을 수 있는 이야기지요. 비용을 지불하면 모든 게 돈으로 환산되어 초라해지지 않으니까요. 접대 때문에 술을 마신 뒤에 혼자서 단골 술집에 가곤 합니다. 뒤떨어지고 소외돼서 괴로운 게 아닙니다. 바꾸고 싶어도 이 옷을 벗기에는 너무 늦어버렸다는 사실이 나를 괴롭게 만들어요. 이제 와서 다른 옷을 입으면 절대로 어울릴 수 없다는 건 누구보다 내가 잘 아니까요. 내가 싫어하는 인간으로 늙어가는 나를 보는 기분, 짐작할 수 있겠어요? 이런 이야기를 털어놓게 된 건 아무래도 옷 때문인 것 같군요. 그런 생각은 한 번도 해본 적 없지만, 남의 옷을 입은 것 같다고 말씀하시니 갑자기 한 대 얻어맞은 것 같았습니다.

그다음부터는 다시 또 엄마의 옷에 대한 편견인지 잡념인지가 이어진다. 얼마 전부터 입기 시작하더니, 주로 누디진에 대한 이야기이다.

워싱을 하지 않은 채 원래의 데님 그대로 출시되는 청바지가 누디진이다. 그걸 입고 생활하다보면 바지에 무늬가 생겨난다. 무릎이 나오고 오금이 구겨지고 허벅지가 닳고 움직이는 관절마다 주름이 잡히고…… 입는 사람의 생활방식이 옷에 새겨지는 것이다. 벗지 않고 또 빨지 않고 오래 입을수록 바지에 새겨지는 나의 정체성은 더욱 선명해진다. 세상에 오직 하나뿐인, 숨기거나 꾸밀 필요도 없는, 태생 그대로의 자유로움을 지닌 나. 나만의 옷이다.

마음에 들지 않는 남의 옷이 피부에 새겨져서 흉터가 되어버린 사람에게 꼭 선물해주고 싶다.

4

채영. 머리를 잘랐구나.

짧은 단발이 뺨을 가려 콧날이 두드러진다. 희고 창백한 얼굴, 얼음처럼 단단해 보이고.

그새 좀 여위었다. 지난여름 맨 처음 내 방 창문 아래 서 있을 때만큼이나. 옆자리에 코트를 벗어놓고 의자 등받이에 기대 앉아 있는, 특유의 방심한 듯 도도한 모습. 두 손은 교복 스커트의 주머니에. 웬일로 후드가 없는 올리브색 터틀넥 스웨터를 입었다. 낯설긴 하지만 잘 어울린다. 내가 '원 피스'의 문을 열고 들어서는 순간 눈이 마주쳤고. 자리로 다가가는 내 모습을 물끄러미 바라본다. 웃지는 않는군.

—안녕.

언제나처럼 담담한 목소리.

입을 다문 채로 가볍게 웃어 보인 뒤 앞자리에 앉는 나. 좀 서먹하다. 차가운 11월 바람 속을 헤치고 온 더플코트에서 싸늘한 기운이 느껴진다. 코트 주머니에 양손을 넣은 채 잠시 탁자를 내려다보고. 나도 모르게 한쪽 발로 바닥을 탁탁 두드리고 있다.

채영이 먼저 말문을 연다.

─저기, 아저씨 애인이야.

채영이 눈짓으로 가리키는 대로 내 시선이 카운터 쪽을 향한다.

카운터에 팔꿈치를 올리고 비스듬히 서서 주인아저씨와 얘기를 나누고 있는 남자. 출입문 옆에 걸린 퍼즐액자를 가리키며 활짝 웃고 있다. 일본 작가의 '전갈좌'라는 그림이라던가. 저걸 주인아저씨에게 생일선물로 주었다는 사람이겠지.

─둘이 닮았네.

─아저씨네 중창단 공연 보러 갔었어. 기억나? 여섯 무지개 중창단. 거기서 인사했어.

─갔었구나.

생일날 이곳에서 공연 이야기를 나눌 때는 같이 가기로 했었지만.

─전화 기다렸는데. 잊어버렸던 거야?

─응…… 그랬나봐.

물론 거짓말이다. 채영은 대꾸하지 않는다.

갑자기 나도 물어보고 싶어진다.

─나 정학 먹은 거, 알지?

채영이 뾰족한 턱을 조금 앞으로 내밀어 가볍게 끄덕이고.

─육교 그림, 혹시 봤어?

─아니.

그럼 내가 거기에 왜 페인트를 뿌려댔는지도 모르겠군. 채영이 어린 시절 그렸던 낙서를 왜 한귀퉁이에 그려넣었는지도.

—나 좀 아팠어. 너 자전거 찾으러 새벽에 우리 동네 왔던 날, 그 다음날부터 조퇴하고 계속 병원 다녔거든. 결석도 며칠 했고. 이맘 때면 꼭 한 번씩 그래.

그동안 학교에서 한 번도 마주치지 않았던 건 그래서였나.

퀸즈 애플 홍차 두 잔을 쟁반에 받쳐들고 온 아저씨가 내게 인사를 건넨다.

—오랜만이네.

—네.

채영에게도 한마디한다.

—오늘은 퍼즐 안 하겠지?

—네.

채영도 나도 둘 다 똑같이 어색한 대답.

아저씨가 무슨 말인가 더 할 듯하더니 그냥 몸을 돌려 카운터로 돌아간다.

—나 혼자 와서 퍼즐 많이 했었거든.

탁자 쪽으로 몸을 가까이 가져와서 찻잔을 잡는 채영. 고개를 숙이는 순간 네크라인 안쪽에서 은색 목걸이 줄이 드러난다. 나도 찻잔을 들어 홍차를 한 모금 마시고. 갑자기 아무 할말도 생각나지 않는다.

—내일 바다에 가.

내 목소리가 왜 이렇게 가라앉았지?

헛기침을 해서 목을 한번 가다듬은 뒤 다시 입을 연다.

─엄마랑 재욱 형이랑.

─응.

채영이 내려놓았던 찻잔을 향해 다시 팔을 뻗는다. 나는 일부러 창밖으로 시선을 돌리고. 왠지 모르게 답답하다. 왜 이렇게 할말이 없는 거지? 말수가 적은 편이지만 한번 이야기를 시작하면 종달새처럼 재잘대는 채영도 마찬가지다. 무심코 무릎 위에 놓인 손가락을 내려다보더니 다음 순간 주머니에 도로 집어넣는다.

갑자기 코트 주머니 안에서 핸드폰이 울렸을 때, 나는 마치 그 전화를 기다리기라도 했던 것처럼 얼른 핸드폰을 꺼낸다. 마리다.

─지금 전화받을 수 있어?

─응.

─오빠가 걸어달랬어. 잠깐만.

태수를 부르는 마리의 목소리, 약간 크다. 이어지는 마리의 혼잣말도.

─에이 참, 전화 걸라고 해놓고 화장실은 왜 가는 거야.

독고태수, 엄마한테 핸드폰 압수당해 마리에게 애걸하는 신세라고 징징대더니 실제로는 아예 비서를 뒀군. 그나저나 그 장소에 한번 들어갔다 하면 한참 걸릴 텐데.

나를 빤히 보고 있는 채영과 눈이 마주치는 순간. 뭔가 대답해야 할 것 같은 기분에 갑자기 튀어나온 말이라니. 잠깐 전화 좀 받고 올게. 벌떡 일어나 출입문을 열고 나오는데 문에 달렸던 작은 종이 울린다. 소리가 이렇게 요란했었나.

태수의 용건은 별것 아니다. 잘 다녀오라는 인사 정도. 전화기가 없어 심심해진 탓인지 오히려 걸핏하면 전화질이다.

ㅡ문단속은 잘하고 가나?

ㅡ신경쓰이는 사람이 하나 있긴 하지. 우리 집 사정을 너무 잘 알아서 말야.

ㅡ유 민, 이즈 미? 무슨 도둑 앞길 막는 소리를 하셔. 너네 집 현관 키 번호 까먹었거든.

ㅡ내 핸폰 번호 까먹었단 소리네?

태수의 싱거운 말에 일일이 대꾸해주고 있는 나. 그러나 실은 건성으로 내뱉는 말들이다. 눈은 계속 카페 안의 채영에게 가 있다.

의자에 기댄 채 허공 어딘가에 멍하니 시선을 두고 있는 채영. 여기 아닌 다른 곳에 있는 사람처럼 느껴진다. 유리에 비친 저 모습은 아득한 우주 어디에서 온 빛이 짧은 순간 창을 스치며 맺은 허상이 아닐까. 내가 다가가 창을 두드려도 듣지 못할 것만 같다. 소리 나는 곳으로 고개를 돌려 나를 발견하고 활짝 웃어주는 일 따위는 절대로 일어나지 않겠지. 언제까지나 저렇게 허공을 바라보면서 알 수 없는 생각에 잠겨 있는 액자 속 퍼즐 같은 존재.

혼자 생각할 때보다 만나서 바라보고 있으려니 내가 누구를 좋아하고 있는지 더욱 확실하게 느껴진다. 그리고 내가 원하는 것, 그것이 처음부터 내 손이 닿지 않는 먼 곳에 있었다는 느낌도. 두 가지가 화학반응을 일으켜 내 가슴속을 굳어가게 만들고 있다.

대충 전화를 끊은 뒤 다시 카페 안으로 들어가 자리에 앉는 내 표정. 분명 딱딱해져 있겠지.

―가야 해?

채영의 뜻밖의 말에 이번에도 대답은 얼른 떠오르지 않고.

채영이 나를 물끄러미 바라본다.

―금방 갈 사람처럼…… 코트를 입고 있어서.

―아, 이거.

그냥, 벗어야겠다는 데에 생각이 미치지 않았을 뿐인데. 여기 들어서는 순간부터 머릿속이 너무나 바빠져서 말이지. 강연우. 하고 싶은 말이 있었잖아. 마음을 좀 가라앉히자. 이제부터 하나하나 풀어보는 거야. 먼저 심호흡을 하고. 하지만 채영과 눈이 마주치자 내 입에서 튀어나온 말은.

―일어나자.

그리고 다음 순간에는 옆자리의 베이지색 모직코트를 집어 천천히 무릎 위로 가져가는 채영의 모습을 초조하게 바라보고 있는 거다.

전화를 받으러 나왔을 때는 몰랐는데 출입문을 열자 차가운 바람이 옷 속으로 기어든다. 어깨가 움츠러든다. 첫눈이 올 날도 머지않았다. 첫눈 오는 날…… 우리가 몇개의 약속을 했더라. 그리핀 목걸이를 건 모습을 보여주겠다고 말했던 나는 꽤나 천진했고.

나와 채영은 골목을 벗어나 거리로 나온다.

나는 눈을 가늘게 뜨고 앞을 바라본다. 유난히 공기가 차게 느껴져 두 손을 비비며 걷는다. 어금니를 꽉 깨문다. 불현듯 내 몸이 남의 몸처럼 느껴지던 순간의 고통스러운 통증이 기억나면서 심장박동이 빨라진다. 횡단보도까지는 오 분도 안 걸리는 거리.

은행나무들이 맨몸을 드러낸 채 우두커니 서 있다. 간신히 붙어 있는 빛바랜 잎마저 바람이 불 때마다 마지막 안간힘을 다해 바들 바들 몸을 떤다. 보도블록을 따라 길게 이어진 잔디밭과 마른 흙이 드러난 화단, 그 어디에도 지난여름의 초록은 흔적조차 없고.

역시, 후드가 달린 코트다. 약간 큰 베이지색 모직코트에 푹 감싸인 채영의 모습은 어린아이 같다. 교복 스커트 아래 드러난 여윈 종아리, 헐렁한 올리브색 컨버스, 그리고 발끝을 안으로 모으고 타박 타박 걷는 걸음걸이. 백팩의 어깨끈을 쥐던 습관대로 벙어리장갑을 낀 두 손이 크로스로 멘 납작한 가방끈을 꼭 붙들고 있다.

'당근 아홉 개'의 간판이 눈에 들어온다. 화단 앞 벤치 위에 굴러 다니는 마른 잎들도. 이런 싸늘한 계절에 거리의 벤치에 앉는 사람 은 아무도 없겠지. 빛바래고 지나가버린 시간의 흔적들, 쓸쓸하군. 한 걸음 한 걸음 옮길수록 점점 가까워오는 작별의 시간도.

무심코 두 손을 모아 입술에 댄 채 되도록 천천히 걷는다. 손가락 사이로 하얀 입김이 새어나온다.

채영이 걸음을 멈춘다.

—자, 이거.

벙어리장갑 한 짝을 벗어 내게 내밀고 있다. 손등에 무늬가 들어 간 베이지색 장갑. 나는 걸음을 멈추고 턱을 들어 횡단보도 쪽에 눈 길을 준다. 신호등이 바뀌는 것까지 보이는 건 아니지만 가까운 거리이다.

하지만 나는 채영의 장갑 한 짝을 받아들고 천천히 한 손에 낀다. 손가락은 긴데 손은 작은 편이네, 하며 내 손바닥에 제 손바닥을 대 보았었지. 채영의 손가락 끝이 빨갛게 벗겨진 걸 처음 봤고. 나는 장갑을 내려다본다. 이런 벙어리장갑을 본 적이 있다. 엄마처럼 손재주가 별로 없는 사람이 어쩌다 떠본 투박한 손뜨개 장갑.

그런데 이 느낌은 뭐지. 갑자기 허방을 디딘 듯이 몸이 휘청하며 눈앞이 아득해진다. 기차가 선로를 이탈한 순간이라고 할까. 한순간 시간이 깊게 휘어지며 다른 궤도로 들어선 듯한 느낌. 귀가 웅웅거리면서 소리도 풍경도 멀어져버린다. 음소거 버튼을 누른 텔레비전 화면 속으로 들어온 것 같다. 장갑을 끼지 않은 손을 코트 주머니에 집어넣는 채영의 동작도 느린 배속의 화면이다. 장갑 낀 쪽 손으로 다시 가방끈을 잡는 것도.

채영이 걸음을 옮기기 시작하는 짧은 순간. 나는 몸이 굳는다.

채영과 나 사이의 공기가 양쪽으로 팽팽히 잡아당겨지고, 결국 찢어져서 각자 시간의 벽을 뚫고 서로 다른 방향으로 튕겨나가기 직전, 가슴 한가운데를 통과해가는 짧고 날카로운 슬픔 같은 것. 토요일 오후 스러져가는 초겨울 햇빛을 받아 회색 거리는 빛바랜 사진 같고.

우리는 횡단보도 앞에 나란히 선다. 어느 샌가 코트의 후드를 덮어쓴 채영은 얼굴이 반쯤 가려져 있다.

우리가 이곳에 처음 서 있었던 지난여름도 이렇게 사방이 조용했던가? 아니면 매미 소리가 들렸던가? 하늘이 저런 잿빛은 아니었다. 공기의 흔들림도 훨씬 부드러웠고. 그때 우리 사이의 거리는 삼십 센티미터쯤, 지금도 비슷하다. 신호는 빨간불. 채영이 나를 바라본다.

─나 소설 다 썼어. 아파서 집에 있는 동안.

나는 멍한 표정으로 고개를 끄덕이고. 그리고 가방 속에서 노트 한 권을 꺼내 건네주는 채영을 가만히 바라보기만 할 뿐이다.

—네가 읽어봤으면 좋겠어.

그제야 말없이 노트를 받아든다.

—여행, 잘 갔다 와.

—응.

후드에 반쯤 가려지긴 했지만 오늘 처음 보는 채영의 웃는 얼굴. 그러나 흐린 날 잠깐 비친 햇빛처럼 구름 속으로 들어가버리고.

나는 엉겁결에 손을 앞으로 내민다. 악수를 청하듯이. 오른손, 장갑을 낀 쪽이다. 천천히 손을 내밀어 잡는 채영. 역시 오른손에 장갑을 끼고 있다. 장갑 악수. 둔하고 낯선 느낌으로 맞닿는 우리들의 손. 두꺼운 털실 속에서 잠깐 예민해지는 손가락. 악수를 풀자마자 나는 생각났다는 듯 장갑을 벗어 돌려준다.

초록색 불이 반짝 들어온다.

눈인사를 던진 뒤 횡단보도로 내려서는 채영. 지난여름에는 뒤돌아보며 이렇게 말했다. 나 그런 진한 푸른색 좋아해. 그런데 너, 내가 오늘 덜 마른 네이비블루 티셔츠를 다리미로 다려서 입고 나왔다는 건 알 리가 없겠지.

채영은 천천히 걷고 있다. 지난여름 뛰어가던 그때와는 다르게. 그때 나는 삼선 슬리퍼와 여윈 등과 가볍게 흔들리는 흰색 후드와 짧은 단발머리를 멍하니 바라보고 서 있었다. 그리고 지금은 베이지색 코트와 거기 달린 후드가 규칙적으로 조금씩 움직이는 것을 본다. 실은 아무것도 보지 않는 건지도 모른다. 맞은편 보도블록 위로 올라선 채영이 갑자기 뒤돌아보았을 때, 나는 무방비한 상태로 화살이라도 맞은 것처럼 짧게 전율한다.

다시 몸을 돌린 채영. 흐트러짐 없는 걸음걸이로 골목 안으로 사라진다.

카프카 엽서를 받았을 때 그랬듯이 나는 노트를 손에 들고 신호등이 깜박거리는 횡단보도 앞에 그대로 서 있다.

그녀의 이름을 새긴 구름조각. 남쪽 하늘로 띄워 보내면 그녀가 바라볼까. 그녀의 웃음은 달콤한 비스킷. 내 입술과 혀끝 깊숙이 자리잡은 떨리는 기분. 하고 싶은 말이 너무너무 많지만 지금은 너를 보고 있는 것만 해도 돼. 그러니까 이것은, 이제는 잃어버린 G-그리핀의 노래.

5

달리는 차 안에서 창밖을 내다본다. 어딘가로 떠나고 있다는 사실이 좋다. 풍경이 바뀌는 것도. 뭔지 조금은 벗어나는 기분이니까.

초겨울의 마른 숲들은 세 계절의 노동을 모두 마치고 쇠약해진 몸을 쉬고 있는 것 같다. 우리나라, 산도 많고 그리고 아파트도 정말 많구나. 산 중턱까지 불쑥불쑥 솟아오른 고층 아파트가 능선의 흐름을 끊어놓아 눈에 거슬린다. 하지만 차창 밖으로 지나가는 풍경들, 들판과 숲에 내려앉은 고즈넉한 한낮의 햇빛, 낮은 하늘…… 쓸쓸하면서도 차분하다.

고속도로를 피해 국도로 오긴 했지만, 초보운전이라 긴장한 거겠지? 재욱 형은 말이 없고. 조수석에 앉은 엄마도 등받이에 기댄 채 멍하니 앞만 보고 있다. 새벽에야 원고 마감을 했다더니 잠 부족? 조수석에서 자는 건 예의가 아니라서 그렇다고 주장하지만 실은 재욱 형 운전이 불안해 억지로 잠을 쫓고 있는 게 분명하다. 자기가 그렇게 눈을 부릅뜨고 지켜봐야만 차가 똑바로 가기라도 하는 것처럼. 재욱 형 차를 타고 가다 속도가 높아지면 브레이크 밟는 오른발에 저절로 힘이 들어간다고 말한 적도 있다.

차 안은 재욱 형이 틀어놓은 음악으로 가득 채워진 느낌이다. 그리고 우리 셋은 그 음악을 운반하기 위해 모인 조용한 삼 인조이고. 힙합이 아닌 음악은 오랜만에 듣는다. 템포가 너무 느리잖아. 연결이 늘어져서 가사도 귀에 잘 들어오지 않는다. 집중해서 들을 생각도 없었지만 뻔한 사랑 얘기에다 실감나지 않는 상투적 가사들. 멜로디도 너무 복잡하고. 섬세하면서도 솔직한 힙합의 감정과는 달리 잘 보이려고 잔뜩 멋을 부린 느낌이랄까. 뭐, 그렇다는 거다. 그냥.

창으로 얼굴을 바짝 가져간다.

나도 잘 모르겠다. 나는 무엇 때문에 화가 나 있는 것일까. 무엇이 나를, 내가 원하는 것들로부터 자꾸만 도망치게 만드는 것일까.

아무것도 아닌 건 결코 아니다. 나는 분명 상처받았다. 연우 쟤는 좀 복잡해. 자기도 도저히 설명 못할 것 같으니까 저렇게 짧고 애매하게 말하는 버릇이 생긴 거야. 엄마 말이 맞는지도 모르겠다. 아무튼 분명한 건 하나, 아닌 건 아닌 거다. 그리고 어쨌든, 누구에게나 자기 자신에 대해 이것만은 그럭저럭 넘어가고 싶지 않다는 원칙 한두 개쯤은 있을 수 있지 않나. 설명할 수 없다고 해서 중요하지 않은 건 아니니까.

그리고 또 한 가지, 정말 나도 모르겠는 것. 그러고 싶지 않은데 자꾸만 원치 않는 곳으로 밀려나버리는 느낌 같은 게 있다. 가까이 가려는 마음과 달리 몸은 자꾸만 뒤로 물러나는, 마치 반대방향으로 가는 무빙 워커에 올라탄 채 실려가는 듯한 상황 말이다. 가고자 하는 장소는 점점 눈앞에서 멀어지고, 입에서는 마음에 없는 외침이 터져나오고, 나를 오해하는 사람들이 다가와 주변을 감싼다. 알려고 할수록 오해하게 되고, 태수의 농담처럼 깊이 알려고 하면 다치는, 그런 세계.

옆에 놓인 가방을 물끄러미 바라본다. 거기에 채영의 노트가 들어 있다. 마음이 차분해지기를 기다렸는데, 지금이라면 읽어도 되겠지.

어제 채영이 입었던 스웨터와 비슷한 진한 올리브색 표지의 스프링 노트. 앞뒤 표지에 작고 둥근 오렌지색 카드보드가 박혀 양쪽을 끈으로 봉하게 되어 있다. 끈을 푼 다음 노트를 무릎 위에 올려놓은 채 잠시 차창 위에 비껴가는 가로수의 그림자를 본다. 지나가는 것들, 퇴색한 것들, 초겨울 햇살과 마른 들판……

노트 첫 장을 연다.

이게 제목이군. '바다 오르간과 백조들의 섬'.

마침내 연락이 되어 기뻐요.

난 당신이 보는 것을 함께 보고 있어요.

이것은 사비네가 그리핀에게 보낸 첫번째 엽서의 첫 문장입니다.

사비네는 남태평양의 시크몬 섬에 살고 있어요. 우표에 그림을 그리는 디자이너랍니다. 신비로운 눈동자와 검고 긴 머리카락을 가진 아름다운 여인이지요.

그리핀은 런던에 살고 있는 젊은 화가. 사비네가 보낸 엽서를 보고 깜짝 놀라 이렇게 답장해요. 당신은 내가 처음에 깨진 와인잔을 그렸다가 컵으로 바꾼 걸 어떻게 알았죠? 아무에게도 보여준 적 없는데요?

그리핀과 사비네의 이야기는 그렇게 시작됩니다.

나는 이 이야기를 아주 좋아해요. 나도 어딘가에 내가 보는 것을 늘 함께 보는 사람이 있을 거라고 생각해왔거든요. 오래 전 이 이야기가 담긴 책을 발견했을 때 무척 기뻤답니다. 내 생각이 맞았다고 느껴진 건 거의 처음이라서요. 나는 수많은 생각을 하지만 거의 다 맞지 않아요. 그래서 아무에게도 내 이야기를 들려줄 수가 없어요. 나는 누구와도 맞지 않고…… 근데 그건 당연한 것 같아요. 내가 좀 이상한 아이니까요. 아마 나는 다른 사람들이 보는 것과는 다른 걸 보고 있나봐요.

하지만 어딘가에 나와 같은 것을 보도록 태어난 아이가 있지 않을까요. 오직 한 명, 사비네와 그리핀처럼 말이에요. 아마 그 아이도 나를 찾고 있을 거예요. 그걸 생각하면 혼자 빙긋 웃게 되고 그리고 외롭지 않답니다.

가끔 그애를 상상해보아요. 어떻게 생겼을까. 나와 좀 비슷할 것 같아요. 공부도 열심히 하지 않고 사람들이 많이 모이는 장소를 싫

어하고, 또 뭘 명령하는 사람에게는 괜한 고집을 피우고요. 화를
잘 내는 사람에게는 상대방과 똑같이 분노를 품게 되고, 불쌍한 사
람은 도와야 하구요. 그리고 또 푸른색이 잘 어울리고 목소리가 다
정하고 손가락은 좀 길었으면 좋겠어요. 하지만 손톱을 물어뜯진
않아요. 나보다 훨씬 어른스럽고, 그리고 강한 아이라서요.

그애는 추운 겨울에도 아랑곳없이 들판을 달려요. 머리카락과
목도리를 날리며 바람을 뚫고 달리는걸요. 내게로 오고 있는 거예
요. 나는 이층 창문을 열고서 마른 은행잎을 밟고 오는 그애의 발
소리에 귀를 기울이지요. 내가 보고 싶어할 때마다 그애는 내게 달
려오고 있답니다. 보고 싶어한다는 걸 느낄 수 있기 때문이죠. 우
리는 같은 것을 생각하는 아이들로 태어났거든요.

하지만 정말일까요. 정말 어딘가에 그애가 있을까요.

선배가 그리핀의 나라에 대해 말해주었어요. 내가 아는 책 속의
화가 그리핀도 그곳에서 왔을지 모른다구요. 그리핀은 독수리의
날개를 가진 사자예요. 폭풍우도 뚫을 만큼 강하고 자유로워서 세
상 어디나 날아다닐 수 있답니다. 선배의 거울 속에도 살고 있지
요. 아니 사실은 그 그리핀이 선배 자신이라고요. 남의 나라에 잡
혀왔기 때문에 이 나라 사람인 척 사는 것뿐이라구요. 이 나라 말
을 하고 이 나라 스쿠터를 타지만 그리핀의 나라에서는 날개를 탔
고 그리고 노래로 말을 했다는 걸요. 북소리처럼 빠르고 시원한 노
래가 하늘 높이 울릴 때는요. 부끄러움도 불안함도 모두 사라지는
그런 나라였다고 해요.

백조의 이야기도 그 선배에게서 들었답니다. 네가 태어난 곳은

사실 이곳이 아닌지도 몰라. 상상해봐. 언젠가 이 연못을 떠나 네가 태어난 호수로 돌아가는 걸. 멋진 새가 되는 꿈을 꾸는 거야. 내가 주문을 가르쳐줄게. 따라 해봐. 백조의 날개는 네 속에 있어.

그런데 백조가 되는 꿈을 꾸려면 어떻게 해야 하죠? 일찍 잠들어야 하는 걸까요? 그렇게 해보았지요. 침대에 누운 채로 눈을 감고 기도도 했어요. 하느님, 나는 당신이 있다는 걸 완전히 믿지는 못하겠어요. 하지만 당신이 하느님이라면 분명 나에 대해 잘 아시겠지요. 내 기도를 한번 들어보시고 들어줄 만하다고 생각하시면 꼭 들어주세요. 나는 이상한 아이이고 착하지도 않지만, 나쁜 짓은 하지 않은 것 같아요.

기도를 들어준 걸까요. 어느 날 백조가 되는 꿈을 꾸었어요.

백조가 되는 건 생각보다 쉬운 일이었죠. 자고 일어나 침대 시트를 걷어보니 내 몸에 커다란 날개가 돋아나 있었어요. 나는 방 안을 한 바퀴 돈 다음 창문을 통해 밖으로 나갔죠. 늘 그렇게 해보고 싶었거든요. 밖으로 나간 나는 날개를 마음껏 활짝 펼쳤구요. 구름 위로 그리고 아름다운 푸른 하늘 그 멀리로 아주 오래오래 날아갔어요. 내가 태어난 호수를 찾아서. 그런데 아셨어요? 그곳은 섬이었어요. 섬 안의 작은 호수. 나는 바로 그곳에서 태어났던 거예요.

하늘 위에서 내려다보니 하나 둘 셋 넷…… 섬은 모두 열두 개. 작은 산호섬들이에요. 어깨동무를 한 것처럼 둥글게 모여 있네요. 그리고 그중에서 가장 큰 섬의 한가운데에 내가 한 번도 본 적 없는 빛깔의 호수가 보여요. 마치 바다 가운데에 보석으로 지어놓은 성 같아요. 바깥쪽은 짙은 잉크빛이고 안쪽으로 들어갈수록 코발트빛이 되어 잔잔하게 일렁거리구요. 호수를 둘러싸고 있는 하얀 모래의 띠도 반짝반짝. 늘어선 나무들은 바람의 빗으로 머리를 빗는 걸까요. 길게 늘어진 초록 잎들이 부드럽게 흔들려요. 아, 거기에서 내가 누구를 만난 줄 아세요?

말해줄게요, 내가 태어난 호수. 그곳은 나와 같은 곳을 보는 아이의 나라였어요. 아아, 잘 생각해보면 당연한 일인데…… 그애와 나는 같은 곳에서 태어나게 돼 있었을 테니까요. 짙푸른 호수에서 혼자 아름답게 헤엄치고 있는 그애는 멋진 관을 쓰고 있었어요. 그애를 발견한 순간 나의 기나긴 비행이 끝났다는 걸 알았지요. 그런 건가봐요, 나는 첫눈에 알아보았어요. 가슴이 뛰고 눈이 빛났어요. 나도 모르게 미소짓고 있었어요. 이제 날개를 접고 호수로 내려가 그애에게 인사를 하려구요. 어떻게요? 안녕? 난 채영이야.

그 순간 꿈에서 깨어버리지 않았다면 나는 내가 태어난 호수가 담겨 있는 그애의 푸른 눈을 볼 수 있었을 텐데요.

꿈이 깨어져버리는 것.

그리핀과 사비네에게도 그런 순간이 닥쳐오지요.

내 안에 또다른 내가 있다고 말하는 당신
나만이 알고 있다고 생각하는 나의 일부
또는 나 자신조차 모르고 있던 나를 알고 있는 당신
그리고 당신의 존재에 대해 이야기하는 당신
그런 당신의 이야기를 듣는 나는 대체 누구죠?

그리핀이 사비네의 존재를 의심하는 편지를 보낸 거예요. 자신의 마음속을 모조리 꿰뚫고 있어 두려워졌을까요. 그의 마음속 슬픔의 나라. 사비네는 그곳에 미리 도착해 그리핀을 기다렸어요. 마음 깊숙이에 있는 외로움과 그늘과 답답한 침묵. 그런 것들을 함께 바라보고 싶었던 거예요.

하지만 그리핀은 믿어주지 않아요.

나, 알 수 있어요. 언젠가 내가 좋아하는 웰치스 포도가 든 유리잔을 집으려고 탁자 끝까지 팔을 길게 뻗었지요. 겨우 닿았을 때 이상하게도 순간적으로 손가락 끝을 움츠려버렸어요. 유리잔은 떨어져 깨어졌고 나는 왜 유리잔이 내 손을 놓쳐버렸는지 울 것만 같았어요. 잔을 쥔다는 것, 그건 유리잔과 내가 서로 손을 잡는 건 줄 알고 있었거든요.

깨져버린 꿈, 놓쳐버린 유리잔. 하지만 나는 계속해서 일찍 잠자리에 들었어요. 백조의 섬은 두 번 다시 갈 수 없었지만요. 어쩌다 날개를 다는 날이 있긴 했지만 아무리 오래 날아도 그 섬은 찾을 수가 없었어요. 천둥과 벼락과 비바람을 넘어 밤새워 날았던 탓에 번번이 날개가 찢어지고 말았구요.

열두 개의 산호섬 가운데 가장 큰 섬. 그 섬의 한가운데에 있는 푸른 보석의 호수. 내가 태어난 곳이고 그리고 나와 같은 곳을 보도록 태어난 아이가 있는 곳. 그애가 머리에 멋진 관을 쓰고 혼자 아름답게 헤엄치고 있어요. 단 한 번만이라도 다시 그 꿈을 꿀 수 있다면 얼마나 좋을까요. 목숨을 걸고라도 세상 끝까지 날아가볼 테예요. 나는 얼마든지 그럴 수 있답니다.

너무나 진짜 같은 사비네, 당신은 존재하지 않아요.

그리핀의 말이 맞았던 걸까요. 내가 잘못 생각했나요? 어딘가에 그애가 있다면 그애는 왜 나를 찾지 않지요? 내가 본 것은 다른 호수였을까요. 네가 태어난 곳은 사실 이곳이 아닌지도 몰라, 라고 말해줬던 선배에게 물어보고 싶어요. 거짓말을 한 거잖아요. 나는 그냥 이 흙탕물 웅덩이에서 태어난 오리 가운데에서도 가장 못생긴 오리일 뿐이에요. 나 혼자 다른 곳을 보고 나 혼자 다른 곳으로 향해 헤엄치고 나 혼자 외톨이가 되어 내 발이나 내려다보고 있어요. 발은 유난히 검고 투박해서 더러워 보이고 그 사이의 빨간 물갈퀴는 살갗이 벗겨진 것처럼 얼굴을 찡그리게 만들죠. 아무도 내 말을 들어주지 않지만 나는 그들을 이해할 수 있어요. 내가 이상한 오리이듯이 내 이야기도 마찬가지일 테니까요.

그리고 긴 잠에서 깨어난 어느 날 알게 되었어요. 이제는 주문을 가르쳐준 선배마저 찾을 수 없게 되었다는 걸. 혹시 주문이 잘못 되었나 물어보고 싶었는데요. 아니요. 슬퍼하지 않아요. 그렇지만 괜찮아요. 나는 비가 와도 상관없거든요. 나에게는 하얀색 헬멧이 있어요. 굵고 푸른 두 개의 줄 사이에 붉은 별이 있답니다. 그 헬멧을 내게 주며 선배가 말했어요. 나와 같은 곳을 바라보는 아이를 찾으러 갈 때 비바람 속을 지나가야 할 거라구요. 내 꿈은 이제 바뀌었어요. 머리에 관을 쓰고 호수를 헤엄치는 하얀 백조처럼 비가 오면 나는 그 헬멧을 쓰고 스쿠터에 올라 내가 태어난 섬으로 떠나는 꿈을 꾸겠어요.

그 섬에 있는 바다 오르간에 대해 이야기하지 않았군요.

하얀 모래 테두리를 두른 잉크빛과 코발트빛의 호수 위에 고요히 떠서 하얀 백조들은 음악을 들어요. 바다에서 들려오는 오르간 소리랍니다. 오래 전 누군가 해변에 구멍을 뚫고 바닷속에 수없이 많은 대롱을 설치해놓았어요. 바다 오르간을 연주하는 건 파도입니다. 바닷물이 드나들 때마다 수많은 대롱에서 아름다운 음악이 울려나오거든요. 어쩌다 배가 지나가면서 파도를 크게 일으키면 소리가 일제히 커다랗게 일어서구요. 바다 위에 오후의 햇빛만 가득 차 있을 때는 부드럽게 귀를 간질이지요.

호수의 백조들은 들을 수 있어요. 바다 오르간이 언제 가장 아름다운 소리를 내는지. 안개가 끼고 바람이 불고 그리고 어딘가 먼 곳으로부터 자기가 태어난 곳을 찾아 날아오는 지친 새의 날갯짓 소리가 들릴 때요. 그때에는 같은 곳을 보도록 태어난 백조 한 마리에게 하얀 관을 씌워준다죠. 그 백조의 눈 속에는 유난히 짙푸른 호수가 담기구요. 그런 곳에도 눈 내리는 날이 있을까요? 오지 않겠죠. 하지만 언젠가 그런 날이 오면 바다 오르간은 지금까지 그 누구도 들어본 적 없는 세상에서 가장 아름다운 음악을 연주한다고 하는걸요. 만약 내가 다시 그 섬을 찾을 수 있다면 그날은 꼭 첫눈이 왔으면 좋겠어요.

당신이 나에게 오지 않겠다면 내가 당신에게 가겠어요.

이것은 사비네가 그리핀에게 마지막으로 보낸 편지입니다.

첫눈 오는 날, 나와 같은 곳을 보는 아이를 만난다면 나도 꼭 그 말을 해주고 싶었어요. 내가 너에게 갈게. 네가 오지 않겠다면.

다 읽었어. 곧 만나. 조금만 기다려.

내 문자에 답장이 없다. 잠이라도 자는 걸까, 아니면 '원 피스' 창가 자리에 앉아 혼자 퍼즐을 맞추고 있을까. 시간은 왜 또 이렇게 안 가는 거야.

횟집에서 저녁을 먹고 바닷가를 산책하고 콘도미니엄에 들어와 엄마와 재욱 형의 술자리에 함께 앉아 있고…… 그러는 동안에도 내 생각은 계속 다른 곳에 가 있다. 문자를 한번 더 보내봤지만 역시 묵묵부답이다. 핸드폰을 잘 챙기지도 않고 문자 확인 역시 늘 늦는 채영. 전화를 걸어볼까. 급하게 통화하기는 싫다. 아무도 없는 조용한 곳에서 그애의 목소리를 오래오래 듣고 싶다. 나를 빤히 바라볼 때의 웃음 띤 얼굴을 떠올리며.

식당에서 재욱 형이 나를 건너다보며 했던 말. 까다로운 거냐, 철저한 거냐. 엄마가 대꾸했다. 연우, 짝 안 맞는 젓가락으로는 아무것도 못 집어. 냅킨도 정확히 반으로 접은 거 보이지? 생선 발라먹을 때도 부위별로 정확히 사등분하거든. 그리고 책장 접기 싫어서 읽다 만 페이지는 그냥 외워버리는데, 맞지? 완벽주의자.

그래? 그럼 그거 하지 뭐, 완벽주의자.

강연우, 그래서 이렇게 방에 혼자 들어와 옷을 갈아입고 세수를 한 다음 마음의 준비까지 마치고 차분히 침대 헤드에 기대서 비로소 통화버튼을 누르는 거다. 설레는 마음. 그러나 받지 않는다.

침대로 노트를 가져와 다시 소설을 읽는다.

첫눈 오는 날, 나와 같은 곳을 보는 아이를 만난다면 나도 이 말을 해주고 싶었어요.

다시 전화를 걸어보지만 이번에도 연결이 되지 않는다는 음성안내로 넘어간다. 일어나 창가로 간다. 어두운 밤바다에 희고 거친 파도의 띠가 밀려왔다 사라지기를 반복하고 있다. 오늘 밤 엄마와 재욱 형의 술자리는 쉽게 끝나지 않겠지. 신민아씨, 벌써 취한 것 같긴 했다. 재욱 형 표정도 약간 심각하고. 아무튼 이 순간 나는…… 어서 내일이 오기를 바랄 뿐이다. 야자가 시작될 때쯤에는 집에 도착할 것이다. 우리 담임은 엄마가 부탁하자 가족여행 결석을 허락했지만 태수 담임한테는 어림없는 일이다. 그 시각 태수는 아마 끔찍이도 싫어하는 귀국청소년 상담센터에 가 있겠지.

차가 막혀 더 늦어지게 되면 채영을 집 앞으로 만나러 가야지. 좀 춥긴 하지만 오랜만에 밤길을 달려보는 것도 괜찮을 것 같다.

침대로 돌아와 눕는다. 목까지 이불을 끌어당긴다. 멀리서 들리는 파도소리…… 파도가 연주하는 바다 오르간에서는 어떤 소리가 날까. 하얀 모래 테두리를 두른 잉크빛과 코발트빛의 호수에 고요히 떠서 하얀 백조들은 음악을 들어요. 채영의 나직한 목소리가 들리는 것 같다. 바다 위에 한밤의 달빛만 가득 차 있을 때 바다 오르간은 부드럽게 귀를 간질이지요……

잠이 올 것 같지 않았는데 어느 틈에 스르르 눈이 감긴다.

연우야, 일어나, 연우야.

꿈인가? 엄마 목소리가 왜 이렇게 떨리는 거지? 내 어깨까지 흔들어대고, 이런 일 없었잖아. 뭔지 모르지만 아주 이상한 꿈을 꾸고 있었던 것 같다. 불안하고 고통스러워 눈을 뜨고 싶다. 그런데 눈꺼풀은 왜 이렇게 무겁나…… 가까스로 눈을 뜨니 엄마가 나를 내려다보고 있다. 왜 우는 거지? 나는 눈을 몇 번 깜박거리며 천천히 몸을 일으킨다. 커튼이 열려 있는 창이 눈에 들어온다. 아직 어둡다. 날이 밝은 것도 아닌데…… 왜? 라고 물으려고 하는데 재욱 형이 방 안으로 들어오고 있다. 코트까지 챙겨입고, 벌써 어딜 가려구? 손에 차 열쇠를 챙겨들었군. 근데 왜 저런 눈으로 나를 보는 거지? 참, 그렇지. 나는 다시 엄마 쪽으로 고개를 돌린다. 엄마, 왜 울고 있어? 이건 또 뭐야…… 왜 나를 안아주는 거야……

6

등을 기댄 채 흔들리는 차 안에서 계속 창밖을 생각 없이 바라본다. 순간순간 잠이 찾아온다. 눈이 감기면 잠들었다가 눈이 떠지면 다시 창밖. 무슨 풍경을 보고 있는지도 모르겠다. 어제 본 그 풍경인가? 모든 게 낯설고 무덤덤하고, 그리고 생각하고 싶지도 않다. 입술은 바싹 말라 있다. 기운이 하나도 없다. 다시 눈을 감고……

눈앞의 사물이 사라진다. 어둠 속에서 어딘가로 가고 있다. 하지만 이보다 더 깊은 암흑, 내가 상상할 수조차 없는 너무나도 깊고 아득하고 차가운 암흑, 그 너머에 친구가 있다. 눈물이 한 줄기 흘러내린다. 닦아낼 마음도 없고 눈을 뜨기도 싫다. 짧은 순간 눈꺼풀이 떨린다. 왜 이렇게 된 거야, 채영. 이마가 찡그려진다. 너에게로 달려가고 있었는데. 이제 나는 너를 어떻게 해야 하지? 눈물이 마구 흐르기 시작하지만 어금니를 세게 물 뿐이다. 눈을 꾹 감은 채로.

지금 나에게는 눈앞에 벌어진 일을 똑바로 바라볼 힘이 없다.

영안실이란 데를 와본 적이 있었던가. 새벽 시간이라서일까. 너무나 조용하다. 모든 게 끝나버렸다. 알 것 같다. 끝난 것이다. 다시는 널 볼 수 없는 거다. 저게 영정사진인가. 썰렁한 자식, 웃고 있군. 못 말리는 놈. 우리 집엔 왜 간 거야. 제 입으로 도둑이라면서 물건만 훔쳐갈 일이지 차는 왜 끌고 나와. 현관 키 번호 잊어버렸다는 말은 왜 농담이고, 차 키 조심하라는 말은 왜 진담이었던 거냐. 도대체 앞뒤가 맞는 게 뭐냐고. 채영이는 왜 태웠어. 큐트 걸인지 뭔지, 아무튼 다시는 다치지 않게 할 거라고 하시지 않았나. 약속을 못 지켜서, 그래서 죽어버린 거냐. 정말 못 말리겠다.

높은 산에서 먹먹했던 귀가 갑자기 뚫렸을 때처럼 깜짝 놀라 돌아보게 만드는 이 소리는. 태수 엄마다. 부축하는 아줌마 둘에게 팔을 잡힌 채 울고 있다. 몸부림을 치면서. 보는 사람들도 모두 고개를 들지 못한다. 손수건으로 눈물을 훔치는 아줌마들, 소매로 얼굴을 가리는 남자들. 왜 이렇게 아무것도 실감이 나지 않는 걸까. TV 드라마를 보는 것 같다.

그런데 저기…… 마리구나. 흰 상복을 입고 엄마 뒤에 앉아 있다.

머리에 꽂은 흰 리본, 퉁퉁 부은 얼굴과 멍한 표정. 더이상은 울 기운도 없어 보인다. 근데 갑자기 눈앞이 흐려지는 건…… 누군가 내 이름을 부른 것 같다. 다음 순간 마리가 고개를 돌렸고, 눈이 마주친 것 같은데…… 내가 보이지 않는구나. 이게 왜 꿈이 아닌 거지? 이런 건 정말 꿈이어야 한다구.

엄마와 재욱 형은 구석에서 낯선 남자와 얘기를 나누고 있다. 엄마에게 사고를 알려온 경찰이겠지. 그 사람, 나를 가리키며 엄마에게 뭔가 말하고, 재욱 형이 내게 오라는 손짓을 한다. 싫다. 아무 말도 하고 싶지 않아. 태수에 대해 아무것도 말해주지 않을 거야. 무슨 말을 해도 세상은 태수를 오해하게 돼 있어. 이미 모든 걸 결정해놓고 확인만 하는 질문들, 넌더리가 나. 이거, 내 말 아니다. 태수가 한 말이다.

그날 우리는 가을 햇살로 따갑게 달궈진 학교 옥상 물탱크 그늘에 비스듬히 누워서 하늘을 보고 있었다. 운동화 한 짝을 벗어 높이 들어올린 채 그 뒤를 빠져나가는 비행기를 바라보면서 태수가 입을 열었다. 나 말야, 백만 명하고 붙어봤잖아. 근데 천 명에 한 명쯤은 진짜로 나쁜 놈이 있어. 그래서 그 한 명하고 붙겠다고? 아니. 마치 총을 장전하듯 찡그린 한쪽 눈을 운동화에 갖다대며 태수가 말했다. 차라리 그런 놈이 되고 싶었어.

그래. 네가 그럴 수 있었다면 나는 아마 저 경찰이 예상한 대답을 할 수도 있었겠지. 비행이란 말의 조건들, 뻔하잖아. 하지만 아닐 걸. 절대 아니야. 나는 알 수 있어. 뭔가 잘못돼버린 것뿐이야. 떠밀려버린 거라구. 마지막까지.

심드렁, 넌 세상에서 제일 시니컬한 열일곱 살이야. 알아?

네 말이 맞다면 내 말도 맞는 거야.

재욱 형이 방으로 들어온다.

등 뒤로 다가오는 걸 기척으로 알 수 있다. 하지만 나는 책상 앞에 앉은 채로 뒤를 돌아볼 수가 없다. 재욱 형의 손이 내 어깨에 얹히는 순간 눈에 가득 고여 한사코 흔들리고만 있던 눈물이 투투툭 뺨으로 떨어지기 시작한다.

— 저게 그 날개냐?

내 어깨에서 손을 떼고 거울 앞으로 한 걸음 다가가는 재욱 형.

마른세수를 하듯 두 손바닥으로 뺨을 문질러 눈물을 닦아낸 뒤 나도 거울 속을 바라본다. 날개를 보는 게 아니다. 거울을 보고 있다. 저 자리에 서서 저 거울과 같은 날 만들어졌을지도 모르는 거울을 바라보고, 그리고 창가로 다가가 거기 펼쳐져 있는 두 개의 길을 내려다보면서 두 개의 세계에 대해 상상했을 또하나의 사람. 그의 날개를 달게 된다고 해도, 이제 나에게는 날아갈 곳이 없다.

— 믹스테잎 마지막 곡 알지? 난 그게 좋던데. 이 방에서 만들었다니 좀 어울린다.

〈굿바이 보이〉를 말하는 거군.

— 연우 너하고 보통 인연은 아니야. 거의 도플갱어 수준인데, 조심해라. 도플갱어는 서로 만나는 즉시 죽게 돼 있어.

갑자기 숨을 쉴 수가 없다. 지난여름 스탠드에 앉아 태수와 전생에 대해 얘기한 적이 있었지. 우리가 다음 생에 한번 더 만나보자고 약속은 한 거냐, 독고태수? 나와 짝패라서 죽어버린 건 아니겠지? 하긴 비슷한 게 뭐 한 가지나 있었어야지.

재욱 형이 창가로 다가가 밖을 내다본다. 생각해보니 재욱 형이 내 방에 들어오는 건 처음이다.

─두 갈래 길이네. 영감을 주는 방인데? 하나는 직선, 하나는 곡선. 아니마와 아니무스 같군.

그게 무슨 말인지는 모르지만, 어쨌든 나는 그 두 개의 길을 보며 나대로 생각하는 게 있었다. 수학시간에 배운 숫자, 그러니까 소수에 대해서. 소수는 1과 자기 자신으로만 나누어진다. 그건 결국 1과 평행선을 그으며 영원히 동행한다는 뜻이 아닐까. 1에 의해서만 자기를 나눌 수 있고 1에게만 같이 가도록 허락해주는 것이다. 나에게도 그런 존재가 있다고 생각했었다.

─그리고 하나는 포장도로, 하나는 나름 으슥한데?

─담배 피우는 길.

잠긴 목소리를 애써 가다듬으며 내가 대꾸한다.

내 말을 듣자마자 재욱 형이 한 손을 들어 자신의 셔츠 윗주머니를 툭 친다.

─한 대 줄까?

엄마가 냄새를 좋아하지 않기 때문인지 재욱 형 담배 피우는 모습은 거의 보지 못했다. 나는 재욱 형이 담뱃갑을 꺼내는 것을 물끄러미 바라본다. 재욱 형이 건네주는 대로 한 개비를 받아들었지만 피우고 싶지는 않다. 연필을 쥐듯이 담배 허리를 잡고 손가락으로 돌려볼 뿐.

—민아씨 너무 걱정하게 하지 마라. G-그리핀 노래 있잖아. 난 지금 이 순간에도 내가 서 있던 그날로부터 조금씩 멀어지고 있다. 안녕, 미안.

그 얘기를 하려고 〈굿바이 보이〉 얘기를 꺼냈군. 엄마의 부탁을 받고 방에 들어온 거고.

뻔한 위로는 듣기 싫지만…… 나는 재욱 형의 얼굴을 우두커니 올려다본다.

손 안에서 담배가 구부러진다. 나도 모르게 손가락으로 그것을 너무 비빈 모양이군.

7

채영의 병문안을 다녀온 엄마는 몹시 지쳐 보인다.

—너 안 가기를 잘했어. 나도 좀 힘들더라구. 그럴 수밖에 없긴 하지만. 다들 자기 생각만 하는 법이니까. 특히 걔 아빠, 딸밖에 모르던데 소문도 이상하게 퍼지고…… 아무튼 보통 충격이라야지. 내일 당장 이민이라도 갈 것 같더라.

나는 아무 대꾸도 하지 않고.

—채영이 엄마는 출근했대. 지점장보다 개업의가 더 바쁜가. 그리고 채영이는……

핸드백에서 반으로 접힌 종이를 꺼내 내게 내밀며 엄마가 내 눈을 들여다본다.

—편지 쓸 정도는 되니까. 회복이 빠른 편이지? 그 이상한 헬멧을 쓰고 차를 탔나봐. 우리, 비오는 날 봤었잖아.

노트장을 찢어 쓴 채영의 편지. 어쩔 수 없이 손가락이 떨린다. 더이상은 흔들릴 것이 아무것도 안 남은 줄 알았는데……

편지와 MP3를 손에 들고 방으로 들어가는 내 등 뒤에서 엄마의 목소리가 들린다.

—이어폰 잃어버렸다더니 찾았네?

다시 듣기 시작한 지 며칠 지났는데 신민아씨, 이제야 본 모양이지.

이제는 익숙해진 채영의 삐뚤빼뚤한 글씨. 이상하게 마음이 아프다. 접힌 부분을 펼쳐서 책상 위에 올려놓고 잠시 창밖을 바라본다. 잔뜩 흐려 있다. 첫눈이라도 내릴 것 같은 날씨군. 별로 관심 없다. 편지를 집어든다.

네 마음이 어떨지 잘 모르겠어. 아마 몹시 화가 났겠지?

너에게 말해주고 싶은 게 있어. 잘 설명할 수 있을지 자신은 없지만. 그리고 이 편지가 너에게 전해질 수 있을지 그것도 잘 모르겠어. 그래도 쓰고 있어.

그날 나, 네 그림을 보러 육교에 갔었어. 지금쯤 내 소설을 읽었을까 생각하면서.

멀리서 보니 다행히 아직 그림은 지워지지 않고 남아 있었어. 뭘 그렸을까, 하면서 천천히 걸음을 옮겼지. 날개였어. 그것을 깨닫고 나서는 또 한 가지 사실을 알 수 있었어. 지금 이 시간 어디에선가 너도 내 소설 속 날개가 나오는 장면을 읽고 있다는 걸 말야.

우리는 같은 곳을 바라보는 아이들이잖아. 겨우 두번째지만, 이번에도 내 생각이 맞아서 나는 너무나 기뻤어. 하지만 금방 슬퍼졌어. 신호등 앞에서 장갑 낀 손을 내밀 때, 너의 그 모습이 떠올랐거든. 내가 쓴 소설을 읽었을 테니 이제 너도 알겠지. 관을 쓴 백조에게 인사를 하러 호수로 내려가는 순간 꿈이 깨어버리잖아. 꼭 그 장면 같았어.

그때 독고태수가 내 이름을 불렀어.

상담선생님을 따라 교회에 갔다 오는 거래. 죄를 용서받아서 몹시 기쁘다며, 앞으로 착하게 살 테니 두고 보라고 큰 소리로 말하더라. 막 크게 웃었지만 기분이 좋은 것 같지는 않았어. 소리 좀 지르고 싶다, 소리 좀! 이 말을 여러 번 되풀이했거든. 그리고 또 동물원이 어디 있는지 아냐고 묻기도 했어. 내가 그걸 어떻게 알아. 나는 그냥 그대로 날개 그림만 바라보고 서 있었지.

독고태수가 내 손에 든 게 뭔지 물었어. 나 그때 헬멧을 갖고 갔었거든. 날씨가 추워지면 눈이 될 수도 있다고 일기예보에서 말했지만 꼭 비가 올 것 같은 날씨여서 말이야. 그 헬멧, 선배가 준 거라고 말하자 독고태수가 너 그거 알아? 라면서, 네가 언제나 듣던 노래가 그 선배의 노래라는 걸 말해주었어. 신기했어. 나는 몰랐거든. 그리고 독고태수, 또 다른 것도 물었지. 너에 대한 여러 가지. 나는 대답했고.

네가 새벽에 자전거를 찾으러 왔던 날, 나 좀 추웠나봐. 네가 가버린 뒤 나는 혼자 공원을 두 바퀴쯤 돌았어. 젖은 잔디를 밟고 다녔더니 발목까지 축축해졌었거든. 그런 얘기들을 독고태수에게 해주었어. 카페 아저씨네 중창단 공연 날, 네가 혹시 늦게라도 올까봐 공연 끝난 뒤 한 시간 동안 매표소 앞에서 기다렸다는 것도. 갑자기 독고태수가 크게 소리쳤어. 너희 둘 다 정말로 이상한 애들이다, 라고. 몹시 화가 난 표정이어서 나는 좀 어리둥절하긴 했어. 근데 이상하게 마음이 편해지던걸.

독고태수가 뭘 가지러 간다면서 너희 집에 들어갔을 때 나는 밖에서 기다렸지. 네가 있는 곳으로 당장 나를 데려가주겠다고 하길래 차에 탔어. 독고태수는 이런 말도 했어. 나 오늘 소리 좀 지를 것 같애. 지르고 싶거든. 너희들이 증인이 돼주는 거야. 나소리 좀 지를 줄 아는 거, 법정에 가서 증언할 수 있지? 미국 법정은 덮어씌우기만 했지만 너희들이라면 내가 믿을 수 있으니까, 안 그래? 자세히는 기억 안 나. 영어로 말한 것도 있지만 그런 식이었던 것 같아.

너에 대해서도 말했어. 남자라고 말야. 세상에서 제일 터프한 열일곱 살이라고. 운전하면서 노래도 불렀지. 뭐가 그리 심각해. 고민이 끝나면 춤추고 노래해줄 친구가 여기 있잖아. 이런 노래였던 것 같아.

그리고…… 어릴 때 가족들이 바다로 여행간 이야기를 하기 시작했어. 해질녘에 마리랑 둘이 바닷가를 걷고 있었대. 마리가 먹던 과자를 다 뺏어 먹고 봉지를 바다로 던져버렸다는 이야기. 그런 다음 막 뛰어서 도망치는데 마리가 울면서 따라갔나봐. 더욱 힘껏 뛰었대. 한참 뒤에 뒤를 돌아봤더니 마리는 멀리서 울며 서 있었고. 근데 아무 생각 없이 바다 쪽을 보았다가 깜짝 놀라고 말았대. 과자봉지가 거기까지 따라와 바닷물에 둥둥 떠 있더라는 거야. 어린 시절 가장 무서운 기억이라고, 죄를 지으면 누가 끝까지 따라올 것 같다고. 그 말을 하는 순간 엄청나게 커다란 불빛 두 개가 우리를 찌를 듯이 가까이 달려들었어.

나는 눈을 감지 않을 수 없었어. 눈이 부셨고 그리고 무엇보다도, 무서운 장면을 보게 될 것만 같았거든. 뭔지 모르지만 너무나도 끔찍하고 무서운 장면. 눈을 꾹 감는 순간 내 입에서는 엄청나게 큰 울음이 터져나왔어.

지금 나는 아무것도 모르겠어. 내가 무얼 느끼고 생각하는지 그것도 확실하지 않아. 하지만 내 잘못이라는 것만은 알 수 있을 것 같아. 그런 생각은 하지 말았어야 했어. 세상에 나와 같은 곳을 바라보는 아이는 없어. 그애에게 가는 건 닿을 수 없는 머나먼 별을 찾아가는 일이야. 나는 찢어진 날개 위에 앉아 아득한 밤하늘을 날다가 잘못해서 누군가를 허공으로 밀어 떨어뜨린 것 같아.

나는 잘할 수 있는 게 아무것도 없어. 그래서 늘 모든 것을 그냥 바라보기만 해. 손을 내미는 법을 몰라.

어느 눈 내리는 날 짙푸른 호수에서 우리의 날개를 활짝 펼 수 있는 날을 상상한 적이 있어. 아름다운 바다 오르간 소리를 들으며 우리는 서로 손을 내밀어 인사하는 거야. 우리가 태어나 맨 처음 함께 보았던 것들이 서로의 눈 속에 새겨져 있다고 믿었어.

네가 불러주었던 노래. 나 지금도 기억하고 있어.

너와 함께 있는 지금은 따스한 봄날.

HIDDEN TRACK, 봄눈

어두운 공연장. 무대장치는 아무것도 없다. 몇 개의 조명과 스피커, 턴테이블 위에 손을 얹고 그림자처럼 서 있는 DJ뿐이다. 무대 중앙에 그가 서 있다.

하얀 셔츠에 스키니 타이, 면바지를 입었다. 그리고 네이비블루 재킷. 단정하고 산뜻하다. 뉴에라도 쓰지 않고 배기팬츠도 야구점퍼도 패딩조끼도 아니다. 체인이나 가죽 액세서리도 늘어뜨리지 않았다. 트레일러에서 본 그대로. 영원한 소년의 이미지이다.

비스듬히 잡은 마이크를 들어올려 입에 가까이 가져간다.

스탠드석의 모든 관객이 숨을 죽이고 올려다보는 순간.

―내 이야기를 들려드리겠습니다.

나직하고도 또렷한 목소리이다.

다음 순간 한 손을 들어 위로 뻗으며 목소리를 조금 높인다.

―모두, 준비됐나요?

관객들은 일제히 대답하며 팔을 쳐들고 환호한다.

그의 한 손이 무대 뒤쪽의 DJ에게 신호를 보내고, 천둥소리 같은 비트가 터지고, 순간 그 소리가 스피커로 증폭된 심장박동처럼 실내를 뒤흔든다. 재킷을 벗어던진 뒤 쏟아지는 조명을 받으며 허공으로 힘차게 뛰어오르는 그! 다시 바닥으로 내려서자마자 빠르고 경쾌한 랩이 쏟아져나오기 시작한다.

뛰어오를 때마다 공중에서 흩날리는 그의 머리카락은 붉은 조명을 받아 불꽃처럼 타오른다. 길게 뻗어 흔드는 하얀 팔은 날개를 펼친 듯 무대를 휘저어 갈라놓는다. 자유롭고 강렬하고 아름다운 랩! 외딴 절벽에 부딪혀 돌아나오는 파도가 온몸을 덮치는 듯, 맑은 날 밤하늘의 별들이 일제히 얼굴 위로 쏟아져내리는 듯.

그의 목소리를 따라 내 머릿속을 스쳐 지나가는 것들이 있다. 시간의 흐름과 막연했던 꿈들, 흔들리던 풋사랑, 언젠가 닿으리라 상상해봤던 먼 우주와 그리고 우리 태어난 곳의 아득한 어둠 같은 것…… 스쳐가는 순간 붙잡으려 했으나 손안에서 미끄러져 사라져버린 안타까운 존재도. 이것이야말로 그만이 보여줄 수 있는 순정한 소년의 세계인 것이다.

이런 날이 오긴 오는군. 내가 그의 노래를 직접 듣게 되는 날이.

모든 걸 다 안다고 생각했지만 다르다. 실감인 거다. 스튜디오에서 제작된 노래가 최상의 버전일 것이다. 하지만 언제나 똑같은 목소리와 똑같은 감정을 표현한다. 공연장에서는 이 자리에 나와 함께 있는 그를 있는 그대로 느낄 수 있다. 그의 기분, 그의 갈망과 꿈, 그의 눈물과 웃음, 지금 그가 내게 들려주려고 하는 것. 온몸에 소름이 돋고 눈가에는 눈물을 매단 채 어느 사이 두 시간이 지나가 버린다.

공연이 끝났다. 제일 머쓱해지는 순간이다. 주변을 돌아보면 나란히 서서 손을 흔들고 소리치고 노래를 따라 부르던 무리는 거의 중학생이나 고등학생이다. 특히 새벽부터 줄을 서 있다가 무대 바로 앞자리를 차지하고 서 있는 이들은 물어보나마나 여중생들일 것이다. 내 또래는 많지 않다. 대학생만 되어도 힙합은 졸업이라는 건가. 그들 사이를 이리저리 헤집고 지하 공연장 문을 나선다. 오늘따라 계단을 올라가는 줄이 꼼짝도 하지 않는군. 이럴 때는 어깨가 부딪칠 때마다 눈총을 받더라도 빨리 빠져나가는 편이 낫다. 그런데 출입구 쪽 사람들까지도 왜 안 나가고 몰려서서 웅성거리고 있는 거지.

눈이다. 수많은 카페와 술집 간판, 그리고 가로등 불빛에 비친 희뿌연 눈발이 온 세상을 빗금으로 촘촘히 채워가는 중이다.

길 한가운데로 뛰쳐나가 깔깔대는 여학생들, 눈에 하얗게 덮인 쓰레기통을 발로 밀어보는 남학생과 한꺼번에 몰려들어 그의 등을 떠미는 친구들. 겉옷을 벗어 여자친구에게 걸쳐주는 청년과 하이힐 굽을 걱정스럽게 내려다보는 여자…… 우산을 쓰고 지나가는 사람들도 꽤 눈에 띈다. 편의점 앞이 유난히 북적대고 연인들은 서로 몸을 꼭 붙인 채 지나간다. 어깨를 털며 반투명한 불빛이 새어나오는 포장마차 안으로 들어가는 사람도 적지 않다.

갑자기 내린 눈으로 모두가 들뜬 기색이다. 게다가 폭설이 내릴 모양인지 벌써 쌓이기 시작한다. 공영주차장 가득 세워진 자동차들 모두 백미러와 번호판까지 눈을 흠뻑 뒤집어썼다. 눈이 덮여 회색이 된 도로에 자동차 바퀴자국이 선명하다. 그 위에 어지럽게 찍히는 발자국들, 급히 내려와 그것을 다시 덮어가는 눈발.

4월인데…… 봄눈이군.

에어포스 원을 신고 나오길 잘했다. 공연장에서 밟히는 게 싫어 아끼는 신발들은 넣어놓고 신발장 안쪽을 살피다가 눈에 띄길래 신고 나온 것이다. 이 신발이 가장 아끼는 신발이었던 적도 있었지. 삼 년 넘게 시간이 흘렀지만, 잊지는 않았다.

터틀 야상점퍼의 지퍼를 턱밑까지 끌어올린다. 목도리를 풀어서 목에 건 커다란 헤드폰을 감싸준다. 이걸 장만하려고 지겨운 통계 분석 아르바이트에 매달렸던 지난 몇 달간 눈알이 빠지도록 모니터의 숫자를 들여다봤는데, 눈을 맞힐 수는 없지. 사실은, 젖는 즉시 물이 빠지는 누디진 청바지가 더 걱정이다. 몸에 얼룩진 염료야 샤워하면 없어지겠지만 바지 위에 받쳐입은 흰 티셔츠에 한번 푸른 물이 들면 안 빠질 테니까. 카페에 들어가 사과홍차라도 마시면서 눈 그치기를 기다려야 하는 걸까. 가사라도 끄적대면서.

일단 걸음을 옮기기 시작한다. 차고 축축한 눈발이 얼굴에 와 닿는다. 집 앞 아파트 화단에 철쭉과 라일락이 활짝 피었던데 갑작스런 폭설이라니. 지나가버린 줄 알았던 계절이 다시 돌아와 한번 더 작별인사를 하는 것 같다. 봄에 뜻밖의 눈을 만나는 기분이 나쁘지는 않다. 정말 딱 그런 느낌이다. 가버린 줄 알았던 겨울이 다시 뛰어 돌아와서 날 잊지 마세요, 라고 숨가쁘게 속삭이는 듯한. 걸음을 옮겨 딛는 사이사이 머릿속에 떠오르는 대로 노래를 흥얼거려본다.

뒷걸음질치는 계절이 입김처럼 쏟아내는 백색의 비트.

얼굴에 닿는 속삭임 그것은 눈송이의 차갑고 빠른 랩.

2층 카페 '별로 와요'의 간판이 눈에 들어온다. 카렐 차페크 홍차를 팔기 때문에 가끔 가는 곳이다. 건물 입구에 내걸린 진한 핑크색 간판을 바라본다. 귀퉁이에 그려진 흰색 별 그림이 조명을 받아 마치 별 위로 눈발이 쏟아지는 느낌이다. 간판 아래 스쿠터 한 대가 세워져 있다. 카페 손님의 것일까. 안장과 프레임, 바퀴까지 하얗게 눈을 뒤집어썼군. 핸들에 걸어놓은 흰색 헬멧도 눈을 맞아 그런지 처음부터 흰색이었는지 알아볼 수가 없을 정도이다.

스쿠터를 지나쳐 건물 입구로 한 걸음 들어선다. 계단이 시작되는 곳에 서서 머리에 앉은 눈을 가볍게 털어낸다. 조금 전 무대에서의 그와 비슷하게 어깨를 덮는 단발이지만 내 머리카락은 층이 많은 샤기 커트에 금발이다. 미국 동부의 사립학교 교복 같은 그의 프레피 룩은 내가 고등학생 때 좀 좋아하던 스타일이지. 그때는 엄마 표현대로 내 취향이 클래식한 데가 있었다. 지금은 그런 범생 스타일은 답답하다. 졸업한 지 꽤 됐다.

주차장 쪽에서 떠드는 소리가 난다. 남자애들 몇이 눈을 뭉쳐 들고 자동차 사이를 뛰어다니며 던지면서 놀고 있다. 공연장 들어갈 때 내 앞쪽에 줄을 섰던 고등학생들이다. 녀석들, 눈 좀 온다고 들뜨기는. 철없는 마음에 사고치지 말고 일찍일찍 다녀라. 에너지가 뻗치겠지만 야동도 보고 당구도 치고 필요하면 몸도 좀 풀어주고…… 근데, 거기까지다. 어른들이 못 하게 하는 건 숨어서 살짝살짝 해봐야지, 괜히 복잡하게 머리 쓰다가는 나처럼 후회하게 돼.

이거 하나는 명심해. 딱 한 번 잘못 발을 디뎠다가 다시는 돌아나올 수 없는 치명적인 장소란 게 있거든. 행동하기 전에 그걸 먼저 생각해야 해. 만약 이게 잘못되면 무엇을 잃게 될 것인지, 최후의 상황까지 상상을 해본 다음에 시동을 걸라구. 그냥 딱 한 번만 해본다고? 그런 건 없느니라. 네가 이겨내지 못한 단 한 번의 충동과 잘못된 판단, 그것만으로 모든 걸 잃을 수도 있다 이 말씀이야. 형님 말씀 새겨들어. 자식들, 노는 게 좀 귀엽군.

내가 공연장을 좀 빨리 빠져나오긴 한 모양이다. 공연장이 있는 골목 쪽에서부터 한 무리의 사람들이 이제야 줄줄이 걸어나오고 있다.

저 키 큰 여자애, 좀 멋지다. 검은색 집업 후디와 스키니 진을 입고 검은 킬힐을 신고 있다. 약간 안쪽으로 발을 모아 걷는 게 흠이긴 하지만 다리가 기니까 용서해주기로 하고. 얼굴을 반쯤 가린 검은 후드 아래로 빠져나온 긴 생머리가 걸을 때마다 조금씩 출렁거린다. 베이지색 벙어리장갑, 저건 아동 취향이긴 하지만 그런대로 포인트는 된다. 숄더백의 끈을 꼭 붙들고 있군. 손을 어떻게 처리해야 할지 모르는 내성적인 여자애들이 흔히 저러고 다니지. 숄더백에서 삐져나온 빨간색 이어폰 줄을 보니 음악을 좋아하는 아이다. 굵어지는 눈발을 뚫고 이쪽을 향해 점점 가까이 걸어온다. 음, 눈을 뗄 수 없는데? 반듯한 콧대와 창백한 얼굴, 무심해 보이는 표정. 저 애…… 채영이군.

채영은 곧장 내 쪽으로 걸음을 옮기고 있다. 처음부터 나라는 걸 알고 다가오는 사람처럼 아무 망설임도 없다. 한순간 우리 두 사람의 눈이 마주치고. 그때부터 둘 다 시선을 떼지 않는다.

내 눈을 바라보며 채영이 한 걸음씩 내게로 걸어오고 있다.

나는 가만히 서서 그애가 다가오는 걸 그대로 바라보고 있다.

우리 사이에는 희고 굵은 눈발이 사선으로 빠르게 빠르게 쏟아져 내려 마치 별빛이 깜박거리듯 서로의 모습에 점멸등을 비추고 있다.

—안녕.

—안녕.

눈발이 쏟아지는 별의 간판 아래에 하얗게 눈이 덮인 스쿠터를 등지고 선 채 우리는 잠시 그대로 마주 보고 서 있다.

채영이 후드를 벗는다. 검고 긴 머리카락이 찰랑이며 어깨 위로 쏟아져내린다. 후드 밖으로 빠져나왔던 머리카락은 조금 젖어 있다. 언젠가 비오는 여름날 편의점에서 보았던 짧은 단발처럼.

가지런한 속눈썹을 아래로 내려뜨리며 채영이 입을 연다.

—그 머리, 어울려.

—그래?

나는 한 손을 들어 손가락으로 머리카락을 가볍게 흩뜨린다.

요즘 나를 심드렁이라고 부르는 사람은 없다. 친구들 사이에 강연우의 별명이 노랑머리 깡이 된 지 오래이다. 나도 채영을 위아래로 한번 훑어본다.

—키 많이 컸는데?

나란히 서 있는 나보다 약간 더 크다. 구두 때문이겠지만.

웃음이 담긴 큰 목소리로 내가 묻는다.

—백만 년 동안 어디 가 있었어? 우주에 취직자리 알아보러?

대꾸 없이 손을 들어 내 등 뒤를 가리켜 보이는 채영.

돌아보니 그곳에는 스쿠터뿐이다. 스쿠터 주인, 채영이었어?

─가게에서 일해. 작은 곳이야.

─어디 살아? 정말로 이민갔던 거야? 금방 이사가고, 병원도 옮겨버렸잖아.

─왔었어?

─그건 아니지만…… 아, 맞다.

주머니에서 핸드폰을 꺼내든다.

─번호 불러봐.

채영이 불러주는 번호를 누르는데 액정 위에서 자꾸 손이 미끄러진다. 채영이 내 손을 내려다보고 있는 게 느껴진다.

─근데, 키도 크면서 왜 킬힐 같은 걸 신고 다녀.

─공연장 갈 때는. 뒤에서도 무대가 잘 보여.

─공연을 봤다구?

─응.

─G-그리핀 쇼케이스?

채영이 고개를 끄덕인다. 시선은 내 눈에서 떨어지지 않는다.

─이제 노래도 듣는구나.

─G-그리핀만. 너하고 목소리가 비슷해.

채영의 말투는 여전히 덤덤하지만 조금 또박또박해졌다.

─들을 때마다 네 모습이 떠올랐어. 근데 시간이 흐르니까, 더이상 네 모습이 생각 안 났어. 언젠가부터 네 얼굴이 G-그리핀을 닮았다고 생각해버린 거 같아. 재킷을 보면서 들었거든.

─네 선배잖아.

—모르겠어. 그냥 네 얼굴 같았는데. 아무튼, 근데 너 만나보니까…… 다른 사람을 닮았어.

나는 어깨를 한번 위로 으쓱했다가 내려뜨린다.

—누구 닮았는데?

—독고태수.

채영과 나는 둘 다 빙긋 웃고 있다.

눈발은 계속 쏟아지고 있다.

나는 채영의 어깨 너머 눈을 바라본다. 채영도 거리 쪽을 향해 고개를 돌린다. 포장마차 앞의 눈을 쓸고 있는 주인, 핸드폰 통화를 하며 지나가는 사람들, 서로의 팔을 붙들고 조심조심 걷는 여자들, 눈발이 끊어지듯 들이치고 있는 간판들, 꼼짝없이 주차장을 가득 메운 채 눈으로 덮여가는 자동차들, 그 사이사이를 또 빈틈없이 채우고 있는 눈발.

부릅뜬 눈에 힘을 주고 풍경을 바라보며 내가 말한다.

—우리 지금 같은 곳을 보고 있어.

채영이 대꾸한다.

—봄눈. 첫눈이 아니라.

—하지만 4월에는 처음 내리는 눈이잖아.

나는 생각한다. 첫눈이 오면 하자고 약속했던 것을 해야 하는 순간이 왔군. 뭐부터 해줄까. 일단 지금 입고 있는 흰 티셔츠 안으로 손을 집어넣어 그리핀 목걸이를 꺼낼 거고, 그리고 또……

채영이 장갑 한 짝을 벗어 내게 건넨다. 기억이 날 것 같은 베이지색 손뜨개 벙어리장갑. 그것보다 먼저 내 눈에 들어오는 것은 다섯 개의 긴 손톱이다. 손끝에 별이 박힌 듯 은색 매니큐어가 반짝인다.

장갑을 받아 낀다. 그리고 채영의 손을 잡는다. 물론 둘 다 장갑을 끼지 않은 맨손 쪽이다. 채영의 손은 부드럽고 축축하고 약간 차갑다. 근데 전열선이 들어 있군. 순간 발생한 전기가 빠르게 흘러들어 가슴 한복판에 스파크를 일으킨다.

손을 잡고 우리는 함께 걸음을 옮기기 시작한다.

―오늘, 어떤 노래가 좋았어?

―카티에 사서함 1F. 그리고 거울의 반대편, 꿈의 반대편.

―보석의 파수꾼은?

―그것도.

〈카티에 사서함 1F〉는 영국의 젊은 화가 그리핀이 편지를 받는 주소. 채영이 그걸 어떻게 아냐고 물어보면 대답할 수 있다. 그 책에 있는 정도의 영어쯤은 나도 해석할 수 있거든. 채영은 〈거울의 반대편, 꿈의 반대편〉의 가사를 완전히 이해하고 있을까. 거울과 꿈이 서로 마주 보고 있는 장면. 내 방 거울에 비친 날개를 보면 쉽게 알 수 있을 텐데. 지금도 여전히 같은 자리에 걸려 있는 내 거울에 대해 말해줘야겠다. 〈보석의 파수꾼〉은 상상동물 그리핀에게 붙여진 별명이다. 그것까지는 채영도 모르겠지. G-그리핀에 대한 것만으로도 우리, 백만 년은 얘기할 수 있겠구나. 아니다. 먼저 채영의 소설과 내가 만든 노래들에 대해서 얘기해야지.

'어떻게 그럴 수 있는지 모르지만 당신은 정말로 나를 보고 있군요. 그렇죠?'

그리핀이 사비네에게 보냈던 편지. 내 라임노트에 적혀 있다. 내가 이어서 쓴 가사는 이것이다.

나는 그 사실이 조금도 놀랍지 않아 어쩌면 당연해

처음부터 알았어. 네가 늘 나를 지켜보고 있다는걸.

G-그리핀을 처음 듣던 날 나는 나답지 않은 일이 일어났다고 생각했다. 그런 것이 나를 어딘가로 끌고 가는 운명일까, 특별한 날이었을까…… 요즘은 그런 생각은 하지 않는다. 나다운 게 뭐야, 새로운 나다움을 내가 만들어가는 거겠지. 매일 모습이 변해가는 달과 매일 새로 떠올랐다가 지는 해가 시간이 흐르는 것을, 내가 살아가고 있다는 것을 말해주잖아. 움직임 속에 삶이 있어. 내가 매순간 새롭게 써나가는 노래 가사들처럼.

도대체 왜 그랬는지 생각될 정도로 예전의 내 행동이나 심정이 전혀 이해되지 않을 때도 있었다. 무엇 때문에 그만한 일로 그렇게 스트레스를 받았는지, 무엇이 그렇게 아쉽고 안타까웠는지. 하지만 그것도 잠시일 뿐 얼마 안 가 까맣게 잊어버리곤 했다. 지금처럼, 갑자기 쏟아지는 봄눈에 묻히듯이 말이다. 그리고 새로운 시간이 다가왔지. 눈앞이 흐려질 만큼 한꺼번에 눈이 퍼붓는다. 봄눈이란 아직 남은 지난겨울의 눈이거나 아니면 너무나 일찍 와버린 아직은 낯선 올 겨울의 눈이군.

나는 고개를 돌려 채영을 바라본다. 거의 동시에 채영도 내 쪽으로 얼굴을 돌려 마주 본다. 우리는 할말이 아주 많다. 이야기는 이제부터 시작되는 거다. 먼저 눈 내리는 이 거리에서부터. 봄눈 속에서. 이 눈도 곧 녹아 사라진다. 그럼 어때, 모든 것은 사라지고 그리고 어딘가에 부딪쳐 다시 돌아오는데. 돌아오지 않는 것, 그것은 그만 보내주고. 그나저나 이 봄눈, 모든 것을 순식간에 덮어버린다. 점점 눈앞이 보이지 않아. 온통 하얗고 흔들리고 쏟아지고, 다른 별에 온 것 같아. 나의 노래를 싣고 시간이 우주 저편으로 흘러가고 있군. ■

작가의 말

하루에도 몇 번씩 내 마음속에는 사랑이 생기고 변형되고, 그리고 식는다.

식을 때가 가장 좋다. 그게 나를 각성시키고 소설을 쓰게 만들어주기 때문이다.

식었던 마음이 다시 덥혀질 때가 더 좋다. 그래야 소설 쓸 힘이 생기니까.

이 소설을 쓸 때 내 생애 한 권의 책인 것처럼 썼다. 그 마음이 식어서 다행이다.

우리는 사랑이 식는 힘으로 다음 순번의 삶을 산다. 그 말을 이 소설 속에 써놓았고.

이 소설 속 인물들이 고독하지만 유쾌하고, 불안하긴 해도 냉정하기를 바랐다.

그들의 눈에, 우리가 상투적으로 생각해왔던 현실보다 더욱 현실에 가깝기 때문에 오히려 낯설게 느껴지는 삶의 모습 같은 게 포착되었으면 했고, 그들만의 뻔뻔하고 엉뚱한 라이프스타일이 이 세계의 개인으로서 타인을 사랑하는 방식 하나는 보태게 해주었으면 한다.

이 무거운 것들, 좀 벗어도 되겠죠? 묻고, 그래도 된다는 위로의 대답을 듣고 싶었던 것도 같다.

사실 나는 위로를 잘 믿지 않는다. 어설픈 위안은 삶을 계속 오해하게 만들고 결국은 우리를 부조리한 오답에 적응하게 만든다. 그 생각은 변함없다. 하지만 이런 생각도 하게 되었다. 시간은 흘러가고 우리는 거기 실려간다. 삶이란 오직, 살아가는 것이다. 사랑이란 것이 생겨나고 변형되고 식고 다시 덥혀지며 엄청나게 큰 것이 아니듯이, 위로도 그런 것이 아닐까. 그러니 잠깐씩 짧은 위로와 조우하며 생을 스쳐 지나가자고 말이다.

우리 모두는 낯선 우주의 고독한 떠돌이 소년. 이 말이 입속에서 맴돌았다.

오 년 전 처음 이 소설이 시작되었다. 그동안 수많은 장소에서 짓고 부수고 만들고 찢고를 반복했다. 많은 사람들에게 신세를 졌다. 여러 가지 약속이 생겨났고 지키지 못했다. 폐를 끼쳤고 수고롭게 만들었다. 그래서 이 책이 나온 게 더 기쁘다.

결국 나라는 솥에서 이 이야기가 끓어나오도록 군불을 지펴준 문학동네에 감사드린다. 참아주고 기다려주고 만들어주고 그리고 믿어준 덕분에 이 책을 썼다. 올해로 나의 십 년 친구가 된 편집자에게 특히 고맙다. 이 소설의 반 이상 쓴 곳이 연희 문학창작촌이다. 그곳에서 눈이 쏟아지는 소나무숲을 바라보며 시작했기 때문에 이 소설의 시작에도 눈이 온다. 모과나무 꽃 필 무렵에는 토지문화원 작가집필실에 신세졌다. 두 장소 모두 잊을 수 없는 곳이다. 감사드린다.

이 소설을 문학동네 카페에 연재하는 동안 댓글로 격려해준 분들, 원고를 수정하는 동안 트위터에서 응원해준 분들, 그분들이 밝혀준 불빛에 의지하여 새운 밤이 많았다. 내 작업실 창밖에서 밤새 춤추던 노래방과 태국마사지와 편의점 간판들, 그리고 새벽마다 와주던 장밋빛과 코발트의 여명에도 감사한다. 〈소년을 위로해줘〉를 만들고 불러주고 이 소설에 쓰도록 허락해준 래퍼 키비에게도 고마움을 전하고 싶다. 상처난 나무의 수피가 패지 않고 오히려 굵어지듯 이 소설을 쓰면서 소비된 체력이 몸무게를 불려놓았다. 별로 고맙지 않다.

힙합 칼럼을 만들어준 K에게도 감사한다. 이 소설의 씨앗을 틔워주고 열매를 익게 한 이롭과 새남에게 사랑과 함께 이 책을 바친다.

이 소설을 쓰는 동안 내가 사랑했던 소년을 아직도 사랑하는 걸 보니 이 책이 나에게 참 각별한 것 같다.

■ 본문에 인용된 노래의 가사들

소년을 위로해줘
● 언제부턴가 거울을 쳐다보는 습관이 생겼지
표정도 어색하지 않을 정도로 지을 수 있어
하지만 내 주위에서 나를 바라보는 시선은 결코 편하지 않아
그들이 내게 강요하는 것은 오로지 하나 남자스러움 말야

무엇다워야 한다는 가르침에 난 또 놀라
습관적으로 모든 일들에 익숙한 척 가슴을 펴지만
그 속에서 곪은 상처는 아주 천천히 우리들을 바보로 만들어
우리는 진짜보다 더 강한 척해야 하므로(p. 52)

● "딱 봐서 약해 보이는 녀석들은 단숨에 물리치되 나보다 강한 녀석
과는 나중에 적이 되지 않기 위해 한수레 위에 올라타야만 해. 일단 남자
들의 세계에 적응하기 위해서는……" (p. 343)

It's twisted
왜 니 맘대로 생각하고 마음대로 결론을 지어
내 앞에서 모른 척, 꼬불쳐논 생각이 많은 자식이래
날 맘대로 판단하고 그걸 비껴가면 모두가 가식이래

상관 마! 내가 무슨 그림을 그리든 It's twisted
인생은 내 안의 freedom. It's twisted 난 나로서 움직여(p. 72)

마부

● 앞을 봐 저 절벽 끝을 뛰어넘어가
옆을 봐 저 낭떠러지를 비껴 달려가

우리는 적토마를 끌고 달리는 두 명의 마부
근심 어린 시선 고맙지만 필요없어
오늘 달려야 할 길을 잘 알고 있네
잠 깨, 니 맘의 문을 열도록 할게 수리수리 마수리(p. 151)

● "시도 때도 없이 까불었던 조롱꾼들은 금세 주둥이를 다물었어. 변변찮은 방식으로 연명하는 바보들의 엉덩일 차는 방법을 우리는 알고 있지. 두비두벅벅두벅벅비두비두벅벅."(p. 155)

첫 느낌—Vasco

● 그리운 거 손톱 사이에 긴 놀이터 모래알들
그리운 거 미소짓게 하던 어린 시절의 잃어버린 기억들 아침 햇빛(p. 193)

● "함께 나누고 부른 기쁨과 슬픔 가슴의 뜀, 또한 첫 느낌의 아름다움."(p. 197)

Go Space

난 이쯤에서 결론을 말해
Let's go space Let's go space Let's go space
네게 가까이 다가가 저 빛을 향해 날아가
빛이 넘치고 넘치는 우주로 we gonna fly high(p. 226)

Mr. 심드렁

헤이, 미스터 심드렁 뭐가 그리도 입을 열기 힘들어

혹시 누군가의 별뜻 없는 말을 귀에 담아서

니가 얼마나 상처받았는지 무게를 달았어?

퍼즐이 끝나면 나를 불러줘

너의 그림을 보며 춤추며 노래 불러줄 친구가 여기 있거든

매번 태연한 척 가끔은 대범한 척

세상 어머니들 앞에선 항상 대견한 척

하지만 난 여태 몰랐어 이만큼 밝은 내가 사실은 외롭다는 걸(p. 255)

Pink Polaroid

● 그녀의 이름을 불러봤죠 향기 가득한 피스타치오

한 개씩 입에 넣은 다음 깨물어보는 것처럼 말이죠

그녀의 이름을 새긴 구름조각

남쪽 하늘로 띄워보내면 그녀가 바라볼까

지금 바라보는 어디든 니 얼굴뿐이라는 걸

어제는 오늘은 내일은 아니 언제든 너도 똑같았으면 좋겠어

하고 싶은 말이 너무너무 많지만

지금은 너를 보고 있는 것만 해도 돼(p. 298)

● "그녀의 이름을 새긴 구름조각. 남쪽 하늘로 띄워 보내면 그녀가 바라볼까. 그녀의 웃음은 달콤한 비스킷. 내 입술과 혀끝 깊숙이 자리잡은 떨리는 기분. 하고 싶은 말이 너무너무 많지만 지금은 너를 보고 있는 것만 해도 돼."(p. 450)

코끼리 공장의 해피엔드(변형)
책상에 칼로 판, 친구 이름. 가보고 싶은 나라들
그리고 무엇인가를 고민하면서 그려보았지
날개 달린 사자의 낙서(p. 313)

Me vs People Pt.1—UMC
● 제발 걱정한다면서 조언하지 마 충고하지 마
이래라 저래라 한마디도 하지 마
잘해주지 마 누가 잘해달래
나에게 조언 충고 명령했던 모든 사람들
'대세를 따르거라 남들 다 하는 대로 반만 가라
그건 무능력한 너한테는 아주 잘 어울린다' (p. 430)

● "동네 창피하게 시간을 쓸데없이 쓰지 마. 필요한 걸 해! 강요하지
마 나도 강요 안 해. 뭘 해도 좋지만 날 건드리진 마!"(p. 434)

Goodbye Boy
"난 지금 이 순간에도 내가 서 있던 그날로부터 조금씩 멀어지고 있다.
안녕, 미안."

너의 표정 낯설어도 내가 너야. 시간이 참 많이도 흘러 이렇게 변한 거
야. 두려움 때문에 피해왔던 길 아쉬워도 결국엔 가지 못한 길. 난 어디쯤
와 있고 어디로 가는 걸까. 굿바이 굿바이.(p. 467)

문학동네 장편소설

소년을 위로해줘

ⓒ 은희경 2010

1판 1쇄 │ 2010년 11월 25일
1판 21쇄 │ 2025년 2월 14일

지은이 은희경
책임편집 조연주 │ 편집 이경록
디자인 윤종윤 유현아 │ 저작권 박지영 형소진 오서영
마케팅 정민호 서지화 한민아 이민경 왕지경 정유진 정경주 김수인 김혜원 김예진
브랜딩 함유지 박민재 김희숙 이송이 김하연 박다솔 조다현 배진성
제작 강신은 김동욱 이순호 │ 제작처 영신사

펴낸곳 (주)문학동네 │ 펴낸이 김소영
출판등록 1993년 10월 22일 제2003-000045호
주소 10881 경기도 파주시 회동길 210
전자우편 editor@munhak.com │ 대표전화 031)955-8888 │ 팩스 031)955-8855
문의전화 031) 955-2696(마케팅) 031) 955-8864(편집)
문학동네카페 http://cafe.naver.com/mhdn
인스타그램 @munhakdongne │ 트위터 @munhakdongne
북클럽문학동네 http://bookclubmunhak.com

ISBN 978-89-546-1350-7 03810

www.munhak.com